Бесы

群魔

［俄罗斯］陀思妥耶夫斯基 著
李春雨 译

译林出版社

图书在版编目（CIP）数据

群魔 /（俄罗斯）陀思妥耶夫斯基著；李春雨译.
南京：译林出版社，2025.2. --（陀思妥耶夫斯基精选集）. -- ISBN 978-7-5753-0338-5
Ⅰ.I512.44
中国国家版本馆CIP数据核字第2024AT8350号

群魔　[俄罗斯]陀思妥耶夫斯基／著　李春雨／译

责任编辑	冯一兵　张　晨
装帧设计	周伟伟
校　　对	施雨嘉
责任印制	颜　亮

出版发行	译林出版社
地　　址	南京市湖南路1号A楼
邮　　箱	yilin@yilin.com
网　　址	www.yilin.com
市场热线	025-86633278
排　　版	南京展望文化发展有限公司
印　　刷	南京爱德印刷有限公司
开　　本	850毫米×1168毫米　1/32
印　　张	22.75
插　　页	4
版　　次	2025年2月第1版
印　　次	2025年2月第1次印刷
书　　号	ISBN 978-7-5753-0338-5
定　　价	89.00元

版权所有·侵权必究

译林版图书若有印装错误可向出版社调换。质量热线：025-83658316

讲解人：刘文飞

首都师范大学燕京讲席教授、博士生导师、人文社科学部主任，中国俄罗斯东欧中亚学会副会长。有《普希金诗选》《悲伤与理智》《俄国文学史》《俄国思想史》《读与被读》等著译作七十余部。

扫码收听音频讲解

打死我也找不到路,
我们迷路了——怎么办?
一定是魔鬼作祟,
让我们在荒野不停地打转!
……
无数的魔鬼——要去哪儿?
群魔的哀嚎如此骇人!
它们是在给家神送葬?
还是在给女巫送亲?[1]

——亚·普希金

那里有一大群猪在山上吃食。鬼央求耶稣,准他们进入猪里去。耶稣准了他们。鬼就从那人出来,进入猪里去。于是那群猪闯下山崖,投在湖里淹死了。放猪的看见这事就逃跑了,去告诉城里和乡下的人。众人出来要看是什么事。到了耶稣那里,看见鬼所离开的那人坐在耶稣脚前,穿着衣服,心里明白过来,他们就害怕。看见这事的,便将被鬼附着的人怎么得救告诉他们。

——《路加福音》

---

[1] 出自普希金抒情诗《群魔》(Бесы, 1830)。

目录

主要人物表 001

第一部 001

  第一章   代前言：斯捷潘·特罗菲莫维奇·韦尔霍文斯基阁下生平二三事 003

  第二章   哈尔王子；提亲 036

  第三章   别人的罪孽 074

  第四章   跛脚女人 119

  第五章   聪明绝顶的毒蛇 152

第二部 201

  第一章   夜 203

  第二章   夜（续） 253

  第三章   决斗 278

  第四章   万众期待 290

  第五章   盛会之前 312

第六章　忙碌的彼得·斯捷潘诺维奇 336

　第七章　咱们的人 381

　第八章　伊万王子 405

　第九章　斯捷潘·特罗菲莫维奇遭搜查 416

　第十章　海盗。不祥的早晨 426

第三部 449

　第一章　盛会开场 451

　第二章　盛会告终 479

　第三章　了断的情史 507

　第四章　最后的决定 530

　第五章　天涯倦旅 554

　第六章　多事之夜 586

　第七章　斯捷潘·特罗菲莫维奇最后的漂泊 618

　第八章　大结局 653

补　　遗 665

　第九章　在吉洪处 667

译后记 701

主要人物表

(以出场先后为序)

斯捷潘·特罗菲莫维奇·韦尔霍文斯基——自由理想主义者,最纯洁的"五十岁巨婴"。

瓦尔瓦拉·彼得罗夫娜·斯塔夫罗金娜——将军夫人,全省最具威望的女贵族,斯捷潘·特罗菲莫维奇的庇护者。

伊万·奥西波维奇——前任省长,老好人,瓦尔瓦拉·彼得罗夫娜的近亲。

利普京——省府小官,傅立叶分子,"混乱的代名词",秘密组织"五人小组"成员。

沙托夫——前大学生,新斯拉夫主义者,瓦尔瓦拉·彼得罗夫娜家仆之子。

达里娅·帕夫洛夫娜(昵称:达莎)——沙托夫之妹,被瓦尔瓦拉·彼得罗夫娜收为养女。

维尔金斯基——本地小吏,"全人类主义者","五人小组"成员。

阿林娜·普罗霍罗夫娜·维尔金斯卡娅——助产士,维尔金斯基之妻。

列比亚德金——自称退役大尉,爱吹牛、爱写打油诗的酒鬼。

利亚姆申——"五人小组"成员,以善弹钢琴而邀宠的犹太人。

尼古拉·弗谢沃洛多维奇·斯塔夫罗金(法语名:Nicolas)——最神秘最复杂的贵族少爷,瓦尔瓦拉·彼得罗夫娜的独生子。

帕维尔·帕夫洛维奇·加加诺夫——贵族俱乐部理事,曾被尼古拉·斯塔夫罗金当众羞辱。

普拉斯科维娅·伊万诺夫娜·德罗兹多娃——将军夫人,女贵族,瓦尔瓦拉·彼得罗夫娜的闺中密友。

莉莎维塔·尼古拉耶夫娜·图申娜(昵称:莉莎;法语名:Lise)——贵族小姐,德罗兹多娃与第一任丈夫所生之女。

安德烈·安东诺维奇·冯·连布克——新任省长,德裔俄国人,软弱惧内。

尤利娅·米哈伊洛夫娜·冯·连布克——新任省长夫人,徒有政治野心而无政治头脑。

马夫里基·尼古拉耶维奇·德罗兹多夫——炮兵大尉,德罗兹多娃第二任丈夫的侄子。

卡尔马济诺夫——著名作家,新任省长夫人的远亲。

彼得·斯捷潘诺维奇·韦尔霍文斯基(法语名:皮埃尔)——极端虚无主义者,"五人小组"头目,斯捷潘·特罗菲莫维奇之子。

阿列克谢·尼雷奇·基里洛夫——建筑工程师,"人神"信仰者。

玛丽亚·季莫菲耶夫娜·列比亚德金娜——跛脚疯女人,列比亚德金之妹。

希加列夫——自创"希加列夫主义",鼓吹"奴隶平等","五人小组"成员,维尔金斯基的大舅哥。

阿列克谢·叶戈罗维奇——斯塔夫罗金家的老仆人。

阿尔捷米·帕夫洛维奇·加加诺夫——近卫军退役大尉(上校级),本省大地主,帕维尔·帕夫洛维奇·加加诺夫之子,为报父辱与尼古拉·斯塔夫罗金决斗。

费季卡——逃亡苦役犯,曾为斯捷潘·特罗菲莫维奇的家仆。

谢苗·雅科夫列维奇——声名远播的圣愚和预言者。

托尔卡琴科——自诩人民问题专家,"五人小组"成员。

埃尔克利——准尉,彼得·韦尔霍文斯基的盲目崇拜者。

玛丽亚·伊格纳季耶夫娜·沙托娃——沙托夫之妻。
索菲娅·马特维耶夫娜·乌利京娜——以推销福音书为生的女信徒。
吉洪神父——东正教信仰的化身。

第一部

第一章　代前言：斯捷潘·特罗菲莫维奇·韦尔霍文斯基阁下生平二三事

一

在讲述我们这座迄今名不见经传的城市里新近发生的一连串咄咄怪事之前，鄙人因笔力不逮而不得不稍做铺垫，从才华横溢、德高望重的斯捷潘·特罗菲莫维奇·韦尔霍文斯基阁下的生平讲起。这些逸事权且作为本纪事的引子，而我要讲述的故事本身还在后头。

直说了吧，斯捷潘·特罗菲莫维奇在我们中间一贯扮演着某种特殊的，怎么说呢，公知角色，并且对扮演这一角色极度热衷，我甚至觉得，不这样他就活不下去。我绝不是说他热衷演戏：上帝保佑，我对他一向敬重。这完全可能是习惯使然，或者莫若说是出于某种一以贯之的高尚倾向，使得他从孩提时代起便沉湎于对美好的自我设定的愉悦幻想之中。比方说，对于自己"受迫害者"乃至"被流放者"的身份，他一直深以为傲。这两个字眼所闪耀着的独特的古典光泽一劳永逸地将其俘获，不断提升着他在自我心目中的地位，经年累月，终于将他抬举到了某种超凡脱俗、顾盼自雄的碑座之上。在上世纪的一部英国讽刺小说中，有个叫格列佛的人，曾经到过一个平均身高不足十公分的小人国，他在小人国里做惯了巨人，以致回到英国以后，即使走在伦敦街头，也总会冲着车马行人大喊大叫，提醒他们小心避让，以免被自己一脚踩死，仿佛他自己仍是巨人，而其余人都是小人似的。人们为此纷纷对他嘲笑、咒骂，一些粗鲁的马车夫甚至用鞭子抽打这位"巨人"——可人们这样做公道吗？有什么是习惯办不到的呢？也正是习惯，将斯捷潘·特罗菲莫维奇几乎置于了同样的境地，只不过更加无辜、更加无害罢了（假如可以这样说的话），因为他实在是个极好的人。

我甚至认为，尽管到晚年他完全被人遗忘了，但这绝不等于说，他从前也寂寂无名。事实上，他曾一度跻身我国上一辈灿若群星的著名人士之列，甚至有过一段时间——诚然，只是极其短暂的一瞬——某些操之过急的人几乎将其与大名鼎鼎的恰达耶夫、别林斯基、格拉诺夫斯基以及彼时刚在国外崭露头角的赫尔岑相提并论。但斯捷潘·特罗菲莫维奇的事业几乎在起步的同时便终结了——由于所谓的"时局动荡之旋涡"。可事实上呢？非但"旋涡"，就连"时局"也未见得如何"动荡"，至少是在此事上。直到前不久，我才无比惊讶而又完全肯定地获知，斯捷潘·特罗菲莫维奇到敝省来，与我们为伍，根本不是什么"惨遭流放"，甚至连所谓的"监视"都未曾有过。您瞧，这是何等强大的自我妄想！他本人终其一生都深信不疑：自己在某些方面始终为人所忌惮，自己的一举一动都处于监视之下，以致近二十年来敝省先后三任省长中的每一位，在走马上任之前都从上峰那里得到了针对他的某种特殊授意。倘若有人试图以确凿证据劝说他根本无须为此担忧，一定会被可敬的斯捷潘·特罗菲莫维奇视作羞辱。其实，他绝顶聪明、极富才华，甚至可以说，是个搞学问的，虽然……直说了吧，他的学问并没有搞出多少，甚至压根就没有搞出来。不过，在我们俄国，搞学问的人可不正是这样的么。

他自国外返回并在大学讲台一展锋芒，已经是四十年代尾的事了。他总共只讲了几次课,好像是关于阿拉伯人的;此外还答辩通过了一篇出色的论文,旨在论述德意志小城哈瑙在1413至1428年间如何原本可以起到某种非军事的、汉萨同盟式的重要意义,却又因何种奇特的不明原因而未能实现这一意义。这篇论文巧妙地刺痛了当时的斯拉夫派,立刻在后者中间树立了为数众多的怒不可遏的论敌。后来(在丢掉教席之后)他又在一本译介狄更斯、宣扬乔治·桑的进步月刊上发表了一项高深研究的开篇部分(大概是为了向大学报复,好让他们知道自己损失了何等人才),内容好像是探究某个时期的某些骑士的崇高道德之来源,或者诸如此类的。总之,论文提出了某种无比崇高的高端思想。据说,该研究后来被紧急叫停,连那本刊登了其开篇部分的进步杂志也受到了牵连。这原本是极有可能的——在那个年代,什么事没发生过呢?但具体到此事,大概率是子虚乌有,无非是研究者本人懒病发作,未能完稿罢了。至于阿拉伯人课程的中断,据他本人所说,是由于他在致某人的信中对某些"时局"的评议被某些人(自然是他的那些反动论敌们)以某种方式截获,导致他被某部门要求做出某种解释。我不知道这是否属实,不过有人断言,恰恰在那段时间,彼得堡破获了某个反自然、反国家的庞大组织,足有十三人之多,几乎动摇了国之根基。据说,他们居然打算翻译夏尔·傅立叶[1]的著作。说来也巧,就在同一时间,莫斯科查获了斯捷潘·特罗菲莫维奇的一首长诗,那是他在此前六年旅居柏林时,年少气盛写下的,曾以手抄本形式在两位崇拜者及一名大学生中间争相传阅。这首长诗眼下就放在我的书桌里,是去年由斯捷潘·特罗菲莫维奇本人亲手抄录的,还带有他的亲笔题词,并包着精美的红色羊皮封面。应该说,这首长诗写得不无诗意,甚至不乏才情;虽说有些古怪,但在当时(确切讲

---

[1] 夏尔·傅立叶(1772—1837),法国哲学家、经济学家,与圣西门(1760—1825)、欧文(1771—1858)并称为三大空想社会主义者。

是在三十年代)就兴这么写。转述其情节颇令我为难,因为,说实话,我完全没有看懂。大概是以抒情剧形式写成的讽喻作品,颇像《浮士德》第二部。开场是一群妇女合唱,接着是一帮男人合唱,随后是某些自然力量的合唱,最后是一些都还从未活过、但都渴望活上一回的魂灵的合唱。所有这些合唱都是虚无缥缈的,大多是关于某人的诅咒,却也不乏高级幽默的意味。接着,场景突然切换,开启了某个"生命的节日",连各色昆虫都开始歌唱,一只乌龟也上场念了一段拉丁文的圣礼颂词,甚至,如果我没有记错,唱歌的还有一块矿石,换言之,纯粹的非生命体。总之,一切都在不住地歌唱,或者含糊不清地拌嘴吵架,但同样带有某种高深意味。最后,场景再度切换,出现一片蛮荒之地,在峭壁之间游荡着一个来自文明世界的青年人,不时扯下某些草茎吸吮,仙女问他为何如此,青年人答曰自觉生命力过剩,意欲沉沉睡去,而这些草茎于此有所助益;但其最大的愿望乃是尽快丧失理智(这愿望似乎是多余的)。突然,又来了一位骑黑马的俊美少年,其后尾随着乌泱乌泱的人群。少年乃是死亡之化身,各族人民对其趋之若鹜。终于,在最后一幕场景中,蓦地出现了一座巴别塔,建塔的壮士们高唱着新的希望之歌,终于将塔建到了最顶端,这时,主宰者,姑且当他是奥林匹斯山的主宰者吧,神态滑稽地溜之乎也,于是乎,开悟的人类占据了神的尊位,立刻开启了洞察万物的崭新生活。您瞧,就是这样的一首诗,在当时却被认定是危险的。去年我曾建议斯捷潘·特罗菲莫维奇将其发表,因为在我们这个时代它丝毫不犯忌讳,可他却一脸不悦地拒绝了这一提议。他显然是不喜欢我关于"丝毫不犯忌讳"的看法,我甚至觉得,他后来之所以冷了我两个多月,原因正在于此。可您猜怎么着?几乎就在我提议将这首诗在"这边"发表的同时,它却在"那边"(也就是国外)发表了:它被收入了一本革命诗集,而且是在斯捷潘·特罗菲莫维奇本人毫不知情的情况下。起初,他惶恐已极,紧急谒见省长,并向帝都写了一封光明正大的辩解信,那封信他念给我听了两遍,却终究未能寄出,因为不知道该寄给谁。总之,他忐忑不安了整整一个月;但我确信,与此同时,内心深处的微妙波动令他得到了极大满足。他想方设法弄到了一册样书,晚上睡觉都恨不得抱在怀里,白天则将它藏在床垫底下,甚至不准女佣再来为他收拾床铺。尽管他每天都在担心从哪儿来封问责电报,却神情倨傲。可最终一封电报也没来。于是他便与我和好如初了,由此足见他那颗温文尔雅、不计前嫌的心是何等善良。

二

我并非说他一点没受到影响;但我如今确信,他完全可以继续讲他的阿拉伯人,而且想讲多久就讲多久,只要他做出必要的解释。只是当初他自觉大祸临头,不由分说地坚信,自己的执教生涯已经被"时代旋涡"彻底终结。但追根究底,其职业生涯转折的真正原因在于瓦尔瓦拉·彼得罗夫娜·斯塔夫罗金娜——一位中将夫人兼大富婆——先后两次殷切地延请他出任西席,以尊师益友的身份全权负责其独子的德育及智育发展,至于束脩优渥,自不待言。最早提出这一邀请时他尚在柏林,正值他初次丧偶之际。其首任妻子是敝省的一位轻浮女子,他在少不更事的年纪便冒失地跟她结了婚,后来似乎为这个迷人的尤物吃了不少苦头,一来并无足够的财力供养她,二来还有些别的颇难启齿的原因。她死于巴黎,此前三年就离开了他,死后给他留下了一个年仅五岁的儿子——这个"欢乐的尚未黯淡的初恋的果实"——这是陷入悲伤的斯捷潘·特罗菲莫维奇有一回当着我的面说的。儿子打一出生就被送回了俄国的穷乡僻壤,由几位远房姑妈抚养照料。斯捷潘·特罗菲莫维奇谢绝了瓦尔瓦拉·彼得罗夫娜的初次邀请,之后很快(还不到一年)便又娶了一位沉默寡言的柏林女子,关键是并无任何特殊原因。除此之外,他谢绝邀请还有一个原因:他被当时某位令人难忘的大学教授的赫赫威名所诱惑,便也飞向了心之所向的大学讲台,想试试自己那双雄鹰的翅膀。现如今,翅膀被燎焦了,他便自然而然地又想到了这个从前就令他心动的邀请。而第二任妻子的猝然亡故(婚后还不到一年)更让他坚定了决心。但最终决定一切的,是来自瓦尔瓦拉·彼得罗夫娜的炽热同情,以及她那珍贵的古典的友谊(假如友谊也能如此修饰的话)。他投入了这一友谊的怀抱,一晃便是二十余载。我说"投入怀抱",诸位可千万别往歪处想,这里的"怀抱"仅限于最最高尚的含义。是某种最细腻、最微妙的联系将这两位如此杰出的人物永远地结合在了一起。

斯捷潘·特罗菲莫维奇之所以接受邀请,还有一个原因,那便是首任妻子留给他的小庄园(非常之小)恰巧毗邻斯塔夫罗金家坐落于敝省郊区的宏伟庄园。更何况,在远离繁冗的大学教务、深居书斋之后,他终于可以一心向学,以高深之学问丰富祖国的语文科学了。可后来他并没有搞出任何研究;倒是让他有机会终其一生(二十余载)作为"谴责的化身"矗立在祖国面前,恰如人民诗人涅克拉索夫所言:

> 你是谴责的化身
> ……
> 矗立在祖国面前,
> 自由理想主义者。[1]

只不过,人民诗人所歌颂的人物或许真的有资格以这种姿势矗立一辈子,只要他们愿意,虽然这很枯燥。可我们的斯捷潘·特罗菲莫维奇呢,充其量不过是这些人物的模仿者,甚至,他连矗立都懒得矗

---

1 引自涅克拉索夫长诗《抒情喜剧〈猎熊〉片段》(Сцены из лирической комедии "Медвежья охота", 1866—1867),略有改动。

立，早就侧身躺下了。可即便是躺下了，他也依旧堪称谴责的化身，这点还是必须肯定的；何况对于敝省上下，一尊躺下的化身已然足矣。您一定没见过他坐在敝省俱乐部牌桌前的那副神气。整个神情都仿佛在说："玩牌？我，居然跟你们，一起玩牌！就凭我这身份？这事该怪谁？是谁毁掉了我的事业，将其变成了一场牌局？哼，毁灭吧，俄国！"接着，傲然甩出一张红心王牌。

事实上，他牌瘾极大，为此常跟瓦尔瓦拉·彼得罗夫娜闹别扭，特别是最近，何况他总是输钱。但此为后话。我得说，他其实是个极有良知的人（我是说偶尔），故而时常忧郁。在他与瓦尔瓦拉·彼得罗夫娜长达二十余载的漫长友谊中，每年总有那么三四次，他会陷入被我们称之为"忧国忧民"的状态——其实就是郁郁寡欢，只不过尊贵的瓦尔瓦拉·彼得罗夫娜更喜欢"忧国忧民"这个字眼。忧国忧民久了，他便开始借香槟酒解忧；亏得瓦尔瓦拉·彼得罗夫娜一直对他悉心呵护，不让他沾染任何不良嗜好。他也的确需要人呵护，因为他时常表现得十分古怪：正在忧国忧民无以复加的当口，他会突然像个村夫一样鄙俗地大笑起来。还有的时候，他甚至会自己骂自己——笑骂。瓦尔瓦拉·彼得罗夫娜最怕的就是这种笑骂。她是一位古典女性，是文学与艺术的庇护者，仅凭最高尚的思想行动。

二十年来，这位崇高女性对她这位穷酸朋友影响甚巨。关于她，不得不多说几句。

三

有些友谊十分奇特：双方都恨不得把对方吃掉，一辈子都是如此，却又始终无法绝交。甚至根本不能绝交，否则，任性胡闹、率先斩断联系的一方一定会抑郁成疾，乃至一命呜呼。我确切地知道，有过那么几次，两人私下里闹僵之后，瓦尔瓦拉·彼得罗夫娜刚一出门，斯捷潘·特罗菲莫维奇便从沙发上跳起来,用拳头狠命地捶墙。

此处绝无半点虚言,有一回他甚至敲落了一块墙皮。有人会问:你怎么知道得这么清楚?倘若我说,这是我亲眼撞见的呢?倘若我说,这是斯捷潘·特罗菲莫维奇本人不止一次趴在我肩膀上号啕大哭,极尽渲染之能事地对我和盘托出的呢?(在那种情形下他什么话没讲过啊!)但每次号啕之后总是如此:转天,他就恨不得亲手将自己钉死在忘恩负义的耻辱柱上;他会紧急将我叫到他家里去,或者亲自跑到我家里来,仅仅为了向我宣告——瓦尔瓦拉·彼得罗夫娜是"圣洁而温顺的天使,而他则是她的反面"。他不光跑来向我倾诉,还不止一次给她写了娓娓动人的长信,在署上自己的大名之后向她坦白,说就在昨天,他曾对"一位毫不相干的外人"说她供养他只是出于虚荣,是觊觎他的学识与才华;说她忌恨他,又不敢表露出来,唯恐他会离开她,从而有损她在文坛的清誉;说他因此十分鄙视自己,决定自杀以谢罪,只等她的一句话来裁决一切,等等,等等,诸如此类。可想而知,作为最纯洁的一位"五十岁巨婴",其神经质发作起来会有多么的歇斯底里!我曾拜读过他诸多此类信件中的一封,那是在两人之间爆发了一次起因微不足道,过程却异常激烈的争吵之后。我看罢大惊,劝他不要把信寄出去。

"不行……名誉……责任……我会死掉的,除非向她坦白一切、一切!"他颠三倒四地说着,最终还是寄出去了。

这也正是二者的区别所在:瓦尔瓦拉·彼得罗夫娜是决不会寄出这样的一封信的。的确,斯捷潘·特罗菲莫维奇写信成癖,有时哪怕跟瓦尔瓦拉·彼得罗夫娜同住一楼他也会写信,歇斯底里时甚至一天两封。我很清楚,她阅读这些信件时总会认认真真,哪怕是一天两封,而且每一封信都会做好标记,分门别类地放进一个专门的小匣子里;不仅如此,她还会在心里反复咀嚼那些字句。但她会晾着他,一整天不做回应,然后再若无其事地与之相见,仿佛昨天什么都没有发生过。她就这样不动声色地调教着他,让他再不敢提及昨日之事,顶多默默地注视她的眼睛片刻。但她其实什么都没忘,而他有时却忘得太快了,加之为她的平静如常所鼓舞,他往往当天便会喝着香槟酒嬉笑胡闹,假如有客人来的话。每当此时,她射向他的目光是何等怨毒啊,而他却浑然不觉!可是呢,过了一周、一个月,甚或半年,不知道哪一会儿,他会突然想起某封信中的某个字眼,继而回想起整封信、整个情形,于是便会脸上发烧、内心煎熬,有时甚至会引发某些类似轻霍乱的特殊症状。这些症状在某些场合会作为他情绪震荡的惯常结果,这也构成了他生理上的某种滑稽特质。

的确,瓦尔瓦拉·彼得罗夫娜对斯捷潘·特罗菲莫维奇大概是常怀恨意的;而他自始至终未能察觉到一点,那就是对她而言,他最终成了她的孩子、她的作品,甚至可以说,是她的造物、她的骨血,而她收留他、供养他,绝非仅仅"觊觎他的才华"。可想而知,这种话会多么令她寒心!在她内心深处对他隐藏着某种难以遏制的爱慕,与拉扯不断的怨恨、醋意和鄙夷纠缠在一起。她为他遮挡每一粒尘埃,对他悉心呵护二十二年,经常为他作为诗人、学者、社会人士的声望愁得彻夜难眠。她将他创造出来,并且率先对自己的造物确信不疑。他就像是她的某种理想……但她为此向他索取的也的确很多,有时甚至是奴仆般的恭顺。而她的爱记仇则到了难以置信的地步。话已至此,不妨来讲两桩趣事。

四

有一回,当解放农奴的传言最早流传开来,举国上下一片欢腾,准备迎接复兴之时,一位手眼通天、深知内幕的彼得堡男爵顺道造访了瓦尔瓦拉·彼得罗夫娜。后者对于此类拜访极为重视:自丈夫死后,她与上层社会的联系便日渐疏远,甚至完全中断了。男爵在她府上坐了个把钟头，用了茶。女主人特意单独邀请了斯捷潘·特罗菲莫维奇作陪。男爵对这位陪客居然有所耳闻（或者佯装如此），但用茶期间很少与之攀谈。斯捷潘·特罗菲莫维奇自然绝不至于失了体面，言谈举止甚至堪称优雅。其出身虽并不高贵，但自幼便在莫斯科一户富贵人家接受了良好教育，法语说得和巴黎人一样纯正。按照瓦尔瓦拉·彼得罗夫娜的设想，男爵理应产生这样的印象：尽管她蛰居省城，身边却不乏贤人雅士。结果却事与愿违。当男爵证实了关于伟大改革的最初传闻完全可信时，斯捷潘·特罗菲莫维奇突然按捺不住，喊了一声"乌拉！"并搭配了一个表示兴奋的手势。他的喊声并不算高，甚至不失优雅；连他的兴奋都像是刻意为之，而手势则是会客之前半小时在镜子前面反复排练过的；但他可能仍有些地方没做到位，以致男爵竟忍俊不禁，随即又异常客气地表示，这一伟大事件势必引起全体国人普遍而应有的感动。之后男爵很快便走了，临走还不忘对斯捷潘·特罗菲莫维奇伸出两根手指致意。回到客厅，瓦尔瓦拉·彼得罗夫娜足足三分钟没有说话，像是在桌上翻找什么，然后突然扭头看向斯捷潘·特罗菲莫维奇，脸色煞白，目光闪烁，咬牙切齿地低声说：

"我会永远记着你的！"

翌日二人见面时，瓦尔瓦拉·彼得罗夫娜面色如常，昨日之事再未提起。但十三年后，在某个悲剧性时刻，她又想起来了，对他出言指责，脸色和十三年前一样煞白。她这辈子总共只对他说过两次"我会永远记着你的！"；男爵那回已是第二次。而第一次同样典型，并且对斯捷潘·特罗菲莫维奇的命运影响深远，且容我略做交代。

那是一八五五年春，五月，就在斯塔夫罗金中将去世的消息传到斯克沃列什尼基庄园之后不久。这位孟浪的老将军在奉命前往克里木半岛现役部队赴任途中死于肠胃不调。瓦尔瓦拉·彼得罗夫娜成了遗孀，开始为亡夫服丧。诚然，她并未过分悲恸——早在四年前，她便以性格不合为由与丈夫分居，只定期向丈夫拨付生活费（将军本人，除去地位与人脉,只拥有一百五十名农奴,外带自己的薪俸,而连同庄园在内的一切家产全部属于瓦尔瓦拉·彼得罗夫娜——某包税商巨头的独生女)。但突如其来的噩耗仍令她大为震动,自此闭门不出。自然,斯捷潘·特罗菲莫维奇寸步不离地陪伴在她左右。

五月,芳华正盛,傍晚尤其令人惊叹。稠李花开了。二人每日傍晚都在花园碰面,在凉亭促膝交谈,直至夜幕降临。真可谓诗情画意。突逢变故的瓦尔瓦拉·彼得罗夫娜有一肚子话需要倾吐,似乎想在友人的心灵上寻找慰藉,一连几个晚上都是如此。斯捷潘·特罗菲莫维奇不禁冒出一个突兀的念头:"这位急需慰藉的遗孀是否有意于我,期待我在她一年服丧期满之后向她求婚?"这个念头当然并不光彩;但须知,智力的发达有时甚至会助长卑劣念头的滋生,而原因恰恰在于思维的全面发展。他越想越觉得像。他不由得寻思:"财产倒是真不少,可是……"的确,瓦尔瓦拉·彼得罗夫娜算不上漂亮:又高又瘦,面皮发黄,脸长得简直像马脸。斯捷潘·特罗菲莫维奇越来越纠结,越来越痛苦,甚至因为犹疑不决哭了一两阵(他动不动就哭)。再到傍晚凉亭相会时,他的脸上便不自觉地流露出任性而又嘲讽,卖弄风情却又高不可攀的神色。这些都是不经意间的流露,甚至,人品越高尚,其表现就越明显。上帝知道是怎么一回事,但极有可能,瓦尔瓦拉·彼得罗夫娜并未萌生足以佐证斯捷潘·特罗菲莫维奇猜疑的心思。况且她也未必情愿将自己将军遗孀的高贵姓氏换成斯捷潘·特罗菲莫维奇的姓氏[1],尽管后者也足够体面。或许,这在她而言无非是一场女性的游戏,是潜意识的女性需求在某些极端情形下的自然流露。不过,我并不敢断言,毕竟,女人心,海底针,自古皆然。我还是继续讲吧!

应该说,她很快就猜透了男伴脸上的古怪神色;她生性敏感精

---

[1] 俄俗,女子出嫁后改随夫姓。比如,小说中的"斯塔夫罗金娜"意为"斯塔夫罗金之妻"。

细,而他有时则未免太过粗疏了。但每晚的凉亭相会仍照常不误,交谈也依旧富于诗意与趣味。直到有一天,夜幕降临后,二人意犹未尽地结束了诗意盎然的交谈,在厢房门廊上热烈地握手作别。这间厢房便是斯捷潘·特罗菲莫维奇下榻之所,他每年夏天都要从富丽堂皇的主楼搬来这间毗邻花园的小屋。他走进屋内,心事重重地拿起一支雪茄,未及点燃,便身心俱疲地停在了敞开的窗户前,呆望着如天鹅绒般洁白轻盈的云絮在一弯月牙儿旁飘动。突然,一阵细碎的窸窣声令他猛一激灵,回过头去——竟然是四分钟前刚刚作别的瓦尔瓦拉·彼得罗夫娜!她那张黄脸变得铁青,紧紧地抿住嘴唇,嘴角不住地抽动。足足有十秒钟,她默不作声地盯着他的眼睛,目光坚决而冰冷,然后突然极快极低地说了一句:

"我会永远记着你的!"

十年后,当斯捷潘·特罗菲莫维奇关好房门,低声将这段哀伤的往事讲给我听时,他信誓旦旦,说他当时呆若木鸡,以至于既没听见、也没看见瓦尔瓦拉·彼得罗夫娜是如何走掉的。而她后来对此事从未有过任何暗示,一切都一如既往,以至于他一直怀疑,那仅仅是他生病之前的幻觉——何况当晚他真的一病不起,卧床整整两个礼拜,凉亭相会便也就此中断。

不过,尽管怀了幻觉的希望,但他每一天、终其一生都在等待这件事的后续和结局。他不相信这事就这么完了!若果真如此,他偶尔向女伴投去古怪的目光也就不足为奇了。

五.

她甚至亲自为他设计了一套行头,而他一穿就是一辈子。那身行装优雅而别致:一袭黑色长襟礼服,联排扣几乎顶到了下巴颏,穿在身上英姿勃勃;一顶宽檐帽(冬天是软呢帽,夏天则换成凉帽);一条白色麻纱领结,结扣大大的,两端下垂;一根镶银手杖;一头垂肩长发。他的头发是深褐色的,直到最近才夹杂数根银丝。胡须随长随剃。据说,他年轻时极其英俊。可照我看,即使到了老年,他也同样引人注目。再说,五十三岁哪里算得上老呢？然而,或许是出于公知做派,他非但不往年轻里打扮,反而喜欢倚老卖老,穿着那身行头,身材颀长,长发垂肩,俨然一位年高德劭的老族长,更准确地说,酷似诗人库科利尼克[1]在三十年代某本诗集里的石印肖像,特别是夏天,当他坐在花园长椅上,在盛开的丁香花下,双掌扣住手杖,近旁摊放着一本书,面对夕阳,陷入诗意的沉思时。说到书,后来他几乎不怎么读了。当然,那已经是晚年的事了。报纸杂志他倒是经常读——瓦尔瓦拉·彼得罗夫娜为他订了一大堆。对俄国文坛的成就他也时常关注,但从不肯自降身份。他还曾一度热衷于研究俄国当代内政外交的最高决策,但很快便大手一挥,放弃了。常有这样的情形:他手上捧着托克维尔的政治学著作去了花园,口袋里却揣着本保罗·德·科克的流行小说。不过,这些都是小事儿。

关于库科利尼克的肖像,有必要交代两句:瓦尔瓦拉·彼得罗夫娜初次见到这幅肖像时还是一位少女,正在莫斯科某所贵族女子寄宿学校就读。和所有女学生一样,她立刻就爱上了诗人。(这些女学生见谁爱谁,包括自己的男教员,尤其是教书法和绘画的。)但有趣的是,直到五十岁时,她仍将这幅肖像与自己最私密的贵重物品珍藏在一处。或许正因如此,她才仿照肖像画给斯捷潘·特罗菲莫维奇设计了那身行头。当然,这个也是小事儿。

寄居瓦尔瓦拉·彼得罗夫娜庄园的头几年,更准确地说是前半期,斯捷潘·特罗菲莫维奇偶尔还会构思一些文章,并且每天都踌躇满志地准备动笔。可到了后半期,他恐怕连自己的老本儿都丢了。他

---

[1] 涅·瓦·库科利尼克(1809—1868),俄国诗人、小说家、翻译家、剧作家。

越来越频繁地向我们抱怨:"总感觉要动笔了,材料都搜集齐了,可就是沉不下心!什么都干不成!"说完便沮丧地垂下头去。毫无疑问,这恰恰能够增添他在我们心目中作为学术受难者的威仪;可他想要的却并非这个。"我被人遗忘了,没人需要了!"他不止一次失声喊道。及至五十年代末,这种被放大的忧郁已将他深深攫住。瓦尔瓦拉·彼得罗夫娜终于意识到了问题的严重性。何况她本人也无法容忍自己的朋友就这么"被人遗忘了,没人需要了"。为了让他散散心,也为了帮他重拾声望,她带他去了莫斯科,为他引荐了几位文学界和学术界的名人。但就连莫斯科也无法令他释怀。

那是一个特殊的年代;出现了一些新的、与往昔静谧格格不入的东西,极其怪异,却又无处不在,连斯克沃列什尼基庄园都觉察得到。各种传言纷至沓来。事实或多或少是大体清楚的,但显然,在事实之外还涌现出了某些与之相伴的思想,关键是为数极多。这才是最恼人的:完全无所适从,更无法彻底搞清楚这些名词究竟何意。出于女人的天性,瓦尔瓦拉·彼得罗夫娜非要勘破个中秘密不可。她本想亲自去阅读报纸杂志、国外禁书,乃至当时已经开始散播的传单(所有这些她都搞到了),结果却只让她更加晕头转向。她还试过写信询问,但很少有人回信,而且越到后来越语焉不详。她郑重其事地将斯捷潘·特罗菲莫维奇请来,想把"所有这些思想"一次性彻底搞懂,但后者的解释完全不能令她满意。他对于整体局势的看法傲慢已极:依他之见,一切都是因为他本人"被人遗忘了,没人需要了"。终于有人想起他来了,先是一家国外的出版物,称他为"被流放的受难者";紧接着是彼得堡,将他誉为"一颗曾经闪耀于星群的明星";甚至有人将其比作拉季舍夫。随后有人登报说他业已过世,还承诺要为他撰写悼文。斯捷潘·特罗菲莫维奇顿时起死回生,趾高气昂,对于同代人的傲慢与偏见也随之一扫而光。他的胸中再次燃起希望,渴望加入运动,大展身手。瓦尔瓦拉·彼得罗夫娜也立即恢复了对于一切的信心,拼命张罗起来。二人决定即刻动身前往彼得堡，去实地考察、亲身感受，如有可能，便全身心地投入到新事业中去。她甚至宣布要创办一份属于自己的刊物，并为之奉献自己的全部余生。一见这架势，斯捷潘·特罗菲莫维奇更加倨傲，一路上几乎对瓦尔瓦拉·彼得罗夫娜摆出了庇护者的姿态，而后者立刻将此记在心上。不过，她此次前往彼得堡还有一个重要目的——恢复高层关系。必须尽可能地在上流社会彰显自己的存在，至少要为此付出努力。而此行对外宣称的由头，则是前去探望瓦尔瓦拉·彼得罗夫娜即将从彼得堡贵族学校毕业的独生子。

六

他们在彼得堡几乎待了整整一冬。然而，临近大斋期，一切都破灭了，像一个七彩的泡沫。梦想全部落空了，而那团乱麻非但没有理清楚，反而更加令人心烦意乱。首先，高层关系基本没有得到恢复，就算有，也是微不足道、七拐八绕的。自尊心受挫的瓦尔瓦拉·彼得罗夫娜决定全身心地投入到"新思潮"中去，开始在自己府上举办晚会。她一招呼，文学家们立刻蜂拥而至。后来甚至有人不请自来，并且呼朋引伴。她生平从未见过这样的文学家。他们虚荣到无以复加，并且丝毫不加掩饰，倒像是在履行自己的天职。有些人（好在远非所有人）甚至会醉醺醺地到场，还自以为美——一种独特的、昨天才发现的美。他们所有人都傲慢得令人惊讶。每个人脸上都写着：我刚刚揭开了一个极其重要的秘密。他们谩骂，并以此为荣。很难搞清楚他们究竟写过什么，却个个顶着批评家、小说家、戏剧家、讽刺家、揭露家的名头。而斯捷潘·特罗菲莫维奇居然挤进了这群人的顶层圈子——运动的指挥枢纽。指挥层的大人物们原本崖岸自高，却热情地接纳了斯捷潘·特罗菲莫维奇，尽管他们都对他一无所知、闻所未闻，除了一点,即他"代表着思想"。他在他们中间四处游说,终于令他们降尊纡贵,亲自驾临了瓦尔瓦拉·彼得罗夫娜的沙龙一两次。他们都极其严肃、极其客气、极有修养,但其余人显然都很怕他们,而且看得出来,他们时间很紧。还来过两三位曾经的文坛名宿,他们是瓦尔瓦拉·彼得罗夫娜的老熟人,恰巧也在彼得堡。但令她吃惊的是,这些真材实料的名人在这群新派的乌合之众面前居然如此低声下气,有的甚至对后者点头哈腰、巴结逢迎。斯捷潘·特罗菲莫维奇起初颇为得意:他受到追捧,在公开的文学集会上频频抛头露面。当他初次登台亮相,在一次公开的文学集会上朗诵作品时,现场爆发出雷鸣般的掌声,足足持续了五分钟之久。时隔九年,每每回忆起这一幕时,他仍会热泪盈眶——当然,这热泪更多地是发自其艺术天性,而非出于感激。"我对您发誓,我敢打赌,"他曾亲口对我说(私下里、偷偷地),"那群听众中的任何人对我都一无所知!"这句肺腑之言颇值得玩味:一方面,他似乎的确头脑敏锐——既然他当年在舞台上飘飘然忘乎所以时仍能清醒地意识到自己的处境;可另一方面,他又似乎并不高明——假如他在九年之后回想起时仍不肯为此感到羞耻。有人让斯捷潘·特罗菲莫维奇在两三份集体抗议书上签字,他签了,虽然并不知道抗议些什么;又有人叫瓦尔瓦拉·彼得罗夫娜在一份什么"无耻行径"上签字,她也签了。不过,这些新晋势力中的大部分,尽管常来瓦尔瓦拉·彼得罗夫娜府上,却无端地认为理应对女主人表现出毫不掩饰的鄙夷与嘲讽。斯捷潘·特罗菲莫维奇后来曾在愁苦的时刻对我暗示,瓦尔瓦拉·彼得罗夫娜对他的嫉妒正是由此开始。她当然知道自己无法与这些人结交,却仍旧贪婪地接待他们,带着女性的歇斯底里和不耐烦,关键是仍然有所期冀。在晚会上她很少说话(尽管她满可以说),她更多地是听别人说。他们谈论取缔书刊审查和硬音符号,谈论改俄文字母为拉丁字母,谈论某人昨日被流放,谈论游廊商场风波,谈论将俄国按民族分化、自由组成联邦,谈论解散军队和舰队,谈论以第聂伯河为界重建波兰，谈论农奴制改革及政治传单，谈论取消继承权、家庭、孩子和神甫，谈论女性权利，谈论克拉耶夫斯基大楼以及克拉耶夫斯基永远不被原谅[1]，等等，等等，无所不涉。不用说，在这群新派的乌合之众中间有很多骗子手，但毋庸置疑，其中也有不少正派人，有些甚至颇具魅力，尽管他们也有这样那样令人跌破眼镜的惯习。正派人远比鄙俗粗陋之人更令人难以捉摸；但谁把谁捏在手里尚未可知。当瓦尔瓦拉·彼得罗夫娜宣布要自办刊物时，更多的人闻风而至，但很快便有人当面发难，谴责她是女资本家，谴责她剥削劳动。谴责突如其来又无礼之至。年迈的老将军伊万·伊万诺维奇·德罗兹多夫——已故斯塔夫罗金将军生前的好友兼同事，一个架子很大的、在敝城无人不知的人，一个刚愎自用、暴躁易怒的人，一个食量惊人、对无神论怕得要命的人——在瓦尔瓦拉·彼得罗夫娜举办的一次晚会上，跟一位风头正盛的年轻人起了争执。后者开口便道："听您这口气，想必是位将军喽！"——听他那口气，似乎再也找不出比"将军"更难听的骂人话了。伊万·伊万诺维奇勃然大怒："没错，先生，我正是一位将军，而且是一位中将，我为我的陛下效命，而你，先生，只是个目无神明的黄口小儿！"最后闹到不可收场。这桩丑事转天就见了报，并随即引发了一场集体签名行动，以抗议瓦尔瓦拉·彼得罗夫娜的"丑陋行径"，只因她没有当场把将军逐出家门。某本画报还刊登了一幅讽刺漫画，将瓦尔瓦拉·彼得罗夫娜、将军本人和斯捷潘·特罗菲莫维奇画成了沆瀣一气的反动三人组。漫画还配上了人民诗人专门为此创作的诗歌。且容我插一句：很多将军们的确有这个可笑的口头禅："我为我的陛

---

[1] 安·亚·克拉耶夫斯基（1810—1889），俄国著名出版人。克拉耶夫斯基大楼原为其私邸，坐落于铸造厂大街，《祖国纪事》杂志编辑部便设于此。克拉耶夫斯基于1839年收购该杂志，迅速将其由无人问津的刊物抬升至全俄第一大月刊。该杂志初期吸引了大批进步知识分子，别林斯基曾在此主持批评专栏六年之久。但由于克拉耶夫斯基对别林斯基过分吝啬苛刻，加之二人在思想上的龃龉，后者于1846年离开，《祖国纪事》自此日趋保守反动，克拉耶夫斯基也因此饱受诟病，直至1868年被迫将杂志转交给涅克拉索夫。

下效命……"好像这些将军们的陛下跟我们这些平头百姓的陛下并非同一个,而另有一个将军们专属的陛下似的。

在彼得堡再待下去显然已是不可能的了,何况就连斯捷潘·特罗菲莫维奇本人也遭遇了彻底的失败[1]。他无法忍受,开始宣称艺术的权利,结果却招来了更大的嘲笑。在最后的一次朗诵会上,他试图以其公知的雄辩挽回局面,幻想着听众的心灵能够被触动,对他的"被驱逐"萌生敬意。他不加争辩地承认了"祖国"这个字眼的苍白与滑稽,承认了宗教有害的观点,但却铿锵有力地宣称:靴子不如普希金,远远不如[2]。人群放肆地冲他大吹口哨,以致他当场痛哭流涕——就在台上,众目睽睽之下。当瓦尔瓦拉·彼得罗夫娜将他送回家时,他已经半死不活。"我被他们当成了一顶破睡帽!"[3]他神志不清地咕哝道。她悉心照料他,喂他服下桂樱叶滴剂,不住声地安慰了他一宿:"您还有用,您还会东山再起的,会有人赏识您的……总有一个地方。"

翌日一早,便有五位文学家登门造访。其中有三位是瓦尔瓦拉·彼得罗夫娜之前从未见过的陌生人。他们板着脸孔向她宣布,他们审议了关于她创刊的事宜,并就此做出了决定。可瓦尔瓦拉·彼得罗夫娜从未委托过任何人对其创刊事宜进行审议并做出决定。根据他们的决定,她需在创刊之后,立即以自由联合之名,将杂志连同全部资金转交给他们,而她本人则需返回斯克沃列什尼基庄园,并把"过气的"斯捷潘·特罗菲莫维奇一并带走。出于礼仪,他们同意承认她对杂志的所有权,并承诺向她支付六分之一的纯利润。最令人感动的是,五人中至少有四人毫无私心杂念,完全是为了"共同事业"着想。

---

[1] "失败"原文为意大利文。
[2] 此话意在驳斥皮萨列夫等人对普希金的狭隘功利主义评判,诸如靴子好过普希金,靴匠比普希金有用一百倍。
[3] 原文为法文。(下文中,原文为法文处皆以仿宋体排印,不再一一注明。)

"我们就这么稀里糊涂地走了,"斯捷潘·特罗菲莫维奇对我们说,"我脑子里一团糨糊,只记得车厢咣当咣当,而我嘴里一直念叨着:

> 维克和维克,列夫·卡姆别克,
> 列夫·卡姆别克,维克和维克……[1]

"鬼知道还有些什么,念叨了一路。直到莫斯科我才缓过神来——说不定那里真能见到另一番景象?哦,朋友们!"他时常精神焕发地向我们感叹,"你们都想象不到,何等强烈的忧愤会攫住你的心灵,当你看到,一直以来被你奉若神明的伟大思想,被一帮蠢材揪住,扔到街上,展示给那些跟他们一样的傻瓜,然后,你在旧市场上发现了她,面目全非,满身污垢,被胡乱地扔在角落里,毫无章法,毫不协调,被一群懵懂顽童当成玩具!不!我们当年可不是这样的,我们所追求的也并非这个。不,完全不是。如今,我什么都认不出来了……我们的时代一定会再次到来,将眼下这摇摆不定的一切全部纳入正轨。否则还怎么得了?……"

七

刚从彼得堡回来,瓦尔瓦拉·彼得罗夫娜便将自己的友人送去了国外,去"休整"。他也的确需要暂时离开一段时间,她能感觉得到。斯捷潘·特罗菲莫维奇兴冲冲地启程了。"我要复活了!"他喊道,"我

---

[1] 这是陀思妥耶夫斯基为抨击19世纪60年代的流俗刊物而作的一首讽刺诗的开头两句。"维克"是俄文单词 век(世纪)的音译,借指1861—1862年于彼得堡发行的《世纪》周刊。该刊因发表侮辱女性的小品文而遭到广泛批评。列夫·卡姆别克(1822—1871),俄国记者,文风尖酸刻薄,善于无风起浪,博人眼球。陀思妥耶夫斯基曾在《时代》杂志1863年第一期撰文讽刺二者:"须知,维克和列夫·卡姆别克可是为我国整整一代的进步人士及其年幼的子女们提供了给养,而且是在如此漫长的岁月里……"

终于能搞研究了!"然而,寄自柏林的头几封信便旧调重弹。"我的心碎了,"他向瓦尔瓦拉·彼得罗夫娜倾诉,"一切都无法忘却!在这里,在柏林,一切都让我回想起从前,那些最初的兴奋与痛苦。她在哪儿?她们两个都在哪儿啊?你们在哪儿啊,我自始至终都配不上的两位天使?我的儿子又在哪儿,我最最心爱的儿子?而我自己又在哪儿?从前那个我,和钢铁一样有力,像山崖一样屹立不倒,而如今,就连安德列耶夫,一个大胡子的正教小丑,都能毁掉我的一生。"等等,等等。说到儿子,他这辈子总共只见过两次,头一次是儿子出生时,第二次是不久前在彼得堡,当时年轻人都快要考大学了。前面已经说过,这孩子打小就由几位姑妈抚养(钱由瓦尔瓦拉·彼得罗夫娜出),在距离斯克沃列什尼基庄园七百多公里的O省。至于安德列耶夫,不过是敝城的一位商人,一位脾气古怪的店铺老板、无师自通的古玩专家,热衷于收藏俄国古董,总爱跟斯捷潘·特罗菲莫维奇较量见识,尤其是思想倾向。就是这么一位可敬的、蓄着花白胡子的、戴着大银框眼镜的商人,在买下斯捷潘·特罗菲莫维奇的田产(斯克沃列什尼基庄园旁边那处)上的几十棵树的砍伐权时,拖欠了四百卢布。尽管斯捷潘·特罗菲莫维奇前往柏林时,瓦尔瓦拉·彼得罗夫娜已经给够了他一应花销,但他仍对这四百卢布抱了很大期望(大概是另有些秘密的开支吧),而当安德列耶夫请他宽限一个月时,他几乎落了泪,但前者延期支付的理由却很充分:想当初,为了满足斯捷潘·特罗菲莫维奇的特殊需求,他在支付第一笔钱时几乎提前了半年。瓦尔瓦拉·彼得罗夫娜如饥似渴地读完了友人的第一封来信,在"她们两个都在哪儿啊?"这句话下面用铅笔重重地画了一道线,标记了日期,锁进了小木箱。斯捷潘·特罗菲莫维奇所谓的"她们",自然是指他的两任亡妻。可到了第二封柏林来信,却突然换了调子:"我每天工作十二个小时(瓦尔瓦拉·彼得罗夫娜低声埋怨:"哪怕十一个小时也好啊!"):跑图书馆,查资料,做笔记,四处奔走,拜访教授。我还跟杰出的敦达索夫一家恢复了联系。娜杰日达·尼古拉耶夫娜依旧如此迷人！她托我向您问好。她的小丈夫和她的三个外甥都在柏林。我每晚都和青年们彻夜长谈，一切都如此细腻，如此优雅，如此崇高，简直堪称雅典之夜：流淌的音乐，西班牙旋律，全人类革新的梦想，永恒之美的理念，西斯廷圣母……光明固然掺杂着黑暗，可要知道，就连太阳也有黑子呵！哦，我的朋友，我高尚的、忠诚的朋友！我属于您，我的心永远与您同在，无论在任何国度，哪怕是马卡尔和他的牛群所在的国度[1]。还记得吗，在离开彼得堡之前，我们时常会忐忑不安地谈论起的那个国度？如今每次想起我都不禁莞尔。出国以后，我感到自己安全了，这感觉如此奇特，如此新鲜，这么多年来我头一回有这种感觉……"等等，等等。（斯捷潘·特罗菲莫维奇经常故意将俄语中的一些俗语谚语翻译成蹩脚的法语——绝非他理解有误或者翻译不好，而只是为了玩花样，自以为俏皮。）

"哼，胡说八道！"瓦尔瓦拉·彼得罗夫娜读罢，将这封信也收了起来。"既然雅典之夜通宵达旦，又怎么可能看书十二个小时？他写信时难道喝醉了吗？那个敦达索娃，也配向我问好？算了，由他疯去吧……"

但他并没有疯多久，还四个月不到，他就跑回了斯克沃列什尼基。他最后的几封信通篇都在倾诉他对千里之外的友人情意缠绵的渴慕，连信纸都被离别的泪水打湿了——有些人生性如此恋家，简直跟哈巴狗一样。二人久别重逢，欣喜若狂。但没过两天便一切照旧了，甚至比从前更加无趣。"我的朋友，"两个礼拜后，斯捷潘·特罗菲莫维奇神秘兮兮地对我说，"我的朋友，我发现了一个令我震惊的……秘密：我只不过是个普通食客，仅此而已！仅、此、而、已！"

---

[1] 源自俄语俗语"马卡尔放牛都不会去的地方"，意同"鸟不拉屎之地"，十月革命之前常用来指代政治流放。

八

此后，我们的生活就风平浪静了，最近九年几乎都是如此。歇斯底里的发作和趴在我肩头的痛哭仍时有发生，但丝毫没有影响到我们的安宁。我很惊讶，斯捷潘·特罗菲莫维奇居然一直没有发福。他只是鼻头略微有些发红，性情也愈加温厚了。慢慢地，在他周围聚集了一个朋友圈子，但一直不大。瓦尔瓦拉·彼得罗夫娜很少与我们这个圈子接触，但我们所有人都视其为庇护者。在彼得堡吃了苦头之后，她总算在敝城安下心来；冬天住在城里的公寓，夏天搬去郊外的庄园。最近七年，瓦尔瓦拉·彼得罗夫娜在敝省社交圈的威望与影响空前高涨，直至前任省长卸任。敝省前任省长、令人怀念的老好人伊万·奥西波维奇是瓦尔瓦拉·彼得罗夫娜的近亲，曾经受过她的恩惠。前任省长夫人在她面前诚惶诚恐，全省社交圈子对她的尊崇更是无以复加，几近僭越。可想而知，斯捷潘·特罗菲莫维奇也随之风光无限。他成了俱乐部的常客，大把大把输钱，处处受人尊敬，尽管很多人只当他是个"学问人"。后来，瓦尔瓦拉·彼得罗夫娜准许他搬出来单住，我们这伙人就更自在了。我们每周都要在他家聚上两次，每次都很尽兴，特别是当他不吝啬香槟酒的时候。酒水一概从安德列耶夫处赊账，瓦尔瓦拉·彼得罗夫娜每半年帮他结一次，而结账日往往便是轻霍乱发作日。

资格最老的圈子成员是利普京，他在省里当差，年纪不小了，是个资深的自由主义者，全城有名的无神论者。他二婚娶了个年轻漂亮的女人，得了一笔嫁妆，另有三个未成年的女儿。妻女都被他调教得服服帖帖，大门不出二门不迈。他为人极其悭吝，靠差事攒下了一处小宅子和一笔钱。此人极不安分，品衔又低，在敝城很少有人看得起，上流圈子则根本挤不进去。他还极爱搬弄是非，为此常受惩治，有两次还被惩治得不轻，一次是被一名军官，另一次是被一位德高望重的老族长、大地主。而我们却喜欢他脑子灵、好打听，还有他那股子不管不顾的快活劲儿。瓦尔瓦拉·彼得罗夫娜不待见他，可他却总能变着法地讨好她。

瓦尔瓦拉·彼得罗夫娜也不喜欢沙托夫，后者进入这个小圈子才一年时间。他以前是个大学生，某次学潮之后被学校开除了。他小时候做过斯捷潘·特罗菲莫维奇的学生。他的亡父帕维尔·费多罗夫是瓦尔瓦拉·彼得罗夫娜的家仆，所以他一落生就是后者的奴仆，受她的恩惠。瓦尔瓦拉·彼得罗夫娜不喜欢他的骄傲自大和忘恩负义，最令她无法宽恕的是，沙托夫被学校开除之后，非但没有立刻前来投奔她，甚至连她专门写的信都只字未回，而宁肯跑去给一位开明商人当家教。后来，他又跟着商人一家出了国，其身份与其说是家庭教师，莫如说是男保姆；但他当时一心想要出国。商人家还有一位女家庭教师，一个泼辣的俄国姑娘，也是临近出国才聘请的，主要是要价低。刚过两个月，商人便以"思想放荡"为由将她逐出了家门。沙托夫也随之而去，很快便在日内瓦与她结了婚。两人共同生活了三个礼拜，然后就分手了，彼此之间再无瓜葛；当然，贫困也是原因之一。后来他独自在欧洲游荡了很久，上帝知道他以何谋生，据说他曾在街头擦过皮鞋，在码头扛过麻包。一年多前，他终于又回到了老家，住在一位年迈的姑妈家。一个月后，姑妈就去世了。沙托夫的妹妹达里娅（达莎）同样受瓦尔瓦拉·彼得罗夫娜供养，极其得宠，过着贵族小姐般的生活。沙托夫与她关系疏远，极少往来。

跟我们在一起时，沙托夫总是面色阴郁，寡言少语；可一旦有人冒犯了他的信念，他便会气得发疯，口不择言。"想跟沙托夫争论，先得把他绑起来。"斯捷潘·特罗菲莫维奇经常开玩笑说。但他还是蛮喜欢沙托夫的。在国外期间，沙托夫彻底改变了自己从前的某些社会主义信念，转而跳到了与之相对立的极端。他属于那种为理想而活的俄国人,他们会突然被某种强大的信念击中,从此被其俘获,甚至终其一生。他们永远无力抗拒这些理念,而是选择狂热地迷信它们,一辈子都仿佛在一块将其砸倒在地、压得半死的巨石底下做垂死挣扎。沙托夫的相貌与其信念十分般配:他体格粗笨,头发浅黄而蓬乱,矮身量,宽肩膀,厚嘴唇,两道极浓的淡黄色眉毛总耷拉着,额头总皱皱着,冷淡的目光总害臊似的盯着地面。头上总有一撮头发桀骜不驯地翘翘着。年纪不是二十七,就是二十八了。"我算知道他老婆为什么会跑了。"瓦尔瓦拉·彼得罗夫娜有天在仔细端详了沙托夫的尊容后评论道。他虽然穷得要命,却尽量穿得整洁体面。他照旧没向瓦尔瓦拉·彼得罗夫娜求助,而是勉强度日,偶尔给商人们打打杂。有一回,他在一家店铺当伙计,眼看就要以掌柜助理的身份跟船送货了,临近发船却病倒了。他受的那些穷困绝对是常人所难以想象的,而他却丝毫不以为意。他病倒以后,瓦尔瓦拉·彼得罗夫娜暗中寄给他一百卢布,没有署名。可他却打听出来了,想了想,收下了钱,并登门致谢。瓦尔瓦拉·彼得罗夫娜热切地接待了他,而他却又一次可耻地辜负了她的期待:他前后只坐了五分钟,一言不发,只是盯着地面傻笑,女主人正说得起劲儿,他突然站起身来,半侧着身笨拙地鞠了一躬,一时羞臊得手足无措,将一张贵重的拼花案几撞翻在地,摔坏了。他逃出门去,简直丢死人了。利普京事后对他很是不满,说他就该把那一百卢布给扔回去,毕竟那是他从前的女主子的钱,可他倒好,不但收了钱,还腆着脸去登门道谢。沙托夫孤身一人住在城郊,从不喜欢有人去他家,包括我们这个圈子里的人。斯捷潘·特罗菲莫维奇家的晚间聚会他每次都来,还常向主人借阅书报。

　　常来晚会的还有一位年轻人,姓维尔金斯基,是个本地小吏,乍看与沙托夫颇为相似,实则在一切方面均与后者截然相反。他也是个"恋家"之人。这是个可怜的、极其文静的年轻人(其实也快三十了),学识渊博,但大多是自学的。这个可怜虫已有妻室,妻子的姨妈和姐姐都靠他养活。他的夫人乃至家中的所有女士都爱在思想上赶时髦，但总是浮皮潦草，都是些"被扔到街上的思想"（借用斯捷潘·特罗菲莫维奇的说法）。那都是从小册子上抄来的，一旦帝都的进步圈子有任何风声传来，她们随便什么都能扔到窗外去，只要有人建议她们扔。维尔金斯卡娅夫人在敝城做助产士，少女时代曾久居彼得堡。维尔金斯基本人心地极其纯洁，我很少见过如此纯粹的精神火焰。"我永远、永远不会放弃这些光明的希望。"他时常目光炯炯地对我说。提到"光明的希望"时他总是很小声，充满柔情，近乎耳语，像在诉说什么秘密。他的身量相当高，但肩膀过于单薄、狭窄，淡褐色的头发稀稀落落。对于斯捷潘·特罗菲莫维奇对其部分观点的傲慢嘲笑，他总是照单全收，但有时也会异常严肃地加以反驳，常将对方驳得无言以对。斯捷潘·特罗菲莫维奇对他总是很温和，事实上，他对我们所有人都如慈父一般。

"你们这些人哪，还是太嫩啦，"他打着哈哈说维尔金斯基，"只不过，维尔金斯基，在你身上我并未发现彼得堡那些神学院学生的那种狭隘性，但你终究还是太嫩。沙托夫倒是想装得老成些，可他也还是太嫩。"

"那我呢？"利普京问。

"您嘛，不嫩不老刚刚好，在哪儿都能吃得开。"

利普京便不高兴了。

关于维尔金斯基有种流言，而且不幸的是，似乎确有其事：据说他夫人婚后跟他过了还不到一年，有天突然宣布他被罢免了，因为她相中了列比亚德金。这个列比亚德金是个外来户，后来被查出形迹十分可疑，根本不是他自己宣称的什么退役上尉。他只会捻他那两撇八字胡，喝大酒，山吹海哨，满嘴跑火车。这家伙大模大样地住进了维尔金斯基家，白吃白喝不说，后来竟开始对男主人颐指气使。据说，当维尔金斯基听到自己被罢免时对妻子说："我的朋友，以前我只是爱你，如今我还敬你。"事实上，他很可能并没有说出这句古罗马名言[1]，相反，有人说他只顾号啕痛哭。有一天，罢免事件后约莫两个礼拜，"小三口"一起来到城外的小树林，和熟人们一起喝茶。维尔金斯基似乎有些亢奋，不住地跳舞，突然冷不丁地双手薅住列比亚德金的头发，将这个刚刚跳完下流的康康舞的大块头摁得低下头去，一面拖拽，一面又喊、又哭、又叫。大块头彻底怂了，丝毫不敢反抗，全程一声没吭，只是在拖拽结束之后才表现出不失体面的愤慨。当天夜里，维尔金斯基给夫人跪了一整宿，但由于他坚决不肯向列比亚德金赔罪，未能得到夫人的宽恕。人们都骂他缺乏信念，骂他愚蠢——竟然向女人下跪求饶。上尉很快就不见了踪影，直到最近才重新露面，带着自己的妹妹，抱着新的目的。但他的事我们以后再说。不用说，这个"恋家"的可怜人常向我们倾诉心曲，寻求慰藉，但家中之事却从未提起过。只有一次，我俩一起从斯捷潘·特罗菲莫维奇家里出来，他兜兜绕绕地聊到了自己的处境，然后突然抓住我的胳膊，热烈地呼喊：

"没关系，这只是一己私事；丝毫、丝毫不会影响'共同事业'！"

我们这个小圈子里还时不时来些稀客：什么犹太佬利亚姆申啊，大尉卡尔图佐夫啊。有段时间来过一个好打听的小老头儿，如今已经死了。利普京还带来过一位被流放的天主教教士斯洛尼采夫斯基，起初我们还对他以礼相待，后来就不让他进门了。

九

曾经有人造谣，称我们这个小圈子是滋生自由思想、道德败坏和

---

[1] 在俄国革命作家车尔尼雪夫斯基（1828—1889）的长篇小说《怎么办？》（1863）中，新女性薇拉先是与普罗霍夫自由结合，后又与其好友吉尔沙诺夫相爱，普罗霍夫先是成人之美，几年后又与薇拉的女友卡捷琳娜相爱，最后两对家庭比邻而居，其乐融融。陀思妥耶夫斯基早在1866年出版的《罪与罚》里，就借虚无主义者列别贾特尼科夫之口道出了上面那句所谓的"古罗马名言"，借以讽刺这种所谓的新式婚恋自由观（参见《罪与罚》第五部第一章）。此处及下面三人一起郊游喝茶的情节都在暗讽《怎么办？》。

无神论的温床,而且谣言愈传愈烈。事实上,我们有的只是无伤大雅的、可爱的、快活的、极富俄国特色的自由主义的闲聊。"高级的"——即完全不抱任何目的的——自由主义和自由主义者,只有俄国才有。和任何一位风趣健谈的人一样,斯捷潘·特罗菲莫维奇也需要听众,不仅如此,他还必须确信,自己正在履行传播思想的崇高职责。最后,他必须得跟谁一起喝点香槟,一面品酒,一面交换关于俄国及"俄国精神",关于神明尤其是"俄国神明"的有趣想法,第一百次讲述那些人尽皆知、耳熟能详的俄国丑闻趣事。我们也不介意聊聊城里的流言蜚语,有时还会做出严厉的道德批判。我们偶尔也会关心一下全人类,严肃探讨全欧洲乃至全人类的未来命运;我们不容置喙地预言,没有了君主专制,法国将立刻沦为二流国家,并且坚信,这将以迅雷不及掩耳之势变成现实[1]。我们早就预言,在统一的意大利王国,教皇只能扮演普通大主教的角色;我们深信,纠缠千年的教权与王权问题,将在我们这个人道的、工业和铁路的世纪迎刃而解。要知道,对待实务,"高级的俄国自由主义"不可能有别的态度。斯捷潘·特罗菲莫维奇时常谈论艺术,而且相当精妙,尽管颇为抽象。他还时常讲起自己青年时代的友人们——都是些俄国发展史上有名有姓的人物,他讲得很动情、很虔敬,但似乎也不无嫉妒。倘若实在无聊,钢琴大师犹太佬利亚姆申(邮政总局的一名小吏)便会为我们弹琴助兴,穿插模仿猪哼哼、打雷、女人分娩、婴儿呱呱坠地之类——就是为了这个才叫他来的。赶上所有人都喝高了——这种情况也有,虽然不多——便会群情激奋,有一回甚至在利亚姆申的伴奏下齐唱《马赛曲》,至于唱得如何就不得而知了。二月十九日这个伟大的日子[2]令我们欣喜若狂,提前很

---

1 此处的君主专制制度指路易·波拿巴创建的法兰西第二帝国(1852—1870)。
2 1861年俄历2月19日(新历3月3日),沙皇亚历山大二世颁布农奴制改革系列法令,史称"二一九法令"。此为俄国历史上的重要转折点,俄国从此正式废除了农奴制,走上了资本主义发展道路,但改革并不彻底,仍保留了部分封建农奴制残余。

久便开始举杯庆祝。那已经是很久很久以前的事了,当时沙托夫和维尔金斯基都还没来,斯捷潘·特罗菲莫维奇还跟瓦尔瓦拉·彼得罗夫娜住在同一栋楼里。在伟大日子来临之前不久,斯捷潘·特罗菲莫维奇又添了一个新毛病,总喜欢小声嘟囔两句诗,那首诗挺出名的,但有些生硬,大概是出自某个自由主义的前农奴主之手:

> 农奴高举斧头向前行,
> 可怕的事情就要发生。

大意如此,原文我记不清了。有一回瓦尔瓦拉·彼得罗夫娜无意中听见了,便冲他大叫:"胡扯,胡扯!"然后便气冲冲地走了。利普京当时碰巧在场,刻薄地对斯捷潘·特罗菲莫维奇说:"要是那些被解放了的农奴一高兴,真对从前的地主老爷们干出点儿什么来,"他边说边用食指绕着脖子转了一圈,"那就好了。"

"亲爱的朋友,"斯捷潘·特罗菲莫维奇宽厚地说,"相信我,这个(他也绕着脖子比画了一下)不会带来任何好处,无论是对于地主老爷们,还是对于我们所有人。虽说最妨碍我们理解的恰恰是我们的脑袋,可就算没了脑袋,我们也照样搞不出什么名堂。"

必须指出,当时有很多人——正是那些所谓的"人民通"和"国家通"们——都认为,宣言颁布当天一定会出点什么事,类似利普京所猜测的那种。斯捷潘·特罗菲莫维奇对此深以为然,以致就在伟大日子来临前夕,突然央求瓦尔瓦拉·彼得罗夫娜送他出国。总之,他开始惶恐不安。但伟大日子过去了,又过了一段时间,傲慢的微笑便重新浮上了他的嘴角。他在我们面前发表了几点高论,论及全体俄国人,特别是俄国庄稼汉的性格。

他最后说:"咱们俄国人哪,就是性子急,在庄稼汉问题上太操之过急了。我们把他们变成了时髦话题。文学界有一大帮子人,已经好几年了,将庄稼汉们吹捧成了有待挖掘的宝藏。我们把桂冠戴到了一群长满虱子的脑袋上。俄国农村,整整一千年间,带给我们的就只有卡玛林斯卡亚[1]。有位杰出的俄国诗人,为人很风趣,第一次在舞台上见到伟大的蕾切尔[2]时便兴奋地喊:'我可不愿意拿蕾切尔换一个庄稼汉!'可我要说:我宁愿拿俄国全部的庄稼汉换一个蕾切尔。我们是时候睁大眼睛了,不能把俄国土产的粗制煤焦油跟女皇之花[3]混为一谈。"

利普京当即表示赞同,但又指出,昧着良心赞美庄稼汉在当时还是很有必要的,是大势所趋;就连上层社会的女士们在读到《苦命人安东》[4]时都会潸然泪下,有几位甚至专门从巴黎致信留守国内的管家,要求他们今后要尽量善待农奴。

真是无巧不成书,安东·彼得罗夫[5]的事儿刚传到我们耳朵里,在敝省,就在离斯克沃列什尼基庄园不足十五公里的地方,也发生了某些误会,警力迅速出动。这回斯捷潘·特罗菲莫维奇可着实吓得不轻,连我们都被他吓到了。他在俱乐部里大呼小叫,说警力不够,必须立刻发急电从邻县调兵增援;接着又跑到省长那里,再三申明此事与他毫无干系,可千万别因为某些陈年旧事把他也给牵扯进去,并提议立即将其声明函告彼得堡有关方面。好在此事很快便不了了之,但他的过激反应着实令我吃惊。

---

[1] 卡玛林斯卡亚,流行于俄国乡村的热烈欢快的婚礼舞曲。1848年格林卡据此创作了著名的《卡玛林斯卡亚幻想曲》,成为俄国民族音乐的奠基之作。
[2] 伊丽莎白·蕾切尔·菲利克斯(1821—1858),法国著名话剧女演员,1853—1854年受俄国沙皇尼古拉一世之邀赴俄巡回演出,风靡一时。
[3] 女皇之花,法国香水世家娇兰公司于1863年推出的一款名贵香水;煤焦油则是一种古老的皮肤科外用制剂,可用于治疗银屑病等皮肤症。
[4] 俄国自然派作家德·瓦·格里戈罗维奇(1822—1899)于1847年出版的中篇小说,以写实的方式讲述了农奴安东苦难的一生。
[5] 安东·彼得罗夫(原名安东·彼得罗维奇·西德罗夫,1824—1861),喀山省别兹德纳村农奴,识文断字,主动向其他农奴宣讲关于农奴制改革的法令,号召农奴捍卫自己的合法权益,影响广泛。当局派兵镇压,许多农奴被打死,彼得罗夫本人被判处枪决。

约莫过了三年,正如大家所知道的,国内开始大谈特谈民族性,还诞生了所谓的"社会见解"。斯捷潘·彼得罗维奇对此嗤之以鼻。

"我的朋友们,"他教导我们说,"我们的民族性,即便真像他们在报纸上所鼓吹的那样,真的'诞生了',那也还在学校里蹲着呢,在德国人开的一所什么彼得学校里,捧着德语课本,背着永恒的德语课文,随时可能被德国老师罚跪。有德国老师固然是好,可事实上呢,很可能什么也没出现,什么也没诞生,一切仍是老样子,全靠上帝保佑。照我说,对俄国来说,对我们的神圣罗斯而言,这样已经足够了。更何况,什么全斯拉夫性[1],什么民族性,全都老掉牙了,再也翻不出什么新花样来了。民族性就算有,在我们这儿也永远只能是老爷们在俱乐部里的夸夸其谈,而且还只能是莫斯科式的。当然,我说的不是伊戈尔大公[2]时代。一句话,就是吃饱了撑的没事干。在我国,什么事都是吃饱了撑的,包括好事、善事,无不出自我们那种老爷式的、优雅的、得体的、乖张的无聊!这话我已经说了三万年了。我们不会靠自己的劳动生活。如今又在宣扬什么'社会见解'了,难道见解会平白无故从天上掉下来吗?难道他们就不明白,想要拥有见解,首先得去工作,去亲身劳动、亲身创举、亲身实践!不工作就永远一无所获。只有工作,才能拥有自己的见解。既然我们自己不肯工作,那么在见解上就只能听从一直以来替我们工作的人,也就是欧洲人、德国人——两百年来我们的老师。更何况,俄国这个谜团太大了,光靠我们自己根本解不开,必须得靠德国人、靠工作。一连二十年,我一直在敲响警钟,号召大家工作!我为此付出了一生,像个疯子一样坚信!如今,我已经不再相信了,但警钟我仍在敲,而且会一直敲下去,一直敲到死;我会一直为人们敲响警钟,直至我自己的丧钟响起!"

---

[1] 原文 всеславянство,是陀思妥耶夫斯基创作中的一个重要理念。旨在将全体斯拉夫民族以东正教名义团结起来,最终达到全人类性(всечеловечество)。
[2] 伊戈尔·留里科维奇(878—945),912—945年任基辅大公,古罗斯统一集权国家的缔造者之一。

嗬！一席话说得我们频频点头。我们为我们的导师鼓掌，那掌声何等热烈！可是，先生们，直到如今，这种"可爱的""睿智的""自由主义的"老掉牙的俄国废话，不是依旧随处可闻吗？

我们的导师信神。他常说："我不明白，为什么这儿的人都认为我是无神论者？我信神，但有分别，我所信仰的，是一种只有通过我才能意识到其自我的本质。我的信仰总不能跟我的纳斯塔西娅（他的女仆），或者跟那些为了'以防万一'才信的老爷们一样吧？或者像我们亲爱的沙托夫——不，沙托夫不算，他信神是迫不得已，就像莫斯科的亲斯拉夫派一样。至于基督教，尽管我对其由衷地尊重，但我并非基督徒。我更像是古代的多神教徒，和伟大的歌德或者古希腊人一样。别的且不说，单说一点：基督教不理解女性，这在乔治·桑[1]的长篇杰作中已经得到了充分反映。至于礼拜啊、斋戒啊什么的，我就不明白了，我做与不做碍着谁了？反正，无论告密者们如何处心积虑，耶稣会会士我是断不肯做的。四七年，别林斯基从国外给果戈理寄来了他那封著名的书信[2]，强烈谴责果戈理，说他信仰'某个神'。咱们私底下说，我再也想不出比这更滑稽的场面了，当果戈理——当时的果戈理！——读到这个字眼，读到……整封信的时候！但抛开滑稽可笑不提，我对此事的本质还是赞同的，因此，我必须郑重地指出：这才是真正的人！因为他们热爱人民，会为人民而痛苦，能够为人民牺牲一切，与此同时又不会对人民处处逢迎，在原则问题上不对他们放任、纵容。别林斯基总不会真想从素油或者萝卜豌豆里寻找救国救民之路吧！……"

就在这时，沙托夫插话了。

"您说的这些人从来没有爱过人民，也从来没有为人民痛苦过、牺

---

[1] 乔治·桑（1804—1876），法国著名女性小说家，女权主义者。
[2] 别林斯基于1847年7月15日公开致信果戈理，痛斥其在《与友人书简选》中流露出的保守思想。

牲过，无论他们如何自我标榜！"他板着脸嘟囔道，说完便垂下眼皮，不耐烦地扭过身去。

"他们还不爱人民？！"斯捷潘·特罗菲莫维奇叫嚷道，"哦，他们多爱俄国啊！"

"他们既不爱俄国，也不爱俄国人民！"沙托夫两眼放光，也叫嚷起来，"爱，首先要了解，可他们对俄国人民一无所知！他们所有人，连同您在内，都只会从手指头缝里看俄国人民，尤其是别林斯基，单从他写给果戈理的那封信里就看出来了。别林斯基就像克雷洛夫寓言里那个逛动物标本馆的人，大象他看不见，却只会盯着几只法国的社会性昆虫[1]不放，以为这就是全部。可即便如此，他还是比你们所有人都聪明！你们不但看不到俄国人民，还看不上、看不起他们，因为在你们的臆想中，只有法国人，甚至只有巴黎人才算得上人民，而俄国人民只会让你们感到丢脸。这是赤裸裸的事实！可谁要是没有人民，谁就没有上帝！告诉你们，无论是谁，一旦他不再了解自己的人民，一旦他失去了与人民的联系，就等于失去了对天父的信仰，就会立刻变成无神论者，变成没心肝的人。我说的没错！事实就摆在眼前！正因如此，所有人——你们和我们，才都变成了卑鄙的无神论者，或者冷漠、堕落的败类，就是这样！您也不例外，斯捷潘·特罗菲莫维奇，我丝毫没有把您排除在外，甚至就是冲您说的，您听好了！"

通常情况下，在讲完这样一段标志性独白之后，沙托夫便会抓起便帽，冲向门口，满以为这下完了，他已经彻底地、永远地断绝了与斯捷潘·特罗菲莫维奇的友好关系。但后者总能及时将他叫住。

"听完了你的肺腑之言，沙托夫，让我们来和好如初吧？"他总会这样说着，宽宏大量地从沙发上朝沙托夫伸过手来。

粗笨而腼腆的沙托夫不喜欢表露温情。他外表看似粗鲁，内心

---

[1] 喻指法国空想社会主义者傅立叶（1768—1830）、卡贝（1788—1856）、勒鲁（1797—1871）等人。

其实比谁都细腻。虽然他常常失了分寸，但每次难过的首先便是他自己。每次听到斯捷潘·特罗菲莫维奇示好的话，他总会嘟囔一句什么，像头熊似的在原地跺跺脚，接着突然咧嘴一笑，放下便帽，坐回原位，眼睛盯住地面。仆人总会适时地端来红酒，斯捷潘·特罗菲莫维奇便会说上一通得体的祝酒词，比方说，为了缅怀某位故去的社会活动家。

第二章　哈尔王子；提亲

一

在这个世界上还有一个人，瓦尔瓦拉·彼得罗夫娜对他的依恋丝毫不亚于对斯捷潘·特罗菲莫维奇，那便是她的独生子——尼古拉·弗谢沃洛多维奇·斯塔夫罗金。当初就是为了他，斯捷潘·特罗菲莫维奇才被聘为西席的。当时小尼古拉才八岁，而他的父亲——孟浪的斯塔夫罗金将军——已经和他的母亲分居，所以他完全是由母亲一手带大的。不得不说，斯捷潘·特罗菲莫维奇还是很擅长与学生亲近的。而他的全部秘诀就在于，他自己也还是个孩子。那时我还没来，而他是永远离不了知心人的。小尼古拉刚刚长大一点儿，他便毫不犹豫地将其当成了自己的知心人。一来二去，两人变得亲密无间。他曾不止一次，深更半夜晃醒这位年仅十岁或者十一岁的挚友，眼含热泪地向其倾诉自己受伤的情感，或者对其透露某项家庭隐秘，而丝毫不会觉得有任何不妥。他们会投入彼此的怀抱，相拥而泣。男孩知道妈妈很爱自己，而自己却未必很爱妈妈。妈妈很少同他讲话，也极少对他过分约束，但他却总能敏感地察觉到她那密切关注的目光。总的来说，瓦尔瓦拉·彼得罗夫娜将儿子的智育和德育完全托付给了斯捷潘·特罗菲莫维奇。那时她对他还充分信赖。应当承认，老师多多少少拨乱了学生的神经。十六岁那年被送往彼得堡求学时，尼古拉体格孱弱，面色苍白，安静异常，耽于沉思。(后来却又变得体力惊人。)同样可想而知的是，两位友人的深夜相拥而泣，并不总是为了家庭秘闻。斯捷潘·特罗菲莫维奇成功地拨动了少年内心深处的心弦，唤醒了他最初的懵懂感受，那是一种古老而神圣的愁绪，任何一个被挑中的心灵，一旦品尝到它的滋味，便再不肯用它去交换廉价的满足了。有些热衷者甚至将这种愁绪看得比"最彻底的满足"还要珍贵，假使后者真的存在的话。无论如何，所幸师生二人终究还是分开了，尽管迟了些。

求学的头两年，年轻人每逢假期都会回家。瓦尔瓦拉·彼得罗夫娜和斯捷潘·特罗菲莫维奇在彼得堡时，他偶尔也会参加母亲举办的文学晚会，听着，看着。他很少说话，还像从前那样文静、腼腆。对于斯捷潘·特罗菲莫维奇他依旧怀有温情，但已经有所克制，极力避免与之谈论高深话题或者追忆往昔。毕业之后，他遵从母愿进了军队，很快就被编入最为风光的近卫骑兵团。但他并没有穿着制服回家向母亲展示，连信也很少写了。瓦尔瓦拉·彼得罗夫娜给儿子寄钱从不吝啬。尽管自改革之后其领地收入锐减，起初还不及从前的一半，但凭借多年节省，她仍攒下了一笔可观的资产。她十分关注儿子在彼得堡上流社会的成功。她自己没能做到的，这位富有且前途无量的年轻军官却做到了。他恢复了那些她如今已不敢奢望的关系，处处受到热情款待。但没过多久，瓦尔瓦拉·彼得罗夫娜便听到了一些奇奇怪怪的传言，说她的儿子不知怎的，突然开始疯狂地纵酒作乐。倒没有说他赌博或者酗酒；只说他太过张扬跋扈，屡次纵马伤人，还说他对某位贵族女士干出了禽兽行径，先是跟人家暧昧不清，后来又当众羞辱了她。其中甚至有些过于下流的成分。还有传言说他是个好斗分子，总爱与人纠缠,专以羞辱人为乐。瓦尔瓦拉·彼得罗夫娜对此忧心忡忡。斯捷潘·特罗菲莫维奇却宽慰她,说这无非是过于充沛的青春激情的最初宣泄,说什么大海终将归于平静,说什么这跟莎士比亚笔下的哈尔王子如出一辙,后者年轻时也总跟福斯塔夫、波因斯、桂嫂等人厮混,后来却终成一代明主。这回瓦尔瓦拉·彼得罗夫娜没再冲他喊"胡扯,胡扯!"(最近她总冲他这么喊),反而听得很认真,还让他给自己讲细点,又亲自找来莎士比亚的原著,认认真真读了一遍。但历史剧并没有令她安心,何况她也并未发现二者有多少相似之处。她一连寄出了好几封信,坐立不安地等待回复。回信没让她等太久,很快她便收到了一个致命的消息:哈尔王子几乎同时参与了两场决斗,都是他主动挑起的,致使一死一伤,而他本人则被送交法庭。结果,他被贬为列兵,剥夺权利,下放至某步兵团,而这已经是法外开恩了。

一八六三年,他不知怎的立了军功,被授予了十字勋章,提为士官,没过多久又晋升军官。在此期间,瓦尔瓦拉·彼得罗夫娜恐怕往帝都寄了不下一百封信,求爷爷告奶奶。情非得已,也由不得她不对人低三下四。晋升之后,年轻军官却突然退了役,而且并未返回斯克沃列什尼基庄园,也再没有给母亲写过一封信。好不容易才从别的渠道获知,他又回到了彼得堡,但从未在之前的社交圈子里露过面,也不知道躲到哪儿去了。最后查明,他跟一伙不三不四的人厮混在一起,身边全是些彼得堡的渣滓、穷困潦倒的小吏、乞讨为生的退伍军人、酒鬼,他出入这些人的脏乱的窝棚,一天到晚窝在贫民区黑黢黢的犄角旮旯里,邋里邋遢、破衣烂衫,看上去还挺享受。他没跟母亲要钱,他自己有一小块领地——他父亲生前的一个小村落,好歹有些产出,据说他把它租给了一个德意志萨克森人。最后还是母亲央求他回家,哈尔王子这才驾临敝城。直到此时,我才得以一睹其真容。

这是一个非常漂亮的年轻人,约莫二十五岁;老实说,我很惊讶。我原以为会看到一个蓬头垢面、浑身酒气、被酒色掏空了身子的人。

恰恰相反，这是我生平见过的最为优雅的绅士，衣冠楚楚，举手投足间无不流露出儒雅的贵族气度。惊讶的人远不止我一个，几乎全城人都震惊了。他们自然也全都听说了他的事迹，而且知道得清清楚楚，搞不懂他们是从哪儿获知的那些细节，最奇怪的是，其中竟有一半是真的。敝城全体女士都为他失去了理智。她们截然分为两个阵营：一半人对他爱得发狂，另一半人对他恨得发疯，但通通为他失去了理智。有些人痴迷于他的内心隐藏着致命的秘密，有些人则单纯喜欢他杀过人。而且他还受过相当良好的教育，甚至很有学识。当然，想令敝城人折服，并不需要太多的学识，关键是他能够就迫切而有趣的话题发表见解，并且在情在理，这就难能可贵了。说来奇怪，敝城人几乎从头一天起就认定他是个深明事理之人。他并不多话，优雅而不做作，谦逊得出奇，同时又比我们中间的任何人都要果敢自信。敝城的公子哥们纷纷向他投去嫉妒的目光，在他面前黯然失色。令我惊讶的还有他的面孔：头发那么乌黑，浅色的眼睛那么平静、明亮，面色那么柔嫩、白皙，脸颊那么红润、鲜亮，齿如珍珠，唇似珊瑚，总之，美得如同画中的男子，可又总让人感觉不大舒服——有人说，他的脸像一副面具。此外，关于他那异常充沛的体力也有着诸多议论。他的身量算是高的。瓦尔瓦拉·彼得罗夫娜看向他的眼神里充满了骄傲，却又总透着不安。他在敝城住了小半年，无精打采，沉默寡言，相当忧郁。出入社交场时，恪守敝省的全部礼节。从父亲那面论，他跟省长沾亲，在省长府上被待为近亲。但没过几个月，野兽突然亮出了它的利爪。

　　顺带一提，我们的前省长伊万·奥西波维奇为人和善软弱，颇像个妇人，但姓氏高贵，人脉广泛——这也是他什么事都不管还能在位这么多年的原因。以他的慷慨大度和热情好客，就该在从前的美好年代当个首席贵族，而不该在如今的多事之秋做一省之主。城里总有传言，说执掌全省的人并非他，而是瓦尔瓦拉·彼得罗夫娜。这话极其恶毒，但明显是造谣。与此相关的风凉话还多着呢！事实上恰恰相反，在敝省享有盛望的瓦尔瓦拉·彼得罗夫娜，近年来主动谢绝了一切高级委任，而自愿恪守她本人划定的严格界限。卸任高级职务之后，她开始专务经营，两三年工夫便将自己的领地收入大体恢复到了从前水平。她再没有了从前那种诗兴大发的心血来潮（诸如造访彼得堡、筹划创办刊物等等），反而开始攒钱，处处节省。连斯捷潘·特罗菲莫维奇她都疏远了，允许后者租房另住（为此他已经用各种借口缠磨她很久了）。久而久之，斯捷潘·特罗菲莫维奇开始称她为"没有诗意的妇人"，甚至开玩笑地叫她"我的散文朋友"。当然，每次开这种玩笑时他总是神色恭谨，而且会谨慎挑选恰当的时机。

我们这些人都明白，而斯捷潘·特罗菲莫维奇的感受最为真切：儿子如今成了她新的希望，甚至梦想。她对儿子的狂热始于他在彼得堡上流社会的成功，而从他被贬为列兵的消息传来的那一刻起便越发强烈。但与此同时，她显然又很怕他，在他面前像个奴婢。看得出来，她在害怕某种未知的、神秘的、连她自己都说不清道不明的东西。有很多次，她暗自凝视着 Nicolas[1]，揣度着，猜测着……终于，野兽突然亮出了它的利爪。

二

我们的王子好端端的，突然接二连三地搞出了匪夷所思的恶作剧。关键是这些恶作剧见所未见、闻所未闻，完全不像寻常意义上的恶作剧，性质极其恶劣、极其幼稚，而且完全是平白无故，鬼知道是为了什么。敝城俱乐部最受尊重的一位理事，帕维尔·帕夫洛维奇·加加诺夫，算得上年高德劭了，他有个无可厚非的小习惯，无论说什么，总爱愤愤然加上一句："哼，没有人能牵着我的鼻子走！"他爱说就让

1　法文：尼古拉。

他说呗！可是有一天，在俱乐部议论某个热门话题时，他又说出了这句口头禅。当时他身边围了一圈俱乐部成员（都是有头有脸的人物）；尼古拉·弗谢沃洛多维奇原本独自一人站在一旁，并无任何人同他搭话，可他听到这话，突然走到帕维尔·帕夫洛维奇身旁，冷不丁地伸出两根手指，狠狠地钳住了后者的鼻子，还拽着他在大厅里走了两步。他跟加加诺夫先生往日无冤近日无仇，可以认为，这是纯粹的恶作剧，自然也是最不可宽恕的。不过，后来人们说，在他做出这一举动的一瞬间，他像是出了神，"就跟疯了一样"；但这已经是事后很久人们的回想和猜测了。而出于激愤，人们最初记得的只有第二个瞬间，那时肇事者大概已经回过神来，意识到了自己的所作所为，可他非但没有窘迫不安，反而幸灾乐祸地笑了起来，"毫无悔意"。周围顿时一片哗然，人们将他团团围住。尼古拉·弗谢沃洛多维奇四下扫视了一圈，一句话也没说，只是好奇地打量着众人激愤的面孔。接着他突然好像又出神了（至少人们是这么说的），他蹙了蹙眉，阔步走到被羞辱的帕维尔·帕夫洛维奇面前，带着明显的懊恼，语速极快地嘟囔道：

"您，当然，请原谅……我真的不知道，我为何会突然……蠢事……"

敷衍的道歉无异于再次羞辱。指责声更加激烈了。尼古拉·弗谢沃洛多维奇耸了耸肩，走开了。

整件事荒唐至极，更不必说性质恶劣了。而这一恶劣行径显然是蓄意为之的，也就是说，是针对敝城整个社交界蓄谋已久的肆意羞辱。所有人都这么认为。大家立刻一致同意将斯塔夫罗金从俱乐部除名，随后又决定以俱乐部全体成员的名义上书省长，请他即刻（在事情正式进入司法程序之前）"行使他被赋予的行政权力"，来管束这匹害群之马、来自帝都的"好斗分子"，"以维护本城全体正派人士之安宁不受蓄意滋扰"。有人又绵里藏针地补了一句，说"即使是斯塔夫罗金阁下，大概也总有法条管束得到吧"。这话是专为省长预备的，以防他袒护瓦尔瓦拉·彼得罗夫娜的公子。总之，添油加醋，洋洋洒洒。偏巧省长不在城里，他去不远处某地给一位新生儿施洗了，产妇是位新近丧偶的美貌寡妇，丈夫去世时已有身孕。但人们知道省长很快就能回。在省长回来之前，人们向无故受辱的帕维尔·帕夫洛维奇先生齐声欢呼，纷纷和他拥抱、亲吻；全城人都来登门拜访。甚至有人打算发起筹款，为他举办一次午宴，只是在他本人的一再恳求下才算作罢，大概这些人后来也想明白了，老人家毕竟是被别人牵了鼻子，似乎也并没有什么好大肆庆祝的。

不过，这究竟是怎么一回事？怎么会发生这种事儿呢？令人惊讶的是，全城上下没有一个人将这件野蛮行径归结为精神错乱。换言之，人们普遍认为，尼古拉·弗谢沃洛多维奇即使在理智健全的前提下也完全可能干出这种事儿来。反正我至今都理解不了。不过，随后发生的事基本解释了一切，并且安抚了所有人。顺带一提，四年后，当我谨慎地提及这桩俱乐部往事时，尼古拉·弗谢沃洛多维奇皱着眉头说："是的，我那时不很健康。"但这是后话了。

让我好奇的还有席卷全城的仇恨，所有人都对这匹"害群之马"和"来自帝都的好斗分子"恨得咬牙切齿。人们认定这是针对整个社交界的蓄意羞辱。诚然，他并未赢得好感，反而引发了众怒——可是，为什么呢？除了这件事之外，他从未跟人争吵过，也从未羞辱过任何人，反而一向彬彬有礼，简直像从时尚画报上走下来的风度翩翩的美男子。我猜，人们恨他是由于他的骄傲。就连那些原本爱慕他的女士们，如今反对他的声音竟比男士们还要激烈。

瓦尔瓦拉·彼得罗夫娜则被吓坏了。后来她对斯捷潘·特罗菲莫维奇坦言，她对此早有预感，整整半年来，她终日提心吊胆，就怕发生"这种事儿"——亲生母亲的这句话很值得注意。"来了！"她战战兢兢地想。俱乐部风波后的翌日上午，她小心翼翼却态度坚决地开启了与儿子的谈话，不过，尽管可怜的母亲打定了主意，却仍旧止不住地发抖。在此之前她一宿没睡，一大早就跑去找斯捷潘·特罗菲莫维奇拿主意，还对他哭了一场，这还是她头一次在外人面前哭。她指望着Nicolas能好歹跟她说点什么，哪怕给她一个解释也好。对母亲一向恭而有礼的Nicolas皱着眉，很严肃地听她说了一阵儿，突然站起身，一句话也没说，吻了吻她的手，走出了房间。而就在当晚，又闹出了另一桩丑闻，虽说比头一桩稀松平常得多，但借着民怨沸腾的势头，又往烈火上泼了一大勺油。

这回遭殃的是我们的老朋友利普京。尼古拉·弗谢沃洛多维奇刚结束跟母亲的谈话，利普京就来了，一再恳请他于当晚光临寒舍，出席自己为庆祝妻子生日而举办的家庭晚会。对于儿子跟这些下等人的来往，瓦尔瓦拉·彼得罗夫娜早就忧心忡忡，却丝毫不敢挑明。尼古拉·弗谢沃洛多维奇已经结交了好几个敝城社交界的三流人物，甚至更卑微的——看来，他就是有这方面的倾向。他与利普京素有往来，但还从未到他家里去过。他猜得出来，利普京邀请自己正是由于昨晚的俱乐部丑闻——作为当地的自由派，利普京一定为此兴奋不已，他真心觉得，对付那些俱乐部理事就该如此，方才大快人心。尼古拉·弗谢沃洛多维奇哈哈大笑，答应前往。

客人来了很多，虽说不够档次，却都很活跃。最尊贵的客人斯捷潘·特罗菲莫维奇因病未能到场。虚荣而贪婪的利普京一年到头只请两次客，但请客时倒也舍得。茶水供奉，冷盘丰盛，伏特加管够；光牌局就开了三桌；年轻人则趁着尚未开席，伴着钢琴跳起舞来。尼古拉·弗谢沃洛多维奇挽起利普京的妻子——一位貌美如花、在他面前羞怯不已的少妇，和她跳了两圈舞，随后便在她身旁坐定，跟她聊天，逗她开心。这时他发现，她笑起来更是美艳不可方物，便出人意料地，当着全体宾客的面，环住女主人的腰，俯身吻她的嘴唇，一连深吻了三下，充满了柔情蜜意。可怜的女人惊羞过度，当场晕厥。尼古拉·弗谢沃洛多维奇在全场哗然中抓起礼帽，走到惶惑无措的丈夫跟前，窘迫地看着他，极快地嘟囔了一句"您别生气"，转身便走。利普京追他至前厅，亲手为他递过皮草，又鞠躬不迭地送他下楼。第二天，这段无伤大雅的（相对而言）小插曲又增添了一个相当滑稽的余音。这余音后来甚至为利普京带来了某些声誉，而他也趁机从中捞了不少好处。

翌日上午十点左右，利普京的女仆阿加菲娅——一个三十来岁，泼辣、麻利、红脸蛋的婆娘来到斯塔夫罗金娜夫人府上，说是利普京派她来的，有事向尼古拉·弗谢沃洛多维奇禀告，还说一定要"见到老爷本人"。尼古拉·弗谢沃洛多维奇当时正在害头痛，但还是出来了。女仆传话时，瓦尔瓦拉·彼得罗夫娜也恰巧在场。

阿加菲娅爆豆似的说："我家老爷首先吩咐我替他向您请安，还让我问问您，昨晚回府之后您睡得可好哇，经过昨天晚上的事儿，眼下您感觉如何呀？"

尼古拉·弗谢沃洛多维奇笑了笑，说："替我向你家老爷请安并致谢，再帮我给他带句话，阿加菲娅，就说他是全城最聪明的人。"

"老爷说了，如果您说这话就让我回您，"阿加菲娅麻利地接口道，"说我家老爷不用您说也知道，并且祝愿老爷您也一样。"

"是吗！他是怎么知道我会对你说这个的？"

"我也不知道老爷是怎么知道的，反正我出门时，都走过一条巷子了，就听老爷从后面追上来，帽子都没戴，冲我喊'阿加菲娅，万一老爷对你说，告诉你家老爷，就说全城数他最聪明，你可千万别忘了这么回老爷，就说'我家老爷不用您说也知道，并且祝愿老爷您也一样……'"

三

终于，Nicolas跟省长也谈了一次话。我们的和善软弱的伊万·奥西波维奇刚一回来，就听闻了俱乐部的激烈控诉。毫无疑问，必须做点什么，但他很是为难。我们这位热情好客的老好人似乎也有点怵他这位年轻的亲戚。但他最后还是决定召见后者，劝他向受辱者及整个俱乐部道歉，而且要以令人满意的形式，必要的话还得是书面的；然后委婉地劝他离开敝城，比如去意大利游游学，或者随便到国外转转。不同于以往（以往每次来，尼古拉·弗谢沃洛多维奇凭借近亲身份，均可在整座宅邸随意走动），这次他是在会客厅等待接见的。接见时，训练有素的阿廖沙·捷利亚特尼科夫——一位省府官员，同时也是省长的家里人——一直坐在角落里的办公桌旁拆阅公文；而在隔壁房间，紧挨厅门的窗户旁坐着一位顺道来访的肥胖壮硕的上校、省长的朋友兼前同事，正在读《呼声报》，他背对而坐，似乎对会客厅里的情况漠不关心。伊万·奥西波维奇压低声音，兜兜绕绕，终于说到了正题。Nicolas的目光和陌生人一样冷淡，他面色苍白地坐在那儿，垂着头，眉头紧蹙，仿佛在强忍剧痛。

"您心地善良，Nicolas，也很高尚，"老好人唠家常似的说，"您受过最好的教育，出入过最顶级的社交界，在本地您也一直规规矩矩，让我们大家共同敬爱的令堂大人能够安心……可现如今，一切都呈现出了令人疑惑不安的色调！我这么说是作为贵府世交，作为真心爱护您的长辈和亲人，所以您可千万不要见怪……请您告诉我，您怎会做出如此放肆无礼、不成体统的举动？这些近乎谵妄的行径，究竟该如何解释？"

Nicolas懊恼而厌烦地听着，眼中突然闪过一丝狡黠戏谑的光芒。

"那就让我来告诉您是怎么回事吧。"他郁郁地说着，四下看了看，朝伊万·奥西波维奇的耳朵凑过来。训练有素的阿廖沙·捷利亚特尼科夫忙朝窗口方向连退了三步，读《呼声报》的上校干咳了一声。可怜的伊万·奥西波维奇想也没想，忙把耳朵递了过来——他实在是好奇到了极点。可就在这时，发生了一件完全不可想象却又明白无误的事：老好人突然感觉到，Nicolas并没有对他耳语什么有趣的秘密，而是突然叼住并咬紧了他的耳朵尖。他浑身颤抖，屏住了呼吸。

"Nicolas，您开什么玩笑！"他机械地呻吟道，连声音都变了。

阿廖沙和上校都还没有反应过来，何况从他们的角度也看不到，只当两人是在"咬耳朵"；但省长脸上的绝望神情却令二人惊诧莫名。两人都瞪大了眼睛，面面相觑，不知道是该按计划冲上前去帮忙呢，还是再等等。Nicolas大概是注意到了二人的情形，牙齿扣得更紧了。

"Nicolas，Nicolas！"可怜人又呻吟道，"……闹够了吧……"

只消再咬上一会儿，可怜人一定会被活活吓死；但恶棍突然发了善心，松了嘴。要命的惊恐又持续了足足一分钟，紧接着又勾起了老人的什么病。半小时后，Nicolas被逮捕，暂时押送至禁闭室，单独关押，严加看管。这一处置未免粗暴了些，但我们软弱的省长这回实在气得够呛，甚至对瓦尔瓦拉·彼得罗夫娜也表现出了令人吃惊的强硬：当后者心急火燎、怒气冲冲地跑到省长府兴师问罪时，竟然吃了闭门羹，连车都没下便悻悻而返，简直令人难以置信。

终于水落石出了：凌晨两点，一直安静异常，甚至一度睡着了的被拘禁者突然大吼大叫，疯狂地用拳头砸门，甚至以骇人之力将牢门上的铁窗格拆了下来，还砸碎玻璃，割破了双手。卫队长带着人匆匆赶来，下令打开囚室，准备扑过去将疯汉绑起来，这才发现后者犯了严重的震颤性谵妄。发病者被送到了他母亲府上。一切疑问都有了答案。敝城全部的三位大夫一致认定，病人可能三天前就已经处于谵妄状态，虽然表面上还拥有意识和思维，但实际上已经丧失了健全的理智和意志，发生之事便足以为证。如此说来，利普京居然先于所有人看透了真相。拘礼而敏感的伊万·奥西波维奇则万分尴尬；最有趣的是，显然，就连他也认为，尼古拉·弗谢沃洛多维奇即使不发疯，也什么疯狂事儿都干得出来。俱乐部里人人脸上无光，想不通自己怎么会集体对大象视而不见，漏掉了这个唯一合理的解释。自然，也有些人对此心存疑虑，但并未持续多久。

Nicolas在床上躺了两个多月；特地从莫斯科请来名医为他诊治。

全城人都来探望瓦尔瓦拉·彼得罗夫娜,而她也原谅了所有人。临近开春,Nicolas完全康复了,瓦尔瓦拉·彼得罗夫娜建议他去趟意大利,他毫无异议地接受了;她又恳求Nicolas向我们所有人一一辞行,顺便尽可能地向需要的人道歉,他同样爽快地答应了。俱乐部的人都得知,Nicolas在帕维尔·帕夫洛维奇·加加诺夫府上做了一番恳谈,令后者十分满意。在做这些拜访时,Nicolas面色凝重,甚至有些忧郁。大家对他显然都十分同情,但还是莫名有些尴尬,对他要去意大利都十分高兴。伊万·奥西波维奇甚至落了泪,可不知怎的,直到临别都没敢和他拥抱。当然,也有一些人自始至终相信,这个恶棍只是在捉弄所有人,所谓"疯病"无非是个幌子罢了。

向利普京辞行时,Nicolas问他:"请告诉我,您是怎么猜到我会夸您聪明,并提前交代阿加菲娅如何回话的?"

利普京笑道:"因为我也当您是聪明人,所以才知道您会这么说。"

"那可真是太巧了。不过,容我再问一句:这么说,您派阿加菲娅传话时把我当成了聪明人,而不是疯子?"

"我当您是最聪明、最理智的人,只不过假装相信您精神失常了……而您不也立刻猜到了我的心思吗,还派阿加菲娅送了我一个'聪明人'的名头?"

"唔,这您就有些失算了;我的确……有点问题……"尼古拉·弗谢沃洛多维奇皱着眉头嘟囔道,接着突然叫道:"哈!难道您竟真的以为,我不发疯时也会扑上去咬人?我图个什么呢?"

利普京缩紧了身子,说不出话。Nicolas的脸色苍白了,至少利普京觉得如此。

"不管怎样,您的想法还是很有趣的,"Nicolas继续说道,"至于阿加菲娅,我自然明白,您派她来,是为了羞辱我。"

"我总不能向您提出决斗吧?"

"哈,对了!我听说,您似乎不大喜欢决斗……"

"那是法国人的做派！"利普京再次缩紧了身子。

"您是民粹派？"

利普京的身子缩得更紧了。

"哦，哦，这是什么啊！"Nicolas突然发现，书桌最醒目处放着一卷孔西得朗[1]，"您难道是傅立叶分子？八成就是！可这不也是从法语译过来的吗？"他用手指敲着书的封面，大笑起来。

"不，这不是从法语译过来的！"利普京挺直了身子，几乎有些气急败坏，"这是从全世界全人类的语言译过来的，而不仅仅是从法语！这是全世界全人类社会和谐共和国的语言，就是这样！……"

"呸，见鬼，这样的语言根本就不存在！"Nicolas大笑不止。

有时候，琐事也能令人备受震动，历久难忘。关于斯塔夫罗金先生，最主要的故事还在后头；现在我只说一点，姑且作为笑料，那就是他住在敝城的这段时间，在他所经历过的人和事中间，令他印象最为深刻的便是利普京——这个猥琐乃至卑贱的省府小官，这个小肚鸡肠的家庭暴君，这个连剩饭剩菜和蜡烛头都要锁起来的放高利贷的贪婪鬼；与此同时，他还是个上帝晓得什么玩意儿的"社会和谐"的狂热信徒，每晚都沉醉于对未来"法郎吉"[2]的不切实际的幻想中，像坚信自我存在一样坚信它即将在俄国、在敝省变成现实。而在这片即将变成法郎吉的热土上，他攒钱给自己买了一所小房子，结了第二次婚并因此获得了陪嫁；在这片即将变成法郎吉的热土上，方圆百公里之内，恐怕没有一个人（包括他自己在内）像"全世界全人类社会和谐共和国"的未来成员（哪怕只是看着像）。

"上帝知道这些人是怎么搞的！"每每想到这位匪夷所思的傅立叶分子，Nicolas总感到疑惑不解。

---

[1] 孔西得朗（1808—1893），法国空想社会主义者，傅立叶的大弟子。
[2] 法郎吉，法语为 phalanstère，傅立叶所设想的社会主义社会的基本组织单位，是和谐而有组织的生产消费协作社，其成员共同劳动，没有剥削，但保留了私有制。

四

我们的王子一走就是三年多,敝城人都快把他给忘了。而我们却从斯捷潘·特罗菲莫维奇那里得知,他走遍了整个欧洲,甚至到了埃及,还顺道造访了耶路撒冷;后来又混进了某个冰岛科考队,并且真的到了冰岛。还听说,他在德国某大学听了一冬天的课。他很少给母亲写信,半年一封,甚至更少;但瓦尔瓦拉·彼得罗夫娜既不生气,也不委屈。对于这种业已定型的母子关系,她毫无怨言,百依百顺;但可想而知,三年多来,她无日无夜不牵挂着、思念着、渴望着自己的Nicolas。她从未向任何人倾诉过自己的思念或愁怨。就连斯捷潘·特罗菲莫维奇她都明显疏远了。她暗自制订了某些规划,变得比从前更精打细算,更热衷于攒钱,更受不了斯捷潘·特罗菲莫维奇老是输钱。

今年四月,她总算收到一封巴黎来信,是她儿时的玩伴、将军夫人普拉斯科维娅·伊万诺夫娜·德罗兹多娃寄来的。两人已经八年多没见过面、通过信了。普拉斯科维娅·伊万诺夫娜在信中说,尼古拉·弗谢沃洛多维奇与她们一家过从甚密,与她的独生女莉莎处得很好,还打算夏天陪她们一起去瑞士蒙特勒,又说K伯爵(彼得堡的一位大人物)目下也在巴黎,对尼古拉·弗谢沃洛多维奇视如己出,他几乎就住在伯爵家里。信很短,意图却一目了然,尽管除去上述事实之外并未下任何结论。瓦尔瓦拉·彼得罗夫娜也没多想,当即开始筹备旅行。四月中旬,她便带上养女达莎(沙托夫的妹妹)先赴巴黎,再转瑞士。七月份,她只身返回,将达莎留在了德罗兹多娃家。据她带回的消息,德罗兹多娃母女八月末会来敝城。

德罗兹多娃的丈夫伊万·伊万诺维奇将军(瓦尔瓦拉·彼得罗夫娜本人的故旧及其亡夫的同事)也是敝省地主,但军务繁忙,难得带家人光顾其位于敝省的豪华庄园。去年,将军不幸亡故,郁郁寡欢的普拉斯科维娅·伊万诺夫娜便带着女儿去了国外，顺便尝试一下"葡萄疗法"，此次去蒙特勒正是想趁后半个夏季将疗程做完。这次回国之后她便打算在敝省定居了。她在城内有一处宅邸，但已闲置多年，连窗户都钉死了。这对母女非常富有。和瓦尔瓦拉·彼得罗夫娜一样，普拉斯科维娅·伊万诺夫娜也是旧俄时代某位包税商的女儿，也有一份丰厚的嫁妆。其首任丈夫是位退役骑兵上尉，姓图申，也很富有，且颇有才干。图申临终时，给自己年仅七岁的独生女莉莎留下了一大笔遗产。如今，莉莎维塔·尼古拉耶夫娜已经快二十二岁了，光个人资产少说也有二十万卢布之巨，更不必说她早晚会继承母亲的全部家产——母亲再婚之后未曾生育。瓦尔瓦拉·彼得罗夫娜对此行显然心满意足。在她看来，她与普拉斯科维娅·伊万诺夫娜已经达成了一致。刚一回府，她便与斯捷潘·特罗菲莫维奇分享了这一切，并对后者表现出了久违的亲热。

"乌拉！"斯捷潘·特罗菲莫维奇欢呼着打了一个响指。

他的确很兴奋：在瓦尔瓦拉·彼得罗夫娜离开的这些日子里，他陷入了极度的抑郁。临行前，瓦尔瓦拉·彼得罗夫娜甚至都没有跟他好好地道个别，更未向他透露任何计划，大概是怕他这个"长舌妇"走漏了消息。当时她偶然发现了他欠下的一大笔赌债，正对他大为光火。但还在瑞士她就心软了，决定一回家就补偿这位被她抛弃的朋友，更何况，自己对他也的确严苛得够久了。急促而神秘的离别击垮并捣碎了斯捷潘·特罗菲莫维奇的脆弱心灵，可偏偏其他麻烦事也接踵而至。他有一笔巨额旧债被一再催讨，而没有瓦尔瓦拉·彼得罗夫娜的帮助，他自己是绝对还不上的。除此之外，今年五月，我们的老好人省长伊万·奥西波维奇终于任期届满，被人接替了，交接时还闹了些不愉快。随后，就在瓦尔瓦拉·彼得罗夫娜出国期间，新任省长安德烈·安东诺维奇·冯·连布克走马上任；与此同时，敝省几乎整个社交界对瓦尔瓦拉·彼得罗夫娜的态度立刻一百八十度大转弯，对斯捷潘·特罗菲莫维奇就更不必说了。至少他已经注意到了好几个令人不快的重要动向,而且,瓦尔瓦拉·彼得罗夫娜不在家,他似乎很是胆怯。他焦虑地怀疑,已经有人向新省长告密,说他是个危险分子。他得到确切消息,敝省的某些女士已决意不再拜访瓦尔瓦拉·彼得罗夫娜。关于新任省长夫人(她秋天才会驾临敝省)到处都在盛传,说她尽管为人高傲,却是位名副其实的贵族,不像"我们不幸的瓦尔瓦拉·彼得罗夫娜"。人们从某个渠道详细获知,新任省长夫人和瓦尔瓦拉·彼得罗夫娜曾经有过接触,后来不欢而散,所以,只要一提到冯·连布克夫人,就会勾起瓦尔瓦拉·彼得罗夫娜的痛苦回忆。瓦尔瓦拉·彼得罗夫娜的饱满情绪和昂扬斗志,以及当她听到敝省女士们的议论和社交界的动向时流露出的鄙夷和不屑,立刻让垂头丧气的斯捷潘·特罗菲莫维奇精神大振,眉开眼笑。他以近乎谄媚的幽默向她描述起了新省长走马上任时的情形。

"您,我最亲爱的朋友,一定知道,"他耍宝卖俏地拖着长音道,"什么是俄国官僚,什么又是俄国新官僚,也就是说新出炉的、新任命的……这些个没完没了的俄语词儿!但您恐怕未必知道,什么是'官僚亢奋症'吧?"

"官僚亢奋症?没听说过。"

"就是说……您知道的,我们……总之,假如您让一个最低贱的下等人去卖个破火车票,他立刻就会感觉自己变成了高高在上的朱庇特,面对买票者时,他会想:让你见识见识我的权力,而这种想法就会演变成官僚亢奋症……总之,我就读到过,说国外某家俄国教堂的一位执事——实在太滑稽了——居然把一家体面的英国人,几位迷人的女士轰出了教堂,就在大斋期礼拜开始之前——您是知道的,那些赞美诗和《约伯记》——而他唯一的借口竟然是'外国人不能随便进入俄国教堂,只能在规定时间来……'把人家都给气昏过去了……这个执事也是官僚亢奋症发作,为了显摆自己的权力……"

"您能说简单点吗,斯捷潘·特罗菲莫维奇?"

"冯·连布克先生目前正在全省巡视。总之,这位安德烈·安东诺维奇,虽说是个信仰东正教的德裔俄国人,甚至是位——就算是吧——出色的美男子,四十来岁……"

"他算哪门子美男子?长了一对山羊眼。"

"对极了。我这不是听那些女士们这么说嘛……"

"咱们换个话题吧,斯捷潘·特罗菲莫维奇,求您啦!啊,您戴着红领结?很久了吗?"

"这个……我今天才……"

"您有在坚持遛弯吗?有没有按照医生嘱咐的,每天走上六公里?"

"没……没有天天走。"

"我就知道!还在瑞士我就预感到了!"她生气地喊道,"今后您每天要给我走十公里,而不是六公里!您太颓废了,太、颓、废、了!您不但人老了,心也老了!刚才我一见着您,简直惊呆了,虽然您戴着条红……红得太扎眼了!还是接着讲冯·连布克吧,假如您真有什么可说的。但请长话短说,我累了。"

"总之,我想说的是,他也是个四十岁才开始发迹的官僚,这种人四十岁之前啥也不是,后来突然飞黄腾达,仗着娶了个有钱有势的夫人,或者其他什么不择手段的法子……我是说,他现在去了外地……我其实是想说,他刚一来,立刻就有人向他告了我的密,说我毒害青年,在我省散布无神论……而他立刻着手核实。"

"当真?"

"我连后手都准备了。还有人向他打您的小报告,说您'操控本省',您知道的,他竟然说,'这种事儿今后再不会有了'。"

"他真这么说的?"

"一字不差,而且十分傲慢……他的夫人,尤利娅·米哈伊洛夫娜·连布克八月底来我们这儿,从彼得堡来。"

"是从国外来。我们在国外见过。"

"真的吗?"

"在巴黎和瑞士都见过。她是德罗兹多娃家的亲戚。"

"亲戚?这可真是太巧了!据说她爱慕虚荣,而且……好像还很有背景?"

"胡扯,她能有什么背景!都四十五了还是个身无分文的老姑娘,现在为了冯·连布克跳出来了,无非是想帮自己的丈夫混出个人样罢了。夫妻俩都是阴谋家。"

"听说,妻子比丈夫大两岁?"

"大五岁!弗谢沃洛德·尼古拉耶维奇还在世时,她母亲把我在莫斯科的门槛都踏破了,死乞白赖跑我家来参加舞会。她呢,整夜整夜待在角落里,连一支舞都跳不上,脑门上戴着个廉价的绿松石额花,跟个绿豆蝇似的;我看她可怜,每到半夜两点多钟,总会给她派去最出色的男舞伴。她那时候已经二十五了,却还总像个小丫头似的,穿个短款连衣裙。让她们登门简直有失体面。"

"绿豆蝇,嚄!简直如在眼前。"

"跟您说吧,我刚到国外就撞见了阴谋。您刚才也看了德罗兹多娃的来信,写得很清楚了吧?结果呢?那个蠢女人德罗兹多娃——她一直那么蠢——居然一脸疑惑地看着我,意思是你怎么来了?可想而知,我当时有多么惊讶!我再一看,那个尤利娅正装模作样地在那儿坐着呢,她身边还有个年轻人,是莉莎的堂兄、德罗兹多夫老头子的侄子——我一下子就全明白了。不用说,我很快就扭转了局面,德罗兹多娃就又站到我这边来了。哼,阴谋、阴谋!"

"但还是被您给挫败了。哦,您简直是俾斯麦!"

"俾斯麦不敢当,但狡诈和愚蠢绝对瞒不过我的双眼。尤利娅就是狡诈,德罗兹多娃就是愚蠢。我再没见过比她更爱动感情的女人了,外加双腿浮肿和一副好心肠。有什么能比愚蠢的好人更愚蠢呢?"

"冲动的傻瓜,我亲爱的朋友,冲动的傻瓜更愚蠢。"斯捷潘·特罗菲莫维奇优雅地反驳道。

"也许您是对的吧;莉莎您还记得吧?"

"可爱的孩子!"

"如今可不再是孩子了,长大了,还是个很有个性的女人呢。既优雅,又热情,最让我高兴的是她能管住她妈,那个天真的蠢女人。因为那个堂兄,还差点闹出事来。"

"嚄!他跟莉莎并没有血缘关系的吧……难道他对莉莎有意思?"

"其实吧,那个年轻军官话不多,甚至还很谦逊。我这人向来是力求公正的。在我看来,他自己也不赞成这桩阴谋,并无非分之想,都是尤利娅撺掇的。他很尊敬Nicolas。您知道的,事情完全取决于莉莎,而她对Nicolas极有好感,Nicolas也亲口答应我,十一月一定回来看我们。所以说,耍阴谋的就只有尤利娅一个,而德罗兹多娃就是个瞎了眼的蠢女人。她有天突然对我说,说我的一切猜疑全是臆想;我就盯着她的眼睛告诉她,她是个傻瓜。就算到了末日审判我也敢这么说。要不是Nicolas求我提前回来,我非得把那个狡诈的女人拆穿了不可。她借助Nicolas攀上了K伯爵,还想离间我们母子。但莉莎在我这边,跟德罗兹多娃我也谈拢了。您知道吗,卡尔马济诺夫跟她是亲戚?"

"跟谁?冯·连布克夫人?"

"对,就跟她。远亲。"

"卡尔马济诺夫,那个小说家?!"

"对啊,那个写小说的,您干吗这么大惊小怪?自诩伟大的家伙!尤利娅会跟他一起来,眼下正在卖力地讨好他。尤利娅打算在我们这儿搞搞文学集会之类的。卡尔马济诺夫会在这里待上一个月,好变卖他最后的一点儿产业。我在瑞士差点碰上他,我可不想。不过呢,我倒是盼他赏脸,还能认出我来。早先他给我写过很多封信,还常去我家里。我希望您能穿得体面些,斯捷潘·特罗菲莫维奇;您越来越邋遏了……哦,您就折磨我吧!您在读些什么书?"

"我……我……"

"明白了。还是老样子——狐朋狗友,打牌喝酒,顶着无神论者的名头。我不喜欢这个名头,斯捷潘·特罗菲莫维奇。我不喜欢您被人叫作无神论者,特别是眼下。我以前就不喜欢,因为那全是无稽之谈!今天我是不得不说了。"

"可是,亲爱的……"

"听我说,斯捷潘·特罗菲莫维奇,在学术方面,我在您面前当然是外行,但关于您我想了很多,终于得出了一个结论。"

"什么结论?"

"那就是,这世上并非只有你我两个聪明人,还有人比我们更聪明。"

"精妙绝伦!还有人比我们更聪明,也更正确,也就是说,即使是我们也可能会犯错,是不是?但是,我亲爱的朋友,就算我犯了错,但我还是拥有属于全人类的、亘古不变的、至高无上的信仰自由的吧?我总有权利不做伪善者和狂热者吧?当然,为了这个,各路先生们会忌恨我一辈子。不过,修士常见,理智难寻,而我对这话完全赞同……"

"等等,您刚才那话咋说的?"

"我说:修士常见,理智难寻,而我对这话……"

"这话该不是您自己想出来的,是您从哪儿抄来的吧?"

"这是帕斯卡说的。"

"我就知道……不是您说的!您自己怎么就说不出这么言简意赅的话来呢,而总要啰啰唆唆?这比您刚才说的什么官僚亢奋症强多了……"

"没错,亲爱的,可为什么呢?首先,大概因为我毕竟不是帕斯卡,其次,其次,我们,俄国人,用自己的语言什么都讲不出来……至少到目前为止什么都没讲出来……"

"唔,这个倒不一定,至少您可以把这些话抄下来,背下来,聊天的时候借用一下……咳,斯捷潘·特罗菲莫维奇,我在跟您说正经的,我是专程过来跟您说的!"

"亲爱的,亲爱的朋友!"

"现如今,连布克一家人,还有卡尔马济诺夫那路人……哦,天哪,您太颓废了!啊,您就折磨我吧!……我希望这些人能对您肃然起敬,因为他们连您的一根手指头,一根小拇指都比不上,可您呢?他们会看见什么?我拿什么给他们展示?您非但不为人师表,躬身垂范,反而整天跟一群不三不四的人混在一块儿,沾染了那些无法容忍的恶习。您堕落了,您整天就知道喝酒、打牌,除了流行小说什么也不读,一个字也不写,而那些人却在那儿不停地写呀,写呀;您把时间全花在空谈上了。像利普京那样的下贱人,您干吗成天跟他泡在一块?"

"我也没成天跟他泡在一块儿呀?"斯捷潘·特罗菲莫维奇胆怯地抗议道。

"他现在人呢?"瓦尔瓦拉·彼得罗夫娜严厉而生硬地问。

"他……他对您极度尊敬,他去了C城,继承他母亲的遗产去了。"

"他好像一天到晚就知道想法子捞钱。沙托夫呢?还是老样子?"

"易激动,但心地善良。"

"我可受不了您的沙托夫;脾气古怪不说,还自视甚高!"

"达里娅·帕夫洛夫娜身体可好?"

"您是说达莎吗?您怎么突然想起她来了?"瓦尔瓦拉·彼得罗夫娜好奇地打量了他一眼,"她很好,留在德罗兹多娃家了……我在瑞士听到了一些关于令郎的传言,不太好的。"

"哦,那件事太荒唐了!我一直在等您回来,我亲爱的朋友,好给您讲讲……"

"够了,斯捷潘·特罗菲莫维奇,让我静静吧,我累坏了。我们有的是时间聊,特别是坏消息。您现在一笑就喷唾沫星子——您居然都老成这样了!而且您如今笑起来模样怪怪的……哦,天哪,您添了多少坏毛病啊！卡尔马济诺夫是不会来拜会您的！这儿的人更要看您的笑话了……您已经被人看透了。够了、够了，我累了！您就饶了我吧！"

斯捷潘·特罗菲莫维奇只得"饶了"她，窘迫地退下了。

五

坏毛病我们的朋友的确添了不少，尤其是最近。他眼看着迅速衰颓，人也的确变邋遢了。酒喝得更多了，更爱掉眼泪了，神经也更衰弱了；对美似乎变得过于敏感了。他的脸掌握了一项奇特技能，表情瞬息万变，能从郑重其事瞬间切换成滑稽可笑乃至愚蠢。他无法忍受孤独，无时无刻不渴求有人为他解闷。需要不停地对他播讲流言蜚语、城内趣闻，而且每天都不能重样。若是许久无人登门，他便会苦闷地在各个房间里来回踱步，不时走向窗边，若有所思地嗫嚅着，唉声叹气，终于啜泣起来。他总是有所预感，总担心会有什么突如其来却又无法避免的事情发生；他成了惊弓之鸟，开始过分在意梦境。

他极度郁闷了一整天加一整晚，终于派人把我请了去。他情绪激动地说了半天，讲了一大套，却前言不搭后语。瓦尔瓦拉·彼得罗夫娜早就知道他对我无话不谈。我猜，令他焦虑的应该是一件非比寻常的、恐怕连他自己都说不清楚的事。按照以往的惯例，每次他私下里对我倒出一肚子苦水之后，不消片刻便会上来一瓶酒，气氛立刻就快慰多了。可这次酒却迟迟没来，看得出，他一再压抑着叫人上酒的欲望。

"她为何总爱生气呢！"他像个孩子似的不停地抱怨着，"一切有才华、有思想的俄国人都是赌徒和酒徒，以前是，现在是，将来也永远是……何况我还算不上真正的赌徒和酒徒呢……她还怪我一个字也不写？真是莫名其妙！……还问我为啥总躺着？她说，您应该站着，

'作为榜样和谴责的化身',可咱们私底下说,作为谴责的化身,我除了躺着还能做什么?——这个她知道吗?"

末了,我总算搞清楚究竟是什么令他如此耿耿于怀了。那天晚上,他无数次走到镜子前,久久伫立。最后他终于扭头看向我,带着怪异的绝望说:"亲爱的,我是一个老邋遢!"

是啊,的的确确,一直以来,直到那天为止,他都怀揣着一个坚定不移的信念,那就是:无论瓦尔瓦拉·彼得罗夫娜获得了怎样的"新观点",或者发生了怎样的"思想变化",但对于她的女性心灵而言,他依旧是富有魅力的,换言之,在她的心目中,他不仅仅是一位被贬黜的著名学者,还是一位美男子。这个令他飘飘然、欣欣然的信念在他心底扎根了整整二十年,在他的一切信念当中,最令他难以割舍的想必正是这个。而在那天晚上,他是否预感到了,在迫近的将来他将面临何等巨大的考验?

六

以下我们开始讲述那件颇为好笑的事儿,由此,本书才真正进入正题。

八月将尽,德罗兹多娃一行终于来了。她们的抵达稍早于举城上下翘首以盼的她们的亲戚、新任省长夫人的驾临,整体上给敝城社交界留下了极佳印象。但这些备受瞩目的事件我稍后再讲,眼下我只提一点,即普拉斯科维娅·伊万诺夫娜给望眼欲穿的瓦尔瓦拉·彼得罗夫娜带来了一个最令人费解的谜团:Nicolas还在七月份就跟她们分手了,他在莱茵河畔与K伯爵会合,随伯爵一家一道前往了彼得堡(伯爵的三位千金均待字闺中)。

"莉莎维塔性子傲,脾气又倔,我从她嘴里啥也没问出来,"普拉斯科维娅·伊万诺夫娜最后说,"但我看得出来,她跟尼古拉·弗谢沃洛多维奇肯定是闹了别扭。原因我不清楚,恐怕,瓦尔瓦拉·彼得罗夫娜,我的朋友,您得问问您的达里娅·帕夫洛夫娜。依我看,莉莎是受了委屈。谢天谢地,可算是把您的大红人完好无损地给您带回来了,千斤的重担总算卸下了肩。"

这番尖酸刻薄的话是带着明显的愤恨说出来的。一看就是这个"爱动感情的女人"事先准备好了的,而且对其效果极有信心。但瓦尔瓦拉·彼得罗夫娜岂是阴阳怪气、云遮雾罩能唬得住的呢。她严正要求对方给出明确而合理的解释。普拉斯科维娅·伊万诺夫娜立刻降低了调门,后来甚至痛哭流涕,向闺中蜜友敞开了心扉。这位情绪激动又多愁善感的女士跟斯捷潘·特罗菲莫维奇一样,时刻渴求知心人,她对女儿最大的抱怨就是"女儿跟她不交心"。

但在她全部的解释与倾诉中,唯一明确的只有一点,那就是莉莎和Nicolas的确发生了争执,究竟是何种性质就不得而知了。至于对达里娅·帕夫洛夫娜的指责,她最后非但收回了,还一再请求别把她的话当真,她只是"在气头上"才那么说的。总之,一切显得不明不白,甚至疑窦重重。据她所说,争执的起因是莉莎那"执拗、爱嘲弄人"的性子,而"尼古拉·弗谢沃洛多维奇自尊心强,虽然他很爱莉莎,却受不了冷嘲热讽,于是便反唇相讥"。

"之后不久,我们就认识了一位年轻人,好像是您府上'教授'的侄子,连姓氏都一样……"

"不是侄子,是儿子。"瓦尔瓦拉·彼得罗夫娜纠正道。普拉斯科维娅·伊万诺夫娜总也记不住斯捷潘·特罗菲莫维奇的姓氏,一直管他叫"教授"。

"嗯,儿子就儿子吧,儿子更好,在我反正是无所谓的。一个普普通通的年轻人,很活泼,无拘无束,却并无任何过人之处。嗯,这事说来也怪莉莎,她故意让这个年轻人接近自己,好激起尼古拉·弗谢沃洛多维奇的醋意。可我不觉得这有什么:女孩子嘛,不都这样嘛,甚至还有点可爱呢。只不过尼古拉·弗谢沃洛多维奇非但没吃醋，反而自己也跟那个年轻人成了朋友，就跟啥也没看见，或者压根不在意似的。于是莉莎就生了他的气。年轻人很快就走了（很匆忙地去了哪儿），莉莎就开始故意找尼古拉·弗谢沃洛多维奇的碴儿。她发现他偶尔会跟达莎聊天，就大发脾气，闹得我这个当妈的也不得安生。医生不让我生气；日内瓦那个被人捧上天的破湖我是受够了，害得我闹起了牙疼，还得了风湿。连报上都登了，说日内瓦湖会导致牙疼——水质的原因。就在这当口儿，尼古拉·弗谢沃洛多维奇收到了伯爵夫人的来信，当天就收拾东西从我们家走了。俩人分手时倒是挺友好的，莉莎送他走时一副很开心的样子，一直嘻嘻哈哈的。但那全是装出来的。他一走，她就变得心事重重的，一句话也不提他，也不许我提。我也建议您，亲爱的瓦尔瓦拉·彼得罗夫娜，先别跟莉莎提这事儿，否则只会让事情更糟。您不说，过后她自己就先开口了，到时候您能知道得更多。照我说，他俩还会在一起的，只要尼古拉·弗谢沃洛多维奇能像他答应的那样，尽早回来。"

"我现在就给他写信。要真像你说的，那就是小口角，不值一提！再说达里娅的为人我清楚得很，全是胡扯。"

"对于达莎我很抱歉，是我的错。那都是些再寻常不过的聊天，也没背着人。只是我当时实在是乱了分寸。就连莉莎，我看得出来，眼下对达莎又像从前那样亲热了……"

瓦尔瓦拉·彼得罗夫娜当天就给Nicolas去信，求他尽早回来，哪怕提前一个月也好。但这里头仍有些地方令她疑惑不解。她想了一整晚，一整夜。普拉斯科维娅的想法在她看来太天真、太情绪化了。"普拉斯科维娅一辈子都过于感情用事，打从寄宿学校起就这样，"她想，"Nicolas可不是姑娘家的几句嘲笑就能气得跑的。假如真的发生了争执，那肯定另有原因。难道是那个年轻军官？可他也跟着一起来了呀，还以亲戚的名义住在了她们家。再说她对达里娅的态度转变得未免也太快了吧？这个普拉斯科维娅，肯定有什么事儿藏在肚子里没跟我说……"熬到天亮，瓦尔瓦拉·彼得罗夫娜已经酝酿成熟了一个计划，打算至少先彻底搞清楚一件事。那可真是个出人意表的好计划。她制订这个计划时心里在想什么？我说不好，而且也并不打算提前将个中矛盾一一解释清楚。作为一位记录者，我只负责将事件如实地、准确地记录下来，倘若它们看上去匪夷所思，那可怪不得我。不过，我还是得重申：及至天明，她对达莎的怀疑已经丝毫不剩，甚至压根就没有产生过——她太信任达莎了。再说，她也无法想象，她的Nicolas会迷上她的……"达里娅"。清早，当达里娅·帕夫洛夫娜在茶桌前斟茶时，瓦尔瓦拉·彼得罗夫娜久久地、细细地打量着她，然后默默地——从昨天起恐怕已经不下二十遍了——在心里坚定地说：

"全是胡扯！"

她只是注意到，达莎看上去很疲惫，而且似乎比之前更安静、更冷淡了。喝完茶，两人按照雷打不动的规矩，一起坐下来做女红。瓦尔瓦拉·彼得罗夫娜吩咐达莎详细汇报她在国外的所见所闻，尤其是自然风光、居民、城市、风俗、艺术、工业——总之，她所注意到的一切。关于德罗兹多娃母女以及在她们家的生活则一句话也没问。达莎挨着她坐在工作台前，一面帮忙刺绣，一面讲述了大约半个钟头，声音平缓、单调，又略显虚弱。

"达里娅，"瓦尔瓦拉·彼得罗夫娜突然打断她道，"你就没有什么特别的事儿想要禀告我吗？"

"没有。"达莎略想了想才道，并用她那双明亮的眼睛看了瓦尔瓦拉·彼得罗夫娜一眼。

"灵魂里，心里，良心上，都没有？"

"没有。"达莎重复道，声音虽低，却透着一股沉郁的坚定。

"我就知道！知道吗，达里娅，我对你从来没有怀疑过。现在，坐好，听我说。坐到那张椅子上去，坐我对面，好让我看见你整个人。就这样。听着,你想嫁人吗?"

达莎以长久的、充满疑问的凝视作为回应,却并不怎么惊讶。

"别急,听我说。首先,年龄上有差距,而且很大;但你比所有人都清楚,这完全无关紧要。你是理性的,在你的生命里不应该有错误。再说,他仍算得上是个美男子……直说吧,这个人就是你一向敬重的斯捷潘·特罗菲莫维奇。怎么样?"

达莎的目光更加疑惑,而且这次不但表现出惊讶,还明显涨红了脸。

"等等,别说话;别急!虽说我在遗嘱里给你留了钱,可我要真死了,你可怎么办呢?就算你有钱,也一定会被人骗走的,那你就完了。可要是嫁给了他,那你就是名人之妻了。再从他那面儿来说吧,假如我现在就死了,虽说我也会给他留钱,可他会怎么样呢?他,我就全指望你了。等等,我还没说完:是,他为人轻率,优柔寡断,心硬,自私,还一身的坏毛病,可你也得看见他的好呀,最起码说,比他差劲的人还多着呢。我总不会随随便便把你嫁给一个恶棍吧——你该不会这么想吧?最重要的是,这是我求你的,所以你必须觉着他好!"她勃然变色,顿了顿说,"你听见了吗?你犯什么倔?"

达莎一直默默地听着。

"等等,我还没有说完。他是个窝囊废,可对你来说,这恰恰是好事啊!他是个可怜的窝囊废,根本不值得女人去爱。但女人可以爱他的可怜兮兮呀!你就这样去爱他好了。你该明白我的意思了吧?明白了吗?"

达莎点了点头。

"我就知道你会明白的。他会爱你的——他应当爱你,应当;他应当崇拜你!"瓦尔瓦拉·彼得罗夫娜几乎气急败坏地尖叫道,"不过,刨去义务不说,他也会爱上你的,我了解他。再说还有我呢。别担心,我会一直在的。他会抱怨你,会造你的谣,会逢人就说你的坏话,他会发牢骚,满肚子牢骚;他还会给你写信,从一个房间寄到另一个房间,一天两封;可没有你,他就活不下去,这才是最关键的。你要想办法让他听你的话,你要是做不到这一点,那你就是个傻瓜。他会寻死觅活,以上吊相要挟,但你别信他的——全是胡扯!可不信归不信,耳朵还是要竖起来,万一真上吊了呢;他这种人搞不好真会上吊的,但不是要强,而是懦弱。所以说,永远不要把人逼到极限——这是夫妻生活的第一准则。还要记住一点:他是个诗人。听着,达里娅,没有比自我牺牲更崇高的幸福。何况你还遂了我的愿,这才是最主要的。你不要以为,我是犯了糊涂,在说胡话,我知道自己在说什么。我是个利己主义者,你也可以做个利己主义者。我不会逼你,一切全由你自己做主,你说怎样就怎样。咳!你别光在那儿傻坐着呀,你倒是说句话呀!"

"我怎么样都行,瓦尔瓦拉·彼得罗夫娜。要是非嫁不可的话。"达莎语气坚定地说。

"什么叫'非嫁不可'?你这话什么意思?"瓦尔瓦拉·彼得罗夫娜严厉地盯着她。

达莎手里摆弄着一根针,没作声。

"你虽是个聪明人,却说了句蠢话。就算我真想把你嫁出去,也不是'非嫁不可',而只不过是我有了这个想法,而且要嫁,也只能嫁给斯捷潘·特罗菲莫维奇。若不是他,我也不会急着把你嫁出去,虽然你已经二十岁了……嗯?"

"我全听您的,瓦尔瓦拉·彼得罗夫娜。"

"这么说你同意了!等等,别说话,你急什么,我还没说完呢。按照遗嘱,我会给你留一万五千卢布。这些钱一完婚我就给你。你从中拿出八千给他,但不是给他,而是给我。他欠了八千卢布的债,我拿去帮他还了,但得让他知道,用的是你的钱。剩下的七千你自己拿着,一个卢布都不能给他。也永远别替他还债。替他还上一次,以后你就还不清了。不过,我会永远在你身边的。今后你们每年还能从我这儿领取一千二百卢布的生活费,若有急事另加三百,这还不算吃住,吃住也由我出,就像他现在这样。但女仆你们得自己找。每年的例钱我会一次性拨付,直接交到你手上。但你偶尔也要发发善心,时不时给他几个钱儿,也得允许他那帮朋友登门,一周一次,再多了就轰出去。不过,还有我呢。要是我死了,你们的生活费也不会停,直到他死的那天——听好了,是到他死的那天,因为这生活费原是他的,不是你的。至于你,除了手头这七千卢布——这笔钱你可以分文不动,只要你自己不犯傻——我在遗嘱里再给你留八千。除此之外,你从我这儿就什么也得不到了,我先把话说清楚。怎么样,同意吗?你能不能给句痛快话?"

"我已经说了,瓦尔瓦拉·彼得罗夫娜。"

"记住,全由你自己做主,你说怎样就怎样。"

"请容我问一句,瓦尔瓦拉·彼得罗夫娜,难道斯捷潘·特罗菲莫维奇跟您说了什么吗?"

"没有,他什么也没说,这事儿他还不知道……但他很快就会说的!"

说罢,她蓦地站起身,胡乱地披上黑色披肩。达莎的脸颊再次微微泛红,以疑问的目光注视着她。瓦尔瓦拉·彼得罗夫娜霍地转过身,脸上怒焰腾腾。她像只鹰隼似的朝达莎扑过来,骂道:"你这个傻瓜!忘恩负义的傻瓜!你脑子里在想什么呢?难道你竟以为,我会随随便便损害你的名誉吗?他会自己跪下来求你,他会幸福得要死,一定会是这样!你应该知道,我是不会让你受委屈的!难道你竟以为,他是冲着那八千卢布才要你的?而我是要把你给卖了?傻瓜、傻瓜!一群不知好歹的傻瓜!把伞给我!"

她踩着湿漉漉的砖道和木桥,朝斯捷潘·特罗菲莫维奇家快步走去。

七

　　的确,瓦尔瓦拉·彼得罗夫娜是决不会让达里娅受委屈的;相反,她一直自视为达里娅的女恩主。这也难怪当她穿戴披肩,捕捉到了养女目光中的不安与狐疑时,会如此义愤填膺了。她自小便真心疼爱达里娅。普拉斯科维娅·伊万诺夫娜说达里娅·帕夫洛夫娜是她的"大红人",这话一点儿没错。瓦尔瓦拉·彼得罗夫娜早就认定"达里娅的性子不像他哥哥(伊万·沙托夫)",她文静、温顺,能够做出巨大的自我牺牲,而且有常人所不及的忠诚、质朴,罕见的理性,以及最重要的——感恩。到目前为止,达莎显然达成了她的一切期待。早在达莎十二岁那年,瓦尔瓦拉·彼得罗夫娜就曾断言:"在她的生命里不会有错误。"瓦尔瓦拉·彼得罗夫娜一贯固执而狂热地追求每一个令她倾心的梦想,每一项全新的使命,每一个她自认为光明的想法,因此,从那时起,她便决定将达莎当成亲生女儿培养。她当即为达莎预留了一笔钱,为她请了一位家庭女教师——克里格斯小姐,后者在瓦尔瓦拉·彼得罗夫娜府上一直住到达莎十六岁,然后不知为何突然被辞退了。之后又来过好几位中学教师,其中有位男教师,纯正的法国人,教达莎法语。他也被突然辞退了,几乎是轰出去的。另有一位可怜的外地女士,贵族遗孀,教达莎弹钢琴。但达莎最主要的教师还得说是斯捷潘·特罗菲莫维奇。事实上,正是他第一个发现了达莎:当他已经着手培养这个文静的孩子时,瓦尔瓦拉·彼得罗夫娜甚至还未曾留意过她。再说一遍:斯捷潘·特罗菲莫维奇的孩子缘简直令人惊叹!莉莎维塔·尼古拉耶夫娜也是,跟他从八岁学到十一岁(自然,斯捷潘·特罗菲莫维奇是免费教她的,说什么也不肯向她母亲收取学费)。他也很喜欢莉莎这个迷人的孩子,总给她讲些关于世界起源啦,地球构造啦,人类历史啦的长诗。他讲的远古民族和原始人类比

《一千零一夜》更让人着迷。莉莎听得如痴如醉,经常在家里模仿斯捷潘·特罗菲莫维奇讲课,令人捧腹。后者偶然得知了,便偷跑去看。莉莎又羞又窘,扑到他怀里哭了。斯捷潘·特罗菲莫维奇也激动得落了泪。可惜莉莎很快就搬走了,只剩下了达莎。当达莎陆续有了其他教师之后,斯捷潘·特罗菲莫维奇就不再教她了,慢慢地把她给忘了。过了很久,直到达莎十七岁那年,在瓦尔瓦拉·彼得罗夫娜府上的一次宴会上,他才突然惊艳于她的姣好面容。他跟达莎攀谈起来,对她的应答非常满意,最后提议向她教授一门博大精深的俄国文学史课程。瓦尔瓦拉·彼得罗夫娜称赞并感谢了他的这个绝妙想法,达莎则兴奋不已。斯捷潘·特罗菲莫维奇便开始特别用心地备课,最后终于开讲了。课程从最古老的时期讲起,第一堂课讲得引人入胜;瓦尔瓦拉·彼得罗夫娜也到场旁听。斯捷潘·特罗菲莫维奇讲完课,临走前向女学生宣布,下堂课开始讲授《伊戈尔远征记》,可就在这时,瓦尔瓦拉·彼得罗夫娜突然站起身宣布,这门课今后不必开了。斯捷潘·特罗菲莫维奇脸色很难看,但没吭声,达莎则涨红了脸。此事便就此搁浅了。那时距离瓦尔瓦拉·彼得罗夫娜如今的突发奇想整整三年。

可怜的斯捷潘·特罗菲莫维奇正毫无防备地独自枯坐。他已经在愁闷的思绪中朝窗外张望了许久,期盼着能够看见某位熟人的身影。但一个人也没有。外面下着毛毛细雨,天变凉了;该生炉子了;他叹了口气。突然,一幅惊心动魄的画面呈现在他眼前:瓦尔瓦拉·彼得罗夫娜来看他了,在这种天气,这个时候!还是走路来的!他震惊得无以复加,连衣服都没顾得换,就穿着他那身千年不变的粉红色棉绒衣接待了她。

"我亲爱的朋友!……"他迎着她轻声喊了一句。

"还好就您自己;我可受不了您那群朋友!您怎么总抽得满屋子烟味,天哪,这空气太闷了!您连早茶都还没喝完?都快十二点了!

您的幸福就是混乱无度！您的享受就是垃圾满屋！地上怎么全是碎纸屑？纳斯塔西娅，纳斯塔西娅！您的纳斯塔西娅是干什么吃的？纳斯塔西娅，把所有的窗户、通风窗、门，通通打开。咱们去客厅坐坐，我找您有事。闲着没事儿把房间打扫打扫，纳斯塔西娅！"

"刚扫完就脏！"纳斯塔西娅愤愤不平地尖声道。

"那你就再扫，一天扫上十五遍！您的客厅糟透了。把门关紧点儿，小心偷听。墙纸必须得换了。我不是让裱糊工带着样本来过吗，您为何没选？坐下，听我说。您倒是坐下呀，求您了。您上哪儿去？干吗去？喂！"

"我……马上，"斯捷潘·特罗菲莫维奇从另一个房间喊道，"来了！"

"哦，您换了身衣服！"她嘲弄地打量了他一番。(他在棉绒衣外面套了件常礼服。)"这样的确更适合……我们的谈话。您快坐下吧，求您了。"

她把事情一股脑跟他说了，语气生硬而不容置疑。她还暗示了八千卢布的事，而那正是他所急需的。她又详细地列举了嫁妆。斯捷潘·特罗菲莫维奇瞪大了眼睛，微微战栗。他的耳朵全听见了，脑子却转不过弯来；他的嘴巴想说话，喉咙却发不出声音。他知道，事情只能照她说的办，一切反对和拒绝都是白搭：这婚，他是非结不可了。

"可是，我亲爱的朋友，我都这岁数了，还是第三次……还是跟个孩子！"他终于开口道，"她还是个孩子啊！"

"孩子？上帝保佑，她都二十了！您用不着这么转眼珠子，又不是在戏台上。您很聪明，很博学，可您对生活一窍不通，您身边一直得有人照顾着。等我死了，您可怎么办？而她可以把您照顾好，她是个质朴、坚定、理性的姑娘，再说了，还有我呢，我又不是立马就死。她顾家，是个温顺的天使。这个幸福的念头还在瑞士我就有了。您明不明白，这可是我亲口对您说的：她是个温顺的天使！"她突然愤怒地喊道,"您这儿又脏又乱,而她会把这里收拾得干干净净,像一面镜子一样……哼,难道您还指望我求着您答应这桩美事不成?难道我还得一条一条给您列举好处,求您同意?倒是您自己应该跪下来……哦,您就是根空心萝卜、懦夫!"

"可是……我已经是个老头子了呀!"

"五十三岁算得了什么!五十岁又不是人生的终点,而只是一半。您是位美男子,这您自己清楚。您也知道,她有多么敬重您。要是我死了,她可怎么办呢?嫁给您,她就安稳了,我也就放心了。您有身份,有名望,还有一颗仁爱之心;您还能从我这儿领到生活费,这是我的义务。您说不定是在救她,救她!至少您可以给她名分。您可以帮助她树立人生观,发展心智,指引她的思想。现如今,由于思想误入歧途毁了多少人哪!到时候您的大作也酝酿成熟了,您立刻就能重振威名。"

"我正准备呢,"斯捷潘·特罗菲莫维奇被这番巧妙的恭维撩拨得浑身酥痒,喃喃道,"我正准备动笔写作我那部《西班牙史话》……"

"就是,这不是正好嘛。"

"可是……她呢?您跟她说了吗?"

"她那儿您不必担心,也没必要打听。当然,您应该亲自去说,求她嫁给您,明白吗?但您尽管放心,有我呢。况且您也爱她……"

听到这儿,斯捷潘·特罗菲莫维奇突然一阵眩晕,连墙壁都旋转起来。一个无法压制的可怕念头冒了出来。

"我的挚友!"他的声音忽然颤抖起来,"我……我永远不曾想过,您会把我……许配给……另一个女人!"

"您又不是姑娘家,斯捷潘·特罗菲莫维奇,姑娘家才叫许配呢,您是娶亲呀!"瓦尔瓦拉·彼得罗夫娜恶毒地低声道。

"是,我用词不当,可是……都一样。"他怅惘若失地望着她。

"我看得出来,是都一样。"她鄙夷地从牙缝里挤出了这句话,旋即惊呼道:"天啊! 他晕过去了! 纳斯塔西娅,纳斯塔西娅! 水!"

但水还没到,斯捷潘·特罗菲莫维奇就苏醒了。

瓦尔瓦拉·彼得罗夫娜拿起雨伞,道:"我看,眼下是没法跟您谈了……"

"是,是,我现在没法谈。"

"明天之前,您休息休息,好好想想。您就待在家里,有事儿立刻通知我,哪怕是半夜。不要写信,写了我也不看。明天这个时候我再来,一个人来,听您的最终答复,我希望您会同意。拜托,到时候请不要有外人在,也不要有垃圾,不然像什么话? 纳斯塔西娅,纳斯塔西娅!"

第二天,不用说,他同意了;再说,他也没法不同意。这里头还有个特殊的缘由……

八

我们所说的斯捷潘·特罗菲莫维奇的领地(与斯克沃列什尼基庄园毗邻的那块,按照先前的统计约有五十名农奴)其实并非他的,而是他首任妻子名下的,如此说来,如今该是他们的儿子——彼得·斯捷潘诺维奇·韦尔霍文斯基的。而斯捷潘·特罗菲莫维奇只是代为监管,在儿子长大成人后,他便只能凭借儿子的正式委托行使管理权了。这个交易对年轻人而言是划算的:他每年能从父亲那儿领取将近一千卢布的领地收入,可事实上,自新规执行以来,这块领地的年产出还不足五百卢布,甚至更少。上帝知道是怎么一回事,但这一千卢布历来是由瓦尔瓦拉·彼得罗夫娜独力承担的,斯捷潘·特罗菲莫维奇连一个卢布也没掏过,而领地上的一切产出则全部进了后者的腰包。但他最终还是将它彻底败光了:他先是将它租给了某个工业家,又背着瓦尔瓦拉·彼得罗夫娜,将领地上最重要的财产——一片小树林——卖了采伐权。这片林子他早就在偷偷摸摸地零星变卖了。整片林子最少值八千,而他前前后后总共只得了五千。只因他偶尔在俱乐部输得太多,又不敢开口跟瓦尔瓦拉·彼得罗夫娜要。当后者得知这一切时,直恨得咬牙切齿。眼下儿子突然来信,说无论如何都要亲自前来出售领地,并委托父亲立刻着手操办。不用说,以斯捷潘·特罗菲莫维奇的高尚和无私,他自觉有愧于这个亲爱的孩子——他最后一次见儿子已经是整整九年前了,那时儿子还在彼得堡上大学。换做从前,这块领地也许能值个一万三四,如今恐怕连五千都没人要了。毫无疑问,根据正式委托,斯捷潘·特罗菲莫维奇完全有权利变卖树林,并将所得纳入每年按时给付的那近乎不可能的千卢年金里,好在清账时以此自保。但斯捷潘·特罗菲莫维奇是高尚的,有着崇高追求的。他的脑海中浮现出一个异常美好的场景:等彼得鲁沙[1]一到,他便宽宏大量地将最高价码——说不定会是整整一万五千卢布——摆到桌子上,绝口不提之前已经给付的年金,然后眼含热泪地将亲爱的儿子紧紧搂在怀里,父子间的多年恩怨从此一笔勾销。他拐弯抹角、小心翼翼地向瓦尔瓦拉·彼得罗夫娜描述起这幅画面。他还暗示,此举甚至能够为他们的友谊和……"思想"增添独特而高尚的色彩,凸显他们这代人慷慨无私的高大形象,特别是在轻浮世俗的青年一代的反衬之下。他说了很多,瓦尔瓦拉·彼得罗夫娜却一直不接茬。末了,她才干巴巴地表示同意购买他们的地产,并为此开出最高价——六千或者七千卢布(其实四千就能买)。至于变卖树林的那八千卢布亏空则只字未提。

此事发生在提亲之前一个月。斯捷潘·特罗菲莫维奇万分焦急,一筹莫展。早先还指望着,彼得鲁沙说不定永远来不了了——自然,所谓"指望",只能是以不相干的旁人的心思来揣度,而身为父亲的斯捷潘·特罗菲莫维奇想必会义愤填膺地杜绝此类念想的。但不管怎

---

[1] 彼得的昵称。

样，关于彼得鲁沙仍有些奇奇怪怪的流言传到了我们这儿。他大约六年前从大学毕业，先是在彼得堡无所事事地闲逛；后来突然传来消息，说他参与起草了某份地下传单，被卷进了一桩案子；再后来又突然跑到国外去了，去了瑞士，去了日内瓦，八成是在逃亡。

"这真让我吃惊，"斯捷潘·特罗菲莫维奇极难为情地对我们说，"彼得鲁沙居然这么傻！他善良、高尚，非常敏感，我在彼得堡时还高兴呢，以为他跟现在的年轻人不一样，但他终究也是个可悲的人……而且，你们知道吗，也是因为太嫩、太感情用事了！令他们着迷的不是唯实主义，而是社会主义感性、唯心的一面，亦即其宗教色彩与诗意……而且是人云亦云。可我呢，我怎么办！我在国内有这么多敌人，在国外更多，他们肯定会说，有其父必有其子……天哪！……彼得鲁沙——煽动者！这叫什么世道啊！"

不过，彼得鲁沙很快就从瑞士发来了固定的汇款地址，看样子并不像在流亡。现如今，旅居国外四年后，他突然再次现身祖国，并告知很快就会还乡，如此看来，他又似乎并无任何罪名。不仅如此，甚至有人说，是某位要人出于同情为他提供了庇护。他最近的信件是从俄国南方寄来的，他去那里是私下受了某人的重要委托，眼下正在为此奔走忙碌。这一切固然很好，可是，该上哪儿去找那亏空的七八千卢布，好凑成体面的最高价码呢？万一两人吵将起来，将父子团圆的感人画面变成诉诸公堂呢？斯捷潘·特罗菲莫维奇有种预感，敏感的彼得鲁沙是不会放弃自我利益的。他有一次偷偷对我说："不知为何，我发现，所有那些狂热的社会主义者和共产主义者，同时又都是些极端的守财奴、贪利者和私产者，甚至可以说，越是社会党，就越极端，私产观念就越强烈……这是为什么？难道同样是因为感情用事？"我不知道他的这一评价是否公允，我只知道，对于变卖树林什么的，彼得鲁沙略有耳闻，而斯捷潘·特罗菲莫维奇也清楚这一点。我看过彼得鲁沙的来信，他平素极少给父亲写信，一年一封，甚至更少。只是最近，为了告知自己即将抵达,他才接连来了两封信。每封信都很短,只有干巴巴的指示,加之父子二人还在彼得堡时便按照时尚以"你"相称,因此,彼得鲁沙的信件像极了旧时地主从帝都寄给在乡下奉命打理领地的下人的指令。现如今,这决定命运的八千卢布突然从瓦尔瓦拉·彼得罗夫娜的建议中飞了出来,同时她还明确暗示,除此之外再没有哪个地方能飞出这些钱来了。毫无疑问,斯捷潘·特罗菲莫维奇只得同意。

瓦尔瓦拉·彼得罗夫娜刚走,斯捷潘·特罗菲莫维奇便把我叫了去,然后闭门谢客了一整天。自然,他又对我哭了,拉拉杂杂说了一大车话,偶尔想到一句俏皮的双关语便颇为自得,后来又轻霍乱发作:总而言之,一切都是老一套。随后他又翻出了已故二十年的德国发妻的肖像,开始苦苦哀求:"你能原谅我吗?"总之,他似乎有些思维混乱了。我们稍微喝了点闷酒。很快他便酣然入睡。翌日清晨,他手法娴熟地系好领结,穿戴整齐,一遍又一遍地走到镜子前面端详。手帕上还喷了香水———一点点;一见瓦尔瓦拉·彼得罗夫娜的身影出现在窗外,他急忙抓起另外一块手帕,将喷了香水的那块藏到枕头底下。

"好极了!"听到他说同意,瓦尔瓦拉·彼得罗夫娜赞许道,"首先,英明决断;其次,您倾听了理智的声音,这在您处理个人事务时非常难得。但也不必太过心急,"她打量着他的白领结,又道,"您暂时先别外传,我也不会说的。马上就是您的生日了,我会带她一起来。您准备点儿晚茶,但请不要备酒和冷盘——算了,还是我自己来吧。把您的朋友们也请过来,但邀请名单咱们得一起定。在那之前您可以跟达莎聊聊,如果有必要的话;在您的生日晚会上我们既不当众宣布,也不搞什么订婚仪式,而只是暗示一下,让人们知道就行,不必大张旗鼓。之后再过两个礼拜就结婚,尽量不要声张……你们两个甚至可以离开一段时间,一完婚就走,哪怕就去莫斯科转转也行。我说不定也会跟你们一起去……总之,切记保密。"

斯捷潘·特罗菲莫维奇大为吃惊。他吞吞吐吐地表示,他不能这样,应当先跟未婚妻商量商量,瓦尔瓦拉·彼得罗夫娜闻言,愤怒地冲他吼道:"这是干吗?首先,这婚没准儿还结不成呢……"

"结不成?"未婚夫大为惊愕,喃喃自语道。

"没准儿。我还得再想想呢……总之,一切都得照我说的来。您不必担心,她的工作由我来做。您完全不用管。所有该说的、该做的都会办妥,您不必掺和。何必呢?有什么用?您既不要来,也不要写信。更不要走漏半点风声,求您了。我也不会说的。"

她坚决不肯再费唇舌,明显心烦意乱地走了。看来,斯捷潘·特罗菲莫维奇过分的积极性刺痛了她。唉,他根本没有意识到自己的处境,也尚未看到这个问题其他层面。相反,滋生了某种张狂而冒失的新情绪,他又膨胀了。

"我乐意!"他伫立镜前,摊开双手,激动地喊道,"您听见了吗?她想逼得我到头来不想结了。可要知道,我也可能会失去耐心,然后……不想结了呢!'在家待着,没必要去那儿',话说回来,我凭什么就非得结婚不可呢?就因为她心血来潮吗?我可是个有身份的人,我可不一定非得听命于一个喜怒无常的女人!我对儿子……对自己有义务!我这是自我牺牲——这点她懂吗?我之所以答应,也许是因为我厌倦了生活,已经全无所谓了。但她搞不好会激怒我,到时候我就不再全无所谓了,我一气之下——拒婚!再说,这也太荒唐了……俱乐部的人会怎么说?……利普京会怎么说?'这婚没准儿还结不成呢'——真是岂有此理!太过分了!这简直……这算什么?我是苦刑犯,我是巴丹盖[1],我被逼进了死胡同!……"

不过,从这些苦大仇深的控诉里,隐约流露出一种乖张的自鸣得意,一种轻佻的哗众取宠。晚上,我们又喝酒了。

---

1 拿破仑三世的戏谑绰号。1840年,路易·波拿巴因暴动失败被判处终身监禁,囚禁于哈姆要塞。直到1846年才在一位名叫巴丹盖的石匠的帮助下,乔装成后者的模样成功越狱。此后,1848年当选总统,1852年复辟称帝。斯捷潘·特罗菲莫维奇以此自比,大有虎落平阳之意。

第三章　别人的罪孽

一

约莫过了一周,事情开始有了变数。

顺带一提,在这倒霉的一周里,我承受了太多的苦水,几乎寸步不离地守在我那位被提亲的友人身边,作为他最亲近的知心人。最令他痛苦的是没脸见人,尽管整整一周我们谁也没见,一直是二人独处;但他甚至没脸见我,以致他对我坦白得越多,就越对我心存芥蒂。他总是疑神疑鬼,疑心大家都知道了,全城人都知道了;别说去俱乐部了,连我们这个小圈子里的人他都不敢见。就连不得不做的遛弯,也只能等到入夜,天黑透了才敢出门。

就这样过了一周,可他却仍不确定自己到底要不要结婚,而且无论他如何打探,都问不出确切消息。和自己的未婚妻他仍未能见上面,甚至不知道她究竟是不是自己的未婚妻;他甚至不确定,整件事情里面是否有一丁点儿严肃的成分! 瓦尔瓦拉·彼得罗夫娜不知为何,坚决不肯见他。在回复他头几封信中的一封时(他前前后后写了无数封),她直截了当地请求他暂时不要以任何方式打搅她,因为她很忙,她自己也有很多重要的事要告诉他,但必须等到比眼下更为宽裕些的时刻,等时候到了,她自会通知他前来相见。至于信,她宣布会原封退回,因为那"完全是无理取闹"。这封短笺我亲眼见过,是他本人拿给我看的。

不过,所有这些无礼和不确定,与他最主要的忧虑相比都不值一提。这桩心事一刻不停地狠狠折磨着他,令他憔悴不堪,灰心丧气。这件事令他羞愧无地,甚至对我他都不肯提及,每次我问起来,他都像个小孩子似的支支吾吾。可另一方面,他又见天派人请我,离了我连两个小时都过不了,需要我像需要水和空气。

他这么做多少伤了我的自尊心。不用说,我早就猜透了这个最主要的秘密,洞察了一切。我那时深信不疑:说穿他的这个秘密、这桩心事,一定会有损他的颜面。为此,年少气盛的我很是愤愤不平,气他对我无礼,疑神疑鬼。我一时冲动(老实说,也是当烦了他的知心人),就对他说了些过头的气话。我狠心地逼他亲口向我坦白一切,尽管我也明白,这未免太强人所难。他也早就看穿了我的心思,知道我看穿了他并且对他有怨气;而他也对我有怨气,因为我看穿了他并且对他有怨气。或许,我的气愤委实有些小家子气,瞎胡闹;但有时候,两个人终日独处对真挚友谊的损害实在太大了。在某种意义上,他清醒地意识到了自身处境的某些方面,在有些他认为没必要隐瞒的问题上甚至定位精准。

"唉,当初她难道是这样的吗!"他偶尔会这样对我谈起瓦尔瓦拉·彼得罗夫娜,"她从前可不是这样的。想当初,我跟她总是谈论……您知道那时候她都会谈论些什么吗?您相信吗,那时的她还有思想——自己的思想。如今,一切都变了!她竟然说,那一切都只不过是老掉牙的空谈!她鄙视从前……如今她成了一个地主婆、管家婆,铁石心肠,老爱生气……"

"眼下她还有什么好生气的呢,您不是都答应她的要求了吗?"我反问道。

"亲爱的朋友,"他意味深长地看了我一眼,"要是我不答应,她肯定会大发脾气,大发雷霆!但一定不如眼下我答应了这么厉害。"

说完这话,他显得心满意足;那晚我俩喝光了一整瓶酒。但快慰转瞬即逝。第二天,他变得比以往任何时候都更糟糕、更阴郁。

最令我生气的是,他甚至下不定决心对远道而来的德罗兹多娃母女做必要的拜访,登门叙旧,何况据说她们很期待他的来访,已经不止一次问起他,而这也正是他日夜希冀的。每次谈起莉莎维塔·尼古拉耶夫娜,他总带着一种令我不解的兴奋。毫无疑问,他是想起了当年那个令他钟爱的小女孩,但除此之外,他还没来由地觉得,只要一见到她,自己眼下的一切痛苦便能立刻得到缓解,就连最深的疑虑也会涣然冰释。他期冀着在莉莎维塔·尼古拉耶夫娜身上发现一颗超凡脱俗的心灵。但他还是迟迟不去见她,尽管每天都想去。关键是那时候我自己也十分渴望与她结识,而我唯一能够指望的引荐人就是斯捷潘·特罗菲莫维奇。那时我总能见到她——当然是在大街上,当她骑马出来遛弯时——并对她念念不忘:她身穿骑马裙,骑着骏马,身旁跟着她那位名义上的亲戚、已故德罗兹多夫将军的侄子、那位年轻帅气的军官。不过,神魂颠倒只持续了短暂的一瞬,我旋即意识到自己是痴心妄想。可一瞬虽短,但毕竟真实地存在过,因此,可想而知,我对自己这位缩头乌龟似的可怜朋友该有多恼火了。

我们那个小圈子从一开始就被正式告知,斯捷潘·特罗菲莫维奇将闭门谢客一段时间,需要绝对清净,万望勿扰。他不顾我的劝阻,坚持给每个人发了信函。我又遵照他的请求,一一登门告知,说瓦尔瓦拉·彼得罗夫娜委托我们的"老头子"(我们私下里都这么叫他)处理一桩紧急事务——将数年来的某些往来信函整理清楚;为此他必须闭门谢客,而我要给他打下手云云。唯独利普京家我一直拖着没去——老实说,是不敢去。我早就料到,我的话利普京连一个字都不会信,而肯定会暗自猜测,这里头有鬼,而且就只为了瞒他一个人。等我一走,他立马就会跑出去满城打听,散播谣言。就在我犹豫不决之时,好巧不巧,偏偏在大街上撞见了他。不承想,他已经从我先前知会过的人那里得知了一切。但奇怪的是,他并没有对斯捷潘·特罗菲莫维奇的情况刨根问底,相反,当我为自己没能早点登门告知向他道歉时,他立刻打断了我,岔到了另一个话题。他也的确攒了一肚子话要说;他当时的情绪异常高涨,很高兴抓到了我这么个听众。他讲起了城里的新闻,说新任省长夫人的驾临"带来了新的传言",说俱乐部里已然形成了对立阵营,还说所有人都像被传染了一样吵嚷着新思潮,等等,等等。他讲了足足有一刻钟,讲得那么好笑,让我听得都入了迷。虽说我受不了他这个人,但我必须承认,他很有本事让别人听他讲话,特别是当他愤愤不平时。照我看,此人生来就是个地道的密探。他随时都能获知一切最新消息和敝城的全部底细,尤其是那些卑鄙龌龊的,而且令人惊奇的是,有些事即使跟他没有半点关系,他也会过分关注。我一直觉得,此人最大的特点就是妒忌。当天晚上,当我对斯捷潘·特罗菲莫维奇讲起我与利普京的碰面时,出乎我的意料,他显得异常紧张,劈头盖脸问我:"利普京是不是知道了?"我反复跟他解释,说利普京不可能知道得那么快,说不会有人跟他讲的,可他就是不信。

"您爱信不信,"末了他突然说,"我敢打包票,他不但知道我们的事,还知道一些别的事,这些事咱俩眼下都还不知道,也许永远都不会知道,或者等我们知道了就晚了,没有退路了!……"

我没有作声,这番话的信息量太大了。从那以后,我俩整整五天没有提过利普京;我很清楚,斯捷潘·特罗菲莫维奇很后悔在我面前袒露了那些疑虑,说漏了嘴。

二

有天上午,在斯捷潘·特罗菲莫维奇答应婚事后的第七天或者第八天，十一点钟左右，当我照例赶去慰藉我的友人时，在路上遇见了一档子事。

我碰上了卡尔马济诺夫，就是被利普京奉为"伟大作家"的那位。我从小就阅读他的作品。他的中短篇小说在上一辈人乃至我们这代人中间广为人知。我对它们尤为痴迷，阅读它们曾是我少年和青年时代的一大乐事。后来，我对他的作品就渐渐冷淡了。他近年来总爱写的那些带有倾向性的中篇小说，已经不像他早期那些充满率真诗意的作品那么令我喜欢了。至于他新近发表的那些作品，我简直一点也不喜欢了。

一般而言——恕我不揣冒昧，就此微妙问题发表愚见——我国的这些先生们顶多是"中才"，可在世时却几乎无一例外地被人捧为"大才"乃至"天才"，然而，等他们一死，便会了无痕迹地从人们的记忆中猝然消失；更有甚者，即使他们尚在人世，只要新的一代成长起来，取代了他们风头正盛时的那代读者，他们便会迅速被人遗忘。这在我国发生得如此突然，堪比舞台布景的切换。不，我说的绝非普希金、果戈理、莫里哀、伏尔泰，所有这些别开生面的大家自然另当别论。问题还在于，我国的这些中才先生们，到了一把年纪时，往往便会文思枯竭，但却毫不自知。常有这样的情况：一位长久以来被人们奉为思想深邃、肩负着推动社会进步之重大使命的伟大作家，到头来却被发现，其最最核心的思想竟如此稀松浅薄，以至于没有一个人会为他的江郎才尽扼腕叹息。但这些皓首老者自己却浑然不觉，兀自大发脾气。及至迟暮之年，他们的自负往往会膨胀到令人惊诧的地步。上帝知道他们将自己当成了谁，最起码是"神"吧。关于卡尔马济诺夫有很多议论，说他看重与大人物及上流社会的联系甚于自己的灵魂；说他会平易近人地接待你、关心你，令你为之感动、为之折服，特别是假如你能够对他派上用场的话，当然，倘若有人事先向他举荐了你，那就更不必说了。然而，一旦某位公爵，或者某位伯爵夫人，或者随便某个令他忌惮的人物来访，他便会毫不犹豫地将你抛到脑后，如同对待一堆木屑或者一只苍蝇，哪怕你尚未走出他的家门。他将此视为天经地义。尽管他有充分的自制力，通晓风度守则，但据说，他是如此孤芳自赏、歇斯底里，以至于永远无法掩饰他那份伟大作家的清高孤傲，哪怕是在对文学并无兴趣的圈子里。倘若有人无意间因态度淡漠令他难堪，他必会耿耿于怀，伺机报复。

大约一年前，我在杂志上读到他的一篇文章，里面充斥着伟大作家对于天真无邪的诗意（而且是作用于心理的那种）的可怕诉求。文章描述了一艘轮船在英格兰海岸遇难时的情形。他亲眼看到了人们如何救援落水者，打捞溺亡者。整篇文章冗长拖沓，唯一的主旨仅仅在于自我展示。字里行间总流露出这种意思："瞧啊，看看吧，那种情形下的我！何必去关心大海呀、风浪呀、岩礁呀、断楫残桅呢？我不是已经用我的如椽巨笔都给你们描画出来了嘛！何必去看那个淹死的女人和她僵死的臂弯里的那个死去的婴孩呢？还是看我吧，看我如何受不了这种场面，如何背过身去。看，我背身而立；看，我余悸未消，不忍回头；看，我眯起眼睛——呵，多么有趣啊，不是吗？"我把自己对卡尔马济诺夫这篇文章的看法说给了斯捷潘·特罗菲莫维奇，他对此深表赞同。

不久前，卡尔马济诺夫要来敝城的消息刚一传开，我便迫不及待地想要见见他，如果可能，还想跟他认识一下。我知道斯捷潘·特罗菲莫维奇与他有旧，或可帮忙引荐。而眼下我却在十字路口与之不期而遇。我当下就认出了他：三天前他和新任省长夫人乘坐敞篷马车从街头驶过时，有人把他指给我看过。

那是个身量矮小、面相古板的小老头，应该不超过五十五岁，红扑扑的脸蛋，一头花白的浓密鬈发从圆筒礼帽底下钻出来，蜷曲在一对干净而通红的小耳朵旁边。他面庞光洁，却并不漂亮，两片又薄又长的嘴唇抿得很紧，鼻头肉乎乎的，两只小眼睛里透着精明睿智。他的穿戴有些过时，披着一件斗篷，像是只有瑞士或者北意大利等地在这个季节才会穿的那种。不过,他从头到脚的那些配饰——领扣、衬领、纽扣、拴在细黑缎带上的玳瑁长柄眼镜、宝石戒指——却都与讲究品味的人士一般无二。我敢说,夏天他肯定会穿双花哨的缎纹面鞋,外侧还缀着一串珠母纽扣。我们眼看就要走到对方跟前了,他忽然在岔路口停住了脚步,四下观瞧。见我正好奇地注视着他,他便用甜腻又有些刺耳的声音冲我喊:"请问,去贝科夫街怎么走最近?"

"贝科夫街?就在附近,马上就到,"我激动难抑地回答,"您照直走,第二个路口左拐就是。"

"非常感谢。"

真是该死:我一定是太羞怯,太点头哈腰了!他立刻就觉察到了这一点并当即看穿了一切,也就是说,他知道我已经认出了他,知道我一定从小就读他的书,对他景仰无比,还知道我眼下一定很羞怯,很点头哈腰。他微微一笑,又点了点头,照我说的朝前走去。我莫名其妙地随着他转过身去,又莫名其妙地跟着他走了十来步。

他突然再次停住了脚步,用刺耳的声音冲我叫道:"能告诉我,最近的出租马车在哪儿吗?"

这可恶的喊叫,这可恶的嗓音!

"出租马车?最近的出租马车在……在教堂边上,那里总有车。"说着,我身子一扭,拔腿就要跑去叫车。我怀疑,他可能正等着我这么做呢。当然,我立刻就回过神来,及时地刹住了脚步,但我的动作还是被他瞧了个真切。他继续注视着我,脸上仍挂着那抹可恶的微笑。接下来发生的一幕,我这辈子都忘不了。

他一直拿在左手的一个小包突然掉在了地上。那与其说是小包,不如说是小方盒,或者说是小提包,还是女式的,就像从前那种女式手包……总之,我也不知道该怎么叫,我只知道,我似乎上前了一步,想把它捡起来。

我绝对确定,自己并没有捡起它,但我下意识的反应却是无可置辩的,再想掩饰已是徒劳,只得傻乎乎地涨红了脸。狡猾的老家伙立刻从这一情形中获取了全部信息。

"不劳费心,我自己来。"他温文尔雅地说着,亲自捡起了包——他已经看准了我不会为他捡包,却弄得像是抢在了我前头似的;然后又冲我点了点头,继续朝前走去,而我则傻愣愣地待在原地。东西虽是他自己捡起来的,却跟我为他捡起来的没啥两样。足足有五分钟,我自觉蒙受了奇耻大辱;等快走到斯捷潘·特罗菲莫维奇家门口时,我突然放声大笑。这次偶遇让我觉得如此滑稽,我当即决定把它当成笑话讲给斯捷潘·特罗菲莫维奇听,还要分角色表演一下整个场景。

三

然而,这次我却惊奇地发现,斯捷潘·特罗菲莫维奇和平素大不一样。尽管他照例迫不及待地向我迎了上来,并开始听我讲述,却一副魂不守舍的样子,似乎完全没有听懂。但"卡尔马济诺夫"这个名字刚一出口,他便突然发作,近乎疯狂地叫道:"别说了,别跟我提这个人! 来,您瞧瞧这个,您瞧瞧! 瞧瞧!"

他拉开抽屉,将三张不大的纸片扔到桌上,纸片上各有些潦草的铅笔字迹,全部出自瓦尔瓦拉·彼得罗夫娜之手。第一张字条是前天的,第二张是昨天的,第三张是今天的,一小时之前才送到。内容无聊至极,全是关于卡尔马济诺夫的,暴露了瓦尔瓦拉·彼得罗夫娜唯恐前者不来拜会自己的那种庸人自扰、虚荣心作祟的心理波动。前天(也可能是大前天,或者大大前天)的第一张字条上写着:

若他今日终于前来拜访您,请勿提起我。不要有丝毫暗示。既不要主动谈起,也不要给他提醒。

瓦·斯·

昨天那张：

若他终于决定今日上午前来拜会您，依我之见，最好干脆不要见他。这是我的想法，不知您意下如何。

瓦·斯·

今天那张，也是最后一张：

我敢说，您家里肯定又是垃圾成堆，烟雾弥漫。我把玛丽亚和福马派过来，他俩半小时就能收拾干净。他们收拾的时候您不要碍手碍脚，坐在厨房里等着。我还派人送来一条布哈拉地毯和一对中国花瓶，它们我早就想送给您了；另有一幅特尼尔斯[1]的真迹，暂时借给您挂几天。花瓶可以摆在窗台，特尼尔斯的画挂在歌德画像的右上方，那里更醒目，上午光线也足。倘若他终于前来，务请以礼相待，但请尽量谈些琐碎小事，比如学术之类，而且要表现得仿佛你们昨天还见过面。不要提起我。说不定晚上我也会来您家里一趟。

瓦·斯·

又及：若他今日还不来，那就是不来了。

看完这些纸条，我很惊讶他竟会为区区小事大动肝火。我向他投去疑惑不解的目光，忽然发现，趁我看字条的工夫，他居然把自己那条雷打不动的白领结换成了红色的。他的礼帽和手杖放在桌上。他脸色煞白，连手臂都在颤抖。

"我才不在乎她的小心思呢！"他狂躁地叫嚷着，算作对我疑问目

---

[1] 特尼尔斯（1610—1690），比利时著名风俗画家。

光的回应。"我不在乎！她有这份闲心为卡尔马济诺夫七上八下，却没工夫回我的信！您瞧，那是我的信，昨天被她原封不动地退回来了，就是桌上那封，书底下，《笑面人》底下。她为尼古拉悲痛欲绝关我屁事！我才不管，我要宣示我的自由！去他的卡尔马济诺夫！去她的省长夫人！我把花瓶藏到了玄关，把特尼尔斯塞进了柜子，我还要求她立刻见我。您听好了：是要求！我也给她送了张字条，铅笔写的，没封口，让纳斯塔西娅送过去的，正在等回信。我需要达里娅·帕夫洛夫娜本人亲口对我宣布，对着上天，或者，至少也要当着您的面。作为朋友和见证者，您该不会拒绝帮助我吧。我不需要她脸红，不希望她撒谎，不想要秘密，在这件事情上我不允许有秘密！她们都得老老实实、明明白白地向我坦承一切，到时候……到时候，我的宽宏大量说不定会令同辈人大吃一惊！……我难道是个卑鄙小人吗，亲爱的先生？"末了，他突然来了这么一句，并且咄咄逼人地盯着我，好像正是我把他当成卑鄙小人似的。

我请他先喝点水；我还从未见过他这副样子。他说这些话时，一直在屋角之间来回疾走，然后冷不丁地以一个奇怪的姿势停在了我面前。

"难道您以为，"他从头到脚打量着我，又以那种病态的傲慢开口道，"难道您竟以为，我，斯捷潘·韦尔霍文斯基，会找不到足够的勇气，拎起我的箱子（我那寒酸的箱子！），将它扛在我瘦弱的肩膀上，走出这个大门，从此一去不回吗？——哪怕是荣誉和伟大的独立要求我这么做？斯捷潘·韦尔霍文斯基已经不是头一次用宽宏大量回应专制独裁了，虽然只是一个疯女人的独裁——而这恰恰是全世界可能存在的最羞辱、最残忍的独裁，尽管您正在对我的话肆意嘲笑，我亲爱的先生！哦，您不相信我有足够的勇气跑去给一名商人当家庭教师，或者饿死在篱笆之下！您说呀，您现在就说：您到底信，还是不信？"

但我故意默不作声。我甚至装出了一副不忍心说不信，却又没法说信的为难神色。他发的这通无名火委实伤到我了,但不是为我自己,不是的!不过……容我日后解释吧。"

他的脸色甚至苍白了。

"您跟我在一起也许很无聊吧,Γ-夫(这是我的姓氏),您大概希望……永远不再登我的门了吧?"他的语调中有种苍白的平静,而这通常是大爆发的前兆。我吓得跳了起来;就在这时,纳斯塔西娅走了进来,默默地递给斯捷潘·特罗菲莫维奇一张纸条,上面用铅笔写着什么。他只瞥了一眼,就扔给了我。纸条上是瓦尔瓦拉·彼得罗夫娜的笔迹,只有四个字:

在家待着。

斯捷潘·特罗菲莫维奇一言不发地抓起礼帽和手杖,快步朝屋外走去,而我则机械地跟在他身后。忽然,走廊里传来了说话声和急促的脚步声。斯捷潘·特罗菲莫维奇顿时僵住,如遭雷击。

"是利普京!我完了!"他一把抓住我的胳膊,低声道。

话音未落,利普京便走了进来。

四

为何利普京来了他就完了,我不知道;不过,这话未必可以当真,想来是情绪所致。但他此番的惊恐委实非同小可,于是我决定看个究竟。

利普京进屋后的整个表情都在宣布:他不顾禁止,不请自来是有特殊缘由的。他身后跟着一位陌生的先生,应该是从外地来的。作为对斯捷潘·特罗菲莫维奇茫然目光的回应,利普京叫嚷道:"我给您带来了一位稀客!斗胆搅扰您的清净。这位是阿列克谢·尼雷奇·基里洛夫先生,最出色的建筑工程师。最重要的是,他认识令郎——尊敬的彼得·斯捷潘诺维奇,而且走得很近;他还受了令郎的委托。他刚到咱们这儿来。"

"委托是您擅自添加的,"来客毫不客气地说,"并没有什么委托,但韦尔霍文斯基我的确认识。我跟他是在X省分手的,就在十天前。"

斯捷潘·特罗菲莫维奇机械地伸出手去,请客人落座;他看了看我,又看了看利普京,这才如梦初醒似的,自己也连忙坐了下来,礼帽和手杖却仍下意识地抓在手上。

"哦!您这是要出门哪!我可是听人说,您忙得都累出病来了。"

"是,我是病了,所以才想要出去散散步,我……"斯捷潘·特罗菲莫维奇收住话头,忙将礼帽和手杖扔在沙发上,登时面色通红。

趁着这工夫,我迅速将来客打量了一番。此人年纪不大,二十七岁上下,衣着得体,身材匀称瘦削,一头黑发,脸色苍白暗哑,一双黑色的眸子黯淡无光。他看上去若有所思,心不在焉,说话断断续续,而且不大合乎语法,语序有些奇怪,句子一长就颠三倒四。利普京完全注意到了斯捷潘·特罗菲莫维奇的惊慌失措,并且显然很是得意。他舒舒服服地坐在藤椅上——他将藤椅几乎拉到了房间正中央,以便和在两张沙发上相对而坐的主客二人保持同等距离——尖锐的目光好奇地在房间的各个角落来回睃巡。

"我……已经很久没见过彼得鲁沙了……你们是在国外碰见的吗?"斯捷潘·特罗菲莫维奇含含糊糊地问客人。

"国内国外都见过。"

"阿列克谢·尼雷奇也是刚从国外回来,"利普京接口道,"他在国外进修了四年,这次到咱们这儿来,是想在修建铁路桥方面谋个职位,眼下正在等待回复。他跟德罗兹多娃夫人和莉莎维塔·尼古拉耶夫娜都认识,正是彼得·斯捷潘诺维奇介绍的。"

工程师坐在沙发上,蔫头耷脑,极不耐烦地听着。我感觉他似乎有些生气。

"他跟尼古拉·弗谢沃洛多维奇也认识。"利普京又说。

"尼古拉·弗谢沃洛多维奇您也认识?"斯捷潘·特罗菲莫维奇问。

"认识。"

"我……我实在是太久没见过彼得鲁沙了……我这个父亲实在是不称职……就是这话……你们分手时他怎么样?"

"就那样呗……他自己也会来的。"基里洛夫先生又敷衍道。他肯定是生气了。

"他会来!这下我可……您瞧,我已经太久没见过彼得鲁沙了!"斯捷潘·特罗菲莫维奇停顿良久,继续道,"我正期待着我那可怜的孩子,我对他……唉,我对他有愧啊!就是说,我其实是想说,我当时把他一个人丢在彼得堡,我……总之,我完全没有把他放在心上,差不多是这样的。这孩子,您知道吗,很情绪化,生性敏感,而且……胆子小。每晚睡觉前都要叩拜,给枕头画十字,生怕夜里会死掉……我都还记得。不仅如此,他缺乏审美感,没有任何高尚的、根本的情感,任何未来思想的萌芽……他就像个小白痴。啊,我好像自己都被绕糊涂了,抱歉……让您见笑了……"

"您说真的,他给枕头画十字?"工程师突然特别好奇地问。

"没错,是给枕头……"

"啊,我随口问问,请您继续。"

斯捷潘·特罗菲莫维奇疑惑地瞅了瞅利普京,对来客道:"我十分感激您的造访,但老实说,我现在……状态不佳……不过,能否告知,您下榻何处?"

"主显圣容街,菲利波夫公寓。"

"咦,那不就是沙托夫住的地方嘛。"我不由得说。

"没错,就是那栋公寓,"利普京叫道,"只不过沙托夫住在上面的阁楼里,而这位先生住在下边,跟列比亚德金大尉一起。他不仅认识沙托夫,还认识他的夫人,而且在国外跟她走得很近。"

"什么!难道您知道些什么吗,关于这位可怜人的不幸婚姻,还有那个女人?"斯捷潘·特罗菲莫维奇突然来了兴致,高声叫道,"您是我遇到的第一个知情人,如果……"

"胡说八道!"工程师勃然大怒,打断了他的话,"利普京,您瞎说什么!我从没见过沙托夫的妻子,只有一次,远远地见过,根本没有走得很近……沙托夫我认识。您干吗总是添油加醋呢?"

他在沙发上猛一扭身,抓起帽子,随即又将帽子放下,像之前那样重新坐好,挑衅似的用他那双骤然发亮的黑色眸子死死地盯住斯捷潘·特罗菲莫维奇。这番莫名其妙的愤怒实在令我捉摸不透。

"请您原谅,"斯捷潘·特罗菲莫维奇恳切地说,"我知道,这种事未免太过私密了……"

"根本没什么私密的,我刚才喊'胡说八道'也不是冲您,而是冲利普京,谁叫他添油加醋呢。请原谅,如果您误以为我在说您的话。我认识沙托夫,却并不认识他的妻子……根本不认识!"

"我明白、明白。我之所以追问,只是因为我太爱我们那位可怜的朋友了,我们那位易怒的朋友,我对他的事一直很上心……依我看,他过分激进地改变了他先前的想法,那些想法或许稚嫩,但好歹是正确的。如今,他一味地叫嚣关于我们神圣俄国的各种东西,让我不得不将他'心智上的骨折'——我想不出比这更贴切的形容——归结于某种剧烈的家庭变故,说不定正是他那桩不幸的婚姻。作为一个对我可怜的俄国了如指掌的人,作为一个为俄国人民奉献了毕生精力的人,我可以负责任地告诉您,他并不了解俄国人民,何况——"

"我也完全不了解俄国人民,而且……根本没有时间去了解!"工程师又一次突然发话,身子再次猛然一拧。被打断的斯捷潘·特罗菲莫维奇一时语塞。

"不,他正在了解,"利普京接口道,"他已经开始了研究,正在写一篇有趣至极的文章,论述俄国自杀事件日益增多的原因,以及助长或者阻止自杀倾向在社会蔓延的种种因素。他得出了令人惊讶的结论。"

工程师大为光火,愤恨地嘟囔道:"您根本无权这么说,我根本没有写。我才不会干蠢事。我秘密地问了您,完全是无意。根本没有文章,我不发表,您也无权……"

利普京却显然很得意:"对不住,也许是我错了,不该把您的文学创作说成文章。他只是在整理自己的观察,而并未触及问题的实质,或者说道德层面,他甚至完全排斥道德性,而信奉'为美好的终极目标摧毁一切'的最新准则。他已经提出,为了在欧洲确立健全理智,至少需要一亿颗头颅,这比最近一次世界大会[1]上提出的还要多得多。在这一点上,阿列克谢·尼雷奇比所有人都走得更远。"

工程师带着鄙夷而苍白的微笑听着。约莫半分钟,谁也没吭声。

"这太愚蠢了,利普京,"基里洛夫先生终于不失尊严地开口道,"如果我无意中跟您说了什么,您到处说,那随便您。但您没有权利,因为我从来没对任何人讲过。我不屑于讲……如果有信仰,我自己知道就够了……您这么做太愚蠢了。我不会去争论已有定论的话题。我受不了争论。我永远不想争论……"

"也许,您这样做很明智。"斯捷潘·特罗菲莫维奇不禁道。

"我向您道歉,但我并没有生任何人的气,"工程师继续热烈而急切地说,"我四年见过很少人……我四年很少说话,尽量不见人,与我目标无关的人,四年。利普京知道了就笑我。我理解,不去管。我不是小心眼,只是生气他胡说八道。我不对你们说思想,"他毫无征兆地

---

[1] 1867年8月28日,首届"和平与自由同盟世界大会"在日内瓦隆重开幕。俄国无政府主义者巴枯宁(1814—1876)在此次会议上做了演说,呼吁用火与剑摧毁一切旧的社会制度。

收住话头,坚定的目光从我们身上逐一扫过,"根本不是害怕你们向当局揭发我;不是的;请不要有这种卑劣的想法……"

听完这席话,我们谁也没吭声,只交换了一下眼色。连利普京都忘记了哂笑。

"先生们,很抱歉,"斯捷潘·特罗菲莫维奇坚决地从沙发上站起身,"我感觉不大舒服,心烦意乱。请见谅。"

"啊,这是逐客令,"基里洛夫先生恍然大悟地抓起帽子,"好在您说了,我记性不好。"他站起身,伸出手去,坦然走到斯捷潘·特罗菲莫维奇跟前:"抱歉,您不舒服,我来打搅。"

"祝您在敝城一切顺利!"斯捷潘·特罗菲莫维奇答道,同时友善而又从容地握了握他的手。"我明白,如果您,照您所说,在国外待了那么久,为了自己的目标离群索居,并且忘却了俄国,那么,不用说,看到我们这些土生土长的俄国佬,您自然会感到诧异,而我们看您也是一样。不过,这会过去的。只有一点令我费解:您想要修建我们的铁路桥,同时却又宣称,您奉行摧毁一切的原则。恐怕我们的桥是不会让您来修建的!"

"什么?您说什么……啊,见鬼!"受伤的基里洛夫嚷嚷着,随即发出了最为欢快而爽朗的笑声。有那么一瞬,他的面孔呈现出最孩子气的表情,而据我看,这跟他很配。利普京激动地搓着手,为斯捷潘·特罗菲莫维奇的绝妙揶揄兴奋不已。而我心里却越发纳闷:斯捷潘·特罗菲莫维奇何以如此忌惮利普京,一听到他来了就大喊"我完了"呢?

五

我们所有人都站在门口。在这种时候,宾主之间通常会彼此交换临别的客套话,然后皆大欢喜地分手。偏偏利普京就要走出屋子时,看似漫不经心地说了句:"他今天之所以闷闷不乐,是因为刚跟列比亚德金大尉吵了一架。列比亚德金大尉有个妹妹,长得挺漂亮,可惜有点疯,列比亚德金天天用马鞭抽她——正经的哥萨克马鞭哪,早上抽完,晚上接着抽。阿列克谢·尼雷奇实在看不下去,都搬到公寓的厢房里去了。回见了您哪。"

"妹妹?有点疯?马鞭?"斯捷潘·特罗菲莫维奇失声惊叫,仿佛他自己突然被人抽了一马鞭,方才的恐惧瞬间回归:"什么妹妹?哪个列比亚德金?"

"您说列比亚德金?一个退役大尉,他以前还只是自称上尉……"

"哎呀,我管他是什么尉!我问的是他妹妹!天哪……您刚才说列比亚德金?咱们这儿原先不是来过一个列比亚德金吗?……"

"就是他,来过咱们这儿的那个,想起来了吗,维尔金斯基家那个?"

"他不是因为假钞被抓了吗?"

"如今又回来了,都快仨礼拜了,而且情况非常特殊。"

"可那是个混蛋啊!"

"好像咱们这儿就不能有混蛋似的!"利普京突然咧嘴一笑,两只滴溜溜的小眼睛似乎在审视着斯捷潘·特罗菲莫维奇。

"哎呀,天哪,我说的根本不是这个……不过,关于混蛋我倒是同意您所说的,完全同意。可然后呢?嗯?您说这个是想说什么?……您肯定是想说点别的什么吧!"

"都是些鸡零狗碎……那个大尉吧,从种种迹象来看,当初离开咱们这儿并非因为假钞,而是为了寻找他这位妹妹,她好像是为了躲他藏到哪儿去了,如今他把妹妹带过来了,就这么回事。您似乎有点害怕,斯捷潘·特罗菲莫维奇?其实我说的这些都是他喝醉了酒说漏嘴的,清醒的时候他对这事儿绝口不提。这人是个暴脾气,嗯,怎么说呢,崇尚军事美学,只不过是最低级趣味的那种。他妹妹不光疯,还是个瘸子。据说她曾经被人勾引,失了身,为此,据说列比亚德金先生已经很多年了,每年都能从勾引者那儿拿到一笔钱,作为名誉补偿,至少他自己是这么说的,但依我看,不过是醉话罢了。就是吹牛。这种事儿哪用得着那么破费呢。不过,说他发了笔横财倒是千真万确;十来天前他还是个穷光蛋,眼下光手头就有好几百卢布,我亲眼看见的。他妹妹天天犯病,大喊大叫,他呢,就用马鞭'管教'她,还说女人就得学会尊重。我真是想不通,沙托夫在他们楼上怎么住得下去。阿列克谢·尼雷奇跟他们还在彼得堡就认识,这还不到三天,就被闹腾到厢房里去了。"

"这些都是真的吗?"斯捷潘·特罗菲莫维奇转向工程师求证。

"您话太多了,利普京。"工程师没好气地说。

"阴私、秘密!咱们这儿打哪儿冒出来这么多的阴私和秘密!"斯捷潘·特罗菲莫维奇忍不住叫嚷道。

工程师皱起眉头,面色微红,耸了耸肩,就要朝外走,却听利普京又道:"阿列克谢·尼雷奇一把夺过马鞭,撅折了,扔到了窗户外面,跟他大吵了一架。"

工程师闻言,猛然转过身来:"您怎么这么多嘴,利普京,这很愚蠢,你想干吗?"

"何必遮遮掩掩,过分谦虚呢,这可是最高尚的心理,呃,我是说您,不是我自己。"

"这太愚蠢了……而且毫无必要……列比亚德金又愚蠢又白痴,非但毫无益处,而且……非常有害。您为何总说些乱七八糟的呢?我走了。"

"唉,真可惜!"利普京咧嘴笑着叫道,"不然我还能再给您讲个好笑的事儿哪,斯捷潘·特罗菲莫维奇。我其实正是为这个才来的,不过,您自己想必也听说了。看来只好下次了,阿列克谢·尼雷奇急着要走……回见吧您哪。瓦尔瓦拉·彼得罗夫娜前天闹了一个大笑话,她专门派人把我叫了去,哎呀,简直笑死人了。回见了您哪。"

但斯捷潘·特罗菲莫维奇却猛地按住他的双肩,扳过他的身子,将他带回房间,按在了椅子上。利普京几乎被吓着了。他坐在椅子上,谨慎地盯着斯捷潘·特罗菲莫维奇,主动开口道:"您猜怎么着?前天她突然把我叫了去,'私下里'询问我的个人看法:尼古拉·弗谢沃洛多维奇究竟是不是神经错乱?您说怪不怪?"

"您疯了!"斯捷潘·特罗菲莫维奇嘟囔道,突然情绪失控,"利普京,您清楚得很,您今天来,就是为了告诉我诸如此类的龌龊事,甚至……比这更卑劣的!"

我瞬间想起了他此前的猜测:利普京对我们的事知道得比我们自己还清楚,甚至还知道一些我们永远都无法知道的事。

"您请息怒,斯捷潘·特罗菲莫维奇!"利普京似乎怕得要命,嘴里不住地嘟囔着,"请息怒……"

"闭嘴,说!基里洛夫先生,请您也回来听听,求您了!请坐。你,利普京,直截了当地说,别绕弯子!"

"我要是知道您会如此动怒,我压根就不会说了……我还以为,瓦尔瓦拉·彼得罗夫娜早就亲口告诉您了呢!"

"您根本不是这么想的!说,快说,您倒是说呀!"

"劳驾,您也坐下来吧,总不能我坐着,您却气哄哄地在我面前……走来走去,这多不合适啊。"

斯捷潘·特罗菲莫维奇按捺住火气,重重地坐在了沙发上。工程师面色阴郁地盯着地板。利普京则满心狂喜地瞧着两人。

"怎么说呢……真叫人难以启齿……"

六

"前天,她突然派了个人到我家,说'夫人请您明天中午十二点到府上一叙'。您能想象吗?我撂下手头的事,于昨天中午准时赴约。

我直接被带到了客厅,约莫一分钟,夫人出来了,她请我坐下,自己也坐到我对面。我坐在那儿,简直不敢相信——你们是知道的,她对我向来是不屑一顾的!她一点儿也没客套,以惯常的语气开了口:您还记得吧,她说,四年前,尼古拉·弗谢沃洛多维奇身体抱恙,做出了一些奇怪的举动,令全城人都疑惑不解,后来才真相大白。其中一个无礼举动直接冒犯到了您。当年尼古拉·弗谢沃洛多维奇刚一恢复,我就请他向您登门赔罪。我还知道,他早在此前就跟您聊过几次。请您开诚布公地告诉我,您……(说到这儿她迟疑了片刻)您当时觉得尼古拉·弗谢沃洛多维奇怎么样……您对他是怎么看的……关于他,您当时有何结论……现在您又怎么看呢?……

"说到这儿,她完全卡住了,停顿了足有一分钟,脸涨得通红。我简直吓坏了。这时她又开了口,语气虽不说感人肺腑吧(这与她并不相称),至少也是令人印象深刻的:我希望,她说,您能准确无误地,她说,明白我的意思。我这次请您来,是因为我觉得您很有先见之明,头脑敏锐,能够明察秋毫。(这是怎样的溢美之词呀!)您也明白,她说,我是以一位母亲的身份在跟您聊天……尼古拉·弗谢沃洛多维奇在人生中遭遇了一些不幸和诸多变故。这一切难免会影响到他的心智。当然,我不是说他神经错乱了,这是绝不可能的!(她说这话的语气坚定而自豪。)但他保不齐会冒出些稀奇古怪的念头,以及对某些特殊信念的偏好。(这都是她的原话,斯捷潘·特罗菲莫维奇,连我都感到惊讶,瓦尔瓦拉·彼得罗夫娜对事情的见解竟如此准确。真是位有大智慧的夫人!)至少,她说,我自己也发现他似乎总有些焦虑,有种奇怪的倾向。但我终究是母亲,而您是局外人,因此,以您的头脑,一定能够得出更加客观的看法。求您了(她真是这么说的——'求您了'),跟我说实话吧,不必有所顾忌,此外,如果您能答应我,永远为此次谈话保密,那么,从今往后,我随时愿意找机会报答您。她就是这么说的,哈哈,怎么样?"

"这……这太令人吃惊了……"斯捷潘·特罗菲莫维奇喃喃道,"我不信……"

"诸位请想一想,"利普京似乎完全没听见斯捷潘·特罗菲莫维奇的话,兀自说道,"这得是慌乱不安到了何种地步,才能让堂堂夫人纡尊降贵,对我这样的人提出这样的问题,甚至低声下气地求我保密?这究竟是怎么一回事?她该不会是收到了关于尼古拉·弗谢沃洛多维奇的什么意外消息吧?"

"我不知道……什么消息都没有……我已经好几天没见过她了,但是……我要谴责您……"斯捷潘·特罗菲莫维奇喃喃道,似乎很难控制自己的心绪,"我谴责您,利普京,别人请您保密,可您却当着众人的面……"

"完全保密!我甘愿五雷轰顶,要是我……可既然这里……这有什么的嘛?这里难道有外人吗,嗯?阿列克谢·尼雷奇是外人吗?"

"您这话我不敢苟同;我们三个绝对会守口如瓶,我担心的是您,我信不着您!"

"您怎么能这么说呢?我比任何人都更乐意保密,她说过会对我感激不尽的!我只不过想就此指出一件怪事,还不仅仅是'奇怪',准确地说是'古怪'。昨天傍晚,在与瓦尔瓦拉·彼得罗夫娜的谈话的影响下(可想而知,这次谈话给我留下了何等深刻的印象),我找到阿列克谢·尼雷奇,问了他一个绕远的问题,我说,您在国外,甚至更早以前,在彼得堡就认识尼古拉·弗谢沃洛多维奇,您对他的头脑和能力做何评价?他的回答和往常一样简明扼要,他说,那是个头脑敏锐、判断理性的人。那么,我又问,这几年,您有没有注意到他在思想上出现了偏离,或者观念上发生了特殊转变,或者,怎么说呢,有没有神经错乱?总而言之,我重复了瓦尔瓦拉·彼得罗夫娜本人的问题。您能想象得到吗,阿列克谢·尼雷奇突然陷入了沉思,皱紧了眉头,就跟现在一模一样,半响才说:是的,我有时候也觉得有些古怪。您想想看，假如连阿列克谢·尼雷奇都觉得有些古怪，那实际情况又该如何呢，嗯？"

"这是真的吗？"斯捷潘·特罗菲莫维奇又向阿列克谢·尼雷奇求证道。

"我完全不想谈论此事，"阿列克谢·尼雷奇抬起头，目光炯炯地答道，"我要质疑您的权利，利普京。您没有任何权利在这件事情上牵扯到我。我根本没有说出我的全部意见。我虽说在彼得堡就跟他认识，但那是很久以前了，如今偶尔见面，但我对他很不了解。请不要把我牵扯进去，这……这简直是造谣。"

利普京摊开双手，摆出一副无辜受辱的表情："我造谣？您咋不说我是密探呢？您就会指责别人，阿列克谢·尼雷奇，自己倒是摘得干干净净。您不相信我说的，斯捷潘·特罗菲莫维奇？您瞧，就拿列比亚德金大尉来说吧，这人怎么样，够蠢的了吧，蠢得像……我都张不开嘴说像什么——反正俄语里有那么一个比喻，形容一个人蠢到了极点。可就连他，都觉得自己受了尼古拉·弗谢沃洛多维奇的羞辱，虽然他对他的聪明佩服得五体投地，说：我简直服了他了，一条聪明绝顶的毒蛇（这是他的原话）。我问他（也是受前天谈话的影响，只不过是在跟阿列克谢·尼雷奇聊完之后），大尉，我说，在您看来，这条聪明绝顶的毒蛇是不是神经错乱？您猜怎么着，他差点没从座位上跳起来，就好像我冷不防朝他背上狠狠抽了一鞭子似的：没错，没错……他说，不过，他说，这并不能影响……不能影响什么他没说，但他立刻陷入了痛苦的沉思，酒劲儿一下子就醒了。我们当时正坐在菲利波夫酒馆儿。足足过了半个钟头，他才突然一拳砸在桌子上，说：没错，他也许真的神经错乱了，但这并不影响……并不影响什么，他还是没说出来。当然了，我只是拣紧要的话向诸位转述，但意思是明白无误的，无论您跟谁打听，所有人的看法都一样，虽然以前谁都没这么想过：没错，神经错乱；尽管聪明绝顶，但保不齐神经错乱了。"

斯捷潘·特罗菲莫维奇坐在那儿冥思苦想。

"列比亚德金怎么会知道?"他问。

"这个嘛,您最好问问阿列克谢·尼雷奇先生,他刚才不还说我是密探吗?我这个密探不知道,而他却知道全部底细,可就是不说。"

"我什么都不知道,或者,很少,"阿列克谢·尼雷奇愤愤地说,"您先把列比亚德金灌醉了,再套他的话。您带我到这儿来,也是为了刺探消息,想逼我说出来。所以说,您就是密探!"

"我才没灌他呢,他满肚子的秘密都值不上那些酒钱,反正对我来说是这样的,不知道对诸位而言怎么样。恰恰相反,是他灌我香槟,不是我灌他,他如今花钱大手大脚,尽管十二天前他还向我讨了十五个戈比。不过,您倒是给我提了个醒,以后如果需要,我还真会灌他酒,套他的话,说不定啊,把您所有的秘密全给套出来!"利普京恶毒地回骂。

斯捷潘·特罗菲莫维奇疑惑不解地瞅着两位争吵者。两人都暴露了各自内心的想法,而且嘴下毫不留情。我隐约觉得,利普京之所以把这位阿列克谢·尼雷奇带到这儿来,就是为了借助第三方,将其卷入必要的谈话——这是他的惯用伎俩。

"阿列克谢·尼雷奇对尼古拉·弗谢沃洛多维奇了解得很,"利普京气哄哄地继续说,"他只是不肯说罢了。至于列比亚德金大尉,他认识尼古拉·弗谢沃洛多维奇比我们所有人都早,大概有五六年了,在彼得堡,尼古拉·弗谢沃洛多维奇在那段时期的生活堪称鲜为人知,那时候他还没想过要驾临咱们这儿呢。应该说,王子殿下当年在彼得堡的交友品味非常独特。他大概就是那个时候认识阿列克谢·尼雷奇的。"

"小心,利普京,我警告您,尼古拉·弗谢沃洛多维奇很快就要到这儿来了,他可不是好惹的。"

"我怎么了?我会头一个声明,说他头脑敏锐、思路清晰,那天我正是这么安慰瓦尔瓦拉·彼得罗夫娜的。至于性格嘛,我对她说,在下就不敢保证了。列比亚德金昨天也是这么说的,说尼古拉·弗谢沃洛多维奇的性格让他吃够了苦头。唉,斯捷潘·特罗菲莫维奇,您大可谩骂什么'造谣'啦、'密探'啦,可您别忘了,您自己也从我这儿刺探了一切,而且好奇心如此旺盛。而瓦尔瓦拉·彼得罗夫娜呢,她昨天就一语中的:您是当事人,她说,所以我才来问您。可不是嘛!想当初,我当着所有人的面,对王子殿下的羞辱忍气吞声,我图个什么呢!就算刨去流言蜚语,我也有足够的理由打听打听吧?他今天还跟你亲热握手,明天就能一面受着你的热情款待,一面在大庭广众之下打你的脸,什么都不为,就因为他高兴。真是没事儿闲的!这帮人最爱追逐女性,狂蜂浪蝶!这些个地主老爷一个个全长着丘比特的小翅膀,都是些毕巧林[1]之流的登徒子!您倒是好,斯捷潘·特罗菲莫维奇,您没有妻室,所以您大可说风凉话,还为了王子殿下骂我造谣。等您再娶上一房年轻又漂亮的太太(毕竟您如今仍是位美男子),您恐怕就要关门闭户、戒备森严地提防我们的王子了!别的不说,就说这位总挨鞭子的列比亚德金娜小姐吧,若非她是个疯子和瘸子,我倒真的要以为,她也是王子殿下的牺牲品了,也正因如此,列比亚德金大尉才自觉'家族名誉受辱'。虽说她未必配得上王子的雅致品味,可这也不算啥——浆果再小能解渴,只消遇到口渴人。至于说谣言,那难道是我造出来的吗,全城都在嚷嚷,我只不过是听到了,附和几句而已。怎么了,附和几句都不成吗?"

"全城都在嚷嚷?嚷嚷什么?"

"当然,只是列比亚德金大尉自己喝醉了酒,'在全城嚷嚷',可那不就等于'全城都在嚷嚷'吗?我有什么错?我只不过是在朋友们中间问问而已,至少,我是把诸位当朋友的。"他一脸无辜地扫视了我们

---

[1] 俄国作家莱蒙托夫(1814—1841)长篇小说《当代英雄》(1840)中的主人公,一位贵族青年军官,俄国文学中具有恶魔气质的"多余人",才智过人却无从施展,在追求刺激中挥霍过剩精力,曾酿成了多位女性的悲剧。

一圈:"是这么回事:说我们的王子从瑞士托人给列比亚德金大尉捎来了三百卢布,受托人是一位最清白的姑娘,同时也是一位,怎么说呢,朴实的孤女,我有幸认识她。可没过多久,列比亚德金就得到了确切消息——从谁那儿得知的我就不说了,反正是个最体面的人,所以绝对可信——说托人捎来的并非三百卢布,而是一千卢布!……于是列比亚德金就嚷嚷开了,说那位姑娘昧了他七百卢布,甚至还想让警察帮他要回来,至少他这么威胁过,而且满城嚷嚷……"

"您可真是卑鄙、卑鄙!"工程师猛地从椅子上跳起来,喊道。

"您自己明明就是那个最体面的人,正是您以尼古拉·弗谢沃洛多维奇的名义向列比亚德金确认,给他的不是三百,而是一千。这可是列比亚德金喝醉了酒亲口对我说的。"

"这……这是个不幸的误会。肯定是有人搞错了才……这是胡扯,而您太卑鄙了!……"

"我也宁肯相信这是胡扯,我听见这事儿也很难过,不管怎么说,毕竟这位最清白的姑娘受了牵连,不但说她昧了七百卢布,还说她跟尼古拉·弗谢沃洛多维奇暧昧不清。要知道,王子殿下随随便便就能玷辱了未婚少女的清白,败坏了有夫之妇的名节,就像当年我所遭受的那样。若是宽宏大量的人被他碰上了,他就会逼着人家牺牲自己的名节来掩饰他的罪孽。我当年不就是这样的么,我说的就是我自己呀……"

"你说话小心点儿,利普京!"斯捷潘·特罗菲莫维奇霍地从沙发上站起身来,脸色煞白。

"别听他的!一定是有人搞错了,列比亚德金也是酒后胡说……"工程师激动得难以名状,"会解释清楚的,我再也受不了了……这太下作了……够了、够了!"说罢,便跑出了房间。

"您这是怎么啦?您倒是等等我呀!"利普京慌忙跳起来,朝阿列克谢·尼雷奇追了出去。

七

斯捷潘·特罗菲莫维奇怔怔地站了一分钟，视而不见地看了我一眼，抓起礼帽和手杖，默然走出房间。我又像之前那样跟在他身后。一直走到门口，他才注意到我跟在后面，说："啊，对了，您可以为这个……意外做个见证。您会陪我去的，对吗？"

"斯捷潘·特罗菲莫维奇，您该不会又想到那儿去吧？您想想，会是什么后果？"

他略一迟疑，脸上露出一个既可怜又颓唐、既羞愧又绝望，同时却又暗含着奇特兴奋的微笑，低声道："我总不能娶一个'别人的罪孽'吧！"

我等的就是这句话。在整整一个礼拜的支支吾吾、闪烁其词之后，他终于把这个深埋心底的想法说了出来。我当即出离了愤怒："您，斯捷潘·韦尔霍文斯基，以您的聪明才智和高尚品德，竟会有如此龌龊，如此……下作的念头！而且……恐怕利普京没来之前您就有了吧！"

他看了我一眼，没有说话，继续朝前走去。我也紧跟上去。我愿意在瓦尔瓦拉·彼得罗夫娜面前做个见证。倘若他只是耳根子软，听信了利普京的谗言，那我大概会原谅他的；可如今已经很明显，他自己早就有了这种猜疑，而利普京只不过是证实了他的猜疑，火上浇油而已。他从头一天起就想当然地对自己的未婚妻起了疑心，而且是在没有任何理由（甚至是利普京的说辞）的前提下。在他看来，瓦尔瓦拉·彼得罗夫娜之所以乱点鸳鸯，只是妄图以这桩体面的婚事来掩盖她宝贝儿子Nicolas的风流罪孽！我打心眼里希望，他会为此受到惩罚。

又走了一百来步，他突然停住，仰天长叹："哦！伟大而仁慈的上帝！哦，谁来宽慰我呀！"

"赶紧回家吧，我来帮您捋一捋！"我一边劝，一边使劲把他往家拽。

"是他！斯捷潘·特罗菲莫维奇，是您吗？真的是您？"一个清脆、欢快、青春勃发的声音传来，宛若乐声在耳畔响起。没等我们反应过来，一位女骑手便策马而至，正是莉莎维塔·尼古拉耶夫娜，身旁跟着她那位如影随形的男伴。她勒住马，开心地唤道："来啊，快来呀！我都有十二年没见过他了，却一眼就把他认出来了，可他……您难道认不出我了吗？"

斯捷潘·特罗菲莫维奇捧住她递过来的玉手，毕恭毕敬地吻了一下。他望着她，仿佛在暗自祈祷，一句话也说不出。

"他认出我来了，而且很高兴！马夫里基·尼古拉耶维奇，他见到我很激动！您怎么整整两个礼拜都没来看我？姨妈说您病了，不能搅扰您，我就知道她在撒谎。我不住地跺脚，怪罪您，但我偏要、偏要您先来看我，所以就没有派人去请您。天哪，他几乎一点没变！"她从马鞍上探过身子，仔细地打量了他一番，笑道："他居然真的一点没变！啊，不对，有皱纹了，眼角、脸上都有了，白头发也有了，可眼睛却一点没变！我呢，您看我变了吗？嗯？您怎么一直不说话呀？"

此刻我不由得想起，据说她十一岁那年随家迁往彼得堡时几乎大病了一场，病里还哭着喊着要找斯捷潘·特罗菲莫维奇。

"您……我……"他激动得语无伦次，"我刚才还在喊：'谁来宽慰我呀'，随即便听到了您的声音……我认为这是奇迹，我开始相信上帝了。"

"上帝吗？那位至高无上的、如此伟大又仁慈的上帝？您瞧，您给我上的课我至今都还记得。马夫里基·尼古拉耶维奇，想当年，他向我灌输了何等虔诚的对于伟大而仁慈的上帝的信仰啊！您还记得您给我讲的哥伦布发现美洲大陆吗，说众人齐声欢呼：'陆地！陆地！'

打那以后,听奶妈阿连娜·弗罗洛夫娜说,我夜里睡觉总会喊:'陆地!陆地!'您还记得您给我讲的哈姆雷特吗?您还记得您对我描述,可怜的欧洲移民是怎样被运往美洲的吗?只不过那是假的,我后来知道了真相;可他编的那个谎言多好啊,马夫里基·尼古拉耶维奇,简直比真相还要好!您怎么这样盯着马夫里基·尼古拉耶维奇?他可是全世界最好、最忠诚的人,您一定会喜欢他的,就像喜欢我一样!只要我喜欢,他什么事都肯做。不过,亲爱的斯捷潘·特罗菲莫维奇,看来您又遭遇不幸了,不然您怎么会在街上喊'谁来宽慰我'呢?您遭遇不幸了,对吗?对吗?"

"眼下我很幸福——"

"是姨妈欺负您了?"她像没听见似的,自顾自地说,"她还是那么凶、那么霸道,可又永远那么可亲!您还记得吗,您时常在花园中扑到我怀里,而我则哭着安慰您,——您不必顾虑马夫里基·尼古拉耶维奇,您的事儿他早就全知道了,您完全可以靠在他的肩头哭泣,而且您想哭多久,他就会陪您多久!……请您把帽子抬高点,干脆摘下来吧,把头凑过来,脚跐起来,让我吻一吻您的额头,就像当年我们临别时的最后一吻。您瞧,那位小姐正站在窗前看着我们呢……来呀,再靠近些。天哪,他的头发白了这么多!"

她从马鞍上俯下身,在他额头上吻了一下。

"好了,现在,去您家吧!我知道您住哪儿。我马上就来。既然您这么固执,那我只好先去拜访您,然后再把您拽到我们家,待上一整天。您先回家去,准备好迎接我吧。"

她带着男伴驰骋而去。我们也回了家。斯捷潘·特罗菲莫维奇一屁股坐到沙发上,哭了起来。

"上帝啊!上帝!"他哭喊道,"终于有了一瞬的幸福!"

十分钟不到,莉莎维塔·尼古拉耶夫娜便如约而至,依旧带着那位马夫里基·尼古拉耶维奇。斯捷潘·特罗菲莫维奇忙起身相迎:

"您和幸福一同降临!"

"这是给您的花,我刚才到舍瓦莉埃夫人家去了一趟,她那里一整个冬天都能买到命名日鲜花。给您介绍一下,这位是马夫里基·尼古拉耶维奇。我本来想用蛋糕代替鲜花的,可马夫里基·尼古拉耶维奇非说这不合俄国人的规矩。"

这位马夫里基·尼古拉耶维奇是位炮兵大尉,三十三岁上下,身材魁梧,仪表堂堂,面庞方正,乍一看去甚至有些严厉,却有着令人惊讶的谦恭与和善,这一点任何人都能感觉得到,而且几乎是在结识他的头一分钟。不过,他有些沉默寡言,看上去十分冷淡,并不主动攀扯友谊。敝城人后来总说他不大聪明,但这并不公允。

关于莉莎维塔·尼古拉耶夫娜之美无须赘言。她的美貌全城都在盛传,尽管某些太太小姐对此心存怨怼。有些人甚至恨上了莉莎维塔·尼古拉耶夫娜,一来恨她傲慢——她和母亲到来之后,几乎尚未开始礼节性的拜访,而这很无礼,尽管推迟拜访的原因的确在于其母身体欠安;二来恨她与省长夫人沾亲;三来恨她整天骑马游玩。敝城此前从未有过女人骑马的先例,因此,终日骑马游玩又不登门拜访的莉莎维塔·尼古拉耶夫娜自然令敝城社交界感到羞辱。不过,人们已经得知,她每日骑马乃是遵从医嘱,于是便有人挖苦她体弱多病。她也的确有病在身。只消看她一眼,便可发现某种病态的、神经质的、持续不断的焦躁不安。唉!可怜的姑娘遭了很多罪,这一切后来都有了解释。如今,回想起这些往事,我已经不觉得她有多么漂亮了,并不像我当初所认为的那样。甚至,她根本就不漂亮。她高高瘦瘦,但灵活有力,面部线条硬朗得令人吃惊。她的眼睛有点像卡尔梅克人,斜斜的;面无红晕,颧骨凸出,面庞黝黑瘦削。然而,这张脸上却有着一种吸引人、征服人的强大力量!从那双乌黑的眸子里射出的炽热目光夺人心魄——她是"胜利女神,只为胜利而来"。她高傲,有时甚至刁蛮。我不知道她能否做到善良,但我知道,她很想尽量让自己变得善良一点，并且为此大为苦恼。诚然，在她的内心有许多美好的追求与公允的倡议，但它们似乎一直在寻找，却总也找不到自我定位，一切都混乱无序，充满着躁动与不安。或许，是她对自己的要求太过严苛了，总也找不到足够的力量来满足这些要求。

她在沙发上落座，四下打量着房间。

"为何每到这种时刻我总会感伤，您来猜一猜，大学者？我之前总在想，上帝知道，再见到您我会有多么开心，可现在我却似乎一点儿也开心不起来，虽然我爱您……啊，天哪，您家里挂着我的画像！快给我，我还记得它，我记得！"

那是一幅精美的袖珍水彩画像，上面的莉莎才十二岁，是德罗兹多娃母女大约九年前从彼得堡寄给斯捷潘·特罗菲莫维奇的，此后便一直被他挂在墙上。

"我小时候居然这么乖巧？这真的是我的脸吗？"她站起身，拿着画像去照镜子。

"赶紧拿走！"她突然叫道，把画像递了过来，"先别挂，回头再挂吧，我不想再看见它了，"她又坐回到沙发上，"一种生活过去了，开始了第二种生活，第二种生活也过去了，又开始了第三种生活，每一种生活都没有结尾。一切结尾都像是被剪刀剪去了。您瞧，我也唱起了陈词滥调，可这话里头有多少真理呀！"

她笑着瞅了我一眼；她已经瞟了我好几眼了，可斯捷潘·特罗菲莫维奇太过激动，竟忘了曾经答应帮我引荐。

"您怎么把我的画像挂在刀剑下面？您家里怎么会有这么多刀啊、剑啊的？"

他家墙上的确十字交叉地挂着两柄土耳其弯刀，弯刀上面横挂着一柄地道的切尔克斯军刀，我也不知道为什么。她问这话时，目不斜视地盯着我，我不禁想要说些什么，却终究没能开口。斯捷潘·特罗菲莫维奇终于反应过来，介绍了我。

"我知道、知道,很高兴认识您。妈妈也常听人说起您。您也来认识一下马夫里基·尼古拉耶维奇吧,他是个非常好的人。我对您已经有了一个好笑的印象:您是斯捷潘·特罗菲莫维奇的知心人吧?"

我的脸红了。

"啊,请原谅,是我用词不当,不应该说'好笑',而只是……"她也脸红了,有些发窘,"总之,您是个很好的人,这有什么好难为情的呢?那个,咱们该走啦,马夫里基·尼古拉耶维奇!斯捷潘·特罗菲莫维奇,半小时后您一定得到我们家来。天呀,我们有多少话要说啊!现在我也要变成您的知心人了,我们要谈论一切——一切,明白吗?"

斯捷潘·特罗菲莫维奇登时被吓坏了。

"咳,马夫里基·尼古拉耶维奇都知道了,您不必不好意思!"

"知道什么?"

"什么什么呀!"她惊讶地叫道,"啊,这么说,他们果真在隐瞒!我本来还不信呢。连达莎也被藏起来了。刚才姨妈还不让我见达莎呢,说她头痛。"

"你们……你们是怎么知道的?"

"咳,就跟大家一样呗。这有什么的!"

"大家……都知道了?"

"当然啦,不然呢?妈妈呢,起先是从我的奶妈阿连娜·弗罗洛夫娜那儿知道的,她呢,是您的纳斯塔西娅跑过来告诉她的。您不是跟纳斯塔西娅说过吗?她说是您亲口对她说的。"

"我……我是说过一次……"斯捷潘·特罗菲莫维奇满脸通红地嗫嚅道,"可……我并没有明说……我当时又焦虑又痛苦,再加上……"

她开怀大笑道:"再加上身边没个知心人,就一个纳斯塔西娅,可没承想,纳斯塔西娅满城都是亲家母!好啦,无所谓,知道就知道嘛,知道了更好。您可得早点来,我们家午饭吃得早……对了,差点忘了,"她又坐下来,问斯捷潘·特罗菲莫维奇,"我说,沙托夫是个什么人?"

"沙托夫?他是达里娅·帕夫洛夫娜的哥哥……"

"我知道是她哥哥,您可真是!"她不耐烦地打断他道,"我问的是他是个什么样的人?"

"他是本地的幻想家。全世界最好、最暴躁的人……"

"我也听说他有点怪。不过,先不说这个。我听说他会三种语言,包括英语,也能做些文字上的工作。若真是这样,我这儿有很多活儿给他,我需要一名助手,越快越好。他会答应这份差事吗?有人向我推荐他……"

"哦,当然,您这是在积德行善……"

"我可不是为了什么积德行善,我真的需要一名助手。"

"我跟沙托夫很熟,"我说,"如果您愿意,我立马就去转告他。"

"请转告他,让他明天中午十二点来。太好了!谢谢您。马夫里基·尼古拉耶维奇,走吧?"

二人骑马远去。我自然立刻跑去找沙托夫。

"我的朋友!"斯捷潘·特罗菲莫维奇追到门廊,将我叫住,"今晚请您务必来我家一趟,我十点,或者十一点就回来了。哦,我、我太对不住您了,我……我对不住所有人、所有人。"

八

偏巧沙托夫不在家。两小时后我又跑了一趟,又没碰上。晚上七点多钟,我第三次去他家,打算再见不着人就给他留张字条,结果还是没人。他家的门锁着,而他是一个人住,没有仆人。我寻思着,要不要到楼下列比亚德金大尉家打听打听,可他家同样房门紧闭,没有一丝声音和光亮,像间空屋。我好奇地走过列比亚德金大尉家门口,寻思着上午听到的传闻。最后我打定主意,明天一早过来。对于纸条我并没有抱多大指望,沙托夫很可能会置之不理,毕竟他是那么倔强、腼腆。我咒骂着自己的坏运气,走出了公寓大门,却意外地碰上了基里洛夫先生。他刚好进门,一眼就认出了我。因他主动问起,我便大致跟他讲了,并说我想留张字条。

"跟我来,"他说,"交给我了。"

我想起来,据利普京说,基里洛夫今早搬到了院子里的木头厢房。厢房他一个人住太过空荡,有个耳背的老太婆与他合住,顺便伺候他的起居。公寓主人在另一条街上还有一处新宅,在那儿开了一家旅店兼饭馆,这个老太婆好像是他亲戚,留在这儿照看整座老宅。厢房里相当整洁,但墙纸脏兮兮的。我们走进一个房间,里面的家具都是拼凑的,尺寸不一,破破烂烂:两张方形牌桌,一个赤杨木抽屉柜,一张大薄板桌,像是从农舍或伙房搬来的,几把椅子,一张带格栅靠背的长沙发,沙发上摆着几个硬邦邦的皮革靠枕。房间角落里供着一幅旧圣像,圣像前的小油灯老太婆在我们进屋之前就点上了。墙上挂着两大幅黯淡的油画肖像,一幅是先皇尼古拉一世[1],看样子至少是二十年代画的,另一幅是某位主教。

进屋之后,基里洛夫先生点燃蜡烛,从放在角落、未及整理的行李箱中取出信封、火漆和一枚水晶印戳。

"把您的字条封起来,再署上名。"

我推辞说不必这么麻烦,可他却硬要坚持。我写好信封,抓起帽子,便要告辞。

"我以为您会喝点茶,"他说,"我买了茶叶,来点儿?"

我没有拒绝。老太婆很快就端来了茶:一大壶开水,一小壶煮沸的茶叶,两只石质粗纹茶碗,一大块挂锁形白面包,外加满满一大碗碎

---

[1] 尼古拉一世(1796—1855),俄罗斯帝国第十一位皇帝,1825—1855年在位。

糖块。

"我喜欢喝茶,"他说,"夜里,喝很多,边走边喝,直到天亮。在国外夜里喝茶不方便。"

"您直到天亮才睡觉?"

"一直如此,很久了。我吃得少,光喝茶。利普京很精明,但太毛躁。"

我很惊讶他竟然愿意开口,决定抓住机会,便说:"今天上午闹了一场很不愉快的误会。"

他皱起眉头:"那太愚蠢了,纯属胡说八道。全是胡扯,列比亚德金喝多了。我没跟利普京说过,只说明了一些小事儿,因为他满口胡言。利普京总爱幻想,能把鸡毛说成大山。我昨天相信他了。"

"今天您又相信我了?"我笑道。

"您今早不是都知道的么。利普京要么是软弱,要么是毛躁,要么是可恶,要么是……忌妒。"

最后一个字眼令我吃惊。我说:"您列举了这么多种可能性,总该有一样被您说中了吧。"

"也许是全部。"

"对,这也没错。利普京就是混乱的代名词。他今天说您在写什么文章,想必也是胡说的吧?"

"怎么是胡说呢?"他又皱起眉头,低头盯着地板。

我忙道歉,表示并非有意打听。

他脸红道:"他没胡说,我是在写。不过,这无所谓。"

我们沉默了一分钟。他忽然又露出一个上午那样的孩子气的笑容:"头颅是他自己想的,从书上看来的,是他自己先跟我说的,而且理解得很坏。而我只是在寻找人不敢杀死自己的原因。就这。但这也无所谓。"

"不敢杀死自己?自杀的难道还少吗?"

"很少。"

"您难道真这么认为?"

他没有回答,站起身,若有所思地来回踱步。

"据您看,是什么阻止人们自杀的呢?"我问。

他茫然地看了我一眼,似乎在努力回想我们谈论的话题:"我……我知道的还不多……有两种成见,两样东西,只有两样,一样很小,一样很大。小的其实也很大。"

"小的是什么?"

"疼痛。"

"疼痛? 难道这有那么重要吗……在这种事情上?"

"头等重要。有两种:一种人自杀要么是悲痛过度,要么是愤恨,要么是发疯,要么是无所谓……第二种是突然。第二种人很少考虑疼痛,突然一下子。而那些理性自杀的,就会考虑疼痛。"

"自杀还有理性的?"

"非常多。假如没有成见,也许会更多。非常多。所有人。"

"所有人都会自杀?"

他沉默不语。

"难道就没有不疼的死法吗?"

"想一想,"他在我面前站定,"有块大石头,跟一座大房子那么大,吊在半空,您站在石头下,如果石头砸在您身上,砸在头顶,您会不会疼?"

"房子那么大的石头? 那当然可怕。"

"我问的不是可怕,会不会疼?"

"山那么大的石头,一万吨那么重? 那当然一点儿也不疼了。"

"如果您真的站在巨石下面,您就会非常怕疼。哪怕是最大的学者,最大的医生,所有人,所有人都会非常害怕。谁都知道不会疼,但谁都会非常怕疼。"

"那第二个原因呢,大的那个?"

"彼世。"

"您是指惩罚?"

"都一样。彼世。死后的世界。"

"难道就没有完全不相信彼世的无神论者吗?"

他再次沉默。

"您大概只是基于自己的判断吧?"我说。

他再次脸红道:"任何人都只能基于自己的判断。只有活与不活全无所谓时,才会有完全的自由。这才是全部目的。"

"全部目的?要是那样的话,恐怕就没有人想活了吧?"

"没有人。"他斩钉截铁地说。

"人之所以害怕死亡,是因为热爱生命,这是我的理解,"我说,"也是大自然的旨意。"

"这很卑鄙,这全是欺骗!"他的眼中几乎喷出火来,"生命是疼痛,生命是恐惧,人是不幸。现在全是疼痛和恐惧。现在的人热爱生命,是热爱疼痛和恐惧。就是这样。生命的赐予是为了疼痛和恐惧,而这全是欺骗。现在的人还不是那种人。会出现新的人,幸福的、骄傲的人。谁能无所谓生与死,谁就能成为新的人。谁战胜了疼痛与恐惧,谁就能变成神。而那个神就没有了。"

"这么说,您认为'那个神'是存在的喽?"

"祂不存在,祂又存在。石头里没有疼痛,但石头引发的恐惧里有疼痛。神正是死亡的疼痛与恐惧。谁战胜了疼痛与恐惧,谁就会变成神。到时候便会有新的生活,新的人,新的一切……到时候历史就会分成两段:从大猩猩到神的死亡,从神的死亡到——"

"到大猩猩?"

"……到地球和人类的生理蜕变。人会变成神,完成生理蜕变。世界会变,事情会变,思维、情感都会变。您想想看,到时候人会不会变?"

"如果生与死都无所谓了,那么所有人都会自杀,这也许就是改变吧。"

"无所谓。人们会杀死欺骗。任何人,想要获得根本自由,必须勇敢杀死自己。谁勇敢杀死自己,谁就能获知欺骗的秘密。之后没有自由;现在什么都有,之后一无所有。谁勇敢杀死自己,谁就是神。如今谁都可以做到让神没有,让一切都没有。但还从没有人做到过。"

"自杀者何止数百万。"

"但都不是为了那个,都是带着恐惧。都不是为了杀死恐惧。谁杀死自己只为杀死恐惧,谁就会立刻变成神。"

"也许会来不及吧。"我揶揄道。

"无所谓。"他轻声答道,显露出一种平静的高傲,甚至鄙夷。过了半分钟,他补充道:"我很遗憾,您似乎在嘲笑。"

"我很奇怪,您今早那么愤怒,眼下却如此平静,尽管言辞激烈。"

"今早?今早很好笑,"他笑了笑,又忧郁地补充道,"我不爱骂人,也从不嘲笑。"

"看来,您夜里品茶的时光并不愉快呀。"我站起身,又抓起帽子。

"您这么觉得?为什么呢?"他颇为惊讶地笑了笑,忽又有些窘迫,"不,我……我不知道。我不知道别人,但我感觉,我没办法像其他人。其他人想想这个,立马又想想那个。我做不到,我一生都在想这个。神一生都在折磨我。"他突然令人吃惊地袒露心迹道。

"冒昧地问一句,您的俄语怎么说得这么别扭?难道在国外待了五年就不会说了?"

"我说得别扭?我不知道。不,不是因为国外。我一生都这么说……我无所谓。"

"我还有个更微妙的问题:我完全确信,您不愿与人交往,也极少与人交谈。可您今天为何对我说了这么多呢?"

"对您？您今早一直好好地坐着,而且您……不过,无所谓……您很像我的哥哥,非常,尤其,"他的脸涨得通红,"他死了,七年;比我大,很多很多。"

"想必他对您的思维方式影响很大吧。"

"不、不是的,他很少说话,什么也不说。我会转交您的字条。"

他提着灯把我送到大门口,顺便插门。我心中暗想:"他的精神不大正常。"

就在大门口,又有了巧遇。

九

我一只脚刚迈出高高的门槛,一只大手便锁住了我的领口。

"什么人?"一个声音吼道,"是敌是友？说!"

"自己人,自己人!"旁边响起了利普京的尖细嗓音,"这位是Γ-夫先生,一位受过正统教育,出入顶层社会的年轻人。"

"我喜欢,既然正、正统又、又顶、顶层……退役大尉伊格纳特·列比亚德金,为全世界和朋友们效劳……只、只要是……真、真朋友,混蛋!"

列比亚德金大尉,身高一米八五左右,体格肥硕,头发鬈曲,醉脸酡红,几乎站立不稳,连说话都费劲。我之前便从远处瞧见过他。

"嚆,这家伙也在!"瞧见提灯站在一旁的基里洛夫,大尉又嚷了一句,举起拳头,随即又垂了下去:"看在学问人的面上,饶了你!伊格纳特·列比亚德金是……最有教养的……

> 爱情像颗燃烧的手榴弹,
> 在伊格纳特的胸膛炸裂。
> 断臂人又一次失声痛哭,
> 塞瓦斯托波尔难以磨灭。

"虽说咱没去过塞瓦斯托波尔,更没有断臂,可您瞧咱这韵脚!"他晃着一张醉脸朝我凑过来。

利普京赶忙连拉带劝:"他没空、没空,他得回家了,他明天会转告莉莎维塔·尼古拉耶夫娜。"

"莉莎维塔!……"列比亚德金又嚷嚷起来,"站住,别走!还有一首:

致星星女骑手

一颗星星在马背上飞扬,
在女骑手们的环舞中央。
回眸一笑令我永生难忘,
哦,你这星星般的贵族女郎!

"这可是颂歌!颂歌!除非你是一头蠢驴!蠢驴是不会懂的!站住!"他死死地抓住我的大衣,而我则拼命往门内退,"你告诉她,我是光荣的骑士,而那个达申卡[1]……我两个手指头就能把她……她一个农奴女,怎么敢——"说到这儿,他摔倒了,因为我终于从他手中挣脱出来,沿街跑去。利普京追了上来。

"阿列克谢·尼雷奇会扶他起来的。您知道我刚从他那儿得知了什么吗?"利普京急不可耐地说,"刚才的诗您听见了吧?他把这两首献给'星星女骑手'的诗写成了信,署了全名,明天就要寄给莉莎维塔·尼古拉耶夫娜啦!好家伙!"

"我敢打赌,肯定是您怂恿他的。"

"您输了!"利普京嘿嘿笑道,"是他自己掉进了爱河,像只不会水

---

[1] 达里娅的蔑称。

的猫。可您知道吗,这事儿原本是出于愤恨。就因为莉莎维塔·尼古拉耶夫娜总骑马,让他恨得牙痒痒,恨不得当街对她破口大骂。他还真骂了呢!前天她骑马经过时他还骂了一句呢,幸好她没听见。今儿个突然又要为她献诗了!您猜怎么着,他还打算向她求婚呢!真的,真的!"

我大为光火:"我也真是奇怪,利普京,哪里有破事儿,哪里就有您,都是您在使坏!"

"您这话也未免太过了吧,Γ-夫先生,是不是咱的小心脏让情敌给吓着啦,嗯?"

"什么——?"我登时停住,高声喝问。

"什么?我什么也不说!作为对您的惩罚!您一定很想知道吧?我只告诉您一点:这个笨蛋如今可不再是个普普通通的大尉了,而是咱们省的地主了,而且是大地主,因为尼古拉·弗谢沃洛多维奇前不久把自己的田产和从前的两百名农奴全卖给他了,上帝做证,我没有撒谎!我也是刚知道的,但消息来源绝对可靠。得,接下来您自己琢磨去吧!我反正是不会说了。回见吧您哪!"

十

斯捷潘·特罗菲莫维奇正歇斯底里、急不可耐地等着我。他回来都快一个钟头了。起初我还以为他喝醉了,至少头五分钟我感觉如此。看来,对德罗兹多娃母女的拜访令他丧失了最后一丝理智。

"我的朋友,我完全没了头绪……Lise[1]……我仍像从前那样爱重这位天使,一如从前;但我感觉,她们母女俩想见我,只是为了刺探消息,为了套我的话,完事儿就拜拜吧您哪……就是这样。"

---

[1] 法文:莉莎。

"您难道不羞愧吗?"我忍不住叫道。

"我的朋友,如今我真成了孤家寡人了。老实说,这很可笑。您相信吗,就连她们家也同样充斥着秘密。她们一个劲儿向我追问些风言风语,还有些什么彼得堡的秘密。她们是到这儿之后才听说Nicolas四年前在这儿干的那些事儿的。她们问我:'您当年亲眼见到了那些事,他真是个疯子吗?'这种念头是打哪儿冒出来的,我搞不懂。普拉斯科维娅为何如此巴望着Nicolas是个疯子? ——她就是这么想的,这个女人! 那个马夫里基,他叫什么来着……马夫里基·尼古拉耶奇,其实是个蛮不错的小伙子,普拉斯科维娅难不成是为了他? 何况还是她先从巴黎给我可怜的女友写的信。总之,这个普拉斯科维娅,正如我亲爱的女友所说的,活脱脱是个果戈理笔下的'钱匣子'[1],只不过是个恶毒的钱匣子,惹是生非的钱匣子,无限放大了的钱匣子。"

"钱匣子放大了,岂不成钱箱子了吗?"

"那就是缩小的钱匣子,都一样。您别打岔,让我一气说完。普拉斯科维娅和我可怜的女友闹翻了,可Lise还是一口一个'姨妈'地叫着——Lise是个机灵鬼,这里头肯定还有事儿。不可告人的事儿。莉莎跟她妈妈吵架了。这个可怜的姨妈,也的确是专横惯了……可现如今,又是省长夫人,又是上流社会的不敬,又是卡尔马济诺夫的倨慢,眼下又冒出了疯子的传言,那个利普京,我反正是搞不懂,据说,她不得不靠敷醋来缓解头痛,偏偏咱俩还跟着捣乱,又是抱怨,又是写信……哦,我在怎样折磨她呀,还是在这种时候! 我真是忘恩负义! 您知道吗,我一进屋就看见了她的来信,您看看吧! 哦,我的行为多么不光彩。"

他递给我一封刚收到的瓦尔瓦拉·彼得罗夫娜的来信。后者大概是对早晨那句"在家待着"心生歉疚,这封信写得很客气,但语气坚决,言简意赅。她请求斯捷潘·特罗菲莫维奇后天,即礼拜天中午

---

[1] 原文 Коробочка,音译"柯罗博奇卡",字面意思为"钱匣子",是果戈理(1809—1852)长篇小说《死魂灵》(1842)中的一个精打细算、悭吝浅薄的女农奴主。

十二点整去她家一趟,并建议他带上自己的某位朋友(后面用括号写着我的名字)。而她则承诺邀请沙托夫——达里娅·帕夫洛夫娜的兄长。"您要得到她的最终答复了,这下您总该满意了吧?您心心念念的不就是这个形式吗?"

"请注意末了她那句关于形式的气话。可怜的女人,我一生的挚友!我承认,这个突如其来的命运抉择让我郁郁寡欢……我承认,我原本仍抱有一丝期冀,可眼下,木已成舟,我知道,一切都完了;这太可怕了。多希望礼拜天并不存在,一切仍跟从前一样,您仍旧来我家做客,而我仍旧……"

"您是被利普京的卑鄙传言乱了方寸。"

"我的朋友,您以友人的手指触痛了我的另一个伤口。友人的手指其实是残忍的,甚至是糊涂的,请原谅,但您相信吗,我差不多已经忘却了那一切,那些卑鄙的传言,当然,其实我根本没忘,只不过在Lise家时,我这个糊涂蛋一直在竭力扮演一个幸福的人,并且说服自己,我是幸福的。可眼下……眼下我想到的是这个宽宏、仁慈、包容我一切卑劣缺点的女人——当然,她并没有完全包容我,谁叫我是这么一个人呢,性格轻佻、拙劣!我就像个任性的孩子,拥有孩子的全部自私,却没有孩子的天真无邪。她像个奶妈一样照顾了我二十年,就像Lise对她的贴切称呼——'可怜的姨妈'。可是呢,过了二十年,孩子突然要结婚了,吵着闹着要娶妻,一封接一封地写信,而她脑门上还敷着醋……这下好了,礼拜天我就成了要娶妻的人了,这是闹着玩的吗?我催促个什么劲儿?我写那些信干吗?对了,差点儿忘了,Lise十分爱慕达里娅·帕夫洛夫娜,至少她嘴上是这么说的,说'达里娅·帕夫洛夫娜是个天使,只是不太与人交心'。她们母女俩都劝我……当然,普拉斯科维娅并没有劝——哦,这个钱匣子里头锁着多少毒药啊!其实,Lise也没有劝我,她说:'您何必结婚呢,学者的愉悦就足够您享受的了。'说完就哈哈笑。我原谅了她的发笑,因为我知道她自己也心乱如麻。可她们又说，您身边不能没有个女人。您马上就老了，她可以伺候您，或者什么的……的确，连我自己这段时间也在寻思，说不定是命运将她赐给了我，在我的激情岁月临近终点时，好让她伺候我，或者什么的……再说，家务也需要。您瞧我这儿乱的，到处是垃圾，我刚叫人收拾了，可书还在地板上扔着。我可怜的女友总生气，说我这里一团糟……哦，这回她可不用再叫喊了！二十年！她们好像还收到了几封匿名信，说什么Nicolas将一块田产卖给了列比亚德金。这个怪物；说到底，列比亚德金算个什么东西？ Lise听啊，听啊，耳朵都竖起来了！我原谅了她的发笑，因为我注意到她听到这些时脸色难看极了，还有那个马夫里基，我可不愿意扮演他那个角色，这小伙子还是挺勇敢的，只是有些腼腆。总之，上帝保佑他吧……"

他不说话了；他疲惫且困惑，耷拉着脑袋坐在那儿，倦怠的目光一动不动地盯着地板。趁此间隙，我讲述了自己造访菲利波夫公寓的经过，并且尖锐而生硬地道出了自己的看法，即列比亚德金的妹妹（我并没有见到她本人）没准儿真的是Nicolas在利普京所说的那段"神秘费解"时期的牺牲品，而列比亚德金也极有可能借着某种由头经常从Nicolas那里弄到钱，但仅此而已。至于有关达里娅·帕夫洛夫娜的流言蜚语，全是胡扯，都是利普京这个混蛋穿凿附会，至少基里洛夫是这样坚称的，而他的话没理由不信。斯捷潘·特罗菲莫维奇漫不经心地听着我的论断，好像完全与他无关。我顺带提及了我与基里洛夫的谈话，说后者没准儿是个疯子。

"他不是疯子，只是思想短浅罢了，"他无精打采，不大情愿地说，"这种人对大自然及人类社会持有异样看法，既非上帝所创造出的原样，亦非二者实际的样子。有些人爱跟这种人套近乎，但绝不是我斯捷潘·韦尔霍文斯基。我在彼得堡时见过这种人，和我亲爱的挚友一起——哦，我那时让她受了怎样的委屈！这种人，漫说是骂我，就算是夸我，我也不怕。如今我照样不怕，但咱们还是换个话题：我大概是铸成了大错,您相信吗,昨天我派人给达里娅·帕夫洛夫娜送去了一封信,并且……我真是该死!"

"您在信里头说什么了?"

"哦,我的朋友,请您相信,这一切都是出于高尚。我告知她,我给Nicolas写了信,五天前就写了,而且同样是出于高尚。"

"怪不得呢!"我激动地喊,"您有什么权利把他俩混为一谈?"

"哦,老兄,别再怪罪我啦,别冲我喊,我已经快被碾死啦,就像……像只蟑螂。但我始终认为,这完全是出于高尚。万一他俩之间真的发生过什么……在瑞士……或者有了这种苗头呢?我总得先问问他俩的意思吧,也好……总之,免得毁了他们的好事,挡了他们的路……我完全是出于高尚。"

"上帝呀,您干的蠢事!"我不由得道。

"的确是蠢事,蠢事!"他咬牙切齿地附和道,"您从来没说过比这更聪明的话。那的确很蠢,可有什么法子呢,木已成舟,这婚我是非结不可的了,哪怕是跟'别人的罪孽',那我还写个什么信呢,不是吗?"

"您又来了!"

"哦,如今您的叫嚷可吓不到我了,如今站在您面前的已不再是从前那个斯捷潘·韦尔霍文斯基了,从前那个已经死了。总之,木已成舟。再说您凭什么叫嚷呢?反正要结婚的又不是您,戴绿帽子的也不是您。我又惹您生厌了?我可怜的朋友,您不懂女人,而我一辈子都在研究女人。那位跟您一样的浪漫主义者、我未婚妻的兄长沙托夫曾经说过:'想要战胜全世界,先要战胜自己。'这是他这辈子说过的唯一一句聪明话。我愿意借用他这句话。我也可以战胜自己,答应这门婚事,可我战胜全世界了吗?我赢得了什么?婚姻,我的朋友,是一切高傲灵魂、一切独立精神的死亡。婚姻生活将让我堕落,剥夺我干事业的雄心壮志,我将会有一连串的孩子,没准儿还不是我的,不,肯定不是我的;真正的智者勇于直面真相……白天利普京还建议我构筑防栅提防Nicolas呢——他是个蠢货，利普京。女人连上帝的眼睛都瞒得过。上帝创造女人的时候，一定知道个中风险，但我相信，恰恰是女人自己左右了上帝，逼着上帝赋予了她这副模样和……属性；否则哪个男人愿意白白招惹这么多麻烦呢？纳斯塔西娅，我知道，肯定会为这些自由思想生我的气，但是……无论如何，木已成舟。"

倘若没有这些廉价的、俏皮的、曾经大放异彩的自由思想，他也就不是他了。眼下，这些俏皮话至少能令他聊以自慰，虽然并不长久。

"哦，真希望没有后天，这个礼拜天！"他突然高叫道，叫声里已是彻底的绝望，"为何就不能没有礼拜天呢，哪怕就这一个礼拜呢？——假如奇迹存在？上帝为何就不能动动手指，从日历里划去这个礼拜天呢，哪怕是为了向无神论者展示祂的神迹？索性直说了吧！哦，我多么爱她！二十年来，整整二十年，可她却从来不懂我的心！"

"您说的是谁？我听不懂！"我惊讶地问。

"二十年！她从来没有懂过我，哦，这太残忍了！难道她竟以为，我答应结婚是出于恐惧，出于困窘？哦，耻辱！'姨妈''姨妈'！我是为了你！……哦，我多想让她、让这位姨妈知道，她是唯一一个令我渴慕了二十年的女人！她必须知道，必须！否则，除非生拉硬拽，才能将我拖到那个所谓的花环之下！"

我还是头一次听到这一坦白，而且如此富于激情。老实说，我实在忍不住想笑。是我错了。

"如今我只剩下他一个亲人了，我唯一的希望！"他突然两手一拍，像是被新的念头电到了，"如今只有他——我可怜的儿子能够拯救我，能——哦，他为何迟迟不来！哦，我的儿子，我的彼得鲁沙……就算我不配做一个父亲，而更像是一头老虎吧，可是……您走吧，我的朋友，我要躺一会儿，整理一下思绪。我太累了，太累了，何况，我想您也该回去休息了，您看，都十二点啦……"

第四章　跛脚女人

一

沙托夫没有执拗，按照我的便条，于中午时分来见莉莎维塔·尼古拉耶夫娜。我俩几乎同时抵达；我也是初次登门。他们所有人——莉莎、她的妈妈和马夫里基·尼古拉耶维奇都坐在大厅里，正在争吵。妈妈让莉莎为她弹奏某曲华尔兹，莉莎刚开始弹，妈妈就说不是这首，性情耿直的马夫里基·尼古拉耶维奇一味向着莉莎，说就是这首，把老太太气得直哭。她正在害病，两条腿都肿了，连走路都吃力，这些天没干别的，光顾着耍小孩子脾气，给别人挑刺了，尽管她对莉莎一向忌惮。我们的到来令主人们很开心。莉莎高兴得涨红了脸，对我说了声merci[1]（自然是为了沙托夫），随后走到沙托夫跟前，好奇地打量起来。

沙托夫窘迫地站在门口。莉莎对他的到来道了声谢，便引他去见妈妈。

"这位是沙托夫先生，我跟您说过的，这位是 Γ-夫先生，我和斯捷

1　法文：谢谢。

潘·特罗菲莫维奇的好朋友,他跟马夫里基·尼古拉耶维奇昨天也见过面了。"

"哪一位是教授?"

"压根就没有教授,妈妈。"

"不对,有,你自己说的,有教授要来。应该就是这位吧。"她嫌恶地指了指沙托夫。

"我可没跟您说过有教授要来。Г-夫先生是当差的,沙托夫先生以前是大学生。"

"大学生、教授,反正都是大学里头的。你就知道抬杠。瑞士那个,长着小胡子和大胡子。"

"妈妈说的是斯捷潘·特罗菲莫维奇的公子,她总管人家叫教授。"莉莎说罢,将沙托夫引到大厅尽头的沙发上落座。

"她腿一肿就这样,您请见谅,她正在害病呢。"莉莎低声对沙托夫说,同时继续无限好奇地打量着他,尤其是他头顶那撮桀骜不驯的头发。

"您是军人?"老太太问我——莉莎如此残忍地将我一个人丢给了她。

"不是,我在——"

"Г-夫先生是斯捷潘·特罗菲莫维奇的好友。"莉莎立即接口道。

"您在帮斯捷潘·特罗菲莫维奇做事?他不也是教授吗?"

"哎呀,妈妈,您大概晚上做梦都是教授吧!"莉莎懊恼地叫道。

"不做梦都已经够多的啦。你就知道跟你妈顶嘴。您四年前在这儿吗,尼古拉·弗谢沃洛多维奇来的时候?"

我说在。

"当时是有个英国人吗?"

"没有。"

莉莎笑了起来。

"哈,你看吧,"老太太说,"根本就没有什么英国人,肯定是谎话。瓦尔瓦拉·彼得罗夫娜和斯捷潘·特罗菲莫维奇都在撒谎。所有人都在撒谎。"

莉莎对我们解释说:"是姨妈之前说的,斯捷潘·特罗菲莫维奇昨天也说过,说尼古拉·弗谢沃洛多维奇跟哈尔王子有点儿像,就是莎士比亚《亨利四世》里头那个,所以妈妈才问您是不是有个英国人。"

"既然没有哈尔,那就也没有英国人。就只有一个胡闹的尼古拉·弗谢沃洛多维奇。"

"请您相信,妈妈是故意的,"莉莎特意对沙托夫解释,"她很懂莎士比亚,我亲自给她读过《奥赛罗》的第一幕。只不过她现在很难受。妈妈,听,钟敲十二点了,您该吃药了。"

女仆在门口通报说医生来了。老太太欠欠身,冲一只狗狗唤道:"泽米尔卡,泽米尔卡,至少你会跟我走吧?"

又丑又老又小的泽米尔卡没有理睬她,钻到了莉莎坐的沙发底下。

"哼,你不跟我走,我还不要你呢!再会,先生,我不知道您怎么称呼。"老太太对我说。

"我叫安东·拉夫连季耶维奇——"

"无所谓,反正我也记不住。不必送我,马夫里基·尼古拉耶维奇,我叫的只是泽米尔卡。感谢上帝,我自己还能走,明天我就出去玩儿。"

老太太恨恨地走出了大厅。

"安东·拉夫连季耶维奇,您先跟马夫里基·尼古拉耶维奇聊一会儿吧,请相信我,彼此亲近对您二位都有好处。"莉莎说着,冲马夫里基·尼古拉耶维奇嫣然一笑,顿令后者神采奕奕。我无可奈何,只得同马夫里基·尼古拉耶维奇说话。

二

出乎我的意料，莉莎维塔·尼古拉耶夫娜请沙托夫来，居然真是为了文字工作。不知为何，我总感觉她叫他来是有别的事儿。我和马夫里基·尼古拉耶维奇见二人并不避讳我们，说话声音很大，便也留神听着；随后我俩也被邀请参与发表意见。原来，莉莎维塔·尼古拉耶夫娜早就计划出版一本她认为十分有益的书，但完全没有经验，便想找一位合作者。她对沙托夫陈述计划时的那股子严肃劲儿，把我都给唬住了。我心说："想必是个新派人物，到底是在瑞士待过。"沙托夫认真地听着，目光盯在地板上，丝毫不觉得惊讶，一位悠闲的贵族小姐怎么会想做这种似乎并不适合她的事。

事情是这样的：在俄国的帝都与外省均有众多报纸杂志，每日报道大量事件。一年到头，当年的旧报纸就会被人们塞进箱子，扔了、撕了，或者被用来包东西、做纸帽。很多被刊载的事实，当时会给人们留下印象，被人记住，年头多了便会逐渐淡忘。很多细节事后想要核实，但查找起来无异于纸海捞针，因为往往并不知道事件发生的准确地点、日期乃至年份。倘若将每年的报道汇总成书，根据一定的纲要和构思，附以目录和解读，按照年份日期排序，则想必能够勾勒出俄国当年生活的整体特色，尽管被报道的事实只是全部事实中的极小一部分。

"无非是用几本厚书取代一堆报纸。"沙托夫指出。

但莉莎维塔·尼古拉耶夫娜热切地为自己的构想辩护，尽管她的表述吃力而笨拙。她坚持书只能是一本，还不能太厚。好吧，就算是厚书，也务求简明，因为重点在于纲要和陈述原则。当然不是把全部事件罗列一遍。政府的法令和举措、地方的指令和法规，这些尽管相当重要，但在计划出版的那本书里，大可完全忽略。很多东西都可忽略不计，而只挑选能在一定程度上反映俄国人民精神生活，彰显当今国民性格的事件。可以是各类事件：趣事奇谈、火灾、捐款，任何的善事恶行、话语言论，乃至河水泛滥的报道，乃至某些政府法令，总之，只挑选那些能够勾勒时代风貌的。所有事实都要配上一定的观点、解读、意图、构思，并以此统领全书。最后，这本书还要有趣，不仅可以作为参考资料，甚至可以作为消遣读物。总之，那将是一幅俄国精神道德生活的年度全景图。"要让所有人争相购买，让它成为一本案头书，"莉莎坚定地说，"我知道，一切都取决于纲要，所以才向您求助。"她说得热情洋溢，虽有些词不达意，但沙托夫还是大致听懂了。

"就是说，要有某种倾向性，按照一定的倾向遴选事实。"沙托夫低声道，依旧低着头。

"不是的，不需要按照倾向遴选，也不需要有任何倾向。不偏不倚——这就是倾向。"

"有倾向也没什么不好，"沙托夫扭了扭身子，"再说，只要是挑选，倾向性就不可避免。对事实的挑选本身就意味着对它的解读。您的设想不坏。"

"这么说，这本书就是可行的啦？"莉莎高兴地问。

"还得再好好想想。这是一项大工程。一下子想不出来。需要经验。就算编出来了，怎么出版也是个问题。需要尝试很多次。但想法是可行的。是个好想法。"沙托夫终于抬起了头，眼睛里甚至闪烁着兴奋的光彩，显然对此很感兴趣。

"这是您自己想出来的？"沙托夫柔声问道，甚至有些羞涩。

"想法不难，难的是纲要，"莉莎笑了笑，"我懂的少，也不大聪明，我只追逐自己懂的……"

"追逐？"

"我是不是又用词不当了？"莉莎忙问。

"这么说也行；我无所谓。"

"还在国外我就想,我应该也能做些有益的事。反正我的钱闲着也是闲着,何不拿出来,为共同事业出份力呢?后来这个想法就突然自己冒出来了,我并没有挖空心思去想,但我也很开心。可现在我看明白了,没有合作者是不行的,因为我自己什么也不会。合作者自然也将是书的合著者。咱俩一半一半:您负责纲要和编辑,我负责创意和出版资金。应该能回本吧?"

"要是纲要挖掘得好,书应该能卖。"

"我先预告您,我并不是为了赚钱,但我很希望书能卖得好,也会为利润感到骄傲。"

"这跟我有什么关系?"

"我要找的合作者就是您哪……一半一半。纲要由您来想。"

"您怎么知道我就能想出纲要来呢?"

"有人对我提起过您,在这儿我也听说过……我知道您非常聪明,还……做事情,还……想法很多;是彼得·斯捷潘诺维奇·韦尔霍文斯基在瑞士跟我提起您的,"她忙补充道,"他是个很聪明的人,不是吗?"

沙托夫飞快地扫了她一眼,旋即垂下目光。

"尼古拉·弗谢沃洛多维奇也常跟我提起您……"

沙托夫突然涨红了脸。

"总之,这是报纸,"莉莎忙从椅子上拎起事先准备好的一捆报纸,"我试着标注了一些可供选择的事实,做了编号……您一看就明白了。"

沙托夫接过报纸。

"您带回家去看吧,您住在哪儿?"

"主显圣容街,菲利波夫公寓。"

"我知道那儿。听说你们那儿还住着一个大尉,列比亚德金先生?"莉莎的语气依旧很急切。

沙托夫保持着伸手接过报纸的姿势,眼睛盯着地面,足足默坐了一分钟,这才诡异地压低了声音,近乎耳语道:"这种事儿您恐怕得另请高明,我可干不来。"

莉莎又羞又恼,叫道:"您说什么'这种事儿'啊?马夫里基·尼古拉耶维奇!请把那封信拿过来。"

我也随着马夫里基·尼古拉耶维奇走到了桌边。

"您瞧瞧,"莉莎激动不已地拆着信封,突然转向我说,"您见过这种事儿吗?麻烦您来读一下,我想让沙托夫先生也听听。"

我不无惊讶地读出了那封信,内容如下:

致完美无瑕的图申娜小姐

美丽而尊贵的小姐,
莉莎维塔·尼古拉耶夫娜!

  哦,多么完美无瑕,
  莉莎维塔·图申娜!
  当她和亲戚骑着骏马飞翔,
  秀发缕缕在风中飘扬;
  当她随母亲一道虔拜教堂,
  两朵红云便浮上脸庞。
  我愿与她共享夫妻云雨,
  向她的倩影寄去泪水一滴。

    ——不才于争论中所做

美丽而尊贵的小姐!

在下最引以为憾者,是没能为了荣誉在塞瓦斯托波尔丢掉一根臂膀，甚至从未到过那里，整场战争期间我仅仅是个军需官，干着庸俗的事务。您是古典女神，而我啥也不是，深知自己的渺小。您请看我的诗作，但也只是姑且看之，因为诗歌同样是胡扯，仅仅是对散文中的放肆无礼加以辩护。试想，太阳岂会对一个向它献诗的纤毛虫大发雷霆？如果您用显微镜去看，一滴水里的纤毛虫岂止成千上万！就连彼得堡上流社会的动物保护协会，虽然对狗和马的权利悉心维护，对小小的纤毛虫却同样不屑一顾，因为它微不足道。我同样微不足道。求婚的想法或许显得滑稽可笑，但很快，我将从一个被您鄙视的恨世者那里获得两百名农奴。我可以透露更多内情，甚至可以拿着文件到西伯利亚去告密。请勿对我的求婚置之不理。请将纤毛虫的信当成诗。

列比亚德金大尉
您最恭顺的朋友和闲人

"这是一个喝醉酒的混蛋写的！"我愤怒地喊，"我认得他！"

"这封信是我昨天收到的，"莉莎红着脸，急切地对我们解释，"我立刻就猜到了，这肯定是个蠢人写的，还一直没给妈妈看呢，免得她更难受。可要是他继续乱来，我真不知道该怎么办了。马夫里基·尼古拉耶维奇想去警告他。因为我把您当成合作者，"她转向沙托夫，"也因为您也住在那儿，所以我才跟您打听，想知道他还能干出什么来。"

"酒鬼加混蛋。"沙托夫不大情愿地低声说。

"怎么，他一直这么蠢吗？"

"不，他清醒时一点儿也不蠢。"

"我认识一位将军，也会写一模一样的诗歌。"我笑道。

"单从这封信就看得出来，这是个老狐狸。"沉默寡言的马夫里基·尼古拉耶维奇突然插话道。

"听说他跟他妹妹一起住?"莉莎问。

"是。"

"听说他经常虐待他妹妹,是吗?"

沙托夫又瞥了莉莎一眼,沉下脸嘟囔道:"关我什么事!"说罢,起身便朝门外走去。

"啊,等等,"莉莎慌乱地喊,"您要去哪儿?我们还有好多事要谈呢……"

"还谈什么?我明天会告知的……"

"谈最重要的,关于印刷!请您相信,我不是闹着玩儿,是真的想做事,"莉莎越发慌乱地辩白道,"假如我们想出版,那在哪儿印刷呢?这可是最重要的问题,因为我们不可能为这个去莫斯科,而这儿的印刷所又印不了这样的书。我早就想办一家印刷所了,比方说以您的名义,妈妈肯定会同意的,但是得在您的名下……"

"您怎么知道我能搞印刷所?"沙托夫阴郁地问。

"彼得·斯捷潘诺维奇还在瑞士时就跟我说了,说您懂印刷,能搞印刷所。他本来还打算写封信让我带给您来着,可我给忘了。"

现在回头想想,沙托夫当时整个脸色都变了。他又站了几秒钟,突然走出了房间。

莉莎生气了,转过头来问我:"他总这样说走就走吗?"

我耸了耸肩,还没说话,沙托夫突然又回来了,他径直走到桌边,放下手中那捆报纸,道:"我不打算做您的合作者,我没时间……"

"为什么,为什么呀?您是生气了吗?"莉莎伤心地哀求道。

她的语气似乎触动了他,他认真地盯着她看了好几秒钟,似乎想穿透她的内心。

"无所谓,"他平静地低声道,"我不想。"说罢就走了。

莉莎完全呆住了,她的反应甚至有些过头了。至少我这么觉得。

"真是个怪人!"马夫里基·尼古拉耶维奇高声道。

三

沙托夫当然是个"怪人",但整件事透露着太多古怪之处。这里头肯定有猫腻。出书云云我是坚决不信的;还有那封愚蠢的信,里面明明提到了"拿着文件"去告密,但所有人都对此绝口不提,顾左右而言他;再有便是印刷所,沙托夫的骤然离场正是因为提到了印刷所。这一切都令我不得不怀疑,在我之前肯定发生过什么我还不知道的;如此说来,我便成了一个多余人,这一切都与我无关。再说也该走了,对于初次拜访已经足够了。我走到莉莎维塔·尼古拉耶夫娜跟前,向她行礼告辞。

她似乎是把我给忘了,依旧一动不动地站在桌旁,若有所思地低着头,愣愣地盯着地毯上的某个点。

"啊,您,再见,"她像往常那样柔声道,"请代我向斯捷潘·特罗菲莫维奇问好,请他务必尽快到我这儿来。马夫里基·尼古拉耶维奇,安东·拉夫连季耶维奇要走了。抱歉,妈妈不能出来跟您道别……"

我走出房门,都走下台阶了,仆人突然追出门廊喊:"太太恳请您回去——"

"是太太,还是莉莎维塔·尼古拉耶夫娜?"

"一回事,先生。"

莉莎已经不在我们方才待的那个大厅了,而在隔壁的一间会客室。大厅里如今只剩下马夫里基·尼古拉耶维奇一个人,厅门紧闭。

莉莎冲我笑了笑,但脸色苍白。她站在房间中央,内心明显在犹豫,在斗争;然后她突然拉住我的手,一言不发地快步将我带到窗前。

"我要立刻见到她,"她低声说,向我投来炽热、坚定、急切、丝毫不容违背的目光,"我必须亲眼见到她,您一定得帮我。"

她已经方寸大乱,并且深陷绝望。

"您要见谁,莉莎维塔·尼古拉耶夫娜?"我惶惑地问。

"列比亚德金的妹妹,那个跛脚女人……她真的是跛脚?"

我吃了一惊。

"我从来没见过她,但我听说她是跛脚,昨天还听说来着。"我殷勤地说,同样压低了声音。

"我必须见到她。您能今天就安排吗?"

我突然非常可怜她。

"这可办不到;再说,我一点儿也不知道该怎么做这种事,"我试着劝导她,"我可以去找沙托夫——"

"要是您明天还安排不了,那我就亲自去找她,一个人去,因为马夫里基·尼古拉耶维奇不肯。我只能指望您了,除此之外我再没有别人了;我对沙托夫说了蠢话……我相信您是个绝对正直的人,而且,也许,您对我是忠诚的,您就帮我安排吧。"

我产生了为她赴汤蹈火的愿望。

"这样吧,"我沉吟道,"我今天就去,一定、一定要见到她!我会想尽一切办法见到她,我向您保证。只有一条,请允许我向沙托夫交底。"

"您可以告诉他,就说我的确有这种愿望,而且无法再等,但也请您对他说,我刚才并没有骗他。他之所以离开,大概是因为他太正直了,觉得我在骗他。我没有骗他,我的确想出版那本书,想办印刷所……"

"他的确很正直,没错。"我忙肯定道。

"总之,要是您明天还安排不了,那我就自己去,无论会发生什么,哪怕闹到人尽皆知。"

我稍微冷静了些,道:"我最早也要明天下午三点才能到您这儿来。"

"那就约好三点。看来,我昨天在斯捷潘·特罗菲莫维奇家猜得没错,您真的是有些忠诚于我的?"她笑了笑,匆匆地捏了捏我的手以示作别，忙去找被她丢下的马夫里基·尼古拉耶维奇了。

我走出门，为自己的承诺郁闷不已，搞不懂刚才是怎么一回事。我看到的是一位真正绝望的女性，她宁肯冒着名誉受损的风险，去求一位几乎陌生的男士。她在最艰难时刻的柔美微笑，以及她对自己昨天就察觉到了我的情愫的暗示，的确触动了我的内心，但我只是可怜她，可怜——仅此而已！她的秘密于我而言突然变得神圣，如今即使我有机会去揭开它，恐怕我也会堵住耳朵，拒绝听下去。我只是有种预感……不过，我完全不知道该如何安排，甚至搞不清楚究竟要安排什么——见面，什么性质的见面？又该如何安排她们见面呢？只能寄希望于沙托夫了，虽然我早就料到他是决不肯帮忙的。但我还是跑去找他了。

四

直到晚上七点多钟，我才在他家里碰上他。令我吃惊的是，他家里居然有客人——阿列克谢·尼雷奇和一位我不大熟悉的先生，姓希加列夫，维尔金斯基的大舅哥。

这个希加列夫来敝城快俩月了，我不知道他从哪里来，只听说他在彼得堡某家进步杂志发表过一篇文章。是维尔金斯基偶然在街上介绍我俩认识的。我生平从未见过如此晦暗、如此愁苦、如此阴郁的面孔。他看上去似乎在等待世界毁灭，而且还不是预言中的、或许根本不会到来的未来的某一天，而是完全精确的时间，譬如后天上午十点二十五分。我们当时差不多一句话也没讲，只是以一对阴谋家的神色握了握手。最令我印象深刻的是他那对硕大无朋的耳朵，又长又大又厚，还分开向两侧支棱着。他的动作笨拙而缓慢。如果说利普京只是梦想着法郎吉会在敝省实现，那么此人则知道实现的确切时间。他给我留下的印象是不祥的；我很惊讶居然会在沙托夫家中碰见他，何况沙托夫远非好客之人。

还在楼梯上我就听见他们在大声讲话,三个人同时,似乎在争吵;但我刚一露面,所有人便都不作声了。他们本来是站着争吵的,此刻却突然全坐下了,我也只得坐下。尴尬的沉默足有三分钟未被打破。希加列夫认出了我,却假装不认识,但料想并非出于敌视。我与阿列克谢·尼雷奇微微点头致意,既没说话,也没握手。希加列夫终于严肃而阴郁地看向我,极其天真地认为我会突然起身离去。这时,沙托夫从椅子上欠了欠身,其余两人突然也跟着跳了起来。两人没说话便朝外走,直到门口,希加列夫才对送客的沙托夫说:"记住,你有义务做汇报。"

"去你的汇报,鬼才有义务。"沙托夫将二人送走,关上房门,挂上门钩。

"一帮蠢货!"沙托夫瞥了我一眼,撇嘴冷笑道。

他的脸上带着怒气;他的率先开口令我感到惊讶。以往我每次到他家来(其实很少),他总是皱着眉头坐在角落里,气呼呼地答话,半天才会舒展眉头,开始愉快地和我聊天。可临别时,他又总会眉头紧锁地将我请出去,就跟撵仇敌似的。

"我昨晚在这位阿列克谢·尼雷奇家里喝过茶,"我说,"他似乎痴迷无神论。"

"俄国的无神论无非是些俏皮话罢了。"沙托夫嘟囔着,将蜡烛头换成一根新蜡烛。

"不,他不大像个会说俏皮话的人,他连普通话都说不好,更甭说俏皮话了。"

"都是些照搬书本的人,思想上的奴才。"沙托夫平静地说着,在角落里的椅子上坐下来,两只手掌搭在膝盖上,沉默了一分钟,又道:"这里头还有仇恨在作怪。假如俄国突然改弦更张——哪怕是按照他们的主张,从而变得无比强大和幸福,那头一个不高兴的就是他们。

因为到那时候,他们就没有人可以仇恨、唾弃,没有东西可以嘲笑、挖苦了!他们对俄国有着牲口般的、无休止的、渗入骨髓的仇恨……只有看得见的笑,根本没有看不见的泪!自古以来,再没有比'看不见的泪'更虚伪的话了!"说到最后,他几乎是在咆哮了。

"您这是怎么啦!"我笑道。

"您是个'温和的自由派'。"沙托夫冷笑了一声,突然道,"其实,我刚才说'思想的奴才'也许是句蠢话,您满可以对我说:'奴才出身的人是你,不是我。'"

"我可没想这么说……瞧您说的!"

"您不必解释,就算您说了我也不怕。我原本只是奴才的儿子,眼下我自己也成了奴才,跟您一样。我们俄国的自由派就是头号的奴才,专等着给别人擦皮鞋。"

"擦皮鞋?这是什么典故?"

"哪儿有什么典故!我看您在笑……斯捷潘·特罗菲莫维奇说的没错,我就是被压在石头底下了,但还没有被压死,还在挣扎,这是个好比喻。"

"斯捷潘·特罗菲莫维奇非说您被德国人迷了心窍,"我笑道,"我们从德国人那里总算捞了些好处。"

"赚了二十戈比,赔了一百卢布。"

一分钟的沉默。

"他那病是在美国落下的。"

"谁?什么病?"

"我说的是基里洛夫。我跟他在美国的一间农舍里打过四个月地铺。"

"你们去过美国?"我惊讶地问,"以前从没听您说过。"

"有啥好说的。前年,我们仨,揣着最后一点儿钱,坐着移民船去了美国,'好过过美国工人的生活,从而亲身体会社会最底层的生存状态'。我们就是抱着这个目的去的。"

"天哪!"我笑道,"想要'亲身体会',您还不如趁着农忙时节到我们省的乡下去呢!何苦大老远跑去美国呢?"

"在美国,我们给一个剥削者当了雇工,他那儿一共有六个俄国人,有几个是大学生,甚至还有离家出走的地主、军官,都是抱着那个伟大目的去的。我们干活,流汗,遭罪,受累,后来,我跟基里洛夫病了,实在熬不住了,就要走。结账时,剥削者故意克扣,本该付三十美元,结果只给了我八美元,基里洛夫十五美元。我们还挨过很多打。没了工作,我跟基里洛夫就在一个小镇打了四个月地铺。各想各的心事。"

"雇主真打过你们,在美国?想必是你们骂他了吧?"

"没有的事儿。相反,我和基里洛夫从一开始就下定决心,说:'咱们俄国人在美国人面前就是小瘪三,除非是在美国出生,或者至少跟美国人混居个十年八年,否则甭想跟人家平起平坐。'于是,一戈比的东西,人家跟我们要一美元,我们不但痛痛快快地给,甚至还受宠若惊。我们见啥夸啥:招魂术、私刑、左轮手枪、流浪汉。有一回我们坐车,有个美国人,从我兜里掏出我的梳子就梳起头来,我跟基里洛夫只交换了一下眼色,都感觉这很好,我们很喜欢……"

"真是奇怪,这些想法不仅会渗透进我们的脑子里,还会反映在行动上。"我说。

"照搬书本的人。"沙托夫重申。

"不管怎么说,坐着移民船漂洋过海,前往陌生的国度,哪怕只是为了'亲身体会'云云,也的确称得上舍身忘我了……后来您是咋从那儿回来的?"

"我给一个当时在欧洲的人写了一封信,他给我寄了一百卢布。"

沙托夫说话时向来死死地盯住地面,就算情绪激动时也不例外;此刻却突然抬起头来:"想知道这人是谁吗?"

133

"谁？"

"尼古拉·斯塔夫罗金。"

他突然站起身，走向自己的椴木书桌，开始翻找什么。我们这儿有个模糊但可靠的传言，说沙托夫的妻子在巴黎曾与尼古拉·斯塔夫罗金有染，而且恰恰是在两年前，也就是他在美国的时候——不过，那时他和妻子早就在日内瓦分手了。"既然如此，他为何还要主动透露这么多事儿呢？"我不由得暗想。

"这钱我到现在都没还他呢。"他突然扭过头，仔细地审视了我片刻，坐回到角落里，冷不丁地换了种腔调："您找我肯定有事儿。啥事儿？"

我当即将来意和盘托出，并补充道，尽管眼下我已经从先前的冲动中冷静下来了，却更加糊涂了，因为我意识到，这里面肯定有什么事儿对莉莎维塔·尼古拉耶夫娜特别重要，我很想帮她，可问题是，我非但不知道该如何履行自己的承诺，甚至不清楚自己究竟承诺了些什么。接着我再次赌咒发誓，说她并不想骗他，也没有骗他，这里头闹了误会，今天他拂袖而去令她很伤心。

他很认真地听我说完，道："也许，跟往常一样，我的确又干了件蠢事……好吧，若她真不知道我为何那样走掉，那……对她也是好事。"

他起身走到门边，拉开一道门缝，留心察看楼道里的动静。

"您想亲眼见见那个女人吗？"他问。

"当然想啊，要怎么做？"我激动地跳了起来。

"直接过去就行，趁她一个人在家。等他回来了，知道咱们去过，肯定又要打她了。我经常偷着去。今天他又要打她，被我揍了一顿。"

"真的？"

"没错。我薅着头发把他拽开了，他还想打我来着，被我给镇住了，就这样。我担心，等他喝醉酒回来想起这事儿，又要毒打她了。"

我们立刻下楼去了。

五

列比亚德金家的房门只是虚掩着，没上门钩，我们推门便进去了。整个住处只有两个简陋的小房间，墙壁被熏得乌漆墨黑，脏兮兮的墙纸早已破烂不堪。这里从前开过几年小旅馆，后来主家菲利波夫将旅馆迁到了新居，之前的客房都上了锁，唯独这两间租给了列比亚德金。家具只有几条普通长凳和几张木板桌，外加一把少了一面扶手的旧椅子。里间屋角落里有张床，床上盖着一床印花布棉被，是列比亚德金娜小姐的，大尉本人则总在地板上过夜，往往连衣服也不脱。到处是碎屑残渣、垃圾、水渍。一条大厚抹布吸饱了水，躺在外屋地板正中央的水汪里，旁边还泡着一只破皮靴。看得出，这个家里从来不做家务：炉子也没生，饭也不做，听沙托夫说，他们甚至连个茶炊都没有。大尉刚来时是个穷光蛋，据利普京说，他起初真去要过饭；自从得了那笔横财，便开始滥饮无度，连脑子都喝傻了，哪里还顾得上家务呢。

我迫切想见的列比亚德金娜小姐，温顺地、悄无声息地坐在里屋角落，木板桌后面的长凳上。当我们推门而入时，她非但没叫，连身子都没动弹。沙托夫说，他们家的门从来不插，有天夜里四敞大开了一整宿。借着铁烛台上一支纤烛的黯淡光亮，我看到一个瘦削、病态的三十岁女人，穿一身黑色的旧印花布连衣裙，细长的脖子露在外面，稀疏的黑发在脑后盘成一个发髻，只有两岁孩子的拳头大小。她欢欢喜喜地望着我们；除了铁烛台之外，在她面前还有一面农村常见的那种小镜子，一副旧纸牌，一本破烂的歌曲集，一只德式小白面包，已经咬过两口了。看得出，列比亚德金娜小姐的脸上搽了粉，抹了胭脂，还涂了红嘴唇，本就细长的两道黑眉也描过了。又窄又高的额头上，三道深且长的皱纹犹如刀刻，透过厚厚的粉底仍清晰可见。我早就听说她行动不便，但这次她并未当着我们的面起身走动。这张消瘦的面庞,从前青春年少时想必也算得上姣好;而那双安静、温顺的灰眼睛即使现在也很好看——在那平静的、近乎欢喜的眼神里闪烁着憧憬而真挚的光芒。她的微笑里同样流露出安静、平和的欢喜,这委实令我大为惊讶,尤其是在得知哥萨克马鞭及其兄长的种种暴行之后。真是奇怪,在她面前,我完全没有沉重的,甚或惧怕的嫌恶感——就像面对其他遭受上帝惩罚的造物时通常会有的那种;反而从第一眼见她时就觉得欢喜,尽管随即又被怜悯(而绝非嫌恶)所攫住。

"您瞧,她就整天这么一个人坐着,也不动弹,只能用纸牌算算命,照照镜子,"沙托夫在门口指着她对我说,"列比亚德金压根不给她饭吃。厢房的老太婆偶尔会看在基督的分儿上给她拿点儿吃的。就这样把她一个人扔在家里!"

令我吃惊的是,沙托夫说得很大声,好像她并没有在屋里似的。

"你好啊,沙图什卡!"列比亚德金娜小姐亲切地招呼沙托夫。

"玛丽亚·季莫菲耶夫娜,我给你带来了一位客人。"沙托夫说。

"来客人了好啊。不知道你带了谁来,我好像不记得他。"她从烛光后面仔细地瞅了我一眼,随即又看向沙托夫(此后的整个谈话期间,她再没有看过我一眼,仿佛我压根不存在),"怎么,一个人在阁楼上待腻啦?"她笑起来,露出两排皓齿。

"一来待腻了,二来看看你。"沙托夫搬过一条长凳放在桌旁,自己坐下,又招呼我坐他旁边。

"跟你聊天我随时乐意,可我还是觉得好笑,沙图什卡,你简直像个修士。你有多久没梳头了?让我来给你梳梳,"她从衣袋里掏出一把小梳子,"怕是打我上次给你梳完,你就再没有梳过了吧?"

"我连梳子都没有。"沙托夫笑道。

"真的?那我送你一把,不是这把,另一把,但你得提醒我。"

她郑重其事地给沙托夫梳起头来,还精心地梳成了侧分,梳好后又微向后仰,审视了一番,这才把梳子放回衣袋。

"你知道吗,沙图什卡,"她摇着头说,"你看上去也像个明白人,却总是闷闷不乐。我真搞不懂你们这些人,我不明白,人们为啥总是不开心。我就很开心。"

"跟你哥哥在一起也开心?"

"你说列比亚德金?他是我的奴才。他在与不在,我一点儿也不在乎。我对他喊:'列比亚德金,拿水来;列比亚德金,拿鞋来。'他就跑去拿;有时候看着都好笑,真是罪过。"

"这倒是一点没错,"沙托夫转向我,再次毫不避讳地大声说,"她的确把他当奴才使唤,我亲耳听见她喊过:'列比亚德金,拿水来。'边喊边咯咯地笑,唯一的区别在于,他不会跑去拿水,而会惩治她,可她却一点儿也不怕他。她经常神经质发作,几乎每天都会,这对她的记忆造成了损害,事情刚过去她就忘了,还总会时间错乱。您以为她记着我们是咋进来的?她也许的确记得,但肯定都按照自己的想法改变过了,把咱俩当成了其他人,哪怕她记得我叫沙图什卡。我这么大声完全没关系,只要你不是跟她说话,她当下就不再听你讲了,立刻又跳进自己的幻想里头去了。她极度耽于幻想。一坐就是八个钟头,一整天。您瞧见这个小面包了吗,从早晨到现在,她可能就咬了一口,要到明天才能吃完。您瞧,她又开始占卜了……"

"占卜是占卜,沙图什卡,可似乎不大吉利呀!"玛丽亚·季莫菲耶夫娜突然接口道,显然是听见了最后一个字眼,又看也不看地伸出左手去摸面包(大概也是因为沙托夫给她提了醒)。好不容易摸到了,却只在手里抓了一会儿,一口也没咬,就又放回桌子上了,继续沉浸在新的话题里面:"老是这些征兆——道路、恶人、阴谋、棺材、神秘来信、意外的消息,依我看,全是扯谎,沙图什卡,你觉得呢?既然人能扯谎,纸牌怎么就不能呢?"她突然将纸牌打乱,混在一起,"这话我对普拉斯科维娅嬷嬷也说过,她是位令人敬重的嬷嬷,经常背着院长嬷嬷跑到我的修道室里来,让我给她占卜。来的人还不止她一个。她们总是一惊一乍，摇头叹气，叽叽喳喳，我就笑着说：'咳，普拉斯科维娅嬷嬷，您上哪儿收信去呢，既然十二年都没等来一封？'——她闺女跟着男人跑到土耳其去了，十二年都没来个信儿。第二天傍晚，我在院长嬷嬷（她是公爵千金出身）那儿喝茶，还有一位外地来的太太，是个大幻想家，还有一个来自圣山的修士，照我看相当可笑。可你猜怎么着，沙图什卡，就是这个修士，那天早上居然从土耳其给普拉斯科维娅嬷嬷捎来了她闺女写的信，看吧，这就是方块J——意外的消息！我们喝着茶，修士对院长嬷嬷说：'院长嬷嬷，上帝祝福贵院，首先是因为贵院藏着如此珍贵的宝贝。''什么宝贝？'院长嬷嬷问。'就是圣莉莎维塔嬷嬷呀。'——这位莉莎维塔嬷嬷住在一个两米来长、一米半高的墙洞子里，外面隔着铁栏杆，一坐就是十七年，不论冬夏，总穿着一件麻布长衫，手里总拿着根稻草啊、枯树枝啊，在长衫上戳戳点点，一句话也不说，十七年不梳头不洗脸。冬天就给她塞进去一件小皮袄，每天一片面包、一杯水。祈祷者见了都称颂，感叹，布施。'那算什么宝贝！'院长嬷嬷说（她很生气，她最讨厌莉莎维塔），'莉莎维塔这么做完全是出于愤恨、固执，就是装模作样。'这话我可不爱听，我自己还想闭关呢。我说：'照我说，上帝跟大自然是一回事。'所有人都对我说：'真想不到！'院长嬷嬷大笑起来，跟那位太太耳语了几句，又把我叫过去，爱抚我，那位太太还送给我一只粉色的蝴蝶结，你想不想看？那个修士呢，就开始向我布道，语调既亲切又温和，看来是个有大智慧的。我坐在那儿听着。'听懂了吗？'他问我。'没有，'我说，'一句也没听懂，你们让我一个人静静吧。'打那以后，他们就再没有来烦过我了，沙图什卡。我从修道院出来，一个老修女（她在我们那儿忏悔、祈求神启）低声问我：'照你看，圣母是啥？'我说：'伟大的母亲，人类的指望。'她说：'没错，圣母就是伟大的大地母亲，人的大欢喜就在于此。大地上的任何痛苦和眼泪都是我们的欢喜，只要你能用自己的眼泪把脚下的大地浇灌到一尺深，你就能立刻获得大欢喜。那时你将不再有任何、任何的苦处,这就是神启。'这话我一下子就记住了。打那以后,每次祈祷跪拜,我都会亲吻大地,边吻边哭。我跟你说,沙图什卡,这眼泪里头没有一丁点儿苦楚,就算你没有任何痛苦,你的眼泪还是会因为欢喜而流淌。眼泪会自己流出来,真的。有时候我会走到湖边去,这面是我们的修道院,那面是座尖尖的山,我们就管它叫尖山。我爬到山顶,面朝东,趴在地上,哭啊哭啊,不知道哭了多久,我那时候什么都不记得,什么都不知道了。等我站起身,回过头,太阳就要落了,那么大,那么圆,那么亮的一轮太阳,——你喜欢看太阳吗,沙图什卡?很美,但也很忧伤。我又转向东方,——影子,尖山的影子跑到湖面上去了,像一支箭,又细又长,射出去那么远,一直射到了湖心的小岛上,眼看就要把那座石头小岛射穿了,太阳完全落下去了,一切突然就灭了。我的心里一片惆怅,记忆突然降临,我害怕黄昏哪,沙图什卡。我哭得更厉害了,为了我的孩子……"

"你有过孩子?"一直凝神细听的沙托夫用胳膊肘顶了我一下。

"当然,它那么小,粉嘟嘟的,指甲盖小小的,最令我伤心的是,我不记得它是男孩还是女孩了。一会儿是男孩,一会儿是女孩。我刚把它生下来,就用细亚麻布和花边布裹着,系上粉色丝带,撒满花瓣,收拾停当,对着它祈祷,然后就抱着还没洗礼的它走进了森林。我害怕森林,怕得要命,我哭得越来越厉害,因为我生下了它,却不知道我丈夫是谁。"

"你有过丈夫的吧?"沙托夫小心翼翼地问。

"你真是好笑,沙图什卡,居然会有这种想法。有过是有过,可有过有什么用,有过又没有,还不如没有过!——给你一个小哑谜,猜去吧!"她冷笑了一声。

"你把孩子抱哪儿去了?"

"池塘。"她叹了口气。

沙托夫又用胳膊肘顶了我一下。

"也许你根本没有孩子,这一切都只是幻想?"

"你给我出了道难题,沙图什卡,"她陷入了沉思,对于问题本身却并无丝毫惊讶,"这个我没法回答你,也许真的没有,我想,都是好奇心在做怪;可我还是没法不为它哭泣,难不成,我是在梦里见到它的?"大颗大颗的泪滴在她的眼眶中闪烁,"沙图什卡,沙图什卡,你老婆真的跑了吗?"她突然把两只手完全搭到沙托夫肩膀上,怜悯地望着他,"你别生气,要知道,我自己也难受。你知道吗,沙图什卡,我做过这样一个梦:他又回来找我了,叫我'小猫儿',他说:'我的好小猫儿,到我这儿来!'这句'小猫儿'可把我高兴坏了,他还爱我,我想。"

"也许他真的会来呢?"沙托夫低声道。

"不会的,沙图什卡,这只是梦……他是不会来的。你知道这首歌吗?

我不要深宅大院,
我宁守道房一间,
为灵魂求得救赎,
为你向上帝祈福。

"唉!沙图什卡,我亲爱的沙图什卡,你怎么从来都不问我呢?"

"问了你也不会说,所以我才不问。"

"不说不说,杀了我我也不说,"她急切地说,"烧死我我也不说。受多大苦我也不说,没有人会知道的!"

"看吧,这就是人各有命。"沙托夫的声音越来越低,头也越来越低。

"可你要是问我,没准儿我会说呢,没准儿我会说的!"她激动地说,"你怎么不问呢!你问吧,好好地问问我吧,沙图什卡,没准儿我会告诉你的,你求我吧,沙图什卡,求到我说为止……沙图什卡,沙图什卡!"

但沙图什卡沉默不语。普遍的沉默持续了一分钟。泪水无声地从她搽过粉的脸颊淌下,她坐在那儿,忘了自己的双手还搭在沙托夫的肩膀上,眼睛却不再看他了。

"咳,我问你做什么,再说也不道德。"沙托夫突然从长凳上站起身来,"起来呀!"他生气地从我屁股底下抽出长凳,提起来,放回原处:"免得他回来后猜到有人来过。我们该走了。"

"哈,你又提我那个奴才!"玛丽亚·季莫菲耶夫娜突然笑道,"你怕他!好吧,再见,亲爱的客人们;再等一分钟,听我说。今天那个尼雷奇来过,还有房东菲利波夫,大红胡子,我那个奴才当时正造反呢。房东一把揪住他,拖起来就走,我那个奴才就叫:'不怪我,我是替人受过!'你听听,当时在场的人全笑得前仰后合……"

"咳,季莫菲耶夫娜,哪儿有什么大红胡子呀,是我!今天是我薅着头发把他从你身边拽开的,房东是前天来的,还跟你们吵了一架:你搞混了。"

"等等,没准儿真是我搞混了,也许是你吧。咳,这有什么关系,谁薅他头发不是薅呢。"她笑道。

"走吧,"沙托夫突然扯了我一把,"大门响了;被他撞见,又要打她了。"

没等我们蹿上楼梯,大门口便传来醉酒的叫嚷和一连串脏话。沙托夫让我进屋,将门反锁。

"您得等一会儿了,免得生事端。瞧,叫得跟小猪崽一样,准是又绊倒在门槛上了,每次都会摔个大马趴。"

但事端,终究还是生了。

六

沙托夫贴着上了锁的房门,凝神谛听楼道里的动静,突然从门后跳开了。

141

"往这边来了,我就知道!"他愤怒地低吼道,"这回怕是要闹到半夜了。"

门板上响起一阵猛烈的捶击声。

"沙托夫,沙托夫,开门!"大尉号叫道,"沙托夫,朋友!……

> 我向你带来问候,
> 告、告诉你太阳已经升起,
> 驾着炽烈的阳光,
> 在……森林……上空驰骋,
> 告诉你,我已经醒来,见鬼去吧你,
> 在树枝下醒、醒来,
> 用树枝将你抽打,哈哈!
> 每一只……鸟儿……都觉得口渴。
> 告诉你,我要喝、
> 喝……不知道该喝什么。[1]

"咳,见鬼去吧,该死的好奇心!沙托夫,你知不知道,活着有多好!"

"别出声。"沙托夫低声叮嘱我。

"开门哪!你知不知道,人与人之间有比打架更高尚的,咱们可以坦诚相见……沙托夫,我是个好人,我原谅你……沙托夫,让传单见鬼去吧,啊?"

沉默。

"你知不知道,蠢驴,我恋爱了,我买了一身燕尾服,你瞧瞧,爱情的燕尾服,整整十五卢布,大尉的爱情需要上流社会的体面……开

---

[1] 由列比亚德金篡改自俄国诗人费特(1820—1892)的抒情诗《我向你带来问候》(1843)。原诗前两节如下:我向你带来问候/告诉你太阳已经升起/那炽烈的阳光/在叶片上跳跃/告诉你森林已经醒来/每一根树枝都已苏醒/每一只鸟儿都在欢腾/充满对春日的渴望。

门!"他突然野蛮地号叫起来,又用双拳猛烈地砸门。

"见鬼去吧!"沙托夫也突然吼道。

"奴才!你是奴才,你、你妹妹也是奴才……小、小偷!"

"而你却把自己的亲妹妹给卖了。"

"胡说!我受了冤枉,虽然我一句话就能澄清……你知不知道,她是谁?"

"谁?"沙托夫突然好奇地凑到门边。

"你到底知不知道?"

"知道知道,说吧,她是谁?"

"我敢说!我什么都敢公之于众!……"

"这可未必。"沙托夫故意激他,又冲我扬扬下巴,示意我认真听。

"我不敢?"

"我猜你不敢。"

"我不敢?"

"你要是不怕老爷的皮鞭,你就说……我看你就是个懦夫,还大尉呢!"

"我……我……她、她是……"大尉嘟囔着,声音颤抖而激动。

"谁?"沙托夫把耳朵贴在门板上。

门外沉默了至少半分钟。

"混、混蛋!"大尉终于吼了一声,极快地滚下楼去,像只煮沸的茶炊一样呼哧气喘,重重地砸在每一级台阶上。

"真是个老狐狸,喝醉了都不会说漏嘴。"沙托夫从门后走开。

"这究竟是怎么一回事?"我问。

沙托夫摆了摆手,打开房门,凝神听了半响,又蹑手蹑脚往下走了几级台阶,老半天才回来。

"啥动静也没有,没有打人,看来是倒头就睡了。您可以走了。"

"我说,沙托夫,从这一切事情里我该得出什么结论?"

"咳,随您的便吧!"他疲惫而嫌恶地说着,坐到了书桌旁。

我走了。一个难以置信的念头在我头脑中越发膨胀。我怅惘地想着明天……

七

这个"明天",也就是即将彻底改写斯捷潘·特罗菲莫维奇命运的那个礼拜天,是我这部纪事中最为重大的一天。这是充满意外的一天,是旧的故事结束、新的故事开始的一天,是由突兀的解释引向更大的谜团的一天。这天上午,正如读者们所知道的,我必须陪同我的友人前往瓦尔瓦拉·彼得罗夫娜府上,这是后者点名要我去的;下午三点,我还得去见莉莎维塔·尼古拉耶夫娜,向她汇报,为她效劳,尽管我并不清楚该向她汇报什么,又当如何为她效劳。不承想,一切都以出乎意料的方式迎刃而解。总而言之,这是诸多偶然意外相撞的一天。

首先说,当我和斯捷潘·特罗菲莫维奇遵照瓦尔瓦拉·彼得罗夫娜的指示,于中午十二点准时来到她府上时,她人却没在,日祷未归。我可怜的友人预先调动好的情绪全部扑了空,顿时像只泄了气的皮球,软塌塌地瘫在了客厅的沙发椅上。我问他要不要喝水,他高傲地谢绝了,尽管他面色苍白,甚至两手战栗。顺带一提,他今天的着装尤为考究:穿着舞会上才穿的那种绣花麻纱衬衣,打着洁白的领结,手捧一顶簇新的礼帽,戴着洁净的浅黄色手套,甚至还喷了点儿香水。我们刚一落座,沙托夫便在老仆人的引领下走了进来,显然也是受邀而来。斯捷潘·特罗菲莫维奇本想欠身跟他握手,沙托夫却只打量了我俩一眼,径自走到角落坐下了,连头都没点一下。斯捷潘·特罗菲莫维奇忙又慌乱地看了我一眼。

我们在绝对的沉默中呆坐了好几分钟。斯捷潘·特罗菲莫维奇突然极快地冲我嘀咕了几句，但我没能听清，他自己也太过激动，没等说完便打住了。老仆人又走进来，作势整理了一下桌面，实则是为了看我们一眼。沙托夫突然高声问："阿列克谢·叶戈罗维奇，请问，达里娅·帕夫洛夫娜跟她一起去了吗？"

"瓦尔瓦拉·彼得罗夫娜是只身前往教堂的，先生，达里娅·帕夫洛夫娜在楼上自己房间，她身体欠安，先生。"阿列克谢·叶戈罗维奇彬彬有礼地回答。

我可怜的友人再次匆忙而慌乱地望向我，我只好扭过头去，不再看他。门外突然传来马车的喧响，屋内的某些遥远响动随即向我们宣告：女主人回来了。我们立刻全体起立，但出乎意料的是，脚步声异常杂乱，显然不止女主人一个，这就委实有些奇怪了，毕竟会面时间是她自己指定的。脚步声越来越近，其中一串快得出奇，几乎是跑进来的，照理绝不会是瓦尔瓦拉·彼得罗夫娜。但正是她突然"飞"进了房间，气喘吁吁，情绪异常激动。在她身后，莉莎维塔·尼古拉耶夫娜缓慢而安静地走了进来，而与她手挽着手的，竟赫然是玛丽亚·季莫菲耶夫娜·列比亚德金娜！即使是梦里见到这种情形，我大概都不肯相信。

想要解释这个彻头彻尾的意外，必须将时间往回拨一个钟头，详细讲讲瓦尔瓦拉·彼得罗夫娜在教堂的奇遇。

首先要说明的是，今天的日祷几乎吸引了全城人——我指的自然是上流社会——因为人们得知，省长夫人会亲身驾临，这还是她来敝城后的头一次。我们这里早有传言，说她是位自由主义者兼新派人物。敝城的女士们还得知，省长夫人将盛装出席，光艳夺目；因此，我们的女士们今天的着装也都格外雅致、奢华。只有瓦尔瓦拉·彼得罗夫娜朴素如常，一袭黑裙——最近四年来她一直这么穿。进入教堂，她坐到了自己一贯的位置上——头排左首，身穿制服的仆役在她面前摆上丝绒拜垫，总之，一切如常。但也有人发现，今天的祈祷她似乎全程都特别虔敬,有人事后追忆时甚至声称,她眼里还噙着泪水。日祷终于结束之后,大司祭帕维尔神父现身做了庄严的布道。人们喜欢他的布道,对其评价甚高,甚至建议他集结出版,但他一直没有打定主意。这回的布道似乎尤其冗长。

就在布道的同时,一位女士乘坐老式简陋马车赶到了教堂。在这种马车上,女士们只能侧身而坐,还得紧紧抓住马车夫的宽腰带,身体随着车身颠簸摇晃,如同野地里的一株草。这种简陋马车在敝城至今仍很常见。马车停在教堂拐角处——教堂门前停满了豪华马车,还有宪兵执勤。女乘客跳下马车,递给车夫四个戈比。

"怎么,这还少吗?"女乘客见车夫一脸不屑,嚷嚷道,随即又可怜巴巴地说:"我就只有这些了。"

"咳,就这么着吧,谁叫我事先没讲好价儿呢!"车夫把手一摆,看着她,像在寻思:"欺负你也是造孽。"将皮夹子往怀里一揣,打马便走,招来了附近马车夫们的阵阵哄笑。哄笑乃至讶异同样伴随着那位女士,当她费力地挤过一辆辆马车和一大群准备迎接主人的仆役,挤向教堂门口时。这也难怪,大街上的人群里突然冒出这么一位来,的确有些不同寻常、匪夷所思。只见她瘦如病鬼,腿脚微跛,脸上涂着厚厚的胭脂香粉,长长的脖子赤裸裸的,既无围巾,也无斗篷,只穿着一身黑色旧连衣裙,而时令已是九月,虽说晴朗,却寒风凛冽。她光着脑袋,头发在脑后盘成一个小小的发髻,发髻右侧插着一朵纸玫瑰花,就是复活节天使玩偶头上戴的那种。昨天在玛丽亚·季莫菲耶夫娜家的圣像底下,我就见过一个这样的天使玩偶。女人一面谦恭地低着眼皮,一面却又开心而狡黠地微笑着。倘若她再稍微耽搁一会儿,很可能就进不去教堂了……可她却及时地溜了进去,并且悄悄地挤到了前面。

尽管布道正进行到一半,尽管教堂内挤挤插插的信众都正听得聚精会神,但还是有好几双眼睛好奇而疑惑地瞟向了这个一个劲儿朝前挤的女人。她跪倒在讲道台上，俯下一张惨白的脸，久久地跪在那儿，显然是在哭泣；可等她抬起头，站起身来，很快便恢复了常态，又变得笑嘻嘻的了。她开心地，带着肉眼可见的极大满足，用目光在人们脸上、在教堂四壁扫来扫去，又分外好奇地打量着其他的女士们，甚至踮起了脚，并且怪异地嘻笑着。布道终于结束了，十字架被捧了出来。省长夫人第一个走向十字架，未等靠近便又停下了，显然是想礼让瓦尔瓦拉·彼得罗夫娜，后者却径直走到十字架跟前，似乎并未留意到任何人。在省长夫人非同寻常的谦恭里，无疑蕴含着明显而机巧的嘲讽，这点所有人都明白；瓦尔瓦拉·彼得罗夫娜想必也明白，可她却依旧旁若无人地、带着坚定不移的高傲神情，虔敬地吻了吻十字架，转身便朝门外走去。身穿制服的仆役在头前为她开路，尽管人群已经自动让出了一条通道。走到出口处，在教堂门前的台阶上，拥挤的人群一时堵住了去路。瓦尔瓦拉·彼得罗夫娜刚停住脚，人群中突然挤过来一个稀奇古怪、头戴纸玫瑰花的女人，扑通跪倒在她面前。临危不乱、处变不惊的瓦尔瓦拉·彼得罗夫娜高贵而威严地注视着眼前这一幕。

我尽量简要地交代一句：近年来，瓦尔瓦拉·彼得罗夫娜诚如人们所言，变得过分精打细算，甚至不无悭吝，但对于慈善事业偶尔也会慷慨解囊。她是帝都某慈善会的成员。前两年闹灾荒，她向彼得堡灾民救济总会寄去了五百卢布，这在敝城广为人知。就在不久前，新省长任命之前，她还筹划着在本地成立一个妇女委员会，专门接济本城乃至本省的贫困产妇。有人指责她沽名钓誉，但瓦尔瓦拉·彼得罗夫娜以其雷厉风行、不达目的誓不罢休的作风，克服了重重阻碍，委员会几乎已经宣告成立，最初的构想在她迷醉的头脑中日益膨胀，她已经幻想着将委员会办到莫斯科，并逐步扩展到所有省份。然而，省长人选的骤然更迭叫停了一切，而新任省长夫人据说已经在社交界表达了某些尖刻而切中要害的反对意见，说成立此种委员会的构想不切实际。不用说，这些话早就添油加醋地传到了瓦尔瓦拉·彼得罗夫娜耳中。只有上帝知道人心的深度，但据我揣测，对于眼下被拦在教堂门口，瓦尔瓦拉·彼得罗夫娜的内心甚至是不无得意的：她知道省长夫人马上就要过来了，后面紧跟着所有人，"就让她亲眼看看，无论她怎么想，也无论她如何讥讽我假冒伪善，我都无所谓。这就是对你们的回应！"

"您这是干吗，亲爱的，您想要什么？"瓦尔瓦拉·彼得罗夫娜端详着跪在自己面前的乞求者。后者以极度胆怯、羞惭，却又近乎虔敬的目光望着她，突然怪异地嘻嘻笑了两声。

"她怎么了？她是谁？"瓦尔瓦拉·彼得罗夫娜以询问的目光扫视众人。众人皆沉默。

"您遭遇了不幸？您需要救济？"瓦尔瓦拉·彼得罗夫娜问乞求者。

"我需要……我来……"不幸的女人紧张得直磕巴，"我来，只是为了亲吻您的手……"说着又"嘻嘻"笑了两声。她带着小孩子撒娇讨好似的天真目光，伸手抓住了瓦尔瓦拉·彼得罗夫娜的手，突然又惊恐地将手缩了回去。

"您来就是为了这个？"瓦尔瓦拉·彼得罗夫娜怜悯地笑笑，忙从衣袋里取出珠母钱包，从中抽出一张十卢布纸钞，递给陌生女人。女人伸手接了。瓦尔瓦拉·彼得罗夫娜好奇心大起，显然并不认为面前的陌生女人是个寻常的乞求者。

"瞧啊，一给就是十卢布。"人群中有人窃窃私语。

"请把您的手给我。"不幸的女人用左手指尖捏紧被风卷起的十卢布纸钞的一角，含混不清地说。瓦尔瓦拉·彼得罗夫娜不知为何眉头微蹙，带着严肃乃至严厉的神情伸出手去；后者恭敬地吻了吻，感激的目光中闪烁着近乎兴奋的光彩。就在这当口儿，省长夫人走了过来，一大群女士和达官显贵紧随其后。省长夫人不得不在拥挤的人群中停下脚步，众人也随之停下。

"您在打战。您冷吗？"瓦尔瓦拉·彼得罗夫娜突然问，随即用肩膀顶掉风帽斗篷(仆役急忙弯腰接住),又解下自己的黑色披肩(相当昂贵),亲手围在了女人赤裸的脖子上。而女人仍旧跪在原地。

"快起来吧,起来,求您了!"

女人这才站起身来。

"您住在哪儿?难道谁也不知道她住在哪儿吗?"瓦尔瓦拉·彼得罗夫娜又不耐烦地环顾了一圈。但方才那批人已经不在了,余下的围观者都是些熟悉的上流社会面孔,有些严肃而惊讶,有些则带着狡狯的好奇,巴不得有丑事发生,有些甚至已经在窃笑。

"这好像是列比亚德金娜,夫人。"终于有位好心人答道。此人正是受人尊敬的商人安德列耶夫,他戴着眼镜,留着灰白的大胡子,身着俄式长袍,手捧圆筒礼帽,"他们兄妹住在菲利波夫公寓,主显圣容街。"

"列比亚德金?菲利波夫公寓?我好像听说过……谢谢您,尼孔·谢苗内奇,可这个列比亚德金是谁?"

"他自称大尉,应该说,是个冒失鬼。这位肯定是他妹妹。看样子是从家里偷跑出来的。"尼孔·谢苗内奇压低声音道,同时意味深长地瞅了瓦尔瓦拉·彼得罗夫娜一眼。

"明白了,感谢尼孔·谢苗内奇。亲爱的,您是列比亚德金娜吗?"

"不,我不是列比亚德金娜。"

"那,您的哥哥是不是列比亚德金?"

"我哥哥是列比亚德金。[1]"

"这么着吧,亲爱的,我先把您带到我家里去,然后再派人把您送回去。您愿意跟我走吗?"

"哈,愿意!"列比亚德金娜小姐拍手叫道。

---

[1] 俄国女子出嫁之前使用娘家姓氏,出嫁之后改随夫姓,她说自己的哥哥是列比亚德金,而自己却并非列比亚德金娜,意思是说她已经出嫁了。

"姨妈,姨妈!让我也一块儿去吧!"传来莉莎维塔·尼古拉耶夫娜的声音。她是陪同省长夫人一起前来日祷的,而她母亲则遵从医嘱,坐着马车兜风去了,还带上了马夫里基·尼古拉耶维奇给自己解闷。眼下莉莎突然撇下省长夫人,飞快地跑到了瓦尔瓦拉·彼得罗夫娜跟前。

"我亲爱的,你知道,对你,我是永远欢迎的,可你母亲会怎么说?"瓦尔瓦拉·彼得罗夫娜原本语气威严,但看到莉莎焦急异常的神色,忽然又不忍心了。

"姨妈,姨妈,我非跟您去不可。"莉莎亲吻着瓦尔瓦拉·彼得罗夫娜央求道。

"您这是怎么啦,莉莎!"省长夫人错愕地喊。

"啊,抱歉,亲爱的堂姊,我要去姨妈家。"莉莎飞快地跑到一脸讶异的亲爱的堂姊面前,连吻了她两下。

"也请您转告妈妈,让她立刻到姨妈家来找我,妈妈肯定、肯定想来的,是她今早自己说的,我忘记告诉您了,"莉莎爆豆子似的说,"是我不好,您别生气,尤利娅……亲爱的堂姊……姨妈,我好了!"

"姨妈,要是您不带我去,我就追在您的马车后面,边跑边喊。"莉莎贴着瓦尔瓦拉·彼得罗夫娜的耳朵,快速而决绝地低声说;好在并没有人听见。瓦尔瓦拉·彼得罗夫娜不由得后撤一步,目光锐利地瞅了发疯的小姐一眼。这一眼决定了一切:她必须带莉莎同去!

"这一切必须了结。"瓦尔瓦拉·彼得罗夫娜脱口而出道,忙又提高音量对莉莎说:"好吧,我带你去。"接着又坦然转向省长夫人,不卑不亢地说:"当然,假如尤利娅·米哈伊洛夫娜同意放你走的话。"

"哦,我自然是不愿扫她的兴的,何况我自己……"尤利娅·米哈伊洛夫娜突然以出人意表的殷勤道,"我自己……也清楚,咱们女人的肩膀上顶着怎样一颗任性的、突发奇想的小脑袋瓜。"省长夫人说着,妩媚地一笑。

"感激不尽。"瓦尔瓦拉·彼得罗夫娜礼貌而不失威仪地向省长夫人点头致意。

"再说我也很高兴,"尤利娅·米哈伊洛夫娜几乎有些兴奋了,甚至激动地涨红了脸,"除了到您府上做客的愉悦,吸引莉莎的还有如此美好的,堪称高尚的情感——同情心……"她瞥了不幸的女人一眼,"而且……是在教堂门前的台阶上……"

"您能这么想实在可敬。"瓦尔瓦拉·彼得罗夫娜盛赞道。尤利娅·米哈伊洛夫娜迅捷地伸出手来,瓦尔瓦拉·彼得罗夫娜也充满诚意地握住了对方的手指。这一幕的整体观感非常之好,部分围观者脸上闪耀着喜悦,有些还露出了谄媚逢迎的笑容。

总之,全城人突然意识到,并非尤利娅·米哈伊洛夫娜一直轻慢瓦尔瓦拉·彼得罗夫娜,不去拜访她,恰恰相反,是瓦尔瓦拉·彼得罗夫娜自己"拒省长夫人于千里之外,倘若后者确信自己不会被赶出门,一定乐意登门拜访,哪怕走着去、跑着去都行"。瓦尔瓦拉·彼得罗夫娜的威望再度空前高涨。

"请上车,亲爱的。"瓦尔瓦拉·彼得罗夫娜向列比亚德金娜小姐指了指驶近的马车,不幸的女人开心地跳向马车,候在车门旁的仆人急忙上前搀住。

"怎么!您是跛脚?"瓦尔瓦拉·彼得罗夫娜惊呼道,脸色瞬间煞白。(当时所有人都注意到了她的这一反应,却都感到莫名其妙……)

马车开动了。瓦尔瓦拉·彼得罗夫娜的府邸离教堂非常近。莉莎后来对我说,列比亚德金娜在马车行驶的三分钟里,一直在歇斯底里地大笑,而瓦尔瓦拉·彼得罗夫娜则"像是被人催眠了一样",这是莉莎的原话。

第五章　聪明绝顶的毒蛇

一

瓦尔瓦拉·彼得罗夫娜摇了摇铃,跌坐在靠窗的沙发椅上。

"请坐,亲爱的。"她指着房间中央大圆桌旁的一个座位对玛丽亚·季莫菲耶夫娜道,"斯捷潘·特罗菲莫维奇,这是怎么一回事?您瞧,您瞧瞧这位女士,这是怎么回事?"

"我……我……"斯捷潘·特罗菲莫维奇结结巴巴地说。

仆人走了进来。

"一杯咖啡,马上,一杯就好,要快!马车先不要卸。"

"可是,亲爱的、最最善良的朋友,您为何如此不安……"斯捷潘·特罗菲莫维奇激动地叫道,声音却越来越低。

"哈,法语,法语!一看就是上流社会!"玛丽亚·季莫菲耶夫娜拍手叫道,一脸陶醉地准备聆听法语对话。

瓦尔瓦拉·彼得罗夫娜近乎惊恐地盯着她。

我们全体默不作声,等着看将会如何收场。沙托夫仍埋着头,斯捷潘·特罗菲莫维奇则恐慌不已,仿佛这一切都是他的错,鬓角都沁出了汗珠。我瞥了莉莎一眼（她坐在角落里，几乎与沙托夫并排）。她的目光警惕地在瓦尔瓦拉·彼得罗夫娜与跛脚女人之间来回睃巡，嘴角撇着一丝不善的微笑。瓦尔瓦拉·彼得罗夫娜察觉到了这丝笑意。玛丽亚·季莫菲耶夫娜兀自忘乎所以，兴奋地、毫不羞怯地打量着瓦尔瓦拉·彼得罗夫娜的豪华客厅——家具陈设，地毯，墙上的油画，古典的彩绘天花板，神龛处的耶稣受难青铜十字架，桌上的陶瓷煤油灯、几张带镜框的照片和其他的精美摆设。

"真的是你，沙图什卡！"她突然叫道，"你猜怎么着，我早瞧见你了，心里却想：肯定不是他！他怎么会跑到这儿来呢！"说罢便开心地大笑起来。

"您认识这位女士？"瓦尔瓦拉·彼得罗夫娜立刻扭头问沙托夫。

"认识，夫人。"沙托夫低声回道，作势要往起站，却没有站起来。

"您都知道些什么？说吧！"

"还能有什么……"沙托夫不合时宜地冷笑了一声，结结巴巴地说，"您自己都看到了……"

"我看到什么了？您倒是说呀！"

"她跟我住在同一栋公寓……跟她哥哥……一名军官。"

"然后呢？"

沙托夫又结巴了。

"不提也罢……"他闷声闷气地说了一句，然后便铁了心不再开口，脸都憋红了。

"当然了，您我是指望不上的！"瓦尔瓦拉·彼得罗夫娜恼怒地说。眼下她算明白了，所有人都知道些什么，同时又都在害怕些什么，所有人都对她的询问避而不答，都有事情想瞒着她。

仆人走进来，用一个小银托盘为瓦尔瓦拉·彼得罗夫娜端来一杯咖啡，她扬扬下巴，让仆人将咖啡端给了玛丽亚·季莫菲耶夫娜。

"亲爱的，您刚才冻坏了，赶紧喝杯热咖啡，暖和一下吧。"

"Merci。"玛丽亚·季莫菲耶夫娜接过咖啡,用法语对仆人道了声谢,随即为自己的这个举动扑哧一笑。但一转眼,撞见瓦尔瓦拉·彼得罗夫娜的威严目光,立刻畏怯了,忙将咖啡放在桌上,带着轻浮的撒娇口吻低声道:"姨妈,您该不会是生我的气了吧?"

"什么——?"瓦尔瓦拉·彼得罗夫娜登时挺直了身子,质问道:"谁是你姨妈?您这是什么意思?"

始料未及的愤怒令玛丽亚·季莫菲耶夫娜浑身筛糠,浑似癫痫发作,整个人都畏缩到椅背上去了。她瞪大了眼睛望着瓦尔瓦拉·彼得罗夫娜,低声道:"我……我以为,应该这样叫,我听莉莎就是这样叫您的。"

"哪个莉莎?"

"就是那位小姐。"玛丽亚·季莫菲耶夫娜伸手指了指。

"您管她叫莉莎?"

"刚才您就是这么叫她的,"玛丽亚·季莫菲耶夫娜略微受到了鼓舞,"我在梦里也见过一位这么美的小姐。"她不由自主地笑了一下。

瓦尔瓦拉·彼得罗夫娜思忖片刻,心下稍宽,甚至为她最后那句话略微笑了笑。后者捕捉到这丝笑意,从座椅上站起身来,跛着脚,胆怯地走到瓦尔瓦拉·彼得罗夫娜跟前,突然解下后者方才亲手为她戴上的那条黑色披肩,道:"请您收好,我忘记还您了,请别为我的无礼生气。"

"把它重新披好,以后您就留着用吧。请回到座位上去,喝您的咖啡吧。也请您不要怕我,亲爱的,别紧张。我开始了解您了。"

"亲爱的朋友……"斯捷潘·特罗菲莫维奇又跃跃欲试道。

"咳,斯捷潘·特罗菲莫维奇,您就别跟着添乱啦,让我省省心吧……劳驾,拽一下您旁边那只铃,叫一下女仆。"

沉默降临。瓦尔瓦拉·彼得罗夫娜狐疑而恼怒的目光从众人脸上依次扫过。阿加莎,她最喜欢的女仆走了进来。

"把我在日内瓦买的方格头巾拿过来。达里娅·帕夫洛夫娜在干吗?"

"她不大舒服,夫人。"

"去请她下来,就说我请她务必来一下,哪怕她不舒服。"

就在这时,隔壁房间又响起了一阵杂乱的脚步声和说话声,跟方才那阵有些相似,紧接着,普拉斯科维娅·伊万诺夫娜突然出现在门口,她气喘吁吁,心神不宁,由马夫里基·尼古拉耶维奇搀扶着。

"哎哟,我的老天爷!可算是走到了。莉莎,你个疯丫头,把你妈给急死啦!"普拉斯科维娅·伊万诺夫娜尖声叫道,并像所有身子虚弱、神经过敏的女士一样,向这叫声里注入了郁积的全部情绪。

"老大姐,瓦尔瓦拉·彼得罗夫娜,我找您要女儿来啦!"

瓦尔瓦拉·彼得罗夫娜皱着眉头看了她一眼,欠了欠身,勉强掩饰着懊恼道:"你好,普拉斯科维娅·伊万诺夫娜,拜托,请坐吧。我就知道你会来。"

二

对于普拉斯科维娅·伊万诺夫娜而言,这种冷遇丝毫不令她感到意外。她和瓦尔瓦拉·彼得罗夫娜是贵族女子寄宿学校的同学,后者打小便对她专横惯了,在友谊的外表下几乎是鄙夷。但眼下的情况却有些特殊。最近几天,两家人几乎断绝了来往,对此前文略有提及。个中原因瓦尔瓦拉·彼得罗夫娜尚不清楚,而这无疑更令她感到羞辱;最可气的是,普拉斯科维娅·伊万诺夫娜开始在她面前摆出一副异乎寻常的傲慢姿态。瓦尔瓦拉·彼得罗夫娜自然感到不快,何况某些奇奇怪怪、不清不楚的传言已经陆续传到她的耳朵里,令她尤为愤怒。瓦尔瓦拉·彼得罗夫娜性情耿直、坦率,甚至可以说,有些不管不顾。她最受不了暗中诋毁,而一贯喜欢公开宣战。无论如何,两位夫人已经互不相见第五天了。最后一次拜访是瓦尔瓦拉·彼得罗夫娜主动的,她闹了一肚子气从德罗兹多娃家离开了。我敢说,普拉斯科维娅·伊万诺夫娜进屋时一定天真地以为,瓦尔瓦拉·彼得罗夫娜面对自己时一定会胆怯心虚,这点已经写在她脸上了。但显然,一旦瓦尔瓦拉·彼得罗夫娜觉察到别人对自己的轻蔑,立刻便会被傲慢的魔鬼攫住心灵。而普拉斯科维娅·伊万诺夫娜则跟许多软弱的女性一样,可以长久地、毫不反抗地忍受羞辱,可一旦形势有所转机,便会发起异乎寻常的狂热攻击。何况眼下她身体欠安,而疾病总会令她更加暴躁。最后还要补充一点:倘若二者之间真的爆发争吵,则客厅里在座的任何人都无法对其产生任何约束,因为我们所有人都被她们视作了自己人——倘若不是下属的话。当时我就不无担忧地意识到了这一点。自瓦尔瓦拉·彼得罗夫娜进屋之后便再未落座的斯捷潘·特罗菲莫维奇,一听到普拉斯科维娅·伊万诺夫娜的尖叫,顿时疲惫不堪地瘫坐在椅子上,开始绝望地捕捉我的目光。沙托夫则猛地一拧身,闷声闷气地咕哝了一句什么。我怀疑他想要起身离去。莉莎略微欠了欠身,随即又重新坐定,甚至未对母亲的尖叫给予应有的关注;但并非她"性格执拗",而显然是她正处于某种强烈印象的控制之下。她几乎心不在焉地望着虚空中的某处,连对玛丽亚·季莫菲耶夫娜都失去了原有的兴趣。

三

"哎哟,坐这儿!"普拉斯科维娅·伊万诺夫娜指了指桌边的一个座位,在马夫里基·尼古拉耶维奇的搀扶下艰难地坐了下去。"若不是这两条腿,老大姐,我是不会在您家里坐的!"她尖刻地说。

瓦尔瓦拉·彼得罗夫娜略微抬起头,病恹恹地用右手手指按住右侧太阳穴,显然在承受着剧烈的跳痛。

"怎么呢,普拉斯科维娅·伊万诺夫娜,你怎么就不肯在我家里坐呢? 你丈夫生前一直与我保持着真挚的友谊,咱俩更是打小在寄宿学校一起玩儿洋娃娃的伙伴。"

普拉斯科维娅·伊万诺夫娜摇摆着双手道:"我就知道! 每次您想发牢骚,总会从寄宿学校说起,这是您的诡计。照我看,也就是说得好听。我现在最受不了您提寄宿学校。"

"看来你今天的心情糟透了,你的腿怎么样了? 你的咖啡来了,请用吧,别再生气了。"

"老大姐,瓦尔瓦拉·彼得罗夫娜,您这是把我当小孩子哄吗? 我才不要喝咖啡,不喝!"说着,她示威似的朝上咖啡的仆人摆了摆手。(事实上,咖啡所有人都没喝,除了我跟马夫里基·尼古拉耶维奇。斯捷潘·特罗菲莫维奇本来想喝的,却又放回到桌子上了。玛丽亚·季莫菲耶夫娜虽然很想再来上一杯,手都伸出去了,却又改变了主意,体面地谢绝了,并显然对自己的这一举动很是满意。)

瓦尔瓦拉·彼得罗夫娜勉强笑了笑,道:"知道吗,普拉斯科维娅·伊万诺夫娜,我的朋友,你来这儿的时候恐怕又是胡思乱想了。你一辈子都是靠幻想活着的。你刚才还在迁怒于寄宿学校,你还记得吗,有一次你回到学校,向全班同学宣称,说骠骑兵沙布雷金向你提亲了,结果当场就被莱夫布尔夫人拆穿了。其实你并非有意撒谎,你只是在幻想中寻找慰藉罢了。说吧,眼下你又在幻想什么? 又有什么令你不满了?"

"而您居然暗恋教神学的教士——哼! 您不是喜欢揭人老底吗! 哈哈哈!"她神经质地大笑,继而剧烈地咳嗽起来。

"啊,你还记着教士的事儿……"瓦尔瓦拉·彼得罗夫娜憎恨地剜了她一眼,脸都气绿了。

普拉斯科维娅·伊万诺夫娜却突然端起了架子:"老大姐,我现在可没心思跟您说笑。您为何当着全城人的面,把我女儿往您家的丑事里卷?我来是为了这个!"

"我家的丑事?"瓦尔瓦拉·彼得罗夫娜突然威严地挺直了腰杆。

"妈妈,我求您别太过分。"莉莎维塔·尼古拉耶夫娜突然开口道。

"你说什么?"普拉斯科维娅·伊万诺夫娜又要尖叫,但在女儿的逼视下又突然泄了气。

"您怎么能这么说话呢,妈妈,哪儿有什么丑事?"莉莎面红耳赤地说,"是我自己要来的,尤利娅·米哈伊洛夫娜也同意了,因为我想了解这位女士的不幸遭遇,好对她有所帮助。"

"'这位女士的不幸遭遇!'"普拉斯科维娅·伊万诺夫娜狞笑着拖长声音道,"她的遭遇关你什么事?哎呀,老大姐!我们受够了您的专横!"她疯狂地转向瓦尔瓦拉·彼得罗夫娜,"人们都说,全城的人都被您压迫苦了,如今轮到您自己了!"

瓦尔瓦拉·彼得罗夫娜身子绷直,像支将要离弦的箭。她严厉地盯住普拉斯科维娅·伊万诺夫娜,足足有十秒钟,这才以可怕的平静道:"哼,感谢上帝吧,普拉斯科维娅,好在这儿全是自己人。你说了太多不该说的。"

"我呀,老大姐,才不像某些人那么害怕社会舆论呢;反倒是您,表面上傲慢,实际上对社会舆论怕得要命。要说这儿全是自己人,那也是对您有好处,强似被外人听了去。"

"一个礼拜不见,你这是变聪明了?"

"不是我这礼拜变聪明了,而是真相开始浮出水面了。"

"什么真相?听着,普拉斯科维娅·伊万诺夫娜,你别逼我发火,我恳请你马上给我解释清楚:什么真相浮出水面了,你这话究竟什么意思?"

"就是她,真相就在这儿坐着呢!"普拉斯科维娅·伊万诺夫娜突然用手指向玛丽亚·季莫菲耶夫娜,带着无所顾忌的决绝,完全不计后果,只求语惊四座。玛丽亚·季莫菲耶夫娜正津津有味地看着女客人发飙,一见她用手指向自己,立马开心地笑了,在座位上快活地扭动起来。

"主耶稣基督啊,她们这是全疯了吗!"瓦尔瓦拉·彼得罗夫娜尖叫一声,脸色煞白地栽倒在椅背上。

屋内当即乱成一团。斯捷潘·特罗菲莫维奇率先朝她扑了过去;我也急忙上前几步;连莉莎也站起身来,尽管并未离开座位;但最害怕的还是普拉斯科维娅·伊万诺夫娜,她也尖叫一声,勉强站起身来,几乎带着哭腔哀号道:"老大姐,瓦尔瓦拉·彼得罗夫娜,原谅我吧,我又坏又蠢哪!赶紧给她倒杯水呀!"

"别号啦,求你了,普拉斯科维娅·伊万诺夫娜,诸位也请回到座位上去,拜托,水不用!"瓦尔瓦拉·彼得罗夫娜颤抖着发白的嘴唇,低声却坚决地说。

"老大姐!"普拉斯科维娅·伊万诺夫娜稍微平静了些,继续道:"我的朋友,瓦尔瓦拉·彼得罗夫娜,权当我口不择言吧,可我也真是被那些匿名信给气坏啦,也不知道什么人,简直对我们狂轰滥炸,再说了,既然是您家里的事,那就寄给您呗,我家养的可是闺女,老大姐!"

瓦尔瓦拉·彼得罗夫娜默不作声地看着她,瞪大眼睛,一脸惊讶地听她讲述。这时,角落里的侧门悄无声息地开了,达里娅·帕夫洛夫娜出现在门口。她停住脚步,环顾了一周,客厅内的慌乱令她感到惊奇。她大概没有立刻注意到玛丽亚·季莫菲耶夫娜,因为无人对她预先告知。斯捷潘·特罗菲莫维奇头一个看见了她,忙上前一步,随即涨红了脸,没来由地高声宣布:"达里娅·帕夫洛夫娜!"所有目光瞬间集中到了她身上。

"哈,原来这就是达里娅·帕夫洛夫娜!"玛丽亚·季莫菲耶夫娜叫嚷道,"啊,沙图什卡,你妹妹跟你可不像!我那个奴才怎么能把这么漂亮的小姐说成'女农奴达申卡'呢!"

原本正朝瓦尔瓦拉·彼得罗夫娜走去的达里娅·帕夫洛夫娜循

声望去,顿时钉在了原地,长久地注视着疯女人。

"坐下,达莎,"瓦尔瓦拉·彼得罗夫娜以可怕的平静说,"靠我近一点儿,对了;你坐着也能看见这位女士。你认识她吗?"

"我从来没见过她。"达莎平静地回答,沉默片刻,又补充道,"这应该是列比亚德金先生生病的妹妹。"

"亲爱的,我也是头一回见到你,虽然我早就想认识你啦,因为从你的每个举动里我都能看到教养,"玛丽亚·季莫菲耶夫娜兴致勃勃地嚷嚷着,"我那个奴才胡言乱语,像您这么有教养的可爱小姐,怎么可能拿他的钱呢?因为你是这么的可爱、可爱、可爱呀,这就是我对你的评价!"她在胸前挥舞着小手,兴奋地总结道。

"她说的你明白吗?"瓦尔瓦拉·彼得罗夫娜威严地问。

"我全明白,夫人……"

"她说的是什么钱?"

"应该是尼古拉·弗谢沃洛多维奇在瑞士托我转交给她的哥哥、那位列比亚德金先生的钱。"

一阵沉默。

"是尼古拉·弗谢沃洛多维奇本人托你转交的?"

"他本来想把那些钱,一共三百卢布,寄给列比亚德金先生的。但他不知道列比亚德金先生的地址,只知道他会来我们这儿,所以才托我转交给他的。"

"那些钱……丢了?这位女士刚才说的话是什么意思?"

"这我就不知道了,夫人;我也听说,列比亚德金先生跟人说,我并没有全数交给他,我不明白他为何会这么说。原本就是三百卢布,我全部如数转交了。"

达里娅·帕夫洛夫娜此刻已经完全镇定自若了。我发现,很难有什么事能让这位姑娘长时间慌乱无措,无论她内心的感受如何。眼下她不紧不慢地陈述着事实,对每个问题都应答如流、从容不迫,最初的讶异已经寻不到一丝痕迹,也丝毫没有做贼心虚的慌乱迹象。瓦尔瓦拉·彼得罗夫娜一直目不转睛地盯着她,待她说完,又思忖了片刻。

"达里娅,"瓦尔瓦拉·彼得罗夫娜终于掷地有声地开口道,显然是说给所有人听的,尽管她只看着达莎一个人,"假如尼古拉·弗谢沃洛多维奇没有拜托我,而是找到了你,那肯定自有他的道理。既然他想对我保密,那我就不该过问。只要有你参与,那我对此事就放心了,你首先要记住这一点,达里娅。不过,我的朋友,你也应该看到,尽管你心地纯洁,但由于涉世未深,处事不周,结果将自己跟一个恶棍牵扯到了一块儿。这个混蛋散布的谣言便佐证了你的失误。但我会调查清楚的,作为你的庇护人,我自会为你主持公道。如今,这一切该了结了。"

"最好哇,等他到您府上来的时候,"玛丽亚·季莫菲耶夫娜突然从座位上探出身子,插嘴道,"把他打发到下人房里,让他坐在长板箱上跟仆人们玩纸牌去,咱们自己坐在这儿喝咖啡。您要想给他送杯咖啡也行,反正我是最鄙视他的。"说着,她浮夸地摇了摇头。

瓦尔瓦拉·彼得罗夫娜认真地听完玛丽亚·季莫菲耶夫娜的话,重复道:"必须做个了结了。求您了,斯捷潘·特罗菲莫维奇,拽一下铃。"

斯捷潘·特罗菲莫维奇拽了一下铃,突然情绪激动地向前一步。

"要是……要是我……"他急切地嘟囔着,脸涨得通红,结结巴巴,"要是我也听到了这种恶心事儿,更准确地说是诽谤,我……我会出离愤怒……总之,此人无可救药,简直是个逃亡的苦役犯……"

他的话还没说完就打住了;瓦尔瓦拉·彼得罗夫娜眯起眼睛,从头到脚打量着他。训练有素的老仆人阿列克谢·叶戈罗维奇走了进来。

"备车,"瓦尔瓦拉·彼得罗夫娜吩咐道,"阿列克谢·叶戈罗维奇,送列比亚德金娜女士回去,她说去哪儿就去哪儿。"

"列比亚德金先生已在楼下恭候多时了,夫人,并恳请为他通报。"

"万万不可,瓦尔瓦拉·彼得罗夫娜,"一直不动声色的马夫里基·尼古拉耶维奇突然不安地道,"恕我直言,此人不配受您接见,这是个……是个……无耻小人,瓦尔瓦拉·彼得罗夫娜。"

"稍等。"瓦尔瓦拉·彼得罗夫娜对阿列克谢·叶戈罗维奇吩咐道,后者告退。

"这是个卑劣之徒,我甚至怀疑,他是个逃亡的苦役犯,或者诸如此类的。"斯捷潘·特罗菲莫维奇再次低声道,再次涨红了脸,再次闭上了嘴。

"莉莎,该走了。"普拉斯科维娅·伊万诺夫娜嫌恶地高声宣布,随即从座位上站起身来。看来她已经开始后悔了,不该在情急之下自骂愚蠢。当达里娅·帕夫洛夫娜讲述时,她的嘴角一直挂着傲慢的皱褶。但最令我惊讶的是莉莎维塔·尼古拉耶夫娜:自达里娅·帕夫洛夫娜进屋之后,她的目光中便一直闪烁着不加掩饰的仇恨与蔑视。

"请再稍坐片刻,普拉斯科维娅·伊万诺夫娜,求你了。"瓦尔瓦拉·彼得罗夫娜出言挽留,神态依旧平静至极,"拜托,请坐下,我要澄清一切,而你腿疼,无法久站。这就对了,谢谢你。刚才我情绪失控,对你说了些过分的话,请你原谅。我说了蠢话,我先道歉,因为我事事追求公正。当然,你也是一时激动,提到了匿名信。任何匿名信都应当被鄙视,哪怕单凭匿名这一点。假如你不这么看,那我只能表示遗憾。至少,假如我是你,我决不会伸手去掏这种肮脏东西,以免脏了我的手。而你却这么做了。但既然你开了头,那我不妨告诉你,大约六天前,我也收到了这样一封可笑的匿名信。某个恶棍在信中声称,尼古拉·弗谢沃洛多维奇疯了,而我需要提防一个跛脚女人,说她'将对我的命运产生决定性的影响',我记住了这句话。我想了很久,知道尼古拉·弗谢沃洛多维奇仇人众多,便立刻派人请来了本地的一个人——尼古拉·弗谢沃洛多维奇所有仇人中最阴险、最卑鄙、最睚眦必报的一个。通过和他谈话,我立刻锁定了匿名信的幕后黑手。假如你,我可怜的普拉斯科维娅·伊万诺夫娜,也因为我受到了这些可耻信件的骚扰,就像你说的,'狂轰滥炸',那么,我为自己的无心之失深感抱歉。这就是我想对你说的。我遗憾地看到,眼下你太过疲惫,而且情绪过激。更何况,我已决意接见那个可疑人物,尽管马夫里基·尼古拉耶维奇方才未免有些过激,说他不配我接见。特别是莉莎,更没有必要留下来。过来,莉莎,我的朋友,让我再亲你一下。"

莉莎穿过客厅,默默地站到瓦尔瓦拉·彼得罗夫娜跟前。后者亲了亲她,拉住她的手,又将她稍微推开些,深情地看了看她,为她画了一个十字,又亲了她一遍。

"好啦,再见吧,莉莎(瓦尔瓦拉·彼得罗夫娜的声音里几乎隐含着泪水),记住,我会永远爱你,无论今后的命运对你意味着什么……上帝与你同在。我一向顺从祂的神圣意志……"

她似乎还想说些什么,但克制住了,没有再说下去。莉莎依旧沉默不语,若有所思地朝自己座位走去,经过母亲身边时突然停住了。

"妈妈,我还不走,我还要在姨妈家待一会儿。"她语气平静地说,但这平静里却透着钢铁般的坚定。

"上帝呀,这是怎么啦!"普拉斯科维娅·伊万诺夫娜无力地将手一拍,叫道。但莉莎没有回答,甚至似乎没有听见;她坐回原位,又望向虚空中的某处。

瓦尔瓦拉·彼得罗夫娜脸上闪过得意和傲慢的神色。

"马夫里基·尼古拉耶维奇,我对您有个不情之请,劳驾您到楼下去看一眼,但凡稍有可能,就把他带进来。"

马夫里基·尼古拉耶维奇躬身行礼,走了出去。一分钟后带来了列比亚德金先生。

四

关于此公的相貌,先前我已略作交代:他高大壮实,一头鬈发,四十岁上下,赤红脸膛,略有浮肿,皮肉松弛,脑袋一扑棱,腮帮子上的肉便随之抖动，两只布满血丝的小眼睛时而显得相当狡狯，留着髭须和络腮胡，喉结肥大而凸起，总之，十分令人生厌。但最令我吃惊的是，他今天竟然穿着燕尾服和白衬衣。"有些人穿着白衬衣反倒有失体面。"——有一回，斯捷潘·特罗菲莫维奇嘲讽利普京不修边幅，后者如是反唇相讥道。大尉还准备了黑手套，右手那只还抓在手上，左手那只刚套到一半，扣子都还没扣，紧绷在他那肥硕的左掌上，掌心里还抓着一顶簇新的、锃光的、想必是头一回戴的圆顶礼帽。如此看来，昨天他对沙托夫嚷嚷的那身"爱情的燕尾服"是真实存在的了。所有这些，燕尾服白衬衫什么的，都是在利普京的建议下置备的（这是我后来得知的），为了某些隐秘的目的。毫无疑问，他此次前来（乘坐出租马车）也必定是受人唆使，并且有人协助；否则单凭他自己，不大可能在三刻钟之内便打定主意，穿戴整齐，雇车前来。我甚至怀疑，关于教堂之事他也是立刻便得到了消息。他并未喝醉，但却处于那样一种迟钝、笨拙、迷糊的状态，仿佛是从连续多日的酗酒中突然醒来的。看样子，只消扳住他的肩膀摇晃两下，他登时便会醉倒过去。

他飞快地朝客厅跑来，在门口猛地被地毯绊了个趔趄。玛丽亚·季莫菲耶夫娜简直要笑死了。他恶狠狠地瞪了她一眼，突然快步走向瓦尔瓦拉·彼得罗夫娜，瓮声瓮气地，像吹小号似的说："夫人，我来是——"

"劳驾，尊敬的先生，"瓦尔瓦拉·彼得罗夫娜直起身，打断了他的话头，"请坐到那把椅子上去。从那儿我也能听见您说话，看您也看得更清楚些。"

大尉停住脚，呆愣愣地瞅着前方，终究还是转过身，坐到了紧靠门口的指定座位。强烈的不自信、厚颜无耻以及持续的暴躁反映在了他的面部表情上。他怕得要命，这是显而易见的，但他的自尊心也受到了伤害，可以预料，由于自尊心受到刺激，他很可能会不顾怯懦，做出任何放肆举动。他似乎对自己笨拙躯体的每一个动作都心存顾忌。

众所周知,对所有像他这样的先生而言,当他们因种种机缘置身于上流社会时,最大的痛苦便来自他们那双时时刻刻无处安放的手。大尉僵坐在椅子上,手里抓着礼帽和手套,茫然的目光被定格在瓦尔瓦拉·彼得罗夫娜的严厉面孔上。他大概也想好好地四下打量一番,却鼓不起勇气。玛丽亚·季莫菲耶夫娜大概是觉得他的神态滑稽得要命,又嘻嘻哈哈地笑了起来,可他却丝毫不敢动弹。瓦尔瓦拉·彼得罗夫娜毫不留情的审视迫使他将这个难受的姿势维持了足有一分钟之久。

"首先,能否告知尊姓大名?"瓦尔瓦拉·彼得罗夫娜不紧不慢、神气十足地问。

"大尉列比亚德金,"大尉瓮声瓮气地答道,身子微微动弹了一下,"我这次来,夫人——"

"且慢!"瓦尔瓦拉·彼得罗夫娜再次将他打断,"这位可怜的、令我很感兴趣的女士,真的是令妹?"

"是的,夫人,她是从家里偷跑出来的,因为她有了——"

他突然噎住了,脸红脖子粗。

"您别误会,夫人,"他语无伦次地辩解道,"亲哥哥是不会玷污……我说'她有了',不是说'她有了'……就是说那种丢人现眼的事儿……最近……"

他突然又噎住了。

"尊敬的先生!"瓦尔瓦拉·彼得罗夫娜昂起头道。

"是有了毛病!"他用手指戳点着自己的脑门中央,断然道。

短暂的沉默。

"她这样很久了吗?"瓦尔瓦拉·彼得罗夫娜拖长声音问。

"夫人,我来,是为了感谢您在教堂门前慷慨解囊,那是俄国式的、兄长般的——"

"兄长般的?"

"当然不是兄长般的,只不过是因为,我是舍妹的兄长,夫人,请您相信,夫人,"他再次涨红了脸,急切地辩解道,"我并不像第一眼在您客厅里看上去的那样没有素养。与我们在您府上见识到的奢华相比,夫人,我和舍妹当然是无名小卒。何况还有人对我们造谣污蔑。但是,列比亚德金是看重名节的,夫人,所以……所以……我来酬谢您……这是钱,夫人!"

说着,他从兜里掏出钱夹子,从中抽出一沓钞票,手指颤抖着、急不可耐地数了起来。看得出来,他急于澄清某件十分必要的事情,但他大概自己也意识到了,数钱的忙乱只会令他显得更加愚蠢,这让他失去了最后一丝镇静,钱怎么也数不明白,手指头总也不听使唤。最令人难堪的是,一张三卢布的绿票子居然从钱夹子中滑落,"之"字形飘落到地毯上。

"二十卢布,夫人。"他突然跳起来,两手捧着一沓钱,窘迫得满头大汗;瞧见地毯上掉落的纸币,他刚要弯腰去捡,却又仿佛觉得丢脸似的,摆手作罢,道:"这钱就留给您的仆人们吧,谁捡到归谁;就当是列比亚德金娜的打赏!"

"这我决不允许……"瓦尔瓦拉·彼得罗夫娜急切且不无慌乱地说。

"那样的话……"他弯下腰,捡起那枚纸币,脸刷的又红了,然后突然走到瓦尔瓦拉·彼得罗夫娜近前,向她递过数好的钱。

"这是干什么?"瓦尔瓦拉·彼得罗夫娜这下可着实吓坏了,身子直往椅背上缩。马夫里基·尼古拉耶维奇、我和斯捷潘·特罗菲莫维奇各自向前迈了一步。

"别急、别急,我不是疯子,真的,不是疯子!"大尉紧张地、转着圈对众人解释。

"不,尊敬的先生,您就是疯了。"瓦尔瓦拉·彼得罗夫娜道。

"夫人,这完全不是您想的那样!我,自然是个无名小卒。哦,夫人,您的府邸如此豪华,而舍妹的住处却那般简陋。舍妹娘家姓列比亚德金娜,夫家姓未知,我们不妨暂且称她为玛丽亚·无名氏,但这只是暂时的,夫人,因为永远如此连上帝都不允许!夫人,您给了她十卢布,她要了,但那仅仅是因为,给钱的是您,夫人!您听好了,夫人!除了您,玛丽亚·无名氏决不会接受任何人的施舍,否则,她的祖父——一位当着叶尔莫洛夫上将的面在高加索阵亡的高级军官,将在棺材里气得发抖。但是对您,夫人,她是可以要的。不过,这只手刚接过十卢布,另一只手就会递上二十卢布,作为对您所在的那家帝都慈善委员会的捐款,您不是在《莫斯科公报》上刊登启事了吗,说您这里有一本面向本地、面向全城的慈善捐款簿,任何人都可以捐款……"

大尉突然再次停住了,他呼哧呼哧喘着粗气,像是刚刚完成一项艰难的壮举。关于慈善委员会的这番说辞想必也是事先准备好的,说不定也是出自利普京之手。他的汗出得更厉害了,豆大的汗珠从鬓角沁出。

瓦尔瓦拉·彼得罗夫娜目光犀利地审视着他,语气严厉地说:"捐款簿在楼下看门人那儿,您若想捐款,可以去那儿办理。眼下,请收好您的钱,不要在半空挥舞。这就对了。也请您坐回到座位上去。这就对了。很抱歉,尊敬的先生,我误会了令妹的处境,给了她施舍,不知道她竟如此富有。我只是不明白一点,为何唯独我的钱她可以要,别人的钱却说什么也不行?既然您刻意强调了这一点,我想听听您的确切解释。"

"夫人,这是一个秘密,只能被带进棺材。"大尉答道。

"这是为什么?"瓦尔瓦拉·彼得罗夫娜的语气似乎不那么坚定了。

"夫人,夫人!……"大尉阴郁地闭上了嘴,低头盯住地面,右手放在胸口。瓦尔瓦拉·彼得罗夫娜目不转睛地看着他,等待着。

"夫人!"大尉突然叫道,"能否允许我问您一个问题,就一个问题,但却是直截了当的、俄国式的、发自肺腑的?"

"请问。"

"您这辈子,夫人,有没有痛苦过?"

"您无非是想说:您本人受过来自他人的痛苦,之前或者现在。"

"夫人,夫人!"他突然又不由自主地跳了起来,并捶打着自己的胸口,"这里,这颗心脏里充斥着那么多的痛苦,等到末日审判摊开来看时,恐怕连上帝都要吃惊!"

"哼,言过其实了吧。"

"夫人,我的话可能会不中听——"

"不必担心,必要时我自会打断您。"

"我能否再问您一个问题,夫人?"

"请问。"

"人能否为了灵魂的高尚而死?"

"我不知道,我没有想过这个问题。"

"您不知道!您没有想过这个问题!!"他以狂热的讥讽高喊道,"既如此,既如此——沉默吧,无望的心灵!"说着,他又疯狂地朝胸口猛捶了一下。

他开始在屋内来回走动。这类人的一大特点便是完全无力压抑自己的欲望,相反,一旦欲望冒出头来,他们便急不可耐地想要宣泄出来,哪怕它们还是完全混沌的。最初步入上流社会时,这些先生们通常会过分胆怯,但只要对他们退让哪怕一根头发丝的宽度,他们立马就会蹬鼻子上脸。大尉越发焦躁起来,挥舞着双手来回踱步,听不到别人的提问,只顾自说自话,而且越说越快,连舌头都开始打卷,一句话还没说完便跳到另一句话上去。诚然,他大概未必十分清醒;何况屋里还坐着莉莎维塔·尼古拉耶夫娜——他虽然一眼也未曾看她,但光是她的在场便足以令他晕头转向了。不过,这只是我个人的猜测而已。瓦尔瓦拉·彼得罗夫娜不顾厌恶,耐着性子听他讲,而她这么做,肯定自有其原因。

普拉斯科维娅·伊万诺夫娜被吓得浑身直抖,似乎有些不明就里。斯捷潘·特罗菲莫维奇也在颤抖,但却是一向过分解读的结果。马夫里基·尼古拉耶维奇则以保卫者的姿态昂首挺立。莉莎面色苍白,瞪大了眼睛,呆望着粗野的大尉。沙托夫仍以先前的姿势坐着。最奇怪的是玛丽亚·季莫菲耶夫娜,她非但停止了嘻笑,甚至变得无比忧愁。她用右肘撑在桌子上,以悠长而忧郁的目光注视着正在演说的哥哥。唯独达里娅·帕夫洛夫娜在我看来是平静的。

"都是些胡话,不知所云!"瓦尔瓦拉·彼得罗夫娜终于按捺不住了,"您还没有回答我的问题:'为什么?'我坚持要您回答。"

"我还没有回答'为什么?',您坚持要我回答'为什么'?"大尉挤眉弄眼地反问,"'为什么'这个小小的字眼,自创世第一天起便在全宇宙弥漫、泛滥,夫人,整个大自然分分秒秒都在向它的造物者呼喊:'为什么?'却整整七千年都得不到回答。凭什么要一个列比亚德金大尉来回答这个问题?这难道公平吗,夫人?"

"全是胡言乱语,答非所问!"瓦尔瓦拉·彼得罗夫娜勃然大怒,完全失去了耐心,"完全不知所云,而且您说得太不着边际了,尊敬的先生,我认为这是无礼举动。"

"夫人,"大尉置若罔闻,"我呢,也许本来想叫'埃内斯特',但却不得不叫'伊格纳特'这个粗俗的名字,依您之见,这是为什么?我也想自称德·蒙巴尔公爵,结果却只是个列比亚德金,由'列别德'——天鹅——演变而来的低级姓氏,这又是为什么?我是一位诗人,夫人,一位灵魂诗人,我本该从出版商那儿获取上千卢布,结果却不得不睡在大木盆里,这又是为什么,为什么?夫人!照我说,俄国就是大自然的把戏,仅此而已!"

"您就不能说点儿具体的吗?"

"我可以为您朗诵一部剧本——《蟑螂》,夫人!"

"什么——？"

"夫人，我还没疯！我将来会疯，也许会，可眼下我还没疯！夫人，我的一位友人，一位最最高尚的人，写了一部克雷洛夫寓言，题为《蟑螂》，能否让我朗读一下？"

"您想朗读克雷洛夫的寓言？"

"不，不是克雷洛夫的寓言，是我的寓言，我的，我自己写的！请相信，夫人，请莫见怪，我还不至于愚蠢无知到那种地步，会不知道我国有位大寓言家克雷洛夫，教育大臣曾亲自为他在夏园竖起了一座纪念碑，供孩子们嬉戏。[1] 您不是问我'为什么'吗？答案就写在寓言的结尾，用燃烧的文字写着！"

"那您就读吧。"

> 世上曾经有只蟑螂，
> 蟑螂从小便是蟑螂，
> 后来蟑螂掉进了水杯，
> 水杯吃了一肚子苍蝇。

"天哪，这都是什么呀？"瓦尔瓦拉·彼得罗夫娜忍不住叫道。

"就是说夏天嘛，"大尉拼命挥舞着双手，像个被打断朗诵的诗人那样气急败坏地解释说，"夏天水杯里爬满了苍蝇，不就等于水杯把苍蝇给吃了嘛，连傻瓜都懂，您别打岔，别打岔，您往下听，往下听……（他不停地挥舞着双手。）

---

[1] 伊万·克雷洛夫（1769—1844），俄国剧作家、寓言诗人。作家去世翌年，时任俄国科学院院长兼教育大臣谢尔盖·乌瓦罗夫在报纸上呼吁为其筹款建设纪念雕像。1855年，雕像在夏园揭幕（夏园位于圣彼得堡，由彼得大帝主持修建，起初为皇家私人花园，自19世纪起面向"衣着得体的民众"开放）。雕像坐落于夏园儿童游乐场内，这一选址在当时还引发了争议。

蟑螂占据了位置,
惹得苍蝇们纷纷抱怨:
"俺们的杯子太挤啦!"
它们冲着朱庇特叫喊。
就在它们叫喊的同时,
尼基福尔走了过来,
一位最最高尚的老者。

"还差个结尾没写,但无所谓,直说了吧!"大尉喋喋不休道,"尼基福尔拿起水杯,也不管苍蝇们如何叫喊,将一整出闹剧一股脑倒进了大木盆,管它苍蝇还是蟑螂——其实早就该这么做!但请注意,夫人,注意:蟑螂没有抱怨!这就是我对您的'为什么'的回答,"他兴冲冲地叫嚷道,"蟑螂——没有抱怨——!至于尼基福尔,他是大自然的化身。"他语速极快地补充了一句,接着便得意扬扬地在屋子里走动起来。

瓦尔瓦拉·彼得罗夫娜简直要气炸了。

"请问那些钱又是怎么回事,我听说,您指责我屋里人昧下了尼古拉·弗谢沃洛多维奇给您的钱?"

"诽谤——!"列比亚德金悲壮地高举右手,咆哮道。

"不,不是诽谤。"

"夫人,有些事,在下宁肯背负家族的耻辱,也不愿大声说出真相。列比亚德金是不会说漏嘴的,夫人!"

他一定是昏了头,忘乎所以,觉得自己举足轻重,他一定是产生了类似的幻想。他迫切地渴望羞辱别人,恶心别人,以彰显自己的能耐。

"快拽铃,斯捷潘·特罗菲莫维奇。"瓦尔瓦拉·彼得罗夫娜请求道。

"列比亚德金精明得很,夫人!"他带着可憎的微笑挤了挤眼,

"他很精明，但他也有软肋，也有死穴！这个死穴就是骠骑兵的老传统——战斗的酒瓶，杰尼斯·达维多夫[1]歌颂的对象。当他被点中这个死穴时，夫人，他也许会寄出用诗歌，用最最华美的诗歌写成的书信，可事后，他又情愿以毕生的泪水将它换回，只因它破坏了美感。但飞出去的鸟儿是抓不住尾巴的！同样是在被点中这一死穴时，夫人，列比亚德金也许会提到某位高尚的女士、一颗因无辜受辱而义愤填膺的心灵，从而被诽谤者们当成口实。但列比亚德金是精明的，夫人！凶险的豺狼对他软磨硬泡，对他频频灌酒，妄想令他酒后失言，但列比亚德金是不会说的，写在酒瓶底部的永远不会是豺狼想要获知的秘密，而是'精明'，列比亚德金的精明！不过，够了，够了！夫人，您的富丽堂皇的府邸本该属于最最高尚的人，但蟑螂，没有抱怨！请注意，务请注意：蟑螂没有抱怨，这就是伟大的精神！"

就在此时，楼下门房内的铃声响起，阿列克谢·叶戈罗维奇几乎应声而入，只比斯捷潘·特罗菲莫维奇的召唤迟了一点儿。这位训练有素的老仆人此刻表现出少有的慌乱。面对瓦尔瓦拉·彼得罗夫娜询问的目光，他回答道："尼古拉·弗谢沃洛多维奇马上就到，眼下正在往这儿赶，夫人。"

瓦尔瓦拉·彼得罗夫娜在那一瞬间的反应令我记忆犹新：她先是面色苍白，随即两眼开始放光。她在座椅上挺直腰杆，显露出异乎寻常的坚定。事实上，所有人都很吃惊。尼古拉·弗谢沃洛多维奇的到来完全出乎意料，比我们预期的至少提前了一个月，而且奇怪之处还不仅仅在于突然，而恰恰是与眼下这种紧张关头的致命巧合。连大尉也像根木头桩子似的戳在了房间中央，半张着嘴，蠢头蠢脑地望着门口。

这时，从又深又阔的隔壁大厅传来一阵迅速逼近的脚步声，步子

---

[1] 杰尼斯·达维多夫（1784—1839），俄国诗人、陆军中将，俄国骠骑兵诗歌流派的最杰出代表。

细碎且异常急促,像是有人在连跑带颠,紧接着,一个身影突然飞进了客厅——不是尼古拉·弗谢沃洛多维奇,而是一个完全陌生的年轻人。

五

且容我稍作停留,哪怕寥寥几笔,勾勒一下这位突然出现的人物。

这是个二十七岁左右的年轻人,个头中等偏上,稀疏的浅黄色头发留得很长,嘴唇上和下巴上都长着稀疏的胡子。他衣着整洁甚至时髦,但并不考究;乍一看去似乎有些驼背、笨拙,其实一点儿也不驼,甚至有些放浪形骸。看着像个怪人,但后来人们却发现,其行为举止相当体面,说话总能直奔主题。

谁也不能说他丑,但谁也不会喜欢他那张脸。他的后脑勺向后凸起,像从两侧被压扁了,脸因此显得很尖。额头又高又窄,五官却很小:三角眼,小而尖的鼻子,长而薄的嘴唇。神情似乎有些病态,但也只是似乎而已。脸上,颧骨旁有道干巴巴的褶皱,一副大病初愈的样子。其实他很健康、很强壮,甚至从来没有生过病。

他走动时总是步履急促,尽管他并不急着去哪儿。似乎没有什么能令他窘迫不安,无论何种情形、何种场合,他都能我行我素。他极其自满,却浑然不觉。

他说起话来又急又快,同时又充满自信、滔滔不绝。别看他神色焦急,但思绪却镇定、清晰、完整,这点尤其突出。他的吐字惊人地清楚,字眼像精心挑选的种子一样纷纷散落,光滑而硕大,总能落到您的心坎里去。起初这会令您欢喜,但很快便会惹您生厌,而且恰恰是由于过分清晰的咬字,以及那些和玻璃珠串一样永远现成的说辞。您会不由自主地怀疑,他嘴里那条舌头一定有着某种特殊构造,一定又细又长,红得怕人,而且舌尖一定尖得要命,还不停地下意识地打着卷。

正是这样一位年轻人飞进了客厅,说真的,我直到现在都觉得,他还在隔壁大厅就开始讲话了,就这样说着话飞了进来,瞬间站到了瓦尔瓦拉·彼得罗夫娜面前。

"……您瞧,瓦尔瓦拉·彼得罗夫娜,"他兜头撒下一把玻璃珠,"我还以为他都到了一刻钟了呢;他回来已经一个半钟头了;我们在基里洛夫家碰了面;大约半小时以前,他直接来这儿了,并且吩咐我一刻钟之后也到这儿来……"

"您说谁?谁吩咐您到这儿来?"瓦尔瓦拉·彼得罗夫娜问。

"尼古拉·弗谢沃洛多维奇呀!您真不知道?可他的行李至少早就该到了呀,怎么会没人跟您说呢?这么说,我是第一个向您报信的喽。您当然也可以派人去找找他,不过,他自己很快就会来了,而且似乎来的正是时候,刚好符合他的某些预期,甚至,照我的推断,可以说是某些打算。"说到这儿,他四下环顾一番,视线特地在大尉身上停留了片刻,"啊,莉莎维塔·尼古拉耶夫娜,真高兴一到这儿就能见到您,很高兴能握握您的手。"他迅捷地飞到莉莎面前,托住了后者笑盈盈向他伸出的玉手。"嗯,据我看,尊敬的普拉斯科维娅·伊万诺夫娜似乎也没有忘了我这个'教授',而且似乎并没有生我的气,不像之前在瑞士那样。那么,您的腿在这里感觉如何,普拉斯科维娅·伊万诺夫娜?瑞士的会诊专家们认为故乡的气候对您更有益,不知他们是否正确?……您说什么?湿敷?那想必是十分有益的。我真是遗憾,瓦尔瓦拉·彼得罗夫娜(他又迅速转向后者),在国外没能见着您,无法当面向您表达我的敬意,何况我有那么多事需要向您汇报……我让老头子也上这儿来了,可他似乎跟往常一样……"

"彼得鲁沙!"斯捷潘·特罗菲莫维奇这才从呆愣中惊醒,举起双手轻轻一拍,叫嚷着朝儿子扑过去,"彼佳,我的儿,我都没能认出你来!"他将年轻人紧紧抱住,泪水夺眶而出。

"喂,少来、少来,别这样,行了、行了,拜托。"彼得鲁沙急切地嘟囔着,试图从对方的拥抱中挣脱出来。

"在你面前我永远、永远有罪!"

"行了行了,这事儿回头再聊。我就知道,你肯定又会来这套。你就不能冷静点儿吗,拜托。"

"可我已经有十年没见过你了呀!"

"那就更没必要哭哭啼啼的了……"

"我的儿!"

"好了好了,我相信你爱我,快把手拿开。你妨碍到别人了……哈,瞧,尼古拉·弗谢沃洛多维奇来了,喂,你快松手吧!"

尼古拉·弗谢沃洛多维奇的确已经进屋了;他的脚步很轻,在门口略微停留了一瞬,以平静的目光打量着众人。

正如四年前初次见他时一样,这次见他的头一眼同样令我惊讶。我对他的相貌丝毫没忘;但似乎就有这样一些面孔,每次出现总能带来一些新的、之前从未察觉过的东西,哪怕您已经见过他一百次。乍一看去,他仍和四年前一模一样:还是那样优雅,那样贵气,走进来时仍像当年那样气派,甚至仍像当年那样年轻。他那抹淡淡的微笑还是那样客套、那样自得;目光还是那样严肃、那样深沉,似乎还有些散漫。总而言之,仿佛我们昨天还见过面。但令我吃惊的是,以前他虽然也被人称作美男子,但他的脸的确"像一副面具"(这是敝城某些刻薄的女士说的);而如今呢,如今,也不知道为什么,他第一眼给我留下的印象便是一位不折不扣、无可争议的美男子,谁也不能再说他的脸像一副面具了。莫非是他比从前略显苍白了,而且似乎消瘦了些?还是说,他的目光里如今闪耀着某种新思想?

"尼古拉·弗谢沃洛多维奇!请等一下!"瓦尔瓦拉·彼得罗夫娜将腰杆挺得笔直,但并未起身,仅以一个命令的手势叫住了他。

在这个手势和这声呼喊之后,紧跟着一个突如其来的可怕问题;我甚至无法设想,瓦尔瓦拉·彼得罗夫娜何以会存在这样的疑问。为了说明这个问题,我恳请读者回想一下瓦尔瓦拉·彼得罗夫娜平素的性格，以及在某些极端时刻可能爆发的异常激烈的因子。还请设想一下，尽管她的心灵异常坚强、极具理性，并且待人接物十分务实，甚至精打细算，但在她的生命中仍然免不了那样的瞬间，令她突然间彻底为之崩溃，甚至是完全不可遏止的。最后再请注意，对她而言，眼下或许正是那样的决定性时刻，像焦点一样汇聚着整个生活的全部意义，一切的过去、现在乃至将来。何况还有她收到的那封匿名信，方才她情急之下对普拉斯科维娅·伊万诺夫娜透露了此事，但显然隐瞒了更多内容，而在那些内容里，想必就隐藏着那个谜底，即她何以会突然向儿子提出这样的问题。

"尼古拉·弗谢沃洛多维奇，"她一字一顿地说，严厉的声调中流露出可怕的威胁，"请您站在原地，现在就告诉我：这位不幸的跛脚女人——就是她，那边那位，请您看着她！——她是否，是否真的是您的……合法妻子？"

我清楚地记得那一瞬：尼古拉·弗谢沃洛多维奇连眼皮都没眨一下，定定地望着母亲，脸上没有丝毫波澜。终于，他慢慢地露出了近乎宽容的微笑，一言未发，静静地走到母亲跟前，握住她的手，恭敬地凑到唇边，吻了一下。他对母亲一以贯之的影响力如此强大，以至于她没敢抽回自己的手，而只是望着他，整个人化作了一个问号，整个神情都在说：哪怕再过一瞬，她便再也承受不住未知的折磨了。

但他继续沉默着。吻过母亲的手，他再次环顾四周，依旧不慌不忙地，径直朝玛丽亚·季莫菲耶夫娜走去。很难描述某些人在某些瞬间的面部表情，正如此刻的玛丽亚·季莫菲耶夫娜。我记得，她整个人都吓呆了，迎着他站起身来，两手交叉抱在胸前，仿佛在哀求；与此同时，她的眼中又流露出兴奋，某种疯狂的、常人难以承受的兴奋，几乎把她的五官都扭曲了。或许二者兼而有之——恐惧与兴奋。我还记得，当时我快步贴到她身边（我就站在她旁边），因为我感觉她随时可能晕倒。

"您不能待在这儿。"尼古拉·弗谢沃洛多维奇以温存的、悦耳的声音对她说,眼睛里闪烁着非比寻常的柔情。他以最恭敬的姿态站在她面前,一举一动都流露出最真挚的尊重。可怜的女人呼吸急促,极快极低地对他喃喃道:"我可以……现在……跪在您面前吗?"

"不,绝对不行。"他冲她粲然一笑,这让她也突然开心地嬉笑起来。他又用那种悦耳的声音,像哄孩子似的,温柔却郑重地补充道:"想想看,您是位姑娘,而我,尽管是您最忠诚的朋友,却跟您非亲非故,不是丈夫,不是父亲,不是未婚夫。把您的手给我,跟我来;我送您上马车,若您愿意,我可以亲自送您回家。"

听完这些话,她若有所思地垂下头去。

"走吧。"她叹了口气,把手伸给他。

但就在这时,她遭遇了小小的不幸。想必是她转身时没有转好,将重心落在了那条稍短的跛腿上,总之,她侧歪着朝座椅倒去,若非有座椅接着,肯定会摔在地板上的。他一把将她接住,稳稳地扶起,满怀同情地搀扶着她,小心翼翼地朝门外走去。她显然为自己的跌倒感到羞愧,满脸通红,窘得要命。她默默地望着地面,一瘸一拐地跟着他走,整个人几乎吊在了他的胳膊上。他们就这样走出去了。当他们向外走时,我看到莉莎不知为何从座位上跳了起来,目不转睛地盯着他们走出去,又默默地坐下来,脸上却滚过一阵痉挛似的抽搐,仿佛摸到了一只癞蛤蟆。

当这一幕上演时,所有人都瞠目结舌,屋里静得能听见苍蝇飞;等他俩一出门,屋里立马炸开了锅。

六

大家其实都没怎么说话,更多地是在嚷叫。众人反应的先后顺序我记不大清了,因为乱成了一锅粥。斯捷潘·特罗菲莫维奇用法语喊了句什么,同时举起双手轻轻一拍,但瓦尔瓦拉·彼得罗夫娜没顾得上理他。连马夫里基·尼古拉耶维奇也快速而断续地嘟囔了些什么。但最焦躁的还是彼得·斯捷潘诺维奇,他激烈地比画着,似乎在竭力说服瓦尔瓦拉·彼得罗夫娜,但我一直没弄清楚。他还时不时转向普拉斯科维娅·伊万诺夫娜和莉莎维塔·尼古拉耶夫娜,甚至就势冲他父亲喊了一句,总之,他在房间里直打转。瓦尔瓦拉·彼得罗夫娜满脸通红,从座位上跳起来,冲着普拉斯科维娅·伊万诺夫娜嚷道:"你听见啦,他刚才对她说的你都听见啦?"后者无言以对,只摆了摆手,嘟囔了一句。这个可怜的女人心乱如麻,她不停地扭过头去,以莫名的恐惧望着莉莎,但起身离开她连想都不敢想,除非女儿率先起身。而大尉肯定是想溜,这点我看出来了。他显然大为惊恐,从尼古拉·弗谢沃洛多维奇现身的第一刻起便是如此。但彼得·斯捷潘诺维奇拽住了他的胳膊,不让他走。

"必须如此,必须。"彼得·斯捷潘诺维奇又撒落一把玻璃珠,继续说服瓦尔瓦拉·彼得罗夫娜。他站在她的面前,而她已经重新坐回到椅子上,贪婪地听他讲话。他到底抓住了她的注意力。

"必须如此。您亲眼看见了,瓦尔瓦拉·彼得罗夫娜,这里头有误会,而且虽然看上去稀奇古怪,其实却跟蜡烛一样透亮,跟手指一样简单。我自然知道,并没有人委托我讲明原委,我这样上赶着,未免有些可笑。但是,一则尼古拉·弗谢沃洛多维奇本人对此事完全不予理会,二则总有那么一些事儿,当事人自己很难开口解释,必须由第三方出面,才更容易道出某些难言之隐。请您相信,瓦尔瓦拉·彼得罗夫娜,尼古拉·弗谢沃洛多维奇毫无过错,虽然他对您方才的问题没有立刻给出明确解释,而这对他而言原本轻而易举。我与他还在彼得堡就熟识了。事实上,这出闹剧只会提高尼古拉·弗谢沃洛多维奇的声誉,假如非要使用'声誉'这个含混字眼的话……"

"您是说,您是导致这出……这场误会的事件的目击者?"瓦尔瓦拉·彼得罗夫娜问。

"目击者及参与者。"彼得·斯捷潘诺维奇连忙确认。

"假如您向我保证,这不会损害尼古拉·弗谢沃洛多维奇对我的感情——我知道他对我是绝对不会有所隐瞒的……并且,如果您确信,这甚至会让他高兴……"

"这绝对会让他高兴,所以我才乐意效劳的。我相信,他自己也会请我这么做的。"

一位从天而降的先生,死乞白赖非要讲述别人的逸事,委实古怪异常,但他触动了瓦尔瓦拉·彼得罗夫娜积郁已久的心病,将她钓上了钩。当时我对此人的秉性还一无所知,更别说他的企图了。

"请讲吧。"瓦尔瓦拉·彼得罗夫娜克制而谨慎地宣布,对于自己的容让颇不情愿。

"事情很简单;甚至都算不上什么逸事,"玻璃珠再次撒落,"不过,无聊的小说家倒是可以据此炮制出一部长篇小说来。这事儿相当有趣,普拉斯科维娅·伊万诺夫娜,而且我相信,莉莎维塔·尼古拉耶夫娜一定爱听,因为这里头的很多东西即使算不上奇妙,至少也是新奇的。五年前,在彼得堡,尼古拉·弗谢沃洛多维奇认识了这位先生——就是这位列比亚德金先生,您瞧,他半张着嘴,看样子是想溜之大吉。抱歉,瓦尔瓦拉·彼得罗夫娜。我奉劝您还是不要急于脱身,已退役的前军需官先生——瞧,我记得很清楚。对于您在此地的勾当,我和尼古拉·弗谢沃洛多维奇一清二楚,记住,对此您需要做出解释。再次请您原谅,瓦尔瓦拉·彼得罗夫娜。尼古拉·弗谢沃洛多维奇将这位先生视为自己的福斯塔夫——这是从前的某个典型形象,一个小丑,所有人都拿他取乐,他也允许别人拿他取乐,只要给他钱就成。尼古拉·弗谢沃洛多维奇当年在彼得堡的生活,怎么说呢,玩世不恭——我想不出其他的词语来形容,因为他从来不会陷入倾颓,却又从不屑于正经做事。我说的只是'当年',瓦尔瓦拉·彼得罗夫娜。

这个列比亚德金有个妹妹，就是方才坐在这儿的那位。兄妹俩居无定所，四处漂泊。他成天在中心商城的拱门下晃悠，永远穿着从前的制服，遇到衣着体面的行人就拦住乞讨，讨来的钱全买酒喝了。而他的妹妹则像只小鸟儿似的，全凭自己找食儿吃。她在暂住地帮忙打杂，混口饭吃。那里和索多玛城一样糟糕，那种生活我就不描述了；但出于某种怪癖，尼古拉·弗谢沃洛多维奇当年对这种生活十分着迷——我说的只是'当年'，瓦尔瓦拉·彼得罗夫娜，至于'怪癖'，这是他本人的说法。他有很多事都不瞒我。列比亚德金娜小姐有段时间总能见到尼古拉·弗谢沃洛多维奇，对他的仪表倾心不已。就好像，怎么说呢，在生活的污泥里发现了一颗钻石。我不擅长描述感情，所以干脆略过不提；但她立刻被那里的人渣们当成了笑柄，从此陷入了忧郁。她以前也总被人取笑，只不过从未察觉。她的脑子当时就已经出了问题，但还不像现在这么严重。有理由断定，她小时候还曾受过某位女恩主的资助，读过一些书。尼古拉·弗谢沃洛多维奇当时对她从未留意，只顾着跟小官吏们用油污的旧纸牌玩朴烈费兰斯，一戈比四局。但有一回，有个小官吏欺负她，他也不问缘由，一把揪住那人的脖领子，直接将他从二楼窗户扔了出去。这事儿跟英雄救美可一点儿也不沾边；整件事都是在哄笑声中发生的，而笑得最欢的正是尼古拉·弗谢沃洛多维奇本人；事情过后，两名当事人又重归于好，一起喝起潘趣酒来。但被救的美人却对此念念不忘。无疑，她的理智已经彻底混乱了。我再次重申，我不擅长描述感情，但这件事基本是她自己的幻想。偏偏尼古拉·弗谢沃洛多维奇又刺激了她的幻想：他非但没有取笑她，反而突然对她恭敬有加。当时在场的基里洛夫（此人极其另类，瓦尔瓦拉·彼得罗夫娜，并且反复无常；您也许会见到他的，他眼下也在本地），总之，那个基里洛夫，此人一向沉默寡言，这会儿却突然激动起来，我记得他对尼古拉·弗谢沃洛多维奇说：您把这位女士当成侯爵小姐戏弄，会把她彻底害死的。顺带一提，尼古拉·弗谢沃洛多维奇对这位基里洛夫颇为敬重。您知道他是怎么回复他的吗？他说：'基里洛夫先生，您认为我在戏弄她；您错了，我是真心敬重她，因为她好过我们所有人。'而且，您知道吗，他说得郑重其事。不过，在两三个月的时间里，除了'您好'和'再见'，他再没有跟她说过一句话。而她却越陷越深——作为当事人，我记得很清楚——最后她几乎把他当成了自己的未婚夫，认为他之所以不敢带自己私奔，只是因为敌人太多，或者家族阻挠等等诸如此类的障碍。真是笑死人了！结果，尼古拉·弗谢沃洛多维奇只好来到此地，临行前，他对她的生活做出了安排，而且似乎是一大笔生活费，每年少说有三百卢布，甚至更多。总之吧，就他而言，这应该是一个过早厌倦了生活的人心血来潮，突发奇想，甚至就像基里洛夫所说的，吃饱了撑得没事干，想要看看，一个跛脚的疯女人究竟会被愚弄到何种地步。'您，'基里洛夫说，'故意挑选了一个最可怜的人，一个总被打骂羞辱的跛脚女人，您明知道她对您抱有可笑的、致命的幻想，却仍故意愚弄她，就为了等着看场好戏！'其实，对于这位疯女人的幻想，他能有什么过错呢？要知道，他对她说过的话加起来恐怕不超过两句！对于某些事，瓦尔瓦拉·彼得罗夫娜，非但不该评头论足，甚至连提都不该提。顶多就算个怪癖吧，别的可再也无从谈起了；可眼下，却有人对此大做文章……对于这里发生的事儿我大致清楚，瓦尔瓦拉·彼得罗夫娜。"

讲述者突然停住话头，想要转向列比亚德金，却被瓦尔瓦拉·彼得罗夫娜叫住了——她陷入了狂喜。

"您讲完了？"她问。

"还没有；为了完整起见，若您允许，我还得问这位先生两句话……您立刻就会知道是怎么一回事了，瓦尔瓦拉·彼得罗夫娜。"

"够了，不忙，请您先稍等片刻。哦，多亏我让您讲出了这番话！"

"您想想看，瓦尔瓦拉·彼得罗夫娜，"彼得·斯捷潘诺维奇精神一振，"这一切尼古拉·弗谢沃洛多维奇刚才能向您解释吗？而您的问题又是否太过武断了呢?"

"哦,是的,太武断了!"

"我说得没错吧,有些事,旁观者解释起来要比当事者本人容易得多!"

"没错没错……但有一点您说错了,而且很遗憾,您仍在错下去。"

"是吗?哪点?"

"就是……您何不坐下来说呢,彼得·斯捷潘诺维奇。"

"啊,乐于从命,我刚好站累了,谢谢您。"他迅捷地将座椅一拽,一转,坐了上去,刚好置身于瓦尔瓦拉·彼得罗夫娜和坐在桌旁的普拉斯科维娅·伊万诺夫娜中间,并且面朝列比亚德金先生,须臾不放他离开自己的视线。

"您错就错在将其称之为'怪癖'……"

"啊,如果只是这个……"

"不不不,别急。"瓦尔瓦拉·彼得罗夫娜打断他道。她喜形于色,显然打算娓娓而谈。彼得·斯捷潘诺维奇注意到这一点,当即洗耳恭听。

"不是的,那比'怪癖'要崇高得多,请您相信,那甚至是圣洁的!他生性高傲,早些年受了委屈,终而至于'玩世不恭',这点您说得非常贴切,总之,他就像哈尔王子,这是斯捷潘·特罗菲莫维奇当年提出的精当比喻,但确切地说,他更像哈姆雷特,至少我这样认为。"

"您说得一点没错。"斯捷潘·特罗菲莫维奇感慨万端地附和道。

"谢谢您,斯捷潘·特罗菲莫维奇,我尤其要感谢您对Nicolas一直以来的信心,您相信他的高尚心灵和崇高使命。每当我心灰意冷时,正是您,坚定了我对他的信念。"

"亲爱的,亲爱的……"斯捷潘·特罗菲莫维奇刚上前一步,便意识到眼下不宜插嘴,忙又收住了脚步。

"假如Nicolas身边,"瓦尔瓦拉·彼得罗夫娜几乎已经在歌唱了,

"也有那么一位安静的、谦恭的、伟大的'霍拉旭'——这又是您的绝妙形容,斯捷潘·特罗菲莫维奇——那么,他或许早就摆脱了缠磨他一生的那个阴郁的、'突如其来的嘲弄的恶魔'——'嘲弄的恶魔'也是您的惊人之语,斯捷潘·特罗菲莫维奇——但Nicolas身边从来没有'霍拉旭',也没有'奥菲利亚'。他只有他的母亲,可一位母亲又能做什么呢,何况是在那种情形之下?您知道吗,彼得·斯捷潘诺维奇,我甚至完全可以理解,像Nicolas这种人,何以会出现在您所说的那种肮脏的贫民窟里。我现在可以清楚地看见那种'玩世不恭'的生活——您真是一语破的!那种对于反差的强烈渴望,那种阴暗的画面背景,在那样的背景下,他就像一颗钻石——这又是您的比喻,彼得·斯捷潘诺维奇。而就在这时,他遇见了一位备受凌辱的跛脚女人,她虽然神志不清,却可能拥有最最高尚的品质!"

"嗯,就算是吧。"

"而您却仍不明白,为何他没像所有人一样嘲笑她!唉,人哪!您竟然看不出,他在保护她免受欺凌,像敬重'侯爵小姐'一样敬重她——那个基里洛夫对于人性似乎颇有见地,可就连他也不了解Nicolas!或许,正是反差导致了这出悲剧;假如不幸的女人处在别的环境中,或许就不会产生那种神经错乱的幻想了。女人,只有女人才会明白,彼得·斯捷潘诺维奇,多么可惜,您不是……我当然不是说可惜您不是女人,但至少在这件事上,您是无法体会的!"

"就是说,越糟越好;我明白、明白,瓦尔瓦拉·彼得罗夫娜。就跟宗教一样:一个人过得越惨,或者一个民族越受苦受穷,对天国的福报就越执念,倘若再有十万名神甫费尽心思张罗、鼓吹、怂恿,那就……我明白您的意思,瓦尔瓦拉·彼得罗夫娜,放心。"

"似乎并不完全如此;但您说,难道为了掐灭这个不幸的机体(瓦尔瓦拉·彼得罗夫娜为何使用'机体'一词,我搞不懂)的幻想,Nicolas就非得像其他官吏那样嘲笑她、虐待她吗?当Nicolas郑重其事地回答基里洛夫'我没有戏弄她'时,难道您能否认他那高尚的同情心,以及传遍他整个机体的那种崇高战栗吗?哦,那是多么崇高、多么圣洁的回答啊!"

"多么崇高。"斯捷潘·特罗菲莫维奇喃喃道。

"还请您注意,他并不像您想象的那么有钱;有钱的是我,不是他,而他当年基本不跟我要钱。"

"我明白,全明白,瓦尔瓦拉·彼得罗夫娜。"彼得·斯捷潘诺维奇颇不耐烦地动了动。

"哦,像我的性格!我在Nicolas身上看到了年轻时的自己,那种随时可能迸发的强烈的、可怕的冲动……假如我和您,彼得·斯捷潘诺维奇,将来能够彼此亲近,您也许就会明白了——我个人对此抱有真诚的愿望,何况我欠了您这么大的人情……"

"哦,请您相信,我个人,也乐意。"彼得·斯捷潘诺维奇断续地低声说。

"到时候您就会明白那种冲动了,它会让你在盲目的崇高中,突然抓住一个在各个方面都配不上你的人,他完全不理解你,一有机会就折磨你,可就是这么一个人,你会不顾一切地将其视作某种理想,视作自己的梦想,在他身上寄托自己的全部希望,一辈子敬他、爱他,自己也不知道为了什么,——或许,正是因为他不配……哦,我这辈子太痛苦啦,彼得·斯捷潘诺维奇!"

斯捷潘·特罗菲莫维奇开始带着病态的神情捕捉我的目光,但我及时地避开了。

"……就在不久前,不久前——哦,我多么愧对Nicolas啊!……您不会相信,四面八方的人都来折磨我,所有人、所有人——敌人、下人、朋友,朋友兴许比敌人更甚。当我收到第一封可鄙的匿名信时,彼得·斯捷潘诺维奇,您一定不会相信,我竟然没有足够的勇气来蔑视这无尽的恶毒……我永远、永远不会原谅自己的怯懦!"

"关于那些匿名信我已经略有耳闻,"彼得·斯捷潘诺维奇顿时来了精神,"我一定把他们给您揪出来,您尽管放心。"

"但您肯定想不到,这里已经设下了怎样的阴谋!——他们甚至去折磨我们可怜的普拉斯科维娅·伊万诺夫娜——她跟这事儿有什么关系呢?我今天也许实在是对不住你,我亲爱的普拉斯科维娅·伊万诺夫娜。"她说得豁达而动情,却又不无得胜者的嘲弄。

"别说啦,老大姐,"普拉斯科维娅·伊万诺夫娜不情愿地嘟囔道,"照我说呀,今儿个就到此为止吧;说得太多啦……"她一面说,一面用眼睛偷瞟莉莎,可莉莎却望着彼得·斯捷潘诺维奇。

"至于那个不幸发疯的可怜人,那个丧失了一切却保留了心灵的女人,我决意将她收为养女,"瓦尔瓦拉·彼得罗夫娜突然高声宣布,"我将虔诚地履行这一义务。从今天起,她将由我庇护!"

"从某种意义上来讲,这简直再好不过了,"彼得·斯捷潘诺维奇精神大振,"抱歉,我刚才的话还没说完。我想说的正是关于庇护。不难想象,尼古拉·弗谢沃洛多维奇离开之后,——我接着刚才的话头讲,瓦尔瓦拉·彼得罗夫娜,这位先生,就是眼前这位列比亚德金先生,立刻认为他有权支配他妹妹的生活费,于是把它们花了个精光。我不知道尼古拉·弗谢沃洛多维奇当初是如何安排的,但一年之后,他在国外得知此事,只得另行安排。具体情况我同样不清楚,将来他自己会讲,我只知道,那位美人儿被送到了某个偏远的女修道院,日子过得相当舒服,只不过,是在友善的监管之下——这能理解吧?您知道这位列比亚德金先生又干了些什么吗?他先是使出浑身解数,多方打探,他的私产——也就是他妹妹——被藏到哪儿去了,直到前不久才查出下落。不晓得他出示了什么凭证,把她从修道院领走,直接弄到这儿来了。他不给她饭吃,还打她,虐待她,终于想方设法从尼古拉·弗谢沃洛多维奇那儿弄到了一大笔钱,然后立刻开始酗酒无度,可他非但不感激尼古拉·弗谢沃洛多维奇,反而对他无耻挑衅,提出各种无理要求,还威胁说,假如从今往后不把生活费直接交到他手上,他就去法庭告他。换言之,尼古拉·弗谢沃洛多维奇的自愿资助被他当成了贡赋——您能想象得到吗?列比亚德金先生,我刚才所说的,可全部属实吗?"

一直闷声不吭、垂头站立的大尉突然向前疾走两步,脸涨成了猪肝色。

"彼得·斯捷潘诺维奇,您对我太残忍了……"他说,然后突然闭了嘴。

"残忍?哪里残忍了,请问?不过,残忍与否暂且不论,请您先回答我的第一个问题:我刚才说的究竟是否属实?倘若您认为并不属实,您可以立刻做出声明。"

"我……您自己知道,彼得·斯捷潘诺维奇……"大尉低声道,突然又卡壳了,不说话了。需要指出的是,彼得·斯捷潘诺维奇当时坐在椅子上,跷着二郎腿,而列比亚德金则毕恭毕敬地站在他面前。

大尉的犹豫似乎令彼得·斯捷潘诺维奇大为不满,恼怒的抽搐扭曲了他的面孔。

"您当真不想声明什么吗?"他目光锐利地盯着大尉,"既如此,那就请吧,大家都在等着呢。"

"您知道的,彼得·斯捷潘诺维奇,我什么都没法声明。"

"不,我不知道,我甚至头一回听说。您为何什么都没法声明?"

大尉低头看着地板,沉默了片刻,断然道:"请让我走吧,彼得·斯捷潘诺维奇。"

"除非您先回答我的第一个问题:我所说的,是否属实?"

"属实。"列比亚德金闷声闷气地说,抬眼望了望折磨自己的人。他的鬓角甚至沁出了汗珠。

"全部属实?"

"全部属实。"

"您有没有什么需要补充声明的？倘若您认为我们不够公允，请说出来，提出抗议，大声说出您的不满。"

"没有，什么都没有。"

"您是否威胁过尼古拉·弗谢沃洛多维奇？"

"那……那主要是因为喝了酒，彼得·斯捷潘诺维奇。"他突然昂起头，"彼得·斯捷潘诺维奇！倘若家族名誉和个人名节自己鸣不平，难道，难道人也有罪吗？"他突然失态了，像之前那样吼叫起来。

"那眼下您清醒吗，列比亚德金先生？"彼得·斯捷潘诺维奇目光犀利地盯着对方。

"我……清醒。"

"那家族名誉和个人名节又是怎么回事？"

"没什么，我没说任何人。我指的是我自己……"大尉再次委顿下去。

"看来，我对您所作所为的陈述，似乎很令您生气？您太暴躁了，列比亚德金先生。要知道，您'真正的'行为，我可还没讲呢。我随时可以讲出您'真正的'行为。我可能会讲的，极有可能，可眼下我还没有'真正'开始讲呢。"

列比亚德金猛一哆嗦，惊恐地望着彼得·斯捷潘诺维奇。

"彼得·斯捷潘诺维奇，我这才醒过来！"

"唔。是我把您叫醒的吗？"

"是，是您把我叫醒的，彼得·斯捷潘诺维奇，过去的四年里我一直睡在乌云底下。现在……我可以走了吗，彼得·斯捷潘诺维奇？"

"现在可以了，只要瓦尔瓦拉·彼得罗夫娜认为没有必要……"

瓦尔瓦拉·彼得罗夫娜摆了摆手。

大尉行了个礼，刚向门口跨出两步，突然又收住脚，将手放在胸口，似乎想要说些什么，却终究没有说出口，拔腿就跑。跑到门口，正巧跟尼古拉·弗谢沃洛多维奇撞上；后者侧身让路；可大尉整个人缩成了一团,呆在原地,直愣愣地盯着对方,仿佛兔子撞见了蟒蛇。尼古拉·弗谢沃洛多维奇等了片刻,随手扒拉了他一把,走进了客厅。

七

他显得既快活又平静。或许是遇到了我们还不知道的什么好事儿;不过,似乎还有什么令他尤为满意。

"你能原谅我吗,Nicolas?"瓦尔瓦拉·彼得罗夫娜急切地迎着他站起身,问道。

Nicolas当即爽朗地大笑起来。

"果不其然!"他温和而戏谑地叫道,"看来您已经都知道了。我刚才出去之后,坐在马车上一直寻思:'至少应该讲讲那事儿,谁会像我这样扬长而去呢?'再一想,有彼得·斯捷潘诺维奇在呢,心里立马就踏实了。"他说着,快速地环视了一周。

瓦尔瓦拉·彼得罗夫娜兴奋地接茬道:"彼得·斯捷潘诺维奇给我们讲了一桩彼得堡旧事,发生在某个怪人身上的,他既乖张又疯癫,却永远怀着崇高的情感,永远像骑士一样高尚……"

"骑士?你们都聊到这份儿上啦?"Nicolas笑道,"不过,这回我倒是很感激彼得·斯捷潘诺维奇的急性子(他与后者迅速交换了一下眼神)。您要知道,妈妈,彼得·斯捷潘诺维奇可是位全民调停人;这是他的角色、他的癖好、他的专业,在这方面我要特别向您推荐他。我能猜到,他刚才给您做了一篇怎样的文章。他说起话来正像是做文章,他脑袋里简直有一间文书室。请注意,作为现实主义者,他从不撒谎,对他而言,真相比成功更贵重……当然,除非遇到某些成功比真相更贵重的特殊情形。(他说这番话时,一直在不停地环顾众人)总之,您清楚地看到了,妈妈,不应该是您向我请求原谅,要说这里面真有什么疯癫行为,那首先自然是在我这面,毕竟我归根结底是个疯子——我在本地的名声还是要维持的嘛……"

说到这儿,他温柔地抱了抱母亲。

"无论如何,此事已经了结,并已澄清,因此,再也不必提了。"他补充道,声音里有种干巴、坚决的音调。瓦尔瓦拉·彼得罗夫娜听出来了;但她的狂喜仍未消退,反而更甚。

"我以为你至少还得一个月才能回呢,Nicolas!"

"回头我自会跟您解释,妈妈,但眼下……"说着,他朝普拉斯科维娅·伊万诺夫娜走去。

但后者却并未正眼看他,尽管半小时前他刚一露面便令她惊愕不已。眼下她有了新的烦恼:从大尉出门撞上尼古拉·弗谢沃洛多维奇的那一刻起,莉莎便突然开始发笑,起初是轻声地,一阵阵地,后来越笑越厉害,越笑越响亮,越笑越引人注目,直笑得面红耳赤,与方才的阴郁神色判若两人。尼古拉·弗谢沃洛多维奇跟瓦尔瓦拉·彼得罗夫娜说话时,她先后两次将马夫里基·尼古拉耶维奇招到自己跟前,似乎想对他耳语些什么;可后者一朝她俯下身去,她便大笑不止;似乎惹她发笑的正是可怜的马夫里基·尼古拉耶维奇。不过,她显然在竭力遏止发笑,一再地用手帕捂嘴。尼古拉·弗谢沃洛多维奇以最单纯、最宽厚的神情向她致以问候。

"请您原谅,"她快速地答道,"您……您自然已经看见马夫里基·尼古拉耶维奇啦……天哪,您简直高得不可理喻,马夫里基·尼古拉耶维奇!"

随即又是一阵大笑。马夫里基·尼古拉耶维奇的确个头很高,但绝没有高到不可理喻的地步。

"您……早就到了吗?"她勉强收住笑,低声问道,神情甚至有些羞赧,眼睛却闪闪发光。

"有两个多钟头了。"Nicolas注视着她答道。需要指出,他异常持重且彬彬有礼,但除却礼貌之外,他的神情是完全漠然,甚至萎靡的。

"您打算住在哪儿?"

"这儿。"

瓦尔瓦拉·彼得罗夫娜原本也在紧盯着莉莎,此刻却被一个念头击中了。

"你这两个多钟头都去哪儿了,Nicolas?"她走过来道,"火车十点钟就进站了。"

"我先将彼得·斯捷潘诺维奇送到了基里洛夫家。我跟彼得·斯捷潘诺维奇是在离这儿三站地的马特维耶沃碰上的,然后就坐同一节车厢到了这儿。"

"我从天亮就等在马特维耶沃,"彼得·斯捷潘诺维奇接茬道,"我们那趟车的尾部车厢夜里脱轨了,我差点儿没摔断腿。"

"摔断腿!"莉莎大叫道,"妈妈,妈妈,咱俩上礼拜还想去马特维耶沃来着呢,要真去了,恐怕也会摔断了腿!"

"上帝保佑!"普拉斯科维娅·伊万诺夫娜画了个十字道。

"妈妈,妈妈,亲爱的妈,就算我真把两条腿都摔断了,您也甭怕;这种事儿还真有可能发生在我身上呢,您自己不也总说我'成天骑马不要命'吗?马夫里基·尼古拉耶维奇,我要是真瘸了,您会牵着我走路吗?"她又哈哈大笑起来,"要是真发生这种事儿,除了您,我谁也不让牵,这点您大可放心。嗯,假设我就只瘸一条腿好了……咳,求您啦,您倒是说话呀,说'您视此为幸福'。"

"瘸一条腿有什么好幸福的?"马夫里基·尼古拉耶维奇皱着眉,严肃地说。

"那样您就能牵着我了呀,只有您可以,别人谁都不行!"

"即便到那时候,也是您'牵'着我,莉莎·尼古拉耶夫娜。"马夫里基·尼古拉耶维奇愈加严肃地嘟囔道。

"天呀,他居然也想要学人家说俏皮话了!"莉莎近乎惊恐地叫道,"马夫里基·尼古拉耶维奇,永远不要滑到这条路上去!要说您可真是个自私鬼！我敢说，您刚才绝对是在自我诋毁；恰恰相反：到时候您一定会从早到晚劝慰我，说我瘸了一条腿反而更美了！只有一点不好——您个子太高啦，而我要是再瘸上一条腿，可就变成个小矮人啦，到时候您还怎么牵我的手啊，咱俩就不般配啦！"

她又病态地大笑起来。这番俏皮话寡淡无味，暗示又太过露骨，但她显然已经顾不上体面了。

"歇斯底里！"彼得·斯捷潘诺维奇低声对我说，"得赶紧给她倒杯水。"

真被他说中了。一分钟后，屋内乱成了一团，有人端来了水。莉莎抱住自己的母亲，热烈地亲吻她，趴在她的肩头大哭，接着身子后仰，端详她的脸，又哈哈大笑起来。她母亲终于也嘤嘤啜泣了。瓦尔瓦拉·彼得罗夫娜忙将母女俩带到自己屋去，走出了达里娅·帕夫洛夫娜方才走进的那扇门。但她们在那儿待的时间并不长，顶多四分钟……

我竭力还原这个值得记忆的上午的最后几个瞬间的每一道轮廓。我记得，当客厅里只剩下男士，没有女士（除了端坐在原位的达里娅·帕夫洛夫娜）时，尼古拉·弗谢沃洛多维奇走到我们每个人面前，与我们一一问好——除了沙托夫，他继续坐在原来的角落里，比方才更深地埋下头去。斯捷潘·特罗菲莫维奇本想跟尼古拉·弗谢沃洛多维奇说些顶俏皮的话，可后者却急切地朝达里娅·帕夫洛夫娜走去。刚走到一半，彼得·斯捷潘诺维奇便将他拦住，硬生生拽到窗户旁，语速极快地冲他耳语起来，从伴随耳语的表情和手势来看，显然是件十分紧要的事。而尼古拉·弗谢沃洛多维奇却一副懒洋洋、心不在焉的样子，带着他那种标志性的冷笑，末了甚至不耐烦起来，而且似乎一直想要摆脱对方。当他终于从窗户旁走开时，我们的女士们也回来了；瓦尔瓦拉·彼得罗夫娜扶着莉莎在原位坐下，说服母女二人再待上十分钟，稍事休息，否则猛然吹冷风恐对患病的神经不利。她对莉莎照料有加,亲自坐在了后者身旁。得空的彼得·斯捷潘诺维奇立刻跳到她们跟前,急切而快活地说起话来。这时,尼古拉·弗谢沃洛多维奇终于不疾不徐地走到了达里娅·帕夫洛夫娜面前;随着他的靠近,座位上的达莎变得如坐针毡,接着又蓦地站起身来,窘迫不已,面飞红霞。

"似乎可以恭喜您了吧……还是说,为时尚早?"他的脸上挤出了一道异样的褶皱。

达莎回了句什么,但很难听清。

"请原谅我的冒失,"他提高音量道,"但您想必知道,我被特意告知了。这您知道吧?"

"是的,我知道您被特意告知了。"

"但愿我的贺喜没有坏了任何事,"他笑道,"倘若斯捷潘·特罗菲莫维奇……"

"贺喜,喜从何来呀?"彼得·斯捷潘诺维奇突然跳过来插嘴道,"您有啥喜事儿呀,达里娅·帕夫洛夫娜?啊!该不会是那事儿吧?您脸上的红晕证明我猜对了。想想也是,对一位窈窕淑女还能贺什么喜呢,又有什么喜事儿能令她如此脸红呢?既如此,也请您接受我的贺喜,并请支付赌金:还记得吗,咱俩在瑞士打过赌,您说您永远不会出嫁……哎呀,说到瑞士——我这是怎么啦?您想想看,我有一半就是冲这个来的,结果却差点忘了:请告诉我,"他迅速转向斯捷潘·特罗菲莫维奇,"你到底啥时候去瑞士?"

"我……去瑞士?"斯捷潘·特罗菲莫维奇又惊又窘地问。

"怎么?又不去啦?你不是也要结婚吗……是你写的吧?"

"皮埃尔!"斯捷潘·特罗菲莫维奇叫道。

"皮埃尔啥呀……听着,要是你乐意结婚,那我就飞来向你宣布:我毫不反对——你不是希望我能尽快表态吗;要是你(他又撒落一把玻璃珠)需要我'飞来救你',就像你在同一封信里所哀求的那样,那我同样乐于效劳。他当真要结婚吗,瓦尔瓦拉·彼得罗夫娜?(他迅速向后者转过身去)但愿我没有信口开河;他自己在信里写的,说全城人都知道了,都向他道喜,他避无可避,只有夜里才能出门。这封信眼下就揣在我兜儿里呢。可您相信吗,瓦尔瓦拉·彼得罗夫娜,这封信直看得我一头雾水!请你给我一句准话儿,斯捷潘·特罗菲莫维奇,我究竟该恭喜你,还是该'救'你?您一定不会相信,在那封信里,最幸福的句子后面紧跟着最绝望的句子。他首先请求我原谅;好吧,就算他秉性如此……但我还是不得不说:您想想看,这个人这辈子总共只见过我两次,还都是无意间碰上的,眼看要结第三次婚了,却突然想到这可能会有损于他的父爱,于是隔着一千公里求我莫生气,征求我的同意!你别见怪,斯捷潘·特罗菲莫维奇,时代使然,我看得很开,我也并不谴责你,何况这兴许还能为你脸上贴金,等等,等等。可还是那句话,关键是我看不懂呀!你信里又说什么'在瑞士造的孽'。说什么因为罪孽而结婚,因为别人的罪孽,还是怎么说的来着,总之吧——'罪孽'。他说:'姑娘本人赛过珍珠和钻石',又说他自然是'不配的'——这是他的原话;但又说他因为某些罪孽或者义务,'被迫完婚并前往瑞士',叫我'放下一切,飞来救他'。换作您,您看得懂吗?不过……不过,我从诸位的表情看到(他手里拿着信,转来转去,带着最无辜的微笑审视着众人),和往常一样,我似乎又莽撞了……全是因为我愚蠢的直率,或者像尼古拉·弗谢沃洛多维奇所说的,'急性子'。我是寻思着,反正这儿都是自己人嘛,当然,是你的自己人,斯捷潘·特罗菲莫维奇,你的自己人,而我嘛,其实倒是个外人。看来……看来,所有人都知道些什么,不知道的人恰恰是我。"

他仍在环顾众人。

"斯捷潘·特罗菲莫维奇当真这么写的,说他要和'别人在瑞士造下的罪孽'结婚,请您'飞来救他',这真是他的原话?"瓦尔瓦拉·彼得罗夫娜突然走上前来,脸色蜡黄,面目扭曲,嘴唇颤抖。

"我是说,夫人,要是我有什么地方说错了,"彼得·斯捷潘诺维奇面露惶恐,语速更快了,"那错的人自然是他,是他这么写的。信就在这儿。您知道吗,瓦尔瓦拉·彼得罗夫娜,他的信总是没完没了、接连不断,最近两三个月更是一封接着一封,老实说,有些信我根本没读完。斯捷潘·特罗菲莫维奇,请原谅我说了大实话,但你也得承认,你的信表面上是寄给我的,实际上却是写给后世的,所以你其实也无所谓……呦,呦,别生气,咱俩总归是自己人吧!但这封信,瓦尔瓦拉·彼得罗夫娜,这封信我读完了。这里的'罪孽',这里的'别人的罪孽',想必是家父自己犯的什么过失,而且我敢打赌,是无心之失,可眼下,他却妄想从中捏造出一个带有崇高色彩的可怕故事——他正是为了崇高色彩才捏造的。您瞧,他在收支方面有些麻烦,——该认就得认嘛!您知道的,他很爱玩牌……不过,这是废话了,废话太多啦,我的错,是我太饶舌了,不过,上帝保佑,瓦尔瓦拉·彼得罗夫娜,他着实把我吓坏了,我几乎真的准备好要'飞来救他'了。说到底,我自己也很惭愧。难道我拿刀架在他脖子上了吗?难道我是个铁石心肠的债主吗?他在信里还提到了嫁妆……说了半天,你到底结不结婚哪,斯捷潘·特罗菲莫维奇?这种事儿也不是不可能,不然我说呀说,说呀说的,倒像是光耍嘴皮子了……唉,瓦尔瓦拉·彼得罗夫娜,我几乎确信,眼下您恐怕也要怪我饶舌了……"

"相反,恰恰相反,我看得出,您也是被人逼烦了,我能理解您。"瓦尔瓦拉·彼得罗夫娜恶狠狠地接口道。

她带着恶毒的享受听取了彼得·斯捷潘诺维奇这通"实实在在"的废话。后者显然是在演戏——具体角色尚不清楚,但明显是在演戏,而且演技太拙劣了。

"恰恰相反,"她继续道,"我很感激您的这番话,否则我还要被蒙在鼓里呢。二十年来,我头一次睁大了眼睛。尼古拉·弗谢沃洛多维奇,您说您也被特意告知了,该不会是斯捷潘·特罗菲莫维奇也给您写了这样的信吧?"

"我收到了他的一封信,一封毫无恶意的、非常……非常……高尚的……"

"您感到为难,您在寻找措辞——够了!斯捷潘·特罗菲莫维奇,请您帮我一个大忙,"她突然目光炯炯地转向后者,"劳您驾,请您立刻离开这儿,从今往后,再莫登我的门。"

请诸位回想一下她方才的"狂喜",而这一情绪眼下仍未消退。诚然,斯捷潘·特罗菲莫维奇的确有错!但令我无比惊异的却是下面这点:他以惊人的尊严,默默地承受了彼得鲁沙的"揭发"和瓦尔瓦拉·彼得罗夫娜的"诅咒"。他何以变得如此坚强?我只知道一点,他无疑被方才自己同彼得鲁沙的见面,特别是那个拥抱深深地伤到了。那是深刻的、真正的痛苦,至少在他看来、在他想来如此。他还承受着另外一种痛苦——他痛切地意识到了自我行径的卑鄙;这是他后来亲口对我坦言的。要知道,真正的、确凿的痛苦有时甚至能令少有的轻率之人变得稳重、坚强,哪怕只是暂时的;不仅如此,真正的、彻骨的痛苦有时甚至能让傻瓜变得聪明,当然,也只是暂时的:这便是痛苦的特性。既如此,像斯捷潘·特罗菲莫维奇这样的人又当如何呢?——脱胎换骨。当然,也只是暂时的。

他不失尊严地向瓦尔瓦拉·彼得罗夫娜鞠了一躬,一言未发——其实他也无言以对。他本想就此离去,却又情不自禁地朝达里娅·帕夫洛夫娜走去。后者似乎早有预感,登时惊恐万状,抢先开了口:"求您了,斯捷潘·特罗菲莫维奇,看在上帝的分上,什么也别说,"她说得热烈而急切,脸上带着病态的神情,急忙向他伸出手去,"请您相信,我仍像从前一样敬重您……珍视您……也请您记住我的好,斯捷潘·特罗菲莫维奇,我将非常、非常珍惜……"

斯捷潘·特罗菲莫维奇深深地、深深地向她鞠了一躬。

瓦尔瓦拉·彼得罗夫娜斩钉截铁地说道:"由你决定,达里娅·帕夫洛夫娜,你知道的,整件事完全取决于你的意志!以前是,现在是,将来也是。"

"啊!这下我可明白了!"彼得·斯捷潘诺维奇拍了一下脑门,"可是……这么一来,我又陷入了何种境地?达里娅·帕夫洛夫娜,求您原谅我!……你这是将我置于何地,啊?"他对父亲说。

"皮埃尔,你本可以不这样对我说话的,不是吗,我的朋友?"斯捷潘·特罗菲莫维奇甚至完全平静地说。

"别嚷嚷,"皮埃尔挥舞着双手道,"你得相信,这全赖你那又老又病的神经,眼下再嚷嚷也没用了。你最好告诉我,你应该能料到,我一上来就会说这事儿,那你事先咋不跟我透透气呢。"

"皮埃尔,"斯捷潘·特罗菲莫维奇目光敏锐地注视着他,"你对这里的情况如此了解,难道对这件事你就真的一无所知、一无所闻?"

"什么——?瞧这种人!不光是个老小孩,还是个坏小孩哪!瓦尔瓦拉·彼得罗夫娜,您听见他说的了吗?"

又是一阵骚动;就在这当口儿,突然出了一件谁也意想不到的事。

八

首先要说一句:最近两三分钟,莉莎维塔·尼古拉耶夫娜又被某种新的情绪控制了;她不停地对妈妈以及向她俯下身来的马夫里基·尼古拉耶维奇快速地耳语着什么。她的神情惊惶不安,同时却又表露出某种决心。她终于站起身来,显然急着要走,还连声催促母亲,马夫里基·尼古拉耶维奇忙将后者从座位上搀扶起来。然而,他们看来是注定走不成的,而非要等到好戏收场不可。

沙托夫——他被所有人完全遗忘在角落里了(他坐得离莉莎维塔·尼古拉耶夫娜不远),而且大概连他自己也不知道,他为何坐着没走——突然从座位上站起身来,迈着缓慢而坚定的步伐,穿越整个房间,朝尼古拉·弗谢沃洛多维奇走去,眼睛死死地盯着后者的脸。后者离老远就注意到了对方的逼近,露出一抹冷笑,待沙托夫走到跟前,才收敛了笑容。

当沙托夫沉默地站在尼古拉·弗谢沃洛多维奇跟前,目不转睛地盯着他时,众人全都注意到了这一情形,纷纷安静下来,最后一个是彼得·斯捷潘诺维奇;莉莎母女停在了房间中央。如此过了约莫五秒钟;尼古拉·弗谢沃洛多维奇脸上的无畏的困惑变成了愤怒,他皱起眉头,突然……

突然,沙托夫抡起他那长而有力的胳膊,结结实实地打在了尼古拉·弗谢沃洛多维奇脸上。后者身子猛地一晃。

沙托夫连打人都与众不同,那完全不像通常意义上的打耳光(假如这也算耳光的话),他用的不是巴掌,而是拳头,而他的拳头又大又沉,骨节粗大,毛茸茸的,布满雀斑。这一拳若是打在鼻子上,非把鼻子捣碎了不可。但这一拳打在了脸颊上,砸到了左侧嘴角和上排牙齿,口中登时流出血来。

似乎有声短促的惊叫,好像是瓦尔瓦拉·彼得罗夫娜发出的——我记不清了,因为房间里登时又是一片死寂。

整个过程最多持续了十秒钟。

但在这十秒钟内所发生的,却多得可怕。

我要再次提醒读者,尼古拉·弗谢沃洛多维奇属于那种从来不知道害怕的人。在决斗时,他会冷漠地面对对手的射击,也会冷血地瞄准,射杀对手。倘若有人打他的脸,那么,据我对他的了解,他很可能连决斗也不会发起,而直接将羞辱者当场杀死。他恰恰属于那种人,他们就算杀人时也是理智清醒的,而绝非心智失控的。我甚至觉得,他从未陷入过蒙蔽理智的暴怒,以致丧失思考能力。即使他偶尔被无尽的愤恨攫住,却依旧能够完全保持自制力,因此他肯定清楚,在决斗以外杀人必会招致流放和苦役,但他仍会杀死侮辱他的人,而且决不会有丝毫犹豫。

近来我一直在研究尼古拉·弗谢沃洛多维奇,也碰巧形势特殊,如今,执笔之际,我已经掌握了关于他的很多情况。我倾向于将其比作从前的某些人物,关于他们,敝省社交界至今流传着某些传奇事迹。比如,有位十二月党人,Л先生,据说他一生热衷于冒险,沉湎于危险体验,将其变成了自我天性的需求:他年轻时动不动就跟人决斗,在西伯利亚时经常单凭一柄猎刀去猎熊,喜欢在莽林里遭遇无疑比熊更可怕的逃亡的苦役犯。毫无疑问,这些传奇人物能够体验到恐惧感,甚至相当强烈,否则他们大概会冷静得多,也就不会将体验危险变成天性需求了;然而,战胜内心的怯懦——这才是真正令他们着迷的。持续不断的胜利的狂喜和不可战胜的信念——这才是令他们心驰神往的。早在流放之前,这位Л先生曾一度跟饥饿斗争过,靠繁重的劳动挣面包吃,只因他坚决不肯屈从于自己的富豪父亲,认为父亲的某些要求有失公允。如此看来,他对于"斗争"的理解是多方面的,与熊搏杀或者持枪决斗远非他估量自我韧性及意志的唯一方式。

然而,时过境迁,美好旧时代的那些另类的、不肯安生的先生们孜孜以求的那种直接而完整的体验,对于当代人神经过敏、饱受折磨、矛盾分裂的本性而言,已经完全不相宜了。尼古拉·弗谢沃洛多维奇也许会傲视Л先生,甚至将他称为色厉内荏的胆小鬼、小公鸡,——当然,他嘴上不会说出来。他也许会在决斗中射杀对手,也许会去猎熊,只要有此必要;他也许会在森林里击败强盗,而且和Л先生一样轻易、一样无畏,但他体会不到任何愉悦,而仅仅是出于恼人的必需,他会无精打采,甚至烦闷无聊。至于愤恨,尼古拉·弗谢沃洛多维奇自然要比Л先生甚或莱蒙托夫都有进步,他心中的愤恨兴许比后两者加起来还要多;但这种愤恨是冰冷的、沉静的,甚至可以说是理性的,因而也是一切愤恨中最恶劣、最可怕的。我再说一遍:我当时认为,现在(当一切都已结束时)依旧认为,他正是那样一个人,假如他被人打了脸或者遭受了类似的羞辱,一定会当场将对方杀死,连决斗也不发起。

然而,这回却出现了稀奇古怪的一幕。

他刚一站直身子(他整个上半身几乎都随着那记耳光耻辱地歪向一侧),房间里似乎仍旧回荡着拳头撞击脸颊时那种屈辱的、湿唧唧的声音,他便用两手抓住了沙托夫的肩膀;但几乎就在同一瞬间,他又急速地抽回了自己的双手,交叉背在身后。他沉默地瞪着沙托夫,脸色苍白得如同一件白衬衫。但奇怪的是,他的目光仿佛逐渐熄灭了。十秒钟后,他的眼睛便冰冷而且——我敢肯定我没有胡说——平静了;只是脸色苍白得可怕。当然,我并不知道他心里是怎么想的,我只看得到外表。我感觉,假如有这样一个人,他为了检验自己的坚强,徒手抓起一根烧得通红的铁条,紧紧攥住,在漫长的十秒钟内,熬过了无法忍受的疼痛,最终战而胜之,那么此人所忍受的大概便与尼古拉·弗谢沃洛多维奇在这十秒钟内所忍受的庶几近之了。

沙托夫率先垂下目光,看来是不得不垂下去的。接着,他缓慢地转过身,朝屋外走去,但已经完全不再是方才那种步态了。他走得悄无声息,异常笨拙地耸起肩膀,耷拉着脑袋,口中念念有词,仿佛在跟自己议论着什么。他小心翼翼地走到了门边,什么也没碰到,什么也没撞翻;他将门板推开一道窄缝,侧着身子从门缝里挤了出去。当他的身子挤出去时,翘在脑后的那撮头发便格外醒目。

接着,在所有叫声之前,响起一声可怕的尖叫。是莉莎维塔·尼古拉耶夫娜。我看见她一手拽着妈妈的肩头,一手拽着马夫里基·尼古拉耶夫娜的胳膊,用力拽了两三次,想把二人拽出房间,然后突然尖叫一声,直挺挺地昏倒在了地板上。时至今日,我仿佛仍能听到她的后脑勺砸在地毯上的闷响。

第二部

第一章　夜

一

　　八天过去了。如今,当我撰写这部纪事时,人们都已经知道是怎么一回事;而在当时,我们还什么都不知道,自然对很多事都感到惊奇。至少我和斯捷潘·特罗菲莫维奇曾一度闭门不出,惊恐地从旁观望。我倒还偶尔出趟门,为他打探各路消息——没有这些,他一刻也撑不下去。

　　不消说,城里涌现出了五花八门的传言:关于那记耳光,关于莉莎维塔·尼古拉耶夫娜的昏厥,以及那个礼拜天发生的一切事情。令我们惊疑的是:这些事是通过谁如此迅速而准确地传出去的?当时在场的每一个人,似乎都没有走漏风声的必要与好处。仆人们当时没有在场;唯独列比亚德金可能会胡咧咧,但并非出于怨恨——他是在极度恐惧中离开的,而对敌人的恐惧自会抵消怨恨——而单纯是酒后失言。但列比亚德金兄妹翌日便不知所踪,菲利波夫公寓见不着人,也没有人知道去了哪儿,就跟蒸发了一样。我原想找沙托夫打听一下玛丽亚·季莫菲耶夫娜,沙托夫却反锁了门,而且似乎八天来一直蹲在家里，连城里的差事都撂下了。我去他也不见。礼拜二我去找他，敲了一下门，没有回应，但我有确凿的证据断定他就在家里，便又连敲了几下。我听见他似乎从床上跳了起来，大步走到门后，扯着嗓子对我喊："沙托夫不在家。"我只得悻悻离去。

我和斯捷潘·特罗菲莫维奇互相鼓励着，壮着胆子推测，终于停留在一个想法上：我们认为，传言四起的罪魁祸首只能是彼得·斯捷潘诺维奇，尽管他后来在与父亲谈话时坚称，等到他发现时，事情早就传开了，特别是在俱乐部里，连省长夫妇都已经一清二楚了。还有一点令人惊讶：事后第二天，也就是礼拜一晚上，当我碰见利普京时，他已经全知道了，显然是第一时间便得到了消息。很多女士们（包括最尊贵的）都开始好奇地打听"神秘的跛脚女人"，即玛丽亚·季莫菲耶夫娜。有人甚至巴不得想亲眼见见她，跟她认识认识——如此说来，将列比亚德金兄妹紧急藏匿起来的先生们的确有先见之明。但关注的焦点还是莉莎维塔·尼古拉耶夫娜的昏厥，整个上流社会都对此津津乐道，首先就是因为，此事直接牵涉到省长夫人尤利娅·米哈伊洛夫娜——莉莎维塔·尼古拉耶夫娜的亲戚和庇护人。说什么的没有啊！助长谣言的是神秘气氛：涉事的两座宅邸均大门紧闭；莉莎维塔·尼古拉耶夫娜据说得了酒精性谵妄，卧床不起；又说尼古拉·弗谢沃洛多维奇也是如此，并且令人作呕地描述了他被人打掉的一颗牙齿以及牙龈脓肿的腮帮子。甚至私下里盛传，说搞不好会闹出人命，说斯塔夫罗金可咽不下此等奇耻大辱，说他一定会杀了沙托夫，而且是秘密杀害，就跟科西嘉岛复仇似的。这个想法喜闻乐见，但敝城大部分上流青年在听取谣言时都带着不屑一顾的鄙夷，不用说，那都是装出来的。总的来说，敝城社交界对尼古拉·弗谢沃洛多维奇昔日的敌意显露无疑。就连老成持重之人也急于发起控诉，尽管尚未找到由头。有人窃窃私议，说他玷污了莉莎维塔·尼古拉耶夫娜的清白，又说两人曾在瑞士有过男女私情。至于谨慎之人，说自然是不肯乱说的，听却听得津津有味，跟所有人一样。另有一些说法，不是普遍的，而是局限的、个别的，甚至是密不外传的，而且古怪至极，我之所以提及它们只是为了让读者知情，以方便本纪事的后续。这便是：有些人眉头紧蹙，以只有上帝知晓的根据声称，尼古拉·弗谢沃洛多维奇在敝省肩负着某项特殊使命，说他在彼得堡通过K伯爵打通了某种高层关系，说他甚至有可能在当差，并且受了某要员的某种委派。当老成持重之人对这一传言报以哂笑，明智地指出，一个靠丑闻过活、从牙龈脓肿起步的人不大像一位官员时，对方却咬着耳朵回应说，他的差事并非官方的，而是秘密的那种，这种差事本身就需要当差者越不像官员越好。这一回应产生了效果；我们由此得知，帝都对敝省政局的关注甚为密切。我要重申，这些传言只是偶尔闪现，只消尼古拉·弗谢沃洛多维奇一露面便会销声匿迹。但我要指出，很多传言基本上都能追溯到某人在俱乐部里闪烁其词地说出的一番简短却恶毒的话。此人便是前不久从彼得堡返乡的近卫军退役大尉[1]、敝城乃至敝省的大地主、帝都上流社会人士——阿尔捷米·帕夫洛维奇·加加诺夫，已故的帕维尔·帕夫洛维奇·加加诺夫之子。而后者正是那位德高望重的前俱乐部理事，尼古拉·弗谢沃洛多维奇四年多前曾与之有过一场异常粗鲁且意外的冲突，这在本纪事的开头便已提及。

　　人们立刻得到消息，说尤利娅·米哈伊洛夫娜曾紧急造访瓦尔瓦拉·彼得罗夫娜，却在门廊上得到回复，称"夫人身体抱恙，恕不接待"。并且，两天之后，尤利娅·米哈伊洛夫娜又派专差前去探问瓦尔瓦拉·彼得罗夫娜的身体状况。不仅如此，省长夫人还处处"维护"瓦尔瓦拉·彼得罗夫娜，当然，只是最形而上的，或者说最含混意义上的维护。对于有关礼拜天事件的最初的种种仓促猜测，她一概听得严肃而冷淡，因此，在随后的几天里，只要有她在场，传言便不复重现。

---

[1] 近卫军大尉相当于普通军队中的上校。

如此一来，一种想法便遍地生根，即尤利娅·米哈伊洛夫娜不仅知晓整个神秘事件，而且对其全部的隐秘内涵知道得一清二楚，而且还并非旁观者，而是同谋者。顺带一提，她在本地已经逐渐拥有了至高无上的影响力，而这无疑是她渴望与追求的，让她逐渐有了"众星捧月"的感觉。部分社交界称赞她有头脑、讲实际、知分寸……但此为后话。在某种程度上，正是由于她的扶持，彼得·斯捷潘诺维奇才得以在敝城社交界声名鹊起，这令斯捷潘·特罗菲莫维奇大为惊诧。

首先说，彼得·斯捷潘诺维奇几乎瞬间——在其现身后的短短四天之内——结识了全城的头面人物。他礼拜天才到，礼拜二我就见他与阿尔捷米·帕夫洛维奇·加加诺夫同乘一辆敞篷马车，要知道，后者虽不无上流社会风度，却眼高于顶、暴躁易怒，一般人很难与之相处。省长府对彼得·斯捷潘诺维奇同样青眼有加，甚至立刻将其纳为亲信，或者说"大红人"；他几乎每天都陪着省长夫人共进午餐。他和她早在瑞士便相识，但他在省长府的迅速成功委实令人匪夷所思。毕竟他之前有过境外革命者的名声，还参与过某些境外出版物，好像还出席过几届代表大会，据阿廖沙·捷利亚特尼科夫说，甚至"有报纸为证"（这话是他当面对我说的，话语里充满怨毒）。此人也曾是前省长府的大红人，现如今，唉，却只是个退休的小官而已。不过，事实是明摆着的：过去的革命者在亲爱的祖国非但没有受到任何责难，反而几乎得到了褒奖，如此说来，大概并没有革命者这回事。利普京悄悄对我说，据传言，彼得·斯捷潘诺维奇好像是在哪儿悔过自新了，供出了另外几个人，并承诺今后报效祖国，大概由此弥补了罪过，得到了宽恕。我将这番恶毒的话告诉了斯捷潘·特罗菲莫维奇，后者绞尽脑汁地思考起来，尽管他已经基本丧失了思考能力。后来才得知，彼得·斯捷潘诺维奇带来了好几封极具分量的举荐信，至少他给省长夫人带去了一封，举荐人是彼得堡举足轻重的一位老夫人，其丈夫是帝都最具威望的长者之一。这位老夫人还是尤利娅·米哈伊洛夫娜的教母，她在信中说，就连K伯爵也熟识彼得·斯捷潘诺维奇（经由尼古拉·弗谢沃洛多维奇引荐），并且器重他，说他是个"不错的年轻人，尽管走过一些弯路"。尤利娅·米哈伊洛夫娜极其看重自己与"顶层世界"之间少得可怜的、勉力维持的关系，收到老夫人的信自然很高兴；但这里头似乎仍有些不同寻常的东西。她甚至把丈夫与彼得·斯捷潘诺维奇的关系也搞得近乎亲昵，惹得省长冯·连布克阁下抱怨连连……但这也是后话。同样值得注意的是，就连伟大作家卡尔马济诺夫也对彼得·斯捷潘诺维奇极为赏识，立刻邀请他到自己府上做客。如此自大之人竟对自己的儿子如此殷勤，这令斯捷潘·特罗菲莫维奇的内心刺痛不已。但我对此却另有解读：卡尔马济诺夫先生盛情邀请一位虚无主义者，无非是想展示他与两都[1]进步青年的亲近。伟大作家对当代革命青年之忌惮近乎病态，他不识时务地认为后者掌握着开启俄国未来的钥匙，对其低三下四地逢迎讨好，而这主要是因为，他们完全不将他放在眼里。

二

彼得·斯捷潘诺维奇来找过自己的父亲两次，可惜两次我都不在。头一次是礼拜三，与初次相见足足隔了三天，而且是有事而来。顺带一提，父子之间的财产清算悄无声息地结束了。瓦尔瓦拉·彼得罗夫娜全盘接手，悉数付清（自然也获得了那块田产），事后才派人知会斯捷潘·特罗菲莫维奇。她的全权代表、老仆人阿列克谢·叶戈罗维奇给斯捷潘·特罗菲莫维奇带来一份文件，后者以无上的尊严默默地签了字。说到尊严，这些天我几乎都认不出我们的老爷子了。他一改从前的做派，变得惊人地沉默，自礼拜天以来竟然连一封信也没给

---

[1] 指彼得堡和莫斯科。

瓦尔瓦拉·彼得罗夫娜写过,而这简直堪称奇迹,更重要的是,他变得平静了。看得出来,他是抱定了某个终极的非凡信念,从中获得了安宁。他获得了这一信念,在静静地等待什么。当然,起初他也痛苦,尤其是礼拜一那天,甚至一度轻霍乱发作。他依旧无时无刻不需要消息;可一旦我抛开事实,转入事情实质,提出某种推测,他便立刻冲我摇手,叫我别再说了。跟儿子的两次会面虽并未令他动摇,但终究对他产生了病态的影响。每次会面结束之后,他都要在沙发上躺上一整天,额头上敷着浸过醋的毛巾;但整体而言他仍是平静的。

不过,偶尔他也不会朝我摇手,叫我停下。我感觉,那份神秘的坚定似乎已离他而去,他又开始了与新一轮的澎湃翻涌的念头的缠斗。那只是某些瞬间,却被我捕捉到了。我怀疑,他很渴望再次彰显自我存在,走出幽居,去宣战,发起最后一役。

"亲爱的,我会让他们体无完肤!"他脱口而出道。那是礼拜四晚上,跟彼得·斯捷潘诺维奇第二次会面之后,当时他直挺挺地躺在沙发上,头上敷着湿毛巾。

在那之前,他一整天都没有跟我说一句话。

"'儿子,心爱的儿子'之类的话,我承认,全是鬼话,都是只有厨娘才会说的,但随它去吧,如今我自己也看明白了。我没供他吃,没供他喝,我把他从柏林丢到某某省去了,一个吃奶的娃娃,通过邮局,等等之类,我承认……'你没养过我,'他说,'你把我当包裹寄走了,现在还来打劫我。''可是,不幸的孩子,'我冲他喊,'要知道,我一辈子都在为你心痛啊,即使是通过邮局!'他笑。但我承认,我承认……就算是当成包裹吧——"他仿佛在说胡话,突然顿住了。

"不说这个了,"五分钟后他又开始了,"我搞不懂屠格涅夫。他的巴扎罗夫[1]太假了,压根就不存在;他们头一个就抛弃了他,将他视

---

[1] 巴扎罗夫是屠格涅夫(1818—1883)小说《父与子》(1861)中的主人公,是平民出身的医科大学生,虚无主义者,崇尚自然科学,否定文学与艺术的作用。

为另类。这个巴扎罗夫是诺兹德廖夫[1]和拜伦的某种奇特混合,正是如此。您好好看看吧:他们正高兴得尖叫、打滚儿呢,像一群晒太阳的小狗崽儿,他们是幸福的,他们是赢家!哪儿有什么拜伦呢!……再说多么庸俗啊!厨娘般歇斯底里的自尊心,让自己名声大噪的鄙俗欲望,殊不知,他的名声……哦,真是讽刺啊!'得了吧,'我冲他喊,'难道你想在人前掩盖本来面目,装成基督?'他笑。他笑得太多太多了。他的笑容多么奇怪啊。他母亲可没有这种笑容。他总在笑。"

又一阵沉默。

"他们真是狡诈;礼拜天他们是串通好了的……"他突然来了一句。

"啊,毫无疑问,"我削尖了耳朵,叫道,"整桩密谋都是用白线缝在黑布上的,而且演技拙劣。"

"我不是说这个。您知道吗,他们是故意用白线缝的,为的就是让……让该看到的人看到。明白吗?"

"不,不明白。"

"那更好,不提它了。我今天实在气坏了。"

"您何苦跟他吵呢,斯捷潘·特罗菲莫维奇?"我责怪道。

"我想说服他。好啊,您嘲笑我吧。那位可怜的姨妈,她会听到好事儿的!哦,我的朋友,您相信吗,方才我感觉自己是爱国的!其实,我一直都认为自己是俄国人……真正的俄国人只能是我和您这样的。这里头有些盲目的、可疑的。"

"肯定的。"我答道。

"我的朋友,真正的真相看上去永远不像真的,这个您知道吗?想让真相更像真的,必须往里头掺上谎言。人们历来是这么干的。这里头也许有什么我们还没有看透的。您觉得呢,那里头有我们还没看透的吗,在那声宣告胜利的尖叫里?我但愿有。但愿。"

---

[1] 诺兹德廖夫是果戈理《死魂灵》中的一个农奴主,嗜赌成性,嗜酒如命,惹是生非,信口开河。

我沉默不语。他也沉默了许久。

"说什么法国人聪明……"他突然谵妄似的嘟囔起来,"这是谎言,历来如此。干吗诋毁人家法国人?其实是俄国人自己懒,是我们自己没有能耐产生思想,在世界民族之林过着可耻的寄生虫生活。他们就是一群懒汉,而并非法国人聪明。哦,为了全人类的福祉,像俄国人这种有害的寄生虫,就该被通通消灭!我们从前追求的根本不是这个!我如今什么也看不懂了。我看不懂了!'你明不明白,'我冲他喊,'你明不明白,你们之所以如此兴奋地将断头台推到了前台,仅仅是因为:砍脑袋是最容易的,而有思想却是最难的!你们是懒汉!你们的旗帜是抹布、是无能的体现。'那些板车,或者像他们说的,'为人类运送面包的板车轧轧作响'比《西斯廷圣母》[1]更有益处,还是怎么说的来着……诸如此类的荒唐话。'但你明不明白,'我冲他喊,'你明不明白,人除了幸福,也在同等程度上需要不幸!'他笑。他说,'你光会在这儿耍嘴皮子,四仰八叉地瘫在天鹅绒沙发上'——他的原话比这还要粗俗。看到没有,父子之间以'你'相称也是我们的坏习惯——父子和睦还好,可要是吵起架来呢?"

我们又沉默了一分钟。

"亲爱的,"他猛地支起身子,"这事儿一定会有结局的,知道吧?"

"那是当然。"

"不,您不明白。不说它了。不过……世间之事通常都是不了了之,但这件事一定会有结局的,一定会,一定!"

他站起身,焦躁难耐地在房间里走了两趟,又回到沙发前,无力地瘫倒在上面。

礼拜五早上,彼得·斯捷潘诺维奇动身去了一趟县里,礼拜一方

---

[1] 意大利画家拉斐尔·桑西(1483—1520)于1513—1514年为罗马西斯廷教堂创作的著名圣像画,自1754年起收藏于德国德累斯顿古代大师画廊,故又称"德累斯顿圣母像"。

回。关于他的这次外出我是从利普京那儿得知的,后者还有意无意地提到,列比亚德金兄妹就住在河对岸的戈尔舍奇诺耶镇。"是我亲自送他们去的。"利普京说完,便再也不提列比亚德金兄妹,接着突然对我说,莉莎维塔·尼古拉耶夫娜要嫁给马夫里基·尼古拉耶维奇了,虽然尚未正式宣布,但连订婚仪式都办过了,已经板上钉钉了。翌日我就碰上了莉莎维塔·尼古拉耶夫娜,她骑着马,在马夫里基·尼古拉耶维奇的陪伴下,生病以来头一次出门。她一望见我便两眼发亮,展颜一笑,十分友好地冲我点了点头。我将这些全告诉了斯捷潘·特罗菲莫维奇,但只有列比亚德金兄妹的消息令他有所注意。

眼下,讲完我们在这漫长的八天内的一头雾水,我将开始记述本纪事的后续事件,而且是在如今真相大白之后。我就从那个礼拜天之后的第八天,即下个礼拜一晚上讲起,因为恰恰是从这天晚上开始了"新的故事"。

三

那是晚上七点,尼古拉·弗谢沃洛多维奇独坐在自己的书房内,这是他一直以来最为中意的一个房间:高,铺满地毯,家具古朴厚重。他坐在角落里的沙发上,一副外出装束,但似乎并不打算出门。他面前的桌子上有盏带灯罩的煤油灯。偌大房间的侧壁和角落均隐在阴影中。他的目光深沉而专注,却不大平静;面色疲惫,略显瘦削。他的确得了牙龈脓肿,但说他"牙齿被打掉"却太夸张了。仅一颗牙齿略有松动,现在又长结实了;上唇里侧磕破了,也已经愈合了。牙龈脓肿拖了一个礼拜,但也只因他不肯见医生,及时将脓包挑破,而宁肯等它自己破。别说医生了,连自己的母亲他都不想见,后者每天只能进他屋里一次,每次只能待一分钟,还必须得是傍晚,天黑之后、掌灯之前的那段时间。他连彼得·斯捷潘诺维奇也不见,尽管后者留在城里的那几天,每天都要往他家跑上两三趟。礼拜一,离开三天的彼得·斯捷潘诺维奇回城了,他先是跑遍了全城,又在尤利娅·米哈伊洛夫娜府上用了午饭,直到傍晚才总算出现在对他翘首以盼的瓦尔瓦拉·彼得罗夫娜面前。禁客令已经解除,尼古拉·弗谢沃洛多维奇又肯见人了。瓦尔瓦拉·彼得罗夫娜亲自将客人引至书房门口。她早就在期盼着二人的会面了;彼得·斯捷潘诺维奇向她保证,会面一结束,立刻跑去向她汇报。她怯怯地敲了敲书房门,没得到回应,便壮着胆子把门推开了十公分。

"Nicolas,彼得·斯捷潘诺维奇可以进来吗?"她小心翼翼地问,竭力辨认着油灯背后尼古拉·弗谢沃洛多维奇的表情。

"可以可以,当然可以!"彼得·斯捷潘诺维奇欢快地喊道,一把推开门,径自走了进去。

尼古拉·弗谢沃洛多维奇没有听到敲门声,他只听见了母亲怯怯的问话声,但未及做出回应。他正对着桌上一封刚刚看罢的信出神。听到彼得·斯捷潘诺维奇突如其来的吆喝,他打了一个激灵,随手抓起吸墨器,盖在那封信上,但没能盖全,信的一角和几乎整个信封都还露在外面。

"我故意扯着嗓子喊,好让您有所准备。"彼得·斯捷潘诺维奇以令人惊讶的天真口吻快速地低语道。他跳到书桌前,一眼就盯住了吸墨器和书信的一角。

"但您自然还是看见了,我想用吸墨器盖住我刚刚收到的一封信。"尼古拉·弗谢沃洛多维奇坐着没动,平静地说。

"信?上帝保佑,您的信与我何干!"来客高声叫道,随即扭过头,冲着已经关闭的书房门扬了扬下巴,压低声音道:"关键是……"

"她从不偷听。"尼古拉·弗谢沃洛多维奇冷冷地说。

"就算她偷听也没关系!"彼得·斯捷潘诺维奇立即欢快地提高了音量,大刺刺地坐到沙发椅上,"我一点儿也不反对,反正我是头一回跟您私聊……好家伙，可算见着您了！您好了吗？我看是好极了，那么，明天您也许能来，嗯？"

"也许。"

"您终于肯宽恕他们，宽恕我了！"他以戏谑而愉悦的表情，激烈地打着手势说，"您都不知道，我不得不对他们说了些什么。不过，您想必是知道的。"他笑了起来。

"知道的不多。我只听母亲说，您非常……卖力。"

"我可什么具体的都没说。"彼得·斯捷潘诺维奇突然跳了起来，像是遭遇了可怕的攻击，"您知道吗，我说了沙托夫老婆的事儿，就是你们俩在巴黎有染的传言，当然是为了解释礼拜天发生的事儿……您不会生气吧？"

"我相信您是很卖力的。"

"咳，我怕的就是这个。说真的，什么叫'很卖力'？您这是在责备我呀。不过呢，直接摊牌也好。我来这儿的时候，最怕您不肯直接摊牌。"

"我没有什么牌好摊的。"尼古拉·弗谢沃洛多维奇有些恼火，但随即冷笑了一声。

"我不是说那个，不是，您别误会，不是说那个！"彼得·斯捷潘诺维奇双手乱摇，撒落一把铜豌豆，但对方的气恼显然很令他高兴，"我不会用咱们的事业来惹您生气，特别是眼下您这种状况。我今天来只是为了礼拜天的事儿，而且仅限于最必要的限度，不该提的就不提嘛。我来是为了做出最坦率的解释，需要这些解释的人首先是我，而不是您——这既是为您的自尊心考虑，同时也是事实。我今天来，是为了从现在开始，永远对您坦诚。"

"这么说，您之前并不坦诚喽？"

"这点您心里头有数。我要过很多次滑头……您笑了，您的笑让我很高兴，这样我就有了解释的由头。我说'耍滑头'，其实是故意夸大其词,好让您在发笑之余勃然大怒:好哇,你竟敢以为能在我面前耍得了滑头,立刻给我解释清楚!您瞧,您瞧,眼下我对您多么坦诚呵!那么,您愿闻其详吗?"

尼古拉·弗谢沃洛多维奇原本平静、鄙夷甚至嘲讽的脸上——尽管来客明显企图以处心积虑的拙劣天真和厚颜无耻来激怒他——终于流露出了些许慌乱的好奇。

"您听我说,"彼得·斯捷潘诺维奇更来劲儿了,"来这儿之前——我说的是来这座城市之前,也就是十天前,我原本打算戴个面具的。当然最好是不戴面具,直接以本来面目出现,不是吗?再没有比真面目更好的面具了,因为没有人会相信你的真面目。老实说,我原想装成一个傻帽的,因为当傻帽比当自己轻松;但傻帽毕竟也是一种极端,而极端会引发好奇,所以最终我还是以真面目示人了。那么,我的真面目是什么呢?——黄金中道:既不傻,也不精,平平庸庸,而且,用本地聪明人的话说,还是从月球上掉下来的,不是吗?"

"好吧,就算如此吧。"尼古拉·弗谢沃洛多维奇微微一笑。

"啊,您赞同,我真高兴;我早就知道,这就是您本人的想法……别担心,我不会生气,而且我这么说自己,绝不是想让您反过来夸我:'怎么会,您并不平庸,您很聪明……'哈,您又笑了!……又被我说中了。您是不会夸我聪明的,好吧,没关系;我什么都能忍。像我老爹说的,不说这个了。不过,顺便说一句,您可别怪我话多。就拿话多来说吧:我一说起话来就没完没了,还急哄哄的,却总达不到效果。为啥我那么多话却没效果呢?因为我不会说话。会说话的人从不多话。这么说来,我就是平庸的——不是吗?但既然我天然地拥有平庸这一天赋,为何不好好地加以利用呢?我正是这样做的。当然,来这儿之前我还想过保持沉默;可要知道,沉默可是巨大的才能,而我是不配的,再者说,沉默毕竟是危险的;所以我最终决定,最好还是说,但恰恰是平庸地说,不停地说呀说、说呀说,总是急于证明什么,到头来却总被自己的证据弄得语无伦次,听众不等听完就摊着手走开了,甚至还冲你啐上一口。结果呢,你让人们相信你傻,嫌弃你烦,觉得你莫名其妙——简直一举三得!您想想看,这么一来,谁还会怀疑你有什么秘密企图呢?谁要敢说我有秘密企图,他们头一个就会不高兴。何况我还偶尔引人发笑,这就更难得了。一个在国外印刷过革命传单的聪明人,到了这儿却比他们还蠢,光凭这一点,我再怎么样他们都能原谅,不是吗?从您的笑容不难看出,您是赞同的。"

尼古拉·弗谢沃洛多维奇其实根本没笑,相反,他皱着眉头,颇不耐烦。

"啊?什么?您好像说了句'无所谓'?"彼得·斯捷潘诺维奇又开始叽里呱啦(尼古拉·弗谢沃洛多维奇其实什么也没说),"当然,当然;请相信我,我绝不是为了以同志关系损害您的名誉。知道吗,您今天脾气太暴躁了,我带着一颗坦诚而愉悦的心来找您,您却对我的每一个字眼都吹毛求疵。请相信我,今天我任何敏感的事儿都不会提,我保证,并且预先同意您的一切条件!"

尼古拉·弗谢沃洛多维奇依旧保持沉默。

"啊?什么?您说了什么吗?知道、知道,我怕是又在说傻话了,您并没有提出条件,而且也不会提的,我信、我信,您别急;我自己也知道,您不屑于对我提条件,对吧?我抢先替您回答了——当然同样是出于平庸、平庸,还是平庸……您在笑?啊?什么?"

"没什么,"尼古拉·弗谢沃洛多维奇终于冷笑道,"我刚想起来,我似乎的确骂过您平庸,不过当时您并不在场,这么说,有人跟您说了……请赶紧说正事吧。"

"我眼下说的就是正事啊,恰恰跟礼拜天有关!"彼得·斯捷潘诺维奇嘟囔道,"您觉得礼拜天我扮演了一个什么角色?——正是急性子的中道平庸,我以最平庸的方式强行掌控了谈话走向。但并没有人怪罪我,因为:首先,我是从月球上掉下来的,眼下这里的人似乎都这么认为;其次,我讲了一个精彩的小故事,把你们全给救了,是不是,是不是?"

"也就是说,您是故意这么说的,为的就是留下疑点,暴露我们的密谋和颠倒黑白,而事实上什么密谋都没有,我也不曾请您做任何事。"

"正是,正是!"彼得·斯捷潘诺维奇近乎兴奋地接口道,"我就是想让您觉察到我的全部动机;我出洋相也主要是为了您,因为我揪住了您,想败坏您的名声。我主要是想知道,您会害怕到什么程度。"

"我很好奇,眼下您为何如此坦诚?"

"别生气,别生气,别瞪眼……其实您并没有瞪眼。您想知道我为何如此坦诚?正是因为如今一切都变了,时过境迁,沧海桑田了。我突然改变了对您的看法。老路走到头了;今后我再不会沿着老路诋毁您了,今后我要改走新路了。"

"改变策略了?"

"没有策略。如今一切完全取决于您,您答应就答应,不答应就不答应。这就是我的新策略。关于咱们的事业我只字不提,直到您主动开口。您在笑?尽管笑吧;连我自己都想笑呢。但眼下我是严肃的、严肃的、严肃的,虽然像我这么性急的人自然是平庸的,不是吗?无所谓,就算是平庸吧,但我是严肃的、严肃的。"

他的确是严肃的,完全换了一种腔调,而且似乎特别激动,以至于尼古拉·弗谢沃洛多维奇好奇地注视着他。

"您说您改变了对我的看法?"

"当您面对沙托夫抽回了自己的手时,我立刻就改变了对您的看法,不过,够了、够了,请别再问了,别的我什么都不会说了。"

他从座位上跳起来,摇摆着双手,像是要把问题撵走似的;可对方并未提问,而他又并非真的想走,便又重新坐回到沙发椅上,稍微冷静了些。

"说起来了,"他又开始爆豆般喋喋不休,"这里有人说您要杀了他,还为此打了赌,搞得连布克都准备出动警察了,但尤利娅·米哈伊洛夫娜不准……够了,不说这个了,我只是想告诉您一声。对了,列比亚德金兄妹我当天就送走了,这您是知道的;您收到我的纸条了吧?上面有他们的地址。"

"当时就收到了。"

"这可不是出于'平庸',而是出于真诚,心甘情愿。倘若结果很平庸,至少动机是真诚的。"

"对,没关系,或许,就该这样……"尼古拉·弗谢沃洛多维奇沉吟道,"只是再不要给我写纸条了,拜托。"

"仅此一次,下不为例。"

"这事儿利普京知道吗?"

"绝无可能;再说利普京您是知道的,他也不敢……对了,应该去见见咱们的人,不,是他们,而不是'咱们的人',否则您又该挑刺儿了。您别急,我不是说现在,而是另找时间。这会儿外面正下着雨呢。我先跟他们说,让他们集合,咱们找个晚上去。他们就像一群嗷嗷待哺的小鸟雏,总盼着我们给他们带点心去呢。他们充满了激情。掏出书本就开始争论。维尔金斯基是全人类主义者,利普京是傅立叶主义者,热衷于警察活动,这人,我跟您说吧,在这方面很不错,但在其余一切方面都需要严加管束。再加上那个长耳朵的,总爱宣讲自己的体系。而且您知道吗,他们都觉得委屈,说我冷落了他们,还朝他们泼冷水,嘿嘿!见上一面是必须的。"

"您在那儿似乎把我说成什么头头了?"尼古拉·弗谢沃洛多维奇尽量若无其事地说。

彼得·斯捷潘诺维奇极快地瞥了他一眼,像没听清似的,忙岔开了话题:"对了,令堂大人我一天总要见个三两回,也被迫跟她说了很多。"

"我能想象。"

"别,您别想象,我只跟她说您不会杀人,以及其他一些好话。您猜怎么着：她第二天就知道是我把玛丽亚·季莫菲耶夫娜送到河对岸去了；是您告诉她的吗？"

"不是。"

"我就知道不是您。除了您，还能有谁呢？奇怪。"

"当然是利普京。"

"不不不，不会是他，"彼得·斯捷潘诺维奇皱着眉头嘟囔道，"我知道是谁。想必是沙托夫……不，不可能，不说这个了！不过，这其实十分要紧……说起来了，我一直担心令堂会突然问我那个关键问题……对了，前些天她一直愁眉不展，可我今天一瞧，她整个人都容光焕发的。这是怎么回事？"

"因为我今天答应她，五天之后去向莉莎维塔·尼古拉耶夫娜求婚。"尼古拉·弗谢沃洛多维奇突然以出人意料的坦诚说。

"啊，这……是啊，当然啦，"彼得·斯捷潘诺维奇吞吞吐吐，似乎有些犹豫不决，"关于订婚的传言您听说了吗？应该是真的。但您是对的，只要您叫一声，她立刻就会逃婚的。我这么说您不会生气吧？"

"不会。"

"我看出来了，您今天很难被激怒，我都有点儿怕您了。我极其好奇，明天您会如何现身呢？您想必准备了很多花招。我这么说您不会生气吧？"

尼古拉·弗谢沃洛多维奇完全没有回应，这让彼得·斯捷潘诺维奇火冒三丈："我说，您对母亲说的求婚的事儿是认真的吗？"

尼古拉·弗谢沃洛多维奇冷冷地注视着他。

"啊，我明白了，您是为了稳住她，没错。"

"如果我是认真的呢？"尼古拉·弗谢沃洛多维奇坚定地问。

"那样的话，那就像人们常说的，上帝保佑吧，反正不会有损于事业——您瞧，我没说'咱们的事业'，我知道您不喜欢'咱们'这个词，至于我嘛……自然是乐意为您效劳的，这您是知道的。"

"您这么想？"

"我啥也不想，啥也不想，"彼得·斯捷潘诺维奇忙笑着应道，"因为我知道，对于自己的事儿您早就想好了、想透了。我只是说，我真的乐意为您效劳，随时随地，任何事情——任何事情，明白吗？"

尼古拉·弗谢沃洛多维奇打了个哈欠。

"我惹您厌烦了。"彼得·斯捷潘诺维奇突然跳起来，抓起簇新的圆顶礼帽，作势要走，却仍赖着不走，继续站着喋喋不休，偶尔还在房间里踱来踱去，说到兴奋处还用礼帽拍打自己的膝盖。

"我还想着说说连布克家的事儿，让您开心开心哪！"他快活地叫道。

"不必了，以后吧。尤利娅·米哈伊洛夫娜身体可好？"

"你们怎么全喜欢这套上流社会的把戏呀！您在意她的健康如同在意一只猫，可您还是要问。真不赖。她很好，她对您的尊敬近乎迷信，对您的期望同样近乎迷信。对于礼拜天的事她保持沉默，相信只要您一现身便可战胜一切。真的，据她的想象，只有上帝知道您有怎样的能力。总之，您如今成了一位神秘、浪漫的人物，比以往任何时候更甚——这可是极其有利的处境。所有人都对您寄予厚望。我离城时已经很热切了，眼下更甚。对了，再次感谢您的信。他们都怕K伯爵。他们似乎把您当成密探了，这您知道的吧？是我放出风来的。您不会生气吧？"

"没事儿。"

"这没事儿；今后用得着。这儿有这儿的规矩。我自然是赞成的；尤利娅·米哈伊洛夫娜为首，加加诺夫也是……您在笑？要知道，我可是有策略的：我不住地胡扯、胡扯，冷不丁又说出一句聪明话来，恰恰就在人们都在转着圈儿找这句话的时候。人们朝我围拢过来，而我又开始胡扯。所有人都不再把我当回事，说我'能力倒是有，可惜是从月球上掉下来的'。连布克叫我去当差，好让我走上正道。您知道吗,我对他鄙视得要命,出他的丑,气得他干瞪眼。尤利娅·米哈伊洛夫娜赞成我这么做。哦,对了,加加诺夫对您一肚子气,昨天在杜霍沃把您说得坏透了。我当即对他道出了全部真相,当然,并非全部。我在他的庄园住了一整天。庄园好极了,房子也不赖。"

尼古拉·弗谢沃洛多维奇突然一震,身体猛然前倾,几乎跳了起来:"难道他还在杜霍沃?"

"没,今早就是他把我捎回来的,我俩一起回的。"彼得·斯捷潘诺维奇似乎完全没有注意到对方的强烈反应,"哎呀,我把书碰掉了,"他弯腰捡起被他碰掉的一本精装画册,"《巴尔扎克的女人们》,插图版,"他突然翻开书页道,"没读过。连布克也写长篇小说。"

"是吗?"尼古拉·弗谢沃洛多维奇似乎很感兴趣地问。

"用俄语写,当然,是偷偷地。尤利娅·米哈伊洛夫娜知道,也由着他。笨蛋一个,派头倒是挺足。他们这都是练出来的:外表一丝不苟,内里老成持重!咱们要是也能这样就好了。"

"您赞美官僚做派?"

"为什么不呢!这是俄国唯一一样实实在在的成果……好了,好了,"他突然跳起来道,"我指的不是那个,敏感话题一概不提。回见吧,您的脸色有些铁青。"

"我有点儿发烧。"

"可以想象。您快躺下吧。对了,县里居然有阉割派[1],一群怪人……算了,改天吧。对了,还有一桩趣闻:县里有个步兵团;礼拜五晚上,我在酒馆跟一群军官喝酒,那儿有三个咱们的熟人,您明白吗?他们聊起了无神论,不用说,将神取缔了。人们兴奋地大呼小叫。对了,沙托夫坚称:倘若俄国出现暴动,一定会从无神论开始。或许的确如此。有个头发花白的丘八大尉一直闷头坐着,一声不吭,这时突然

---

[1] 俄国18世纪下半叶出现的一个神秘主义基督教教派,主张通过阉割消除原罪。该秘密教派受到法律禁止,其信徒被剥夺一切公权。

走到酒馆中央,扯着嗓子,自顾自地喊:'要是没有上帝,那我还算哪门子大尉?'说完,便抓起制帽,摊开双手,走掉了。"

"他表达了一个相当完整的思想。"尼古拉·弗谢沃洛多维奇第三次打起了哈欠。

"是吗?我没听懂;还想问问您呢。嗯,还有件事跟您说说:什皮古林兄弟的那家工厂很有意思;您知道的,那里有五百名工人,是滋生霍乱的温床,十五年来从没有干净过,还总克扣工人;兄弟俩都是百万富商。我肯定地对您说,工人中间有人知道 Internationale[1]。怎么,您在笑?您自己会看到的,只要您给我最短、最短的期限!我已经请您给过我期限,现在我再次请求您,到时候……啊,好吧,我的错,不提了,不提了,我指的不是那个,您别皱眉。那么,回见吧。咳,我这是怎么啦?"他突然又折返回来,"最重要的事给忘了:我刚才听说,咱们的箱子从彼得堡送到了。"

"什么?"尼古拉·弗谢沃洛多维奇疑惑不解地望着他。

"我是说'您的'箱子,里面有您的衣服——燕尾服、西裤、内衣什么的;送到了,是吧?"

"对,今早好像有人说过。"

"那么,能不能现在……"

"去问阿列克谢吧。"

"那就明天,明天可以吧?那里面除了您的衣服,还有我一件西服上衣、一身燕尾服和三身西裤,找沙尔默[2]定做的,还是您推荐的呢,记得吗?"

"我听说,您在这儿也绅士起来了?"尼古拉·弗谢沃洛多维奇冷

---

1 指 1864 年由马克思创立的国际工人协会,起初简称"国际"。1889 年第二国际(社会主义国际)成立之后始称"第一国际",以示区分。
2 当时彼得堡的一位有名的裁缝,陀思妥耶夫斯基本人经常找他定做衣服。《罪与罚》中也曾提及此人。

笑道,"听说您还打算跟马术教练学骑马?"

彼得·斯捷潘诺维奇嘴歪眼斜地笑了笑,突然急赤白脸,颤抖而断续地说:"知道吗,您知道吗,尼古拉·弗谢沃洛多维奇,我们不是说好,今后不再谈论个人私事了吗?您自然可以尽情地鄙视我,假如这让您觉得好笑,但近期最好还是别谈论个人私事,不是吗?"

"好,我以后不了。"尼古拉·弗谢沃洛多维奇低声道。

彼得·斯捷潘诺维奇冷笑一声,用礼帽敲了一下膝盖,将重心从一条腿移到另一条腿,又现出原来的表情。

"这里甚至有人认为我会跟您竞争莉莎维塔·尼古拉耶夫娜呢,我又怎能不注重仪表呢?"他笑道,"不过,究竟是谁向您告的密?唔,八点整了;好啦,我走了;我答应瓦尔瓦拉·彼得罗夫娜要去找她,但找不成了,您快躺下吧,明天就有精神了。外面在下雨,还黑咕隆咚的,好在我叫了辆出租马车,因为这里的街面上夜间并不太平……说起来了,眼下有个苦役犯费季卡,从西伯利亚逃出来的,总在城里和周边转悠。您猜怎么着,他是我家从前的仆人,十五年前我老爹把他送去当兵,换了一笔钱。人是很出色的。"

"您……跟他说了?"尼古拉·弗谢沃洛多维奇抬眼看着对方。

"说了。他不躲着我。他什么事儿都肯干,任何事儿;当然,是为了钱,但他也有他的一定之规。对了,说起来了:要是您方才说的那件事是认真的,我是说,关于莉莎维塔·尼古拉耶夫娜,那我就再次向您重申,我也是啥事儿都肯干,无论什么事,任何事,完全听您吩咐……您这是干吗,您在找手杖?啊,不是,您不是找手杖……您瞧,我还以为您在找手杖呢。"

尼古拉·弗谢沃洛多维奇什么也没找,什么也没说,但的确突然欠了欠身,面部肌肉奇怪地抽动了一下。

"至于加加诺夫先生,假如您同样有需要,"彼得·斯捷潘诺维奇突然冒失地说,并毫不避讳地冲吸墨器扬了扬下巴,"我自然也全能安排,而且我相信,您是不会忘了我的。"

说罢,他没等回应便突然走了出去,随即又从门后探进头来。

"我为啥这样呢,"他语速极快地叫嚷道,"因为就连沙托夫也同样没有权利拿命冒险,比方说礼拜天那档子事儿,不是吗?我希望您能记住这一点。"

他再次没等回应便消失了。

四

离开时,他或许在想,等他一走,尼古拉·弗谢沃洛多维奇非得拿拳头砸墙不可,而他当然乐意亲眼看看,假如有可能的话。但他恐怕要大失所望了:尼古拉·弗谢沃洛多维奇依旧平静如常。他以原来的姿势在桌旁站了两分钟,显然陷入了沉思;但很快,一抹消沉的冷笑便浮现在他的嘴角。他缓缓坐到沙发上,仍是原先角落里的位置,并且闭上了眼睛,似乎很是疲惫。信的一角仍露在吸墨器外面,他也懒得理会。

很快他便打起了瞌睡。连日来提心吊胆的瓦尔瓦拉·彼得罗夫娜又按捺不住了,承诺向她汇报却并未守信的彼得·斯捷潘诺维奇一走,她便冒着风险,于指定时间之外前来探视儿子。她依旧心存幻想:儿子会不会终于向她彻底摊牌呢?她像之前那样轻轻地敲了敲门,同样没能得到回应,便自己推开门。看见Nicolas纹丝不动的奇怪坐姿,她的心怦怦狂跳,蹑手蹑脚地向沙发靠近。她惊讶不已:儿子居然这么快就睡着了,而且还能这样直挺挺地坐着睡,一动不动,连呼吸都不易察觉。他的面孔苍白而严峻,又像是完全凝固的、静止的,眉头微蹙,俨然一尊没有生命的蜡像。她在他面前站了两三分钟,连大气都不敢喘,突然被恐惧攫住;她踮起脚走到门口,匆匆地为儿子画了一个十字,带着新的沉重与忧愁悄然离开了。

他睡了很久,足足一个多钟头,从头到尾僵坐着,脸上一条肌肉也没抽动,浑身上下一丝动静也没有,眉头一直那样紧锁着。倘若瓦尔瓦拉·彼得罗夫娜再等上三两分钟,恐怕就会承受不住如此僵死的昏睡,而要摇醒他了。睡着睡着,他突然睁开了眼,继续纹丝不动地坐了十来分钟,似乎在专注而好奇地盯着房间角落里某个令他讶异的物事,尽管那里什么也没有。

突然响起一个舒缓而低沉的声音——大壁钟敲了一下。他略带不安地扭头去看表盘,就在这当口儿,通往走廊的房间后门开了,老仆人阿列克谢·叶戈罗维奇走了进来。他一手托着暖和的大衣、围巾和礼帽,另一只手托着一只银盘,银盘上面有张纸条。

"九点半。"老仆人轻声通报,将拿来的衣服放在角落椅子上,用银盘呈上纸条。那是一小页纸,没封口,上有两行铅笔字迹。尼古拉·弗谢沃洛多维奇扫了一眼,从桌上抓起铅笔,在字迹末尾随手写了两个字,又将纸条放回银盘。

"我一出门就送过去。更衣。"尼古拉·弗谢沃洛多维奇从沙发上站起身。

他看看自己身上轻便的丝绒上衣,想了想,吩咐老仆人将那件呢绒常礼服拿给他,那通常是较为正式的晚间拜访时才穿的。穿好衣服,戴上帽子,他将母亲进出的前门闩好,又从吸墨器底下抽出那封信,在老仆人的陪同下,一言不发地走向走廊。主仆二人穿过走廊,沿着一段狭窄的石头楼梯下到过道屋,直通后花园。过道屋角落里放着预先准备好的一只手提灯和一柄大伞。

"一下大雨,这儿的路就泥泞不堪。"老仆人禀报道,拐弯抹角地最后一次劝阻老爷出行。但老爷撑开大伞,默默地走进了地窖般黢黑的、又湿又潮的老花园。呼啸的风摇晃着半秃的枝梢,狭窄的沙径泥泞而湿滑。身穿燕尾服,既没戴帽子也没撑伞的老仆人提灯走在前面,照亮三步开外。

"不会引人注意吧?"尼古拉·弗谢沃洛多维奇突然问。

"窗户那边注意不到,除非事先得到消息。"老仆人慢条斯理地轻声回复。

"妈妈睡下了?"

"老夫人这几天都是一到九点就插门,这会儿什么也发现不了。"老仆人说罢,斗胆问道:"我几点在这儿候着您?"

"一点,一点半,最晚两点。"

"是。"

两人沿着曲曲折折的沙径,穿过烂熟于心的整座花园,来到石头围墙前。围墙边角有扇小门,通往一条逼仄僻静的小巷,平素总上着锁,钥匙眼下就攥在老仆人手里。

"不会吱嘎响吧?"尼古拉·弗谢沃洛多维奇又问。

老仆人说他昨天刚给门轴膏了油,"今天也膏了"。他已经浑身湿透了。他打开门,将钥匙交给老爷。

"老爷若是打算走远路,那我得说,我对本地的治安不大放心,特别是僻静小路,河对岸更厉害。"老仆人又忍不住劝道。这位老仆人曾是尼古拉·弗谢沃洛多维奇的贴身看护,从小将他抱到大,为人老成持重,一丝不苟,最喜欢听和读圣经故事。

"别担心,阿列克谢·叶戈罗维奇。"

"上帝祝福您,老爷,但只在您做善事的时候。"

"什么?"一只脚已经跨出门外的尼古拉·弗谢沃洛多维奇扭头问。

阿列克谢·叶戈罗维奇坚定地重复了自己的祝愿;若在以前,他大概绝无勇气对老爷说出这样的话来。

尼古拉·弗谢沃洛多维奇锁上门,将钥匙揣进口袋,踩着足有十公分的淤泥,朝小巷深处走去。好不容易才走上一条长而荒凉的马路。他对这座城市了如指掌;到主显圣容街还远着呢。直到十点多钟,他才终于走到又黑又旧的菲利波夫公寓,站到紧闭的大门前。列比亚德金兄妹之前住的最底下一层如今已人去屋空,连窗户都被钉死了,而沙托夫住的那间阁楼里还亮着灯。门上没装铃铛,他只好用手打门。阁楼的气窗开了,沙托夫探头向街上张望;外面黑灯瞎火,什么也看不清;沙托夫张望了足有一分钟。

"是你?"沙托夫突然问。

"是我。"不速之客应道。

沙托夫砰的一声关上窗子,下楼开了门。尼古拉·弗谢沃洛多维奇跨过高高的门槛,一句话也没说,绕过沙托夫,径直朝基里洛夫住的厢房走去。

五

厢房门不但没插,连关都没关。穿堂和两间外屋都黑着,最里面那间——基里洛夫睡觉、喝茶的房间却亮着灯,里面还传出笑声和奇怪的叫喊声。尼古拉·弗谢沃洛多维奇朝着光亮走去,在门口立定,没有进去。桌上有茶。房间中央站着一个老太婆——房东的亲戚,她光着脑袋,穿着兔皮短袄、短裙,光脚穿着矮腰皮鞋。老太婆怀里抱着个一岁半大小的孩子,只穿着一件上衣,光着两条小腿儿,脸蛋儿红扑扑的,浅黄色头发乱蓬蓬的,刚从摇篮里抱出来。孩子看样子刚哭过,眼底还噙着泪珠,这会儿却伸着小胳膊,拍着小手,以婴儿所特有的方式,一面咯咯笑,一面抽抽搭搭。基里洛夫站在孩子面前,将一个红色的大胶皮球往地板上拍,球弹到天花板上,又落下来,孩子便喊:"丘丘,丘丘!"基里洛夫抓住球,递给孩子,孩子便用自己那笨拙的小手胡乱一扔,基里洛夫便跑去捡回来。末了,球滚到柜子底下去了。孩子又喊:"丘丘,丘丘!"基里洛夫趴到地板上,极力伸手够球。尼古拉·弗谢沃洛多维奇走进屋子;孩子一见生人,一头扎进老太婆怀里,哇哇大哭；老太婆忙把孩子抱出去了。

"斯塔夫罗金?"基里洛夫抱着球,从地板上爬起来,对来客的意外到访丝毫不感到惊讶。他站起身,招呼道:"来杯茶?"

"求之不得,要是热的就更好了,"尼古拉·弗谢沃洛多维奇道,"我浑身都湿透了。"

"热,热得很,"基里洛夫愉快地应道,"请坐。您鞋底很脏,但没关系,地板我回头再擦。"

尼古拉·弗谢沃洛多维奇坐下来,一气喝掉了一整杯茶。

"再来一杯?"基里洛夫问。

"感谢。"

基里洛夫在客人对面落座,问:"您怎么来了?"

"有事儿。您看看这封信,加加诺夫寄来的。还记得吧,我在彼得堡跟您提起过他。"

基里洛夫接过信,看罢,放在桌上,静待来客开口。

"这个加加诺夫,"尼古拉·弗谢沃洛多维奇解释道,"您知道的,一个月前我在彼得堡头一回见到他。我们只在社交场合碰见过三次。他既不与我结识,也不跟我说话,却仍有法子对我放肆无礼。这我之前跟您说过;但您不知道的是,他先于我离开彼得堡时,突然给我送来一封信,虽然不比这封,却也极其粗鲁,并且莫名其妙,因为信里完全没有说明写信的原由。我当即给他写了回信,完全坦率地表明,他之所以对我心存怨恨,大概是由于四年前我在俱乐部与他父亲发生的冲突,并表示愿意以任何方式向他道歉,因为我当年的行为并非出自故意,而是因病而起。我请求他对我的歉意加以考虑。他没有回应便走了;可这回在这里碰上,他对我已经恨得发了狂。有人向我转述了他针对我的某些公开言论,其中充满了谩骂和惊人的指责。终于,今天来了这封信,大概还从来没有人收到过如此无礼的信:'揍你个鼻青脸肿。'我来找您,是想请您做我决斗时的副手。"

"您说没有人收到过这种信?"基里洛夫说,"在狂怒中是有可能的;很多人都这么写过。普希金就给盖克恩[1]写过。好,我去。您说吧,怎么做?"

尼古拉·弗谢沃洛多维奇解释说,他希望明天就着手,而且务必以重提道歉作为开始,他甚至同意再写一封道歉信,条件是加加诺夫承诺今后不再给他写信。已经收到的这封,就当从未存在过。

"让步太大了,他不会同意的。"基里洛夫说。

"我首先想知道,您是否同意转达我的条件?"

"我可以转达。您说了算。但他不会同意的。"

"我知道他不会同意。"

"他就是想决斗。说吧,如何决斗。"

"是这样的,我希望明天之内务必了结。明早九点您去他家。他听完条件,必然不会同意,而会带着您去见他的副手,——就算十一点吧。您二位商量好,下午一点或两点,请务必全员到场。拜托,请尽量做到。武器自然是手枪,其余的,请您这样安排:决斗距离设定为十步;双方各自退到十步之外,听信号互相靠近。双方都要走到射击界限,但允许提前开枪,在行进中射击。大致就这些吧。"

"十步太近了。"基里洛夫道。

"那就十二步,不能再多了,您知道的,他想动真格的。您会装弹吗?"

"会。我有一对手枪,保证您从来没用过。他的副手肯定也有枪。两对枪,那我们就分个单双号,随机抽?"

"好极了。"

"想不想看看枪?"

---

[1] 盖克恩,荷兰驻俄国公使,丹特士(杀害普希金的凶手)的义父。普希金在与丹特士决斗前夕,曾给盖克恩送去一封言辞激烈的谴责信。

"好啊。"

基里洛夫在墙角的行李箱前蹲下来。箱子仍未整理，只把一些现用的东西拿出来了。他从箱底掏出一只红丝绒内衬的棕榈木匣，从中取出一对做工考究、价值不菲的手枪。

"全套：火药、弹头、弹壳。我还有左轮；稍等。"

他又跑去翻箱子，从中掏出另一只木匣，里面有一把六发左轮，美国货。

"您的枪可真不少，还都很贵。"

"很贵，非常贵。"

基里洛夫很穷，几乎一贫如洗，但他却从未觉察过自己的贫穷；眼下显然在不无炫耀地展示他的宝贝武器，而那无疑是他以巨大的牺牲换来的。

尼古拉·弗谢沃洛多维奇沉默了一分钟，谨慎地问："您还是想那么做？"

"没错。"基里洛夫从对方的语气中立刻猜到了问题所指，干脆地回答。接着从桌上收起枪支。

尼古拉·弗谢沃洛多维奇又沉默了片刻，越发谨慎地问："什么时候？"

基里洛夫将两只木匣放回箱子，坐回原处，低声道："您知道的，这个不取决于我；得由他们定。"他似乎对这个问题略感苦恼，却又显然乐意回答对方的任何问题。他定定地看着斯塔夫罗金，一双眼睛黑而不亮，带着种平静而友善的温情。

"我当然知道何谓自杀，"在长达三分钟的沉思之后，尼古拉·弗谢沃洛多维奇又皱着眉道，"我自己偶尔也会设想，而且这里面总有一个新念头：倘若犯下了十恶不赦的罪行，或者做下了可耻的，并且十分卑鄙、十分……可笑的勾当，足以让世人记住你一千年、唾骂你一千年，可转念一想：'照着太阳穴来一下，一了百了。'哪管他世人，哪管他千年唾骂呢,是不是?"

"您管这叫'新念头'?"基里洛夫想了想道。

"我……没那么说……只是有一天我感觉到了这个全新的念头。"

"您能'感觉'到念头?"基里洛夫玩味着这个字眼,"这很好。有很多想法,原本一直都在,却突然变成了新的。确实如此。如今好多事儿我都像是头一回见。"

"比方说,您之前住在月球,"斯塔夫罗金不接对方话茬,兀自继续自己的思路,"比方说,您在月球上惹是生非、无恶不作……您肯定知道,月球上的人会嘲笑您、唾骂您一千年、一万年,全月球的人。可如今您在这儿,您在从这里看月球:您又怎么会在乎自己在月球上都干了些什么,而月球上的人又会不会唾骂您一千年呢,不是吗?"

"我不知道。"基里洛夫答道,又补充说,"我没在月球上住过。"他的语气里并无丝毫讥讽,而只为陈述事实。

"刚才那孩子是谁的?"

"老太婆的媳妇来了,不,是儿媳妇……总之吧。三天。病了,躺着,带孩子;夜里叫得很凶,肚子疼。妈妈睡了,老太婆抱过来,我用球逗她。汉堡货。我在汉堡买的,抛接练习,锻炼背肌。女孩。"

"您喜欢孩子?"

"喜欢。"基里洛夫说,语气却相当冷淡。

"这么说,您也热爱生命?"

"对,我也热爱生命,怎么了?"

"那您还决定自杀?"

"那又怎么了?为何混为一谈?生命是生命,自杀是自杀。生命存在,死亡却压根没有。"

"您开始相信未来的永生了?"

"不,不是未来的永生,是现世的永生。有那样的时刻,您达到这些时刻,时间会突然停止,变成永恒。"

"您希望达到这样的时刻?"

"是的。"

"我们这个时代恐怕未必,"尼古拉·弗谢沃洛多维奇沉吟道,语气中同样毫无讥讽之意,"在《启示录》中,天使曾宣告,时间将不复存在。[1]"

"知道。这话十分正确,清晰而准确。当整个人类都达到幸福,时间就将不复存在,因为已经失去必要。这个想法非常正确。"

"那时间会藏到哪儿去?"

"哪儿也不必藏。时间不是物体,而是思想。它将在头脑中消失。"

"哲学中的陈词滥调,有史以来从未变过。"斯塔夫罗金以近乎嫌恶的惋惜嘟囔道。

"从未变过,亘古未变!再不会有其他的了!"基里洛夫接茬道,两眼直放光,仿佛这个思想本身就意味着胜利。

"您似乎非常幸福,基里洛夫?"

"是的,非常幸福。"基里洛夫像是给出了一个再寻常不过的答案。

"可就在前不久您还伤心过,生过利普京的气?"

"唔……现在我不会再骂人了。那时我还不知道我是幸福的。您见过树叶吗,从树上掉下来的树叶?"

"见过。"

"我前不久见过一片黄叶,还带点绿,边缘有些腐烂了。被风吹落的。我十岁那年,冬天,经常故意闭起眼睛,想象树叶——绿油油的,鲜亮亮的,叶脉清晰,阳光闪耀。我不可思议地睁开眼,因为那感觉太好了,就又把眼睛闭上。"

"这里头有寓意?"

---

[1] 《启示录 10:5—6》:"我所看见的那踏海踏地的天使向天举起右手来,指着那创造天和天上之物,地和地上之物,海和海中之物,直活到永永远远的,起誓说:'不再有时日了!'"陀思妥耶夫斯基在长篇小说《白痴》(1868)中也引用了这段经文。

"没有……何必？没什么寓意，就是叶子，一片叶子。叶子很好，一切都很好。"

"一切？"

"一切。人之所以不幸，只是因为他不知道自己是幸福的；不因为别的，就因为这个！谁明白了这一点，谁就会立刻变得幸福，立刻。那个媳妇会死，小女孩会活下来——一切都很好。我也是突然发现的。"

"小女孩也许会饿死，也许会受人欺负、被人玷污——这也很好？"

"很好。有人会为了孩子打破头，这很好；有人不去打破头，同样很好。一切都很好，一切。知道一切都很好的人，一切都很好。如果人们知道他们很好，那他们就会很好，如果人们还不知道他们很好，那他们就会不好。这就是全部的思想，全部，再没有别的了！"

"那您是什么时候知道您如此幸福的？"

"上礼拜二，不，礼拜三，因为当时已经是凌晨了。"

"您是怎么知道的？"

"不记得了；我当时在房间里踱步……总之吧。我把表停在了那一刻：两点三十七分。"

"这寓意着时间应当停止？"

基里洛夫沉默良久，突然又开口道："人们不好，是因为他们不知道他们很好。当他们知道了，他们就不会去玷污小女孩了。他们需要知道他们很好，到时候所有人立刻都会很好，无一例外。"

"您已经知道了，这么说，您很好？"

"我很好。"

"这点我倒是同意。"斯塔夫罗金皱着眉嘟囔道。

"谁能让人们知道，所有人都很好，谁就会终结世界。"

"上一个这么做的人，被钉在了十字架上……"

"他会来的，他的名字叫人神。"

"是神人吧？"

"人神。差别就在于此。"[1]

"圣像前的油灯,该不会是您点着的吧?"

"是的,是我点着的。"

"您信教了?"

"老太太喜欢让油灯亮着……今天她顾不上。"基里洛夫嘟囔道。

"您本人眼下还不崇拜上帝?"

"我崇拜一切。您看到墙上爬的蜘蛛了吗,我看着它,会感激它,因为它在爬。"

基里洛夫的眼睛又燃烧起来。他坚定不移地看着斯塔夫罗金。斯塔夫罗金皱起眉头,嫌恶地注视着他,但眼神中并无嘲笑。

"我敢打赌,下次我再来,您就该笃信上帝了。"斯塔夫罗金站起身,抓起礼帽。

"为什么?"基里洛夫也跟着站起身。

"如果您知道您信上帝,那您就会信上帝;既然您还不知道您信上帝,那您就还不信。"斯塔夫罗金冷笑道。

"话不能这么说,"基里洛夫斟酌道,"意思弄拧了。世俗的戏言。请记住,斯塔夫罗金,您在我的生命中意义重大。"

"再见,基里洛夫。"

"夜里再来;哪天?"

"明天的事儿,您该不会是忘了吧?"

"哎呀,真给忘了。您放心,睡不误,九点。我能想几点醒,就几点醒。躺下时我说七点醒,七点准醒;我说十点醒,准十点醒。"

"您真是独具特性。"斯塔夫罗金瞥了一眼他的苍白面孔。

"我去给您开门。"

---

1 人神(человекобог)和神人(богочеловек)是陀思妥耶夫斯基作品中相互冲突的两种典型形象。"神人"指虔诚地信仰上帝、在世俗人间自觉践行上帝法则的"基督式人物";"人神"则是否定上帝存在,将自身作为上帝,幻想以自己的言行为世界立法的"问题式人物"。

"不劳费心,沙托夫会帮我开的。"

"啊,沙托夫。好的,再见。"

六

沙托夫租住的那栋空楼的门廊没锁。斯塔夫罗金沿着台阶走进过道屋,立刻陷入一团漆黑,只得伸手去摸通往阁楼的楼梯。上面的门突然开了,露出光;沙托夫本人没有出来,只是开了门。当尼古拉·弗谢沃洛多维奇站到沙托夫的房门口时,看见他站在角落里的桌子旁,正在等他。

"我有事找您,能进来吗?"尼古拉·弗谢沃洛多维奇在门口问。

"进来坐吧。"沙托夫说,"把门插上;等等,我自己来。"

沙托夫将门插好,回到桌旁,在尼古拉·弗谢沃洛多维奇对面坐下。这礼拜他瘦了,眼下似乎还在发烧。

"您可把我折磨苦了,"沙托夫埋着头,低声道,"您为何一直没来?"

"您这么肯定我会来?"

"是的,等等,我刚才在说胡话……没准儿眼下仍在说胡话……等等。"

他站起身,从放书的三层搁架的最顶层边角位置掏出一样东西。是一支左轮。

"有天晚上我烧糊涂了,以为您会来杀我,第二天一早就从坏蛋利亚姆申那儿买了这把左轮,花光了我所有的钱;我不想坐以待毙。后来我才清醒过来……我既没火药,也没弹头;买回来后就一直扔在架子上。等等……"

他站起身,打开通风窗。

"别扔,干吗扔掉?"尼古拉·弗谢沃洛多维奇伸手将他拦住,"花钱买来的;否则明天就该传开了,说沙托夫家窗户底下遍地左轮。把它放回去,对了,坐。告诉我,您为何会自觉有愧,认为我会来杀你?即便是眼下,我也不是来找您算账的,而是来谈要紧事的。请告诉我:首先,您打我不是因为我和您妻子的关系吧?"

"您明知道不是的。"沙托夫又垂下头去。

"也不是因为您听信了关于达里娅·帕夫洛夫娜的愚蠢传言?"

"不是,不是,当然不是!愚蠢至极!妹妹从一开始就跟我讲了……"沙托夫显得急躁且不耐烦,甚至还跺了一下脚。

"这么说,我猜对了,您也猜对了。"斯塔夫罗金的语调依旧平和,"您猜得没错:玛丽亚·季莫菲耶夫娜·列比亚德金娜是我的合法妻子,四年半以前我们在彼得堡结的婚。您就是为了她才打我的吧?"

沙托夫完全惊呆了,半晌说不出话来。

"我猜到了,却不敢相信。"他怪异地瞅着斯塔夫罗金,终于喃喃道。

"那您就打我?"

沙托夫红着脸嘟囔开了,几乎颠三倒四:"我是因为您的堕落……谎言。我走到您面前,不是为了惩罚您;我走过去时并不知道我会打您……我是因为,您在我的生命中意义重大……我……"

"知道,知道,少说话。我很遗憾,您在发烧;我来找您有最要紧的事。"

"我等了您太久,"沙托夫浑身哆嗦着从座位上站了起来,"先说您的事儿吧,我也有话说……之后……"他又坐下去。

尼古拉·弗谢沃洛多维奇好奇地打量着他,开口道:"这件事与方才讲的无关。出于某些原因,我只得今天挑这个点儿来,向您发出警告:有人可能要杀您。"

沙托夫怪异地望着他,从容不迫地道:"我知道我可能会有危险,可您,您是怎么知道的?"

"因为我和您一样,也跟他们一伙;和您一样,我也是组织中的一员。"

"您……您是组织成员?"

"从您的眼神里看得出来,我无论怎么样您都不会感到意外,除了这个。"尼古拉·弗谢沃洛多维奇微微一笑,"这么说,您已经知道有人想害您了?"

"我连想都没想过。就算您跟我说了,我还是不大相信,不过……谁知道那帮蠢货会干出什么来呢!"他突然疯狂地叫嚷起来,一拳砸在桌子上,"我不怕他们!我跟他们决裂了。那个人找过我四次,说也许会……不过,"他瞅了一眼斯塔夫罗金,"您究竟知道些什么?"

"您放心,我不会诈您的。"斯塔夫罗金的语气相当冷淡,一副例行公事的表情,"您在考问我?我知道:您是在国外加入的这个组织,大约两年前,当时还是旧的组织,就在您去美国之前,而且似乎就在我们最后一次谈话之后。关于那次谈话,您在您的美国来信中谈了很多。对了,很抱歉,我没有给您写回信,而只是……"

"只是给我寄了钱;稍等,"沙托夫将他打断,一把拉开抽屉,从纸张下面抽出一张彩虹色钞票,"给,一百卢,您借给我的;要不是您,我恐怕就死在那儿了。凭我自己且还不上呢,多亏了您母亲:这是九个月前我生病时,她送给我救穷的。您继续讲吧……"他有点儿喘。

"您在美国改变了想法,回到瑞士以后,打算退出。他们没给您任何回复,但委托您在国内从某人那里接管一台印刷机,直至他们派人交接为止。我并不知道全部详情,但大体应该没错吧?您答应了,您希望,或者对他们提出了条件,即这将是他们对您的最后要求,完事之后就彻底放过您。以上这些,对不对、有没有,我都不是听他们说的,而是偶然得知的。但有一点,恐怕您至今还不知道:这些先生根本不打算放过您。"

"简直荒唐!"沙托夫叫嚷道,"我都说了,我跟他们志不同、道不合!这是我的权利,是我的信仰自由和思想自由……我不能忍受!没有任何力量能——"

"别喊了,"尼古拉·弗谢沃洛多维奇异常严肃地打断他道,"那个韦尔霍文斯基可不是好惹的,没准儿眼下正在偷听呢,用自己的或者别人的耳朵,也许就在您家的穿堂里。连酒鬼列比亚德金说不定也曾奉命监视过您,而您或许也得监视他,是不是?请问:韦尔霍文斯基同意了您的说辞没有?"

"他同意了;他说可以,说我有权利——"

"那他就是在骗您。据我所知,连基里洛夫也曾向他汇报过您的情况,尽管他几乎并不从属于他们。他们的耳目极多,其中有些人甚至不知道自己在为组织效力。一直有人在监视您。彼得·韦尔霍文斯基到这儿来,正是为了彻底解决您的事,他有权择机将您除掉,因为您知道得太多了,可能会去告密。我再说一遍,这是确凿无疑的。而且,他们不知为何断定您是奸细,就算眼下还没有告密,将来也会告密的。——这是真的吗?"

听到对方以如此寻常的语调问出这样的问题,沙托夫撇了撇嘴,没有正面回应,恶狠狠地说:"就算我是奸细,又该向谁去告密呢?"

突然,他被先前那个令他震惊的念头攫住,这个念头带给他的冲击远甚于关乎他自身安危的消息,令他失声叫道:"不,还是别说我了,让我见鬼去吧!您,斯塔夫罗金,您怎么会跟这帮无耻、平庸、下贱的混蛋搞到一起去呢!您居然会是他们组织的成员!这就是尼古拉·斯塔夫罗金的伟业吗!"

他的叫喊近乎绝望。他甚至举起双手拍了一下,似乎再没有比这更令他痛苦和悲哀的发现了。

"对不起,"尼古拉·弗谢沃洛多维奇委实感到惊讶,"但您似乎把我抬举成了太阳,而把您自己贬低成了一只小瓢虫。这点早在您的美国来信中我就注意到了。"

"您……您知道的……咳,还是压根别提我了吧,别提!"沙托夫戛然而止,随即说胡话似的重复道:"您最好还是说说您自己……回答我的问题！"

"很乐意。您问我：我怎么会搅和进去？在我向您通风报信之后，我甚至有义务就此问题对您坦诚相待。知道吗，严格来讲，我并不从属于这个组织，无论之前，还是现在；我比您更有权利拒斥他们，因为我从未加入过。相反，我从一开始就宣称，我不是他们的同志，就算我无意中帮了他们，那也只是闲得无聊。我部分地参与了该组织按照新纲领的重组，但仅此而已。可他们现在反悔了，单方面认定，放掉我也是危险的，似乎对我也做出了判决。"

"哗，他们动不动就判处别人死刑，还都是书面判决呢——盖着图章，外带三个半人的签字。您以为他们真能怎样么！"

"您这话对，也不对，"斯塔夫罗金的语调依旧冷淡，甚至无精打采，"毫无疑问，这种事总会有很多空想的成分：一小撮人过分高估了自己的身量和能量。其实，照我看，他们中间也就彼得·韦尔霍文斯基顶点事，可他又太过自谦，只把自己当成一个密探。但其基本构想并不比其他组织差。他们跟Internationale有联系；他们在俄国安插了众多耳目，甚至误打误撞地发明了相当新奇的手段，当然，只是在理论上。至于他们在本地的企图，考虑到俄国组织的活动历来是阴暗的、出人意料的，任何事情都有可能发生。要知道，韦尔霍文斯基可是个不达目的誓不罢休的人。"

"他就是个臭虫、饭桶、蠢货，他对俄国一无所知！"沙托夫恶狠狠地叫道。

"您不了解他。的确，他们所有人都对俄国知之甚少，但大概也就只比我们少一点点而已；何况韦尔霍文斯基还是个狂热分子。"

"韦尔霍文斯基，狂热分子？"

"正是。有这样一个点，会让他停止扮演小丑，变成一个……半疯子。我请您回想起您自己的一句话：'您知道一个人如何能变得强大吗？'请不要笑，他是极有可能会扣动扳机的。他们确信，我也是奸细。他们所有人,由于办事无能,总爱诬陷别人是奸细。"

"但您不怕他们,是不是?"

"是……我不是很怕……但您的情况就完全不同了。我提醒您,好让您有所防备。我认为,不能因为危险来自一帮蠢货就满不在乎;问题并不在于他们的头脑:被他们害过的人还远不止我和您这样的。不过,已经十一点一刻了,"他看了看怀表,从椅子上站起身来,"我还想问您一个完全不相干的问题。"

"感谢上帝!"沙托夫腾地从座位上跳起来,高叫道。

"什么意思?"尼古拉·弗谢沃洛多维奇疑惑地看着他。

"问吧,您问吧,感谢上帝,"沙托夫激动得无以复加,"不过,我也得问您一个问题。我恳求您,请您允许……我不能……您问吧!"

斯塔夫罗金犹豫片刻,开口道:"我听说,您对玛丽亚·季莫菲耶夫娜颇有影响,她很乐意见到您,听您说话。是这样吗?"

"是……她听……"沙托夫有些发窘。

"我打算这几天在本城公布我与她的婚姻关系。"

"这怎么可能?"沙托夫近乎惊恐地喃喃道。

"怎么不可能?这事儿一点也不难办;见证者就在这儿。这事儿当年在彼得堡是完全合法的、正常的,之所以一直没曝光,只是因为仅有的两位见证者——基里洛夫和彼得·韦尔霍文斯基(当然还有列比亚德金本人,如今我有幸认他做我的亲戚了)——都曾发誓保密。"

"我不是说这个……我是说,您怎么可能说得这么平淡……请继续吧!等等,这桩婚事当初没有人逼您吧——有没有?"

"没有,没人逼我。"尼古拉·弗谢沃洛多维奇看着激动而急切的沙托夫,笑了笑。

"她说她有孩子又是怎么回事?"沙托夫急躁而突兀地问。

"她说她有孩子?啊!我不知道,头一回听说。她没有孩子,也不可能有:玛丽亚·季莫菲耶夫娜至今仍是处女。"

"啊！我早就知道！听着！"

"您怎么了,沙托夫?"

沙托夫用手捂住脸,别过身去,突然又转过身来,紧紧地抓住斯塔夫罗金的肩膀,冲他吼道:"您知不知道,您究竟知不知道,当初您为何要这么做,如今又为何这样惩罚自己?"

"您的问题睿智而尖刻,但我的回答同样会令您感到意外:是的,我大概知道,当年我为何要结婚,如今又为何这样,像您说的,'惩罚'自己。"

"不说这个了……这事儿以后再说,您待会儿再讲;咱们先说关键的、关键的:我等了您两年。"

"是吗?"

"我等了您太久太久,我一刻不停地琢磨您。您是唯一一个能够……我在从美国给您写的信里就说过。"

"我清楚地记得您那封长信。"

"长到读不完吧？我同意;整整六页信纸。别打岔！别打岔！告诉我:您能不能再给我十分钟,就现在,眼下……我等了您太久了！"

"好吧,我给您半个钟头,但不能再多了,假如您能办到的话。"

"但我有个条件,"沙托夫气哄哄地说,"您得改改您的腔调。您听见了吗,我要求您,虽然我本该恳求……您理解吗,什么叫作本该恳求但却要求?"

"理解,这样一来,您就能够超脱一切世俗,追求更高目的,"尼古拉·弗谢沃洛多维奇微微一笑,"我遗憾地看到,您在发烧。"

"请您尊重我,我要求您尊重我！"沙托夫喊道,"不是尊重我——让我见鬼去吧,而是尊重别的,而且就只眼下这一会儿,几句话的工夫……我们是两个生物,在无垠中相遇……最后一次,在这个世界上。丢掉您的腔调吧,换成人的腔调！哪怕一辈子就这么一回,请用人的腔调讲话吧！我不是为我自己,而是为了您。知道吗,您应该原谅我打您的那一拳,不为别的,就为我给了您一次机会,来认识您自身的无限力量……您又在笑了,您那上流社会的、轻蔑的笑。哦,您何时才能理解我啊!去它的少爷吧!听着,我要求、我要求您,否则我就不讲了,无论如何都不讲了!"

他的狂躁已近乎谵妄;尼古拉·弗谢沃洛多维奇皱起眉头,似乎更加谨慎。

"既然我给您半个钟头,"他恳切而严肃地说,"而时间于我又如此宝贵,那就请您相信,我至少是打算认真听您讲的……并且我也相信,能从您这儿听到很多新东西。"说着,他在椅子上坐下。

"请坐!"沙托夫喊道,自己也突然坐下了。

"不过,请允许我提醒您,"斯塔夫罗金又想起了什么,"我刚才本想对您提出一个很重要的请求,事关玛丽亚·季莫菲耶夫娜,至少对她而言很重要……"

"什么?"沙托夫猛地皱起眉头,像一个在节骨眼上被突然打断的人,眼睛虽然望着对方,却还没能搞懂对方的问题。

"而您却把我打断了。"尼古拉·弗谢沃洛多维奇微笑着说。

"啊,这不重要,等会儿!"沙托夫终于明白了对方的意思,嫌恶地摆了摆手,直接转入了他的关键话题。

七

"您知不知道,"沙托夫近乎威严地开口道,他的身子微向前倾,两眼炯炯放光,右手食指竖在胸前(他自己显然并未察觉到这一点),"您知不知道,当今世界,谁是唯一的'载神民族'[1],谁将以新神之名革新

---

1 原文 народ-"богоносец",即作为神之载体的民族,是陀思妥耶夫斯基土壤论(почвенничество,又译"根基论")的重要概念之一。

世界、拯救世界,谁又被唯一赐予了开启新生活及新圣言的钥匙……您知不知道,这个民族是谁,叫什么?"

"瞧您这架势,我似乎不得不尽快断定,这个民族就是俄国人……"

"您又在笑,瞧这种人!"沙托夫暴跳如雷。

"请您冷静点儿,拜托;相反,我所预想的正是诸如此类的话。"

"您所预想的?这些话您难道不觉得耳熟么?"

"非常耳熟;我十分清楚您的用意。您的这番话,甚至'载神民族'这个表达,都不过是我和您上次谈话的结论,两年多以前,在国外,就在您去美国之前不久……至少我记得是这样。"

"那完全是您的话,不是我的。您自己的话,而并非我们谈话的结论。事实上根本无所谓'谈话',有的只是老师和学生,老师在庄严布道,学生从死人堆里复活。那个学生就是我,而老师就是您。"

"可现在想来,您正是在听了我的布道之后加入了那个组织,接着又去了美国。"

"是的,我在美国给您写信时说了;我在信中全跟您说了。没错,我没办法一下子把那些从小就跟我长在一起的东西血淋淋地撕裂开,那是我一切希望的欣喜和一切仇恨的眼泪……改换神明是很难的。我当时不信你,因为我还不愿意相信,于是便最后一次扎进了污水沟……但种子留下了,发芽了。您说实话,我从美国写的信您没看完吧?还是说压根就没看?"

"我看了其中三页——前两页和最后一页,中间大致扫了一下。其实我本打算——"

"唉,无所谓,让它见鬼去吧!"沙托夫将手一摆,"假如您违背了您自己关于民族的论断,那您当年又是怎么说出来的呢?……这才是令我郁闷的。"

"我当年并没有说笑。在说服您的同时,我或许更多地是在说服我自己,而不是您。"斯塔夫罗金令人费解地说。

"您没有说笑？！在美国，我睡了三个月的干草[1]，跟一个……不幸的人一起，我从他那儿得知，就在那段时间，当您在我心里播种上帝和祖国的时候——就在那段时间，甚至就在那些天，您又在这个不幸的人、这个躁狂者基里洛夫心里下了毒……您在他心里种下了谎言和诽谤，将他的理智引向了狂暴……您去看看现在的他吧，那正是您的杰作……想必您都看见了。"

"首先，告诉您，基里洛夫本人刚刚对我说，他很幸福，他很好。您推测两件事发生在同一时间，这基本没错；可是，这又说明什么呢？我再说一遍，无论对您，还是对他，我都没有欺骗。"

"您是无神论者？眼下？"

"是。"

"那当年呢？"

"如今和当年一样。"

"我刚才要您尊重的不是'我'——以您的聪明，应该能明白的。"沙托夫恼怒地咕哝道。

"从您讲第一个字起，我没有起身，没有终止谈话，没有离您而去，而是一直坐到现在，老老实实回答您的问题和……叫嚷，照理说，我并没有破坏对您的尊重。"

沙托夫将手一摆，打断他道："您还记得您说过的吗：'无神论者不可能是俄国人，谁一旦变成无神论者，谁就立马不再是俄国人。'还记得吗？"

"是吗？"尼古拉·弗谢沃洛多维奇似在反问。

"是吗——？您忘了？要知道，这可是您最精妙的论断之一，这是俄国精神最重要的特性之一，而且是由您勘破的。您怎么会忘了呢？我再给您提个醒，您还说：'不信东正教就不是俄国人。'"

---

[1] 前文中沙托夫对"我"说是打了四个月地铺。

"我猜这是斯拉夫派的思想。"

"不。如今的斯拉夫派已经不这么想了。如今的民众变聪明了。而您当年比这走得更远:您坚信,罗马天主教已不再是基督教;您坚称,罗马宣扬的是臣服于魔鬼第三次试探的耶稣[1],宣称'没有世间王国,基督便无法在世间立足',如此一来,天主教等于宣扬了敌基督,进而葬送了整个西方世界。您明确指出,法国遭受的磨难全部源自天主教,因为法国丢掉了散发着恶臭的罗马上帝,却没能找到新的上帝。您当年能讲出这样的话来!您对我说的我全记得!"

"假如我信上帝,那么,毫无疑问,如今我照样能重复这些话;当我像信徒那样说话时,我并没有撒谎,"尼古拉·弗谢沃洛多维奇十分严肃地说,"但我要告诉您,您对我以往思想的复述,令我产生了极不愉快的印象。您能不能别再说了?"

"假如您信上帝——?"沙托夫置若罔闻地喊道,"难道不是您对我说的吗,假如以数学的方式向您证明,真理在基督之外,那您宁肯选择基督,而非真理?[2]您说过没有?啊?"

"也该轮到我问您一个问题了吧,"斯塔夫罗金提高了音量,"您这一长套急不可耐,并且……充满恶意的审问,究竟用意何在?"

"这一审问将永远终结,再不会来纠缠您。"

"您仍然坚信,我们存在于时空之外……"

---

[1] 《马太福音 4:8—9》:"魔鬼又带他上了一座最高的山,将世上的万国与万国的荣华,都指给他看,对他说:'你若俯伏拜我,我就把这一切都赐给你。'"
[2] 陀思妥耶夫斯基在1854年2月致娜塔莉亚·冯维辛娜(十二月革命党人米哈伊尔·冯维辛之妻)的一封信中曾说:"我是时代之子,不信与怀疑之子,至今如此,甚至死不悔改(我深知这点)。这种信仰的渴望,过去和现在,带给我多少可怕的折磨啊,而且反对的理由越多,这种渴望就越强烈。不过,上帝偶尔也会赐予某些时刻,在这些时刻我是完全宁静的,在这些时刻,我爱着也被爱着,在这些时刻,我心里得到了一个对我而言明确而神圣的信条。这个信条很简单,那就是相信:再没有什么比基督更美好、更深刻、更可爱、更理智、更勇敢、更完美,非但没有,我还会以热忱的爱对自己说,也不可能有。不仅如此,假如有人向我证明,基督在真理之外,并且的确的确,基督非真理,那么,我宁肯选择基督,而非真理。"

"闭嘴！"沙托夫突然大喊，"我既愚蠢又笨拙，就让我的名字在可笑中毁灭！但请您允许我对您复述您当年最重要的思想……哦，仅仅十行，结论而已。"

"好吧，如果只是结论的话……"斯塔夫罗金本想扭头去看壁钟，但忍住了。

沙托夫又在椅子上将身子稍向前倾，甚至又一次短暂地竖起了食指。

"没有一个民族，"他像是在照本宣科，同时继续威严地注视着斯塔夫罗金，"没有一个民族能以科学与理智作为立身之本；这种先例从未有过，除非是一时糊涂。社会主义就其本质而言正是无神论的，因为它开宗明义地自我标榜为无神论学说，仅仅建立在科学与理智的基础之上。从古至今，在各民族的生活中，科学与理智永远只能发挥次要的、辅助的功能，直至历史终结。各民族的形成与发展依靠的是另外一种力量，一种驱动性、统治性的力量，但其源泉是未知的、不可解释的。这种力量渴望走向终点，同时又否定终点。这种力量就是不断地、不懈地确认自我存在，否定死亡。这是生命的精神，正如圣经所说，'活水的江河'[1]，其干涸被《启示录》视作大威胁。[2] 这便是哲学家所说的审美本源，他们同时又将其等同于道德本源。而我对它的叫法再简单不过——'寻神'。一切民族运动——任何民族、任何时期——其目的无非是寻神，寻找本民族专属的神明，并将其奉为唯一真神。神，是整个民族从诞生到消亡的综合性个体。从未有过这样的情况，即所有民族或者众多民族拥有共同的神，而是每个民族都拥有各自的神。民族多样性消亡的标志，便是神明开始共有。一旦神明开始共有，神明及信仰也会随着民族一同消亡。民族越强大，其神明就

---

1 《约翰福音 7：38》："信我的人，就如经上所说：'从他腹中要流出活水的江河来。'"
2 《启示录 8：10—11》："第三位天使吹号，就有烧着的大星好像火把从天上落下来，落在江河的三分之一和众水的泉源上。这星名叫'茵陈'。众水的三分之一变为茵陈，因水变苦，就死了许多人。"《启示录 16：4》："第三位天使把碗倒在江河与众水的泉源里，水就变成血了。"

越独特。从来没有哪个民族没有宗教，须知，宗教即善恶观。任何一个民族都有自己的善恶观，都有自己的善与恶。当众多民族的善恶观趋近等同时，民族就会消亡，善与恶的界线也会逐渐抹平，直至消失。理智从来没有能力定义善恶，甚至无法将善与恶区分开来，哪怕是大致地；相反，理智总是可耻又可怜地混淆善与恶，而科学则一再提出拳头方案。尤其是半吊子科学，这是人类最可怕的灾祸，比瘟疫、饥饿和战争更可怕，直至本世纪才出现。半吊子科学是迄今为止从未有过的暴君。这个暴君拥有无数的祭司和奴隶，一切都以史无前例的爱和迷信对他顶礼膜拜，就连科学也在他面前瑟瑟发抖，可耻地听之任之。这些全是您的原话，斯塔夫罗金，只有关于半吊子科学的话是我的，因为我自己就是半吊子科学，所以才尤其痛恨它。对于您的思想乃至措辞，我没做任何改动，一个字都没改。"

"我并不认为您没有改动，"斯塔夫罗金谨慎地说，"您炽烈地接受了，又炽烈地更改了，只不过您自己没有察觉而已。至少是这点：您将神贬低成了简单的民族标志物……"

斯塔夫罗金突然开始以加倍的、特别的注意力观察沙托夫，而且不光是他的话，更是他这个人。

"我把神贬低成了民族标志物？"沙托夫叫嚷道，"相反，我是把民族抬升到了神的高度。难道有过别的情形吗？民族就是神的身体。任何一个民族之所以称其为民族，只因它拥有自己的神，并对世间其余一切神都毫不妥协地排斥；只因它还坚信，本民族的神会战胜并驱逐世间其余一切神。有史以来的一切民族都有这样的信仰，至少是一切伟大的民族，一切杰出的民族，一切引领人类的民族。事实不容违背。犹太人生存的唯一目的就是等待真神，于是他们给世界留下了真神。希腊人对大自然奉若神明，为世界留下了自己的宗教——哲学与艺术。罗马神化了国家中的民族，给众民族带来了国家。法国穷其漫长的历史，无非是罗马上帝理念的体现与发展，至于说它最终将自己的罗马上帝丢进了深渊,一头扎进了姑且被其称之为'社会主义'的无神论,那也仅仅是因为,无神论好歹要比罗马天主教健全些。假如伟大的民族不坚信,只有——只有且唯有——它自己掌握真理,假如它不坚信,只有它有能力、有使命以自己的真理复活世人、救赎世人,那么它将立刻不再是伟大的民族,而会立刻变成一堆民族学材料,而非伟大的民族。真正伟大的民族永远不会甘心在人类中扮演二等角色,甚至是一等角色,而一定只能是头等角色。谁失去了这种信念,谁就不再是民族。但真理是唯一的,因此,只有一个民族可能拥有真神,尽管其他民族也拥有各自独特而伟大的神。唯一的'载神民族',正是俄国人,正是……斯塔夫罗金,您以为我笨到那种程度了吗,"他突然疯狂地咆哮起来,"会区分不出来,一个人说的话究竟是老掉牙的废话,在莫斯科无数的斯拉夫派磨坊里磨过无数遍的,还是完全崭新的、完结的、唯一的革新与复活的言论?……我才不在乎您此时此刻的嘲笑!我才不在乎您根本不理解我,根本不理解,一句话也不理解,一个字也不理解!……哦,我多么鄙视您此时此刻那傲慢的嘲笑和眼神!"

他从座位上跳起来;嘴角甚至淌出了白沫。

"恰恰相反,沙托夫,"斯塔夫罗金并未起身,异常严肃且克制地说,"相反,您这番慷慨激昂的话,复活了我内心深处很多异常强烈的回忆。从您的话里,我认出了两年前我自己的心绪,现在我不会再像刚才那样,说您夸大了我当年的想法了。我甚至觉得,我当年那些想法说不定更排他、更武断,而且,我想第三次对您申明,我很希望肯定您刚才所说的一切,甚至是每一个字,可是……"

"可是您需要兔子?"

"什么——?"

沙托夫重新落座,恶毒地笑道:"这也是您说过的下流话:'想做兔肉沙司,得先有兔子;想要信仰上帝,得先有上帝。'据说这是您在彼得堡时常说的,就像那个想要抓住兔子后腿的诺兹德廖夫一样。"

"不,诺兹德廖夫总说他已经抓住兔子了。话说到这儿,也请允许我向您请教一个问题,况且我自认为,眼下我有充分的理由对您提出这个问题。请问:您自己的兔子抓到了没有?"

"您怎么敢对我说这种话!您重说、重说!"沙托夫突然浑身哆嗦起来。

"好吧,我重说,"尼古拉·弗谢沃洛多维奇严厉地看着对方,"我只想知道:您自己信上帝吗?"

"我信俄国,我信俄国的东正教……我信基督的身体……我相信,新的降世将发生在俄国……我相信……"狂躁的沙托夫含糊不清地说。

"上帝呢?您信上帝吗?"

"我……我将来会信的。"

斯塔夫罗金的面部肌肉没有一丝抽动。沙托夫眼中冒火,挑衅地瞪着对方,似乎想用自己的目光将其烧成灰烬。

"我又没说我完全不信!"沙托夫终于喊道,"我只是想告诉您,我只不过是一本倒霉的、枯燥的小书,眼下还什么都不是,眼下……让我的名字去死吧!问题不在于我,而在于您……我只是庸人一个,除了一腔子血,啥也没有,跟所有的庸人一样。连我的血也去死!我说的是您,我在这儿等了您两年……刚才又光着屁股给您跳了半个钟头的舞……您,只有您才能举起这面旗帜!……"

他没能说完,绝望地趴到桌子上,双手抱住脑袋。

"也真是奇怪,"斯塔夫罗金突然说,"为什么所有人都非要让我来举旗子呢?彼得·韦尔霍文斯基也坚信,只有我能够'举起他们的旗帜',至少别人是这么跟我说的。他抱定了一个念头,那就是我可以扮演他们的斯坚卡·拉辛[1],'凭借我非凡的犯罪天分',这也是他说的。"

---

1 即斯捷潘·拉辛(1630—1671),顿河哥萨克首领,领导了俄国历史上规模最大的农民起义之一(1667—1671)。

"什么？'凭借您非凡的犯罪天分'？"

"正是。"

"哼，"沙托夫恶毒地冷笑一声，"您在彼得堡是否真的加入过一个发泄兽欲的神秘团伙？您是否真的能令萨德侯爵[1]都自愧不如？您是否真的诱奸过儿童？说，不要撒谎，"他彻底失控地大叫，"尼古拉·斯塔夫罗金不能在沙托夫面前撒谎，沙托夫打过他的脸！通通说出来，如果是真的，我现在、立刻、当场就把您打死！"

斯塔夫罗金沉默了许久许久，才说："我的确说过这些话，但欺负儿童的人不是我。"他面色苍白，眼睛闪闪发亮。

"但您毕竟说过！"沙托夫继续威严地说，冒火的眼睛盯住对方不放，"您是不是曾经宣称，就美而言，您并不认为淫荡的兽行与任何功勋——哪怕是为了全人类牺牲生命——有何不同？您是否真的在这两种极端里找到了一致的美和同等的享受？"

"这样子是没法回答的……我也不想回答。"斯塔夫罗金低声道。他满可以起身走掉，但却既没有起身，也没有走掉。

"我也不知道为什么恶就是丑的，善就是美的，但我知道，为什么对于您这样的先生们，善与恶的界线会逐渐抹平甚至消失，"浑身哆嗦的沙托夫不依不饶地说，"您知道您当初为何会结下这桩如此可耻、如此卑鄙的婚姻吗？就因为这里头的耻辱与荒谬登峰造极！哦，您不会在悬崖边上徘徊，而会勇敢地一头扎下去。您结婚，是因为您渴望自我折磨，渴望良心受虐，渴望精神上的嗜欲。这里头有种挑战健全理智的病态冲动，而这实在太具诱感力了！想想看：堂堂的斯塔夫罗金少爷，竟然娶了一个又丑又傻又穷的跛脚女！当您咬省长耳朵时，您有没有感受到兽欲？有没有？游手好闲、吊儿郎当的小少爷？"

---

[1] 德·萨德（1740—1814），法国著名情色作家；出身贵族，曾因淫乱、性虐、强奸、鸡奸等罪名先后多次入狱，最后病死狱中。

"您是个心理专家,"斯塔夫罗金的脸色越发苍白,"尽管对于我结婚的原因,您说得并不完全对……不过,这些情况都是谁透露给您的呢,"他勉强笑了笑,"难道是基里洛夫?可他并没有参与——"

"您心虚了?"

"您究竟想要怎样?"半晌,尼古拉·弗谢沃洛多维奇提高音量问,"我忍受了您半个钟头的鞭挞,您至少应该礼貌地放我走……假如您这样对我并无任何理智的目的。"

"理智的目的?"

"当然。您至少应该向我解释您的目的。我一直在等着您这么做,可等到的只是一味疯狂的泄愤。求您了,去帮我开门。"

他从椅子上站起身。沙托夫疯了似的朝他猛扑过来,一把抓住他的肩膀,高喊道:"去亲吻大地吧,去以泪洒地,请求宽恕!"

"我没有杀死您……那天上午……而是把手抽了回来……"斯塔夫罗金目光低垂,几乎忍痛说道。

"说下去,说下去!您来向我警告危险,您肯听我说话,您打算明天公布您的婚姻!……难道我看不出来吗,您正在被某种可怕的新念头折磨着……斯塔夫罗金啊,为何我注定一生一世信服您?难道我会对别人说这种话吗?我知道廉耻,但在斯塔夫罗金面前,我甘愿光着身子跳舞。我不担心以我的触碰玷污伟大的思想,因为听我说话的人是斯塔夫罗金……等您走后,我会忍不住亲吻您的脚印。我没办法将您从我的心脏里剜出来,尼古拉·斯塔夫罗金!"

"很遗憾,我没办法爱您,沙托夫。"尼古拉·弗谢沃洛多维奇冷冷地说。

"我知道您不能,我也知道您没有撒谎。听我说,我可以挽救一切:我会给您兔子!"

斯塔夫罗金沉默不语。

"您信奉无神论是因为您是少爷,最后一位少爷。您模糊了善与恶的区别,是因为您丧失了对人民的了解。新的一代完全走出了人民的心灵,对人民一无所知,无论是您,还是韦尔霍文斯基父子,抑或是我,因为我也是少爷——我,您的奴才帕什卡之子……听我说,要以劳动去获得上帝,这就是全部的奥秘,否则就只能像霉菌一样消失。以劳动去获得!"

"以劳动获得上帝?哪种劳动?"

"庄稼汉的劳动。去吧,抛弃您的财富……啊!您在笑,您担心这里头有诈?"

但斯塔夫罗金并没有笑。

"您认为上帝可以通过劳动,而且恰恰是庄稼汉的劳动来获得?"他思忖片刻才道,仿佛真的听到了一个新鲜而严肃的、值得思考的想法。"对了,"他突然又转向了新的念头,"您刚才倒给我提了个醒:您知道吗,我其实并不富有,所以也没什么好抛弃的。我甚至没有能力保障玛丽亚·季莫菲耶夫娜的将来……所以,我这次来也是想拜托您,如果可以的话,将来也请不要丢下玛丽亚·季莫菲耶夫娜不管,因为只有您能对她的可怜心智有所影响……我这么说是以防万一。"

"您说玛丽亚·季莫菲耶夫娜呀,行行行,到时候自然的……"沙托夫一手持烛,另一只手胡乱摇摆着,"听我说,您去见见吉洪吧。"

"谁?"

"吉洪。他从前是位主教,因病退职,眼下就住在我们城里,在叶菲米耶夫—博戈罗茨基修道院。[1]"

"为什么去见他?"

"不为什么。远近的人都去见他。您也去吧;有什么的呢?您说,有什么的呢?"

---

[1] 该教堂名系虚构。吉洪的原型是"顿河左岸的吉洪"(1724—1783),俄国18世纪最伟大的宗教启蒙家、神学家,被俄国东正教会奉为圣徒和显圣者。

"我头一回听说……以前从来没有见过这种人。谢谢您,我去。"

"这边,"沙托夫照亮楼梯。"走吧。"他打开了临街的便门。

"我今后不会再来找您了,沙托夫。"斯塔夫罗金低声说罢,一脚跨出了便门。

黑暗和雨,仍在继续。

第二章 夜（续）

一

他穿过了整条主显圣容街；路越来越难走，脚在淤泥里直打滑。面前突然出现了一片开阔的、雾气弥漫的、看似空空荡荡的空间——河面。楼房变成了破屋，街道消失在横七竖八的过道里。尼古拉·弗谢沃洛多维奇贴着栅栏跋涉了很久，一直紧靠岸边，脚步却很坚定，甚至不假思索。他完全被别的思绪占据，许久才从幽深的沉思中回过神来，愕然四顾，发现自己几乎已经走到了那座长长的、湿漉漉的浮桥中央。四下阒无一人，因此他才更觉得讶异，何以会有一个声音几乎从他的臂肘下方传来。那声音客气而亲昵，甚至相当悦耳，带着抑扬顿挫的甜腻腔调，敝城那些附庸风雅的小市民或者柜台里能说会道的年轻伙计最爱这般卖弄：

"好心的先生，能否允许我，与您共用一把伞？"

话音未落，一个人影果真（或者说作势）钻进了他的伞下。游荡者与他并排前行，几乎跟他"肘碰肘"，就像士兵们常说的那样。尼古拉·弗谢沃洛多维奇放慢脚步，稍稍低下头，在黑暗中竭力辨认：此人个头不高,像个好酒贪杯的市侩;衣着单薄难看;蓬乱的鬈发上扣着一顶湿透了的呢绒鸭舌帽,帽舌已经掉了一半。黑发,貌似结实,干瘦,黝黑,眼睛很大,明显是黑色的,黑得发亮,又略微泛黄,跟茨冈人一样,这点即使在黑暗中也能猜得到。年纪四十左右,没有醉酒。

"你认识我?"尼古拉·弗谢沃洛多维奇问。

"您是斯塔夫罗金先生,尼古拉·弗谢沃洛多维奇;大上个礼拜天,有人在车站给我指过您,当时火车还没有停稳。其实我早就听说过您。"

"是彼得·斯捷潘诺维奇跟你说的?你……你是苦役犯费季卡?"

"教名费奥多尔·费奥多罗维奇;咱亲娘至今仍住在这片儿,虔诚的老太太,快入土了,日夜为咱祈祷上帝,也好有点儿事做,不至于成天瘫在炕上。"

"你是从苦役地逃出来的?"

"咱自己改了命。'不要铃铛不要书,教会事务全交出。'因为给咱判了个终身苦役,等期满咱是等不了了。"

"你在这儿都干些什么?"

"咳,就'睁眼闭眼,又是一天'呗。上礼拜咱大伯也没了,死在了本地的号子里,因为假钞,我为了给他办丧宴,朝一群狗扔了二十多块砖头,这就是咱目前的勾当。再有嘛,彼得·斯捷潘诺维奇答应给咱办证件,商人那种全俄通用的,咱正等着他兑现呢。他说:'老头子当年在绅士俱乐部打牌,把你当赌注给输了。'他还说:'我认为这是没人性、不公道的。'我说先生,您能不能赏我三个卢布,让咱买杯茶喝,暖暖身子?"

"这么说,你是在这儿守我。我可不喜欢这个。谁派你来的?"

"要说派嘛,谁也没有派过我,是咱自己知道您乐善好施,这个大家都知道。咱的进项嘛,您也知道,弄好了得把干草,弄不好挨上一草叉。这不,礼拜五,咱逮着馅饼吃了个饱,就跟燕鸥吃肥皂似的[1],可打

---

1 俄国传统肥皂由动物油脂制成,因此燕鸥经常偷吃渔民放在屋外的肥皂。俄语中有很多与之有关的俗语,比如"像燕鸥抄起肥皂一样抓住""像燕鸥爱肥皂一样喜欢"。

那以后，头天没吃，第二天没吃，第三天又没吃。河里的水倒是管饱，肚子里都能养鲫瓜子了……您哪，就行行好吧；离这儿不远刚巧有个相好的正等着咱呢，但没有卢布可进不了她的门。"

"彼得·斯捷潘诺维奇替我向你承诺了什么？"

"他倒也没承诺啥，只说有朝一日您用得着咱，具体啥事没说，咱也不知道，看样子彼得·斯捷潘诺维奇是在考验我的哥萨克耐心，对我一点儿也不信任。"

"为什么呢？"

"彼得·斯捷潘诺维奇是个占星家，天上的星宿全认识，可就连他也逃不过批评。我在您面前，先生，就好比在上帝面前，因为咱久仰您的大名。彼得·斯捷潘诺维奇是一类人，而您呢，先生，大概是另一类人。他要说谁是混蛋，那他肯定是除了'混蛋'之外，对那人一无所知；他要说谁是笨蛋，那这人除了笨蛋，在他眼里就啥也不是了。可我没准儿就礼拜二礼拜三是笨蛋呢？礼拜四说不定比他还聪明呢！眼下他知道我急需证件，因为在俄国没有证件寸步难行，所以他就以为掐住了我的命门。我跟您说，先生，彼得·斯捷潘诺维奇这号人，活着是很轻松的，因为他总会按照他自己对别人的设想与人相处。外带小气得肉疼。他以为我不敢绕过他直接来找您，而我面对您，先生，就像面对上帝，——我已经在这桥上等了您四个晚上啦，我就是要证明，没有他，咱照样能用自己的脚找到自己的路。我是这么寻思的：与其向树皮鞋低头，不如向真皮鞋弯腰。"

"是谁告诉你，我夜里会从桥上过的？"

"这个嘛，老实说，是我无意间听到的，主要是列比亚德金大尉太蠢，狗肚子里存不住二两油……总之吧，您得赏我三个卢布，三天三夜的工夫钱。至于说衣服湿透了嘛，咱自认倒霉，就不提了。"

"我向左，你往右——桥到头了。你听好，费奥多尔，我说话从不重复第二遍：我一个子儿也不会给你，今后别让我再在桥上或者别处碰见你,我永远用不着你。你要是不识相,我就把你扭送警局。走!"

"哎呀,好歹给几个吧,再怎么说咱也陪您走了这么久,两个人走路更开心嘛。"

"滚!"

"可这儿的路您熟吗?这儿的路太那个啦……我可以给您做向导,因为这块城区嘛,简直是从小鬼的提篮里抖落出来的。"

"还不快滚!"尼古拉·弗谢沃洛多维奇转过身喝道。

"要不您再考虑考虑,先生;何苦这么欺负一个孤苦伶仃的人呢。"

"嚄,看来你挺有信心哪!"

"我嘛,先生,是对您有信心,而不是对自己。"

"我说过了,我完全用不着你!"

"可我需要您哪,先生,关键在这儿呢。这么着吧,我在回去的路上等您。"

"我警告你:再让我碰上,就捆你去警局。"

"那我就把裤腰带给您预备好喽。一路好走,先生,您好歹让我这个可怜人在您的伞下面暖和了暖和,就冲这,咱到死都得念您的好。"

他不再黏缠。尼古拉·弗谢沃洛多维奇一路上忧心忡忡。这个从天上掉下来的家伙无比确信自己用得着他,还厚颜无耻地跑过来宣布。这帮人真是太放肆了。但也有可能,这家伙并没有完全撒谎,他或许真的是背着彼得·斯捷潘诺维奇,自己跑过来索要差事的;要真是这样,那可就太有趣了。

二

尼古拉·弗谢沃洛多维奇要去的那所房子位于城区最边缘,被两道栅栏夹在中间,栅栏后面圈着菜地。这是一座孤零零的小木屋,刚刚建成,外墙的薄板都还没包。其中一扇小窗的护窗板特意开着,窗台上点着一支蜡烛——显然是给深夜到访的客人引路用的。尼古拉·弗谢沃洛多维奇还在三十步开外就看见一个高个子人影（想必是这家的男主人）急促地走到门口，朝路上张望。接着便听到了此人焦急而又近乎胆怯的询问："是您来了，先生？"

尼古拉·弗谢沃洛多维奇没有应声，一直走到台阶近前，这才一面收伞，一面说："是我。"

"您终于来啦！"列比亚德金大尉（原来是他）登时手忙脚乱，"我来帮您拿伞，伞太湿啦，我把它给您撑开，放在角落地板上。快请进、请进。"

过道屋通往内屋的门敞开着，屋内点着两支蜡烛。

"要不是您说您今天指定来，我都要失去信心啦。"

"差一刻一点。"尼古拉·弗谢沃洛多维奇看了看怀表，走进内屋。

"还下着雨，又这么远的路……我也没表，窗户外面净是菜地，所以……啥也不知道……我这可不是抱怨哪，再说我也不敢、不敢，我就是着急，煎熬了一个礼拜，终于可以……了结啦。"

"什么？"

"听您宣判我的命运，尼古拉·弗谢沃洛多维奇。请坐。"他点头哈腰地指了指沙发前面靠桌的座位。

尼古拉·弗谢沃洛多维奇环顾屋内，只见房间又小又矮，家具仅限于必需之物——几把木椅，一张木沙发，也全是新打的，没有包面和坐垫；两张椴木桌，一张靠沙发，另一张摆在角落里，上面铺着桌布，摆得满满当当，还用一块极干净的餐巾布蒙着。整个屋子都显得极其整洁。列比亚德金大尉已经有八天没醉过酒了；他的脸有些浮肿，略显焦黄，目光慌乱、好奇、疑惑不定，很显然，他还没有想好该用何种语气开场，哪种腔调对他最为有利。

"您瞧，先生，"他用手朝四下一指，"我过着佐西马[1]的日子。戒

---

1 大概指俄国 15 世纪的圣佐西马——索洛维茨基修道院的创办者之一、俄国北方的伟大布道者。

酒、幽居、赤贫：古代骑士的誓约。"

"您认为古代骑士订了这样的誓约？"

"那就是我搞错了？咳，我真是没长进！全搞混了！您相信吗，尼古拉·弗谢沃洛多维奇，在这儿，我头一次看清了自己的恶习——今后滴酒不沾！在这个小屋的六天里，我感受到了良心的安宁。连墙壁都散发着树脂香气——大自然的味道。可以前呢，以前我算个什么东西？'夜里，我无眠地疾驰；白天，吐着舌头奔跑。'——这是诗人的天才表达！[1]……呀，您浑身都湿透啦……要不要喝点茶？"

"不必麻烦了。"

"茶炊七点就烧开啦，可后来……又凉啦……正如世间的一切。就连太阳，据说也会熄灭……不过，您若想喝，我立马安排。阿加菲娅还没睡。"

"玛丽亚·季莫菲耶夫娜，她……"

"在这儿、在这儿，"列比亚德金立刻压低了声音，"您要不要看一眼？"他指了指通往另一个房间的虚掩着的门。

"她还没睡？"

"没有没有，怎么可能？相反，从傍晚就一直盼着哪，早晨一听说您要来，立马就捯饬开了。"他嘴一咧，露出一个滑稽的笑容，忙又收了回去。

"她怎么样？"尼古拉·弗谢沃洛多维奇阴沉着脸问。

"怎么样？您自己也知道的，"大尉同情地耸了耸肩，"眼下嘛……正坐在那儿用纸牌算命呢……"

"好吧，待会儿；先解决您的事儿。"

尼古拉·弗谢沃洛多维奇坐到一把椅子上。大尉也不敢再坐沙

---

[1] 引自彼·安·维亚泽姆斯基（1792—1878）《缅怀画家奥尔洛夫斯基》一诗第二小节，但将原诗中的"你"改成了"我"。

发了,忙起身拽过一把椅子坐下,急不可耐地凑过耳朵。

"您角落里的桌子上是什么?"尼古拉·弗谢沃洛多维奇突然问。

"您说这个?"列比亚德金也扭过头,"这也是您的恩赐,怎么说呢,就算是乔迁宴吧,我知道您走了那么远的路,一定也累了。"他动情地嘿嘿一笑,站起身,踮着脚走到桌旁,毕恭毕敬、小心翼翼地掀去餐巾。餐巾下面是精心准备的酒菜:火腿、牛犊肉、沙丁鱼、乳酪,一小只淡绿色的玻璃酒壶里装着伏特加,还有一长瓶波尔多红酒。安排得齐整、内行,甚至讲究。

"这是您张罗的?"

"是的,先生。从昨天就开始忙活啦,尽心尽力,聊表敬意……玛丽亚·季莫菲耶夫娜嘛,您是知道的,对这种事儿毫不上心。最重要的是,这些都是您的恩赐,您的,毕竟您才是这儿的主人,而我呢,我,怎么说,就是给您看门的,可毕竟,毕竟,尼古拉·弗谢沃洛多维奇,毕竟我在灵魂上是独立的!您可千万别剥夺我最后的财产哪!"他动情地说。

"唔……您还是先坐下吧。"

"感、感谢,感谢,我是独立的!"他说着坐下,"唉,尼古拉·弗谢沃洛多维奇,我心里郁积了多少哇,我都不知道我是怎么等到您的!眼下,您就要裁决我的命运了……还有那个不幸的女人……然后……然后,就像从前的旧时光那样,我要对您倾诉衷肠,就像四年前那样!当年您赏我脸,听我说话,读我的诗……虽然人们说我是您的福斯塔夫(莎士比亚笔下那个),但您在我的命运里意义重大!……现如今我陷入了大恐惧,就指望着您给我建议和希望呢!彼得·斯捷潘诺维奇太可怕了!"

尼古拉·弗谢沃洛多维奇饶有兴致地听着,审视着对方。显然,列比亚德金大尉虽不再酗酒,但状态远未恢复正常。像他这种常年酗酒的酒鬼,到头来都会陷入某种混沌、迷瞪、错乱乃至疯癫的状态;可一旦有必要,他们照样会耍滑头、玩诡计、搞欺诈,而且样样都不比别人差。

"看得出,大尉,这四年多来,您是一点儿没变,"尼古拉·弗谢沃洛多维奇近乎亲切地说,"看来的确不假:人的整个后半生基本由前半生累积的习惯构成。"

"至理名言!您道破了人生的奥秘!"大尉喝彩道。他的兴奋只有一半是装出来的,因为他本就酷爱这种高谈阔论。"您说过的所有话里,尼古拉·弗谢沃洛多维奇,有一句话我记得最清楚,那还是您在彼得堡说的:'只有真正伟大的人,才能坚定不移地站在健全理智的对立面。'就这句!"

"嗯,傻瓜也可以。"

"好吧,就算傻瓜也可以吧;可您一辈子说过多少至理名言哪,他们行吗?利普京也好,彼得·斯捷潘诺维奇也好,他们能说出这样的话来吗!哦,彼得·斯捷潘诺维奇对我太残忍啦!……"

"可您自己呢,大尉,您都干了些什么?"

"酗酒无度,四面树敌!但如今,一切、一切都过去了,我像条蛇一样,蜕皮重生了。尼古拉·弗谢沃洛多维奇,您知道吗,我正在写遗言呢,而且已经写完了。"

"有趣。怎么写的,写给谁的?"

"写给祖国,写给人类,写给大学生们。尼古拉·弗谢沃洛多维奇,我在报纸上读到了一个美国人的事迹。他把自己的巨额财产全部留给了工厂和进步科学,把自己的骨骼捐献给了当地医学院,将自己的皮做成了一面鼓,好用它来不分昼夜地敲响美国国歌。唉,跟美利坚合众国飞扬的思想相比,我们简直就是侏儒;俄国是大自然的把戏,而非智慧的竞技。要是我也用自己的皮做成一面鼓,捐给……就说阿克莫林斯克步兵团吧——我有幸从那里开始服役——好用它在全团面前每天敲响俄国国歌,肯定会有人骂我自由主义,还会封禁我的皮……因此，我只得寄希望于大学生们。我也要把我的骨骼捐献给医学院，但有一个条件，那就是一定得在我的颅骨上贴上一个永久标签，写上'悔过的自由思想者'。就这样！"

大尉说得慷慨激昂，不消说，他对于美式遗嘱的美好深信不疑，但他又是一个滑头，很想逗尼古拉·弗谢沃洛多维奇开心，毕竟他曾长期扮演后者的弄臣。但后者却毫无笑意，反而略带怀疑地问："看样子，您是想在生前发表自己的遗言，好博得嘉许吧？"

"这又何尝不可呢，尼古拉·弗谢沃洛多维奇，何尝不可？"列比亚德金小心地察言观色，"谁叫我命该如此呢！如今我连诗都不写了，想当初，就连您也常拿我的诗下酒解闷哪，您还记得吧，尼古拉·弗谢沃洛多维奇？现在，我封笔啦！我写了最后一首诗，就像果戈理的《最后的故事》——记得吗，他曾经向全国宣告，是这个故事自己从他胸膛里'唱出来'的[1]。我也一样，写够了！"

"什么诗？"

"《假如她摔断一条腿》！"

"什么——？"

大尉要的就是这种效果。他对自己的诗歌极端看重，极其珍视，但与此同时，出于某种弄臣式的双重心理，他也喜欢尼古拉·弗谢沃洛多维奇当年总拿他的诗寻开心，哈哈大笑，甚至笑破了肚皮。此所谓诗人小丑两不误也。但眼下他还抱有第三种希冀，一个特别而又微妙至极的目的：他之所以卖弄诗歌，是为了对某件事做出辩解，不知为何，这件事才是最令他提心吊胆，也最令他自觉有罪的。

"《假如她摔断了一条腿》"，当然是指骑马的时候。都是胡思乱想，胡言乱语，尼古拉·弗谢沃洛多维奇，但却是诗人式的：当女骑手从我

---

[1] 果戈理在《与友人书简选》(1847)中提到他即将创作一部《诀别的故事》("Прощальная повесть")，并称："我发誓：这个故事绝非由我编造、杜撰的，而是它自己从我心里唱出来的……"但该作品终未问世。

身旁经过时,我被惊呆了,随即想到了这个实际的问题,万一她真的摔断一条腿,那会怎么样呢?事情是明摆着的:所有追求者都会变心,一切求婚者都会离她而去——拜拜吧您哪,哭鼻子去吧!——唯独诗人会留下来,带着一颗破碎的心。尼古拉·弗谢沃洛多维奇,就算是一只虱子,也可能会坠入爱河,而且不受法律禁止。可是呢,那位女士却为了我的信和诗恼羞成怒。就连您,据说也曾勃然大怒,是吗?真是令人悲痛,我甚至都不敢相信。您说,我就是想想,能碍着谁呢?再者说,我凭人格发誓,那都是利普京撺掇的:'寄吧、寄吧,任何人都有通信自由。'我这才寄的。"

"您把自己也当成求婚者了?"

"仇人、仇人!恶意中伤!"

"说您的诗吧。"尼古拉·弗谢沃洛多维奇威严地打断道。

"胡言乱语,都是胡言乱语。"列比亚德金嘴上这么说,却挺直了腰杆,扬起一只胳膊,朗诵起来:

美人呀,一腿摔断,
变得啊,加倍璀璨!
情人呀,一往情深,
如今啊,加倍爱怜!

"够了、够了。"尼古拉·弗谢沃洛多维奇摇摇手道。

"我想去彼得堡,"列比亚德金迅速转换了话题,好像压根没有诗歌这回事似的,"我想重新活过……恩人哪!我能否指望您资助我路费?我像盼太阳似的盼了您整整一个礼拜。"

"这可不行,很抱歉,我差不多已经没钱了;再说,我凭什么要给您钱?……"

尼古拉·弗谢沃洛多维奇似乎突然愤怒了。他干巴而简短地历数了大尉的一切罪状：酗酒、造谣、挥霍他给玛丽亚·季莫菲耶夫娜的钱，将后者从修道院领走，一再写信威胁要公开秘密，对达里娅·帕夫洛夫娜的所作所为，等等，等等。大尉坐不住了，一个劲儿地摆手，试图反驳，但每次都被尼古拉·弗谢沃洛多维奇厉声喝止。

"还有，"尼古拉·弗谢沃洛多维奇最后说，"您在信中反复提及'家族耻辱'——令妹与斯塔夫罗金合法结婚，怎么就成了您的家族耻辱了？"

"可这是秘密婚姻呀，尼古拉·弗谢沃洛多维奇，秘密婚姻，致命的秘密。我从您那儿领钱，然后突然有人问：这钱是咋回事？可我的嘴缝着呢呀，我不能说呀，这就有损舍妹和家族的名誉了呀！"

大尉提高了调门——他喜欢这个话题，一咬住就不撒嘴。可惜，他绝对想不到，会有晴天霹雳。尼古拉·弗谢沃洛多维奇平静而明确地，像下达某个再寻常不过的日常指令似的告诉大尉，他打算于近日，也许就是明后天，将自己的婚姻公之于世，"通报警署和社交界"，如此一来，家族名誉便再也无从谈起，生活费自然也会随之取消。大尉目瞪口呆，他甚至没有听明白，需要详细解释。

"可她，她可是……有点儿疯啊？"

"我会做出相应安排。"

"可是……令堂大人呢？"

"这个嘛，由她去好了。"

"可是……您要把……尊夫人领到府上去住？"

"也许会的。不过，这事完全不劳您费心，与您也毫不相干。"

"怎么不相干！"大尉叫道，"那我可怎么办？"

"您嘛，自然是去不了我家的。"

"我跟您，咱们可是亲戚啊！"

"像您这种亲戚，躲都躲不及。到时候我凭什么还要给您钱，您自己想想？"

"尼古拉·弗谢沃洛多维奇,尼古拉·弗谢沃洛多维奇,这可不成啊,您,要不您再考虑考虑,您这不是要害死……上流人士会怎么想,怎么说?"

"您的上流人士我可真怕。当年我娶令妹,也无非是一时兴起,吃饭时喝醉了酒,跟人赌了一瓶红酒而已。如今我怎么就不能把它公开呢……假如这能让我开心?"

他说这些话时显得特别暴躁,列比亚德金开始惶恐地相信了。

"可我呢,我该怎么办,关键是我呀!……您,您大概是在开玩笑吧,尼古拉·弗谢沃洛多维奇?"

"不,我没有开玩笑。"

"随您的便,尼古拉·弗谢沃洛多维奇,反正我不相信……那我有个请求。"

"您真是愚不可及,大尉。"

"就算是吧,可您要知道,这是我唯一的指望了!"大尉彻底慌了,"以前她在贫民窟干活,我们好歹还有个住处,现在可咋办呢,要是您彻底把我丢下?"

"您不是想去彼得堡换个差事吗?说起来了,我听说您打算去那儿告密,把其他人全供出来,好换取赦免?"

大尉张大了嘴,努着眼,没说话。

"听着,大尉。"斯塔夫罗金突然探向桌前,异常严肃地开了口。截至目前,他的话总有些模棱两可,是以当惯了弄臣的列比亚德金直至最后一瞬都无法确定:他的主子是真动怒了呢,还是在跟他逗闷子?公开婚姻的疯狂念头是真的,还是装的?但眼下尼古拉·弗谢沃洛多维奇的表情异常严肃且确凿无疑,看得大尉脊梁骨直发冷。"听好了,大尉,讲实话:您已经告密了没有?您究竟干了什么没有?有没有一时发昏,寄出了什么信?"

"没有,什么都还没干,也……没那么想过。"大尉直勾勾地盯着对方。

"您要说没想过,那纯属撒谎。您非要去彼得堡就是为了这个。就算信没有寄,那您有没有对谁说漏嘴过?照实说。我听到了一些事。"

"喝醉酒跟利普京说了。利普京这个叛徒。亏我还对他掏心窝子。"可怜的大尉低声说。

"掏心窝子也不能当傻子啊。有想法最好藏在心里。如今的聪明人都是有话不说的。"

"尼古拉·弗谢沃洛多维奇!"大尉浑身哆嗦着,"您可是啥也没参与呀,我就算告密也不会……"

"是啊,您就算告密也不会告自己的奶牛嘛。"

"尼古拉·弗谢沃洛多维奇,您想想,您想想!……"绝望的大尉眼泪汪汪地讲述起自己四年来的全部遭遇。这是关于一个傻瓜的最最愚蠢的故事。这个傻瓜被卷进了不该干的勾当里,对其严重性直至最后一刻都稀里糊涂,完全是出于酗酒和胡闹。他说,还在彼得堡时,他"最初动心,完全是因为朋友,就像赤诚的大学生一样,尽管他并非大学生",就这样,他毫不知情地,"完全无辜地,在楼道里散发过各种传单,一沓一沓往人家门口放,往订报箱里塞,偷偷往剧院里带,往人帽子底下、衣服口袋里塞。再后来就开始从他们那儿领钱,"因为我没钱,没钱啊!"他在两省各县散发过"各种劳什子"。"哦,尼古拉·弗谢沃洛多维奇,"他叫道,"最令我吃惊的是,那完全是违反公民法,甚至国家法的呀!传单上突然号召农奴拿起草叉,走上街头,还说什么'早晨出门是穷人,晚上回家变富人',——您听听!连我自己都哆嗦,可还是继续发。后来又冷不丁冒出来五六行《告全体国民书》:'行动起来!关闭教堂!捣毁神像!废止婚姻!取缔遗产权!拿起刀子!'净是这些,鬼知道接下来会是啥。就在发这张传单的时候,我差点儿没被逮住,在团里挨了军官们一顿胖揍,幸亏他们把我给放了,愿上帝赐他们健康。去年我又差点儿被抓住——我将一批法国造的五十卢布假钞转交给了科罗瓦约夫,幸亏呀,上帝保佑,那家伙后来喝醉酒掉进池塘淹死了,没有来得及揭发我。到这儿之后,我还在维尔金斯基家宣扬过妻子的社会自由。六月份又在某县发过传单。他们说,还会逼我发……彼得·斯捷潘诺维奇突然对我说,要我乖乖听话,——他早就在恐吓我了。您知道礼拜天他是怎么对我吗!尼古拉·弗谢沃洛多维奇,我是奴隶,我是虫豸,却不是上帝,这就是我跟杰尔查文的唯一差别。[1]可我缺钱,缺钱哪!"

尼古拉·弗谢沃洛多维奇饶有兴致地听完大尉的讲述,道:"我知道的其实并不多。当然,您可能会出任何事……"他想了想说,"听着,或许您可以跟他们说……嗯,您知道该对谁讲,就说利普京在扯谎,说您只是想用告密吓唬吓唬我,以为我也卷进去了,好从我这儿多弄点儿钱……明白了?"

"尼古拉·弗谢沃洛多维奇,亲爱的,难道我真有这么大的危险?我就专等着您来,好问问您呢!"

尼古拉·弗谢沃洛多维奇冷冷一笑,道:"反正彼得堡您是去不成的,哪怕我给了您路费……不过,该去看玛丽亚·季莫菲耶夫娜了。"他从椅子上站起身。

"尼古拉·弗谢沃洛多维奇,玛丽亚·季莫菲耶夫娜该怎么办?"

"我不是都说了吗。"

"难道那也是真的?"

"您还是不信?"

"难道您就这么把我给扔了,像扔一只破靴子?"

尼古拉·弗谢沃洛多维奇笑了:"我再想想;好了,走吧。"

"您需要我在门口守着吗?以免被人偷听了去……房子太小啦。"

---

[1] 加·罗·杰尔查文(1743—1816)在颂诗《上帝》(1784)中写道:"我是沙皇,我是奴隶;我是虫豸,我是上帝。"

"有道理；去门口守着吧。带上伞。"

"您的伞……我也配用吗?"大尉谄媚地说。

"任何人都配得上一把伞。"

"您一句话就确立了人权的底线……"大尉机械地嘟囔道。他被这些消息搞得彻底沮丧了,完全糊涂了。然而,一走出屋门,将雨伞在头顶撑开,他那轻浮狡狯的头脑里立刻就又冒出了那个永远令他心安理得的念头:别人在使诡计、编瞎话。既如此,该害怕的就是别人,而不是他。

"要真是诡计和瞎话,那究竟图个啥呢?"他脑子里百爪齐挠。公布婚姻令他觉得荒谬,"不过,斯塔夫罗金这个'奇迹创造者'啥都干得出来;他活着就是为了跟世人作对。说不定礼拜天当众受辱之后,他自己害怕了?而且是前所未有的害怕?所以才半夜跑过来说要公布,其实是怕我公布。喂,列比亚德金,可别失算!他要真想公开,又何必三更半夜偷偷摸摸地来?要是他怕了,那肯定也是眼下才怕的,就这几天……喂,列比亚德金,不要退缩!……

"他拿彼得·斯捷潘诺维奇来吓唬我。啊呀,可怕,可怕,真可怕!我真是鬼迷心窍,跟利普京说漏了嘴。鬼知道这些鬼会干出什么来,永远也闹不清。跟五年前一样,眼下他们又睡不踏实了。说真的,我该向谁去告密呢?'有没有一时发昏,寄出了什么信?'唔。这么说,可以假装一时发昏,寄出告密信?他是不是在暗示我?'您非要去彼得堡就是为了这个。'这个滑头,连我做什么梦都猜得到!他似乎就盼着我去呢。这不外乎两种情况:要么是他自己害怕了,因为他闯下了大祸,要么……要么就是他并没有什么好怕的,只是在撺掇我去告发他们!哎呀,好可怕,列比亚德金,哎呀,千万别失算!……"

他想得出神,以至忘了偷听。其实,想偷听也难:门板很厚,又是单扇门,说话声又极低,只能隐约听到些含混的声音。大尉恨恨地啐了一口,再次走出屋门,心事重重地吹起了口哨。

三

玛丽亚·季莫菲耶夫娜的房间比大尉那间要大上一倍,同样是粗糙的木工家具,但沙发前的桌子上铺着亮丽的彩色桌布,桌上点着一只煤油灯,整个地板都铺着华美的地毯,床铺隐在一道与房间等长的绿色隔帘后面。桌旁还摆着一张大而软的沙发椅,玛丽亚·季莫菲耶夫娜却放着没坐。角落里,跟之前的住处一样,摆着一张圣像,点着一盏小煤油灯。桌上摆放着从前那些必要之物:一副纸牌、一面小镜子、一本歌集、一个奶油甜面包。此外多了两本带有彩色插图的小书,一本是某著名旅行记的节选本,面向青少年读者的;另一本是劝谕故事集,以骑士故事为主,适合在新年枞树联欢会上朗读的那种。还有一本相册。玛丽亚·季莫菲耶夫娜,如大尉所说,本来的确在等客人,但当尼古拉·弗谢沃洛多维奇走进去时,她已经靠着粗毛线编织的抱枕,半倚在沙发上睡着了。来客轻轻地掩上门,站在原地,端详着浅睡中的女人。

大尉说她梳妆打扮过,这话掺了假。她身上仍是礼拜天在瓦尔瓦拉·彼得罗夫娜府上穿的那件黑色连衣裙。头发照旧在脑后盘成一个小小的发髻,细长的脖子照旧裸露着。瓦尔瓦拉·彼得罗夫娜赠送的黑色披肩被细心地叠好,放在沙发上。她脸上照旧涂了厚厚一层脂粉。尼古拉·弗谢沃洛多维奇站了还不到一分钟,她就像是觉察到了他的目光似的,倏地睁开眼睛,坐了起来。而来客似乎也有些不大对劲儿:他继续一动不动地站在门口,目光如刀,默默地、定定地望着女人的脸。这目光似乎太过犀利,从中还依稀流露出憎恶,甚至幸灾乐祸的神色——假如这并非玛丽亚·季莫菲耶夫娜突然惊醒后的错觉的话。足足等了一分钟,可怜的女人才突然流露出彻底的恐惧,不禁一阵抽搐;她站起身来,举起双手乱摇,突然哭了起来,完全像个受了惊吓的孩子;正当她眼看就要发出尖叫时,来客骤然清醒,瞬间换了一副表情,带着最和蔼、最温存的笑容走到桌前。

"是我不好,玛丽亚·季莫菲耶夫娜,突然出现,把您惊醒了。"他说着,向她伸出手去。

温存的话语发挥了效力,女人的惊恐消失了,尽管她仍旧畏怯地望着来人,显然在竭力思索。她怯生生地伸出了自己的手。终于,一丝羞怯的笑意浮上她的嘴角。

"您好,公爵。"她神情怪异地打量着来人,低声道。

"您大概是做噩梦了吧?"他笑得越发和蔼温存。

"您怎么知道我梦见了这个?……"她突然又哆嗦起来,忙向后躲,并举起一手护在胸前,眼看又要哭了。

"别这样,好啦,您怕什么,您难道不认得我了吗?"尼古拉·弗谢沃洛多维奇安抚道,但这次却久久未能奏效。她默默地望着他,仍带着那种痛苦的迷惘,可怜的脑子里装着沉重的思绪,仍在绞尽脑汁地回想。她时而垂下眼皮,时而迅速地打量他一眼。终于,她与其说平静了下来,莫如说打定了什么主意。

"请您坐到我旁边来,好让我待会儿能看清楚您。"她的语气相当坚决,明显抱着某种新的目的。"您不必担心,我现在不会看您,而会看着地面。也请您暂时不要看我,直到我请求您这样做。坐呀!"她颇不耐烦地催促道。

显然,新的感受越发将她攫住。

尼古拉·弗谢沃洛多维奇坐下,等着;随后是许久的沉默。

"嗯……这一切都让我觉得奇怪,"她突然近乎嫌恶地嘟囔道,"我的确做了噩梦,关键是您怎么会以那种面目出现在我的梦里?"

"好了,别再谈梦啦。"他不耐烦地说。他不顾她的禁止,扭头看着她,眼中又依稀闪过方才的神情。他注意到,她有好几次似乎很想看他一眼,却极力地克制住了,一直盯着脚下。

"听着,公爵,"她突然提高了音量,"听着,公爵——"

"您为什么转过身去,为什么不看我,您这是演的哪一出?"他终于按捺不住,叫道。

可她却好似完全没有听见。

"听着,公爵,"她第三次语气坚决地重复道,脸上带着不悦的厌烦神色,"您在马车上对我说要公开婚姻时,我当时就吓坏了,因为秘密要暴露了。眼下我没了主意;我反复地想,心里清楚,我根本不合适。打扮我会,待客嘛,估计也成:无非就是请人喝杯茶嘛,何况还有仆人呢。可关键是旁人会怎么看。礼拜天上午,在那所房子里,好多事儿我都看明白了。那位漂亮小姐一直盯着我,尤其是您走进来的时候。当时走进来的人就是您吧,嗯? 她那个母亲,就是个可笑的贵族老太婆。我那个列比亚德金也大出洋相,我为了不让自己笑出声来,一直瞅着天花板,画得可真好看。他母亲简直像个女修道院院长;我怕她,虽然她送了我一条黑披肩。也许,当时在场的所有人,都在从意想不到的角度给我打分;我不生气,只不过我当时坐在那儿,心想:我哪里配做他们的亲戚呢? 当然,身为伯爵夫人,只需具备精神品质——操持家务有么多仆人呢——外带一点儿上流社会的风情,好招待外国旅行者。话虽这么说,可礼拜天他们还是觉得我无可救药。唯独达莎是位天使。我很害怕,担心他们对我的冒失评价会惹他伤心。"

"别担心,也别害怕。"尼古拉·弗谢沃洛多维奇撇撇嘴道。

"其实,就算他真的为我感到丢脸,我也完全不会在意,因为他对我总是怜悯多于羞耻的。因为他知道,应该是我可怜他们,而不是他们可怜我。"

"看来,您很生他们的气,玛丽亚·季莫菲耶夫娜?"

"谁,我吗? 不,"她质朴地笑笑,"一点儿也不。我当时瞧着你们所有人:你们都爱生气,总是吵来吵去;从不会聚在一起,开怀大笑。

财富那么多,欢乐却那么少——这一切都令我厌恶。不过,我现在谁也不可怜,除了我自己。"

"我听说,我没在的时候,您和哥哥一起,过得很糟?"

"谁跟您说的?胡扯;现在才糟得多;现在的梦不好了,而梦之所以不好,都是因为您来了。您干吗要来呢,请问?您说说。"

"您想不想再回修道院去?"

"哼,我就知道,您又要提修道院啦!我才不稀罕您的修道院呢!再说我凭什么上那儿去,如今还怎么去?如今我孤苦伶仃啦!来不及开始第三次生活了。"

"您似乎很生气,该不会是担心我不爱您了?"

"我才不在乎您呢。我还担心自己别不爱谁了呢。"

她鄙夷地笑了笑。

"我可能是在他面前犯了什么大过错,"她突然自言自语似的补充道,"只是我不知道自己错在哪儿,这就是我一生的不幸。一直以来,整整五年,我日夜担惊受怕,疑心自己对他犯了错。祈祷时,我常常一面祈祷,一面琢磨自己在他面前的大过错。这回终于浮出来了,我的确有错。"

"什么浮出来了?"

"我只是担心,这里头有没有他的事。"她没有回答,甚至干脆没有听见他的问题,自顾自地说,"话说回来,他是不可能跟这些家伙串通一气的。伯爵夫人恨不得吃了我,虽然她让我跟她同坐一辆马车。所有人都串通好了,——他不会也是吧?难不成他也变心了?"她的下巴和嘴唇颤抖着,"听我说,您知道那个被永世诅咒的格里戈里·奥特列皮耶夫[1]吗?"

---

1 格里戈里·奥特列皮耶夫(1581—1606),曾为莫斯科丘多夫修道院修士,后僭称伊凡雷帝幼子德米特里,在波兰王室的支持下,于1605年成为沙皇,次年被处死,史称"伪德米特里一世"。1605年1月,大牧首约夫昭示全俄教堂,宣布其为冒名者,对其发出永世诅咒。

尼古拉·弗谢沃洛多维奇默不作声。

"好了,现在我要转过头来,看着您了,"她像是突然下定了决心,"您也转过头来看着我吧,只是要认真些。我想最后再确认一遍。"

"我已经看了您很久了。"

"唔,"玛丽亚·季莫菲耶夫娜仔细地审视了半晌,才说,"您胖了好多……"

她本来还想再说些什么,突然,方才的恐惧第三次攫住了她,瞬间扭曲了她的面孔,再次让她向后闪躲,并将一手护在胸前。

"您又怎么了?"尼古拉·弗谢沃洛多维奇近乎狂怒地吼道。

但恐惧仅仅持续了一瞬,她的脸上挤出一个怪异的笑容,满是狐疑与不悦。

"我请求您,公爵,站起身,走进来。"她突然以坚定而决绝的语气说。

"走进来?进哪儿去?"

"整整五年了,我一直在想象着他走进来时的情形。请您立刻站起来,出去,到那个房间去。我坐在这儿,就像毫无预料似的,捧着一本书,然后,在外游历了五年的您突然走了进来。我想看看,这会是什么样子。"

尼古拉·弗谢沃洛多维奇恨得咬牙切齿,暗骂了一句,一掌拍在桌子上,吼道:"够了!玛丽亚·季莫菲耶夫娜,请听我说。拜托,请您尽可能地集中全部精神。您又不是彻彻底底的疯子!"他不耐烦地发作道:"明天我就公开我们的婚姻。宫殿您是住不进去的,想也别想。您要是愿意,可以一辈子和我在一起,只不过离这儿很远很远。在瑞士的一处大山里……别担心,我永远不会丢下您,也不会把您送去疯人院。我的钱足够我们吃穿不愁的了。您还会有一个女仆,您自己什么活儿也不用干。您想要什么就有什么,只要我能办得到。您可以祈祷,可以想去哪儿就去哪儿,想干什么就干什么。我不会干涉您。我也一辈子不会离开那个地方。您想让我一辈子不跟您说话也行,您想让我每天晚上听您讲故事也行(就像当年在彼得堡的贫民窟那样),您想让我给您读书也没问题。只是得这样一辈子,在同一个地方,一个鸟不拉屎的地方。您愿意吗?您有这个决心吗?您将来会不会后悔,会不会用眼泪和诅咒折磨我?"

她极好奇地听他讲完,默想了半天,才嫌恶地嘲讽道:"这些个我可没法想象。那岂不是要让我在大山里过四十年?"她大笑起来。

"是我们一起过四十年。"尼古拉·弗谢沃洛多维奇皱眉更正道。

"哼,我才不去呢。"

"哪怕是跟我一起?"

"您算什么东西,想让我跟您一起去?跟他在大山里一待四十年,亏他怎么想出来的!如今的人可真有耐性!不,不可能,雄鹰是变不成夜猫子的。我的公爵可不是这样的!"她骄傲地、神气地昂起了头。

他忽然想到了什么,忙问:"您为什么管我叫公爵?您……把我当成谁了?"

"怎么?难道您不是公爵?"

"从来不是。"

"难道,难道您当着我的面,亲口承认您不是公爵?"

"我说了,从来不是。"

"上帝啊!"她举起两手一拍,"我早就知道他的仇家什么都干得出来,可没想到竟如此大胆!他还活着呢吗?"她发狂地叫喊着,朝尼古拉·弗谢沃洛多维奇步步逼近,"你把他杀了?说!"

"你把我当成谁了?"他从座位上跳起来,面露狰狞;但她已经很难再被吓住了,她得意扬扬地说:"谁知道你是谁,从哪儿蹦出来的!但我的心、我的心觉察到了,整整五年,整个阴谋!刚才占卜时我还纳闷儿呢:哪里来的瞎眼的夜猫子?不行啊,亲爱的,你的演技太差了,比列比亚德金还差。代我向伯爵夫人行个大礼,对她讲,下次让她派个好点儿的来。是她雇的你,是不是?你在她家厨房当伙计?你们的整个骗局都被我看穿了,我看透了你们所有人,一个不剩!"

他死死地抓住她的一只胳膊;而她却冲着他哈哈大笑:"你长得倒挺像他,没准儿还跟他沾亲,——这帮人可真狡诈!只不过,我的心上人是雄鹰,是公爵,而你却是只夜猫子,小商贩!我的心上人,哪怕是面对上帝,也是高兴才拜,不高兴就不拜,而你,却被沙图什卡——我可爱的、亲爱的,我的亲人!——打了嘴巴子,是我的列比亚德金对我说的。你当时为啥害怕了,走了进来?是谁吓唬你了?我跌倒时你过来扶我,我一见你耷拉着一张脸,心里立刻钻进了一条蛆虫:不是他,我想,不是!我的雄鹰是决不会嫌弃我在贵族小姐们面前给他丢脸的!上帝啊!整整五年来,唯一令我欣慰的,就是我的雄鹰在某个地方,在高山上,栖息,翱翔,傲视太阳……说,你这个冒名者,你拿了多少钱?他们是不是给了你一大笔钱?换作我,一个大子儿也不给你。哈哈哈——!哈哈哈——!"

"你这个白痴!"尼古拉·弗谢沃洛多维奇咬牙切齿地说,仍紧紧地掐着她的胳膊。

"走开,冒名者!"她以命令的口吻喊道,"我是公爵夫人,不怕你的刀子!"

"刀子?"

"对,就是刀子!你兜里有把刀子。你以为我睡着了,可我全看见了:你一进屋就掏出了刀子!"

"你胡说什么,倒霉的女人,你做了什么噩梦!"他狂叫着,用尽全力将她推开,令她的肩膀和脑袋重重地磕在了沙发上。他拔腿就跑;而她却当即跳起来,一瘸一拐、连蹦带跳地追到门外,大惊失色的列比亚德金急忙拼命将她拦住;她冲着吞噬他背影的黑暗,一面狂笑,一面扯着嗓子尖叫:"格里戈里·奥特列皮耶夫——!永世诅咒——!"

四

"刀子！刀子！"尼古拉·弗谢沃洛多维奇怒不可遏地重复着,大步走在泥里、水里,完全不去看路。没错,有几分钟他忍不住想笑,疯狂地纵声大笑,但不知为何克制住了。等他回过神来,已经走到先前碰见费季卡的那座桥上;费季卡仍守在原地,一看见他便摘掉帽子,开心地咧嘴一笑,又开始眉飞色舞地喋喋不休。尼古拉·弗谢沃洛多维奇径直走了过去,甚至完全没有注意到再次黏在身后的游荡者。过了好一会儿他才突然惊愕地意识到,自己完全忽略了后者,而且恰恰是在他不停地念叨"刀子、刀子"的时候。他一把锁住游荡者的脖领,带着胸中郁积的全部愤恨,用尽全力将他往桥上一掼。游荡者本想还击,但立刻意识到,在对手的突然攻击面前,自己与草人无异,便立刻老实了,甚至毫未反抗。他被按着跪在桥上,双手反剪在背后,满不在乎地等待着,似乎根本不相信自己会有危险。

这个滑头没有料错。尼古拉·弗谢沃洛多维奇用左手解下自己的厚围巾,刚要捆住俘虏的双手,却又突然松了手,一把将其推开。费季卡登时跳起来,身子一拧,掌中瞬间多了一把短柄宽刃的鞋匠刀,不知道从哪儿冒出来的。

"刀放下,收起来!"尼古拉·弗谢沃洛多维奇不耐烦地将手一挥,命令道。刀瞬间便又消失了。

尼古拉·弗谢沃洛多维奇继续头也不回地默然前行,难缠的混蛋继续跟在后面,只是不再喋喋不休,反而恭敬地保持着一大步的距离。两人就这样走过桥,上了岸,但这次拐进了左侧的一条同样长而僻静的巷子,从这儿到市中心要比走主显圣容街近些。

"听说前几天你把县里的一家教堂给偷了？"尼古拉·弗谢沃洛多维奇突然问。

"其实,我原本是想进去祈祷的,先生。"游荡者一本正经地回答,仿佛什么都没发生过似的——岂止一本正经,简直郑重其事,先前那种自来熟的嬉皮笑脸已荡然无存,俨然一个虽无辜受辱,却并不记仇的老成持重之人。

"上帝将我引进去之后,"他接着道,"咳,都是上帝的恩赐,我想。只因我孤苦伶仃,才会干出这种事儿,因为就咱这命,没有救济是万万不行的。总之吧,您得相信上帝,先生,上帝惩罚我的罪孽,让我赔了本:一只手提香炉、一本圣经,外带助祭的一条肩带,总共只换了十二卢布。还有从圣尼古拉圣像上扒下来的圣衣领口,纯银的,白饶了:非说是合金的。"

"你把看门人给杀了?"

"那事儿本来就是我跟看门人一起干的,后来,天快亮的时候,在小河边儿上,我俩因为背包袱吵吵起来了。我作了孽,给他放了点儿血。"

"再去杀吧,偷吧!"

"彼得·斯捷潘诺维奇也这么说,跟您一字不差,因为他在救济上吝啬得要命,铁石心肠。再者说,他对于用泥土造出我们的天主一点儿也不信,说什么一切都是大自然的造物,包括每一头野兽。他根本就不懂,就咱这命,没有善人接济是万万不行的呀!你要跟他解释吧,他就山羊照水似的盯着你看,你就只能干瞪眼。对了,您信不信,那个列比亚德金大尉,就是您刚才去见的那位,那时候他们还住在菲利波夫公寓,有天夜里,他家的房门一宿没关,大尉喝醉了,睡得跟个死人一样,兜儿里的钱全掉地板上了。这是我亲眼所见,因为干咱这行,没有救济是万万不行的,先生……"

"亲眼所见?难道你夜里去过?"

"算是去过吧,但没有人知道。"

"那你怎么没把他也给杀了?"

"我合计了一番,决定从长计议,先生。因为我摸清楚了,一百五十卢布，咱随时都能到手，可要是等上一阵儿，兴许就能捞到一千五，那咱何乐而不为呢？列比亚德金大尉喝醉了酒总爱拿您说事儿，我亲耳听他嚷嚷过您给他钱的事儿，这里所有的酒馆儿，包括最下等的小酒馆儿，全被他嚷嚷遍了。我听好多人都这么说，所以就把自己的希望也寄托在了老爷您身上。先生，我把您当成亲爹、亲哥，彼得·斯捷潘诺维奇是永远不会从我这儿知道那件事儿的，谁也不行。所以，三个卢布，老爷，您倒是赏不赏呢？您给个准话儿吧，老爷，好让我明白明白真理，因为咱没有救济是万万不行的呀。"

尼古拉·弗谢沃洛多维奇放声大笑，从口袋里掏出钱夹子，里面是一沓小面额纸币，将近五十卢布，他抽出一张扔给对方，接着是第二张、第三张、第四张。费季卡急忙去抓，来回乱跑，纸币纷纷散落在泥泞里。费季卡一面捡，一面"哎呀、哎呀"地叫唤。最后，尼古拉·弗谢沃洛多维奇将一沓钱全摔给他，继续哈哈笑着，转身朝巷子深处走去。游荡者这次没再跟过去，只顾着捡钱了：他在泥泞里跪着、爬着，搜寻着被风刮跑的和沉进水洼里的钞票。足足过了一个钟头，黑暗中仍不时传来"哎呀、哎呀"的叫唤声。

第三章　决斗

一

翌日下午两点，约定的决斗开始了。此事之所以迅速敲定，主要是阿尔捷米·帕夫洛维奇·加加诺夫非决斗不可。斯塔夫罗金的行为令他大惑不解，气得发狂。一整个月来，任他如何羞辱，都未能令斯塔夫罗金失去耐性。而他需要对方主动发起决斗，因为他自己缺乏正当理由。至于他的隐秘动机，即由于四年前的家族耻辱而对斯塔夫罗金怀恨在心，他不知为何羞于承认。其实他自己也觉得这个理由站不住脚，毕竟斯塔夫罗金已经两次做出谦恭的道歉。他暗自认定，斯塔夫罗金是个无耻的懦夫；他想不通，后者怎么会容忍沙托夫打他耳光；所以才寄出了那封极尽粗鲁的挑战书，终于逼得对手提出碰面。昨天寄出那封信之后，他便一直坐立不安地等待结果，病态地估计着决斗的概率，忽而充满希望，忽而陷入绝望；但稳妥起见，傍晚他便给自己定好了副手——马夫里基·尼古拉耶维奇·德罗兹多夫，他极为敬重的好友兼中学同学。因此，当基里洛夫翌日上午九点受托前来时，发现对方早已严阵以待。斯塔夫罗金的一切道歉和让步都被加加诺夫异常狂躁地一口回绝。昨天才听闻事情经过的马夫里基·尼古拉耶维奇,被这些闻所未闻的让步震惊得合不拢嘴,立刻想要和解,但他发现加加诺夫已经气得发抖,显然是猜到了自己的意图,便只得作罢,没有吱声。若非已经答应了朋友,他肯定会起身便走;但事已至此,只得希望能够尽量有所助益。基里洛夫转达了斯塔夫罗金提出的决斗条件,加加诺夫毫无异议地全盘接受,但提出了一条残酷至极的补充意见,即:倘若第一轮射击无法决出生死,那就来第二轮;第二轮仍无结果,那就来第三轮。基里洛夫皱起眉头,提出商榷,见对方毫不松口,只得同意最多决斗三轮,"第四轮却绝对不行"。对方也同意了。决斗于下午两点如期举行,地点选在布雷科沃,那是郊外的一片小树林,位于斯克沃列什尼基庄园与什皮古林工厂中间。昨天下过雨,很湿,很潮,还有风。低矮的灰暗的破碎的云在阴冷的天空上疾驰,树梢哗哗乱摇,树干吱嘎作响:一个异常阴郁的午后。

　　加加诺夫和马夫里基·尼古拉耶维奇乘坐一驾华丽的双马敞篷车前来,加加诺夫亲自驾车,一仆随行。尼古拉·弗谢沃洛多维奇和基里洛夫几乎与之同时抵达,但没有驾车,而是骑马前来,随行仆人也是骑马。从未骑过马的基里洛夫勇敢而僵硬地据鞍而坐,右臂抱着装有手枪的沉重木匣(交给仆人他不放心),左手不住地乱扯缰绳,扯得马儿摇头晃脑,直欲人立而起,但骑手却丝毫不惧。生性敏感多疑的加加诺夫将对手骑马而来当成了新的羞辱——对手显然过于自负,竟连运送伤者的马车都没预备。他气得脸色蜡黄,走下马车,发觉自己的手在抖,便告诉了马夫里基·尼古拉耶维奇。尼古拉·弗谢沃洛多维奇对他点头致意,他理也不理地扭过头去。两位副手抽了签,选中了基里洛夫的枪。射击界线划定,决斗双方各自就位,车马仆人均退到三百步开外。手枪装弹,交到双方手上。

　　可惜,故事需要加快进度,无暇细讲;但也不能完全不讲。马夫里基·尼古拉耶维奇神情忧郁,忧心忡忡;基里洛夫则一脸镇定,不以为意，履行自我职责时一丝不苟，分毫不乱，对于决斗的致命而迫近的结局漠不关心。尼古拉·弗谢沃洛多维奇的脸色比以往更加苍白，衣着相当单薄（大衣和白色绒线礼帽）。他显得十分疲惫，不时皱起眉头，毫不掩饰烦乱的心绪。但加加诺夫此刻却比所有人都值得注意，不得不专门交代几句。

二

我们至今无暇提及此公的相貌。他身躯庞大、白皙、肥胖，或者如俗语所说，"肥得流油"，头发浅黄而稀疏，年纪三十三岁上下，五官甚至堪称漂亮。他是以上校身份退役的，倘若能做到将军，再配上一套将军制服，肯定更显得魁梧，而且很有可能是位英勇善战的将军。

想要了解此人，有一点不得不提：他退役的主要原因正是尼古拉·斯塔夫罗金四年前在俱乐部对其父的羞辱，这被他视作家族耻辱，长久而痛苦地折磨着他。他认为继续服役于心有愧，认为自己令全团蒙羞，尽管团里根本不知道此事。诚然，他之前也曾有过退役的打算，却一直犹豫不决；那是很久以前了，而且完全另有原因。说来或许奇怪，令他萌生退意的最初由头，或者说引线，竟是二月十九日的《解放农奴宣言》。作为本省最富有的地主，阿尔捷米·帕夫洛维奇其实并未因此遭受多大损失，何况他本人也确信宣言的人道精神，并大致理解改革的经济效益，但不知为何，宣言仍令他感到切身之辱。那是种无意识的感受，可越是无意识，就越是强烈。但在父亲去世之前，他一直未能下定决心；反而在彼得堡博得了"思想崇高"的名声，与众多杰出人士关系密切。但整体而言，此人自我封闭。还有一点：他属于那类奇特的、在俄国至今尚未绝迹的贵族，他们对于自己古老而纯正的贵族血统异常珍视、过分在意。但与此同时，他又无法容忍俄国的历史，甚至将一切俄国习俗视为陋习。还在幼年时，在那所专为贵族及富家子弟开设的、他有幸于此开始并完成学业的军事学校里，某些富于诗意的观念便在他的心里扎下了根：他酷爱城堡，向往欧洲中世纪的生活，痴迷于歌剧和骑士精神；当他得知莫斯科王国时期的贵族会被沙皇体罚[1]时，他不禁为之脸红，几乎流下了屈辱的泪水。尽管他为人古板严苛，谙熟军务，履职出色，但内心却是一个梦想家。有人坚称，他拥有演讲天赋，完全可以在集会上发言，但他却一向沉默寡言。即使是在他近来常去的那个彼得堡的重要圈子里，他同样表现得异常倨傲。当他在彼得堡遇见从国外归来的尼古拉·弗谢沃洛多维奇时，他简直要气疯了。此刻，站在决斗场上，他的内心依旧焦躁不已。他仍担心事情会出现变数，任何的拖延都令他心脏狂跳。当基里洛夫没有发出决斗指令，而是讲出了下面这番话时，这种病态心理便全部反映在了他的脸上。诚然，这番话只是例行公事，对此基里洛夫本人也直言不讳。他以所有人都能听到的音量喊道："我只是例行公事。眼下，枪已在手，指令即将发出，双方有无可能最终和解？副手职责所在。"

好像故意跟加加诺夫作对似的，一直默不作声的马夫里基·尼古拉耶维奇突然也附和起基里洛夫的提议来。（其实，后者从昨天起就在为自己对友人的让步与纵容暗自痛苦。）他说："我完全赞同基里洛夫先生的提议……决斗场上不能和解的想法，不过是法国人的偏见……再说我也无法理解您的屈辱，随您怎么想，我早就想说了……要知道，对方已经一再道歉了呀，不是吗？"

马夫里基·尼古拉耶维奇满脸通红：他很少一次性说这么多话，何况还如此激动。

"我再次声明，我愿意以任何形式道歉。"尼古拉·弗谢沃洛多维

---

[1] "莫斯科王国"（Московское царство）是俄国史学界的一个历史分期，从1547年伊凡雷帝加冕沙皇（царь）至1721年彼得一世改称皇帝（император）。事实上，直至叶卡捷琳娜二世在位时期（1762—1796），贵族及二等以上商人才被正式免除体罚。

奇忙接话道。

"这怎么可能?"加加诺夫狠狠地跺了跺脚,冲马夫里基·尼古拉耶维奇狂吼道,"马夫里基·尼古拉耶维奇,假如您是我的副手,而非敌人,那就请您告诉这个人,"他用枪管指向尼古拉·弗谢沃洛多维奇,"这种让步只能加重侮辱!他认为我羞辱不到他!……就连逃避与我决斗他都不觉得耻辱!您说,他这是把我当成什么了……亏您还是我的副手!您这样只能让我激动,让我打不准!"他嘴角唾沫横飞,又跺了一下脚。

"谈判结束。请听指令!"基里洛夫扯着嗓子高喊:"一!二!三!"

数到三,决斗双方开始互相逼近。加加诺夫一上来就举起枪口,走到第五六步时便开了枪。他暂停了一秒钟,确认没有打中之后,快步走向射击界线。尼古拉·弗谢沃洛多维奇也走到射击界线,将枪管高高举起,瞄也不瞄地放了一枪。接着掏出手帕,将右手小拇指包扎起来。在场众人这才发现,加加诺夫并没有完全脱靶,但子弹只擦伤了对方指关节的皮肉,并未伤及骨头,无甚大碍。基里洛夫当即宣布,倘若双方仍不满意,决斗可以继续。

"我抗议,"加加诺夫哑着已经冒烟的嗓子冲马夫里基·尼古拉耶维奇喊,"这个人,"他又用枪管指向斯塔夫罗金,"他故意抬高枪口……存心地……这又是侮辱!他想让决斗流产!"

"我有权任意射击,只要不违反规则。"尼古拉·弗谢沃洛多维奇郑重声明。

"不,他没有这个权利!您告诉他,告诉他!"加加诺夫大吼。

"我完全赞同尼古拉·弗谢沃洛多维奇的说法。"基里洛夫高声宣布。

"他凭什么对我手下留情?"加加诺夫听也不听,兀自发狂,"我鄙视他对我留情……我唾弃……我……"

"我发誓,我绝对无意羞辱您,"尼古拉·弗谢沃洛多维奇不耐烦地说,"我抬高枪口只是因为我不想再杀人,不管是您,还是别人,这与您个人无关。的确,我并不感觉受到了侮辱,很遗憾这令您气愤。但我决不允许任何人干涉我的权利。"

"既然他这么害怕见血,干吗还要找我决斗?您问问他!"加加诺夫仍冲着马夫里基·尼古拉耶维奇大喊大叫。

"不找您决斗行吗?"基里洛夫插话道,"您什么话也听不进去,想甩都甩不掉!"

马夫里基·尼古拉耶维奇勉强而痛苦地斟酌再三,开口道:"我只说一点:假如决斗一方事先声明会抬高枪口,那么决斗的确无法再继续……原因很微妙……也很明显……"

"我并没有说我每次都会抬高枪口!"斯塔夫罗金彻底失去了耐心,"您根本不知道我脑子里是怎么想的,下一枪我会怎么开……我完全没有妨碍决斗。"

"既如此,决斗继续。"马夫里基·尼古拉耶维奇对加加诺夫说。

"先生们,各就位!"基里洛夫发出指令。

决斗第二轮,加加诺夫又没打中,斯塔夫罗金再次抬高了枪口。但是否故意就很难说了,只要他本人不承认,那他完全可以一口咬定,自己是正常射击。他并没有将枪口直接冲天或者对准树木,大体上还是瞄向对手的,只不过比对手的帽顶高了七十公分。第二枪他还特意往下挪了挪,好做得更像些;但加加诺夫却再不肯信了。

"又来!"他咬牙切齿地大叫,"我不管!决斗就是决斗。我要求射击第三轮……无论如何!"

"悉听尊便。"基里洛夫漠然道。马夫里基·尼古拉耶维奇则一言未发。

双方第三次各自就位,互相逼近。这次加加诺夫一直走到了射击界线跟前,在离对手大约十二步远的地方站定,开始瞄准。他的手抖得厉害,瞄不准。斯塔夫罗金持枪而立,枪口冲下,一动不动地等待对手开枪。

"太久了,瞄得太久了!"基里洛夫急切地喊,"射击!射击——!"枪声响起。这次,尼古拉·弗谢沃洛多维奇的白色绒线礼帽被打飞了。这一枪相当准,帽顶最底部被洞穿;哪怕再低个一公分,就一切都完了。基里洛夫捡起帽子,递给斯塔夫罗金。

斯塔夫罗金只顾与基里洛夫察看帽子,倒像是忘了开枪。马夫里基·尼古拉耶维奇见状,异常激动地大喊:"开枪啊,别让对手干等!"斯塔夫罗金猛一激灵,他瞅了瞅加加诺夫,一扭身,大模大样地朝旁边的树林放了一枪。决斗结束了。加加诺夫仿佛被人用脚踩扁了。马夫里基·尼古拉耶维奇走到他身边,说着什么,可他却一脸茫然。基里洛夫临走时,向马夫里基·尼古拉耶维奇脱帽致意。斯塔夫罗金却一改之前的客气,在朝树林射击之后,他连头也没回,把枪塞给基里洛夫,快步朝马走去。他满脸愤恨,一语不发。基里洛夫也不说话。二人骑上马,疾驰而去。

三

"您怎么不说话?"直到离家不远,斯塔夫罗金才冲基里洛夫喊。

"您说什么?"基里洛夫猛一勒马,险些从人立而起的马背上跌下来。

斯塔夫罗金克制住情绪,平静地说:"我并不想羞辱那个……傻瓜,可还是羞辱了他。"

"是的,您又羞辱了他,"基里洛夫直截了当地说,"但他并非傻瓜。"

"不过,能做的我都做了。"

"并没有。"

"那我还应该怎么做?"

"不决斗。"

"再忍受一记耳光?"

"是的,再忍受一记。"

"我就不明白了!"斯塔夫罗金愤恨地说,"为什么人人都对我抱有与众不同的期待?凭什么我就得忍受别人忍受不了的,上赶着去挑别人挑不起的重担?"

"我想,是您自己在寻找重担。"

"我自己在寻找重担?"

"是的。"

"您……看出来了?"

"是的。"

"就那么明显吗?"

"是的。"

一分钟的沉默。斯塔夫罗金满面忧虑,几乎怔住了。

"我之所以没朝他开枪,只是不想再杀人,再没有别的意思了,真的。"斯塔夫罗金急切而慌乱地说,似在辩解。

"您不该羞辱他。"

"那我该怎么做?"

"您应该杀了他。"

"您很遗憾我没有杀了他?"

"我什么都不觉得遗憾。我想,您其实是想杀他的。您不知道自己在寻找什么。"

"我在寻找重担。"斯塔夫罗金苦笑道。

"您自己不想杀人,那又为何让他杀您呢?"

"就算我不找他决斗,他说不定也会杀了我的。"

"这与您无关。他说不定也不会杀您呢。"

"而只是揍我一顿?"

"这与您无关。挑您的重担吧。否则就没有功勋。"

"去你们的功勋吧,谁的功勋我也不稀罕!"

"我想,您稀罕。"基里洛夫的语气冷静得可怕。

二人骑马进了院门。

"到我房间坐坐?"斯塔夫罗金问。

"不了,我回家了,再见。"基里洛夫下了马,将自己的枪匣夹在腋下。

"至少您没有生我的气吧?"斯塔夫罗金朝他伸出手来。

"一点儿也不!"基里洛夫伸手与之相握,"如果说我觉得担子轻是天性使然,那么,您觉得担子重,想必也是天性所致。不必过分羞愧,一点点就好。"

"我知道我微不足道,可我也没有硬充强者。"

"不必硬充。您并非强者。来喝茶。"

尼古拉·弗谢沃洛多维奇心烦意乱地走进了自己房间。

四

他立刻从阿列克谢·叶戈罗维奇口中得知,母亲对他骑马外出散心——生病八天以来头一次——非常满意,便吩咐备车,自己也出门去了,"按照惯例,去呼吸新鲜空气;这八天来她都忘了什么叫呼吸新鲜空气了"。

"她是一个人去的,还是和达里娅·帕夫洛夫娜一起?"尼古拉·弗谢沃洛多维奇急急地打断了老仆人。当他听说"达里娅·帕夫洛夫娜身体不适,没有同行,眼下在自己房间"时,皱紧了眉头。

"你听好,"他似乎突然打定了主意,"今天一整天都盯紧她,一旦发现她朝我房间走来,立刻拦住她,转告她,就说我这几天不能见她……就说这是我本人的请求……等时候到了,我自会叫她的,——明白了?"

"明白,老爷。"阿列克谢·叶戈罗维奇目光低垂,声音里带着忧伤。

"但一定得看清楚了,必须是她主动朝我房间里来,你再对她说。"

"您放心,错不了。又不是头一回了;您不是一直交代我来办吗。"

"知道。记住,一定得是她主动来你才说。给我来杯茶,越快越好。"

老人前脚刚一出门,后脚门就开了,来人正是达里娅·帕夫洛夫娜。她目光沉静,脸色却很苍白。

"怎么是您?"斯塔夫罗金惊呼道。

"我早就来了,一直在等他出去,好进来见您。您交代他的话我都听见了。刚才他出去时,我躲在右手边的墙角后面了,他没发现。"

"我早就想跟您了断了,达莎……暂时的……眼下。昨天夜里我没法去见您,虽然您写了纸条。我本想亲自给您写封信的,可我不会写。"他懊恼地补充道,语气中甚至不无嫌恶。

"我也认为该了断了。瓦尔瓦拉·彼得罗夫娜对我们的关系很怀疑。"

"随她去吧。"

"不该让她担心。那么,结局再见?"

"您仍要等待结局?"

"是的,我坚信。"

"世间的一切都没有结局。"

"这件事会有的。到时候您一叫,我就来。再见吧。"

"结局会怎么样呢?"尼古拉·弗谢沃洛多维奇苦笑道。

"您没有受伤,也……没有杀人吧?"她没有回答,反问道。

"荒唐。我没有杀人,别担心。其实,今天您就全知道了,所有人都会讲的。我有点儿不舒服。"

"我这就走。婚姻今天不会公布了吧?"她犹豫不决地问。

"今天不会;明天也不会;后天,我不知道,也许我们都会死掉,那倒好了。您快走吧,走吧。"

"您不会毁了那个……疯女人吧?"

"无论哪个疯女人我都不会毁;但某个理智的女人,说不定会被我毁了。我是如此卑鄙、可恶,达莎,我也许真的会叫您的,当您所说的'最坏的结局'来临时,而您会不顾理智地前来。您何苦自己毁掉自己?"

"我知道,最后留在您身边的只有我,我……很期待。"

"要是我最后没有叫您,而是自己跑了呢?"

"这不可能,您会叫我的。"

"您的这句话里充满了对我的蔑视。"

"您知道的,并非只有蔑视。"

"这么说,蔑视还是有的了?"

"我不是那个意思。上帝做证,我宁肯希望,您永远不会需要我。"

"彼此彼此。我也但愿不会毁了您。"

"您永远不会,无论怎样您都不会毁了我,这点您比所有人都清楚,"达里娅·帕夫洛夫娜毅然决然地说,"要是您不叫我,那我就去做护士、当看护,去照顾病人,或者去卖书,卖福音书。我决心已定。我不能做任何人的妻子,也不会住在这样的豪宅里。这不是我想要的……这您是知道的。"

"不,我永远不会知道您想要什么;我感觉您对我的兴趣,就像某些老护理员会没来由地在意一群病人中的某一个;或者更准确地说,就像某些爱看葬礼的虔诚的老太婆,会更中意某些没那么难看的尸体。——您干吗这么奇怪地看着我?"

"您怕是病得不轻吧?"她关切地问,特别留心地打量着他,"上帝啊!他这副样子,还想撇开我呢!"

"听我说,达莎,我最近总看见鬼魂。昨天在桥上,有个小鬼提议帮我干掉列比亚德金和玛丽亚·季莫菲耶夫娜,好了结我的合法婚姻,而且保证干干净净。他跟我要三卢布做定钱,却又明确地暗示我,整件事不会低于一千五百卢布。瞧这小鬼,多会算账!鬼会计!哈哈——!"

"您真的确定那是鬼魂?"

"怎么可能,根本不是什么小鬼!不过是苦役犯费季卡,一个强盗,从苦役地逃出来的。但问题不在这儿;您猜我干了什么?我把钱包里的钱全给了他,他现在完全确信,那是我给他的定钱!"

"您大半夜碰见了他,他又给您出了这么个主意?难道您就看不出,您已经完全落入他们的圈套了吗?"

"随他们去吧。"他露出一个愤恨、怨怒的笑容,又问:"您是有个问题想问的吧,我从您的眼睛里看出来了。"

达莎大惊失色。

"我根本没有问题,也完全没有任何怀疑,您别再说了!"她惊慌地大叫,像是在回避那个问题。

"这么说,您相信我不会去找费季卡做交易?"

"上帝啊!"她举起双手一拍,"您为何要这么折磨我?"

"啊,请原谅我的愚蠢玩笑,我大概是从他们那儿沾染了坏毛病。您知道吗,从昨天夜里我就特别想笑,一直笑,一直笑,笑个不停,笑个没完。我像是染上了笑病……嘘!母亲回来了;我听声音就知道,是她的马车停在门廊下了。"

达莎一把抓住了他的手:"愿上帝保佑您,让您远离那个魔鬼……您一定要叫我,尽快!"

"咳,那算什么魔鬼!无非是个卑鄙、堕落、患了伤风、不成气候的小鬼儿罢了。可是您,达莎,又有什么话不敢说了吧?"

她痛苦、责备地望着他,转身朝门外走去。

"听着!"他带着愤恨、扭曲的笑容在她身后喊,"假如……就是说,总之吧,假如……您明白吗,嗯,即使我做了交易,我可能也会叫您的,——到时候您还会来吗?"

她走出去了,既没有转身,也没有回答,只是用双手捂住了脸。

"就算有交易,她也会来的!"他沉吟道,脸上流露出嫌恶的轻蔑,"护理员!哼!……不过,这也许正是我所需要的吧。"

第四章　万众期待

一

决斗之事迅速传开，敝城社交界的反应出奇地一致，所有人都急切表态，坚决站在尼古拉·弗谢沃洛多维奇这边。就连他的很多宿敌都果断地以其友人自居。社会舆论的这一意外转向，皆因某位一直未曾表态的尊贵女士说了几句一针见血的话，从而一举为此事定了性，并引发了敝城绝大多数人的密切关注。事情是这样的：决斗翌日恰逢敝省首席贵族夫人庆祝命名日，全城上流人士纷纷前来庆贺。尤利娅·米哈伊洛夫娜盛装出席，是当之无愧的主角；与之一同现身的是莉莎维塔·尼古拉耶夫娜，她光彩照人、喜笑颜开，这令很多女士深感可疑。顺带一提，她与马夫里基·尼古拉耶维奇订婚一事已确凿无疑。当晚，当某位派头十足的退役将军（下面就会提到他）开玩笑地问及此事时，她直言不讳地承认，自己已经是未婚妻了。但这又如何？敝城的女士们没有一个人愿意相信。她们仍在固执地猜测着瑞士的罗曼史、致命的家族秘密，并且莫名其妙地坚信，尤利娅·米哈伊洛夫娜一定也参与其中了。很难说，这些传言，或者莫若说臆测，怎会如此根深蒂固，又为何非要把尤利娅·米哈伊洛夫娜牵扯进来。她一走进来，众人立刻向她投去充满期待的怪异目光。需要指出的是，鉴于决斗事发不久，并且情况特殊，当晚人们谈论起时尚有顾忌，不敢声张。何况当局的态度尚不明朗。仅就目前来看，两位决斗者都未被追责。人们得知，加加诺夫今日一早就去了杜霍沃的庄园，丝毫未遇阻拦。自不待言，所有人都渴望有人率先公开谈及此事，从而为急于宣泄的社会舆论打开闸门。刚才提到的那位将军正是众望所归，而他也的确没令大家失望。

这位将军是敝城俱乐部最神气的成员之一。他算不上大地主，但思维方式独一无二，总爱以老套的方式向女士们大献殷勤，还尤其喜欢在大型聚会上，将众人只敢窃窃私议的那些话题以将军的派头嚷嚷出来。而这似乎正是他在敝城社交界的专属角色。每到此时，他都会故意将音节拖得长长的，甜腻腻的。他这个习惯大概是从旅居国外的俄国人那儿学来的，要么就是从那些原本很富有，但改革之后却损失惨重的俄国大地主那儿。斯捷潘·特罗菲莫维奇甚至曾说，地主的损失越大，其发音就越甜、越长。其实他本人也总这样甜腻腻地拖长音，只是他自己未曾察觉罢了。

将军自认对此事很有发言权。首先，他跟加加诺夫沾亲，尽管两人关系不睦，甚至还曾打过官司；更重要的是，他本人就曾决斗过两次，为其中的一次还被贬到高加索当了列兵。有人提到了瓦尔瓦拉·彼得罗夫娜，说她"抱恙"翌日便乘车外出，并着重渲染了那一溜灰色的四匹上等好马，都是她自家养马场里的。将军突然说，他今天看见"小斯塔夫罗金"在骑马。众人登时鸦雀无声。将军吧唧了几下嘴，手里把玩着御赐的金质鼻烟壶，突然高声道："可惜，几年前我没在此地……当时我在卡尔斯巴德[1]……嗯。我对这个年轻人很感兴趣，早

---

1 捷克西部城镇，现名卡罗维发利。

就听闻了他的种种传言。嗯。难道他真的是精神错乱？当年有人这么说过。后来又听人说，他当着众姐妹的面儿被一个大学生羞辱了，钻到桌子底下去了；昨天又听斯捷潘·维索茨基说他跟那个什么……加加诺夫决斗了。听说他心甘情愿地把自己的脑门亮给暴跳如雷的对手，只为摆脱对方的纠缠。嗯。这可是只有二十年代的近卫军才会有的风度。他在此地去过谁府上吗？"

将军闭了嘴，似在等待回应。社会舆论的闸门被打开了。

众人的目光突然齐刷刷地指向了尤利娅·米哈伊洛夫娜，这令她深感恼火，突然高声道："这还不简单？斯塔夫罗金跟加加诺夫决斗，却没有搭理穷大学生，这难道有什么好奇怪的吗？他总不能跟自己以前的农奴决斗吧！"

真是一语中的！如此显而易见的道理，却未曾有一人想到。这番话的效果非比寻常。一切的丑闻与是非、卑劣与荒唐瞬间隐到了幕后，新的看法被推上了前台。一张全新的面孔浮出了水面：他拥有近乎完美的正确观念，却为众人所误解；他受到一位穷大学生——一个受过教育的、摆脱了农奴身份的人——的极端羞辱，却泰然处之，只因羞辱者是他从前的农奴。社交界一片哗然。浅薄的社交界鄙夷被打脸之人，而他则蔑视社交界的舆论，因为社交界只顾议论，却尚未真正理解何为正确观念。

"咱俩可倒好，伊万·亚历山德罗维奇，还坐在这儿讨论正确观念哪。"俱乐部的一位老者痛心疾首地对另一位老者自我谴责道。

"可不是嘛，彼得·米哈伊洛维奇，"对方心悦诚服地附和道，"您再看看人家年轻人。"

"这可不是年不年轻的问题，伊万·亚历山德罗维奇，"第三位老者插嘴道，"他是一颗明星，而不是普普通通的年轻人，应该这么想才对。"

"咱们就需要这样的人——后继乏人啊！"

问题的关键在于：这位"新人"非但是"无疑的贵族"，还是敝省最富有的地主，因此，他没有理由不是顶梁柱和活动家。（关于敝省地主们的此种心理，前文已略有提及。）

众人的情绪越发激昂起来：

"他非但没有向穷大学生发起决斗，还把自己的手抽了回来，请特别注意这一点，诸位。"一个人说。

"他也没有把对方拽上新法庭，"第二个人补充道，"尽管新法庭很可能会以贵族受辱为由判给他十五卢布，哈哈哈！"

"什么呀，还是让我来给诸位揭秘新法庭吧，"第三个人义愤填膺地说，"谁要是犯了盗窃或者欺诈，眼看就要人赃并获，那你就赶紧跑回家去，把自己的老娘给杀了。瞬间就能洗脱一切罪名，审判台上的女士们还会冲你挥舞手帕哪，这是确凿的事实！"[1]

"事实！事实！"

趣闻逸事自然也是少不了的。有人提到了尼古拉·弗谢沃洛多维奇与K伯爵的关系，后者关于新近改革的卓越见解众所周知。同样众所周知的还有他的杰出活动，可惜近来有所停滞。说着说着，大家突然一致确信，尼古拉·弗谢沃洛多维奇和K伯爵的某位千金订了婚，尽管这一传言并无任何佐证。至于他跟莉莎维塔·尼古拉耶夫娜在瑞士的风流韵事，就连女士们都不肯再提了。恰于此时，德罗兹多娃母女补上了此前忽略的一应拜访。于是，所有人都真切地意识到，莉莎维塔·尼古拉耶夫娜无非是个再普通不过的姑娘罢了，唯一的"亮点"大概仅在于她那有病的神经。她在尼古拉·弗谢沃洛多维

---

[1] 1864年，俄国进行司法改革，原有的等级制法庭被取消，代之以不分阶层的新法庭。案件开庭审理，由陪审团和律师共同参与，审判材料在报纸上公开。陀思妥耶夫斯基对新的陪审团制度总体持正面评价，但很多证据确凿的罪行被宣判无罪，也令他产生质疑。此处提及的弑母案件确有其事。一位名叫格列博夫的商贩伙同妻子杀死了自己的母亲，证据确凿，后来其妻却被宣判无罪。后来，陀思妥耶夫斯基又在《作家日记》（1873）中写道："（新法庭）为一个杀夫的女人开脱了罪名。罪行证据确凿，女人自己也承认了。但就是无罪。"（见该书第三章《环境》）

奇现身当日的昏厥，如今被单纯地解释为受到了穷大学生野蛮举动的惊吓。就连一度被竭力赋予传奇色彩的那些细节，如今也变得越发透明了。至于跛脚女人，人们已经彻底忘却，甚至羞于提起了："就算有一百个跛脚女人又如何，——谁还没有年轻过呢！"尼古拉·弗谢沃洛多维奇对母亲的恭顺开始有目共睹，他的种种美德被发掘出来，人们感叹于他的博学多识，说他四年间曾遍访德国各大学府。加加诺夫的行为被说成了不知深浅，"自己人不认自己人"。尤利娅·米哈伊洛夫娜则被奉为明察秋毫。

如此一来，当尼古拉·弗谢沃洛多维奇本人终于现身时，众人都以最天真的肃穆来迎接他，所有投向他的目光都流露出最迫切的期待。尼古拉·弗谢沃洛多维奇立刻陷入了最为严苛的沉默，而这无疑比大吹大擂更令众人赞许。总之，他处处如意，红极一时。在敝省社交界，某人一旦露了脸，就再也别想躲起来了。尼古拉·弗谢沃洛多维奇又开始像从前那样，一丝不苟地履行敝省的一切礼数。但人们从未见他快活过："毕竟是经过事儿的人，跟一般人不一样；他心里有事儿。"就连他那份拒人千里的清高，四年前曾令人深恶痛绝，如今却受到了尊重与喜爱。

最得意的莫过于瓦尔瓦拉·彼得罗夫娜。我说不好，关于莉莎维塔·尼古拉耶夫娜的幻想的破灭是否令她深感遗憾。不用说，家族自豪感也起到了作用。奇怪的是，她突然也深信不疑，Nicolas的确"相中"了K伯爵的某位千金；但最奇怪的是，跟所有人一样，她也是仅凭传到她耳中的小道消息，不敢亲自向儿子证实。只有那么两三次，她按捺不住，拐弯抹角地嗔怪儿子对自己不够坦白，尼古拉·弗谢沃洛多维奇却只是笑笑，继续沉默。沉默被她当成了默认。但与此同时，她须臾未曾忘记过跛脚女人。这个念头压在她心里，如巨石，如梦魇，以诡异的幻象和猜测折磨着她，跟关于K伯爵千金的美梦搅和在一起。这个以后再讲。自不待言，社交界对瓦尔瓦拉·彼得罗夫娜再次推崇备至,但她并未对此大加利用,反而极少出门。

对省长夫人她倒是做了一次隆重访问。不言而喻,对于尤利娅·米哈伊洛夫娜在首席贵族夫人府上道出的那番高见,最受用、最感佩之人莫过于她了:它们卸下了压在她心头的沉重愁绪,一刀斩断了自黑色礼拜天以来不断缠磨她的那团乱麻。"我错怪了她!"她说。随即以其特有的爽直向尤利娅·米哈伊洛夫娜坦言,自己是前来道谢的。尤利娅·米哈伊洛夫娜心里大为受用,面上却波澜不惊。此时的她早已意识到了自己的身价,甚至有些过分了。比如,她在谈话中表示,她从未听闻斯捷潘·特罗菲莫维奇的任何作为或者学术成就。

"当然,我很赏识、亲近彼得·斯捷潘诺维奇。他虽说不够理智,可毕竟还年轻嘛,何况还见多识广。起码不是什么过气的批评家。"尤利娅·米哈伊洛夫娜道。

瓦尔瓦拉·彼得罗夫娜当即指出,斯捷潘·特罗菲莫维奇一辈子住在她家,从未做过批评家。他以早期的职业活动而著称,"整个社交界曾无人不晓",近年来则以西班牙历史学著作扬名,还打算撰文评述当今的德国大学,似乎还论及了"德累斯顿圣母像"。总之,在关于斯捷潘·特罗菲莫维奇的问题上,瓦尔瓦拉·彼得罗夫娜是不打算对尤利娅·米哈伊洛夫娜让步的。

"'德累斯顿圣母像'?您说的是《西斯廷圣母》吧?亲爱的瓦尔瓦拉·彼得罗夫娜,我曾经对着那幅画坐了两个钟头,最后还是大失所望。我什么也没看懂,只是无比惊讶。卡尔马济诺夫说他也看不懂。如今谁也说不出什么名堂,无论是俄国人,还是英国人。偌大的名头都是老头子们嚷嚷出来的。"

"这么说,是新时尚喽?"

"我觉得吧,其实不该低估我们的年轻人。都说他们是共产分子,要我说,应该宽恕他们、爱护他们。我现在什么都读——各种报纸、社会学、自然科学,——什么都读得到,不管怎么说,总得知道自己在哪儿，在跟谁打交道吧。总不能一辈子都活在自己的想象里吧。我得出了结论，把亲近年轻人当成了铁律，好帮助他们悬崖勒马。您要知道，瓦尔瓦拉·彼得罗夫娜，只有通过我们，通过社交界的积极影响与爱护，才能防止年轻人被那帮气急败坏的老家伙们推下深渊。不过，我很高兴从您这儿了解了斯捷潘·特罗菲莫维奇。您让我有了一个新想法：他可以加盟我们的文学诵读会。您知道吗，我正在筹办一场为期一整天的盛会，筹款资助我省贫困的家庭女教师们。她们分散在全俄各地，仅我省的一个县里就有六名，此外还有两名女电报员、两名女大学生，其他人也想上学，可就是没钱。俄国女性的命太苦了，瓦尔瓦拉·彼得罗夫娜！这如今已经成了大学研究的课题，甚至还召开了专门的国务会议。在我们这个奇怪的俄国，什么事都有可能发生。还是那句话，只有通过全体社交界的爱护与直接关怀，才能将这份伟大的共同事业推上正轨。上帝啊，俄国的开明人士太少了！有自然是有，但是太分散了。只有团结起来，我们才能更强大。总之吧，先是文学诵读会，然后是简单的便餐，再然后是休息，当晚举办舞会。我们原想以真人定格名著场景作为舞会开场，但貌似开支太大，只好缩减为一到两组卡德里尔舞，演员们穿戴面具和特色服装，模拟著名的文学流派。这个有趣的点子是卡尔马济诺夫想出来的，他帮了我很多。您知道吗，他将会为我们朗诵他的最新作品，目前还没有一个人读到过呢。他打算就此封笔，这篇文章将是他与公众的最后告别。一部迷人的作品，名叫《Merci》。题目是法文，他觉得这样更有趣，甚至更贴切。我也，就连我也帮他参谋了一下呢。我想，斯捷潘·特罗菲莫维奇也不妨朗诵点什么，只是要短一些，而且……不要太学术。彼得·斯捷潘诺维奇好像也会读些什么，还有些别的人。彼得·斯捷潘诺维奇会给您送来节目单；或者，最好由我亲自为您送来。"

"也请您允许我签字认捐。我会转告斯捷潘·特罗菲莫维奇，并亲自拜托他。"

及至回府,瓦尔瓦拉·彼得罗夫娜已经彻底被尤利娅·米哈伊洛夫娜迷住了,成了她的坚定支持者,对于斯捷潘·特罗菲莫维奇则气不打一处来,而后者,可怜的,却仍旧枯坐家中,毫不知情。

"我爱上她了,真搞不懂,我之前怎会对她如此误解。"瓦尔瓦拉·彼得罗夫娜对尼古拉·弗谢沃洛多维奇以及傍晚来访的彼得·斯捷潘诺维奇说。

"不过,您还是得跟老头子和好,"彼得·斯捷潘诺维奇说,"他现在很绝望。您彻底将他流放到了厨房。昨天他碰上了您的车驾,向您行礼,可您却别过脸去。知道吗,我们要把他推出来。关于他我有些设想,他还派得上用场。"

"是的,他要朗诵。"

"我说的不光是这个。我正打算去他那儿一趟呢。我跟他说?"

"随您的便吧。只是我不知道您打算怎么跟他说,"她有些犹豫,眉头紧蹙地说,"我原想找个时间地点,跟他好好谈谈呢。"

"咳,还挑什么日子啊。我跟他说一声就行了。"

"好,那您跟他说吧。不过,请您告诉他,就说我一定会找日子见他的。请务必转达。"

彼得·斯捷潘诺维奇冷笑着跑开了。我记得,那段时间他似乎尤其恶毒,对所有人都极不耐烦。可奇怪的是,大家都不跟他计较。人们甚至普遍认为,对他就该另眼相待。需要指出,对于尼古拉·弗谢沃洛多维奇跟人决斗,他怨愤不已。这个消息令他猝不及防,别人跟他说的时候,他脸都气绿了。想必是自尊心作怪:他是第二天才知道的,而当时已经人尽皆知了。

"要知道,您是没有权利与人搏命的。"事后第五天,他在俱乐部偶遇尼古拉·弗谢沃洛多维奇,低声对后者说。说来奇怪,这五天来他们一次也没有碰见过,尽管彼得·斯捷潘诺维奇几乎每天都往瓦尔瓦拉·彼得罗夫娜府上跑。

尼古拉·弗谢沃洛多维奇默默地瞥了他一眼，露出一副莫名其妙的表情，径直走开了。他穿过大厅，朝茶点部走去。

"您去找了沙托夫……您想将玛丽亚·季莫菲耶夫娜公之于众。"彼得·斯捷潘诺维奇从后面追上来，不经意地按住了他的肩膀。

尼古拉·弗谢沃洛多维奇突然甩掉他的手，猛地转过身来，对他怒目而视。彼得·斯捷潘诺维奇瞅着他，露出一个拉长的古怪笑容。但这一切只持续了一瞬。尼古拉·弗谢沃洛多维奇转过身，走远了。

二

从瓦尔瓦拉·彼得罗夫娜府上一出来，彼得·斯捷潘诺维奇就直奔老头子去了。他之所以如此急切完全是出于怨毒，为了报复之前的一桩耻辱。这事儿我也是才知道的。原来，上次他们见面时，也就是上个礼拜四，斯捷潘·特罗菲莫维奇主动挑起了争论，末了还用手杖将彼得·斯捷潘诺维奇轰了出去。这事儿斯捷潘·特罗菲莫维奇没对我讲；但眼下，见彼得·斯捷潘诺维奇跑进来，脸上带着他那标志性的、幼稚而傲慢的冷笑，猎奇的目光在角落里四处乱窜，斯捷潘·特罗菲莫维奇当即暗示我不要离开。于是，这次我旁听了整场谈话，这对父子的真实关系便在我面前展露无疑了。

斯捷潘·特罗菲莫维奇半躺在沙发床上。自上个礼拜四以来，他人瘦了，脸也黄了。彼得·斯捷潘诺维奇大剌剌地坐到斯捷潘·特罗菲莫维奇身边，还不成体统地盘起了腿，在沙发床上占据的面积远远超出了儿子对父亲的尊重。斯捷潘·特罗菲莫维奇没吭声，不失尊严地往边上挪了挪。

桌上摊着一本书，是长篇小说《怎么办？》。唉，我要坦承，我的朋友萌生了一个结束闭关、发起最后一战的偏执想法，这在他的迷狂幻想中越来越占据上风。我猜得到,他找到并研读这部小说的唯一目的,无非是在与"尖叫者们"不可避免地遭遇之前,预知后者从这部"教义之书"中汲取的手段和论据,好提前做足准备,当着"她"的面将所有人通通驳倒。哦,这本书折磨得他好苦!他时不时便绝望地将其扔掉,一跃而起,近乎狂怒地在房间里来回踱步,如同谵妄地对我说:"我同意,作者的基本思想是正确的。但这就更加可恶!这可是我们的思想,我们的;是我们,我们最先播种它、培育它、加工它,——可他们却在我们之后,将其据为己有!可是,上帝啊,它整个被篡改、被扭曲、被丑化了!"他弓起手指敲着书页,大喊大叫。"这还是我们孜孜以求的那种结论吗?这还能辨认出最初的思想吗?"

彼得·斯捷潘诺维奇拿起桌上的书,瞅了一眼书名,冷笑道:"学习哪?早该如此。你要想看,我给你找点儿更好的来。"

斯捷潘·特罗菲莫维奇再次尊严地保持了沉默。我坐到了角落里的沙发上。

彼得·斯捷潘诺维奇快速地说明了自己的来意。可想而知,斯捷潘·特罗菲莫维奇大为惊诧,忌惮中掺杂着极度的恼怒。

"那个尤利娅·米哈伊洛夫娜,还指望我上她家去朗诵!"

"其实她根本没那么需要你。相反,她这是给你面子,顺便讨好瓦尔瓦拉·彼得罗夫娜。不过,当然啦,谅你也不敢不去。再者说,你其实是很想去的吧,"他冷笑一声,"你们这帮老头子都这样,野心如地狱。不过,听好了,可千万别太枯燥。你写的是什么,西班牙史?你提前三天先让我给你把把关,不然你恐怕能让人睡过去。"

这番冷嘲热讽里所包含的急切而赤裸的粗鲁显然是蓄意为之的。他煞有介事,似乎跟斯捷潘·特罗菲莫维奇说话就只能如此,而无法使用更文雅的言语和表达。斯捷潘·特罗菲莫维奇继续强作若无其事。但对方所传达的事实带给他的震撼却越发强烈。

"是她、她亲口吩咐……您……转告我这些话的?"他面色苍白地问。

"其实嘛,她本来是想跟你约个时间地点,彼此把话说清楚的——残存的温情。你跟她腻腻歪歪二十年,让她沾染了这些可笑至极的做派。但不必担心,现在已经完全不同了,她总不住口地说,眼下她才开始'蔑视'你。我跟她挑明了,你们俩之间的友谊无非是互泼脏水罢了。她跟我说了好多,老兄;呸,这么多年来,你扮演的都是些什么奴才角色呀。我都替你脸红。"

"你说我扮演奴才角色?"斯捷潘·特罗菲莫维奇失声叫道。

"比这更糟,你是个食客,也就是自愿的奴才。好逸恶劳,对金钱却极有胃口。这些她如今全想明白了,至少她讲的你那些事儿全都烂透了。哎哟,老兄,你给她写的那些信可把我给笑死了,既羞耻又恶心。你们俩可真够糜烂的,糜烂!施舍里总有些腐化人心的东西——你就是明证!"

"她把我的信给你看了?!"

"全部的。当然啦,哪儿能看得过来呢?啐,你浪费了多少纸啊,我看少说得有两千封……我说,老头子,我猜大概有过那么一刻,她都心甘情愿下嫁给你了吧?而你居然错过了,真是太愚蠢了!我这话当然是站在你的立场说的,好歹总比现在强——如今你差点儿没被'许配'给'别人的罪孽',像个供人消遣的小丑,就为了钱。"

"为了钱!她、她说我是为了钱?"斯捷潘·特罗菲莫维奇病态地大叫。

"不然呢?你这是干吗,我可是在帮你说话。要知道,这是唯一的辩解。她自己也清楚,你需要钱,跟所有人一样,在这一点上,你并没有错。我二二得四地向她证明,你们俩是各取所需:她是财主,而你则是她温情脉脉的小丑。总之,钱的事儿她不怪你,虽然你像挤羊奶一样榨她的钱。她只恨自己枉信了你二十年,恨你假冒伪善,让她撒了这么多年谎。对于撒谎,她自己是永远不肯承认的,而这只会加重你的罪过。我搞不懂,你难道就从来没有想过,总有一天要清账?毕竟你还是有点儿头脑的嘛。昨天我建议她把你送养老院去,——别急,高级养老院,委屈不了你;她应该会照办的。还记得你寄给我的最后一封信吗,三个礼拜前,寄到X省的那封?"

"你拿给她看了?!"斯捷潘·特罗菲莫维奇惊恐地跳了起来。

"那还用说!我一上来就给她看了。就是在这封信里,你说她利用你,妒忌你的才华,还有'别人的罪孽'什么的。我说,老兄,你也太把自己当一回事了吧!把我笑的哟。一般来说,你的信都是乏味至极的,文笔糟透了。我一般连看也不看,有一封到现在都还没拆呢,我明天叫人给你送回来。可这最后一封嘛,简直登峰造极!把我笑的哟,哈哈哈!"

"败类、败类!"斯捷潘·特罗菲莫维奇大叫。

"啐,见鬼,跟你就没法说话。我说,你又生气啦,跟上个礼拜四似的?"

斯捷潘·特罗菲莫维奇威严地挺起身:"你怎么敢这样对我说话?"

"哪样?不够简单明了吗?"

"你说实话,败类,你究竟是不是我儿子?"

"这个你自己应该更清楚吧。当然,对于这种事儿,任何男人都宁肯装瞎……"

"住口、住口!"斯捷潘·特罗菲莫维奇浑身颤抖。

"你瞧,你又大喊大骂,跟上个礼拜四似的,当时你还想拿手杖打我呢,要知道我可是有证据的啊。我出于好奇,在箱子里翻腾了一晚上。当然,也不是什么铁证,不必惊慌。只不过是我母亲写给那个波兰人的一张字条。不过,以她的性格判断……"

"再说一个字,我就给你几记耳光!"

"瞧这人!"彼得·斯捷潘诺维奇突然转向我说,"您都看见了,我俩从上个礼拜四就这样了。今天幸好有您在,您给评评理。先说事实吧:他指责我这么说我母亲,可还不是他让我产生这种念头的吗?在彼得堡,当时我还在上中学,不就是他吗,每天夜里把我叫醒两次,像个老娘儿们似的抱着我哭。您知道他当时都对我说了些什么吗?就是关于我母亲的那些见不得人的事!我最早就是从他那儿听来的。"

"啊,我当时的本意是好的!你没有懂我的意思,你、你什么都不懂。"

"不管怎么说,你还是比我卑鄙,你就承认吧。其实,说实话,我无所谓。我是站在你的角度。从我的角度来说,别担心,我不怪我母亲,你也好,波兰人也好,我都无所谓。你们当年在柏林的那摊子烂事儿,可不是我的错。对于你们这号人,也没法指望别的。干出这种事儿,你们难道不可笑么!我是不是你亲生的又有什么打紧?您知道吗,"他又转向我,"他这辈子从来没在我身上花过一个卢布,我十六岁之前他压根就没见过我,之后又来抢我的财产,如今却嚷嚷着说为我心疼了一辈子,像个戏子似的在我面前惺惺作态。我可不是瓦尔瓦拉·彼得罗夫娜,省省吧你!"

他站起身,抓起礼帽。

"从此刻起,以我之名诅咒你!"斯捷潘·特罗菲莫维奇将一只手伸到对方头顶,脸色煞白,如同死人。

"哎哟,人竟能蠢到这种地步!"彼得·斯捷潘诺维奇甚至有些惊讶,"再见吧,老头子,从此我再也不会登你的门。文章别忘了提前给我,还有,尽量少说废话,只要事实、事实,关键要短。再见。"

三

其实,这里头也有些其他的动机作祟。对于父亲,彼得·斯捷潘诺维奇的确另有打算。据我看,他就是想让老头子陷入绝望,好逼着他闹出个丑闻来,闹得满城风雨。这是为了实现他的后续计划,这个我们之后再讲。彼时,诸如此类的种种计划和构想挤满了他的脑袋，——当然，几乎全是异想天开。除了斯捷潘·特罗菲莫维奇之外，他的计划里还有一个牺牲品。事实上，他的牺牲品还有很多，往后诸位就知道了；但对于这一个，他尤其寄予厚望，此人便是省长本人，冯·连布克阁下。

安德烈·安东诺维奇·冯·连布克属于某个受上天眷顾的民族，据统计，该民族在俄国有数十万之众，而且，或许是无意识地，全体成员形成了一个组织严密的同盟[1]。自然，这个同盟既非有意为之，也非臆想，而是天然存在于整个民族中间的，无须言语、无须契约，而类似于某种道德自律，表现为全体同族成员彼此守望相助，无论何时何地、何种情况。安德烈·安东诺维奇有幸在俄国某高等学府接受教育，那里的学生出身非富即贵，几乎一毕业就能在国家机关担任高级职务。而安德烈·安东诺维奇呢，他的一位伯父不过是个小小的中校工程师，另一位伯父只是个面包商，可他还是混进了这所贵族高校，并且在那里遇到了很多与之类似的同族。他是个快活的伙伴，学习很笨，但人缘极好。上到高年级，当同年级的很多青年（主要是俄国族）已经学会就当前重大问题高谈阔论，并摆出一副等他们一毕业，一切问题便可迎刃而解的姿态时，安德烈·安东诺维奇却仍在跟个小学生似的没心没肺地胡闹。他惹人发笑的招数并不高明，甚至有些下作，但他要的就是这个。一会儿趁老师课上向他提问，夸张地擤鼻涕，惹得同学们乃至老师哄堂大笑；一会儿在寝室摆出某个下流姿势，博得室友们的喝彩；一会儿又单靠鼻子演奏《魔鬼兄弟》[2]的序曲（还相当出色）。他还故意邋里邋遢，没来由地把这当成俏皮。大学最后一年，他开始写作俄语短诗（对于本民族的语言他一知半解，和他在俄国的众多同族一样）。这一爱好让他跟一位俄国族同学走到了一起。此人是某位

---

1 指生活在俄国的德国后裔。
2 法国作曲家丹尼尔·奥柏（1782—1871）于1830年创作的喜歌剧。

落魄将军之子,面目阴沉,一副饱受摧残的模样,在学校里被当成了未来的文学家。这位同学成了安德烈·安东诺维奇的庇护者。然而,世事难料,毕业三年后,这位阴郁的同学为俄国文学抛弃了公职,结果沦落到了深秋的街头,穿着单薄的外衣,趿拉着破了洞的皮靴,冻得上牙打下牙。当他走到阿尼奇科夫桥畔时,突然遇见了自己当年的受庇护者、那个"连布卡"。您猜怎么着?他居然一眼没能认出后者来,惊讶得呆住了——站在他面前的,是位仪表堂堂的年轻人:精心打理的淡褐色连鬓胡,夹鼻眼镜,漆皮靴,白手套,沙尔默定制的宽松大衣,腋下夹着公文包。连布克显得很亲热,报了自己的地址,叫他晚上有空过来坐坐。他还得知,曾经的"连布卡"如今已经变成了"冯·连布克"[1]。当晚他还真的去了,但大概仅仅是出于怨毒。在很不美观且早已不再气派的、却仍铺着红呢绒的楼梯上,他被门房拦住,一通盘问。楼上传来响亮的铃铛声。他做好了见证财富的准备,却发现自己的"连布卡"缩在一间小得不能再小的、昏暗破旧的耳房里。房间还被一块巨大的暗绿色布帘隔成了两半;家具也是暗绿色的,虽然包了软皮,却陈旧不堪;高高的窄窗上同样挂着暗绿色的窗帘。冯·连布克寄居在一位沾亲带故的同族将军家中,受其庇护。他亲切地接待了客人,神态庄重,彬彬有礼。两人谈论了文学,但仅限于场面话。戴白领结的男仆端来了淡茶,搭配一块小圆饼干。老同学怨毒地点了赛尔查矿泉水。矿泉水倒是拿来了,但略有耽搁;并且,当连布克第二遍召唤、指使男仆时,明显有些窘迫。但他还是主动询问了客人是否想吃些什么,当客人谢绝并终于告辞时,他显然如释重负。彼时的连布克刚刚踏入仕途,投在这位显要的同族将军门下。

他当时爱慕着将军的小女儿阿马利娅,后者似乎也对他有意。可

---

[1] 德国人姓氏前面的"冯"字是贵族出身的标志,而"连布卡"则是对连布克的小称,有亲昵、轻蔑之意。

时候一到,阿马利娅还是被嫁给了一位德意志族的老工厂主、将军的老友。安德烈·安东诺维奇没有过分哭泣,而是用纸糊了一整座剧院:幕布升起,一群演员在舞台上比画着各种手势,包厢里坐着观众,机械传动的乐队用琴弓拉着小提琴,指挥挥舞着指挥棒,池座里的男士和军官们在鼓掌。这一切全是用纸做的,全部由冯·连布克本人构思完成,耗时半年。将军特地搞了一场小范围的展示晚会,将军的五位女儿,包括新婚的阿马利娅和她的工厂主丈夫,以及为数众多的夫人小姐及其德意志族丈夫们,在看过剧院之后无不啧啧称奇。众人随后跳了舞。连布克志得意满,很快就忘记了悲伤。

一晃数年,他的仕途终于有了起色。他一路追随同族上司,步步高升,终于爬到了一个就其年龄而言相当显赫的官位。他早有娶亲之意,一直在精心物色人选。他瞒着上司将一部中篇小说手稿寄到了某杂志社编辑部,但未能见刊。不过,他又用纸糊了一整列火车,同样是精妙绝伦的杰作:乘客们走上站台,拎着行李箱、旅行包,抱着孩子和小狗,走进车厢。列车员和杂役往来穿梭,铃声响起,信号发出,列车开动。这件精巧的玩意儿耗费了他一整年时间。不过,婚终归是要结的。他的交际圈相当广,但以德意志族为主,俄国那面虽然也有往来,但都是上级。终于,年届三十八岁时,他得到了一份遗产。他的那位面包商伯父死了,留给他一万三千卢布。眼下就差官位了。冯·连布克先生所在的部门权势很大,而他本人却很安分。只要能干上一份自己说了算的官差,能够全权负责官家木柴收缴,或者有类似的油水可捞,他就心满意足了,就这么过一辈子也不赖。然而,预期中的小家碧玉没有出现,却意外地邂逅了尤利娅·米哈伊洛夫娜。他的仕途瞬间上了一个台阶。一向安分守己的冯·连布克忽然觉得,自己也能成为头面人物。

尤利娅·米哈伊洛夫娜,据先前的统计,拥有两百名农奴,更重要的是,她的靠山很大。可另一方面,冯·连布克年轻英俊,而她已经四十出头了。好在,随着二人的关系越发明确,他也的确对她渐生好感。婚礼当天早上,他还为她献了一首诗。这一切都令她心生欢喜,连同那首蹩脚的诗歌:毕竟四十岁可不是好玩儿的。很快他就获得了显赫的官位和勋章,后来又升任敝省省长。

来敝省赴任之前,尤利娅·米哈伊洛夫娜对夫君悉心调教。在她看来,丈夫不乏才干,能够进入角色、展示自我,也会故作高深地倾听和沉默,算得上仪表堂堂,口才尚可,甚至有些一鳞半爪的思想,还有几分时兴而必要的自由主义风采。但她还是放心不下,因为他似乎有些过于懈怠——在持久而漫长的职场奔波之后,他开始迫切地渴望享受安逸。她拼命想把自己那份上进心灌输给丈夫,可他却突然糊起新教教堂来了:牧师出来布道,信众十指交叉放于胸前,虔诚祈祷,一位女士在用手帕拭泪,一个小老头儿在擤鼻涕,最后还会响起一只小八音盒,那是省长大人不惜重金特地从瑞士定制的,已经发货了。尤利娅·米哈伊洛夫娜听说后简直吓了一跳,急忙把新教教堂没收了,锁进了自己抽屉。作为补偿,她允许丈夫写小说,但不得声张。打那以后,她便只能全靠自己了。问题是,她轻率有余,思虑不足。命运让她做了太多年的老姑娘。如今,一个又一个的想法在她那贪慕虚荣且容易冲动的头脑中不断闪现。她野心勃勃地想要控制全省,渴望众星捧月,并为此选定了方向。冯·连布克起初有些慌乱,但很快便觉得,凭自己的为官之术,根本无须担心大权旁落。在最初的两三个月,堪称皆大欢喜。但就在此时,彼得·斯捷潘诺维奇出现了,情况就变得有些古怪了。

原来,年轻的韦尔霍文斯基打一开始就对省长大人极为不敬,甚至有些颐指气使的奇怪做派,而一向竭力维护丈夫尊严的尤利娅·米哈伊洛夫娜对此却视若无睹,至少是没有在意。这个年轻人成了她的宠儿,在她家吃,在她家喝,乃至于在她家睡。冯·连布克开始自卫反击,当众叫他"年轻人",还以庇护者的姿态拍打他的肩膀,但全都无济于事：彼得·斯捷潘诺维奇依旧嬉皮笑脸，哪怕是谈论严肃话题；还总当众对省长大人出言不逊。有一回，冯·连布克回家，发现年轻人正堂而皇之地睡在自己书房的沙发上。年轻人解释说，他进屋没见着人，"就顺便补了个觉"。冯·连布克忍无可忍，又跑去向夫人告状，夫人却嘲笑他没气量，挖苦他，怪他自己没有能力树立威信，至少"这孩子"在她面前就从来不敢放肆，还说什么"虽说他有些不拘俗礼，却天真又清新"。冯·连布克绷起了脸。她便为二人说和。彼得·斯捷潘诺维奇并未请求原谅，反而开了个粗鲁的玩笑作为敷衍，倘若换作别的场合，这一定会被视作新的羞辱，而在当时却被当成了悔过。问题在于，安德烈·安东诺维奇一上来就出了昏招，向彼得·斯捷潘诺维奇透露了自己的长篇小说。他错将后者当成了火热的诗歌青年，加之早就梦想着能有听众，刚认识没几天就给他朗诵了自己小说的前两章。时值傍晚，年轻人毫不掩饰自己的无聊，一面听，一面肆意地打着哈欠，一句赞叹也没有，临走时却索要手稿，说抽空在家琢磨琢磨，安德烈·安东诺维奇便给了他。此后却迟迟不还，尽管他见天来；一问他要，他就打哈哈。直到最后才说，手稿当晚回去的路上就给弄丢了。尤利娅·米哈伊洛夫娜得知此事后，对丈夫大发雷霆，突然又惊恐万状地问：

"你该不会把糊新教教堂的事儿也跟他说了吧？"

冯·连布克一本正经地沉思起来，尽管沉思于他的健康有害，为医生所禁止。当时省内也发生了一连串的麻烦事，这些我们之后再讲；但眼下这事儿性质特殊，受损的不仅是省长的威严，连他的心都在作痛。在他步入婚姻之前，当他梦想的妻子还是某个小家碧玉时，他绝对想不到自己将来会面临家庭争执与冲突。家庭的惊雷令他不堪承受。尤利娅·米哈伊洛夫娜最后只得坦诚地跟他解释。

"你为此生气毫无道理，"她说，"哪怕只是因为，你的理智三倍于他，社会地位则高出不知多少倍。这孩子身上还有许多老式自由思想的残余,照我看就是瞎胡闹;但急不得,只能慢慢来。需要爱护青年人,我关爱他们,就是想让他们悬崖勒马。"

"可鬼知道他都胡说些什么,"冯·连布克反驳道,"我无法容忍,他竟然当着众人的面对我宣称,政府故意给人民灌伏特加,好让他们变成牲口,以免他们起来造反。你想想看,大庭广众之下,这种话叫我多么难做。"

说到这儿,冯·连布克提到了不久前他与彼得·斯捷潘诺维奇的一次谈话。他抱着以怀柔化解敌意的天真想法,给后者看了自己私下收藏的各式各样的传单,既有国内的,也有从国外来的,他从一八五九年就开始收集了,算不上爱好者,而只是出于有益的好奇心。彼得·斯捷潘诺维奇猜到了他的意图,毫不客气地说,某些传单里的一行字比一整个办公厅更有意义,"您的办公厅也不例外"。

连布克身子一震。他指着传单,近乎哀求地说:"可对我国来说,这还太早、太早啦!"

"不,不早;您这不是已经害怕了吗,可见并不早。"

"可、可是,这里头,比方说吧,还呼吁拆毁教堂呢。"

"那又有何不可?您是聪明人,您本人自然是不信神的,但您很清楚,您需要神,好用它来奴役人民。真相胜过谎言。"

"同意,同意,我完全同意,但这对我国来说还是太早、太早了……"冯·连布克皱着眉头说。

"您这还算哪门子政府官员——假如您本人也赞同拆毁教堂、举着棍棒冲击彼得堡,唯一的差别只在于时间早晚?"

连布克冷不防被摆了一道,深以为耻。

"话不是这么说,不是,"在自尊心的刺激下,他越说越激动,"您还是太年轻,关键是不了解我国的宗旨,所以您错了。您瞧,亲爱的彼得·斯捷潘诺维奇,您称我是政府官员?好。独立的官员?好。但请问,我们是怎么做的呢?我们肩负着责任,归根结底,我们跟你们一样,也在为共同事业服务。只不过,我们是在维系被你们撼动的,若非我们,一切恐怕早就散架子了。我们不是你们的敌人,完全不是,我们对你们说:前进吧,进步吧,甚至,去撼动吧,当然,我是说一切旧的,亟待改造的;但必要时,我们也会把你们控制在必要的限度之内,以此拯救你们于你们自己,因为假如没有我们,你们只会搅乱俄国,剥夺她的体面,而我们的任务恰恰在于维系体面。请相信,我们和你们,谁也离不开谁。就像英国的辉格党和托利党。可以说,我们是托利党,你们是辉格党,我就是这么理解的。[1]"

安德烈·安东诺维奇很有些慷慨激昂。还在彼得堡时他就喜欢发表自由主义色彩的聪明言论,何况此处还不必担心有人偷听。彼得·斯捷潘诺维奇沉默不语,神态似乎异常严肃。这越发刺激了演说者的欲望。

"您知道吗,我,作为'一省之主',"连布克在书房踱着步子,继续说道,"肩负着太多职责,以致任何一项职责都无法履行;另一方面,我可以肯定地说,我在这儿根本无事可做。全部的秘密在于,这完全取决于政府的看法。假如政府设立共和国——不管是出于政治考量,还是为了安抚激愤——并相应地强化省长权力,那么,我们这些省长就能吃得下一个共和国;岂止是一个共和国,给我们什么我们都吃得下,至少我觉得我可以……总之,只要政府电令,赋予我疯狂的积极性,那我就能拿出疯狂的积极性。我在这儿当着众人的面讲:'诸位同僚,为全体省级机关的制衡与繁荣起见,务必做到一条:强化省长权力。'知道吗,必须让所有省级机关——国土部门也好,司法部门也好,都过上一种,怎么说呢,双重生活,就是说,它们要存在(我承认,这是必要的),可另一方面,它们又要不存在。一切全看政府怎么看。假如我觉得这些机构必不可少,它们就会立刻出现在我面前;一旦必要性消失

---

[1] 英国18—19世纪的两大政治党派,辉格党为自由党,托利党为保守党。

了,那它们就任谁也找不到了。这就是我对于疯狂的积极性的理解。若不强化省长权力,一切都无从谈起。我这是私底下跟您说。您知道吗,我已经向彼得堡申明了为省长私邸专设一名卫兵的必要性。眼下正在等待批复。"

"您需要两名。"彼得·斯捷潘诺维奇说。

"为什么是两名?"冯·连布克在他面前停下。

"一名恐怕不足以让别人尊敬您。您必须得要两名。"

安德烈·安东诺维奇脸都气歪了。

"您……上帝知道您何等放肆,彼得·斯捷潘诺维奇。您利用我的宽善,肆意讽刺挖苦,装成一个有益的粗鲁人……"

"随您怎么想,"彼得·斯捷潘诺维奇满不在乎地说,"反正您是在为我们铺路,为我们的成功做准备。"

"'我们'是谁?什么成功?"冯·连布克吃惊地盯住对方,但没有得到回答。

尤利娅·米哈伊洛夫娜听完丈夫关于谈话的汇报,十分不满。

冯·连布克辩解道:"我总不能对你的宠儿摆出省长派头吧,何况是私底下……我只好对他……实心实意。"

"那也不必这么实诚吧?连我都不知道你收藏了传单,劳驾,拿给我看看。"

"那个……他非要我给他拿去看一天。"

"那你就又给他了!"尤利娅·米哈伊洛夫娜勃然大怒,"真是不知深浅!"

"我现在就派人要回来。"

"他是不会给的。"

"他敢!"冯·连布克大怒,甚至从座位上跳了起来,"他算什么,至于这么怕他?我又是谁,竟什么都不敢做?"

"坐下,消消火,"尤利娅·米哈伊洛夫娜劝解道,"我先回答你的第一个问题:有人向我极力推荐他,他有才干,常能说出极聪明的话来。卡尔马济诺夫确信,他几乎到处都有关系,并且在彼得堡的进步青年中间极有影响。要是我能通过他,把他们全部吸引过来,团结在自己周围,那我就能让他们免于毁灭,为他们的进取心指出一条新路。他对我忠贞不贰,什么事都听我的。"

"你对他们好,他们却可能……鬼知道他们能干出什么来。当然,这也是个主意……"冯·连布克心虚地辩解道,"可……可我听说,某县出现了一些传单。"

"这传言夏天就有了呀,——传单、假钞,说什么的都有,可到现在也没见着一份啊。谁跟您说的?"

"冯·布卢姆说的。"

"哼,又是你那个布卢姆,今后少在我面前提他!"

尤利娅·米哈伊洛夫娜火冒三丈,足足有一分钟气得说不出话来。冯·布卢姆是一名省府官员,令她恨之入骨。这个以后再说。

"总之,对韦尔霍文斯基你不必担心,"她最后说,"要是他真的参与了什么勾当,他就不会跟你、跟这儿的所有人那样说话了——爱叫的狗不咬人。甚至,直说了吧,要真出了什么事,我头一个就能从他那儿得到消息。他狂热地、狂热地效忠于我。"

在交代后续事件之前,我要说:若非尤利娅·米哈伊洛夫娜的自负与虚荣,这群卑鄙小人在敝城惹出的那一连串祸事兴许连一件也不会发生。对此,她难辞其咎!

第五章　盛会之前

一

由尤利娅·米哈伊洛夫娜发起的为本省贫困女家庭教师筹款的盛会，日期几经敲定，又一再推延。整天围在她身边转的人里面有彼得·斯捷潘诺维奇，有跑腿打杂的小官员利亚姆申（他曾是斯捷潘·特罗菲莫维奇府上的常客，因为钢琴弹得好，意外在省长府得了宠），偶尔还有利普京（尤利娅·米哈伊洛夫娜有意让他担任本省未来某份独立报纸的编辑），还有几位夫人小姐，甚至还有卡尔马济诺夫，他虽然并不围着转，但已经洋洋自得地当众宣布，等文学卡德里尔舞开场时，他要给众人一个惊喜。报名认捐者极多，覆盖了敝城全体上流人士；但极不入流的人士也可获准参加，只要带着钱来。尤利娅·米哈伊洛夫娜指出，偶尔糅合不同阶层甚至是必须的，"否则谁来开化他们呢？"这些人构成了非正式的家庭委员会，经讨论决定，盛会将是民主的。巨额的认捐诱使开支不断扩大，委员会誓将盛会办得异彩纷呈，所以才一再推延。对于晚间舞会的举办地一直犹豫未决：是在首席贵族夫人特地出让的巨大宅邸呢，还是在瓦尔瓦拉·彼得罗夫娜的斯克沃列什尼基庄园？后者未免远了点儿，但委员会的很多人坚持认为，那里更能"放得开"。瓦尔瓦拉·彼得罗夫娜满心希望能在她的庄园举办。搞不懂这个骄傲的女人如今怎么会巴结起尤利娅·米哈伊洛夫娜来了。兴许是她感到欢喜，因为尤利娅·米哈伊洛夫娜对尼古拉·弗谢沃洛多维奇堪称低首下心，比对任何人都殷勤。我再重复一遍：正是彼得·斯捷潘诺维奇的反复私议，令本就盛传的消息在省长府邸根深蒂固，即尼古拉·弗谢沃洛多维奇与最神秘的圈子有着最神秘的联系，在敝省肯定肩负着某种神秘使命。

当时的风气很怪。特别是女士们表现得颇为轻佻，而且这种风气还不是逐渐形成的，倒真像是一阵风刮来的。形成了一种纵情取乐的松快氛围，但并不总是令人愉快的。惊世骇俗成了时尚。后来，当一切结束之后，人们纷纷指责尤利娅·米哈伊洛夫娜的小圈子及其本人的不良影响；但问题未必全出在她一个人身上。相反，当初有太多的人争先恐后地赞美新任省长夫人，说她善于融合社会，说社会气氛突然变得活跃了。甚至还闹出过几桩丑闻（尤利娅·米哈伊洛夫娜对此毫无过错），可当时所有人都只顾着哈哈笑、看热闹，却没有一个人出面制止。诚然，也有相当一部分人置身事外，对当时的局面持有异议，但即使是这些人也并未表示不满，甚至也跟着哄笑。

我记得，当时似乎自然而然地形成了一个相当大的圈子，其中心恰是尤利娅·米哈伊洛夫娜的客厅。在这个以省长夫人为中心的小圈子里（当然是以青年人为主），变着法地胡闹非但被允许，甚至成了常规，有时简直肆无忌惮。其中甚至还有好几位相当迷人的女士。青年们搞野餐、搞晚会，总是成群结队地在城内兜风，或骑马，或驾车。他们不停地寻找奇遇，实在找不到就自导自演，只为增添笑料和谈资。敝城被他们当成了谢德林笔下的愚人城。他们被人称作"笑世者"，因为他们百无禁忌。有过这么一档子事儿：本地的一位中尉之妻，一个年纪轻轻的黑发女人，因婚后营养不良而面黄肌瘦，在一次晚会上，她脑子一热，坐到了一张赌注很大的牌桌前，想给自己赢一条披肩，结果却输了十五卢布。她害怕丈夫，又没钱还，只好孤注一掷，决定偷偷去借钱，于是找到了同在晚会上的本市市长的公子，一个纵欲过度、未老先衰的恶少。后者非但拒绝了她，还哈哈大笑着跑去告诉了她的丈夫。只靠微薄薪水艰难度日的中尉将妻子带回家，对其大肆羞辱，丝毫不顾后者哀号、哭叫、下跪求饶。这桩令人愤慨的事件在本市只招来一片哄笑。可怜的中尉妻子并不属于省长夫人的小圈子，但其中有位乖张泼辣的女骑手认得她，直接闯到她家里，不由分说将她带回了自己家。那群捣蛋鬼立刻将这位女士团团围住，对她百般温存，各种送礼，一连挽留了四日。中尉妻子住在泼辣的女骑手家中，终日同那群浪荡子在城内四处兜风，参加各种娱乐活动、舞会。他们还一再怂恿她将丈夫告上法庭，把事情闹大，还说所有人都会支持她，帮她出庭做证。中尉不敢跟他们斗，不吭气。可怜的女人终于意识到自己惹了大祸，吓得半死不活，第四天趁着天黑逃离了庇护者，回到了丈夫身边。夫妻俩之间后来如何，没有人知道；只知道在中尉租住的那座低矮的小木屋，两扇护窗板足有两个礼拜未曾开启。尤利娅·米哈伊洛夫娜得知后，对捣蛋鬼们大为光火，对泼辣女骑手的行为很是不满，虽然后者在抢人后的头一天就带着中尉妻子见了她。不过，这事儿很快就被人淡忘了。

还有这么一件事：本地有位小官员，是个令人望而生敬的当家人；有个外县来的年轻人，也是一位小官员，向他提亲，娶走了他年方十七的女儿、城里有名的美女。后来突然听说，新婚当晚，新郎对新娘极其无礼，怪罪她玷辱了自己的尊严。几乎目击了此事的利亚姆申（他在婚礼上吃醉了酒，当晚便睡在了新郎家中）不等天亮就把这个笑话告诉了所有人。浪荡子们瞬间组成了一个十人小组，全部骑马，有些人骑的还是租来的哥萨克骏马，比如彼得·斯捷潘诺维奇和利普京——别看利普京已经头发斑白，却几乎参与了那伙年轻人的一切放浪行径。婚礼翌日，当新婚夫妇遵照本地习俗，乘着轻便马车出现在街头，去做无论如何都不得不做的拜访时，骑手们便哄笑着围在马车周围，跟着他们在城里转了一整个上午。诚然，他们并未闯进当事人家中，而只是骑马守在门口，也并未对新郎新娘过分羞辱，但毕竟是闹出了丑事。直闹得满城风雨。自然，所有人都哄笑不已。但冯·连布克却勃然大怒，又跟尤利娅·米哈伊洛夫娜上演了一出活报剧。尤利娅·米哈伊洛夫娜也气得不行，决意不再让捣蛋鬼们登门。可没过一天，听了彼得·斯捷潘诺维奇的规劝和卡尔马济诺夫的一番话，她便原谅了所有人。卡尔马济诺夫认为"这个玩笑"相当俏皮。

"这符合本地风气，"他说，"至少很新颖，很……大胆；再说，您看，大家都在笑，生气的只有您。"

但有些胡闹实在太过分了，是可忍，孰不可忍。

城里来了一位卖福音书的女书贩，虽是小市民阶层，却是位可敬的妇人。人们对她议论纷纷，因为帝都的报纸新近刊登了一些新奇言论，正是关于书贩的。又是利亚姆申那个滑头，伙同一个无所事事、正在等候教职空缺的神学院毕业生，佯装买书，偷偷往女书贩的书包里塞了整整一沓外国淫秽画片。事后才得知，那些画片是一位相当受人尊敬的老者（姓氏我就不提了）特意贡献的，此人脖子上挂着一枚沉甸甸的勋章，按照他本人的说法，喜欢"健康的笑和快活的玩笑"。当可怜的女人在市场上从书包里往外掏福音书时，淫秽画片掉了一地，顿时招来一阵哄笑和指责，人群围拢过来，有人破口大骂，甚至险些动手打人，幸好警察及时赶到。女书贩被关进了牢房，直到傍晚，在得知内幕后愤愤不平的马夫里基·尼古拉耶维奇的斡旋下，女书贩才被释放，逐出城外。这回，尤利娅·米哈伊洛夫娜是铁了心要把利亚姆申赶走了，可就在当晚，我们那群捣蛋鬼们便全体出动，带着利亚姆申来见她，声称他新写了一首特别好玩儿的钢琴曲，劝她一定要听一下。

曲子的确很有趣，名字也很滑稽，叫《普法战争》[1]。曲子开头是《马赛曲》的雄壮乐声：

"用敌人的脏血浇灌我们的田地！"

从中听出了威严的挑战以及对未来胜利的憧憬。但突然，与国歌华丽变奏的节拍同时，从侧面，从底下，从角落里，从近处，传来了《我亲爱的奥古斯丁》[2]的卑劣音符。《马赛曲》不予理睬，它正处在自我陶醉的最顶点；但《奥古斯丁》越发强硬，越发无赖，居然跟《马赛曲》的节拍合到了一处。《马赛曲》似乎愤怒了，它终于注意到了《奥古斯丁》，像轰走一只恼人的苍蝇似的想要甩开它；但《奥古斯丁》死缠烂打，它快活又自负，它高兴又无赖；《马赛曲》似乎突然间头脑发昏了，它再也不掩饰自己的气愤与羞辱，它眼含热泪，举手向天，喊出了愤怒的誓言：

"不让祖国一寸土，不弃堡垒一粒石！"

然而，《马赛曲》已经不得不跟《奥古斯丁》同拍而唱了。《马赛曲》的声音以最愚蠢的方式汇入了《奥古斯丁》，继而逐渐倾颓，熄灭。只是偶尔才冒出一声"让敌人的脏血……"，但随即便耻辱地跳入卑劣的华尔兹舞曲。《马赛曲》完全屈从了，如同儒勒·法夫尔[3]伏在俾斯麦的胸口号啕大哭，出让一切的一切……这时，《奥古斯丁》暴戾起来了，它声音嘶哑，听得出，它在狂饮啤酒，大吹大擂，索要数十亿赔款、精美的雪茄、香槟酒和大批人质，《奥古斯丁》不可一世地咆哮……普

---

[1] 普法战争：1870—1871年，普鲁士王国与法兰西第二帝国为争夺欧洲大陆霸权而爆发的战争。1870年7月19日，法对普宣战，但法军接连败北；同年9月4日，法国爆发资产阶级革命，建立法兰西第三共和国，但普军仍长驱直入；1871年1月18日，普鲁士国王威廉一世在法国凡尔赛宫加冕称帝，建立德意志帝国，法方请求停战；同年5月10日，《法兰克福和约》签订，法国割地赔款。下文中的钢琴曲正是对这场战争进程的形象反映。

[2] 此处原文为德文。

[3] 儒勒·法夫尔（1809—1880），法兰西第三共和国副总理兼外长，在普法战争初期曾宣称："决不向德国出让一寸领土和堡垒上的一粒石子。"后来却与德意志帝国宰相俾斯麦暗中媾和，主持签订了割地赔款的《法兰克福和约》。

法战争结束了。全场掌声雷动。尤利娅·米哈伊洛夫娜笑道:"这还怎么赶他走呢?"和解达成。这个坏蛋的确有些才华。斯捷潘·特罗菲莫维奇曾对我说,最高妙的艺术天才也许是最可怕的恶棍,二者互不影响。后来有传言称,这首曲子是利亚姆申从一个既有才华又谦逊的年轻人那儿偷来的,后者路过本地时曾与利亚姆申有过接触,至今姓名不详,这且不提。利亚姆申这个坏蛋,几年前总围着斯捷潘·特罗菲莫维奇转,在他家的晚会上遵照吩咐模仿形形色色的犹太佬、聋女人的忏悔或者产妇分娩。现如今,他又常在尤利娅·米哈伊洛夫娜府上滑稽地模仿斯捷潘·特罗菲莫维奇本人,名曰"四十年代自由分子"。众人每次都笑得前仰后合,到后来就真的没法赶他走了,他成了必不可少之人。加之他低三下四地讨好彼得·斯捷潘诺维奇,而后者对尤利娅·米哈伊洛夫娜的影响力彼时已经强大到了令人迷惑的地步……

我本不想提这个坏蛋,他也不值得我们为他浪费时间;但随后发生了一件令人愤慨的恶行,据证实,他也是案犯之一,而此事在本纪事中是绝不可避而不谈的。

一天早上,一桩丑恶至极、令人发指的渎神行径传遍了全城。在敝城宽阔的市集广场的入口处,坐落着一座古老的圣母诞生教堂,是我们这座古城的著名文物。教堂大门旁的墙体内,自古就嵌着一幅巨型圣母像,用护栏隔着。可就在头天夜里,圣像竟然遭劫,神龛玻璃被人砸碎,护栏遭人拆毁,圣像神冠和法衣上的数颗宝石和珍珠被人偷走了,有多贵重不得而知。更有甚者,除了偷窃,案犯还干出了不可理喻、肆意嘲弄的渎神行径:在被砸碎的神龛玻璃后面,据说发现了一只活老鼠。如今,四个月过去,已经可以断定,这桩罪行是苦役犯费季卡干的,但不知为何,有人说利亚姆申也有份。当时并没有人提到利亚姆申,对他也毫无怀疑,而如今所有人都坚称,老鼠就是他放进去的。我记得,当时全体长官都有些张皇失措。民众一大早就挤在案发现场，一直不肯散，虽不说成千上万，但上百人总是有的。一些人走了，另一些人又来了。走近的人画着十字，俯身亲吻圣像；有人开始奉献，教堂的修士取来一只木盘，放在地上，自己守在一旁；直到下午三点，长官们这才想到，应当命令民众不准停留、扎堆，而是在祈祷、亲吻圣像、奉献之后立即走开。这桩不幸给冯·连布克留下了极其阴暗的印象。尤利娅·米哈伊洛夫娜后来对人说，从这个不祥的早晨开始，她就总感觉丈夫有种奇怪的沮丧情绪，直至他两个月前因病中断了在本省的短暂履职，前往瑞士休养时都是如此，而且恐怕至今仍然如此。

记得我来到广场时已过中午十二点，人群沉默不语，个个神情冷峻。马车载来一位商人，他身体肥硕，面色蜡黄，下得车来，俯伏敬拜，亲吻圣像，奉献了一卢布，哀声连连地爬上马车，驶去了。又驶来一辆马车，车上是尤利娅·米哈伊洛夫娜小圈子里的两位女士和两个年轻人。两个年轻人（其中一个已经很不年轻了）下了车，很不客气地分开人群，朝圣像挤了过来。两人都未脱帽，其中一个还架上了夹鼻眼镜。人们纷纷指责，声音虽低，但语气愤慨。夹鼻眼镜从塞满钞票的钱夹里抠出一枚铜戈比，丢进木盘，与同伴转过身，高声谈笑着朝马车走去。恰在此时，莉莎维塔·尼古拉耶夫娜在马夫里基·尼古拉耶维奇的陪伴下骑马而来。她跳下马，将缰绳丢给照她吩咐留在马上的男伴，恰巧在铜戈比落入木盘的那一瞬走到了圣像前。愤怒的潮红涌上了她的脸颊；她脱下自己的圆顶礼帽，扒下手套，扑通跪倒在圣像前，丝毫不顾路面肮脏，虔敬地以额触地三次。紧接着她掏出钱夹，发现里面只有几枚十戈比硬币，便不假思索地取下了自己那对钻石耳环，放进木盘。

"这样可以吗？给法衣做装饰？"她激动难抑地问修士。

"可以的，"修士回答，"任何奉献都是好的。"

人群沉默，既无指摘，也无赞许；一袭脏裙的莉莎维塔·尼古拉耶夫娜骑上马去了。

二

上述情形之后两天，我看见她和一大群人，乘着三辆马车，被一群骑手簇拥着，正要外出。她向我招手，叫停马车，坚持邀我同去。马车上为我腾出了一个位子，她笑着把我介绍给了她那群衣着华丽的女伴，又对我说，大家正打算来一场极其有趣的旅行。她不住地笑，简直乐不可支。最近一段时间她几乎快活得过了头。此次出行的确非比寻常：大家要到河对岸去，去商人谢沃斯季亚诺夫家，而在他家厢房，已有十年之久，一直安安生生地、舒舒服服地住着一位名震本省及邻近数省乃至两大帝都的大人物——谢苗·雅科夫列维奇，我们的圣愚和预言者[1]。所有人都来参拜他，尤其是外地人，求开尊口，膜拜供奉。奉献的钱物偶尔极多，若谢苗·雅科夫列维奇本人享用不尽，便会恭送教堂，主要是本地的圣母修道院。修道院为此专门派了一名修士，常年守在圣愚身边。所有人都盼着大乐子。这群人当中还没有人见过圣愚呢。唯独利亚姆申之前去过，此刻正眉飞色舞地对人们讲述，圣愚如何叫人用扫帚将他轰了出来，又如何亲手照着他后背砸了两个煮熟的大土豆。骑手中间有彼得·斯捷潘诺维奇，他骑的仍是租来的哥萨克骏马，坐姿很不雅观。我还看见了尼古拉·弗谢沃洛多维奇，也骑着马。他偶尔也会参加集体出游，而且每次都会表现出得体的快活，虽然照旧寡言少语。即将行至桥边时，车马路过一家旅店，忽听人说，旅店客房里有个外地人开枪自杀了，刚发现的，正在等警察。立刻有人提议去看看。众人纷纷响应：我们的女士们还从没有亲眼见过自杀的呢。我记得其中一位女士当下叫道："生活如此无聊，有乐子就

---

[1] 据陀思妥耶夫斯基夫人安娜·陀思妥夫斯卡娅介绍，下文中描述的拜访圣愚的情形源自作家本人对伊万·雅科夫列维奇（1783—1861）的拜访。后者被众多同代人奉为圣愚和预言者，但并未被俄国东正教会封为圣徒，一生中有47年时间以精神病人的身份在医院中度过。

别客气,好玩儿就成!"只有极少数人留在了门外,其余人则一窝蜂拥进了肮脏的走廊,而在这群人里,我惊讶地发现了莉莎维塔·尼古拉耶夫娜。自杀者的房门敞开着,而我们这群人自然是无人敢拦的。死者还是个半大孩子,看上去顶多十九岁,而且模样应该很俊,一头浓密的浅黄色头发,一张标致的鹅蛋脸,光洁漂亮的额头。他的身子已经僵硬,洁白的脸庞像是大理石雕成的。桌上放着一张字条,是他写的,声明自己的死与他人无关,他之所以自杀,是因为他"败光了"(原话如此)四百卢布。总共四行字,有三个语法错误。一个胖子正看着尸体不住地哀叹。他是个进城办事的地主,就住在死者隔壁。从他口中得知,男孩家在乡下,此次进城,是奉了寡居的母亲、众姐妹和众姑母的差遣,来寻一位城里的女亲戚,好在她的指点下为即将出嫁的大姐置办嫁妆,再运回家去。临行前,家里人郑重地将全家人数十年的积蓄——四百卢布——交给他,千叮咛万嘱咐,不住地为他祈祷,给他画十字。男孩原本是质朴又可靠的。他约莫三天前进了城,却没去寻亲戚,而是住进了旅店,直接奔了俱乐部,想在里面找个开庄设赌的旅客,或者哪怕玩两把纸牌也好。但牌局赌局当晚都没有。回到旅店已近半夜,他要了一瓶香槟酒,几支哈瓦那雪茄,又叫了足足六七道菜的宵夜。但香槟将他灌醉,雪茄令他恶心,送来的饭菜连动也没动,便不省人事地睡了过去。次日清晨醒来,他又新鲜得像个大红苹果,立刻动身去了河对岸郊区茨冈人的宿营地(那是他昨晚在俱乐部里听说的),此后足足两天没回旅店。终于,昨天下午五点来钟,他醉醺醺地回到房间,一觉睡到夜里十点。醒来后,他叫了一份肉排,一瓶白葡萄酒、一盘鲜葡萄,以及纸墨和账单。谁也没有察觉到任何异样,他平静,安详,和善。他应该是半夜就自杀了,可奇怪的是,谁也没有听见枪响,直到下午一点钟,大家才忽然想起他来,敲门没人应,这才撬开了门。白葡萄酒只剩下半瓶,葡萄也只剩下半盘。子弹直接命中心脏,出血极少,一把小型三管左轮手枪从他手中滑落到地毯上。男孩半躺在角落沙发上。死亡想必是瞬间发生的,死者脸上毫无濒死的痛苦,安详得近乎幸福,与活人无异。我们的人全都看得兴致盎然。邻人的每一桩不幸都足以愉悦旁人的眼睛——这点任谁都不能免俗。我们的女士们默默地打量着,男伴们则情绪高涨,妙语连珠。一人道:这是少年最美妙的结局,他再也想不出比这更好的法子了;另一人道:哪怕是一秒钟呢,总算享受了一回。第三人突然说:咱们国家的人如今怎么都这么爱上吊和吞枪了,就像没了根似的,还是说脚下的地板滑走了?这番说教立刻招致了众人的白眼。这时,哗众取宠的利亚姆申从盘子里揪了一小串葡萄,另一个人也哄笑着效仿,第三个则伸手去拿白葡萄酒,但被闻讯赶来的警察局长制止了,后者甚至要求我们"退出现场"。反正大家早就看够了,便毫无异议地退了出去,唯独利亚姆申又跟警察局长胡缠了一通。余下的一半路程里,一行人兴高采烈,笑语喧哗,倍加热闹。

到达谢苗·雅科夫列维奇处已是下午一点整。偌大的商人住宅,大门敞开着,厢房门也开着。我们被告知,谢苗·雅科夫列维奇正在用饭,但仍可接待。一群人一拥而入。圣愚用饭及待客的房间相当轩敞,足有三扇窗,房间正中有道齐腰高的木栅栏,从墙到墙,将房间一分为二。普通访客只能止步于栅栏外,只有幸运者才能遵照圣愚的指示,穿过栅栏上的小门,进入他所在的一半。倘若圣愚高兴,便会让幸运者坐到陈旧的皮椅或沙发上,圣愚本人则雷打不动地坐在那把破旧的伏尔泰扶手椅[1]上。圣愚身躯胖大,略带浮肿,脸色发黄,五十五岁左右,浅黄色头发稀稀拉拉,秃顶,剃须,右腮帮鼓鼓着,嘴有点儿㖞,左

---

[1] 伏尔泰的确为自己设计过一把带有轮子、便于移动的座椅,左侧扶手处有一木匣,内装文具,右侧扶手处有块可以摊开的木板,便于写作。此椅现存放于巴黎历史博物馆。但俄文中所谓的"伏尔泰椅"(вольтеровское кресло)并非伏尔泰设计的这把,而是源自17世纪的英国,该椅专为年长者设计,俗称"老爷椅",其特点是柔软舒适,靠背顶部两侧向前凸起,形似耳朵,可防风保暖。叶卡捷琳娜二世时传入俄国,时值伏尔泰的启蒙思想在俄国风靡一时,俄国人便将其冠名为"伏尔泰椅",后来成了贵族长者的身份象征。

鼻孔旁有颗大疣子，眯缝眼，神情安详、庄重，一副刚睡醒的样子。德式着装，黑色常礼服，但没穿马甲，没系领结。常礼服里面是件相当宽松的白衬衫。腿脚似有不便，穿着便鞋。听说他之前做过官，至今仍有官阶。他刚喝完用一尾小鱼儿熬的鱼汤，正在用第二道菜——带皮的煮土豆，蘸盐吃。其他东西他从来不吃。只是喝茶极多，嗜茶如命。他身边有三名仆人，都是商人出钱雇的：一个身穿燕尾服，一个像搬运工，一个像教堂杂役。还有个十五六岁的半大孩子，十分伶俐。除了仆从之外，还有一位可敬的、头发花白的修士，手捧奉献箱，有点儿过于肥胖。一张桌子上沸腾着一只硕大无朋的茶炊，托盘上的茶杯足有两打。另一张与之正对的桌子上摆放着信徒的供奉：几颗糖头[1]、几包碎糖、约莫两俄磅茶叶、一双刺绣便鞋、一方富丽雅绸头巾、一块呢料、一匹粗麻布等等。金钱则几乎全进了修士手捧的奉献箱。房间里人很多，约有十二三个，全是来访者，有两个进了木栅栏内侧，坐在谢苗·雅科夫列维奇旁边，一个是头发斑白的小老头、平民朝圣者；另一个是位过路的修士，瘦小干巴，正襟危坐，眼皮低垂。其余来访者一律站在栅栏外侧，同样多是平民，除了一位从县里来的胖商人，蓄着大胡子、俄式着装，却被人认出是位十万富商，还有位上了年纪的极瘦弱的女贵族和一位地主。所有人都在等待幸运，但谁也不敢主动开口。跪着的人有三四个，最引人注目的是一位地主，一个四十五岁左右的胖子，他跪在木栅栏近前，比所有人都靠前，虔敬地期待着谢苗·雅科夫列维奇的青眼或者金言。他已经跪了将近一个钟头，圣愚却对他不理不睬。

我们的女士们挤在木栅栏前，嘻嘻哈哈地交头接耳。跪着或站着的来访者都被推开、被挡住了，唯独胖地主仍坚守着自己的阵地，还用

---

[1] 在俄国，直至19世纪下半叶，茶和糖都属于贵重品。彼时的糖硬度高，习惯将糖制成圆锥体，重量不等，最重可达一普特（约合16公斤），因其状如炮弹头，故称"糖头"（сахарная голова）。食用时用专门的镊子从上面钳下小糖块。

两手抓住木栅栏。快活的、贪婪的、猎奇的目光齐齐射向谢苗·雅科夫列维奇,连同长柄眼镜、夹鼻眼镜乃至双筒望远镜——至少利亚姆申就架起了双筒望远镜。谢苗·雅科夫列维奇用自己那对小眼睛平静而慵懒地扫了众人一眼。

"美目光!美目光!"圣愚的嗓音嘶哑而低沉,夹杂着些许赞叹。

我们的人全笑了:"啥叫美目光?"但谢苗·雅科夫列维奇又浸入了沉默,吃起了自己的土豆。好半天才用餐巾擦了擦嘴,仆人给他上了茶。

圣愚喝茶通常不会独饮,而会分享给来访者,但远非所有人都能获得这份殊荣,而是由圣愚本人亲自指定。圣愚的指令总是出人意料。有时他会无视富人与高官,命人将茶端给庄稼汉或者老太婆;另有一次,他略过一群穷修士,将茶赏给了一位脑满肠肥的富商。茶跟茶也不一样,上等的是"糖茶"(直接往茶里加糖块),中等的是"茶糖"(给一小块糖就着喝),下等的就只是"茶"(没糖)。这回得到茶的有两位:过路修士得了杯糖茶,朝圣老者只得了一杯茶。手捧奉献箱的胖修士平日总能分得一杯,今天却不知为何未能喝到。

"谢苗·雅科夫列维奇,对我说句话吧,我早就想认识您啦。"与我同车的一位丰满女士眯眼含笑,唱歌似的说——就是刚才说"有乐子就别客气,好玩儿就成"的那位。谢苗·雅科夫列维奇连瞅都没瞅她。长跪不起的地主忽然响亮而绵长地叹了口气,仿佛铁匠铺的大风箱被人压了一下。

"糖茶!"谢苗·雅科夫列维奇突然指向十万富商,后者连忙上前一步,站到地主身旁。

茶刚倒好,谢苗·雅科夫列维奇又道:"再加糖!"仆人便又加了一份糖。"再加,再加!"于是又加了第三份,乃至第四份糖。富商乖乖地喝起了自己的糖浆。

众人见状,纷纷口呼"上帝",画起了十字。地主又发出一声响亮的长叹。

"老爹！谢苗·雅科夫列维奇！"突然响起一声尖细得出人意料的哀号——是那个被我们的人挤到墙根的瘦弱女士。"一个钟头啦，我的亲人，我在等待神赐。对我开口吧，评判我这个孤苦伶仃的寡妇吧！"

"问她，"谢苗·雅科夫列维奇吩咐那位像教堂杂役的仆人。后者走向木栅栏，淡定从容地向寡妇问道："谢苗·雅科夫列维奇上次吩咐的事，您办了没有？"

"办什么办呀，谢苗·雅科夫列维奇老爹，跟他们怎么办！"寡妇号叫道，"这群吃人鬼，把我告到区里啦，还说要告到枢密院去哪，我可是他们的亲娘啊！……"

"给她！"谢苗·雅科夫列维奇一指糖头。半大孩子跑到桌前，抱起一颗糖头走向寡妇。

"哎呀，老爹，谢你的大恩典。我哪儿要得了这么多呀？"寡妇又叫。

"再给，再给！"谢苗·雅科夫列维奇命令。又给她搬来一颗糖头。"再给，再给！"圣愚又吩咐。于是又搬来了第三颗，乃至第四颗糖头。寡妇的前后左右都摆满了糖头。修道院的修士不由得叹了口气：照惯例，这些东西原本今天就能归修道院的。

"我哪儿要得了这么多呀？"寡妇低声下气地叫嚷，"要把我躺死啦！……这该不会是神启吧，老爹？"

"没错，肯定是神启。"人群里有人说。

"再给她一俄磅！"谢苗·雅科夫列维奇意犹未尽。

供桌上还剩下一整颗糖头，但谢苗·雅科夫列维奇说的是"一俄磅"，仆人便从上面敲下一俄磅给了寡妇。

"上帝，上帝！"人群画着十字惊叹，"显然是神启。"

"先把您自己心里装满善意和恩典，然后再来抱怨您的儿女、自己的亲骨肉,这想必就是神启的含义。"修道院的胖修士说,声音不高,却面带得色。他想必是没能喝到茶,自尊心受了刺激,这才主动开口解释。

"你说什么呀,老爹,"寡妇突然怒道,"他们是真把我往火堆里推呀,韦尔希申家起火那回。他们还把一只死猫锁进了我的箱子里,他们啥都干得出来呀……"

"轰出去,轰出去!"谢苗·雅科夫列维奇突然挥舞着双手喊。

杂役和半大孩子冲出木栅栏。杂役架起寡妇,半大孩子抱起糖头;寡妇不再叫了,一面慢吞吞地朝门外走,一面不住地回头张望赏给她的那些糖头。

"拿走一头,拿走!"谢苗·雅科夫列维奇对留在身旁的搬运工吩咐道。后者向门外奔去。未几,三位仆人回来了,捧着一颗赏出去又夺回来的糖头。寡妇抱走了三颗。

"谢苗·雅科夫列维奇,"人群后方最靠近门口处响起一个声音,"我梦见一只鸟,一只寒鸦,飞出水面,又飞进火里。这是什么征兆?"

"严寒。"谢苗·雅科夫列维奇道。

"谢苗·雅科夫列维奇,您怎么一直不理我呀,我早就对您有兴趣啦!"我们那位女士又叫道。

谢苗·雅科夫列维奇充耳不闻,突然指向跪了很久的地主:"问他!"

得到指令的胖修士稳步走向地主,问道:"您犯了什么错?有没有吩咐您做什么事?"

"莫打人,管住手。"地主哑声答道。

"您做到了吗?"胖修士问。

"没做到,管不住。"

"轰出去,轰出去!用扫帚,扫帚!"谢苗·雅科夫列维奇挥舞着双手喊。地主也不等人轰,跳起来就蹿了出去。

"他留下了一枚金币。"胖修士高声道,从地板上捡起一枚五卢布金币。

"给他!"谢苗·雅科夫列维奇用手指点了点十万富商,后者不敢不要,接了过来。

"金随金。"胖修士忍不住道。

"糖茶给他。"谢苗·雅科夫列维奇突然指向马夫里基·尼古拉耶维奇。仆人倒好茶,却错端给了一位戴夹鼻眼镜的公子哥。

"高个子,高个子。"谢苗·雅科夫列维奇纠正道。

马夫里基·尼古拉耶维奇接过茶,行了个半鞠躬的军礼,开始喝茶。我们的人莫名其妙地爆发出一阵哄笑。

"马夫里基·尼古拉耶维奇!"莉莎突然对他说,"刚才跪着的那位先生走了,你跪到他那儿去吧。"

马夫里基·尼古拉耶维奇疑惑不解地望着莉莎。

"求您了,这会让我非常开心。听着,马夫里基·尼古拉耶维奇,"莉莎突然加快了语速,语气坚决、执拗、急切,"您一定要跪,我就要看您跪在那儿。您要是不跪,今后就别再来找我。我就要,就要您跪!……"

我不知道她这番话用意何在;但她任性地、不依不饶地要求着,仿佛神经质发作。马夫里基·尼古拉耶维奇,下文便可看到,将她近来这种尤其频繁的无理取闹解释成了某种盲目的恨意,而绝非怨毒——相反,她敬他、重他、爱他,对此他心知肚明。这是某种特别的、无意识的、一旦发作便再也抑制不住的恨意。

他默默地将茶杯交给站在他身后的一位老太婆,推开木栅栏的门,径直走进谢苗·雅科夫列维奇的内室,当着众人的面,在房间正中跪了下来。我想,他那颗敏感而质朴的心灵,眼下一定正在为莉莎众目睽睽之下对他的粗鲁嘲弄而激荡不已。他或许在想,当她看见自己强加给他的屈辱,一定会为此感到羞愧。自然,除了他以外,恐怕再没有人会以如此天真、如此冒险的方式去纠正女人。他跪在那儿,神情郑重、坦然,身子细长,动作笨拙、滑稽。但我们的人并没有笑,突如其来的举动产生了异样的效果。所有人都看向莉莎。

"圣油,圣油!"谢苗·雅科夫列维奇嘟囔道。

莉莎突然面色煞白,"哎呀"一声尖叫,冲进了木栅栏。紧接着是短暂的、歇斯底里的一幕:她两手抓住马夫里基·尼古拉耶维奇的胳膊肘,一面拼命地拽他起身,一面疯狂地大叫:"起来,起来!赶紧起来,赶紧!谁叫您跪的!"

马夫里基·尼古拉耶维奇站起身来。她两手紧紧抓住他的上臂,凝视着他的脸,目光中带着恐惧。

"美目光,美目光!"谢苗·雅科夫列维奇又说了一遍。

莉莎终于将马夫里基·尼古拉耶维奇拽出了木栅栏,我们那伙人中间好一阵骚动。与我同车的那位女士大概是想消除坏印象,第三次尖声尖气地冲谢苗·雅科夫列维奇喊,脸上仍带着造作的微笑:"哎呀,谢苗·雅科夫列维奇,您就真不对我说句什么吗?我对您可是抱有很大的期待呢!"

"X你,X你!"谢苗·雅科夫列维奇突然冲她骂了句脏话,声色俱厉,且清晰无比。我们的女士们齐声尖叫,撒丫子就跑,男士们则哄笑不已。

我们对圣愚的拜访就这样结束了。

不过,据说当时还发生了一件极其费解的事,老实说,我如此细致地描述这次拜访,主要就是为了说这件事。

据说,当大家一窝蜂地朝外跑时,被马夫里基·尼古拉耶维奇扶着的莉莎,在门口突然跟尼古拉·弗谢沃洛多维奇撞到了一起。需要说明的是,自从那个礼拜天上午莉莎昏厥之后,二人虽然不止一次碰过面,却从未互相走近过,也从未说过一句话。我注意到了二人在门口相撞的情形,感觉两人都停顿了一瞬,似乎还奇怪地对视了一眼。但我挤在人群中,没有看清。后来却有人言之凿凿,说莉莎当时瞅了尼古拉·弗谢沃洛多维奇一眼,迅疾地扬起了手,直扬到了后者的脸部位置,若非他躲得快,说不定就打上去了。她兴许是看不惯他的神情或者他那种讥笑,何况马夫里基·尼古拉耶维奇刚刚出了丑。老实说,我自己什么也没看见,可所有人都说看见了,不过,以当时的慌乱,所有人都看见是绝无可能的,有些人看见还差不多。但我当时并不相信。我只记得,尼古拉·弗谢沃洛多维奇回去的一路上都有些面色苍白。

三

就在同一天,而且几乎就在同一时间,斯捷潘·特罗菲莫维奇与瓦尔瓦拉·彼得罗夫娜的会面终于举行。后者早有此意,并且早就知会了前者,但不知为何一直拖到现在。会面发生在斯克沃列什尼基。瓦尔瓦拉·彼得罗夫娜这次来自己的郊外庄园,有一大堆事需要处理:头天最终确定,预期的盛会将在首席贵族夫人的府邸举办,但头脑敏锐的瓦尔瓦拉·彼得罗夫娜立刻想到,在省长夫人的盛会结束之后,谁也无权干涉她在自家庄园重新举办一场盛会,再度将全城人邀请过来。到时候人们就知道谁的庄园更好,谁更懂得待客之道,谁办的舞会更有品位了。她简直让人认不出来了。她几乎完全换了一个人,从原先那个高不可攀的"崇高女性"(斯捷潘·特罗菲莫维奇语)变成了一个再寻常不过的乖张贵妇。不过,或许这只是表象。

抵达空庄园后,瓦尔瓦拉·彼得罗夫娜在忠心耿耿的老仆人阿列克谢·叶戈罗维奇和见多识广的装饰专家福穆什卡的陪同下巡视了一圈。建议与设想接踵而至:哪些家具、用具、藏画需要从城内的府邸运过来,运来之后又当如何布置,花房和鲜花放在哪儿,哪些窗幔需要换新,餐饮部设在哪里,一处还是两处,等等,等等。而就在焦头烂额之际,她突然派车将斯捷潘·特罗菲莫维奇接了过来。

后者早就为此做足了准备,每天都在期待着突如其来的邀请。临上车前他给自己画了一个十字:决定命运的时刻到了。到了之后,他看见自己多年的女友正坐在大厅壁龛处的一张小沙发上,面前是一张大理石茶几;福穆什卡正在丈量上敞廊及窗户的高度,瓦尔瓦拉·彼得罗夫娜手拿纸笔,亲自记下数字,并在空白处不时做些标记。她手上没停,冲斯捷潘·特罗菲莫维奇点了点头,听对方咕咕哝哝问了声好,草草地伸手跟他握了一下,随手指了指身旁的座位。

"我坐在那儿,足足等了五分钟,'把我的心攥得紧紧的',"事后,斯捷潘·特罗菲莫维奇对我说,"我看见的已不再是那个与我相交二十年的女人。我完全坚信,一切都已结束,这赋予了我极大的力量,连她都感到吃惊。我敢说,她对我最后一刻的坚毅感到惊讶。"

瓦尔瓦拉·彼得罗夫娜突然将笔搁到桌上,迅速转向了斯捷潘·特罗菲莫维奇。

"斯捷潘·特罗菲莫维奇,我们要谈一件正事。我相信,您一定准备了一大堆漂亮话和各种辞藻,但最好还是直奔主题,不是吗?"

他身子一震。她一上来就亮明了态度,这还有什么好谈的呢?

"等等,别急,等我说完您再说,不过,我真想不出您还有什么好说的。"她的语速仍然极快,"每年一千两百卢布养老金,直至您百年,这将是我的神圣义务,——也别扯什么'神圣义务'了,就说是'合约'吧,这要实际得多,不是吗?若您愿意,我们也可以签订合约。我还另做了安排,以防我死在您前头。但眼下,您除此之外还从我这儿获得住房、仆人和一应花销,换算成钱,该有一千五百卢布,是不是?外加三百卢布的紧急开支,总共三千卢布整。您一年应该够了吧?似乎不少了吧?倘若遇见更紧急的情况,我还会追加的。总之,您拿上钱,把我的仆人还回来,然后随便您去哪儿生活,去彼得堡也好,去莫斯科也好,去国外或者留在这儿都行,就是别在我家。听明白了?"

"不久前,同样坚决、同样急切地,同样是这张口,向我传达了另一项要求，"斯捷潘·特罗菲莫维奇忧伤而清晰地缓缓说道，"我顺从了，我……我为了您，大跳哥萨克舞。没错，就是这样。我像个顿河哥萨克，在自己的坟墓上跳舞。现如今……"

"够了，斯捷潘·特罗菲莫维奇。您的废话太多了。您当时非但没有跳舞，反而是新领结、新衬衣、新手套，还涂了发膏、喷了香水。我敢说，您当时想结婚得很哪，这全写在您脸上了，相信我，您那表情太猴急了。我之所以当时没说，完全是顾及您的脸面。您是很想结婚的，很想，尽管背地里您又把我和您的未婚妻写得那么不堪。如今，都过去了。哪来的什么顿河哥萨克，又在您的坟墓上跳的哪门子舞？我不明白比从何来。您不会死，相反，您还且得活呢；您要可劲儿地活，您活得越久我越高兴。"

"在养老院？"

"养老院？一年三千卢布还用得着去养老院？啊，我想起来了，"她笑道，"彼得·斯捷潘诺维奇有一回开玩笑，似乎提到过养老院。唔，那家养老院还真不错，值得考虑。那是专门面向尊贵人士的，里面有好几位上校，眼下甚至有位将军想去呢。要是您带着自己所有的钱住进去，一定能够获得安宁、富足和周到的服务。您还可以在那儿搞搞学问，随时凑个牌局……"

"别说了。"

"别说了？"瓦尔瓦拉·彼得罗夫娜嫌恶地说，"那就这样吧；总之，从今天起，我们就彻底分开了。"

"这就完了？二十年就这么完了？最后的告别了？"

"您太喜欢感慨啦，斯捷潘·特罗菲莫维奇。如今早就不兴这套了。现在的人说话粗鲁，可是直白；而您动不动就提二十年！二十年来各顾颜面，如此而已。您的每一封信都不是写给我的，而是写给后世的。您是修辞家，而非朋友，所谓'友谊'不过是说得好听，实则是互泼脏水……"

"天啊,全是别人的话!背熟的课文!连您也被他们套上了制服!您也高兴了,您沐浴在阳光里了;亲爱的,亲爱的,您为了一口红豆汤,出卖了您的自由[1]!"

"我不是鹦鹉,用不着学舌,"瓦尔瓦拉·彼得罗夫娜怒道,"您大可相信,我自己也攒了一堆话要说呢。二十年来,您都为我做了些什么?连我为您订购的书您都不肯读,甚至连邮包都懒得拆。头几年,我让您指导我学习,您都让我读了些什么?除了卡普菲格还是卡普菲格[2]。您处心积虑,唯恐我长进。可到头来,遭人嘲笑的是您。老实说,我一直只把您当成批评家,文学批评家,仅此而已。在去彼得堡的路上,我跟您说我打算办一份杂志,并为其付出毕生精力,您当即用嘲讽的眼神看着我,突然高傲得要命。"

"不是这么回事,不是……我们当时是担心受迫害……"

"就是这么回事,您在彼得堡时才没有担心受迫害呢。您还记得吗,后来,二月份,风声刚一传开,您突然惊慌失措地跑来见我,非要我给您开一份证明,说正在筹划的杂志与您毫无关系,说那些青年人都是来找我的,不是来找您的,说您只是个家庭教师,之所以住在我家,只是因为您的薪水还没结清,是不是?您还记得吧?您这辈子可算是出尽了风头,斯捷潘·特罗菲莫维奇。"

"那不过是一分钟的怯懦罢了,何况是私底下,"他悲伤地叫道,"难道,难道说,为了这些琐碎的印象就要一刀两断?难道说,这么多年你我之间就什么都没留下?"

"您太精明了;事到如今,您还想让我对您有所亏欠。您从国外回来时,您对我高高在上,一句话也不让我说;可我从国外回来,对您谈起我对《西斯廷圣母》的印象时,您不等听完便冲着自己的领结哂

---

1 典出圣经,以扫为红豆汤将自己的长子名分卖给了孪生弟弟雅各。(参见《创世纪25∶27—34》)
2 卡普菲格(1801—1872),法国历史学家,主张君主主义和教皇极权主义,著述极多,但学术价值极低。

笑,就好像我无法产生像您那样细腻的感受似的。"

"不是这么回事,绝不是……我都忘了。"

"不,就是这么回事,其实也没什么好夸耀的,因为那全是胡扯,全是您自己的臆想。如今再没有人会称赞《西斯廷圣母》,再没有人肯为它浪费时间了,除了那些老顽固。这已经被证实了。"

"都已经被证实啦?"

"它一点儿用处也没有。这只杯子有用,因为可以盛水;这只铅笔有用,因为可以写字;而画出来的女人脸比不上任何一张真人的脸。不信您画一个苹果,再在旁边放一个真苹果,您会选哪个?您肯定不会选错的。您瞧,被自由研究的第一缕光一照,您的全部理论立马就现了原形。"

"原来如此。"

"您在嘲讽地冷笑。再拿施舍来说吧,您对我是怎么讲的?可事实上,施舍的快乐是傲慢的、不道德的,是富人从自己的财富、权势以及面对穷人的优越感中获得的快乐。施舍会腐化人心,无论对于施舍者还是被施舍者,并且无法达成目的,而只会加剧贫困。不肯干活的懒汉们围在施舍者周围,无异于赌徒围在赌桌旁,想要捞上一把。可事实上,丢给他们的那些铜板恐怕连百分之一都不够。您这辈子总共施舍了多少钱?顶多也就八十戈比吧。您好好想想,您上一次施舍是什么时候?两年前,还是四年前?您大呼小叫,只会妨碍事业。在当今社会,施舍就该依法禁止。在新制度下压根就不会有穷人。"

"啊,完全是拾人牙慧!您都接触到新制度了?不幸的人,愿上帝帮助您!"

"没错,接触到了,斯捷潘·特罗菲莫维奇;您处心积虑地对我隐瞒一切新思想,哪怕它们已经人尽皆知,您这么做完全是心胸狭隘,为了控制我。如今,就连那个尤利娅都领先我一百公里了。可现在我醒悟了。我一直在竭尽所能地维护您,斯捷潘·特罗菲莫维奇;所有人都在指责您。"

"够了!"斯捷潘·特罗菲莫维奇站起身,"够了! 我还能祝福您什么呢,忏悔吗?"

"再坐一会儿,斯捷潘·特罗菲莫维奇,我还有事问您。诵读会的邀请您已经收到了,这事是经我安排的。告诉我,您准备读什么?"

"我要读的正是这位女皇中的女皇、全人类的理想——西斯廷圣母,尽管她在您的眼里还比不上一只水杯或一支铅笔。"

"您不读历史?"瓦尔瓦拉·彼得罗夫娜既惊讶又惋惜,"您怎么老惦记着那位圣母呢! 没有人会听的。您非得把大家都催眠了才高兴吗? 相信我,斯捷潘·特罗菲莫维奇,我这么说全是为了您好。您倒不如从西班牙历史里挑一段简短的、勾人的中世纪宫廷秘辛,或者莫如说,一桩趣闻,再用您自己的笑话和俏皮话丰富一下。西班牙历史里不有的是豪华宫殿、风流贵妇、投毒害命吗? 卡尔马济诺夫说了,要是您连西班牙历史都讲不出趣味来,那可真就奇了。"

"卡尔马济诺夫,这个秃笔蠢材,也来给我出题!"

"卡尔马济诺夫堪称国家大才! 您这话太放肆了,斯捷潘·特罗菲莫维奇。"

"您的卡尔马济诺夫就是个秃笔老妪,怨毒的婆娘! 亲爱的,亲爱的,您早就对他们这样俯首帖耳了吗,哦,上帝!"

"我到现在仍看不惯他摆架子,可我佩服他的才学。我再说一遍,我一直在竭尽所能地维护您。您何苦非要让自己显得可笑、乏味呢? 相反,您大可带着可敬的笑容走上台,作为过去时代的代表者,讲上两三段趣事,使出您全部的风趣,就像您偶尔很擅长的那样。就算您老了,就算您属于过去的时代,甚至就算您落后于他们,但只要您一上来就面带微笑地承认这一点,大家就都会觉得您是位可爱、善良、俏皮的老人……总之,作为旧时代的精英,您足够进步,能够公允地评价您以往遵循的某些理念的全部鄙陋。权当您是在满足我的愿望吧,求您了。"

"亲爱的,够了!您不必求我,我做不到。我就要讲圣母,而且要掀起一场风暴,要么摧毁所有人,要么就毁灭我自己!"

"肯定只有您自己,斯捷潘·特罗菲莫维奇。"

"那就是我命该如此。我要讲一个卑鄙的奴隶,一个发臭的淫荡的奴才,他手持剪刀爬上梯子,绞碎了伟大理想的神圣面孔,因着平等、妒忌和……消化!轰鸣吧,我的诅咒,到时候,到时候……"

"您就去疯人院?"

"也许。但无论如何,胜也好,败也罢,我都会在当晚,拿起我的袋子,我的讨饭袋,扔下我全部的家当以及您的所有馈赠,拒绝一切养老金和对于未来的承诺,徒步出走,去给某位商人做家庭教师,或者饿死在某个篱笆下。我说到做到。骰子已掷![1]"

他再次欠起身。

"我就知道,"瓦尔瓦拉·彼得罗夫娜两眼冒火,站起身道,"我好多年前就知道,您活着的唯一目的,就是在临死前令我和我的家族蒙羞!您想用给商人做家庭教师或者死在篱笆下说明什么?——怨毒、诋毁,仅此而已!"

"您一直瞧不起我,但我会像忠于美妇人的骑士那样死去,因为您的意见对我而言永远重于一切。从此刻起,我不再接受您的任何东西,而只对您无私地崇拜。"

"真是愚蠢至极!"

"您从来没有尊重过我。我也许有着无数的缺点。没错,我吃了您的,我说的话是虚无主义,但吃,从来不是我最高的行为准则。那是自然而然发生的,我也不知道……我一直以为,我们之间会有比'吃'

---

[1] 此处原文为拉丁文。公元前49年,恺撒率军渡过卢比孔河,进军罗马时曾以此激励将士,有破釜沉舟之意。

更崇高的东西,我从来、从来不是个卑鄙小人!好吧,上路吧,去纠正错误!动身太迟啦,屋外已是深秋,浓雾横亘于荒野,积年的冰霜覆盖我未来的路,寒风发出坟墓迫近的哀号……上路吧,走上新的路:'怀着纯洁的爱情,忠于甜蜜的梦想……'[1]哦,永别吧,我的梦想!二十年!骰子已掷!"

突然迸出的泪水洒满了他的脸庞;他抓起礼帽。

"拉丁语我一句也不懂。"瓦尔瓦拉·彼得罗夫娜喃喃道,竭力稳住情绪。

谁知道呢,说不定她也想哭,但怨愤和任性又一次占了上风。

"我只知道一点:这一切都是胡闹。您的这些自私自利的威胁永远不会付诸实施。您哪儿也不会去,更不会去找什么商人,而会舒舒服服地死在我的怀里;您会接受我的养老金,然后每逢礼拜二就去招呼您那群不三不四的朋友。再见吧,斯捷潘·特罗菲莫维奇。"

"骰子已掷!"他冲她深鞠一躬,失魂落魄地走了。

---

[1] 引自普希金戏剧《骑士时代的若干场景》(1835)。

第六章　忙碌的彼得·斯捷潘诺维奇

一

盛会日期最终敲定，冯·连布克却越发忧郁，心事重重。他的内心满是奇怪而不祥的预感，这令尤利娅·米哈伊洛夫娜极其不安。的确，局面算不得好。从前那位懦弱省长留下的是个烂摊子；眼下正值霍乱季节；有些地方牲畜大批死亡；整个夏季，城里乡下到处火灾肆虐，关于纵火的愚蠢私议在民众中间日益盛行；抢劫案件比往年多了一倍。当然，这一切原本再寻常不过，但除此之外还有些更为重要的原因，破坏了安德烈·安东诺维奇一贯的幸福与安宁。

最令尤利娅·米哈伊洛夫娜诧异的是，丈夫一天比一天沉默，而且越来越像是有事情在瞒着她。照理说，他有什么好隐瞒的呢？他极少反对她，对她基本上唯命是从。比如，在她的坚持下，他采取了两三项极具风险，甚至近乎违法的举措，只为强化省长权力。出于同一目的，还做出了几桩姑息养奸的丑行：有几个人本该接受审判，流放西伯利亚，却在她的坚持下，反而被呈报嘉奖。对于某些申诉和质询一概不予理会。这些丑行后来全部败露了。连布克非但全部签字照办，甚至从未对夫人干预省长职权的限度问题提出过异议。反而时常为了些"鸡毛蒜皮的小事儿"忸蹶子,吓夫人一跳。这是因为,俯首帖耳久了,他自然会产生某些心理需求,以小小的叛逆作为自我犒赏。只可惜,以尤利娅·米哈伊洛夫娜的洞察力,竟未能看透这一高尚人格中的高尚隐衷。唉!她也是顾不上这个,从而引发了很多误解。

有些事我就不讲了,何况我也讲不好。剖析政务弊端并非我的任务,所以,有关政务方面我干脆避而不提。写作本纪事的初衷另有所在。除此之外,随着侦查工作的进展,很多事情自会水落石出,只需稍事等待。但有些解释还是绕不开的。

我接着说尤利娅·米哈伊洛夫娜。这个可怜的女人(我很为她惋惜)本可轻易得到令她魂牵梦绕的一切(包括荣耀),完全用不着那些激烈而出格的举动,偏偏她从抵达敝省的头一天起便抱定了这个念头。也不知是冗余的诗意,还是青春年少时压抑得太久,总之,时来运转之后,她突然感觉自己似乎肩负着某种特殊使命,简直是天选之人,"额上跳跃着荣耀的火舌"[1]。问题恰恰出在这个火舌上:须知,火舌终究不是发髻,可以盘在任何一个女人脑后。说服一个女人相信这一真理是最难的,相反,附和逢迎则轻而易举,而对于省长夫人,所有人都竞相附和。可怜的女人被各种势力玩弄于股掌之间,却还在自鸣得意。在她掌权的短暂期限内,很多行家里手利用了她的单纯,捞足了油水。在独立自主的假象之下,熬出了怎样的一大锅粥!她赞赏大土地所有制,赞赏贵族性,赞赏强化省长权力,但她同样赞赏民主性,赞赏新机构、新秩序,赞赏自由思想及社会思潮;她既赞赏贵族沙龙的一本正经,也赞赏围在她身边的青年人的放肆粗野。她梦想造福于一切人,调和一切不可调和之物,但归根结底,就是团结一切人、一切物,来共同崇拜她自己。她也有她的宠儿,彼得·斯捷潘诺维奇便以

---

[1] 语出普希金诗歌《英雄》(1830)。

鄙俗至极的谄媚博得了她的欢心。但她宠信他还有一个原因，这个原因最最稀奇古怪，却也最能诠释这个可怜的女人：她一直指望着他会向她揭发一场覆国阴谋！无论听起来多么不可思议，但这的确是事实。她没来由地觉得，省里一定隐藏着一场覆国阴谋。彼得·斯捷潘诺维奇忽而缄默、忽而暗示的态度更令她的这一奇特想法根深蒂固。在她的想象中，彼得·斯捷潘诺维奇与俄国的一切革命势力都有联系，与此同时却又对她本人抱有近乎崇拜的忠诚。揭穿阴谋，博得帝都的感激，加官进爵，怀柔青年使之迷途知返——这一切在她那异想天开的脑袋瓜里和谐共处。她不是已经拯救并驯服了彼得·斯捷潘诺维奇么（她不知为何对此笃信不疑），她同样可以拯救其他年轻人。他们中的任何人、任何人都不会毁灭，她将拯救他们所有人；她会将他们分门别类，区别呈报；她将成为最高公平的化身，也许，历史和全体俄国自由派都将称颂她的名；而阴谋终将败露：总之，一举多得。

但无论如何都得让安德烈·安东诺维奇变得开朗些，哪怕只是为了盛会。必须想法子让他安定下来，开心起来。为此，她指派了彼得·斯捷潘诺维奇，指望他能用什么独到的宽心法子驱散丈夫心头的阴霾。说不定，他甚至会透露某些一手消息。她对他的随机应变寄予厚望。彼得·斯捷潘诺维奇已经有日子没去冯·连布克先生的书房了。他飞奔而来，而病人的心弦此刻绷得正紧。

二

发生了一连串的麻烦事，冯·连布克先生无论如何都解决不了。某个县里（就是彼得·斯捷潘诺维奇前不久去那里吃吃喝喝的那个县），一位少尉当着全连官兵的面，遭到了顶头上司的申斥。少尉是个年轻人，前不久才从彼得堡来，不爱说话，总板着脸，神态傲慢，偏偏又矮又胖,还长着两个红脸蛋。他受不得申斥,突然如猛兽般弓起身子,发出令全连惊骇的狂叫,疯狂地朝长官顶去。他打了长官一拳,随即死死地咬住了对方的肩膀。众人好不容易才将他拽开。少尉肯定是疯了,至少最近人们发现他的举止十分异常。比如,他将房东的两幅圣像从寓所扔了出去,其中一幅还用斧头劈碎了;他又在自己房间设了三个类似读经台的架子,分别摆上福格特、摩莱萧特、毕希纳[1]的著作,并在每个架子前各点燃一支教堂蜡烛。根据从其住所搜出的大量藏书可以断定,此人博览群书。倘若他有五万法郎,说不定也会前往马克萨斯群岛,就像赫尔岑先生在某部著作里以风趣幽默的笔调提及的那位"见习军官"[2]。少尉被捕时,从其衣袋和住处搜出了整整一摞言辞激烈的传单。

传单也算不得什么大事,而且据我看一点儿也不复杂。这种传单我们见得多了。何况也并非新的——后来人们说,在X省不久前散发过一模一样的;利普京则坚称,他一个半月以前去县里和邻省时,就已经见过一模一样的了。但最令安德烈·安东诺维奇担惊受怕的是,什皮古林工厂的管事恰于此时给警局送来了两三摞传单,跟少尉的一模一样,是夜里有人偷偷放在工厂里的。传单还捆着,一份也没有流到工人中间去。这事儿干得有点蠢,但安德烈·安东诺维奇却想破了头。他感觉事情像团乱麻。

---

[1] 卡尔·福格特(1817—1895),德国自然科学家;摩莱萧特(1822—1893),荷兰生理学家;路德维希·毕希纳(1824—1899),德国生理学家;此三人皆为19世纪庸俗唯物主义的代表者,其自然科学著作被19世纪60年代的俄国激进青年奉为圣经。
[2] 赫尔岑(1812—1870)在《往事与随想》(1861)第七卷第三章《青年侨民》中提到,他在伦敦遇见了一位"见习军官模样的年轻人",后者说他有五万法郎,要带三万法郎前往马克萨斯群岛,建设一个社会主义公社,剩余两万法郎留给赫尔岑,以供革命宣传之用。其原型为俄国萨拉托夫省地主帕维尔·亚历山德罗维奇·巴赫梅捷夫(1828—?),他自青年时代便信奉社会主义,后来变卖全部地产,将大部分留给了赫尔岑(即后来的"巴赫梅捷夫基金"),自己则带着剩余的钱去了新西兰,打算在那里建设社会主义公社,最终杳无音信。据考证,此人还是车尔尼雪夫斯基长篇小说《怎么办?》中男主人公拉赫美托夫的原型。

这家工厂当时刚闹出了所谓的"什皮古林事件",非但在敝省闹得沸沸扬扬,连帝都的报纸都爆出了好几个版本。大约三个礼拜前,工厂有个工人感染亚洲霍乱死了,接着又有几人感染。城里人人自危——邻省的霍乱终究还是来了。需要指出,针对霍乱,敝省已经尽量采取了完备的卫生措施。偏偏什皮古林兄弟(两位人脉广泛的百万富翁)的工厂被漏掉了。于是人们突然开始吵嚷,说这家工厂正是疫病的温床,说厂房,特别是工人宿舍历来脏得要命,就算没有霍乱也能滋生出霍乱来。措施自然是立刻便采取了,安德烈·安东诺维奇坚决要求立刻予以执行。工厂清洗了大约三个礼拜,但什皮古林兄弟却不知为何将它关了。两兄弟中有一位常住彼得堡,另一位在当局下令清洗之后去了莫斯科。工厂管事在给工人清账时借机大肆欺诈(这点现已查明)。工人们抱怨连连,要求公平清账,一时糊涂跑到了警局,但并没有大吵大嚷,也根本不冲动。但恰在此时,管事上交的传单被呈到了安德烈·安东诺维奇面前。

彼得·斯捷潘诺维奇未经通报便"飞"进了书房——他自诩好友和自己人,何况还受了尤利娅·米哈伊洛夫娜的重托。冯·连布克一见到他便锁紧了眉头,没好气地停在了办公桌旁。在此之前,他正在书房里来回踱步,与省办公厅的官员布卢姆密谈。布卢姆是个行动笨拙、面目阴沉的德意志族人,是冯·连布克不顾尤利娅·米哈伊洛夫娜强烈反对,从彼得堡带过来的。见彼得·斯捷潘诺维奇进来,布卢姆便退到了门口,但并未离去。彼得·斯捷潘诺维奇感觉,布卢姆似乎还别有用心地同自己的长官对视了一眼。

"啊哈,总算被我逮到了,不肯露面的省长!"彼得·斯捷潘诺维奇大叫大笑,一手按住了桌上的传单,"这该丰富了您的收藏,啊?"

安德烈·安东诺维奇大怒,面目都似突然扭曲了。

"住手,给我住手!"他气得发颤道,"您怎么敢……先生……"

"您这是咋啦?生气啦?"

"我要对您指出,先生,从今往后,我再不会忍受您的无礼举动,并请您记住……"

"啐,见鬼,他还当真啦!"

"住口,住口!"冯·连布克在地毯上连连跺脚,"不许您……"

上帝知道会闹出什么。唉,这里头还有个额外的原由,漫说彼得·斯捷潘诺维奇,就连尤利娅·米哈伊洛夫娜都尚不知情:不幸的安德烈·安东诺维奇心绪如此之糟,以致近来竟开始怀疑妻子和彼得·斯捷潘诺维奇有私情。每逢独处之时,尤其是夜里,他每分每秒都备受煎熬。

"我原以为,假如有人私下里对你朗读他的小说,一连两晚,一直读到半夜,并且向你征求意见,那他最起码是不会再跟你摆架子的……尤利娅·米哈伊洛夫娜对我亲密无间,您怎么能这样呢?"彼得·斯捷潘诺维奇甚至不无倨傲地说,"我刚好把您的小说给拿来了。"说着,他将一个笔记本扔在桌上,本子又大又沉,被卷成了卷,用一张蓝纸包裹得严严实实。

连布克脸一红,顿时没了脾气。他竭力压抑着难以压抑的激动,小心地问:"您,从哪儿找着的?"

"您猜怎么着,它不是卷成卷了吗,滚到抽屉柜后面去了。应该是我一进屋,往抽屉柜上一扔,滚进去的。前天洗地板时才发现。您可是把我累得够呛。"

连布克板着脸垂下了眼皮。

"托您的福,我一连两宿没睡觉。前天就找着了,我没还您,一直在读,白天没工夫,只能晚上读。怎么说呢,我对它不满意:不是我所想的。不过无所谓,我本来就不是什么批评家,可是,老兄,虽说不满意,可一读就停不下来!第四、第五章嘛,是……是……鬼知道是什么!您往里头塞了多少幽默呀,把我笑的。您多么擅长嘲讽啊,而且是不动声色地!第九、第十章全是爱情,这个我不懂;倒是挺感人,伊格列涅夫的信差点儿没让我哭出来,虽然您的处理很微妙……您瞧,这原本是封感人的信,可您却想让它以虚假的一面示人,是不是?我猜对了没有?至于结尾嘛,我真恨不得打您一顿。要知道,您在宣扬什么呀?还是从前的老一套:美化家庭幸福、儿女成群、发家致富、'从此过上了幸福的生活'——饶了我吧!读者们是肯定会着迷的,既然连我都停不下来;可越是这样就越可恶。今天的读者仍像从前那样愚昧,应当有智者将他们摇醒,可您……不过,够了,再见吧。下次别再发火了;我原本有两句要紧的话想跟您说,但既然您有点儿那个……"

安德烈·安东诺维奇一面听他说话,一面将自己的小说锁进橡木书柜,并悄悄向布卢姆使了个眼色。布卢姆耷拉着脸,悻悻地走了。

"并非我有点儿那个,我只不过……一堆烦心事,"安德烈·安东诺维奇皱着眉嘟囔道,但气已经消了,在桌前坐下,"请坐,说您的那两句话吧。我许久没见过您了,彼得·斯捷潘诺维奇,但今后请别再像刚才那样闯进来了……备不住正在谈事情嘛……"

"我一贯如此啊……"

"我知道,我也相信您并非故意,但备不住别人正在闹心嘛……请坐啊。"

彼得·斯捷潘诺维奇大剌剌地往沙发上一靠,盘起了腿。

三

"啥事儿让您这么闹心,该不会是这个?"他冲传单一努嘴,"就这种传单,您要多少我能给您搞来多少,早在X省我就见过了。"

"您是说,您在X省的时候?"

"当然,总不会是我不在X省的时候。上面有个花边框,顶上还有一把斧头。劳驾,"他接过传单看了看,"没错,这儿也有一把斧头,就是这个,一模一样。"

"没错,斧头。您想想看——斧头!"

"怎么,您害怕斧头?"

"我不是害怕斧头……我也不是害怕,可这事儿……这事儿不简单哪,情况复杂。"

"为啥?就因为是在工厂里发现的?嘿嘿。您知道吗,这家工厂的工人很快就要自己动手写传单啦。"

"什么?"冯·连布克严厉地逼视着对方。

"就是。您看看他们就知道了。您性子太软啦,安德烈·安东诺维奇。您爱写小说。可这种事儿得用老法子。"

"什么'老法子'?您这话是什么意思?工厂已经清洗过了,我亲自下令清洗的。"

"可工人们在暴动。每人一通鞭子,立马搞定。"

"暴动?胡说;我一下令,工厂就清洗了。"

"咳,安德烈·安东诺维奇,您太软啦!"

"首先,我并不像您说的那么软,其次……"冯·连布克又感到内心刺痛。他跟这个年轻人说话实属勉为其难,他只是好奇,后者能否透露出一些新情况来。

"啊哈,又是从前见过的!"彼得·斯捷潘诺维奇打断他道,盯住了吸墨器下方的另一页纸,也像是一页传单,但显然是国外印刷的,还是一首诗。"这个我都会背了:《光明的人》!让我看看,没错,就是《光明的人》。这个我还在国外就见过了。您这是从哪儿翻出来的?"

"您在国外见过?"冯·连布克精神一振。

"那还用说,已经有四个月,快五个月了。"

"您在国外见过的还真不少啊。"冯·连布克意味深长地瞟了对方一眼。彼得·斯捷潘诺维奇充耳不闻,展开纸页,高声读道:

光明的人[1]

他出身平凡,
他长在民间,
却遭到沙皇的报复
和权贵的怨毒。
他注定饱受磨难,
将各种酷刑尝遍;
他终将走向劳苦大众,
宣扬兄弟、自由与平等。

就在起义前夕,
这位大学生流亡异域,
逃离沙皇的囚牢、
皮鞭、肉钳和屠刀。
而民众早已做好起义准备,
渴望挣脱枷锁的负累;
从斯摩棱斯克到塔什干,
人人对大学生翘首企盼。

只要他现身一呼,
民众便会义无反顾:
将地主通通消灭,
将沙皇彻底推翻,

---

[1] 这首诗是陀思妥耶夫斯基对俄国诗人、革命者尼·普·奥加廖夫(1813—1877)的革命诗篇《大学生》(1868)的戏仿之作。原诗刻画了一位因宣传革命而被沙皇政府迫害至死的青年革命者形象,曾以传单形式在日内瓦印行。而在仿作中不难发现作家对出逃革命者的嘲讽。

将土地变为公产；
最后,还要永世铲除
旧世界的种种遗毒——
教会、婚姻和家族!

"这想必是从那个少尉那儿搜出来的吧,啊?"彼得·斯捷潘诺维奇问。

"那个少尉您也认识?"

"那还用说。我跟他们喝了两天的酒。他不疯才怪呢。"

"他也许并没有疯。"

"您这么说,是不是因为他也咬了人?"

"不过,既然您在国外见过这首诗,而在这儿,您又去过那个少尉家里……"

"什么——? 莫名其妙! 安德烈·安东诺维奇,看样子您是在审问我喽? 听着,"他突然摆出一副凛然的神态,"关于我在国外的所见所闻,我一回国便向有关方面做了交代,而我的交代是令人满意的,否则我也就不会现身于此了。我认为,此事已经了结,我再无须向任何人汇报。我并非告密者,但我不得不坦白交代。很多知道此事的人都向尤利娅·米哈伊洛夫娜致信,称我是正直的人……不过,这些都无所谓,我来找您是有件要紧的事儿要谈,好在您把那位扫烟筒的支走了。这事儿对我很重要,安德烈·安东诺维奇,我对您有个不情之请。"

"不情之请? 嗯,请说吧,我听着,老实说,我很好奇。我还得说,您很令我吃惊,彼得·斯捷潘诺维奇。"冯·连布克有些激动。

彼得·斯捷潘诺维奇跷起了二郎腿,开口道:"我在彼得堡交代了很多事,但有些事,比方说这个(他用手指弹了一下《光明的人》),我没说。首先是不值得说,其次,我只交代被问起的事情。在这种事情上我可不肯往前冲;这也正是我认为卑鄙者与正派人的差别所在:

后者只是迫不得已……嗯,总之吧,先不提它。可如今……如今,这群笨蛋……总之,现在已经暴露了,被您发现了,而且显然是瞒不过您的——因为您是长了眼睛的,让人猜不透的,而这群笨蛋却仍在……我、我……好吧,总之,我这次来是求您救一个人,这人同样是个笨蛋,也许还是个疯子,但请您顾念他的年轻与不幸,也出于您的人道精神……您的人道精神总不会仅仅局限于写小说吧!"他突然急躁起来,以这句粗鲁的挖苦打断了话头。

总之,看得出来,求情者性情耿直,但不够机巧,没有分寸,太过妇人之仁,也许还过分谨小慎微,最重要的是,不大聪明——所有这些冯·连布克当下便洞察到了;他对此人早有这种看法,尤其是最近一个礼拜,每当他深夜独坐书房时,总会不遗余力地暗自咒骂:此人何德何能,竟能深得尤利娅·米哈伊洛夫娜宠幸?!

"您要为谁求情,这些话是什么意思?"他打着官腔问,极力掩饰着自己的好奇。

"这个……这个……见鬼……相信您又不是我的错!我有什么错呢,难道就因为我把您当成一位顶高尚的人,关键还有头脑……就是说能够理解……见鬼……"

这个可怜人显然已经不能自已。

"您要知道,"他继续道,"要知道,告诉您他的名字,我就等于出卖了他;出卖,是不是?是不是?"

"可您要是不说,我又怎么猜得到呢?"

"就是说啊,您总用您的逻辑当镰刀,见鬼……呸,见鬼……这个'光明的人',这个'大学生'——就是沙托夫……就这样!"

"沙托夫?怎么会是沙托夫?"

"沙托夫就是这个'大学生',这首诗说的就是他。他就住在这儿,从前是个农奴,嗯,打人耳光的就是他。"

"我知道,知道!"连布克眯起眼睛,"可是,请问他究竟有何罪过,更重要的是,您替他求什么情?"

"我求您救救他,明白吗!要知道,我认识他已经八年了,我以前还是他的朋友,也许,"彼得·斯捷潘诺维奇失去了自制力,"哼,我并无义务向您汇报从前的生活,"他将手一挥,"这一切都不值一提,总共才三个半人,加上国外的也不到十个人,重要的是,我寄希望于您的人道精神,您的智慧。您一定能够揭开事情真相,这无非是一个疯子的愚蠢幻想……由于不幸,知道吗,由于多年来的不幸,而并非上帝或者鬼才知道的什么前所未有的覆国阴谋!……"

他几乎喘不过气来了。

"唔。这么说,斧头传单是他搞的鬼。"连布克近乎威严地下结论道,"可是,倘若只有他自己,那他怎么可能同时在本省和其他省份,甚至是X省散发传单呢,而且……最关键的是,传单都是从哪儿来的呢?"

"我不是都跟您说了吗,他们总共有五个人,嗯,也许十个——我上哪儿知道去?"

"您不知道?"

"我怎么会知道,见鬼?"

"可您却知道,沙托夫是案犯之一?"

"哎呀!"彼得·斯捷潘诺维奇将手一摆,似乎想避开对方咄咄逼人的追问,"好吧,听好,我对您全说实话:传单我毫不知情,一无所知,见鬼,您知不知道什么叫'一无所知'?……嗯,当然,那个少尉算一个,还有些别的什么人,包括这儿的什么人……嗯,也许,还有沙托夫,再加上另外一个人,就这些,一群废物……但我来,只是为了给沙托夫求情,您得救救他,因为这首诗是他的,他写的,并且由他在国外印刷的,这就是我确切知道的,至于传单,我一无所知。"

"假如诗是他写的,那传单肯定也是。可是,有什么证据让您怀疑沙托夫先生呢?"

彼得·斯捷潘诺维奇似乎彻底失去了耐性,他从口袋里掏出钱包,又从中抽出一张便条,往桌上一扔,喊道:"这就是证据!"

连布克将便条展开。便条是手写的,大约半年前,从这儿寄到国外的,很短,只有两句话:

《光明的人》我在这儿印不了,我什么也做不了;请在国外印刷。

伊万·沙托夫

连布克紧紧地盯着彼得·斯捷潘诺维奇。瓦尔瓦拉·彼得罗夫娜说的没错,连布克的眼神有点儿像蠢山羊,有时候还特别像。

"就是说,是这么回事,"彼得·斯捷潘诺维奇按捺不住道,"半年前,他在这儿写了这首诗,可是在这儿没法印刷,嗯,就是秘密印刷所什么的,所以请人在国外印刷……这很清楚了吧?"

"没错,是很清楚,可他是写给谁的呢?这点还不清楚。"连布克老奸巨猾地讥讽道。

"咳,基里洛夫嘛!便条就是写给在国外的基里洛夫的……您会不知道?见鬼,说不定您只是在我面前装样子,其实您早就知道这首诗、知道一切事了!它是怎么跑到您的桌上来的?可真会跑!若真是这样,您又何苦消遣我呢?"他忙乱地用手帕揩去脑门儿上的汗。

"我嘛,也许的确知道一些……"连布克巧妙地回避道,"那个基里洛夫又是谁?"

"就是一个外地来的工程师,斯塔夫罗金决斗时的副手,躁狂者,疯子;那个少尉说不定只是发酒疯,而这家伙却是个地道的疯子,绝对的,我保证。唉,安德烈·安东诺维奇,政府要是知道这都是一群什么人,大概就不会对他们动手了。通通把他们送到疯人院去。这种人我在瑞士的代表大会上见得多了。"

"这里的运动就是从那边指挥的?"

"哪有人指挥呀?总共才三个半人。看着他们只会觉得无聊。再说这里的事儿算哪门子运动?就光撒撒传单?再说都是些什么人?撒酒疯的少尉,外带两三个大学生!您是聪明人,我倒要问问您:他们怎么就没一个有来头的呢?为啥全是大学生外带二十啷当岁的毛头小伙子呢?再说人很多吗?恐怕有一百万头警犬在搜捕,总共搜出来几个呢?七个。我跟您说吧,真叫人无聊。"

连布克认真地听着,可神情却在说:"光靠寓言可喂不饱夜莺。"

连布克又道:"可是,您坚持说这张便条是寄往国外的,可这上头并没有写地址,您怎么知道便条是寄往国外的,并且是寄给基里洛夫先生的呢,您又是怎么知道……这真是沙托夫先生写的呢?"

"那您不妨找来沙托夫的字迹,对照一下嘛。您的办公厅里肯定能找到有他签名的文件。至于基里洛夫,那是他本人拿给我看的。"

"这么说,您本人……"

"对,没错,就是本人。在国外别人给我看的东西多了。至于这首诗,好像是已故的赫尔岑亲自写给沙托夫的,当时沙托夫还在国外漂泊,赫尔岑为了纪念两人的会面,作为对他的夸奖、举荐什么的,见鬼……而沙托夫就在青年人中间传开了——瞧,赫尔岑本人对我的评价。"

"啊——"连布克终于恍然大悟,"我就说嘛:传单还好理解,写诗干吗呢?"

"您哪里会不明白呢。鬼知道我为啥跟您说这么多!听我说,把沙托夫交给我,至于其他人,让鬼撕碎了都行,包括基里洛夫,他如今把自己锁在菲利波夫公寓(沙托夫也住在那儿),躲起来了。他们不喜欢我,因为我回来了……但请您答应把沙托夫交给我,而我会把这帮人全装在盘子里给您端过来。我会对您有用的,安德烈·安东诺维奇!我认为,这帮废物总共有九到十人。我一直在监视他们,自主自愿地。已经确定的有三个:沙托夫、基里洛夫和那个少尉。其余的人我还在甄别……总之，我还是有些眼光的。就跟X省一样：那里抓撒传单的，总共就抓了两名大学生、一名中学生、两名二十来岁的贵族青年、一名教师和一名六十来岁喝酒喝糊涂了的少校，就这些，真的，就他们几个，人们甚至感到惊讶，居然就这么几个人。但我需要六天时间。我已经算过了，六天，至少六天。若您想要结果，六天之内别动他们，我就能连窝给您端来，一旦您提前动手，一窝鸟可就全飞了。但请您把沙托夫给我。我为的是沙托夫……其实最好是秘密地把他请过来，哪怕是请到这间书房里来，把帘子拉起来，考问考问他……他肯定会扑倒在您的脚下，痛哭流涕！这是个神经过敏的人，不幸的人，他妻子跟斯塔夫罗金鬼混。只消稍加爱抚，他就会对您交代一切。但需要六天时间……最重要的是——半个字也别对尤利娅·米哈伊洛夫娜提起。保密。您能保密吗？"

"啊？"连布克的眼睛瞪得溜圆，"难道您对尤利娅·米哈伊洛夫娜一点儿也没……透露？"

"她？您可饶了我吧！唉，安德烈·安东诺维奇！您知道吗，我十分珍视她的友谊，对她非常尊敬……还有其他等等一切……但我是不会失策的。我倒不是反对她，您也知道，反对她是危险的。我兴许会向她透露一两个字，因为她喜欢这个，可让我指名道姓地对她和盘托出，就像眼下对您这样，那可就……老兄！知道我为啥找您吗？因为您毕竟是个男人，沉得住气，经验老到。您经过见过。对于这种事儿，想必您还在彼得堡时就了如指掌了。可要是我把这两个名字透露给她，那她肯定会把鼓擂得震天响……要知道，她就想从这儿名震帝都哪。她太性急了，就是这样。"

"没错，她的确有点儿赋格曲[1]的味道。"安德烈·安东诺维奇不无快意地喃喃道，与此同时又深感遗憾：这个半吊子竟敢对尤利娅·米

---

[1] 赋格曲，俄文 Фyra（本意为"追逐""逃遁"），盛行于巴洛克时期的一种复调音乐体裁，特点是主题与对题在不同声部中交替出现，你追我赶。此处有思想混乱、跳脱之意。

哈伊洛夫娜如此出言不逊。而彼得·斯捷潘诺维奇呢，大概认为这还不够，还得往桑拿室里再加点热气儿，好让"连布卡"蒸得更舒服些，彻底"征服"他。

"赋格曲，太对了，"彼得·斯捷潘诺维奇附和道，"虽说她或许是位有天赋和才情的女士，但她还是会把麻雀吓跑的。别说六天了，她连六个钟头都按捺不住。唉，安德烈·安东诺维奇，千万别跟女人约定六天的期限！您总该承认，在这种事情上我还是有些经验的吧。我已经掌握了一些信息，您可以相信，我还能知道更多。我跟您要六天时间可不是为了好玩，而是为了正事。"

"我听说……"连布克有些犹豫，"我听说，您回国之后，向有关方面做了……嗯，悔过？"

"那又怎样。"

"是，我呢，自然并不想过问……可我总感觉，您在此地的言论一直有些出格，比如关于基督教信仰、关于社会规则，甚至是关于政府……"

"我说过的话多了。我到现在还这么说，只不过，这些想法不该像这帮蠢货那样来实施，问题就在于此。咬人肩膀有啥意义？您本人也赞同过我的观点啊，只不过说为时尚早。"

"我赞同的可不是那个，说为时尚早的也不是那个。"

"您还真的是每一个字都要称称斤两啊，嘿嘿！谨小慎微！"彼得·斯捷潘诺维奇突然快活地说，"听我说，好老哥，我这不是得了解您嘛，所以才说那种话。不光是您，我对很多人都是这么试探的。我这是为了摸透您的性格。"

"您要摸透我的性格做什么？"

"我哪儿知道，"他又哈哈大笑，"您瞧，可亲可敬的安德烈·安东诺维奇，您很精明，但这一点您却还没有想通，而且，大概永远也想不通，明白吗？您应该明白吧？虽说我回国之后向有关方面做了交代，而且我的确想不通，拥有特定信念的人凭啥就不能效命于自己的真挚信念……但那儿的人并没有吩咐我摸清您的性格,我也从未接受过任何类似的指示。您自己想想:假如我贪图的是钱或者其他好处,那我还会跟您透露这两个名字吗?我肯定就直接去我之前交代情况的部门了,否则功劳不就被您抢去了吗,那我多不划算呢。我完全是为了沙托夫,"彼得·斯捷潘诺维奇高尚地补充道,"仅仅为了沙托夫,念在从前的情分上……嗯,不过,您向上面汇报的时候,嗯,不妨夸我两句,若是您愿意的话……我是不会反对的,嘿嘿!再见,我坐得太久,话也说得太多了!"他愉快地补充了一句,从沙发上站起身。

"哪里,我很高兴,这么说,事情就算定下来了,"冯·连布克也站起身,同样笑容可掬,想必是对方最后的一番话起了作用,"我感激地接受您的效劳,并请相信,我会竭尽所能回报您的忠诚……"

"六天,最重要的是六天期限,六天之内不要行动,这就是我所需要的!"

"好。"

"自然,我没法把您的手捆起来,再说我也不敢。您是不可能不去监视的,但千万不要提前惊动鸟窝,在这一点上我相信您的智慧和经验。您想必驯养了足够多的猎狗和警犬吧,嘿嘿!"彼得·斯捷潘诺维奇嬉皮笑脸地说,完全像个年轻人。

"并非如此,"连布克愉快地回避道,"这是年轻人的误解,总以为有很多的……不过,请允许我再问一句:既然那个基里洛夫当过斯塔夫罗金先生的副手,那么斯塔夫罗金——"

"斯塔夫罗金怎么了?"

"万一他们是那种朋友呢?"

"咳,不可能,不可能!这您就想错啦,亏您这么精明。您甚至让我感到惊讶。我还以为这事儿您知道呢……嗯,斯塔夫罗金——他是完全不同的,完全不同……看官注意。"

"不会吧!这可能吗?"连布克狐疑地说,"尤利娅·米哈伊洛夫娜跟我说,据她从彼得堡得到的消息,斯塔夫罗金是肩负着某种使命的……"

"我毫不知情,毫不知情。再见。看官注意!"彼得·斯捷潘诺维奇随即朝门外奔去,显然是有意回避。

"等等,彼得·斯捷潘诺维奇,等等,"连布克喊道,"还有一件小事,不会耽搁您太久。"

他从抽屉里取出一个信封。

"这里还有一份,类似的东西,我拿给您看,表明我对您是高度信任的。对此您有何看法?"

信封里是一封奇怪的匿名信,连布克昨天才收到的。彼得·斯捷潘诺维奇极其懊恼地读到了以下内容:

大人阁下!

以您的官位,想必应当如此称呼。兹举报,有人想刺杀几位将军,颠覆国家;这是必然的。我本人发过好多年传单。还有无神论者。正在策划暴动。传单成千上万,若当局不提前收缴,每一份后面都将有上百人吐着舌头追着跑,因为许诺的回报太丰厚了,而普通百姓是愚昧的,何况还有伏特加。在挑事者的怂恿下,百姓将摧毁一切,可百姓又两面都怕,没干过的事也会悔过。我的情况正是如此。您若想找人举报,好拯救祖国、教堂和圣像,那就只有我可以。但我有个条件,第三厅[1]必须立刻电报宽恕我本人,其他人我不管。作为信号,每晚七点请在门房窗台上点燃一根蜡烛。等我确信之后,我就来亲吻您那来自帝都的仁慈的手,但必须得给我一笔钱,不然我可怎么活?您绝不会后悔的,因为您的福星要来了。切莫声张,否则小命不保。

---

1 1826—1881年间俄国政治警察的最高机关,负责政治监视和侦查。

绝望的人跪吻阁下的脚。

悔过的自由思想主义者匿名人

冯·连布克解释说,信是昨天偷偷塞进门房的。

"您怎么看?"彼得·斯捷潘诺维奇近乎粗鲁地问。

"我猜这是诽谤、恶作剧。"

"很可能正是如此。骗不了您的。"

"我主要是觉得太蠢了。"

"您还收到过其他的诽谤信吗?"

"还有两次,都是匿名。"

"那还用说,肯定不会署名的。口吻、笔迹各不相同?"

"口吻不同,笔迹也不同。"

"也跟这个一样,恶作剧?"

"对,恶作剧,而且……十分龌龊。"

"既然之前有过,那这次肯定也一样。"

"关键是太蠢了。那些人都是受过教育的,想必不会写得这么蠢。"

"没错,没错。"

"可万一真有人想举报呢?"

"不可能,"彼得·斯捷潘诺维奇干脆地说,"又是让第三厅拍电报,又是要钱的,像什么话?显然是诽谤。"

"对,对。"连布克悢然道。

"这样吧,把这交给我吧。我一定把这人给您揪出来。在您的人之前。"

"拿去吧。"冯·连布克虽有些犹豫,但还是同意了。

"您给别人看过了吗?"

"没有,怎么可能,谁也没看过。"

"包括尤利娅·米哈伊洛夫娜?"

"啊呀,上帝保佑,看在上帝的分儿上,您也别给她看!"连布克惊惶大叫,"她会震惊不已……并对我大发雷霆。"

"没错,您头一个就会倒霉,她会说,别人敢这么给您写信,完全是您自找的。女人的逻辑咱们还不清楚么。好了,再见吧。说不定不出三天,我就能把这个匿名者交给您。关键是咱们的约定!"

四

彼得·斯捷潘诺维奇这人也许并不蠢,但苦役犯费季卡说的没错,他总是"按照自己对别人的设想与人相处"。从冯·连布克那儿离开时,他完全确信,自己已经至少稳住了对方六天时间,而这个期限是他极其必需的。但这个想法是欺骗性的,其成立的基础仅仅在于,他自始至终将安德烈·安东诺维奇想成了彻头彻尾的傻瓜。

和每一个疑神疑鬼之人一样,安德烈·安东诺维奇每次刚从未知中走出来时,都极其乐于轻信。事情的新转机起初令他相当乐观,尽管新添了一些棘手的麻烦事。但至少,之前的怀疑烟消云散了。加之最近几天他太过疲惫,自觉精疲力竭、软弱无助,心灵更是不由自主地渴望安宁。可是,唉,他又开始惶惶不安了。多年的彼得堡生活在他心中留下了无法抹除的印迹。对于"新生代"的历史,官方的乃至私密的,他都相当熟悉——他生性好奇,喜欢搜集传单,尽管他连上面的头一个字都不理解。眼下,他如同走进了一片黑森林,他以自己的全部本能预感到,彼得·斯捷潘诺维奇的话里有些完全悖谬的东西,不符合任何的形式与条件,"不过,鬼知道这个'新生代'会搞什么鬼,鬼知道他们又是怎么搞鬼的!"他完全丧失了思考能力,一味地胡思乱想。

偏偏就在此时,布卢姆又来探头探脑。彼得·斯捷潘诺维奇在时,他一直守在附近。这个布卢姆甚至跟安德烈·安东诺维奇沾亲,远亲，但对此一向讳莫如深。读者见谅，此处需对这个无名小卒略做交代。布卢姆属于那类奇特的"倒霉的"德国人——绝非他极度无能，而恰恰是莫名所以。"倒霉的"德国人并非传说，而是真实存在的，甚至在俄国也有，并且自成一类。安德烈·安东诺维奇对他素来抱有最感人的同情，随着自己步步高升，总会想方设法将他提拔到自己领导或管辖的部门。可他偏偏处处倒霉。要么岗位遭到裁撤，要么换了顶头上司，有一回还险些受人牵连，吃了官司。他谨小慎微，但似乎有些过犹不及，自讨苦吃了。他长着红褐色头发，高个子，驼背，一脸丧气，还多愁善感，而且，尽管地位卑微，却又倔又犟，像头犍牛，还总罩得不合时宜。对于安德烈·安东诺维奇，他和妻子以及一大群儿女共同抱有长久不衰的虔敬与依恋。除了安德烈·安东诺维奇，从来没人待见他。尤利娅·米哈伊洛夫娜第一眼就认定他是个废物，却拗不过丈夫的倔脾气。那是他们夫妻间头一次争吵，就在新婚之后不久，蜜月的头几天，就因为这个一直以来被瞒得死死的、令她感到羞辱的夫家远亲布卢姆冷不丁地出现在了她面前。安德烈·安东诺维奇作揖哀求，动人地讲述了布卢姆的全部经历以及他俩之间的发小情谊，但尤利娅·米哈伊洛夫娜认为自己受到了永久的玷污，甚至上演了昏厥。不料冯·连布克却寸步不让，宣称无论如何决不抛弃布卢姆，坚持要把他留在身边，这令尤利娅·米哈伊洛夫娜惊讶不已，最后只得让他留下。条件是亲戚关系必须瞒得更深，比之前还要深（之前已经够深的了），而且连布卢姆的名字和父称都得改，因为也不知道怎么搞的，他居然也叫安德烈·安东诺维奇。布卢姆在此地从不与任何人结交（除了一位德意志族的药剂师），也从不拜访任何人，向来精打细算，深居简出。他早就深知安德烈·安东诺维奇的文学癖好，时常被秘密地召了去，私下里听后者为他朗读自己的小说，像根木头桩子似的一坐就是六个钟头；他不停地冒汗，调集全身气力，以免睡着或者发笑。等回到家，再跟细脚伶仃的妻子一起抱怨恩公对于俄国文学的不幸的痴情。

安德烈·安东诺维奇痛苦地望着走进来的布卢姆。

"算我求你了,布卢姆,让我清净清净吧。"他不安地急语道,显然不愿重启二人此前被彼得·斯捷潘诺维奇打断的谈话。

"不过,事情可以安排地更妥帖,完全保密;毕竟您掌握着一切权力。"布卢姆恭敬却固执地坚持着,弓着腰,迈着小碎步,慢慢靠近安德烈·安东诺维奇。

"布卢姆,你对我如此忠诚和殷勤,以至于我每次看见你都抑制不住地害怕。"

"您总爱说俏皮话,然后心满意足地安心入睡,可这会坏了您的事。"

"布卢姆,我现在确信,这完全不是那么回事,完全不是。"

"该不会是那个虚伪、放荡的年轻人说了什么吧?您本人不是也怀疑他吗?您被他对您文学才华的阿谀奉承给俘获了。"

"布卢姆,你什么也不懂;告诉你,你的计划是荒唐的。我们什么也找不到,只会引起可怕的叫喊,接着是嘲笑,接着是尤利娅·米哈伊洛夫娜……"

"我们一定能找到我们要找的一切。"布卢姆将右手贴在胸口,坚定地向前跨出一步,"我们来搞个突击检查,一大早,遵循一切的社交礼仪和法律规范。那些年轻人——利亚姆申和捷利亚特尼科夫再三保证,说我们肯定能够找到一切想要的。他们去过那儿很多次。对于韦尔霍文斯基先生,谁也没什么好感。斯塔夫罗金娜夫人明确地断绝了对他的一切恩惠,任何一位正直的人——只要这个粗鄙的城市里能找得出——都坚信,那里隐藏着无神论和社会主义学说的渊薮。他家收藏着所有的禁书:雷列耶夫的《沉思》[1],赫尔岑的全部著作……我有一份粗略的书单,以备不时之需……"

---

[1] 孔·费·雷列耶夫(1795—1826),俄国诗人、社会活动家,1825年十二月党人起义中被处死的五位领袖之一。《沉思》(*Дума*)是其著名组诗,创作于1821—1823年,旨在通过对俄国历史上民族英雄的追思,唤醒读者的爱国热情及社会理想。

"哦,上帝啊,这些书人人都有,你头脑太简单啦,我可怜的布卢姆!"

"还有大量传单,"布卢姆不顾指责,继续道,"我们肯定能找到眼下这些传单的踪迹。这个小韦尔霍文斯基我觉得非常非常可疑。"

"你把父子俩混为一谈啦。他们并不和,儿子公然嘲笑老子。"

"那些全是伪装。"

"布卢姆,你是铁了心要折磨我!你想想看,他毕竟是本地有头有脸的人物。他以前是位教授、名人,只要他一嚷嚷,全城人都得笑话咱,鸡飞蛋打……你再想想,尤利娅·米哈伊洛夫娜又会怎么样!"

布卢姆充耳不闻,凑到近前道:"他只是个副教授,副的,退休时才不过八品,"他用手掌往胸口一拍,继续道,"他也没得过勋章,由于涉嫌反对政府被撤了职。他以前受过秘密监视,现在肯定还一样。鉴于目前的混乱局面,这正是您的职责所在。反之,若您姑息了罪魁祸首,便是错过了自己的勋章。"

"是尤利娅·米哈伊洛夫娜!快走——,布卢姆!"冯·连布克突然大喊道,他听见夫人的声音在隔壁响起。

布卢姆被吓得一哆嗦,但并未退缩。

"您就同意了吧,同意了吧。"布卢姆上前两步,双手交叠,在胸前贴得更紧。

"走——!"安德烈·安东诺维奇咬牙切齿地低吼,"随你怎么干……回头再说……哦,上帝啊!"

门帘一挑,尤利娅·米哈伊洛夫娜走了进来。一见布卢姆,她便傲然停住脚步,倨傲而恼怒地瞥了他一眼,仿佛单是他的在场便是对她的莫大侮辱。布卢姆没敢吭声,规规矩矩地深鞠一躬,毕恭毕敬地弓着腰、踮着脚朝门外走去,两只胳膊还像只小鸡雏似的微微向身体两侧翘起。

也不知布卢姆是真把省长末了那句歇斯底里的吼叫当成了对他所请之事的首肯呢,还是他为了恩公的切身利益而故意装傻,又或是过分相信"结果为过程加冕",总之,我们接下来就会看到,这场对话引发了最最意想不到的插曲,结果闹得人尽皆知,遭到了众人的耻笑,激起了尤利娅·米哈伊洛夫娜的雷霆之怒,而这一切令安德烈·安东诺维奇彻底迷失了方向,让他在最紧要关头陷入了最可悲的踌躇。

五

这一天,彼得·斯捷潘诺维奇忙碌得很。一出省长府,他便急匆匆地朝主显圣容街跑去,跑到贝科夫街,经过卡尔马济诺夫暂居的寓所时,他突然停住脚步,冷笑一声,走了进去。仆人说:"先生正在等您。"这让他颇为好奇,因为他并没有说过要来。

伟大作家的确正在等他,甚至从昨天或者前天起就在等了。大前天,当他殷勤地将自己的新诗手稿《Merci》(就是他打算在尤利娅·米哈伊洛夫娜的文学诵读会上朗诵的那首)交给彼得·斯捷潘诺维奇拿回家拜读时,他完全相信,有幸提前赏鉴伟大作品对于年轻人的虚荣心将是极大的满足。彼得·斯捷潘诺维奇早就发现,这位贪慕虚荣的、被人吹捧惯了的、非优选者高攀不起的、"堪称国家大才"的先生,对自己简直是上赶着巴结讨好。我感觉,彼得·斯捷潘诺维奇后来肯定也猜到了,卡尔马济诺夫即使没把他当成全俄秘密革命组织的首领,至少也把他当成了拥有最高机密权限、对青年人影响甚巨的人物。这位"俄国顶级智者"的想法令彼得·斯捷潘诺维奇产生了兴致,但出于某种考虑,他并未急于澄清。

伟大作家暂住在自己的亲妹妹家。他的妹妹是位女地主,妹夫是位高级宫廷侍从,夫妇二人都对这位名人哥哥尊崇有加,可惜他这次来,夫妻俩都远在莫斯科,为此抱憾不已,于是,接待伟大作家的荣幸便落到了一位老太婆身上。她是高级宫廷侍从的远房穷亲戚,住在这儿已经很久了,负责操持一应家务。自卡尔马济诺夫住进来之后,全家上下都开始踮起脚走路。老太婆几乎每天都要向莫斯科汇报,伟大作家睡得如何,吃了什么,有一回还拍电报说,伟大作家自市长府赴宴归来,不得不服用了一勺什么药剂。伟大作家的房间她轻易不敢进,尽管前者对她很客气——却也很干巴,除非有事儿,否则决不跟她说话。彼得·斯捷潘诺维奇进来时,伟大作家正在享用早餐——一块肉排,半杯红酒。彼得·斯捷潘诺维奇之前也来过几次,每次都撞见他在吃肉排,而他总是当着客人的面独自享用,从来没有让过客人。肉排吃完,又上了一小杯咖啡。送餐的仆人穿着燕尾服,戴着白手套,脚上是悄无声息的软便鞋。

"啊哈!"卡尔马济诺夫从沙发上欠起身,用餐巾抹了抹嘴,带着最纯粹的喜悦凑过脸来与客人亲吻——这是俄国某些大名人的典型习惯。但彼得·斯捷潘诺维奇凭借以往的经验知道,他虽然作势与客人亲吻,最后却只把脸颊贴过来让客人吻;于是他也有样学样,结果两张脸碰到了一起。卡尔马济诺夫装作没在意,坐回到沙发上,愉快地向彼得·斯捷潘诺维奇指了指自己对面的沙发椅,后者便大模大样地坐下了。

"您应该……不想用早餐吧?"主人破例问道,但神情无疑在明确地暗示客人,应当婉言谢绝。彼得·斯捷潘诺维奇当即表示愿意。不快的讶异令主人的脸色瞬间一暗;他没好气地叫来仆人,吩咐再上一份早餐——饶是他涵养颇深,却仍不免嫌恶地提高了音量。

"您要来点儿什么,肉排,还是咖啡?"他又问。

"肉排咖啡都要,再来点儿红酒,我饿坏了。"彼得·斯捷潘诺维奇说,淡定地审视着主人的衣着。卡尔马济诺夫先生穿着一件类似夹克的珠母扣短棉袄,但貌似太短,与其营养过剩的大肚腩和紧实浑圆的大腿根极不相称。不过,衣着品味各有不同嘛。房间里虽然很暖和,但他的膝头却盖着一条长得拖地的方格毛毯。

"您病了?"彼得·斯捷潘诺维奇问。

"没有,但我担心会生病,这种天气。"伟大作家说。他的声音尖锐刺耳,却温柔地一字一顿,并且像老爷们那样"si""shi"不分。"我从昨天就在等您上门啦。"

"等我?我没说过要来呀?"

"是,可我的手稿不是在您那儿嘛。您……读完了吧?"

"手稿?什么手稿?"

伟大作家大惊失色。

"您没带过来?"他慌得连饭都忘了吃,一脸惊恐地望着彼得·斯捷潘诺维奇。

"啊,您说那个什么《Bonjour[1]》呀……"

"是《Merci》。"

"好吧。我都忘干净了,没读,没工夫。我不知道带没带,反正口袋里没有……应该是在我家桌上呢。别急,没丢了。"

"不行,我还是立刻派人去取回来吧。它搞不好会弄丢,甚至被人偷了去。"

"咳,谁稀罕哪!您至于这么害怕吗?我听尤利娅·米哈伊洛夫娜说,您不是总会留好几个备份的嘛,国外公证处一份,彼得堡一份,莫斯科一份,没准儿还会往银行寄一份。"

"要知道,连莫斯科都可能会被焚毁,而我的手稿也会跟着陪葬!不行,我还是现在就派人去取。"

"等等,这不是嘛!"彼得·斯捷潘诺维奇从后衣兜里掏出一沓信纸,"揉皱了点儿。您猜怎么着,自打我拿走以后,它就一直塞在屁股兜里来着,跟手帕放一起了。忘了。"

卡尔马济诺夫贪婪地抓过手稿,爱惜地查看着,清点了页数,恭敬地暂放在身旁那张特制的小桌子上,好分分秒秒都能看到它。

---

[1] 法文:您好。

"您大概不怎么读书吧?"卡尔马济诺夫难忍不满地问。

"是不咋读。"

"那俄国的小说呢,一本不读?"

"俄国小说? 好像读过一本……叫什么《在路上》……不对,是《在上路》……还是《在歧路》来着,不记得了。以前读的,五年前吧。没工夫。"

片刻的沉默。

"我一来,就跟所有人讲,说您是个极聪明的人,现如今,这儿的人似乎全对您着了迷。"卡尔马济诺夫道。

"感谢。"彼得·斯捷潘诺维奇平静地回应道。

早餐上来了。彼得·斯捷潘诺维奇胃口大开地扑向肉排,瞬间吃了个精光,又一气喝干了红酒和咖啡。

"真没教养,"卡尔马济诺夫若有所思地睥睨着他,咀嚼着最后一块肉排,啜着最后一口咖啡,心中暗忖,"这个没教养的,方才大概听出了我话里的辛辣讽刺……至于手稿,自然也是读得如饥似渴,只不过是有意撒谎。但也有可能,他并没有撒谎,而是真的傻。我喜欢杰出人物带点儿傻气。可他真是个杰出人物吗? 算了,让他见鬼去吧。"

卡尔马济诺夫从沙发上站起身,开始在房间里来回踱步,以助消化,这是他每日早餐之后必做的养生运动。

"快要走了吗?"彼得·斯捷潘诺维奇点着一根烟,坐在椅子上问。

"我这次来,其实是为了出售田产,眼下完全取决于我的管家。"

"您到这儿来,难道不是害怕战后国外爆发疫病?"

"不、不,不完全是因为那个。"卡尔马济诺夫继续宽厚地抑扬顿挫,每次走到墙角转身时都要精神抖擞地甩一下右腿,只是幅度极小。他讥诮地冷笑了一声,道:"我的确打算尽量活久一点。俄国的地主老爷们是极其速朽的,在各个方面。而我想尽量腐朽得慢一些,眼下打算完全移居国外了。那里气候好,建筑也是石头的,一切都更坚固些。

我想,至少我这辈子欧洲是够用的。您怎么看?"

"我哪儿知道。"

"唔。如果说那里的巴比伦真的会坍塌,并且惊天动地[1](在这一点上我完全赞同您的观点,但我觉得,至少我这辈子是塌不了的),那么在我们俄国,根本就没什么好坍塌的。在我们这儿不是石块坍塌,而是一切化为淤泥。神圣罗斯是全世界最缺乏抵抗力的国家。普通民众仍在苦苦追随俄国的上帝;但俄国的上帝,就目前来看,是很靠不住的,连农奴制改革都差点儿没挺过去,至少也是元气大伤。再加上铁路,加上你们……总之,俄国的上帝我是完全不信的。"

"那欧洲的上帝呢?"

"我哪个上帝也不信。那是有人在俄国青年面前诽谤我。我素来同情俄国青年的每一场运动。有人给我看了本地的那些传单。人们对它们有所误解,因为所有人都害怕这种形式,但所有人都相信它们的强大,尽管他们自己可能意识不到。所有人早就跌倒了,所有人早就知道,他们没有东西可扶。我之所以相信这种秘密宣传的成功,是因为放眼全球,基本上只有在当今的俄国,任何事情都能毫无阻力地发生。我非常理解,为何有钱的俄国人全往国外跑,而且一年比一年多。主要是本能。船要沉时,耗子总是头一个跑的。神圣罗斯是木头的、贫穷的……危险的国度,它的上层社会只是些虚荣的穷人,而绝大部分民众都住在鸡脚木屋里。只要能说得通,任何出路它都求之不得。唯独政府还想拼死抵抗,却如同在黑暗里挥舞大棒,全部敲在了自己头上。一切都已注定,判决已下。俄国,眼下的俄国,是没有未来的。我加入了德国籍,并为此深感荣幸。"

"且慢,您刚才提到了传单,请谈谈您对它们的全部看法。"

---

[1] 《启示录 14:8》:"又有第二位天使接着说:'叫万民喝邪淫、大怒之酒的巴比伦大城倾倒了,倾倒了!'"《耶利米书 51:6》:"你们要从巴比伦中逃奔,各救自己的性命,不要陷在她的罪孽中一同灭亡,因为这是耶和华报仇的时候,他必向巴比伦施行报应。"

"人人都害怕它们,可见,它们是有威力的。它们公开地揭露欺骗,向人们证实,我们既没有东西可以抓牢,也没有东西可以依靠。当所有人都在沉默时,它们在呐喊。它们最强大的地方(抛开形式不论)恰恰在于前所未有的直面真理的勇气。这种正视真理的能力仅仅属于新一代俄国人。不,欧洲人还没有这么勇敢:那里的王国是石头的,那里还有的依靠。根据我的见闻和判断,俄国革命思想的全部本质在于否定名誉。我欣赏如此大胆无畏的表达。不,这一点欧洲人还理解不了,而我们这儿奔向的正是这个。对俄国人而言,名誉只是多余的负累。其实历来如此,整个俄国史。公开的'丧失名誉的权利'很可能会令俄国人着迷。我是老一辈人,我承认,我还坚守着名誉,但也只是习惯使然而已。我只喜欢旧的形式,姑且算是怯懦吧,毕竟,这一辈子总是要活完的嘛。"

他突然顿住了,心想:"我一直说呀说的,他却一言不发地观望。看来,他是想让我对他直接发问。好,那我就问。"

但彼得·斯捷潘诺维奇却突然问道:"尤利娅·米哈伊洛夫娜让我想方设法套您的话,您为后天的舞会准备的惊喜是什么?"

"不错,那的确将是一个惊喜,会令所有人大吃一惊……"卡尔马济诺夫卖起了关子,"但我不会向您泄露天机。"

可彼得·斯捷潘诺维奇并没有追问。

"此地有个沙托夫,"伟大作家问道,"可您瞧,我从没有见过他。"

"一个很好的人。咋了?"

"没什么,他似乎说过些什么。打斯塔夫罗金耳光的人就是他吧?"

"是他。"

"对于斯塔夫罗金您怎么看?"

"说不好;似乎是个花花公子。"

卡尔马济诺夫憎恨斯塔夫罗金,因为后者素来对他视而不见。

"这个花花公子,"卡尔马济诺夫嘻嘻笑道,"要是咱们这儿真的发生了传单里宣扬的那些事,他大概会头一个被吊死在树上。"

"也许等不到那时候。"彼得·斯捷潘诺维奇突然道。

"就该如此。"卡尔马济诺夫收敛了笑容,一本正经地附和道。

"这话您已经说过一次了,知道吗,我转告他了。"

"不会吧,您真转告他了?"卡尔马济诺夫再次大笑。

"他说,假如他应该被吊死,那您只需要挨顿鞭子就够了,只不过不会手下留情,而会像抽庄稼汉那样,往死里抽。"

彼得·斯捷潘诺维奇抓起帽子,站起身来。卡尔马济诺夫伸出双手与客人握别。他抓住客人的两只手不放,突然尖着嗓子,以甜腻的声音和独特的语调问道:"那个,假如注定会发生那些事……谋划中的那些事……那么,将会是什么时候?"

"我咋知道。"彼得·斯捷潘诺维奇不无粗鲁地说。

二人凝神对视。

"您估计呢?大概?"卡尔马济诺夫的尖细嗓音更加甜腻了。

"您来得及卖地,也来得及出逃。"彼得·斯捷潘诺维奇更加粗鲁地嘟囔道。

二人加倍凝神对视。

沉默片刻后,彼得·斯捷潘诺维奇突然道:"明年五月初开始,帡幪日[1]之前结束。"

"感激不尽!"卡尔马济诺夫紧紧地握了握对方的手,甜腻腻地说。

"来得及逃离沉船,你这只耗子!"彼得·斯捷潘诺维奇走到街上,心想。"嗯,既然连这位'堪称国家大才'的人都如此笃定地向我打探具体时间,并且对得到的消息如此感激,那咱就更不能自我怀疑了。哼,"他冷笑一声,"此人的确算不得蠢……但无非是只逃命的耗子罢

---

[1] 原文 покров,全称"Покров Богородицы",即"圣母帡幪日",又称"圣母守护节",系东正教节日,每年公历 10 月 14 日(俄历 10 月 1 日)庆祝。

了；这种人是不会告密的！"

他又朝主显圣容街的菲利波夫公寓跑去。

六

彼得·斯捷潘诺维奇先去了基里洛夫家。后者照例一个人，这回正在房间中央做体操。只见他两腿分立，正以奇特的方式转动着举过头顶的双手。地板上有只球。桌上放着未及收拾的早茶，已经凉了。彼得·斯捷潘诺维奇在门口站了一分钟。

"嘀，您对自己的身体倒是真上心，"他快活地叫嚷着走进房间，"哈，多可爱的球球，啐，真爱蹦；这也是做体操用的？"

基里洛夫穿好常礼服，干巴巴地回答："对，也是锻炼身体的，请坐。"

"我一分钟就走。不过，我还是坐下吧。锻炼归锻炼，我来，是为了提醒约定。'从某种意义上说'，我们的时候到了。"彼得·斯捷潘诺维奇怪腔怪调地说。

"什么约定？"

"'什么约定'？！"彼得·斯捷潘诺维奇失声叫道，甚至有些惊慌。

"那既非约定，也非义务，我不受任何束缚，是您理解错了。"

"喂，您这是唱的哪一出？"彼得·斯捷潘诺维奇几乎蹦起来了。

"我的意志。"

"什么意志？"

"本来的意志。"

"这究竟该如何理解？您之前的计划还作数吗？"

"作数。只是从未有过任何约定，我也并无任何束缚。过去是我的意志，现在还是我的意志。"基里洛夫生硬而嫌恶地解释道。

"好、好，意志就意志吧，只要没变就成。"彼得·斯捷潘诺维奇又满意地坐下了，"您在挑我的字眼儿。最近您似乎非常爱生气，所以我才尽量不来。不过,我完全相信,您是不会变的。"

"我非常不喜欢您。但您大可放心。虽然我并不认可什么变不变的。"

"可您要知道,"彼得·斯捷潘诺维奇又惊慌起来,"咱们得重新好好谈谈了,以免出了纰漏。这种事儿需要精细,可您却总让我捉摸不透。可以谈吗?"

"说。"基里洛夫望着角落道。

"您早就决定自杀……就是说,您之前有过这种想法。这话属实吧?没错吧?"

"我现在仍有这种想法。"

"好极了。而且注意:没有任何人逼您这么做。"

"那还用说;您这话真蠢。"

"好、好,我的话很蠢。无疑,逼人自杀的确太蠢了。我继续说:组织改组之前您就是成员之一,并且向另一位成员坦白了这一点。"

"是告诉,不是'坦白'。"

"好吧。'坦白'这种事儿的确有些滑稽,又不是忏悔。您'告诉'了另一位成员,很好。"

"不,不好,因为您太拐弯抹角。我没有义务向您汇报,我的想法您也不会懂。我想结束生命,是因为我想这样,因为我厌恶对死亡的恐惧,因为……因为您也没必要知道……您干吗?想喝茶?凉了。我再给您拿个杯子来。"

彼得·斯捷潘诺维奇刚才先是伸手去抓茶壶,接着又找空杯子。基里洛夫从橱柜里取来一只干净杯子。

"我刚在卡尔马济诺夫家吃过早饭。吃完又听他讲话,出了一身汗,紧接着往这儿跑,又是一身汗,渴死了。"

"喝吧。凉茶很好。"

基里洛夫重新落座,再次定定地望向角落,继续用刚才的音调说:"组织提出了一个想法,好让我的自杀能够派上用场:万一有一天你们在这儿搞出了乱子,被当成了嫌疑犯,我就立刻自杀,留下遗书,说一切都是我干的,这样你们就能一整年不被怀疑。"

"哪怕就几天也成;能拖一天都是好的。"

"好。所以组织对我说,如果我愿意的话,就再等等。我说我可以等,直到组织下通知,因为我无所谓。"

"是,可您别忘了,您保证过,写遗书时必须有我在场,而且,回国之后,您会听从我的……嗯,安排,当然,只是在这件事情上,除此之外,您当然是自由的。"彼得·斯捷潘诺维奇近乎谦恭地补充道。

"我没有保证,而只是同意。因为我无所谓。"

"好极了,好极了,我丝毫无意打压您的自尊心,不过……"

"这不是自尊心。"

"可您别忘了,当初组织为您筹集了一百二十泰勒[1]作为路费,换言之,您拿了钱。"

"一派胡言,"基里洛夫怒道,"这与钱无关。没有人会为这种事拿钱。"

"有时候会拿的。"

"您在扯谎。我在彼得堡时已经写信声明,并且已经向您支付了一百二十泰勒,亲手交给您的……这些钱应该已经寄过去了,除非您私自扣下了。"

"好、好,我不跟您吵,是寄过去了。重要的是您之前的想法没变。"

"一点没变。到时候您来说一声,我立刻照办。怎么,很快了吗?"

"没剩几天了……但记住,遗书得咱俩一起写,当天晚上。"

"白天都成。您之前说,想让我把传单揽到自己身上?"

"不止传单。"

"我不会全揽下来。"

---

[1] 16—19世纪欧洲通用的一种大面额银币。

"哪些事您不肯揽?"彼得·斯捷潘诺维奇又惊慌起来。

"我不愿揽的那些。够了。我不想再说这个了。"

彼得·斯捷潘诺维奇克制住自己,迅速转换了话题:"我还有件事。您今天晚上能来我们这儿吗?维尔金斯基过命名日,借这个由头聚会。"

"我不想去。"

"拜托了,您就来吧。一来壮壮声势,二来您的长相……您的脸非常……怎么说呢,高深莫测。"

"您这么认为?"基里洛夫笑道,"好,我来。但不是因为长相。时间?"

"啊,尽量早些,六点半。这样,您进屋之后就落座,跟谁都不用讲话,无论那儿有多少人。还有,别忘了带纸和铅笔。"

"这是为什么?"

"您甭管了,这是我个人的请求。您只需要坐在那儿,别跟任何人讲话,只听就行,偶尔假装做做笔记,或者随便画点儿什么也行。"

"真是荒唐,为什么?"

"反正您也无所谓嘛;您不是总说您无所谓吗?"

"不,为什么?"

"因为组织派来的特派员在莫斯科耽搁了,而我对某人说了,特派员也许会来。这样他们会以为您就是特派员,加之您到这儿都三个礼拜了,那他们就会更吃惊了。"

"装神弄鬼。你们根本没有特派员在莫斯科。"

"嗯,就算没有吧;见鬼,您较这个真儿干什么,又有什么难的呢?您自己不也是组织成员嘛。"

"您尽管说我是特派员好了。我会坐在那儿,不说话,但纸和铅笔我不带。"

"这是为什么?"

"我不想带。"

彼得·斯捷潘诺维奇简直气疯了,脸都绿了,但他再次克制住自己,站起身,抓起帽子,突然压低声音问:"他在您这儿?"

"在。"

"很好。我很快就把他弄走,别担心。"

"我不担心。他只过夜。老妇人在医院,儿媳妇死了。我一个人两天了。我告诉他栅栏上有块木板能抽下来,他钻进钻出,没人看见。"

"我很快就来带他。"

"他说他有很多地方过夜。"

"他撒谎,外面正抓他呢,而这里暂时还没被发现。难道您跟他说过话?"

"对啊,一整宿。他骂您骂得很凶。我夜里给他读《启示录》,请他喝茶。他听得进去,还很爱听,一整宿。"

"啊,见鬼,您会把他变成基督徒的!"

"他本来就信基督。别担心,不耽误杀人。您想让他杀谁?"

"不,我要他不是为了这个,我另有用处……这事儿沙托夫知道吗?"

"我跟沙托夫不说话,也没见过他。"

"他在生您的气?"

"不,没生气,只是不来往罢了。我们俩在美国并排躺了太久。"

"我现在就去找他。"

"随便您。"

"见完沙托夫,我也许会带斯塔夫罗金来您这儿,大概十点钟。"

"来吧。"

"我跟他有件要紧的事要聊……我说,把您的球送给我吧,您还要它干吗?我也想锻炼锻炼。要不我拿钱买。"

"拿去吧。"

彼得·斯捷潘诺维奇将小球揣进了后衣兜。

"有损斯塔夫罗金的事我是不会做的。"送客出门时,基里洛夫冲着客人的后背嘟囔道。彼得·斯捷潘诺维奇吃惊地看了他一眼,但没说话。

基里洛夫最后这句话令他极为慌乱,但一时间还来不及细想。还在通往沙托夫家的楼梯上,他便努力将脸上的不满变成了亲善。沙托夫在家,但有些不舒服,正和衣躺在床上。

"真不凑巧!病倒了?"彼得·斯捷潘诺维奇在门口大叫,脸上的亲善骤然消失,眼中凶光闪烁。

沙托夫惊得一跃而起:"才没有,我根本没病,只是头有点儿……"他甚至有些手足无措,不速之客的突然现身着实把他吓了一跳。

"我要说的事恰恰是不允许生病的,"彼得·斯捷潘诺维奇语速极快,不容置喙,"请允许我坐下,"说着,他径自坐下,"请您坐回床上去,很好。今晚我们的人在维尔金斯基家聚会,以过命名日的名义。提前做了布置,绝不会穿帮。我也会带尼古拉·斯塔夫罗金到场。至于您嘛,鉴于您目前的思想状况,我原本是不打算叫您去的……我的意思是说,免得您去了遭罪,而不是担心您会告密。但情况有变,您不得不去。您在那儿会见到必要的人,他们将最终决定您以何种方式退出,手上的东西转交给谁。我们会秘密地进行:我把您拽到角落里;人很多,没必要全知道。老实说,为了您,我把嘴皮子都磨破了,好在眼下组织大致同意了,只要您把印刷机和文件全交出来,然后您就可以想去哪儿就去哪儿了。"

沙托夫皱着眉,厌恶地听完,方才的惊慌失措已完全消失。

"我不认为我有义务跟谁汇报什么,"他断然道,"我的自由不用别人施舍。"

"那可未必。您知道的太多了。您没有权利说退就退。再者说,您从来没有明确声明过,这让组织捉摸不透。"

"我一到这儿就写信明确声明了。"

"不,不明确,"彼得·斯捷潘诺维奇平静地反驳道,"就说我给您寄来的《光明的人》吧,我让您在这儿找地方印刷;另有两份传单。您给我退回来了,还附了一封含糊其词、不知所云的信。"

"我明确拒绝了。"

"拒绝是拒绝了,但并不明确。您写的是:'我印不了',但并未说明原因。'印不了'不等于'不想印'。完全可以理解成您只是由于设备方面的原因才印不了。那边正是这么理解的,认为您还是愿意跟组织保持联络的,这样一来,他们说不定会继续向您委派工作,从而为自己埋下祸根。如今他们认为,您这是蓄意欺骗,好弄到什么重要情报,拿去告密。我竭尽全力为您辩护,并出示了您那封短信,作为对您有利的证据。但就连我也不得不承认,如今再去读那两句话,的确模棱两可,引人误解。"

"您这么小心地收着那封信?"

"岂止是收着,眼下就带在身上呢。"

"随便你,见鬼!……"沙托夫怒吼道,"就让您那群笨蛋认为我会去告密好了,我无所谓!我倒要看看,你们能把我怎么着?"

"也许会先记下,等革命一成功就把您吊死。"

"您是说夺取最高权力,征服全国吗?"

"您别笑。再说一遍,我可是为您辩护的。不管怎样,我劝您今晚还是去的好。何苦为了虚伪的骄傲浪费口舌呢?好聚好散不是更好吗?反正无论如何,您都得把印刷机、铅字、旧文件全交出来,今晚要谈的就是这个。"

"我去。"沙托夫闷声道,埋头陷入沉思。彼得·斯捷潘诺维奇从座位上斜睨着他。

"斯塔夫罗金会去吗?"沙托夫突然抬起头问。

"一定会去。"

沙托夫发出两声干笑。

两人又沉默了约莫一分钟。沙托夫嫌恶而气愤地冷笑着。

"您那首无耻的《光明的人》,我不肯印的那首,印出来了?"

"印出来了。"

"您对中学生们说,那是赫尔岑本人给您写在笔记本上的?"

"赫尔岑本人。"

两人又沉默了约莫三分钟。沙托夫终于站起身道:"您给我出去,我不想跟您坐一块儿。"

"走就走,"彼得·斯捷潘诺维奇当即起身,语气甚至有些欢快,"最后一句话:基里洛夫现在好像是一个人住,没有仆人?"

"一个人。走吧,我没法和您共处一室。"

彼得·斯捷潘诺维奇走到街上,快活地想:"啐,你还挺神气啊!晚上你得接着神气,我要的就是你这个样子,再好不过,再好不过了!连俄国的上帝都在帮我!"

七

这一天他大概跑了不少地方,办了不少事,而且似乎还很顺利,这从他志得意满的神情里就能看出来。傍晚六点整,他来到尼古拉·弗谢沃洛多维奇府上。但他没能立刻见到主人:马夫里基·尼古拉耶维奇刚才来了,眼下正和尼古拉·弗谢沃洛多维奇锁在书房里。这个消息瞬间令他感到不安。他紧靠书房门口坐下,等待客人出来。他听得见说话声,但听不清说的什么。交谈持续的时间不长;门内很快便嚷起来,声音极其响亮而尖锐,紧接着门被一把拽开,马夫里基·尼古拉耶维奇面色苍白地走了出来。他没有注意到彼得·斯捷潘诺维奇,快步走开了。彼得·斯捷潘诺维奇当即跑进了书房。

对于两位"情敌"的这次极其短暂的会面,我没法不做详细交代,因为就目前的情形来看,这次会面明明是毫无可能的,却偏偏发生了。

事情是这样的：尼古拉·弗谢沃洛多维奇用过午饭，正躺在书房沙发床上打盹，阿列克谢·叶戈罗维奇通报说来了位不速之客。一听到名字，尼古拉·弗谢沃洛多维奇不敢置信地跳了起来。但很快，他的嘴角便浮现出一抹微笑，在傲慢和优越之外，还有些莫名的讶异。马夫里基·尼古拉耶维奇显然被这个微笑弄蒙了，突然怔在了房间中央，不知该继续朝前走呢，还是转身出去？主人忙收敛了笑容，带着严肃而困惑的神情向客人迎了一步。来客并未理会主人伸过来的手，笨拙地扯过一把椅子，也不待主人谦让，便一言不发地坐下了。尼古拉·弗谢沃洛多维奇坐在斜对过的沙发床上，端详着马夫里基·尼古拉耶维奇，静等对方开口。

"如果可能，请您娶莉莎维塔·尼古拉耶夫娜为妻。"马夫里基·尼古拉耶维奇突然开口道。最有趣的是，从他的声调中完全分辨不出这究竟算什么：请求，建议，谦让，抑或命令。

尼古拉·弗谢沃洛多维奇继续等着听下文，但来客显然已经说完了要说的一切，定定地看着对方，等他回答。

"假如我知道的没错——事实上，这是相当可靠的——莉莎维塔·尼古拉耶夫娜已经和您订婚了。"斯塔夫罗金终于说。

"没错，在教堂办的。"马夫里基·尼古拉耶维奇坚定而明确地证实。

"你们……吵架了？……请原谅我，马夫里基·尼古拉耶维奇。"

"没有，她'爱我''敬我'，她说的。她的话重于一切。"

"这点毋庸置疑。"

"但您知道吗，哪怕她正在教堂和我举办婚礼，只要您喊她一声，她就会立刻抛下我和所有人，向您奔去。"

"在婚礼上？"

"哪怕是婚礼过后。"

"您怕是想错了吧？"

"没有。她无时无刻不在恨您,恨之入骨,但透过这恨,每一瞬间都闪耀着爱和……疯狂……最真挚、最无限的爱和疯狂!相反,她也爱我,真挚地爱,但透过这爱,每一瞬间都闪耀着恨,最大的恨!若在以前,我是绝对想象不到所有这些……蜕变的。"

"但我还是很惊讶,您怎么能随随便便就把莉莎维塔·尼古拉耶夫娜拱手让人呢?您有这种权利吗?还是她授权您这样做的?"

马夫里基·尼古拉耶维奇皱起眉,低下了头。约莫过了一分钟,他突然道:"其实您只不过是嘴上说说罢了,为了报复和炫耀。我敢肯定,您一定明白我的未尽之意,难道说这里头有虚荣心作祟?您还嫌不够满足么?难道非要我掰开了揉碎了,把话一一挑明?好,既然您如此渴望我的屈辱,那我就来挑明:我既无权利,也未被授权。莉莎维塔·尼古拉耶夫娜对此毫不知情,是她的未婚夫丧失了最后的理智,该被送去精神病院,还主动跑过来向您汇报。全世界只有您能让她幸福,只有我会让她不幸。您争夺她,追求她,却不肯娶她,我不知道这是为什么。若是因为你们在国外吵了架,而为了和好,需要拿我做牺牲品,那您就尽管拿去。我不忍心看她这么伤心。我的话既非许可,更非命令,因此不会伤害您的自尊心。您若想取代我的位置,完全不必经我的许可,而我当然也没有理由跑过来找您发疯。何况在迈出今天这一步之后,我已经再不可能和她结婚了。我总不能让她嫁给一个卑鄙小人吧?我现在所做的无异于将她出卖给了您,而您或许是她最不可调和的敌人,这在我看来如此卑鄙,是我永远无法承受的。"

"您打算在我们结婚时开枪自杀?"

"不,太迟了。何苦用我的血溅脏她的婚纱?也许我根本不会自杀的,无论现在,还是今后。"

"您这么说,大概只是为了让我宽心吧?"

"您?多溅几滴血对您来说又算得了什么呢?"他面色苍白,眼中却光芒闪烁。

一分钟的沉默。

"请原谅我方才的提问,"斯塔夫罗金再次开口道,"有些问题我根本无权对您提出,但下面这个问题我却有充分的权利:请您告诉我,您因何断定我对莉莎维塔·尼古拉耶夫娜的感情?我指的是那种程度的感情,您正是因为相信它的存在,才会来找我,并且提出如此……冒险的建议。"

"怎么?"马夫里基·尼古拉耶维奇微微一震,"难道您之前没有追求过她?难道您眼下没在追求她,也不想追求她?"

"我对女士的情感是不会向第三者宣告的,无论对方是谁,除了那位女士本人。抱歉,我这人就是这么奇怪。但作为补偿,我可以告诉您其余一切真相:我结婚了,再去结婚或者'追求'都是不可能的了。"

马夫里基·尼古拉耶维奇震惊得直接仰倒在了座椅靠背上,目瞪口呆地瞧了斯塔夫罗金半晌,这才喃喃道:"这我可无论如何都没想到……您当时,那天上午,说您未婚……我便真的相信了……"

他变得面色惨白,突然狠狠一拳砸在桌上:"既然您承认了,要是您还不肯放过莉莎维塔·尼古拉耶夫娜,还要铸成她的不幸,那我就把您当成一条偷钻篱笆的狗,乱棍打死!"

说罢,他噌地站起身,快步走出了房间。

当彼得·斯捷潘诺维奇跑进来时,斯塔夫罗金正处于一种最意想不到的精神状态。

"哈,是您!"斯塔夫罗金高声大笑;令他发笑的,似乎仅仅是彼得·斯捷潘诺维奇,笑他带着如此急不可耐的好奇心跑了进来。

"您在门外偷听了?且慢,您来是为了什么?我似乎答应过您什么……哈,对了!想起来了:去见'咱们的人'!走吧。我很高兴,眼下您再也想不出比这更应景的事了。"

他抓起礼帽,两人立刻走出了家门。

"这还没见着'咱们的人',您就先笑开啦?"彼得·斯捷潘诺维奇欢快地在斯塔夫罗金身边跳来跳去,时而竭力与之并排走在狭窄的砖路上,时而被其挤到土路上,踩在泥泞里,因为后者浑然不觉地走在砖路中央,独自将砖路占得满满当当。

"我根本没笑,"斯塔夫罗金愉快地高声答道,"相反,我相信,你们那儿的人都是最正经的。"

"'一群长脸呆瓜',像您上次说的那样。"

"那也没有另一个长脸呆瓜可乐。"

"啊,您说的是马夫里基·尼古拉耶维奇!我敢说,他刚才来是要把自己的未婚妻让给您,没错吧?您知道吗,这事儿是我敲打他的。他要是不让,那咱就自己夺过来,——是不是?"

彼得·斯捷潘诺维奇当然知道自己这么说是在冒险,只是当他好奇心发作时,他宁肯冒一切风险,也不愿被蒙在鼓里。

尼古拉·弗谢沃洛多维奇只是哈哈大笑,道:"您还指望着帮我的忙?"

"但凭吩咐。您知道吗,有个最好的法子。"

"我知道您的法子。"

"不可能,那暂时还是秘密。您要知道,秘密是值钱的。"

"我知道值多少钱……"斯塔夫罗金嘟囔道,但把后半句话又咽了回去。

"多少钱?您说什么?"彼得·斯捷潘诺维奇打了个激灵。

"我说:带着您的秘密见鬼去吧!您还是跟我说说,那儿都有谁?我知道我们是去过命名日,但究竟都有谁?"

"哦,各色人等,无所不有!连基里洛夫都会去。"

"都是各小组成员?"

"见鬼,您这也太性急了吧!眼下连一个小组都还没凑成呢。"

"那你们怎么撒了那么多传单?"

"今晚那群人里,小组成员只有四个。其余人还都只是预备,他们争着抢着彼此监视,向我汇报。都是可靠的人。我们得把这些材料全部组织起来,然后开溜。其实,章程是您写的,用不着我跟您解释。"

"怎么,运转不灵?出了岔子?"

"不灵?简直没法再灵啦。我让您高兴高兴:头一样致命法宝——官职。再没有比官职更灵的了。我费尽心思想出了各种头衔和职务:秘书、秘密监察、财务主任、主席、注册官,每个人都配有下属——大受欢迎,效果极佳。第二样法宝嘛,自然就是情怀。知道吗,社会主义在俄国的传播主要就是靠情怀。可这里头也有麻烦,就是那些个爱咬人的少尉,时不时就蹦出一个来。再有就是些纯粹的骗子手,这些人吧,也算不赖,有时候非常好用,就是太费时间,得一直盯着。最后,最重要的法宝,黏合一切的水泥——以个人观点为耻。这真是太管用了!也不知道是哪个天才琢磨出来的,总之,再没有一个人有任何的个人想法!人人以此为耻。"

"既然如此,您还忙活个什么?"

"钱包扔在地上,大张着嘴,怎么能不捡起来呢!您当真不相信我们能成功?咳,光相信还不够,还得有意愿。没错,就得靠这帮人才有可能成功。告诉您,他们肯为我赴汤蹈火,只要我冲他们喊一句,说他们还不够自由主义。有些笨蛋说我在这儿拿着中央委员会和'数不清的分支'唬人,您自己也这么说过,可我哪儿唬人了?——中央委员会,就是咱俩嘛,至于分支,要多少有多少。"

"净是些败类!"

"是材料。派得上用场的材料。"

"您对我仍不死心?"

"您是首长,是核心,而我只是从旁协助,给您当秘书。咱们哪,您想想,坐上一条大帆船,械木为桨,丝绸作帆,船尾坐着美丽的姑娘——亲爱的莉莎维塔·尼古拉耶夫娜,或者就像那首歌里头唱的……见鬼,怎么唱的来着……"

"哈哈,卡壳了!"斯塔夫罗金笑道,"算了吧,还是让我给您来一段吧。您扳着手指头算算,小组是靠什么黏在一起的?无非是官职和情怀——这两样都是不错的糨糊,但还有一样东西比这更好:撺掇四个小组成员弄死第五个成员,谎称他会告密,这样,用死人的血,一下子就把他们拴牢了。他们会变成您的奴隶,决不敢乱造反、瞎打听。哈哈哈!"

"哼……这些话我早晚要让你花钱买回去,"彼得·斯捷潘诺维奇心中暗想,"说不定就在今晚。你这也太放肆了。"

他应该就是这么想的,总之差不多。这时,维尔金斯基家已经快到了。

"您肯定是把我说成了国外来的吧,跟Internationale有联系的特派员之类的?"斯塔夫罗金突然问。

"不,您不是特派员。特派员另有其人,您是从国外来的元老级成员,掌握最高机密,这才是您的角色。您肯定会讲话的吧?"

"您凭什么断定?"

"眼下您非讲不可了。"

斯塔夫罗金惊讶得直接僵在了路中间,路灯附近。彼得·斯捷潘诺维奇粗鲁而平静地承受着他的目光。斯塔夫罗金啐了一口,朝前走去。

"您要讲话吗?"斯塔夫罗金突然问。

"不,我只听您讲就好了。"

"真是见鬼!您真的让我产生了想法!"

"什么想法?"彼得·斯捷潘诺维奇冒失地问。

"要我讲话也行,但完事儿之后我得狠狠地揍您一顿。"

"哦,对了,今早我还对卡尔马济诺夫说呢,说您说他该挨顿鞭子,而且不会手下留情,而会像抽庄稼汉那样,往死里抽。"

"这话我可从没说过,哈哈!"

"无所谓。就算不是真话,至少也是漂亮话。[1]"

"我谢谢您,由衷感谢。"

"您知道卡尔马济诺夫是咋说的吗?他说,我们的学说实质上就是否定名誉,还说公开宣扬诋毁名誉的权利比什么都更容易让俄国人追随。"

"说得太好了!金玉之言!"斯塔夫罗金高叫道,"一针见血!诋毁名誉的权利——这下所有人都要来投奔我们啦,敌对阵营要连一个人都不剩了!听着,韦尔霍文斯基,您该不会是最高警署派来的吧,啊?"

"要知道,真有这种疑问的人是不该说出来的。"

"我知道,可咱们不是自己人嘛。"

"我不是最高警署的,眼下还不是。得了,到地方了。整理一下自己的表情,斯塔夫罗金,我每次见他们之前总要整理的。装阴沉点儿就好,别的都不需要。简单得很。"

---

[1] 原文为意大利文。

第七章　咱们的人

一

维尔金斯基住的房子是他自己的——确切讲是他妻子的,位于蚂蚁路。房子是木制平房,没住外人。应名来为主人庆生的约有十五名客人,但完全不像敝省寻常的命名日晚会。维尔金斯基夫妇自结婚伊始便彼此约定,这辈子都不会干请客过命名日的蠢事,因为"没啥好高兴的"。有那么几年,他们基本完全脱离了社交界。维尔金斯基虽不乏才干,且绝非穷人,却不知怎的,成了大家眼中的怪人,喜欢离群索居,并且言语"傲慢"。维尔金斯卡娅夫人是个接生婆,只此一点便将她压在了社会阶梯的最底层,甚至比牧师的妻子还低,尽管其丈夫有军衔。然而,在她身上全然没有与其职业相匹配的恭顺。而在她与列比亚德金大尉那个骗子的荒唐至极、明目张胆的奸情之后,就连敝省最宽容的女士们都以毫不掩饰的鄙夷与之断绝了往来。但维尔金斯卡娅夫人却泰然自若,倒像是求之不得似的。讽刺的是,即使是最严苛的女士们,一遇到怀孕分娩,也总会求助于维尔金斯卡娅,而忽略敝城其他三位接生婆。就连县里的地主婆生孩子也来请她——可见人们何等信任她的技术以及紧要关头的运气和机变。渐渐地,她便只在富贵人家接生了,而且嗜钱如命。在充分意识到自己的权威之后,她便再也不肯压抑自己的性子。在顶级权贵家接生时,她甚至会故意吓唬那些神经衰弱的产妇——以其虚无主义的百无禁忌,或者对"一切神明"的肆意嘲弄,而且恰恰是在神明们最能派上用场的关头。敝城的团部军医、产科医生罗扎诺夫曾证实说,有一回,当某位产妇在痛苦中哀号并呼喊万能上帝之名时,正是阿林娜·普罗霍罗夫娜以"枪击"般的自由思想震慑住了产妇,让她以最快的速度完成了分娩。虽然身为虚无主义者,但在必要场合,阿林娜·普罗霍罗夫娜毫不排斥任何世俗的,甚或老掉牙的迷信风俗,只要能够给她带来实惠。比如,由她接生的婴儿的洗礼,她是无论如何都不肯错过的,而且会穿上后摆拖地的绿色丝绸连衣裙,还会把发髻梳成大卷小卷,一改往日自我感觉良好的邋遢相。尽管洗礼全程她都是一脸令众神甫难堪的"无礼至极的表情",但仪式结束之后,她必定要亲自奉送香槟:她就是为了这个才盛装前来的——看哪个不开眼的敢拿了香槟而不给她"粥钱"!

这次聚集在维尔金斯基家的客人几乎全是男士,个个带着意外和焦急的神色。既无茶点,也无纸牌。贴着天蓝色旧壁纸的偌大客厅正中,两张桌子拼在一起,铺着一块不大干净的大桌布,桌上烧着两只茶炊。桌子那头有只大托盘,托盘上有二十五只杯子,还有一篮子常见的法式白面包片,就像贵族寄宿学校为学生们准备的那种。倒茶的是位三十岁的老姑娘,女主人的姐姐,眉毛很淡,浅黄色头发,沉默,刻毒,但赞同新观念,维尔金斯基平素对她怕得要命。屋内的女士总共只有三位:女主人本人,女主人的姐姐和维尔金斯基的胞妹、少女维尔金斯卡娅,刚从彼得堡来。女主人二十七岁,是位引人注目的少妇,长得不难看,头发蓬乱,穿一条毛料的淡绿色家常连衣裙,坐在那儿,大胆地睃巡着客人们,似乎急于用这目光宣告:"瞧,我是多么地无所畏惧。"远道而来的少女维尔金斯卡娅长相也不坏,是位女大学生兼虚无主义者,胖乎乎、圆嘟嘟的,像只球,红脸蛋,矮身量,坐在女主人身旁,仍穿着赶路的衣服,手里拿着一个纸卷,视线在客人们身上急切地跳跃。维尔金斯基本人当晚有些不舒服,但还是陪坐在茶桌后面的扶手椅上。所有客人都规规矩矩地围坐在桌旁,感觉像要开会。看得出,大家都在等待什么,说话声音虽高,却似漫不经心。当斯塔夫罗金和韦尔霍文斯基现身时,屋内瞬间安静下来。

为明确起见,且容我做出某些说明。

我想,这些先生们一定都预先得到了通知,满心期待着能听到一些非同小可的消息。他们代表着我们这座古城里最鲜红的自由主义色彩,是维尔金斯基专门为此次"会议"精挑细选的。还需指出,其中某些人(只有很少几个)此前从未到过他家。当然,大部分客人并不清楚叫他们来所为何事。不错,他们所有人都把彼得·斯捷潘诺维奇当成了国外派来的全权密使,这个想法很快便扎下根来,而且自然令他们受宠若惊。事实上,在这群以庆祝命名日为名聚集于此的公民中间,有些人已经接受了某些委任。彼得·韦尔霍文斯基已经在本地拼凑起了一个"五人小组",类似于他此前在莫斯科以及本省县城的军官们中间组建的那种(后者是如今才查明的)。据说,他在X省还有一个。这五位优选者眼下就混在众人中间,演技高超地装出一副与其他人一般无二的神态,任谁也辨认不出。他们是——眼下这已不再是秘密:第一个,利普京;接着是维尔金斯基本人和他的大舅哥、长耳朵的希加列夫;再就是利亚姆申;最后还有个叫托尔卡琴科的怪人,已经四十来岁,以其对人民(主要是骗子和强盗)的大量研究而著称,他总是故意混迹于小酒馆(并不只是为了研究人民),总穿着粗俗的服装和擦了油的皮鞋招摇过市,一副眯眯狐狸的狡诈神情,一口花哨卖弄的民间土语。他之前跟着利亚姆申参加过一两次斯捷潘·特罗菲莫维奇家的聚会,但并未给人留下特别的印象。他在铁路上当差,城里只是偶尔才来,主要是没活儿可干的时候。以上这五位人士便构成了敝城的小组,他们热切地相信,自己只是成千上万个小组中的一个,这些小组散布在全俄各地,全部听命于某个庞大的秘密核心,而秘密核心又与欧洲的世界革命保持着有机联系。遗憾的是,我必须承认,在五人中间当时便已出现了嫌隙。问题在于,尽管他们打春天起便盼望着彼得·韦尔霍文斯基(散布消息的先是托尔卡琴科,接着是从外地回来的希加列夫),尽管他们都期待着后者能够创造非凡的奇迹,尽管他们一经后者招呼便毫无异议地加入了小组,但几乎五人小组刚一成立,所有人就都有些后悔了,依我看,他们恰恰是恨自己答应得太快了。不用说,他们之所以加入是抹不开面子,怕事后人家说他们没胆子;但彼得·韦尔霍文斯基好歹也该赞赏他们的崇高壮举,或者至少向他们透露某个重大的内幕消息作为奖赏。可韦尔霍文斯基压根不想满足这一正当的好奇心,什么都没讲;这还不算,他对他们异常严厉,甚至是不屑一顾。这实在是太可气了,希加列夫已经多次怂恿其余人一起"要求汇报",当然,不是此时此刻,当着这么多外人的面。

关于外人,我同样有个念头,即首个五人组的上述成员们大概会怀疑,当晚到场的客人们中间还混杂着同样由韦尔霍文斯基秘密组建的本城其他小组的成员。如此一来,所有人都开始彼此猜忌,纷纷摆出各种各样的姿态,从而为整场聚会营造了云谲波诡的氛围,简直比长篇小说还带劲儿。不过,也有些客人是无可怀疑的。比如有一位现役少校、维尔金斯基的近亲,他是完全无辜的,是不请自来,没法不招待的。但维尔金斯基并不慌乱,因为少校"决不会告密"。少校很蠢,总爱往极端自由分子扎堆的地方凑,他本人并不赞同那些想法,却很喜欢听别人讲。不仅如此,他甚至还有污点:不知怎么搞的,他年轻时曾经经手过一大堆《钟声报》和传单,虽然他自己连翻都不敢翻,却认为拒绝扩散它们是彻头彻尾的卑劣行径——某些俄国人直到今天仍然如此。其余客人们要么是崇高自尊饱受压抑之辈,要么是血气方刚、激情澎湃的年轻人。有两三位教师,其中一位是个跛子,已经四十有五，在一所中学教书，十分刻毒，极度虚荣；另有两三位军官，其中有个年纪轻轻的炮兵，前几天才从一所军校来到本地，是个沉默寡言的小伙子，还没有来得及结交朋友，眼下却突然出现在了维尔金斯基家。他手里拿着根铅笔，几乎不参与谈话，只是不停地往一个小本子上记着什么。所有人都看见了，却都假装没看见，不知道为什么。在场人中间还有那个游手好闲的神学院毕业生，就是伙同利亚姆申往卖福音书的女书贩包里塞淫秽画片的那个。他是个大块头，举止放肆，疑心重，脸上总挂着揭露性的笑容和心安理得的自我优越感。最令我诧异的是，在场的还有本市市长的公子——就是那个一肚子坏水、被酒色掏空了身体的纨绔子弟，我在讲述中尉之妻一事时已经提到过他。他一整个晚上都没说话。最后是一位中学生，一个性情急躁、头发蓬乱的十八岁少年，带着年轻人所特有的自尊心受辱的阴郁表情，似乎在为自己的年轻而不忿。后来人们才惊讶地得知，这小子已经在高年级学生中间纠集了一大帮小阴谋家，自任首领。我还没有提到沙托夫：他坐在桌子最远端的边角上，椅子略微向后撤了撤，眼睛盯着地面，黑着脸，一言不发，既不喝茶，也不吃面包，便帽一直抓在手上，似乎意在表明，他不是来做客的，而是来办事的，随时准备起身走人。离他不远处便是基里洛夫，也不吭声，却不看地面，而是相反，以黯淡的目光定定地注视着每一位发言人，面无表情地听着一切。有些从未见过他的客人一脸狐疑地偷偷打量着他。不知维尔金斯卡娅夫人对五人组是否知情？我猜她全知道，而且正是从丈夫口中得知的。女大学生自然是没有参与的，但她也有自己的秘密：她只计划在哥哥家住个一两天，随后便会出门远行，跑遍所有有大学的城市，以便"体察穷困大学生疾苦，鼓舞他们奋起抗争"。她随身携带了几百份石板印刷的呼吁书，据说还是由她本人亲自起草的。值得注意的是，那个中学生虽然这辈子头一回见她，可一上来就对她恨到了骨子里，而她对他也是一样。少校是她的亲舅舅，跟她已经有十年没见了。当斯塔夫罗金和韦尔霍文

385

斯基走进屋时,她刚就女权问题跟舅舅大吵了一架,脸蛋正红得像蔓越莓。

二

韦尔霍文斯基几乎没跟任何人打招呼,大剌剌、懒洋洋地瘫坐在了上首座位,一副嫌恶乃至鄙夷的神情。斯塔夫罗金则礼貌地鞠了一躬。然而,尽管所有人都在等他们来,这会儿却像得了统一指令似的,装出一副几乎没有注意到他们的模样。斯塔夫罗金刚一落座,女主人便倨傲地招呼道:"斯塔夫罗金,要喝茶么?"

"要。"

"给斯塔夫罗金上茶。"女主人吩咐道,又问韦尔霍文斯基:"您呢?"

"当然要。谁会问客人这种问题?再给我加点儿凝乳,你们家的茶总那么难喝,亏得今天还是命名日呢。"

"怎么,您也认可命名日这套?"女大学生突然笑道,"刚才还在说这个呢。"

"老套。"桌子另一头的中学生嘟囔道。

"怎么老套了?摒弃迷信——哪怕是最无可厚非的那些——并不老套,相反,至今仍是个新鲜的命题,这是人们共同的耻辱,"女大学生立即反驳道,身子还朝前探了探,"再说,没有哪种迷信是无可厚非的。"她又毫不留情地补充道。

"我只是想说,"中学生激动得语无伦次,"迷信虽说是旧东西,需要消除,但命名日这东西,大家都已经知道了,知道它很蠢,又很古老,没必要再为它浪费宝贵时间了,全世界本来就已经浪费了那么多时间了,所以不妨把您的机智用在更有用的问题上……"

"您太啰唆了,不知所云。"女大学生叫道。

"我认为,每个人都有与其他人平等的发言权,假如我想发表自己的见解,和每个人一样,那么——"

"没有人剥夺您的发言权,"女主人不客气地打断他道,"只是请您别绕来绕去,因为没有人听得懂。"

"但是,请允许我指出,您不尊重我;假如我无法讲完自己的思想,并不是因为我没有思想,而是因为我的思想太多了……"中学生近乎绝望地嘟囔道,思维彻底混乱了。

"不会讲就闭嘴。"女大学生拍手叫道。

中学生几乎要跳起来了,他的脸烧得发烫,不敢四顾,嘴里嚷嚷着:"我只是想说,您这么急不可耐地显摆自己的头脑,就是因为斯塔夫罗金先生来了,——就这么回事!"

"您的思想龌龊又下流,充分证明您毫无教养。请不要再对我讲话。"女大学生连珠炮似的说。

"斯塔夫罗金,"女主人开口道,"您来之前,这里有人在嚷嚷家庭权利,——就是这位军官,"她冲那位少校亲戚扬了扬下巴,"当然,不是我非要用这种老掉牙的废话来烦扰您,何况对此早有定论。可是,家庭的权利与义务究竟是从何而来的呢,这种迷信是如何形成的呢?这是个问题。您怎么看?"

"什么从何而来?"斯塔夫罗金反问道。

"就是说,打个比方吧,我们都知道,对神的迷信来自打雷和闪电,"女大学生抢着说,她身子朝前一挣,眼珠子都快蹦到斯塔夫罗金身上去了,"妇孺皆知,最早的人类出于对雷电的恐惧,神化了无形的敌人,在它面前感到自己的渺小。可是,关于家庭的迷信从何而来呢?家庭本身又是从何而来?"

"这并不是我想说的……"女主人试图打断。

"我想,这个问题的答案未免有伤大雅。"斯塔夫罗金答道。

"为什么?"女大学生又朝前凑了凑。

但教师群中已经传出了嘻嘻窃笑,桌子另一头的利亚姆申和中学生随即应和,再然后是少校嘶哑的哈哈大笑。

"您真该去写滑稽剧。"女主人责怪斯塔夫罗金道。

"我不知道您如何称呼,但您这样实在有失体面。"女大学生义愤填膺地说。

"你不要上蹿下跳!"少校呵斥道,"你是姑娘家,应当矜持些,可你却像坐在了一根针上一样。"

"请您住口,收起您的粗俗比喻,别这么随便跟我说话。我今天头一回见您,不想攀您这门亲。"

"我可是你亲娘舅!你还在吃奶的时候我就抱过你!"

"您抱没抱过关我什么事。我当年可没有求着您抱我,这么说,您,无礼的军官先生,是自己上赶着要抱的。请允许我向您指出,今后永远不要对我称'你'。"

"她们一个个全这样!"少校一拳擂在桌子上,冲着坐他对面的斯塔夫罗金说,"不,对不起,我虽说欣赏自由主义和当代精神,喜欢听聪明的议论,但请注意,——是听男人讲,而不是听女人讲。如今那些个轻佻女人——哎呀,真让我头疼!你给我好好待着!"他见女大学生意欲起身,又冲她吼道,"不,我也请求发言,我感到气愤。"

"您只会妨碍别人,自己啥也说不出来。"女主人不满地埋怨道。

"不,我要说,"少校急躁起来,冲斯塔夫罗金说,"斯塔夫罗金先生,您刚来,我请您来评评理,虽然我与您素不相识。照我说,没有男人,她们全都得完蛋,像群苍蝇一样。她们的女权问题整个儿就是缺乏独创性的体现。请您相信,所谓女权问题,全都是男人琢磨出来的,由于一时糊涂,自找苦吃!感谢上帝,我没有结婚!她们自己一丁点儿新花样都想不出来,哪怕是一个花纹,——所有花纹都是男人帮她们想出来的!您瞧,她小时候我就抱过她,她十岁那年我还跟她跳过玛祖卡舞,今天我一见到她就扑过去抱她,可她呢,第二句话就对我说,上帝不存在。你哪怕第三句话再这么说也好啊,可她却急不可耐!好,就算聪明人不信上帝吧,可那是出于聪明,你呢,我说,小胖妞,你懂个什么上帝?全是男大学生们这么教你的,要是他们教你给圣像点小油灯,你也会去点的。"

"您撒谎,您太恶毒了,我刚才已经充分证明,您的说法站不住脚。"女大学生轻蔑地说,似乎不屑与之纠缠。"我刚才就跟您讲了,我们所有人都学过《教义问答》:'孝敬父母的人,上帝将赐予长寿和财富。'这是十诫里讲的[1]。假如您的上帝认为有必要对爱进行赏赐,那他就是不道德的。刚才我就是这么说的,不是我急不可耐,而是您自己挑起来的。这能怪谁呢,谁叫您这么笨,到现在还不明白呢。您感到委屈,您觉得气愤,这就是你们这辈人的谜底。"

"傻女人!"少校骂道。

"笨男人!"

"你敢骂我!"

"抱歉,卡皮通·马克西莫维奇,您不是亲口对我说,您是不信上帝的吗?"坐在桌子尽头的利普京尖声道。

"什么,我说什么了,我说的是另外一回事!我其实也信,只是不完全信。可就算我完全不信,我也不会说什么上帝该当枪毙。当我还是骠骑兵的时候,我就思考过上帝的问题。所有诗歌里都说骠骑兵爱狂欢滥饮,没错,我也许的确爱喝酒,可是,您也许不信,我经常半夜从床上跳起来,连鞋子都顾不上穿,就跑到圣像前面画十字,请求上帝赐予我信仰,因为我连觉都睡不踏实:究竟有没有上帝?这个问题折磨得我好苦!等到天一亮,自然,我又开始找乐子,信仰似乎又消失了,事实上,我发现,一到白天,人的信仰总会消失一部分。"

韦尔霍文斯基打了一个大大的哈欠,问女主人:"您家里有扑克牌吗?"

---

[1] 《出埃及记 20:12》:"当孝敬父母,使你的日子在耶和华你神所赐你的地上得以长久。"

女大学生被少校的话气红了脸,怒道:"我非常、非常同情您的问题!"

女主人责备地望着丈夫,断然道:"宝贵的时间全浪费在愚蠢的话题上面了。"

女大学生正色道:"我原想对诸位声明大学生的疾苦与抗争,但由于时间都浪费在不道德的话题——"

"根本就无所谓道德与不道德之分!"女大学生刚一开口,中学生就又按捺不住了。

"这点我早就知道,中学生先生,远在您学到这一课之前。"

"而我要说,"中学生气急败坏,"您,彼得堡来的黄毛丫头,想要教导我们所有人,其实我们早就知道了。您刚才连教义都背错了,应该是'当孝敬父母',至于不道德什么的,别林斯基早就说过了,全国人都知道。"

"这还有完没完?"维尔金斯卡娅夫人严厉地对丈夫说。作为女主人,她为谈话的无聊感到脸红,特别是她注意到,几位初次登门的客人均流露出嘲笑乃至困惑之色。

"诸位,"维尔金斯基突然高声道,"假如有人愿意谈论与正事有关的话题,或者有事情宣布,我建议立即开始,不要浪费时间。"

"斗胆提个问题,"始终一言不发、正襟危坐的跛子教师缓缓开口道,"我想知道,我们今天来,是否要召开什么会议?还是说我们只是一群来做客的凡夫俗子?我这么问是出于规矩,以免不知情。"

这个"狡猾"的问题产生了效果。众人面面相觑,每个人似乎都指望着对方能给出答案,接着,所有人的目光突然齐刷刷地投向了韦尔霍文斯基和斯塔夫罗金。

"我提议,就此问题进行投票:'开会还是不开会?'"维尔金斯卡娅夫人道。

"我完全赞同这一提议,"利普京附和道,"尽管有些表述不清。"

"我附议;我也附议。"众人纷纷响应。

"我也觉得,这样的确更符合规矩。"维尔金斯基首肯道。

"那么,投票!"女主人宣布,"利亚姆申,劳驾,请您坐到钢琴那儿去,待会儿投票时,您从那儿也能投。"

"又来!"利亚姆申抗议道,"我给你们弹得还不够多吗?"

"我恳求您,快去弹吧,难道您不想为事业做贡献?"

"我跟您说吧,阿林娜·普罗霍罗夫娜,没有人会偷听的。全是您的臆想。窗户又那么高,再说了,就算有人偷听,他也听不明白呀!"

"连我们自己都听不明白。"有人发牢骚道。

"听我说,小心驶得万年船。我这是为了提防街上有密探,"她冲韦尔霍文斯基解释,"好让他们以为,我们有音乐,的确在过命名日。"

"呸,见鬼!"利亚姆申骂了一句,坐到钢琴旁,胡乱地弹起了华尔兹舞曲。他狠歹歹地,几乎用拳头砸着琴键。

"希望我们是在开会的人,我提议,请举起右手。"维尔金斯卡娅夫人提议道。

有人举了,有人没举;有人举了又放下了,有人放下了又举起来。

"啐,见鬼!我都被搞糊涂了。"一位军官嚷嚷道。

"我也没听明白。"另一位军官喊。

"我听明白了,"第三位军官喊,"是就举手。"

"可是'是'是什么意思?"

"'是'就是开会。"

"错了,'是'是不开会。"

"我同意开会。"中学生冲维尔金斯卡娅夫人喊。

"那您怎么不举手?"

"我跟您保持一致,我见您没举,我也就没举。"

"真笨,我是提议人,所以才没举。诸位,我提议换种方式:谁想开会,请别举手,不想开会的,请举右手。"

"谁不想开会?"中学生又问。

"您是不是存心捣乱?"维尔金斯卡娅夫人生气地喊。

"抱歉,到底是'谁想'还是'谁不想',这总得搞搞清楚吧?"有两三个人喊。

"谁不想、不想。"

"好,不想的话要怎么办,举还是不举?"军官喊。

"咳,国人到底还是不通宪政!"少校叹道。

"利亚姆申先生,拜托,您敲得太大声,我们啥也听不清啦。"跛子教师说。

"上帝呀,阿林娜·普罗霍罗夫娜,没有人会偷听的,"利亚姆申跳了起来,"我不弹了!我是来做客的,不是来弹琴的!"

"诸位,"维尔金斯基提议,"请直接表态:开会还是不开会?"

"开会,开会!"四面八方喊道。

"既如此,也不必投票了,够了。诸位觉得如何,还需要再投票吗?"

"不用,不用,明白了!"

"或许有人不想开会?"

"没有,没有,都想开会。"

"开个啥会?"有人喊。没人回应。

"得选个主持人。"七嘴八舌地喊。

"男主人,当然是男主人!"

"诸位,既如此,"当选主持人的维尔金斯基开口道,"我重申一下我方才的首个提议:谁想谈论与正事有关的话题,或者有事情宣布,请立即开始,不要浪费时间。"

全场沉默。所有人的视线再次集中到斯塔夫罗金和韦尔霍文斯基身上。

"韦尔霍文斯基,您没有什么事情要宣布吗?"女主人直接发问。

"完全没有。"韦尔霍文斯基打着哈欠,坐着伸了个懒腰,"其实,我倒是想来一盅白兰地。"

"斯塔夫罗金,您想不想?"

"谢谢,我不喝。"

"我是问您想不想发言,不是想不想喝酒。"

"发言,发什么言?不,不想。"

"白兰地会给您上的。"女主人对韦尔霍文斯基说。

女大学生终于站起身来。她早就跃跃欲试了:"我这次来,是为了宣告贫困大学生的疾苦,号召全国各地的大学生奋起——"

她的话卡住了;桌子另一端已然出现了一位竞争者,吸引了所有人的目光。只见长耳朵的希加列夫面目阴沉地缓缓起身,神情忧郁地将一个厚厚的、密密麻麻写满了小字的笔记本放在桌上,既不落座,也不说话。众人都一头雾水地看着笔记本,利普京、维尔金斯基和跛子教师却似乎很满意。

"我请求发言。"希加列夫低沉但坚决地说。

"同意。"维尔金斯基说。

发言者落座,沉默了半分钟,这才开口道:"诸位——"

"白兰地!"之前斟茶的老姑娘没好气地喊,语气里满是嫌恶和鄙夷,将白兰地连同一只酒盅蹾在了韦尔霍文斯基面前。酒盅她既没用托盘,也没用碟子,而是直接用手指头夹过来的。

被打断的发言者不失尊严地停下了。

"没关系,继续,我没听。"韦尔霍文斯基边给自己斟酒边喊。

"诸位,我提请诸位注意,"希加列夫继续道,"接下来,我有一项头等重大的事宜恳请诸位协助,但在此之前,我必须做一个开场白。"

"阿林娜·普罗霍罗夫娜,您家里有剪刀吗?"彼得·斯捷潘诺维奇突然问。

"您要剪刀做什么?"女主人努着眼问。

"指甲忘剪了,三天前就想剪了。"他坦然地望着自己那又长又脏的指甲道。

阿林娜·普罗霍罗夫娜很生气,女大学生却似乎很高兴。

"我刚才好像在窗台上瞧见来着。"她站起身,跑过去找到剪刀,立马又跑回来。彼得·斯捷潘诺维奇都没正眼瞧她,接过剪刀,忙活起来。

阿林娜·普罗霍罗夫娜这才意识到他这是故意的,不免为刚才的失态感到窘迫。众人均默默地交换眼色。跛子教师则恶毒而忌恨地瞪着韦尔霍文斯基。

希加列夫继续道:"在对终将取而代之的未来社会制度潜心钻研之后,我得出结论:一切社会制度的缔造者,从最古老的时期开始,直至如今的187×年,都是自相矛盾的幻想家、神话家、糊涂虫,对自然科学和'人'这种奇怪动物一窍不通。柏拉图、卢梭、傅立叶,铝做的圆柱[1]——这一切都更适合麻雀,而非人类社会。但是,未来的社会体制如今已不得不提,因为我们大家终于要行动了,而不再一味地思前想后,因此,我也要提出我的社会体制构想。这就是!"他在笔记本上一敲,"我原想尽量简短地向诸位陈述一下我的著作,但我看出来了,还需要补充大量的口头说明,而整个陈述至少需要十个晚上,因为我的书稿共计十章。(有笑声响起。)此外,事先声明:我的体系尚未完成。(再次哄笑。)我被自己的资料弄蒙了,我的结论与我最初的设想完全矛盾。我的出发点是无限的自由,最后却归结为无限的专制。但尽管如此,我还是得说,对于社会公式,除了本人的解法之外,不可能有其他的解法。"

哄笑声越来越响,但笑的主要是年轻人,或者说不大熟悉内情的客人。女主人、利普京和跛子教师则面露懊恼之色。

---

[1] 柏拉图、卢梭、傅立叶均为乌托邦社会构想的缔造者;"铝做的圆柱"是车尔尼雪夫斯基在《怎么办?》中对未来人类宫殿的设想。

"既然您自己都无法自圆其说,并且陷入了绝望,那我们又能做什么呢?"一位军官谨慎地问。

"您说得对,现役军官先生,"希加列夫猛地转向他说,"'绝望'这个词用得再恰当不过了。是的,我陷入了绝望,但即便如此,我书中所写的一切仍然是无可替代的,再无旁的出路。谁也想不出任何出路。因此,为了避免浪费时间,我现在就邀请在场所有人,在接下来的十个晚上聆听我的著作,随后发表意见。倘若诸位不想听,那咱就干脆一拍两散,男人继续当官,女人继续烧饭,因为否定了我的著作,人们是找不出其他出路的。任何出路——!错过了这个机会,受损失的还是人们自己,因为到头来还是得回来找我。"

现场出现了骚动,有好几个人在问:"他这是疯了吗?"

"说白了就是'希加列夫的绝望',"利亚姆申总结道,"关键在于:他该不该绝望?"

"绝不绝望是他个人的问题。"中学生宣布。

"我提议投票:希加列夫的绝望与共同事业有多大关系,以及该不该听他讲?"军官快活地道。

"咳,不是这么回事。"跛子教师终于介入了。但他说话时仿佛略带讥讽,因此很难断定,他是认真的,还是在戏谑。"诸位,不是这回事。希加列夫先生研究问题过于投入,为人又太过谦虚。他的书稿我看过。他提议,为了彻底解决问题,要将人类分成不均等的两份。十分之一的人获得个体自由,并对其余十分之九拥有无限权力。后者则应丧失自我,变成牲口,在绝对服从的前提下,通过一系列蜕变,获得最初的无罪状态,类似于最初的天堂,只不过得干活。为了剥夺十分之九人口的意志,并通过对数代人的改造将其变为牲口,论者提出了一系列基于自然数据并且符合逻辑的有力措施。某些结论或许值得商榷,但其智慧与学识是毋庸置疑的。可惜,十个晚上与当下形势完全不相容,否则我们肯定能够听到很多新奇的见解。"

"您当真这么想?"维尔金斯卡娅夫人甚至不无惊慌地问跛子,"难道因为不知道该拿人们怎么办,就要把十分之九的人变成奴隶?我早就在怀疑他了。"

"您怎么能这么说您的老兄呢?"跛子问。

"老兄?您这是在嘲笑我吗?"

"再者说,宣扬为贵族劳作并对其奉若神明,这是卑鄙行径!"女大学生愤怒地指出。

"我的方案不是卑鄙,而是天堂,人间天堂,全世界绝无仅有。"希加列夫不容置喙地说。

"要我说也别天堂了,"利亚姆申叫道,"不是不知道该拿另外的十分之九怎么办吗,干脆,把他们通通炸上天,只留下一小撮最有教养的,这样就能过上文明生活了。"

"只有小丑才会讲出这种话!"女大学生怒不可遏。

"他是小丑,但有用。"维尔金斯卡娅夫人对女大学生耳语道。

"对,这或许是解决问题的最佳方案!"希加列夫激动地转向利亚姆申,"想必您自己都没有意识到,您道出了何等深刻的思想,快活人先生。但鉴于您的想法几乎无法实现,那就只好局限于我的人间天堂——这个名字倒也不错。"

"简直一派胡言!"韦尔霍文斯基突然道。不过,他完全无动于衷,连眼皮都没抬一下,继续修剪指甲。

"什么叫一派胡言?"跛子立即接口道,他似乎早就等着韦尔霍文斯基开口呢。"怎么就一派胡言了?希加列夫先生的博爱思想也许是过于狂热了,但别忘了,傅立叶,特别是卡贝[1],甚至是蒲鲁东[2],都曾提出过很多最专制、最异想天开的解决方案。希加列夫先生的解决方

---

[1] 埃蒂耶纳·卡贝(1788—1856),法国著名空想社会主义者,倡导"和平共产主义",幻想通过"非暴力改良"建立理想社会。
[2] 皮埃尔·蒲鲁东(1809—1865),法国政论家、经济学家,无政府主义创始人之一。

案甚至比他们的要清醒得多。我可以肯定地告诉您,在读完他的书稿之后,几乎没法不赞同其中的某些观点。他或许比所有人都更贴近现实,他的人间天堂几乎是真实的,就是人类为失去它而叹息的那个,——假如它真的存在过的话。"

"咳,我就知道得碰上这号人。"韦尔霍文斯基又嘟囔道。

"对不起,"跛子越说越激动,"对于未来社会体制的探索与讨论,几乎是当代全体思想界人士的迫切需求。赫尔岑终其一生只钻研这一个问题。别林斯基,我确切地知道,经常通宵达旦地与自己的友人辩论、预设未来社会体制的种种细节,哪怕是最为琐碎的日常细节。"

"有人甚至为此发了疯呢。"少校突然道。

"这好歹能讨论出点儿什么来,总比跟个独裁者似的,干坐着不说话强。"利普京压低声音道,似乎终于鼓起勇气发出了责难。

"我说一派胡言不是针对希加列夫,"韦尔霍文斯基懒洋洋地说,"诸位可知道(他将眼皮略微抬起),照我看,所有那些书,傅立叶的、卡贝的,所有那些'工作的权利'、希加列夫主义,都跟长篇小说没啥区别,随随便便就能写出十万本。附庸风雅的消磨时间。我理解,你们在这个小城市里闷得慌,所以才一头扎进故纸堆。"

"对不起,"跛子激动得直发抖,"我们虽说是外省人,也当然会被人看不起,可是,据我们所知,目前世界上还没有发生过什么大事,是我们错过了而应当痛哭的。就说眼下吧,有人通过偷偷散发各种国外印制的传单,建议我们大家联合起来,组成小组,只为了毁灭一切,借口说世界已经病入膏肓、无药可救了,不如索性砍掉一亿颗脑袋,以此卸掉负累,更容易跳过鸿沟。这想法很好,没说的,但至少同样是不切实际的,跟刚刚被您嗤之以鼻的'希加列夫主义'一样。"

"嘿,我可不是来犟嘴的。"韦尔霍文斯基似乎并未注意到自己用词不当,把蜡烛往自己跟前挪了挪,好更亮些。

"遗憾,真遗憾,您不是来犟嘴的,真遗憾,眼下您只忙着打扮。"

"我打扮我的,与您何干?"

"一亿颗脑袋很难实现,和单靠宣传改造世界一样困难,甚至更难,特别是在俄国。"利普京又冒险道。

"如今有人就指望着俄国呢。"军官说。

"我们早就听说了,"跛子接茬道,"我们知道,如今有一根神秘的手指[1]指向了我们美好的祖国,认为它是最有能力实现伟大任务的国家。可您要知道:若是以宣传的方式逐步解决问题,我个人好歹还能捞点儿好处,至少能过过嘴瘾,没准儿还能因为服务社会弄个一官半职的。可要是采取砍脑袋的快速解决方案,老实说,对我能有啥好处?一开口宣传,搞不好连舌头都得被人割喽。"

"您的舌头肯定会被人割掉的。"韦尔霍文斯基说。

"您瞧。哪怕是最乐观的情况,没个五十年,嗯,就说三十年吧,也是砍不完这么多脑袋的,毕竟人不是绵羊,是不会伸着脖子任你砍的。既如此,何不收拾收拾家当,漂洋过海,找个僻静的小岛,眼不见心不烦呢?相信我,"跛子教师弓起一根手指重重地敲着桌面,"除了鼓动移民之外,您的宣传再起不到任何效果!"

他的这番话显然占了上风。这是一颗强硬的外省脑袋。利普京阴险地笑,维尔金斯基有些沮丧,其余众人都竖起耳朵听二人争论,尤其是女士们和军官们。大家都看得出,一亿颗脑袋的代理人已经被堵到了墙根上,都等着看他如何反击。

"您这番话讲得不错,"韦尔霍文斯基懒洋洋地说,语气愈加冷淡,甚至有些郁闷,"移民是个好主意。不过,尽管有您说的那些明显的坏处,但共同事业的战士仍会逐年增多,到时候也不差您一个。这件事,老兄,是新宗教要取代旧宗教,所以才会涌现出那么多的战士,这可是宏图伟业。而您尽管移民好了!知道吗,我建议您去德累斯顿,而别

---

[1] 原文为拉丁文。

去什么僻静的小岛。首先，这个城市从未发生过任何疫病，而您，作为文明人，想必是怕死的；其次，离俄国边境近，可以更便捷地从亲爱的祖国赚取收入；再次，它拥有所谓的艺术珍宝，而您是高雅人士，以前好像是教语文的吧；最后，那儿还有个袖珍的瑞士，这有益于诗歌灵感，因为您肯定是要偶尔写两句诗的。一句话，鼻烟盒里的珍宝！"

全场一阵骚动；尤其是军官们坐不住了。再过一秒钟，兴许就炸开了锅。但跛子气急败坏地扑向了诱饵："不，您怎么知道我们会逃离共同事业呢！这点您要明白……"

"怎么，难道您会加入五人组吗，假如我向您发出邀请？"韦尔霍文斯基脱口而出道，将剪刀撂在了桌上。

几乎每个人都是一震：神秘人暴露得太过突然，连"五人组"都说出来了！

"每个人都认为自己是正直的，不会逃避共同事业，"跛子撇嘴道，"但是——"

"不、不，这里可没有'但是'，"韦尔霍文斯基义正词严地打断他道，"我声明，诸位，我需要直截了当的回答。我很清楚，我来到这儿，把你们召集起来，有义务对你们做出解释（又一个意外的爆料！），但是，在没弄清楚你们的想法之前，我什么都不能说。省去闲扯——我们已经闲扯了三十年，总不能再继续扯上三十年吧！——我且问诸位，你们喜欢哪一个：是慢法子呢——也就是编造社会小说，纸上谈兵地预测未来数千年的人类命运，而与此同时，专制制度会吃掉所有的烤肉，而那原本是主动朝你们嘴边飞过来的，却被你们自己错过去了；还是说你们更喜欢快法子，不管用什么手段，只要能够彻底放开手脚，让人类自己毫无拘束地组织社会，而且是实打实的，不再是纸上谈兵？有人喊：'一亿颗脑袋'，这个说不定只是打个比方，可即便是真的，又何惧之有？要知道，若是慢慢地纸上做梦，专制制度在一百年内吃掉的脑袋恐怕还远不止一亿颗，说不定会是五亿颗！再譬如，病入膏肓的人终究是无药可救的,而一旦拖得久了,等到他腐烂了,把我们全感染了,败坏了一切的新生力量,那就再没有什么好指望的了,就全完蛋了。我完全同意,自由主义的漂亮话说起来的确过瘾,而行动的确令人刺痛……总之吧,我不善言辞,但我今天是带着消息来的,因此,我请求在座诸位不必投票,而是直截了当地声明,你们喜欢哪样:像乌龟一样在沼泽里慢慢爬,还是开足马力冲过沼泽?"

"我赞同开足马力!"中学生兴奋地喊。

"我也是。"利亚姆申应和道。

"这还用说嘛。"一位军官嘟囔道,接着是第二位,随后又有人附和。关键是所有人都感到震惊,因为韦尔霍文斯基说他带着"消息",而且马上就要开口了。

"诸位,我看大家似乎都赞同传单的做法。"韦尔霍文斯基环视众人道。

"对,对。"大部分人喊道。

"我嘛,老实说,更倾向于人道的方案,"少校道,"但既然大家都同意,那我也跟大家一致。"

"这么说,您也不反对?"韦尔霍文斯基问跛子。

"我倒不是说……"跛子有些脸红,"就算我跟大家保持一致,也仅仅是为了不——"

"你们怎么都这样!为自由主义的漂亮话争论了半年,最后却都跟大家保持一致!诸位,请好好想想,你们真的都准备好了吗?"——准备好干什么了?这个问题含糊其词,却极具诱惑力。

"当然都准备好了……"众人七嘴八舌地喊。不过,所有人都在面面相觑。

"会不会事后反悔,觉得答应得太快了?你们这儿的人总这样。"

所有人都各怀心思地不安起来,非常不安。

跛子突然发难道:"请允许我向您指出,此类问题的答案总是有限制条件的。就算我们给出了答案,仍请记住,以如此奇怪的方式提出的问题……"

"哪种奇怪的方式?"

"此类问题是不会这样提出的。"

"敬请指教。不过您知道吗,我早就料到,您会是头一个反悔的。"

"您逼着我们赞成立即行动,可您有什么权力这么做?谁给您的权限提出这种问题?"

"这话您应该早点儿问啊!那您干吗还回答呢?都同意了,才想起来问。"

"照我看,您对这一关键问题的轻率与直接让我怀疑,您根本就没有任何权限或权力,而仅仅是出于个人好奇。"

"您在说什么呀,啊?"韦尔霍文斯基嚷嚷道,似乎显得十分慌乱。

"我是说,发展下线,无论出于何种目的,也总该是私底下的,而不是在二十来人的陌生人群里!"跛子贸然道。他把话全说出来了,但已然气得不行。韦尔霍文斯基急忙转向众人,带着巧妙伪装过的惊慌表情。

"诸位,我认为有必要向大家声明,这些全是蠢话,我们的谈话太过头了。我可没有发展什么下线,而且谁也没有权利说我在发展下线,我们只是在发表观点。是不是?但无论是与不是,您都太令我不安了,"他又转向跛子,"我怎么也没料到,对于这种无可厚非的事情,在这里需要私下谈论。还是说您担心有人告密?难道说我们中间会有告密者?"

全场惶然,议论纷纷。

"诸位,倘若真有告密者,"韦尔霍文斯基继续道,"那今晚罪过最大的人莫过于我,因此,我请诸位回答一个问题,自然,是自愿的。完全自主自愿。"

"什么问题?什么问题?"众人七嘴八舌地问。

"这个问题可以帮助我们搞清楚,是继续待在一起呢,还是默默地拿起帽子,各回各家。"

"说问题、问题?"

"假如我们在场的每一个人都得知了一场蓄意的政治谋杀,那我们会不会跑去告密,以免受到牵连,还是说会待在家里,静观其变?看法或许各不相同。对于这个问题的回答将明白无误地显示,我们是该分道扬镳呢,还是抱成一团,而且远不止今天一个晚上。请您来头一个回答。"他冲跛子道。

"凭什么我头一个回答?"

"因为这是您挑起来的。拜托,不要回避,回避也没用。不过,您也可以不回答,悉听尊便。"

"对不起,这种问题简直是侮辱人。"

"抱歉,能否明确点儿。"

"我从来没当过秘密警察的眼线。"跛子的嘴撇得更厉害了。

"拜托,请明确点儿,别耽误时间。"

跛子气坏了,甚至不再吭声。他沉默着,怨毒的目光越过眼镜片,直勾勾地盯住审问者。

"会不会?会不会告密?"韦尔霍文斯基叫道。

"当然不会!"跛子以两倍的嗓门喊道。

"谁也不会告密的,当然,不会告密。"很多声音说。

"请允许我请您回答,少校先生,您会不会告密?"韦尔霍文斯基继续道,"请注意,我是特地问您的。"

"不会告密,先生。"

"嗯,可要是您知道,有人打算抢劫并杀害另一个普通人,您也许会去告密,揭发?"

"当然,先生,可那只是普通案件,而我们说的是政治案件。我也从来没当过秘密警察的眼线。"

402

"这里谁也没当过,"众人又喊,"这个问题没意义。大家的回答都一样。这里没有告密者!"

"这位先生站起来做什么?"女大学生喊道。

"那是沙托夫。您站起来干吗,沙托夫?"女主人喊道。

沙托夫的确站了起来。他手里攥着帽子,盯着韦尔霍文斯基,似乎想对他说些什么,却又犹豫不决。他的脸色苍白而怨恨,但他忍住了,一句话也没说,默默地朝门外走去。

"沙托夫,这么做对您可没好处!"韦尔霍文斯基话里有话地冲他背后喊。

"对你有好处就行了,你这个密探和混蛋!"沙托夫在门口冲他喊,头也不回地走了。

又是一片叫喊和惊呼。

"瞧哇,试出来了!"一个人喊。

"这招可真管用!"第二个人喊。

"会不会太迟了?"第三个道。

"是谁请他来的?""谁接待的他?""那人是谁?""沙托夫是个什么人?""他会不会跑去告密?"各种问题纷纷抛出。

"他若是告密者,肯定会深藏不露的,而不是扬长而去。"有人说。

"斯塔夫罗金也站起来了,他也还没有回答问题呢。"女大学生叫道。

斯塔夫罗金的确也站了起来,随之一同起身的还有桌子另一头的基里洛夫。

"对不起,斯塔夫罗金先生,"女主人生硬地冲他喊,"我们大家都回答了问题,而您一声不吭就要走?"

"我认为没必要回答你们感兴趣的问题。"斯塔夫罗金低声道。

"可我们都犯了忌讳,唯独您没有。"有几个人喊。

"你们犯了忌讳关我什么事?"斯塔夫罗金笑道,眼中却射出寒光。

"什么叫关您什么事?""什么叫关他什么事?"怨声四起。有好几个人从椅子上站了起来。

"诸位且慢,且慢,"跛子叫道,"别忘了,韦尔霍文斯基先生也还没有回答呢,他光问别人了。"

这句话产生了惊人的效果。所有人都面面相觑。斯塔夫罗金冲着跛子放声大笑,随即走了出去,基里洛夫紧随其后。韦尔霍文斯基追到前厅,拽住斯塔夫罗金的一只胳膊,死死地攥紧,咬牙切齿地问:"您怎么能这么对我?"斯塔夫罗金默默地挣脱了。

"请您到基里洛夫家去,我这就来……我需要,需要!"韦尔霍文斯基说。

"我不需要。"斯塔夫罗金断然道。

"他会去的,"基里洛夫肯定地说,"斯塔夫罗金,您得去。我一会儿跟您说。"

两人走出了屋门。

第八章　伊万王子

两人走了出去。彼得·斯捷潘诺维奇本想赶回"会议"现场,制止混乱,转念一想,又觉得不值得折腾,便由它去了。两分钟后,他沿着二人离去的那条路紧追过去。跑着跑着,他想起有条胡同可以抄近路到达菲利波夫公寓,便蹚着齐膝深的泥泞,穿过胡同,果然在两人迈进大门的同时赶到了。

"您也到了?"基里洛夫道,"很好,进来吧。"

走进过道屋,斯塔夫罗金看见一只正在沸腾的茶炊,便问基里洛夫:"您不是说您一个人住吗?"

"您一会儿就知道我跟谁一起住了,"基里洛夫嘟囔道,"进来吧。"

刚一进屋,韦尔霍文斯基就从兜里掏出了那封从连布克那儿要来的匿名信,放在斯塔夫罗金面前。三人各自落座。斯塔夫罗金默默地看完信,不解地问:"怎么了?"

"那个混蛋真干得出来,"韦尔霍文斯基解释说,"既然他受您支配,那就请您教教他该怎么做。相信我,他说不定明天就会去找连布克。"

"让他去找好了。"

"这怎么行?何况您可以阻止他。"

"您错了,他并不听命于我。再说我也无所谓,他对我并无任何威胁,他威胁到的只有您。"

"也威胁到您。"

"我不这样想。"

"可别人也许不会放过您呢,您难道不明白?听我说,斯塔夫罗金,不就是动动嘴皮子的事儿嘛。难道您是舍不得钱?"

"难道还得花钱?"

"当然,两千,最少一千五。您明天,或者干脆今天就给我,明天天黑之前我就把他给您打发到彼得堡去,如他所愿。若您愿意,我可以把玛丽亚·季莫菲耶夫娜也一块儿打发掉,怎样?"

他似乎完全错乱了,说话不够谨慎,有欠考虑。斯塔夫罗金惊讶地盯着他,道:"我没有必要打发玛丽亚·季莫菲耶夫娜走。"

"说不定您甚至不想这么做?"彼得·斯捷潘诺维奇嘲讽地一笑。

"说不定真不想呢。"

"一句话,给不给钱?"彼得·斯捷潘诺维奇厌烦而又专横地冲斯塔夫罗金吼道。后者认真地打量了他一眼,道:"不给。"

"唉,斯塔夫罗金!您是知道些什么吗,还是已经干了什么?您这是在找事儿!"他的脸扭曲了,嘴角抽搐着,突然爆发出一阵空洞而莫名的干笑。

"您不是已经从您父亲那儿拿到田产的钱了吗,"尼古拉·弗谢沃洛多维奇平静地道,"我母亲也看在斯捷潘·特罗菲莫维奇的分儿上,给了您六千,还是八千。那您就自己出这一千五好了。我反正不想为别人出钱,我撒的钱已经够多的了,我觉得不值……"他说着,冷笑了一声。

"啐,您开始说笑啦……"

斯塔夫罗金从椅子上站起身,韦尔霍文斯基也瞬间跳起来,机械地背门而立,似要堵住出口。斯塔夫罗金伸手想去推他,却突然停住了,道:"我是不会把沙托夫交给您的。"

韦尔霍文斯基闻言一震,两人怒目而视。

"我跟您说过,您为何需要沙托夫的血,"斯塔夫罗金目光闪烁,"您想用它把你们那一小撮人粘牢。刚才您存心把沙托夫挤对走了。因为您很清楚,他不会说'不告密',也不屑于对您撒谎。可我呢,我如今对您有什么用? 从国外起您就缠着我。到目前为止您对我解释的那些,全是胡言乱语。您又撺掇我付给列比亚德金一千五百卢布,好诱使费季卡把他给宰了。我知道,您认为我巴不得顺手把妻子也解决掉。您逼我犯下罪行,这样您就能控制我了,是不是? 您想控制我干吗? 见鬼,我对您有什么用? 您最后一次看清楚:我是您的人吗? 别来烦我了。"

"费季卡主动找过您了?"韦尔霍文斯基屏住呼吸问。

"是,找过。他开的价码也是一千五……不信让他自己说,那不是——"斯塔夫罗金伸手一指。

韦尔霍文斯基急忙回身。门外的幽暗中走出一人,正是费季卡。他身穿短皮袄,没戴帽子,跟在自己家里一样。他正站在那儿笑,呲着一口整齐的白牙。一双黑里泛黄的眼睛谨慎地在房间里睃巡,观察着诸位先生。他有点儿搞不清楚状况。他显然是被基里洛夫叫过来的,是以向后者投去了疑问的目光。他站在门口,不肯进屋。

"您把他藏在这儿,想必是为了偷听我们的交易,甚至是见证交付现金的吧?"斯塔夫罗金问罢,没等回答便阔步走出了房间。发了狂的韦尔霍文斯基一路追到大门口。

"站住! 别走!"韦尔霍文斯基大叫,一把拽住了斯塔夫罗金的臂肘。斯塔夫罗金抽了一下,却没能挣脱。他瞬间暴怒,左手薅住对方的头发,狠狠地将他掼在地上,走出了大门。还没走出三十步,韦尔霍文斯基就又追了上来。

"咱们讲和吧,讲和吧。"韦尔霍文斯基惶急地低声道。

斯塔夫罗金耸了耸肩,既没停步,也没回头。

"这样,我明天就把莉莎维塔·尼古拉耶夫娜给您带来,怎么样?好吗?您怎么不说话?您说,您想怎样,我全照办。听着,我把沙托夫交给您,怎么样?"

"这么说,您真想把他给杀了?"斯塔夫罗金叫道。

"咳,您要沙托夫干吗?干吗?"韦尔霍文斯基急吼吼地说,时不时跑到斯塔夫罗金前面,抓住他的臂肘,但大概是下意识的。"听着,我把他交给您,咱们讲和。您的价码太高了,但是……讲和吧!"

斯塔夫罗金这才看了他一眼,当下呆住了。他的眼神和声音都已不再是平日里或者方才在屋里时那种了,而几乎换了一张脸。声调也变了,他在央求,在哀告,像一个已经被剥夺了或者正在被剥夺最心爱之物的、尚未缓过神来的人。

"您这是干吗?"斯塔夫罗金喊道。对方没有回答,只是小跑着跟在后面,继续用那种可怜巴巴、却又不依不饶的目光盯着他。

"讲和吧!"他再次低声道,"告诉您,跟费季卡一样,我靴筒里也藏着一把刀,但我愿意跟您讲和。"

"我对您究竟有什么用,见鬼!"斯塔夫罗金以彻底的愤怒与诧异喊道,"这里面难道有什么秘密?您想拿我当护身符?"

"听我说,我们要掀起暴乱,"韦尔霍文斯基急切地喃喃道,几近谵妄。"您不相信我们能掀起暴乱?我们要掀起一场大暴乱,把一切掀个底朝天!卡尔马济诺夫说得对,没有救命稻草。他很聪明。这样的小组全国只要能有十个,他们就永远也抓不到我。"

"都是一样的笨蛋。"斯塔夫罗金忍不住厌恶地说。

"咳,难得糊涂嘛,斯塔夫罗金,您自己也不妨笨一点儿!知道么,其实您并没有聪明到需要装糊涂的地步:您害怕,您不相信,您担心动静闹大。您凭什么说他们是笨蛋?他们并不笨,现如今,谁的头脑都不是自己的,真正的聪明人少得可怜。维尔金斯基倒是很干净,比你我干净十倍,但他也一样。利普京是个骗子手,但我知道他的一个污点。没有哪个骗子手没有污点。唯独利亚姆申没有污点,却被我捏在手心里。只要再有这么几小撮人,我就能够到处弄到证件和钱,这还赖吗?这就够好的了吧?秘密据点那么多,让他们搜去吧。一处据点被端了,就藏到别处去。我们会掀起暴乱……您难道不相信,有咱们两个就完全足够了?"

"您去找希加列夫吧,别再来烦我了……"

"希加列夫是个天才!知道么,他是个傅立叶式的天才,甚至比傅立叶更大胆、更强硬,我会去找他的。他想出了'平等'!"

斯塔夫罗金又瞅了一眼韦尔霍文斯基,心想:"他犯了寒热病,在说胡话,他一定遇到了极不寻常的事儿。"

两人不停步地向前走着。

"他的笔记本上写得很好,"韦尔霍文斯基继续道,"他主张搞监视。每个小组成员都要互相监视,彼此告密。人人归全体,全体归人人。所有人都是奴隶,平等的奴隶。最坏的结果无非是中伤和杀人,但关键是平等。第一要务是拉低教育水平、学识和才能。高水平的学识和才能只有顶级头脑才能达到,而顶级头脑是没必要的!顶级头脑向来会攫取权力,成为暴君。顶级头脑不可能不是暴君,他们带来的祸害远远超过福祉,他们应当被驱逐,被处决。西塞罗该被割舌,哥白尼该被挖眼,莎士比亚该被乱石砸死——这就是希加列夫主义!奴隶应当人人平等,史上还从未有过没有暴君的自由与平等,但社团内部必须平等,这就是希加列夫主义!哈哈哈!您觉得奇怪?而我支持希加列夫主义!"

斯塔夫罗金竭力加快脚步,想尽早到家。他不由得想:"这家伙想必是喝醉了,可他是什么时候喝的呢,难不成是刚才的白兰地?"

"听着,斯塔夫罗金,削平山峰,这是个好主意,并不可笑。我赞成希加列夫!不需要教育,不需要科学!即使没有科学,物质也足够用一千年的，需要的是顺从。世界上唯一缺少的就是顺从。对教育的渴望已经是贵族的渴望。人一旦有了家庭或者爱情，立马就会渴望财产。我们要消灭渴望，散播酗酒、诽谤、告密，我们要开启前所未闻的堕落，把一切天才扼杀在摇篮里。一视同仁，完全平等。'我们有手艺，我们为人正派，我们别无所求。'——这就是英国工人不久前给出的回答。只有必需的才是必需的——这就是地球今后的口号。但抽搐还是需要的。这是我们作为统治者需要关心的。奴隶必须有统治者。完全的顺从，完全的无个性，但每隔三十年，希加列夫主义就会发动一次抽搐，所有人突然开始互相撕咬，但却是在一定限度之内，只为了避免无聊。无聊也是贵族的感受。希加列夫主义里没有渴望。渴望与痛苦是我们的，奴隶只需要希加列夫主义。"

"您把自己排除在奴隶之外了？"斯塔夫罗金又不禁说道。

"还有您。知道吗，我曾经想过把世界交给教皇。让他光着脚来见庶民：瞧，我被搞成了什么样子！然后所有人都会追随他，甚至军队。教皇高高在上，我们在他周围，在我们之下是希加列夫主义。我们只需要让Internationale赞同教皇，而这是可以做到的。至于教皇那个老家伙，当下就会同意。再说他也没有别的出路。记住我的话。哈哈哈，蠢吗？您说，这蠢不蠢？"

"很蠢。"斯塔夫罗金恼火地说。

"很蠢！对，所以我放弃了教皇！去他的希加列夫主义！去他的教皇！当下需要的是解决紧迫问题，而不是希加列夫主义这种精巧玩意儿。那是理想，是未来的事儿。希加列夫精细又愚蠢，跟所有的慈善家一样。我们要干的是粗活，而希加列夫鄙视粗活。听我说，教皇将在西方，而这里，这里将是您！"

"别再缠着我了，醉鬼！"斯塔夫罗金恨恨地说着，加快了脚步。

"斯塔夫罗金，您是美男子！"彼得·斯捷潘诺维奇近乎迷狂地叫道，"知道吗，您是美男子！您的最可贵之处就在于，您本人有时候并不知道这一点。哦,我太了解您了!我经常从一旁,从角落里观察您!您身上甚至还有着质朴和天真,您可知道?有,还有!这份质朴也许会令您痛苦,真心地痛苦。我热爱美。我是虚无主义者,但我爱美。谁说虚无主义者就不爱美?他们只是不爱偶像,而我爱偶像!您就是我的偶像!您并不羞辱任何人,但所有人都恨您;您从不盛气凌人,但所有人都怕您,这很好。没有一个人敢走过来亲热地拍打您的肩膀。您是可怕的贵族。身为贵族,却主张民主,太有魅力了!您毫不在乎牺牲性命,无论是您自己的,还是别人的。您正是我所需要的人。我,我需要的正是您这样的人。除了您,我再也找不到第二个人。您是领袖,是太阳,而我,是您的虫……"

他突然抓起对方的手吻了一下。斯塔夫罗金感到脊背一阵发凉,惊恐地抽回了自己的手。两人停住了脚步。

"疯子!"斯塔夫罗金咕哝道。

"也许我的确在说胡话,也许!"韦尔霍文斯基语速极快,"但我想到了第一步。希加列夫永远也想不出这第一步。多少个希加列夫也不行!只有一个人,全俄国只有一个人想出了这第一步,并且知道该如何迈出去。这个人就是我。您这么瞅着我干吗?我需要您,您,没有您我就是零。没有您我就是苍蝇,是玻璃瓶里的思想,是没有美洲的哥伦布。"

斯塔夫罗金站在那儿,紧盯着韦尔霍文斯基那双疯狂的眼睛。

"听着,我们首先要掀起暴乱,"韦尔霍文斯基异常狂热,不停地拉扯斯塔夫罗金的左袖口,"我已经跟您说过了:我们会深入到群众中去。您知道吗,眼下我们已经强大到可怕的地步了!我们的人可不只是那些杀人放火、开枪咬人的家伙。那些人只会碍事。没有纪律一切都免谈。要知道,我是骗子,可不是社会党,哈哈!听着,我把他们所有人都盘算过了:教孩子们嘲笑上帝和摇篮的教师,已经是我们的人了;为受过教育的凶手辩护、说凶手比受害者更有素养、说想要弄钱就不得不杀人的律师,也是我们的人了;为了追求刺激而杀害庄稼汉的中学生——我们的人;一贯为罪犯开脱的陪审员——我们的人;在法庭上唯恐自己不够自由主义的检察官,也是我们的人。还有官员、作家……哦,我们的人太多了,多得要命,多得连他们自己都不知道!另一方面,中学生和傻瓜们的顺从达到了极限,教员们则一肚子怨愤,到处是膨胀无度的虚荣,野兽般闻所未闻的胃口……您知道吗,知道吗,单凭现成的思想我们就能拉拢到多少人?我出国时,利特雷[1]的'犯罪是精神失常'还大行其道,等到我再回来时,犯罪已经不再是精神失常了,反而成了健全思想了,即使不是替天行道,至少也是高尚的抗议。'高素养的凶手不得不杀人,谁让他需要钱呢!'但这还是小意思。俄国的上帝已经败给廉价酒了。人民醉醺醺,母亲醉醺醺,孩子们醉醺醺,教堂空荡荡,法庭上,'两百桦条鞭,或罚酒一桶!'哦,新的一代快快成长起来吧!只可惜没工夫等,否则大可以让他们醉得更厉害些!唉,多可惜,没有无产者!但是会有的,会有的,早晚会有的……"

"同样可惜的是,我们变蠢了。"斯塔夫罗金嘟囔着,继续朝前走。

"告诉您,我亲眼见过一个六岁孩子,牵着醉酒的母亲往家走,而女人对孩子骂骂咧咧。您以为我喜欢这样?等他们落到我们手里,我肯定能给她治好……实在不行,就把她赶到沙漠上待个四十年……但眼下,必需一代人或两代人的堕落,前所未闻的、无底线的堕落,好让人变成卑鄙、怯懦、残忍、自私的败类,——这就是我们需要的!为此还需要'几滴鲜血',好让人适应。您笑什么?我并没有自相矛盾。我反驳的是慈善家和希加列夫主义,而不是我自己。我是个骗子,而不是社会党。哈哈哈!只可惜时间太少了。我跟卡尔马济诺夫说五月开始,蚌蟝日结束。快吧?哈哈!知道我要对您说什么吗,斯塔夫罗金?俄国百姓虽然满口脏话,但至少还没有染上犬儒习气。知道

---

[1] 利特雷(1801—1881),法国实证主义哲学家、政治家、词典编撰家、语言学家。但"犯罪是精神失常"其实是比利时数学家兼统计学家凯特勒(1796—1874)说的。

吗,这群农奴比卡尔马济诺夫更懂得自重!他们遭人毒打,却捍卫自己的神明,而卡尔马济诺夫就不。"

"嗯,韦尔霍文斯基,我头一次听您发议论,感到很惊讶,"尼古拉·弗谢沃洛多维奇沉吟道,"看来,您果真不是社会党,而是个……沽名钓誉的政客?"

"我就是个骗子,骗子。您在乎我是个什么人么?我现在就告诉您我是什么人,我要说的就是这个。我吻您的手并非平白无故。必须得让老百姓相信,我们知道自己想要什么,而那些人只会'挥舞大棒,打自己的头'。唉,要是有时间就好了!问题就是没有时间。我们将宣告毁灭……哦,为什么,为什么这个字眼如此诱人!是时候活动活动筋骨了。我们要到处放火……我们要散布传说……就算是一群癞皮狗也能派得上用场。我能从这些癞皮狗里为您找到忠心耿耿的死士,他们甘冒枪林弹雨,还会以此为荣,对您感激涕零。到时候,暴乱就开始了!那将是史无前例的大动乱……罗斯[1]将愁云惨淡,大地将为古老的众神哭泣……到时候,咱们就把他抬出来!"

"谁?"

"伊万王子。"

"谁——?"

"伊万王子,也就是您,您!"

斯塔夫罗金思忖了一分钟,突然惊诧地望向狂热者,问道:"僭号称王?啊,原来您是这个打算。"

"我们就说,他'藏起来了',"韦尔霍文斯基暧昧地耳语道,看来是真的醉了,"您知道'他藏起来了'这句话意味着什么吗?这意味着他会现身,现身。我们要编织一个比阉割派更棒的神话[2]。他存在,但

---

[1] 原文 Русь,俄国古称。
[2] 阉割派的一则神话中说:"始祖将从东方来,自伊尔库茨克高山降临俄国,在莫斯科施大神力,骑通灵白马,统率阉割派众族部落,广布教义于西方,乃至法兰西大地。"

没有人见过他的真容。哦,可以编织出怎样的神话呀!重要的是——将诞生新的力量。这也正是人们所苦苦哀求的。就说社会主义吧,旧的力量被摧毁了,新的力量却没能诞生。而我们却将带来新的、前所未有的力量!我们只需要一根撬动地球的杠杆。撬动一切!"

"您当真要拿我做文章?"斯塔夫罗金狞笑道。

"您干吗笑得这么吓人?您别吓我。眼下我就像个小孩儿,光是您这么一笑,就能把我吓死。听我说,我不会让任何人见到您,任何人,必须如此。他存在,但没有任何人见过他的真容,他藏起来了。其实还可以这样,比方说,让十万人中的一个人见到您。这样到处都会盛传:'看见啦,看见啦。'就像人们曾经'亲眼'目睹唯一真神伊万·菲利波维奇[1]驾着双轮战车飞升天际一样。但您不是伊万·菲利波维奇,您是美男子,高傲如神,无欲无求,顶着受难的光环,隐匿形迹。关键是神话!您将战胜他们,您一个眼神就能大获全胜。您将带来新的真理,然后隐匿形迹。到时候我们再宣布两三份所罗门式的判决。乌合之众也好,五人小组也好——完全用不着报纸!一万个愿望里只要满足了一个,所有人就都会前来许愿。每一个村镇里的每一个农夫都会知道:在某个地方有个树洞,可以把自己的愿望放进去。到时候,大地将发出呻吟:'新的正义法典来了',大海慌了,木头板棚塌了,而我们将建起石砌的大厦。第一次!由我们来建造,我们,只有我们!"

"狂妄!"斯塔夫罗金道。

"为什么,为什么您不愿意?难道您怕了?要知道,我之所以认准了您,就是因为您无所畏惧。还是说您觉得不理智?要知道,眼下我这个哥伦布还没有美洲呢,没有美洲的哥伦布怎么会理智呢?"

---

[1] "伊万·菲利波维奇"这个名字系由鞭笞派教徒伊万·季莫费耶维奇(自诩唯一真神)和丹尼尔·菲利波维奇(冒充基督者)结合而成。

斯塔夫罗金沉默了。这时,两人已经走到了家门口,便停下脚步。

"听我说,"韦尔霍文斯基凑到他耳边说,"我不要您的钱,明天我就把玛丽亚·季莫菲耶夫娜搞定……不要您的钱,明天再把莉莎给您送过来。想不想要莉莎,就明天?"

斯塔夫罗金笑了笑,心想:"他该不会是真疯了吧。"门廊上的门开了。

"斯塔夫罗金,您答应做我们的美洲?"韦尔霍文斯基最后一次拽住了他的胳膊。

"凭什么?"尼古拉·弗谢沃洛多维奇正颜厉色地问。

"您不愿意,我就知道!"韦尔霍文斯基气急败坏地大叫,"您在撒谎,您这个顽劣、淫乱、骄纵的小少爷,我敢说,您的胃口比狼还大!……您要知道,眼下您这个筹码太重了,我是不会放手的!世上再没有第二个人像您这样!还在国外我就构思出了您的角色,正是您给了我灵感。若不是我偷偷地观察您,我兴许什么也想不到!……"

斯塔夫罗金一言未发,径自朝楼上走去。

"斯塔夫罗金!"韦尔霍文斯基在他身后喊,"我给您一天……两天好了……就三天吧;最多三天,到时候您就得答复我!"

第九章　斯捷潘·特罗菲莫维奇遭搜查

与此同时，又出了一档子事，令斯捷潘·特罗菲莫维奇备受打击，也令我惊诧莫名。早晨八点钟，女仆纳斯塔西娅跑过来对我说，她家老爷被人"抄家"了。我一头雾水，只从她口中得知，来"抄家"的是一帮官员，他们搜出了一些文件，一个士兵将它们捆成了一捆，"用手推车推走了"。这可太离谱了。我当即赶到了斯捷潘·特罗菲莫维奇家。

他正处于一种古怪的状态：既显得失魂落魄，同时却又难抑得色。房间正中的桌子上，茶炊已经烧开，一杯茶已经凉透了，却还一口没喝。斯捷潘·特罗菲莫维奇正绕着桌子踱步，贴着墙边转悠，但对自己的举动浑然不觉。他穿着平日里那件红绒衣，一看见我，慌忙套上了马甲和常礼服——以往被亲近之人撞见时，他可从来没这样过。他立刻热切地握住了我的手。

"您终于来了，朋友！"他长舒了一口气，"亲爱的，我只派人通知了您，其他人谁也不知道。得吩咐纳斯塔西娅把门插好，别放任何人进来，当然，除了那些人……您懂的吧？"

他不安地望着我，似乎在等待回答。我自然免不了一番询问，好不容易才从他拉拉杂杂、断断续续、枝枝叉叉的讲述中得知,清早七点钟,他家里"突然"来了一位省府官员……

"抱歉,他的名字我忘了,不是本地人。但好像是连布克带来的人,一副愚蠢的德意志人表情。姓罗森塔尔。"

"是不是布卢姆?"

"对。就是这个名字。您认识他?他看上去既愚蠢又自以为是,还非常严苛、冷淡、傲慢。警局的人,听差办事的,对这方面我还是有所了解的。我正睡觉呢,您猜怎么着,他非要'瞧瞧'我的书和手稿,没错,我记着呢,他用的就是这个字眼。他没有逮捕我,只带走了我的书……他离我远远的。当他向我说明来意时,那副表情,就好像我……总之,他似乎担心我会突然扑上去,对他饱以老拳,这群下等人全这副德行,当他们跟正派人打交道的时候。不用说,我当下就全明白了。二十年前我就知道会有这么一天。我给他打开了所有的抽屉,把钥匙全给了他;我自己给的,我把所有东西全给他了。我表现得冷静而体面。他拿走了赫尔岑的国外出版物,一份装订好的《钟声报》,四份我的长诗的抄件,总之吧,所有那些。还有手稿和信件,还有我的某些史学的、批评的、政论的草稿。所有这些全拿走了。纳斯塔西娅说,是一个当兵的用手推车推走的,上面还盖了一块围裙。没错,正是如此,围裙。"

这可太荒唐了。谁能明白这是怎么一回事呢?我又向他抛出了一连串的问题:布卢姆是一个人来的?以谁的名义?谁给他的权力?他怎么敢?他是怎么说的?

"他一个人来的,就他自己,不过,好像还有一个,我想起来了,那人在前厅,然后……好像还有第三个人,外屋还有个看守。这得问问纳斯塔西娅,她知道得更清楚。我当时,知道么,太激动了。他说呀说的……说了一大堆;不过,他其实并没有怎么说话,一直是我在说……我陈述了我的一生,当然,只是从这个方面……我当时非常激动,但请您相信,我很有尊严。只不过,我担心,我好像是哭了。手推车是他们跟隔壁的店老板借的。"

"上帝啊,怎么会出这种事!看在上帝的分上,斯捷潘·特罗菲莫维奇,请您说明白点,您说的这些简直像一场梦!"

"亲爱的,我也觉得像一场梦……知道么,他提到了一个叫'捷利亚特尼科夫'的,我猜就是那个躲在外屋的人。对,我想起来了,他建议我找检察官来,好像就是德米特里·米特里奇……说起来,这人打牌还欠着我十五卢布呢。总之,我没太懂。但我把他们给糊弄过去了,我找德米特里·米特里奇干什么呢。我好像是求他不要声张,苦苦哀求,我甚至担心,自己太低声下气了,您猜怎么着?他最后同意了。不对,我想起来了,是他自己提出来的,说最好不要声张,因为他只是过来'瞧瞧',仅此而已,没有别的……要是什么都找不着,那就什么事儿也不会有。就这样,我们把事儿给私了了,很友好,我很满意。"

"得了吧,他向您提出的是类似情形下的正当程序和保障啊,可您却自己拒绝了!"我善意地埋怨道。

"不,这样更好,不要保障。何必闹得沸沸扬扬?眼下最好还是私下调解……您知道吗,要是被那些人知道……我那些敌人们……再说,何苦去找那个检察官呢,那个下贱坯,他曾经两次对我无礼,去年还偷偷藏在美丽迷人的娜塔莉亚·帕夫洛夫娜的闺房,被人痛扁了一顿。再有,我的朋友,请不要反驳我,不要打击我,人最难受的莫过于自己遭遇了不幸,还有一百位朋友来指手画脚。请坐吧,请喝茶,老实说,我真是累坏了……您说,我是不是该躺一会儿,拿醋敷一敷?"

"当然,"我叫道,"最好加点冰。您的情绪太低落了。您脸色苍白,手都在抖。躺下吧,休息一下,待会儿再讲。我坐您旁边等一会儿。"

他犹豫不决,但我坚持让他躺下了。纳斯塔西娅端来一碗醋,我浸湿毛巾,敷在他额头上。随后纳斯塔西娅站上角落里的一把椅子,点亮了圣像前的小油灯。这令我很是惊讶。以前可是从来没有小油灯的,眼下却突然有了。

"那是我刚命人置备的,那些人一走,"斯捷潘·特罗菲莫维奇低声道,狡黠地瞟了我一眼,"要是有人来逮捕你,看到你家里有这些东西,会对您产生好印象,回去之后应该也会禀告的……"

点完小油灯,纳斯塔西娅站到门口,右手捂住脸,悲悲切切地望着老爷。

"打发她走,随便找个由头,"他躺在沙发床上冲我扬了扬下巴,"我受不了这种俄国式的怜悯,我讨厌这个。"

但女仆自己走了。我注意到,斯捷潘·特罗菲莫维奇总是望向门口,留意着前厅里的动静。

"您瞧,必须做好准备,"他意味深长地看了我一眼,"时时刻刻……一旦被他们带走,咻——人就没了!"

"上帝啊!谁?谁会把您带走?"

"知道么,我亲爱的,他临走前,我直截了当地问过他:事到如今,要怎么处置我?"

"您倒不如问会把您流放到哪儿去!"我再次善意地埋怨道。

"我问的就是这个意思,可他什么也没说就走了。知道么:内衣、外衣什么的,特别是冬衣——全凭他们高兴,让你带你才能带,否则就只能穿着大头兵的军大衣上路。但我偷偷藏了三十五卢布,"他突然望向纳斯塔西娅走出去的那扇门,压低了声音,"顺着破洞塞进马甲口袋里了,就在这儿,您摸摸……我想,马甲他们应该是不会扒的,我还特意在钱包里留了七卢布,到时候就说:'瞧,就这些。'此外桌子上还放着零钱和硬币,所以他们肯定想不到我会藏钱,而会以为全在这儿了。上帝知道今天我会在哪儿过夜。"

这番疯话让我垂下头去。从他的描述来看,绝不会是逮捕或者抄家,那么,肯定是他搞错了。那种事儿的确出过,但那是在最新法律出台之前。只可惜，来人向他建议了更为正当的程序，却被他自己"糊弄过去了"，拒绝了……当然，放在以前（不久以前），若遇到极端情形，省长的确可以……可话又说回来，他能有什么极端情形呢？这才是最令我困惑的。

"肯定是彼得堡来了电报。"斯捷潘·特罗菲莫维奇突然道。

"电报！关于您的？您疯了吧，为什么要逮捕您呢，难道就为了几本赫尔岑的著作，还有您那首长诗？"

我简直气坏了。他又撇嘴又皱眉，明显受了委屈——不是因为我冲他喊，而是因为我觉得他不值得被逮捕。

"在我们这个年代，谁能知道自己会因为什么被捕呢？"他神秘兮兮地嘟囔道。

一个离奇的、荒谬至极的念头闪过我的脑海。

"斯捷潘·特罗菲莫维奇，我是您的朋友，"我喊道，"您真正的朋友，请您告诉我，我决不会出卖您：您是否属于某个秘密团体？"

令我惊讶的是，就连这种事儿——自己是否属于某个秘密团体——他都无法确定。

"这得看怎么想了，您瞧……"

"什么叫'看怎么想'？"

"当一个人全心全意追求进步时，谁又敢打包票呢：你觉得自己没加入，可再一瞧，原来你已经在里头了。"

"这怎么可能，到底有没有？"

"事情要从彼得堡说起，当年，我跟她打算在那儿创办一份杂志。从此就埋下了祸根。当时我们溜了，他们也把我们给忘了，眼下却又想起来了。亲爱的，亲爱的，难道您会不知道！"他病态地叫喊道，"咱们这儿一抓住，就把人塞进带篷马车里，终身流放西伯利亚，要么就遗忘在监狱里……"

他突然大放悲声，流下了滚烫滚烫的泪水。泪如泉涌。他用自己的红绸手帕捂住眼睛,抽搐着,足足号啕了五分钟。我不禁浑身战栗。此人二十年来一直充当我们的先知,是我们的布道者、导师和长者,是我们的库科利尼克,素来高傲而伟岸地凌驾于我们所有人之上,而我们对他心悦诚服,引以为豪,可眼下他却哭得那么伤心、那么无助,就像个犯了错的小男孩,以为老师是去找树条了,马上就要来抽他了。我极度地可怜起他来。显然,他对于"带篷马车"的笃信程度,丝毫不亚于我正坐在他身边这一事实,而且他相信,马车今天上午就会来,下一分钟就到,而这一切全是因为赫尔岑的几本著作,外加他自己的一首长诗!这种对于日常现实彻头彻尾的无知,既令人感慨,又惹人反感。

他终于停止了哭泣,从沙发上爬起来,又开始在房间里来回踱步,继续和我说话,但频频地望向窗外,倾听着前厅里的动静。我们聊得有一搭没一搭的。我的一切保证和劝慰都像是豌豆撞到墙上,又弹了回来。他基本不听我讲,却又要命地需要安慰,需要我不停地讲下去。看得出来,眼下他是离不开我的,是无论如何都不会放我走的。我便留了下来,陪着他坐了两个多钟头。聊着聊着,他想起来:布卢姆还从他家里搜走了两份传单。

"传单!"我吓了一跳,"难道您……"

"咳,有人给我塞进来十份,"他懊恼地回答(他的语气时而懊恼且傲慢,时而哀怨且屈辱),"但我已经处理了八份,布卢姆只拿走了两份……"

他突然愤怒了,脸涨得通红。

"您居然把我跟那伙人相提并论!难道您竟以为,我会跟那群卑鄙无耻、栽赃陷害的混蛋,跟我的儿子彼得·斯捷潘诺维奇搅和到一块?那帮下流的自由主义者!哦,上帝呀!"

"啊,会不会有人误以为您跟他们……不,胡说,不可能的!"

"您知道么,"他突然脱口而出道,"我总有种预感,到了那儿我会大闹一场。哦,您别走,别丢下我一个人!我的人生今天终结了,我有预感。等我到了那儿,知道么,我没准儿也会扑上去咬谁一口,就跟那个少尉一样……"

他瞅了我一眼,眼神怪异,好像既害怕,又想让别人害怕。时间慢慢过去,而"带篷马车"并未出现,他对什么人或者什么事越来越恼火,简直怒不可遏。突然,前厅传来一声巨响。斯捷潘·特罗菲莫维奇猛然一震,当场石化。随后才得知,是纳斯塔西娅从厨房走进前厅时碰倒了挂衣架,他便冲着后者尖声咆哮,跺着脚将她赶回了厨房。一分钟过去,他才绝望地看着我,开口道:"我完了!亲爱的,"他突然挨着我坐下,可怜兮兮地注视着我的眼睛,"亲爱的,我不是害怕西伯利亚,我发誓,哦,我发誓,"他甚至热泪盈眶了,"我怕的是别的……"

我从他的神情隐约猜到,他大概是决心告诉我一件极其重要,却始终未曾对我讲起的事情了。

"我怕的是羞辱……"他神秘兮兮地低语道。

"什么羞辱呀?恰恰相反!相信我,斯捷潘·特罗菲莫维奇,事情今天就能澄清,得到有利于您的解决……"

"您这么肯定他们会饶恕我?"

"说什么'饶恕'呀!这叫什么话!您干了什么吗?我敢说,您什么都没干!"

"您知道什么;我一生都在……亲爱的。他们会翻旧账的……要是他们什么都找不到,那会更糟。"他突然出人意料地补充道。

"为什么会更糟?"

"就是更糟。"

"我不明白。"

"我的朋友、朋友,西伯利亚也好,阿尔汉格尔斯克也好,剥夺权利也好,——死就死了!可是……我怕的是别的。"——又是低语,又是惊恐万状,又是神秘兮兮。

"到底是什么呀？"

"他们用鞭子抽我。"他失魂落魄地望着我说。

"谁用鞭子抽您？在哪儿？为什么？"我吓坏了，担心他疯了。

"在哪儿？就在那儿嘛……用鞭子抽人的地方。"

"那地方在哪儿呢？"

"唉，亲爱的，"他几乎贴着我的耳朵说，"脚下的地板会突然裂开，扑通，半截身子掉下去……尽人皆知。"

"谣传！"我恍然大悟地叫道，"老掉牙的谣言，难不成您到现在还相信？"我哈哈大笑。

"谣传。可谣传也总不会是空穴来风吧。挨鞭子的人是不会讲的。我已经在脑海里预演了一万遍！"

"可是您，您凭什么要挨鞭子？您不是什么都没干吗？"

"那样更糟，他们一瞧，您什么都没干，那更要抽您了。"

"而且您相信，他们会为了这个把您押送到彼得堡去？！"

"我的朋友，我已经说过了，我什么都不在乎，我的人生终结了。从她在斯克沃列什尼基与我分手的那一刻起，我就不再留恋生命了……但羞辱啊，羞辱！要是被她知道了，她会怎么说？"

他绝望地看了我一眼——这个可怜人满面羞惭。我也低下头去。

"她什么都不会知道的，因为您什么事都不会有。今天我好像生平头一回跟您聊天，斯捷潘·特罗菲莫维奇，您太令我惊讶了。"

"我的朋友，要知道，我可不是害怕。就算他们会宽恕我，就算他们再把我送回来，对我什么都不做，那我也完了。她会怀疑我一辈子……我——我这个诗人、思想家，一个她崇拜了二十二年的人！"

"她决不会那么想。"

"会的，"他十分笃定地低语道，"这事儿我在彼得堡跟她聊过几次，当时是大斋期，我们都害怕了，准备动身离开了……她会怀疑我一辈子的……我该怎么跟她解释？根本难以置信。再说这个小城里有谁会相信呢,这太离奇啦……何况是个女人……这会让她高兴的。她表面上会伤心,非常伤心,由衷地伤心,作为真挚的朋友;可背地里,她会高兴……我给了她对付我的武器,够她用一辈子的了。哦,我的人生完了!二十年来我和她如此美满的幸福……现如今!"

他用双手捂住了脸。

"斯捷潘·特罗菲莫维奇,"我提议道,"您要不要现在就把这件事告诉瓦尔瓦拉·彼得罗夫娜?"

"那怎么行!"他猛一哆嗦,跳了起来,"万万不可,永远不要,在斯克沃列什尼基分手时话都说到那个份儿上了,永远不要——!"

他的目光变得灼热。

我俩又坐了一个多钟头,似乎一直在等待什么,——反正就是有那么一个念头。他又躺下去,甚至闭上了眼,足足二十分钟没有说话,我都怀疑他是否睡着了,或者昏过去了。但他突然支起身子,扯掉头上的毛巾,从沙发上跳起来,扑到镜子前,用颤抖的双手系好领结,打雷似的呼喊纳斯塔西娅,吩咐她拿来自己的大衣、新礼帽和手杖。

"我再也受不了了,"他断断续续地说,"不行,不行!……我自己去。"

"去哪儿?"我也跳了起来。

"去找连布克。亲爱的,我要去,必须去。这是义务。我是公民,我是人,不是木屑,我有权利,我要我的权利……我有二十年没有坚持自己的权利,我忽略了它们一辈子,这是犯罪……但现在,我要要回来。他必须告诉我一切、一切。他收到了电报。他不能这样折磨我,索性就把我抓了、抓了、抓了!"

他跺着脚,声嘶力竭地叫喊。

"我赞同您,"我强作镇静地说,虽然很为他担心,"没错,这的确比坐在家里胡思乱想强,但我并不看好您的情绪,您瞧瞧您现在像个什么样子,您这样怎么去那儿?在连布克面前需要保持冷静和体面。

搞不好您真的会扑上去咬谁一口。"

"不必等着别人出卖,我自己去自投狮口……"

"那我陪您去。"

"我早知道您会如此,我接受您的牺牲,作为挚友的牺牲,但您只需要陪我到门口,只到门口就好——您不应当,也没必要再跟我搅在一起,自损名誉。哦,相信我,我会保持冷静的!我感觉自己眼下正处在一切最神圣之物的高度……"

"我没准儿可以陪您一同进去,"我打断他道,"昨天他们那个愚蠢的委员会让维索茨基转告我,说他们赏识我,邀请我担任明天节庆的干事,还是怎么叫来着……反正总共有六个年轻人,负责看管托盘、照顾女士、为宾客引座之类的,左肩膀上还要佩戴一个用白底红道的绦带编成的蝴蝶结。我正想拒绝呢,眼下何不以此为由头进府去呢,就说我要向尤利娅·米哈伊洛夫娜本人说明情况……这样我不就能陪您进去了吗。"

他一面听,一面点头,但似乎一句话也没听进去。我们站在门口。

"亲爱的,"他伸手指向角落里的小油灯,"亲爱的,我向来不信这个,可……随便吧,随便吧!"他画了一个十字,"走吧!"

我随他一起走到门廊,心想:"嗯,这样也好,路上呼吸呼吸新鲜空气,冷静冷静,再把他带回来,睡上一觉……"

但我打错了算盘。路上恰巧又碰上了一档子事,进一步刺激了斯捷潘·特罗菲莫维奇,彻底坚定了他的决心……老实说,若非那天早上,我绝对想不到,我们的朋友竟能如此腿脚麻利。可怜的朋友,善良的朋友!

第十章 海盗。不祥的早晨

一

我们在路上撞见的事同样令人惊愕。话还是得从头说起。就在我们出门之前一个钟头，城里的街头走过一大群人，有好多人都惊奇地看到了。那是什皮古林工厂的工人，有七十来人，也许更多。队伍神态肃穆，秩序井然，几乎无人说话。事后有人称，这七十人是从工厂全体近九百名工人中挑选出来的代表，为的是求见省长，求他严惩工厂管事，因为后者趁老板不在，在关闭工厂、遣散工人之际大肆克扣全体工人的工钱（此事现已查明属实）。有些人则至今否认这一说法，坚称挑选七十人做代表未免太多了，说这些人其实都是被克扣得最狠的，其请愿纯属个人行为，所以说，后来传得沸沸扬扬的所谓工厂大暴乱，完全是无稽之谈。另有一些人言之凿凿，说这七十人绝非普通的暴动者，而是政治暴乱分子，换言之，他们非但是最不安分的，还受了秘密传单的鼓动。总之，这里头是否有人蛊惑，是否有何阴谋，至今仍无定论。我个人认为，秘密传单工人们压根就没看过，就算看了，也肯定一个字也看不懂，因为传单虽然措辞赤裸，却写得不明不白。无非是工人们确实遇到了难处,求助于警局,而警局又置之不理,这才自然而然地产生了向"将军本人"集体请愿的古老想法,假如可能,他们甚至会顶着一纸诉状,在省长府的门廊前列队整齐,等省长大人一露面便集体跪倒,山呼青天大老爷。照我看,这里头根本没有暴乱,甚至没有代表,因为这是有年头、有传承的老法子了。俄国人历来喜欢面见"将军本人",仅仅是为了获得心理满足,而根本不管结果如何。

因此我完全坚信,就算彼得·斯捷潘诺维奇、利普京,或许还有谁,甚至费季卡,就算他们在工人们中间活动(的确有相当确凿的相关证据),还跟个别工人谈了话,那也肯定不会超过两个、三个,顶多五个,而且也只是试探,并未产生任何效果。至于暴乱,就算工人们从他们的宣传中听懂了什么,也肯定会立马堵起耳朵,把这当成愚蠢而不合时宜的勾当。费季卡就另当别论了,这家伙似乎比彼得·斯捷潘诺维奇更有成效。此后三天城里发生的那起火灾,现已查明,正是费季卡伙同两名工人干的;一个月之后,又有三名前工人在县城落网,罪名同样是纵火、抢劫。但就算费季卡成功地诱导了工人们犯罪,那也仅此五人而已,其余类似的情形可再没有听说过了。

不管怎么说,工人们终于抵达了省长官邸前的空地,列队整齐,鸦雀无声。然后就张着大嘴,望着门廊苦等。听人说,他们刚一站好就脱下了帽子,偏巧省长大人没在府上,等了半个钟头才露面。警察倒是立刻就来了,起初三三两两,随后能来的都来了。自然,警察们一上来就喝令工人解散。可工人们却犯了倔,像一群挤在栅栏前的绵羊,说来说去就一句话,要"见省长本人",显见是铁了心。不自然的叱喝停息了;取而代之的是沉默的思索,秘密调动的耳语,以及令长官眉头紧锁的忧心忡忡。警察局长伊利亚·伊里奇决定等候省长大人亲临现场。有人说警察局长乘着三套马车飞驰而至,还没下车就开始打人,这纯属胡说。局长大人的确喜欢乘着他那辆黄屁股的马车飞驰:放荡不羁的骖服越跑越疯狂,惹得沿街的摊贩一个个兴奋不已,局长便从座位上欠起身,站得笔挺,抓住专门钉在车帮上的皮带,像尊雕塑一样将右臂举向空中,巡视全城。但这回他并没有打人,虽然飞身下车时免不了叱骂几句,却也只是为了维护威仪。更有甚者,说什么派来的士兵都上着刺刀,还向某处拍了电报,请求调派炮兵和哥萨克骑兵,这些鬼话如今连编造者本人都不肯信了。至于说运来了消防水桶,冲着人群喷水,则更是无稽之谈。无非是伊利亚·伊里奇在气头上喊了一句,说"谁也休想干着身子走出水面",大概正是由这个"水"字演变出了"消防水桶",继而载入了帝都各大报刊。最靠谱的版本是这样的:警察局长先是命令一切现有警力将人群包围,又派第一区警察所长即刻前去禀告省长大人,所长得知省长大人半小时前乘车去了斯克沃列什尼基,便跳上局长的马车,朝那里疾驰而去……

老实说,仍有一点令我困惑:一群普普通通、无关痛痒的请愿者(尽管有七十人之多),何以会被草草定性为足以撼动根基的大暴乱?为何二十分钟之后赶到现场的连布克一上来就产生了这种念头?我猜是这样的(同样只是个人观点):警察局长伊利亚·伊里奇跟工厂管事是亲家,巴不得让省长对工人们产生这种印象,好让省长不去彻查此案;而促使他这么做的,正是连布克本人。最近两天,连布克与他有过两次秘密而紧急的谈话,虽然逻辑混乱,但伊利亚·伊里奇还是看出来,省长对传单一事耿耿于怀,坚持认为有人暗中怂恿什皮古林工厂的工人发动暴乱,其执念如此之深,倘若当真无人怂恿,他想必还会大失所望。"他大概是想在彼得堡露脸,"从省长那儿出来,我们狡猾的伊利亚·伊里奇心想,"管他呢,正好对我们有利。"

但我坚信,可怜的冯·连布克决不愿意发生暴乱,哪怕是为了在彼得堡露脸。他是位本本分分的官员,直至结婚之前一直纯真无邪。至于他既没能得到为官家收缴木柴的单纯差事,也未能娶到同样单纯的小家碧玉,而是被四十岁的公爵小姐抬举到了省长的尊位,这难道是他的错吗?我大致确定,正是从这个不祥的早晨开始,他的精神状态才表现出最初的明显征兆,直至后来被送到了瑞士那所著名的特殊机构,据说眼下正在那里积蓄新的力量。不过,如果说"明显"的征兆正是从这个早晨才开始显现的,那么,据我看,早在此前或许已经出现了类似的征兆,尽管没那么明显。据我所知,根据最私密的传闻(您不妨认为,是尤利娅·米哈伊洛夫娜本人事后对我透露了部分实情,只是已经不再得意,而是近乎懊悔——我是说"近乎",因为女人从不会真正懊悔),冯·连布克在那之前找过夫人,当时已是深夜,凌晨两点多钟,他将夫人摇醒,要求她听取"他的最后通牒"。他的要求如此坚决,以致她不得不从卧榻上爬起来,气哄哄地坐到沙发上,头上顶着卷发纸,脸上带着尖刻的轻蔑,听他讲。她这才头一次意识到,她的连布克走出去了多远,不由得暗自心惊。她本该及时醒悟和收敛,可她却掩饰住了惊恐,变得比以往更加强硬。在对付丈夫方面,她(似乎每一位太太都是如此)自有一套屡试不爽的办法,每每令丈夫抓狂。她的办法就是鄙夷地保持沉默——一个钟头,两个钟头,一天一夜,甚至三天三夜,无论他说什么、干什么,哪怕他爬上窗台从三楼跳下去,她也会保持绝对的沉默。对于神经过敏者而言,这简直无法忍受!也不知道尤利娅·米哈伊洛夫娜是想惩治丈夫呢(既因为他最近几天昏招频出,也因为他身为省长而嫉妒自己的行政才干),还是对丈夫心存不满(他对自己同年轻人及社交界的往来横加指责,却完全不理解她那些微妙而远见的政治目的),又或是恼怒于丈夫对彼得·斯捷潘诺维奇的愚蠢而无知的醋意,总之,她是铁了心,绝不心软,尽管已是凌晨三点,尽管丈夫表现出前所未有的激动。

安德烈·安东诺维奇踩着夫人闺房中的地毯,激动难抑地走来走去,向她道出了一切的一切,虽然前言不搭后语,但却是郁积已久的一切,因为"是可忍,孰不可忍"。他从自己被人嘲笑,被人"牵着鼻子走"讲起。察觉到妻子的哂笑,他当即尖叫起来:"我才不管难不难听!牵鼻子就牵鼻子,谁让这是事实呢!……不,夫人,是时候了；知道么，眼下可不是闹着玩或者卖弄风情的时候。我们不是在贵妇人的闺房里，而是空气球里面的两个抽象物，为的就是当面说出真相。"——他的确有些跑题，没能为自己原本正确的思想找到准确的表达。"都是您，夫人，是您让我偏离了从前的状态，我接受这个职位只是为了您，为了满足您的虚荣心……您在恶毒地嘲笑我？您先别得意，别高兴得太早。知道么，夫人，我原本可以，我原本足以胜任这个职位，别说一个省长，十个省长我都能干，因为我有这个能力；可是有您在，夫人，有您在我就干不了，因为有您在我就无能为力。两个中心是不行的，而您恰恰弄了两个出来——一个在我这儿，另一个在您的闺房，两个权力中心，夫人，这我决不允许，决不允许！！政务也好，夫妻也好，中心只能有一个，两个是不行的……您是怎么报复我的？"他继续叫嚷道，"我们的夫妻生活仅仅在于：您每时每刻都在向我证明我的渺小、愚蠢乃至卑鄙，而我则无时无刻不在屈辱而又无奈地向您证明，我并不渺小，我一点儿也不愚蠢，我的高尚令人惊叹，——这难道不屈辱吗，对我们双方而言？"说到这儿，他开始快速而频繁地在地毯上交替跺脚，以致尤利娅·米哈伊洛夫娜不得不板着脸站起身来。他很快便平静了，但随即又转向了多愁善感，开始号啕（是的，号啕），捶打着胸口，差不多足足有五分钟，而尤利娅·米哈伊洛夫娜的缄默令他越来越无法自己。终于，他一时没管住嘴，说他妒忌她跟彼得·斯捷潘诺维奇的私情。他意识到自己蠢话说过了头，于是愈加恼羞成怒，大喊大叫，说他"不允许推翻上帝"；说他要驱散她那"不成体统、没有信仰的沙龙"；说他身为一省之长，必须信仰上帝，而"他的妻子自然也不例外"；说他受不了那帮年轻人；说"您，夫人，即使是为了自己的脸面，您也应当关爱自己的丈夫，维护他的睿智形象，哪怕他是个蠢材，何况我根本不是蠢材！可您呢，您恰恰是本地人轻视我的原因，他们都是跟您学的！……"他还叫嚣说要取缔妇女问题，扫除这股臭气，说他明天就禁止并驱散为女家庭教师筹款的荒唐节日，"让她们统统见鬼去吧!";说他明天一早就把遇见的头一个女家庭教师驱逐出省,"让哥萨克把她轰出去!";他又扯着嗓子喊:"蓄谋,蓄谋!您知不知道,您的那帮混蛋在工厂里教唆鼓动,这些我全知道!您知不知道,他们在蓄意散播传单,蓄谋已久——!您知不知道,我已经掌握了四个混蛋的名字,而这会让我发疯,让我彻底疯掉、疯掉!!!……"

但就在此时,尤利娅·米哈伊洛夫娜突然打破了沉默,威严地宣布,她本人早已获悉了这些犯罪动机,说那全都是胡闹,是他自己太当真了;至于那帮捣蛋鬼,漫说四个,所有人她都知道(她这是在撒谎),但这非但不会令她发疯,反而让她更加相信自己的智慧,期待着皆大欢喜的结局:振奋青年,教化青年,出其不意地向他们证明,他们的图谋已被获悉,然后为他们指出新的目标,将其引向理智而光明的事业。哦,此刻的安德烈·安东诺维奇该做何想!想到自己又被彼得·斯捷潘诺维奇欺骗了,无情地戏耍了,想到他对自己的妻子坦白得更多,并且早在他之前,又想到此人或许正是一切犯罪企图的主谋,他终于震怒了。"听着,你这糊涂又恶毒的女人,"他索性一把扯掉了全部枷锁,高叫道,"听着,我要把你那个卑鄙的情夫抓起来,戴上镣铐,送到三角堡[1]去,要不然,我现在就当着你的面从窗户上跳下去!"听罢这段慷慨激愤的独白,尤利娅·米哈伊洛夫娜气得脸色铁青,随即爆发出一阵响亮而持久的大笑,起承转合,层次分明,像极了法国剧院的舞台上某位片酬十万的巴黎女伶,后者所扮演的风情女郎正是这样当面嘲笑自己那位胆敢吃醋的丈夫的。冯·连布克作势朝窗口扑去,突然又僵在原地,双手抱臂,面如死灰,目光阴郁地望着大笑中的女人。"你知道吗,尤利娅,你知道吗,我也许真会跳的。"他呼吸急促,声音哀怨,却只引发了妻子新一轮的、更加剧烈的大笑,这让他咬碎钢牙,呻吟一声,突然扑向了——不是窗户,而是自己的夫人,并冲她扬起了拳头!

---

[1] 指阿列克谢耶夫三角堡,位于圣彼得堡彼得保罗要塞,曾用作政治犯监狱。

他的拳头并未落下,没有,没有,没有,反而是他本人当场溜了。他脚不点地地跑回自己的书房,和衣扑到床上,哆哆嗦嗦地用床单将自己连头裹住,就那样趴了两个钟头——没有睡梦,没有思绪,心里压着一块石头以及愚钝而僵死的绝望。他不时地浑身战栗,像打摆子一样痛苦。他回想起某些毫无关联且不合时宜的东西,比如,他忽而想起十五年前,他在彼得堡有过一只老挂钟,老得连分针都掉了;忽而又想起他当年的同僚——快活鬼米尔布,想起他俩有一回在亚历山大公园捉麻雀,捉住之后才想起来他们中间有一个已经是八等文官了,于是纵声大笑。他大约是清晨七点不知不觉入睡的,睡得很香,美梦连连。一觉睡到十点多,突然一骨碌从床上爬起来,猛然回想起一切,狠狠地一拍脑门。他顾不上吃饭,顾不上布卢姆,顾不上警察局长,顾不上下属提醒他某某会议正等着他去主持,他什么都听不见,什么也不想听,只顾没头苍蝇似的朝尤利娅·米哈伊洛夫娜的闺房狂奔。索菲娅·安特罗波夫娜——一位贵族出身的、在尤利娅·米哈伊洛夫娜处寄居已久的老太婆告诉他,夫人十点钟就带着一大群人,乘着三驾马车去斯克沃列什尼基庄园找瓦尔瓦拉·彼得罗夫娜去了,为的是视察下一届,即第二届节庆的举办地;新的节庆预计在两个礼拜之后,这事儿夫人早在三天前就同瓦尔瓦拉·彼得罗夫娜敲定了。安德烈·安东诺维奇闻言大惊,当即返回书房,吩咐备车。他甚至有些急不可耐。他的灵魂在渴望着尤利娅·米哈伊洛夫娜,——他渴望看她一眼,在她跟前待上五分钟,说不定她也会看他一眼,像从前那样对他嫣然一笑,宽恕了他,——哦,哦!"马车怎么还没备好!"他机械地翻开案头的一本厚书,看向右侧书页最顶上三行(他有时会以这种方式占卜):"一切都在变好,在这个一切世界中最美好的世界里。伏尔泰,《老实人》。"他啐了一口,奔上马车:"去斯克沃列什尼基!"据马车夫事后说,老爷催促了一路,眼看要到了,又突然吩咐掉头回城:"快,快点儿。"还没跑到城墙根,"老爷又叫我停车,他从车上下来,朝路边的野

432

地里走去,我心想,老爷大概是要方便一下吧,可他却站在那儿赏起花儿来了,一站就是老半天,真怪,说实话,我看着都纳闷。"时值九月,天气虽晴,却寒风冷冽。庄稼早已收割,赤裸的田野在安德烈·安东诺维奇面前铺开一派萧瑟景象。凄厉的风摇曳着些许衰败凋残的黄色野花……他莫不是由这被秋风与严寒欺凌的残花联想到了自己的命运?我不这么认为。我甚至可以断定,他压根就不记得什么野花——尽管有马车夫的证词,尽管第一区警察所长事后也证实,当他乘着警察局长的马车赶到时,的确看见省长手里抓着几枝黄花。这位警察所长名叫瓦西里·伊万诺维奇·弗利布斯季耶罗夫,是个行政狂人,虽然刚调任敝城不久,却已然凭借过分的狂热,执行公务时的无所不用其极,以及天生的酒鬼气质而威名赫赫。他跳下马车,丝毫没有在意省长大人的举止,以疯狂而笃定的神气向首长报告说"城里暴乱了"。

"啊,什么?"安德烈·安东诺维奇转过身来,神情严厉,但丝毫不显得惊讶,也全然忘记了马车和车夫,仿佛身在自己书房似的。

"第一区警察所长弗利布斯季耶罗夫,大人。城里暴乱了。"

"弗利布斯季耶雷——海盗[1]?"安德烈·安东诺维奇若有所思地反问。

"正是,大人。什皮古林工厂暴乱。"

"什皮古林!……"

"什皮古林"这个字眼似乎令他想起了什么。他身子一震,将一根手指举至额头:"什皮古林!"他没有再说话,依旧沉浸在自己的思绪里,不紧不慢地走向马车,坐好,吩咐进城。警察所长乘车跟随。

一路上,他恍惚记起了许多极有趣的事,林林总总,但直至马车驶近府邸前的空地时,他大概仍未抱定任何的主张或意图。然而,当他

---

[1] 省长神情恍惚,误将警察所长的姓氏 Флибустьеров(弗利布斯季耶罗夫)听成了 Флибустьеры(音"弗利布斯季耶雷",意为"海盗")。

433

远远望见列队肃立的"暴乱者",望见警察围成的封锁线,望见束手无策的(兴许是装出来的)警察局长,以及在场所有人共同向他投来的期待的目光时,浑身的血液便一股脑灌进了他的心脏。他面色苍白地走下马车。

"脱帽!"他气急败坏地说,声音几不可闻。"跪下!"他突然尖声叫道,连他自己都被吓了一跳,而似乎正是这突如其来的一嗓子,注定了整场事件的结局。这就好比谢肉节的滑雪坡,您想想看,一旦雪爬犁从坡顶飞驰而下,还有可能在半山腰停住吗? 安德烈·安东诺维奇平素性格开朗,从来没冲任何人跺着脚嚷过;但与这种人相处更危险,因为他们的雪爬犁不知何时便会突然滑下来。他眼前的一切开始旋转。

"海盗!"他发出越发尖利而荒唐的一声喊叫,随即戛然而止。他站在那儿,还没想好该怎么办,但直觉告诉他,必须立刻做点什么。

"上帝!"人群中有人喊道。一个小伙子开始画十字,有那么三四个人的确打算下跪,但其余人集体上前三步,突然七嘴八舌嚷嚷起来:"大人……还没到期……管事……话可不能那么说",等等,等等。一句话也听不清。

呜呼! 安德烈·安东诺维奇自己也搞不清楚——他手里还攥着那把野花儿呢! 他确信这是暴乱,就像方才斯捷潘·特罗菲莫维奇确信自己会被塞进带篷马车一样。而在瞪眼望着他的"暴动者"中间,总有一个身影晃来晃去,那正是暴徒的"鼓动者"、从昨天起便阴魂不散的彼得·斯捷潘诺维奇,令他深恶痛绝的彼得·斯捷潘诺维奇……

"树条鞭!"他突然喊道。

死一般的寂静。

最初的情形正是这样的——根据最为确切的消息以及我个人的推断。但接下来的消息就没那么确切了,包括我自己的推断。但还是有几个事实的。

首先,树条鞭取来得未免太快了,显然是奸猾的警察局长预先准备好的。不过,挨鞭子的人总共只有两个,绝不会有第三个,我坚持这样认为。说所有人或者至少一半人挨了鞭子,那纯属谣言。还有谣言称,有一位贫穷但体面的女士打那儿经过,也被当场抓住,挨了鞭子;我后来甚至在彼得堡的一份报纸上看到了相关报道。还有好多人说,公墓养老院有个老太太,名叫阿夫多季娅·彼得罗夫娜·塔拉佩金娜,说她串门回来路过此地,出于自然的好奇,挤进围观人群中间,看到发生的情形,骂了句"真可耻!"并啐了一口。说她为此也被抓起来"揍了一顿"。此事非但上了报,城里还出于义愤,为她组织了募捐。我本人也捐了二十戈比。可结果呢?如今才知道,这个姓塔拉佩金娜的养老院老太太压根就不存在!我亲自去公墓养老院打听过:从没有人听说过什么塔拉佩金娜,而且得知传言后,所有人都很气愤。我之所以提及这个并不存在的老太太,是因为斯捷潘·特罗菲莫维奇险些跟她有了相同的遭遇——假如这个老太太真实存在的话。甚至有可能,关于塔拉佩金娜的荒唐传言本就是由他而起,只不过传来传去传成了那个样子。关键是我想不通,他是怎么从我身边溜走的。当时我们碰巧从那里路过,我预感到情况不妙,便想拽着他绕过空地,直接去省长府邸的门廊;可我自己也被吸引了,便略微停留了一分钟,随便找个人打听了一下,再一回头,斯捷潘·特罗菲莫维奇已经没影儿了。在本能的驱使下,我当即扑到最危险的地方去寻他;我莫名地有种预感:他的雪爬犁也滑下来了。果不其然,他已经卷到旋涡的最中心去了。

我记得,当时我抓住了他的胳膊,而他却平静地、傲然地、无上威严地看着我,说:"亲爱的,"他的声音里仿佛有根断了的弦在颤抖,"假如这帮人光天化日、众目睽睽之下都能干出这种混账事,那么,这个人又能干出什么来呢……倘若他有机会肆意妄为的话?"

他气得发抖,带着不可遏止的挑衅欲望,将他那根令人生畏的批判的食指对准了两步开外,正瞪眼望着我们的警察所长。

警察所长眼前一黑,愤怒地叫道:"那个!"

"谁是那个?你又是哪个?"斯捷潘·特罗菲莫维奇攥紧拳头,朝警察所长逼近了一步。

"你是谁?"警察所长疯狂、病态、绝望地怒吼道。其实他很认得斯捷潘·特罗菲莫维奇。

恐怕再过一秒钟,他就会锁住斯捷潘·特罗菲莫维奇的衣领;万幸,连布克听到叫喊,转过头来。他困惑而认真地打量了斯捷潘·特罗菲莫维奇一番,似乎在思考什么,突然不耐烦地挥了挥手。警察所长顿时哑了火。我忙将斯捷潘·特罗菲莫维奇拽出了人群。事实上,这会儿他自己大概也想全身而退了。

"回家,回家,"我坚持道,"要说我们没有挨打,那真是多亏了连布克。"

"您自己回吧,我的朋友,我的错,险些连累了您。您还有您的前程和事业,而我——我的时辰已到。"

他坚定地踏上了省长府邸的门廊。门房认得我,我说我们都是来找尤利娅·米哈伊洛夫娜的。我们在接待厅落座,开始等待。我不愿丢下我的朋友,但我知道,此刻再对他说什么都是多余。他满脸以身殉国的悲壮。我们没有挨着坐,而是坐在了不同的角落,我靠近门口,他坐在远远的对角,若有所思地低垂着头,两手轻轻拄着手杖,左手还抓着他那顶宽边礼帽。我们就这样坐了约莫十分钟。

二

连布克突然快步走了进来,警察局长跟在他身边。他漫不经心地扫了我们一眼,也没在意,便朝右手边自己的书房走去,但斯捷潘·特罗菲莫维奇站起身来,拦住了他的去路。前者的高大身形起了作用,连布克收住了脚步。

"这是谁?"连布克困惑地嘟囔着,似乎在询问警察局长,却并未扭头看向后者,而是一直打量着面前的人。

"退职八等文官斯捷潘·特罗菲莫维奇·韦尔霍文斯基,省长阁下。"斯捷潘·特罗菲莫维奇威严地颔首答道。

省长阁下继续端详着对方,但目光相当迟钝;半晌,才打着官腔问了句"何事?"并嫌恶而厌烦地向斯捷潘·特罗菲莫维奇转过一只耳朵,显然是将他当成了呈递书面请求的普通求见者。

"寒舍今日遭到了某位官员的搜查,他说是奉了您的命令,因此我想……"

"姓名,姓名?"连布克不耐烦地问,似乎突然猜到了什么。斯捷潘·特罗菲莫维奇愈加威严地重复了自己的姓名。

"噢——!就是……就是那个温床喽……亲爱的先生,您从如此角度介绍了自己……您是教授?教授?"

"鄙人曾有幸为某高校的青年人讲过几堂课。"

"青年人!"连布克似乎哆嗦了一下,但我敢打赌,他肯定还没有弄明白是怎么一回事,甚至不清楚面前这人是谁。"我,亲爱的先生,我不允许,"他突然大为光火,"我不会纵容青年人。都是传单闹的。这是对社会的袭击,亲爱的先生,海上袭击,海盗行径……您有何请求?"

"我没有请求,反倒是尊夫人请求我在她明天的节日上朗诵。我来是为了维护自己的权利……"

"节日?节日取消了。我不允许你们举办节日!朗诵?朗诵什么?"他发狂地喊道。

"我非常希望,您对我说话能客气点儿,省长阁下,别冲我跺脚,也别冲我喊叫,我不是小孩子。"

"您知不知道您在跟谁说话?"连布克羞恼道。

"当然,省长阁下。"

437

"我在维护社会,而你们在破坏它。破坏!你们……啊,我想起来了,您就是斯塔夫罗金娜将军夫人的家庭教师吧?"

"对,我是……家庭教师……在斯塔夫罗金娜将军夫人府上。"

"您还是个温床,一连二十年,这才造成了如今的局面……一切恶果……我刚才好像在外面见过您。您要当心,亲爱的先生,当心;您的思想倾向已被获悉。相信我,我全知道。我,亲爱的先生,是不会允许您朗诵的,不允许。这种请求别来找我。"说罢,他又想走开。

"再说一遍,您搞错了,阁下:是尊夫人请求我朗诵的,也不是别的,是文学作品,在明天的节日上。但眼下,我自己不想朗诵了。我只有一个小小的请求:如若可能,请您告诉我,我今天为何会遭到搜查,所为何事,以何理由?他们拿走了我的几本书,一些手稿,还有一些对我很珍贵的私人信件,用小推车推走了……"

"谁搜查的?"连布克打了个激灵,彻底清醒了,登时满面通红。他忙转向警察局长。就在这当口儿,门口出现了布卢姆那驼背的、瘦长而笨拙的身影。

"就是这位官员。"斯捷潘·特罗菲莫维奇指着布卢姆道。布卢姆走上前来,一副知错不改的架势。

"您净干蠢事。"连布克懊恼而愤恨地骂了一句,突然像换了一个人似的,瞬间恢复了理智,"抱歉……"他局促不安地嗫嚅道,脸红得不能再红,"这都是……都是误会,搞错了……都是误会。"

"阁下,"斯捷潘·特罗菲莫维奇道,"鄙人当年曾亲眼目睹一桩怪事。有一回,在剧院走廊上,一个人快步走到另一个人面前,当着众人的面扇了他一记响亮的耳光。打完一看,被打的那张脸根本不是他要打的那张脸,而只不过有些相似而已,这时,他就像个没有时间浪费宝贵时间的人那样,凶巴巴地、急匆匆地说出了阁下方才说出的那番话:'我搞错了……抱歉,都是误会、误会。'受辱者仍觉得羞辱,便喊了几句,打人者便极不耐烦地说:'不是都跟您说了吗,误会、误会,您还嚷嚷什么!'"

"这……这当然很好笑……"连布克讪笑道,"可……可您难道看不出,我自己也很不幸?"说罢,他几乎喊了一声,而且……似乎想要以手掩面。

这声意外的、病态的、近乎号啕的喊叫,委实令人难以承受。这或许是他从昨天起,头一分钟充分意识到自己的处境,紧随其后的便是绝望——深深的、屈辱的、全身心的绝望。谁知道呢,也许再过一秒钟,他便会在接待厅里号啕大哭。斯捷潘·特罗菲莫维奇先是骇然地瞅了他一眼,继而突然低下头去,十分动情地道:"阁下,请莫再为区区小事烦忧,只求您下令归还我的书籍和书信……"

但他的话被打断了——尤利娅·米哈伊洛夫娜率领着一大帮随从,恰于此时声势浩荡地回府了。此处我想尽量描述得详尽些。

三

首先,三辆马车上的人是一齐拥入接待厅的。门廊左侧本有入口直通夫人内宅,可这次他们却选择取道接待厅,我认为,正是因为有斯捷潘·特罗菲莫维奇在,而他今早的遭遇,连同什皮古林工厂的事,尤利娅·米哈伊洛夫娜刚一入城便得到了消息。通风报信者正是利亚姆申,他因某种过失被丢在了家里,未能参加此次出行,故而先于众人得到了消息。他幸灾乐祸地窜上一匹租来的哥萨克驽马,在赶往斯克沃列什尼基的半路上遇到了返回的车队,通报了这些可乐的消息。我想,饶是尤利娅·米哈伊洛夫娜杀伐果断,但得知这些惊人的消息时,多少还是有些不安的;不过,大概也就只有那么一瞬。总之,事件的政治层面她是不会多虑的:彼得·斯捷潘诺维奇已经再三向她灌输,对什皮古林的暴徒们就该挨个抽顿鞭子,而前者近来已经成了她的绝对权威。"不过……我还是要让他为此付出代价。"她心里大概在这样想

(这里的"他"当然是指她的丈夫)。顺带一提,彼得·斯捷潘诺维奇恰巧没有参加这次的集体出行,一大早就不见了人影。再有就是,瓦尔瓦拉·彼得罗夫娜接待完客人之后,也随之一同进了城(她与尤利娅·米哈伊洛夫娜共乘一车),因为明日节庆的最后一次筹备会她是非参加不可的。而利亚姆申报告的关于斯捷潘·特罗菲莫维奇的消息自然也引起了她的关注,甚至是不安。

对安德烈·安东诺维奇的清算立即开始了。呜呼,他从看到自己漂亮夫人的第一眼起就预感到了。省长夫人容光焕发,带着迷人的微笑,快步走到斯捷潘·特罗菲莫维奇跟前,向他伸出一只戴着手套的纤手,不吝溢美之词地对他表示欢迎,仿佛她整个上午唯一的念想,便是尽早跑到他的面前,对他的莅临表示感激。对于今早的搜查则只字未提,倒像是毫不知情似的。对丈夫她一句话也没说,一眼也没看,仿佛压根就没他这么个人。不仅如此,她还立刻强硬地接管了斯捷潘·特罗菲莫维奇,将他引到了客厅,似乎他与连布克根本没在谈话,就算是有,也不值得再继续下去。我要重申:依我看,无论尤利娅·米哈伊洛夫娜再怎么唱高调,这回她又失算了。卡尔马济诺夫尤其帮了倒忙。(他是在尤利娅·米哈伊洛夫娜的坚请之下才参加了此次出行的,从而总算捎带脚完成了对瓦尔瓦拉·彼得罗夫娜的拜访,而后者竟对此受宠若惊。)进门时他走在人群后面,一见斯捷潘·特罗菲莫维奇便跑上前去和他拥抱,甚至打断了尤利娅·米哈伊洛夫娜的话头。

"几多寒暑,几多春秋!总算又见面了……最好的朋友。"

他凑过来亲吻——自然,又是只把自己的脸颊递给了对方。斯捷潘·特罗菲莫维奇一时失措,只得在上面亲了一下。

——当天晚上,斯捷潘·特罗菲莫维奇回想起这一幕,对我说:"亲爱的,我当时在想:我们俩究竟谁更无耻?他,还是我?他跑过来拥抱我,为的是当场羞辱我,而我呢,明明鄙视他和他的那张脸,却当即在上面亲了一口,尽管我满可以别过身去……呸!"

"您快给我讲讲，讲讲一切。"卡尔马济诺夫拖着长音，拿腔捏调，好像对方真能一下子把二十五年来的全部经历讲给他似的。但此种蠢蠢的轻率，恰恰是格调高雅的。

"还记得吗，我们最后一次见面还是在莫斯科，在欢迎格拉诺夫斯基的午宴上，一晃都二十四年啦……"斯捷潘·特罗菲莫维奇话说得实在，格调便远没有那么高雅了。

"尊敬的，"卡尔马济诺夫过分近乎地捏着他的肩膀，尖锐而亲昵地打断了他，"尤利娅·米哈伊洛夫娜，快把我们带到您房间去吧，让他坐下来慢慢讲。"

——还是当天晚上，斯捷潘·特罗菲莫维奇恨得咬牙切齿，继续对我抱怨道："事实上，我跟这个神经质的娘娘腔从来没有亲近过，我们当时都还年轻，但那时候我就看他不顺眼了……当然，他看我也一样……"

尤利娅·米哈伊洛夫娜的沙龙里很快就挤满了人。瓦尔瓦拉·彼得罗夫娜情绪尤为激动，虽然她竭力装作若无其事，但我还是捕捉到了她的两三个眼神——投向卡尔马济诺夫的是痛恨，投向斯捷潘·特罗菲莫维奇的则是愤怒。这是预先的愤怒，出于妒忌，出于爱：倘若斯捷潘·特罗菲莫维奇这回又出言不慎，当众受了卡尔马济诺夫的羞辱，我想，她恐怕会立刻跳起来毒打他一顿。我忘了说，当时莉莎也在场，我从来没见她那么高兴、那么无忧无虑、那么幸福过。自然，马夫里基·尼古拉耶维奇也在。随后，我在那群年轻的女士和放浪形骸的年轻人中间——正是这群人构成了尤利娅·米哈伊洛夫娜身边那个视放浪为快活，视廉价的犬儒习气为智慧的小圈子——注意到了两三张新面孔：一个外地来的波兰人，最会溜须拍马；一位德意志族医生，这是个身体硬朗的老头子，不住地为自己的俏皮话发出响亮而满足的大笑；最后还有一位从彼得堡来的小公爵，年纪轻轻，举止机械，穿着贼长的小硬领，一副国家要员的派头。看得出来，尤利娅·米哈伊洛夫娜对这位贵客极其看重，甚至担心自己的沙龙不入他的法眼……

"亲爱的卡尔马济诺夫先生，"斯捷潘·特罗菲莫维奇优美如画地坐到沙发上，突然也开始拿腔捏调了，较之卡尔马济诺夫有过之而无不及。"亲爱的卡尔马济诺夫先生，属于我们那个时代的、抱有特定信念的人，就算在长达二十五年的时间里，其生活也应当是单一的……"

德意志族老头儿放声大笑，笑声响亮而断续，像马的嘶叫，仿佛斯捷潘·特罗菲莫维奇讲了什么超级可笑的话。斯捷潘·特罗菲莫维奇故作惊讶地望着他，但并未对其造成任何影响。小公爵也看了老头儿一眼：他将自己的小硬领完全转向了后者，还戴上了夹鼻眼镜，但并未流露出任何好奇。

"……应当是单一的，"斯捷潘·特罗菲莫维奇固执地重复道，并刻意将每一个音节都尽量拖长，"四分之一个世纪以来，我的生活正是如此，既然修士总比健全的理智多，而我对此完全赞同，因此，整整四分之一个世纪以来……"

"关于修士说得太棒了。"尤利娅·米哈伊洛夫娜扭头对身旁的瓦尔瓦拉·彼得罗夫娜低语道。

瓦尔瓦拉·彼得罗夫娜报以傲然的一瞥。卡尔马济诺夫无法忍受这句法语的成功，迅速而尖锐地打断了斯捷潘·特罗菲莫维奇："我在这方面倒是还好，已经在卡尔斯鲁厄住了七个年头。去年，当市议会决定铺设新的排水管道时，我由衷地感到，对我而言，卡尔斯鲁厄的一根排水管比我可爱的祖国的一切问题都更可爱、更重要……在整个所谓的国内改革时期。"

"我不得不表示同情，尽管是违心的。"斯捷潘·特罗菲莫维奇叹息一声，意味深长地垂下头去。

尤利娅·米哈伊洛夫娜心中窃喜：谈话开始变得深刻而富于倾向性了。

"是污水管?"德意志族医生高声问。

"雨水管,医生,雨水管,我当时还帮他们写方案了呢。"

医生嘎嘎大笑。很多人也跟着笑了,只不过这回是瞅着医生笑的,但后者对此毫无察觉,他只见众人都在笑,便高兴坏了。

"恕我不敢苟同,卡尔马济诺夫,"尤利娅·米哈伊洛夫娜忙打圆场道,"卡尔斯鲁厄固然不错,可您就爱骗人,这回我们可不上您的当。在俄国人中间,在俄国作家中间,是谁树立了那么多的当代典型,是谁预见了那么多的紧迫问题,又是谁一针见血地指出了当代活动家的基本特质?是您,只有您,再没有第二个。可您却说您对祖国漠不关心,对卡尔斯鲁厄的排水管却关心得要命!哈哈——!"

卡尔马济诺夫拿腔拿调地说:"没错,我的确借助波戈热夫展现了斯拉夫派的一切缺点,又用尼科季莫夫展示了西方派的一切缺点……"

"未必就是一切吧。"利亚姆申小声嘀咕。

"但这些都是捎带手做的,只是为了消磨难缠的时间,为了……用这些东西来满足同胞们难缠的需求。"

"您想必已经知道了,斯捷潘·特罗菲莫维奇,"尤利娅·米哈伊洛夫娜眉飞色舞道,"明天我们将有幸聆听最迷人的文字……卡尔马济诺夫先生最新的、最富灵感的小说杰作,题为《Merci》。他还将在这篇文字中宣布封笔,今后无论如何再不提笔,哪怕是天使下凡,又或是整个上流社会一起恳求他改变决定。总之,终身封笔。而这篇优美的《Merci》将是他的谢幕,感谢读者以一贯的推崇陪伴他多年来竭诚服务于俄国的真挚思想。"

尤利娅·米哈伊洛夫娜幸福到了极点。

"没错,我要谢幕了。说出我的《Merci》就离去,在那里……在卡尔斯鲁厄……合上双眼……"伟大作家说着说着,慢慢消沉。

和我国众多的伟大作家一样(我们俄国有的是伟大作家),卡尔马济诺夫最受不得赞扬,否则立刻就会绵软无力,无论他如何机智风趣。但我认为这是情有可原的。据说,我国的"莎士比亚之一"私底下甚至说过什么"我们这些伟大的人没法不这样"之类的,并且浑然不觉。

"在那里,在卡尔斯鲁厄,我将合上双眼。我们这些伟大的人,完成了自己的事业,剩下的便是尽快合上双眼,不求奖赏。我也会这么做。"

"给我留个地址,我去卡尔斯鲁厄给您扫墓。"德意志人放肆地哈哈大笑。

"如今死人也能用铁路运了。"那帮年轻人里不知道谁突然来了一句。

利亚姆申兴奋地喊了一嗓子。尤利娅·米哈伊洛夫娜眉头紧蹙。这时,尼古拉·斯塔夫罗金走了进来。

"我听说,您被带到局里去了?"他一进门便冲着斯捷潘·特罗菲莫维奇高声问道。

"没去局里,只在局外。"斯捷潘·特罗菲莫维奇俏皮道。

"但愿这丝毫不会妨碍我的请求,"尤利娅·米哈伊洛夫娜接茬道,"我希望,虽然发生了这件不愉快——我到现在都搞不清楚是怎么一回事,但我希望您不要辜负了我们对您的殷切期待,不要剥夺我们欣赏您在文学诵读会上的精彩朗诵的乐趣。"

"我不知道,我……眼下……"

"真的,我多么不幸,瓦尔瓦拉·彼得罗夫娜……您想想看,就在我迫不及待想要见识斯捷潘·特罗菲莫维奇这位俄国最杰出、最独立的思想家之一时,他却突然声明要退出我们。"

"承蒙夸奖,愧不敢当。"斯捷潘·特罗菲莫维奇一字一顿地道,"我不大相信,区区在下对于您明日的盛会竟如此重要。其实,我……"

"您这样会把他宠坏的!"彼得·斯捷潘诺维奇快步跑进房间,叫道,"我刚让他消停一点儿,突然一大早儿的——又是搜查,又是逮捕,警察还锁住了他的脖领子,眼下可倒好,在省长夫人的沙龙里,女士们又给他唱起摇篮曲来了！他现在浑身上下每一根骨头都要酥透啦,他就算做梦也梦不到这样的恩宠。恐怕他都要跑去告发社会党啦！"

"这不可能,彼得·斯捷潘诺维奇。社会主义是如此伟大的思想,斯捷潘·特罗菲莫维奇不可能意识不到这一点。"尤利娅·米哈伊洛夫娜热情地出言回护。

"思想是伟大的,但信奉者却并不总是伟大的,就此打住吧,我亲爱的。"斯捷潘·特罗菲莫维奇转向儿子,优雅地欠了欠身。

但就在此时,出现了最意想不到的情况。冯·连布克已经在沙龙里待了有一会儿了,但似乎谁也没有注意到他,虽然他走进来时大家都看见了。尤利娅·米哈伊洛夫娜坚守既定方针,继续无视丈夫的存在。连布克坐在门口,阴郁而严厉地倾听着谈话内容。一听到关于今早之事的暗示,他立刻就坐不住了,身子扭来扭去,最后盯住了小公爵,显然惊讶于后者那向前凸起的、浆得梆硬的小立领;接着突然猛地一震,因为他听见了彼得·斯捷潘诺维奇的叫喊并看见他跑了进来;而斯捷潘·特罗菲莫维奇关于社会党的格言甫一出口,他便突然起身向他走去,半路上还撞了利亚姆申一下,被撞者立刻佯装惊骇地跳到一旁,还不停地揉着肩膀,一副被撞得生疼的模样。

"够了！"冯·连布克一把抓住被吓坏了的斯捷潘·特罗菲莫维奇的手,使劲儿地攥着,"够了,当代的海盗已被锁定。不准再提。措施已经采取……"

他说得斩钉截铁,声音响彻整个房间,造成了一种病态的印象。所有人都预感到情况不妙。我看见尤利娅·米哈伊洛夫娜脸都白了。插曲以荒唐的意外作为尾音。说完"措施已经采取",连布克陡一转身,疾步朝门外走去,但刚走两步就绊在了地毯上,鼻尖猛然向前一啄,险些趴到地上。他定了定神,瞅一眼绊他的地方,叫了声"换！",便走出门去。尤利娅·米哈伊洛夫娜急忙追了出去。屋内顿时一片哗然,一句话也听不清。有的说他"心绪不佳",有的说他"受了刺

445

激",还有的用食指戳点着脑门,角落里的利亚姆申甚至用两根手指在头上比了一对犄角。[1]人们纷纷暗示省长家里出了风波,自然,都是窃窃私语。没有人打算离开,都在等着。我不知道尤利娅·米哈伊洛夫娜做了什么,但五分钟后她便回来了,竭力佯装镇定。她含糊其词,说安德烈·安东诺维奇有些激动,但没关系,他打小就这样,说她"完全了解",说明天的节庆一定能让他开心起来;接着又出于面子,对斯捷潘·特罗菲莫维奇恭维了几句,随即便高声招呼全体委员立刻召开会议。不是委员的人这才准备各自离去,然而,这个要命的日子里的病态插曲还远未结束……

从尼古拉·弗谢沃洛多维奇进屋的头一分钟我便注意到,莉莎迅速向他投去了凝注的目光,许久未曾移开,久到几乎引起了别人的注意。我看见她身后的马夫里基·尼古拉耶维奇凑到她的耳边,似乎想对她耳语几句,但随即改变了主意,迅速直起身,仿佛干了什么错事似的,偷眼瞥着众人。尼古拉·弗谢沃洛多维奇的神情也激起了众人的好奇:他的脸色比以往更加苍白,目光尤为散漫。在对斯捷潘·特罗菲莫维奇抛出那个问题之后,他仿佛立刻将他忘却了,甚至忘了上前向女主人问好。莉莎他一眼也没看,但并非不愿,而是压根没有注意到她,我确定。在尤利娅·米哈伊洛夫娜招呼委员们立即召开最后一次会议之后,房间里出现了片刻沉默,突然,响起了莉莎那清脆而刻意提高调门的声音。她叫住了尼古拉·弗谢沃洛多维奇。

"尼古拉·弗谢沃洛多维奇,有一个大尉,自称是您的亲戚,您的大舅哥,姓列比亚德金,总给我写些不成体统的信,他在信中抱怨您,还让我揭开您的什么秘密。假如他真是您的亲戚,那就请您叫他别再来烦我,以免除我的不愉快。"

这些话里包含着可怕的挑衅,所有人都听出来了。指责是明显

---

[1] 俄语中"头上长角"意指妻子出轨。

的,尽管对于指责者本人而言或许同样是突然的。好比一个人,眼睛一闭,跳下了屋顶。

但尼古拉·斯塔夫罗金的回答更令人惊愕。

首先令人奇怪的是,他丝毫没有流露出惊讶,而是淡定地、认真地听完了莉莎的问话。他的脸上既无困窘,也无愤怒。他简洁、坚定,甚至完全乐意地回答了这个致命的问题:"是的,我不幸地跟这个人结成了亲戚。我娶了他的妹妹,列比亚德金娜,马上就五年了。请放心,我一定尽快向他转告您的要求,我担保,他不会再来搅扰您了。"

我永远也忘不了瓦尔瓦拉·彼得罗夫娜此时此刻的惊恐。她状若疯癫地从椅子上站起身来,自卫似的将右手护在胸前。尼古拉·弗谢沃洛多维奇看了看她,看了看莉莎,看了看众人,突然露出一个无限高傲的笑容,不疾不徐地走出了房间。所有人都看见,他刚一转身,莉莎就从沙发上跳了起来,想要追上去,但她旋即清醒过来,没有跑,而是平静地走了出去,同样一言未发,谁也没看。不用说,马夫里基·尼古拉耶维奇也当即跟了出去……

当天晚上,城里的轰动和议论就甭提了。瓦尔瓦拉·彼得罗夫娜将自己反锁在城内的住宅,而尼古拉·弗谢沃洛多维奇,据说,直接去了斯克沃列什尼基,甚至没同母亲见面。斯捷潘·特罗菲莫维奇当晚打发我去找他"那位亲爱的女友",好为他求见一面,结果我吃了闭门羹。他备受打击,哭了一场。"这样的婚姻!这样的婚姻!家门不幸!"他一刻不停地重复着。随即他又想到了卡尔马济诺夫,将他骂了个狗血淋头。他还铆足了劲准备明天的朗诵,甚至对着镜子准备——不愧是艺术家天性!他还复习起自己毕生积攒的俏皮话和双关语(它们都记在一个专门的本子上),以便穿插到明天的朗诵中去。

"我的朋友,我这是为了伟大的思想,"他对我说,显然是在自我辩白,"亲爱的朋友,我要离开自己住了二十五年的地方,说走就走,去哪儿——我不知道,但我要走了……"

第三部

第一章　盛会开场

一

尽管"什皮古林日"出了那么多意外，但盛会还是如期举行了。我想，哪怕连布克当天夜里死了，也无法阻止翌日清晨的节庆，因为尤利娅·米哈伊洛夫娜对此寄托了太多的特殊意义。唉，她直至最后一刻仍处在眩晕之中，对社会上的情绪懵懂无知。已经没有人相信这场庆典会平安无事，而不闹出大笑话。有些人已经在摩拳擦掌，坐等"收官大戏"。诚然，很多人努力装出一副眉头紧锁的肃穆神态，但总的来说，社会上的任何丑闻和乱子都能让俄国人乐不可支。不过，我们这儿可远不止等着看笑话那么简单，还有一种普遍的、充满戾气的忿恨，似乎所有人都已经烦透了一切。充斥着一种普遍的、混乱的、过了头的、用力过猛的犬儒习气。不混乱的只有女士们，但也仅限于一个方面——对尤利娅·米哈伊洛夫娜的彻骨仇恨。各派女士皆同仇敌忾。而那个可怜的女人对此却毫无察觉；她直至最后一刻仍然坚信，所有人都对她"众星捧月""忠心耿耿"。

我已经暗示过，我们这儿冒出了各种小人。在动荡或转折的混乱时期,到处都会冒出各种小人。我说的不是那些所谓的"进步分子",他们总是抢在所有人前面(这才是他们最关心的),尽管其目标总是愚蠢至极,但或多或少总还是明确的。不,我说的只是那些败类。任何转折时期都会出现这种败类,任何社会都有,他们非但没有任何目标,甚至没有成形的想法,而只是拼命地宣泄不安与焦躁。然而,这群败类往往会不自觉地听从那群抱有特定目标的"进步分子"的号令,于是后者便可随意支派这群垃圾,只要"进步分子"本身不是一群十足的白痴——而这种情形也并非没有。好比眼下,事情都过去了,有人就说,彼得·斯捷潘诺维奇是受国际工人协会操纵的,而他又操控着尤利娅·米哈伊洛夫娜,而后者又根据他的命令指挥一切败类。敝城最富威望的聪明人如今都暗自纳罕:自己当初怎么就上了他们的当?我们的转折时期本质何在?又是从什么转向什么?——我不知道,我想,也没有人知道,除了某些旁观者。可那群卑劣至极的小人偏偏就突然占了上风,以前连嘴都不敢张,现在却厉声批判起一切神圣之物来了;而那些历来高高在上的头面人物,突然开始洗耳恭听,缄默不语;还有一些人则无耻至极地嘿嘿笑。那些个利亚姆申们、捷利亚特尼科夫们、地主坚捷特尼科夫[1]们,那些个自诩拉季舍夫的乳臭小儿们,那些个笑得既悲伤又傲慢的犹太佬们,那些个嘻嘻哈哈的旅行者们,那些个来自帝都的、带有倾向性的、以紧腰细褶的长裤和锃亮的皮鞋代替思想和才华的诗人们,那些个自嘲军衔无用、甘愿为了多赚一个卢布而解下佩剑,跑到铁路当文书的少校上校们以及改行当了律师的将军们,还有那些个遍地都是的中介们、日渐发达的商人们、不计其数的神学院毕业生们、呼吁女权问题的女士们——所有这些人突然完完全全占据了上风。那么,谁落了下风呢?——那些贵族俱乐部,那

---

[1] 坚捷特尼科夫是果戈理在《死魂灵》第二卷中塑造的一个青年地主形象,他受过良好教育,深知社会罪孽,带有自由主义色彩,却懒惰委靡,不思进取,堪称"多余人"与"奥勃洛摩夫"的结合体。

些高官显贵们和那些装了假肢的将军们，以及那些冷若冰霜、高不可攀的女士们。既然连瓦尔瓦拉·彼得罗夫娜都被这群败类支使得团团转（直至爱子出事之前），那敝省其他的弥涅尔瓦[1]们一时不察也就情有可原了。像我刚才讲的，如今一切罪过都被推到了国际工人协会头上。这个想法如此根深蒂固，连不相干的外来人都听说了。就在不久前，脖子上挂着一枚圣斯坦尼斯拉夫勋章的六十二岁高级文官库布里科夫不请自来，动情地宣布：整整三个月来，他无疑处在国际工人协会的影响之下。可当人们出于对他年高德劭的敬重而请他解释清楚些时，他除了说他"全身心地感受到了"之外，并不能给出任何证明，但却坚持己见，人们也就不再追问他了。

我要重申：我们这儿也有那么一小撮谨小慎微之人，打一开始就闭门不出，甚至挂上了锁。可又有哪把锁挡得住自然法则呢？再谨小慎微的家庭里也一样有着初长成的少女，是非要跳舞不可的。到头来，连这一小撮人也都报名参加了。舞会被想象得无比奢华，传说着各种奇迹。有传言说来了好几位戴长柄眼镜的公爵，还有十位干事，全是青年才俊，左肩膀上绑着蝴蝶结，还有好几位彼得堡的运动发起人。又说卡尔马济诺夫为了吸引募捐，同意穿着敝省家庭女教师的服装朗诵《Merci》，还说会有"文学卡德里尔舞"，所有人都穿着化装服，每套服装代表一个文学流派。更绝的是，穿着服装翩翩起舞的还会有"正直的俄国思想"，光是这个想法就已经足够新潮。怎么能不报名呢？所有人都报名了。

二

按照日程，盛会分为两部分：文学诵读会（从中午到下午四点）和

---

[1] 古罗马神话中的智慧女神。

通宵舞会（晚九点开始）。但这一安排本身就隐藏着混乱的胚芽。首先，人们打一开始就对便宴的说法笃信不疑，说是诵读会一完就立刻安排，甚至有人说诵读会中途专门安排了用餐间歇，而便宴自然是免费的，包含在日程当中的，还能喝到香槟酒。三卢布一张的高昂票价更增加了这一说法的可信度。人们议论纷纷："总不能白募捐吧？活动既然是通宵的，那指定得管饭哪。人们会饿的。"我得承认，这个致命的传言正是尤利娅·米哈伊洛夫娜本人种下的，由于她的轻率。大约一个月以前，在伟大设想的最初感召之下，她逢人就宣扬自己的盛会，甚至把她要祝酒的消息发到了帝都的一家报纸。她当时完全被祝酒的想法迷住了，迫切地渴望发表祝酒词，并且一直在亲自拟稿。祝酒词应当阐明我们的主要旗帜（什么旗帜？——我敢说，可怜的女人自己也不知道），并以通讯报道的形式载入帝都各大报纸，使最高领导层为之感动和心折，继而迅速传播至各省，引起轰动和效仿。可要祝酒就少不了香槟，而香槟又不能空腹喝，所以便宴自然是必不可少的。后来，当她牵头成立了委员会，开始认真筹备时，立刻便有人向她证明，想要吃好喝好的话，女家庭教师们就剩不下几个钱了，哪怕能筹到巨款。因此，有如下两种解决方案：要么摆设伯沙撒王的盛宴，祝酒，然后用九十个卢布打发一众女家庭教师；要么就落实可观的捐款，而盛会就只能撑个场面。其实，委员们只是在危言耸听，他们自然想到了第三种折中而理性的方案，即举办一场方方面面都相当体面的庆祝互动，只是没有香槟，这样也能剩下一大笔钱，远不止九十卢布。但尤利娅·米哈伊洛夫娜不同意，她鄙视小市民气的折中。她当即拍板，既然第一个思路不可行，那就立刻全面倒向另一个极端，即筹集一大笔令其余各省妒羡的巨款。她在会上发表了一通炽热的讲话，最后说："公众是时候明白了，全人类目标的达成要比短暂的肉体享受崇高得多，我们的盛会旨在宣扬伟大思想，因此，我们应当满足于最经济的德国式舞会，只为走个过场，假如这讨厌的舞会无论如何都绕不开的话！"——您瞧，她突然这般痛恨起舞会来了。委员们好不容易才让她冷静下来。诸如"文学卡德里尔舞"之类的审美创意正是于此时提出，用以替代肉体享受的。卡尔马济诺夫也是那时候才终于同意朗诵《Merci》的（此前他一直不置可否地端着架子），以此彻底打消敝城不知节制的公众吃吃喝喝的念头。如此一来，节庆仍将是一场奢华的盛宴，并且由物质层面提升到了精神层面。不过，为了避免完全升入云端，决定：舞会开场可以供应柠檬茶和小圆饼干，然后是杏仁露和柠檬水，临近终场甚至可以上冰激凌，但这也就到头了。对于那些随时随地都会喊渴喊饿、要吃要喝的人，可以在连列厅的尽头处专门开设餐饮部，由贵族俱乐部主厨普罗霍雷奇负责（当然，需在委员会的密切监督之下），提供一切饮食，但要额外收费，为此还需在大厅门口专门贴出告示，声明餐饮部的饮食不在门票之内。可转天一早，又决定不设餐饮部，以免干扰伟大作家的朗诵，尽管餐饮部和朗诵《Merci》的白色大厅中间整整隔着五个大厅。有趣的是，对于朗诵《Merci》一事，委员们似乎通通赋予了过分重大的意义，即使是最务实的人也不例外。至于那些富于诗意的人，比如首席贵族夫人，她对卡尔马济诺夫宣布，朗诵结束之后，她将即刻命人在白色大厅的墙壁上嵌入一块大理石纪念牌，上面用金色铭文注明：某年月日，伟大的俄国及欧洲作家卡尔马济诺夫于此朗诵了其封笔之作《Merci》，由此告别了俄国公众，我省代表人士悉数到场见证。并说舞会开场时人们就能看到这块纪念牌，也就是说，在朗诵结束后五小时内即可办妥。我确切地知道，正是卡尔马济诺夫本人要求，下午（也就是他朗诵《Merci》时）不可设餐饮部，任何形式的都不行，尽管某些委员提出异议，说这不大符合本地习俗。

　　这就是实际情况，而人们却仍在期待着伯沙撒王的盛宴，即免费的大餐，直至最后一刻。年轻的小姐们甚至幻想着成堆的糖果、蜜饯，以及从未见过的珍馐。人们都知道，筹集到的款项数额惊人，全城都挤破了头，各县趋之若鹜，门票都不够卖的。人们还知道，除了门票收入之外，还有巨额捐献：比如，瓦尔瓦拉·彼得罗夫娜为门票支付了三百卢布，并承诺献出自己花房内的全部鲜花来装饰舞厅；首席贵族夫人（委员会成员）提供了场地和照明；俱乐部负责音乐和招待，并派主厨支援一整天。除此之外，还有很多笔小额捐款，因此，甚至考虑过将票价由原来的三卢布降至两卢布。委员会起初的确担心，每人三卢布的话，小姐们可能来不了，便提议设置家庭票，即每个家庭只需为一位小姐支付门票，该家庭的其余小姐们，哪怕有十位之多，均可免票入场。但一切担心都是多余的，恰恰相反，来的最多的正是小姐们。就连最穷的官员也带来了自己的女儿们，而且很明显，倘若没有女儿，他们自己是决不会动买票的念头的。有个末等文官带来了自己全部的七个女儿，外加他的夫人和一个侄女，每位女眷手里都扬着一张价值三卢布的门票。可想而知，敝城掀起了怎样的一场革命！别的不说，单说节日被分成了两大块，相应地，女士们的服装每人也要准备两身——朗诵会一身，通宵舞会一身。后来才得知，许多中产家庭为了这一天，把家里能当的东西全当了，连床单床垫都差点儿抵给了那些犹太佬（也不知怎的，最近两年犹太佬在敝城泛滥成灾，而且越聚越多）。几乎所有官员都预支了薪水，有些地主还卖掉了必不可少的牲畜，所有人都只为把自己的女儿打扮成侯爵小姐，不输给任何人。如此多的盛装华服，实为敝城前所未见。离节日尚有两个礼拜，但城里已然充斥着各种家庭笑话，它们立刻被我们那些好戏谑的人传到了尤利娅·米哈伊洛夫娜耳朵里。家庭讽刺漫画也开始疯传。尤利娅·米哈伊洛夫娜的画册里就有几幅这样的画作，我亲眼见过。那些闹出笑话的人家对此心知肚明，大概正因如此，城里人近来才会对尤利娅·米哈伊洛夫娜如此痛恨。如今大家都骂她，一提起来就咬牙切齿。其实早就明摆着的，一旦委员会有什么地方做不到位，或者舞会出了什么纰漏，立刻便会引爆空前的不满。所以，人人暗地里都在盼着看笑话；既然人人都这么盼着，又怎么可能不闹笑话呢？

乐队于正午准时奏响。作为十二位干事(即所谓"佩戴蝴蝶结的年轻人")之一,我亲眼见证了这个耻辱日的开始。首先是入场时的拥挤不堪。这是怎么搞的,怎么会一上来就乱了套,而且首先就是警力部署?我并不责怪真正的公众:各家的家长并没有拥挤,更没有仗着官阶挤人,相反,据说他们还在街上时就感到犯难,因为敝城街头从未见过那么多人,人群围堵在楼口,不是往里头走,而是朝里头猛冲。而马车仍在源源不断地赶来,终于堵塞了街道。眼下,写作此书时,我有确凿的证据证明,当天有很多敝城最卑劣的败类混进了现场,都是利亚姆申和利普京(或许还有其他干事)免票带进去的。反正现场有很多完全陌生的面孔,都是从底下各县乃至更远的什么地方来的。这群野蛮人一进大厅就异口同声地(就跟有人教唆似的)打听餐饮部,当得知没有时,便肆无忌惮地破口大骂,那股子粗野劲儿敝城至今仍然罕见。其中有些人还是喝醉了来的。有些人像没见过世面的乡巴佬似的,一进门就被首席贵族夫人富丽堂皇的大厅惊呆了,一时间瞠目结舌,傻张着嘴东张西望。这间白色大厅虽已年代久远,但委实雍容华贵:面积巨大,上下两排窗户,厅顶镀成金色,带有古典彩绘,还有合唱团,镜面墙,白底红道的帷幔,好多大理石雕像(雕的什么不知道,总之是雕像),古朴厚重的拿破仑时期的家具,也是白底金边,还包了红色丝绒。此刻,大厅尽头搭了一方高台,供文学家们朗诵之用,厅内整整齐齐摆满了座椅,预留了宽敞的过道,俨然剧院池座。头几分钟的惊愕过后,野蛮人立刻抛出了无理取闹的问题和声明:"我们说不定还不想听朗诵呢……我们可是交了钱的……公众被无耻地欺骗了……主人是我们,不是连布克两口子!……"总之,他们似乎就是冲这个来的。我特别记得一起冲突,当事人之一便是那位彼得堡的小公爵,就是昨天早上在尤利娅·米哈伊洛夫娜的沙龙里,竖着高高的硬领,跟个木头人似的那位。在尤利娅·米哈伊洛夫娜的软磨硬泡之下,他也往自己左肩膀上戴上了蝴蝶结,成了干事中的一员。没想到,这尊带发条的蜡像虽然不爱说话，行动起来却毫不含糊。有个身为退伍大尉的麻脸壮汉，在一大帮混混的簇拥下，凑到他跟前，问：餐饮部咋走？他二话没说，扭头朝一名警察使了个眼色。命令立刻得到了执行：醉酒的大尉骂骂咧咧地被拖了出去。与此同时，"真正的"观众终于入场了，像三根长线一样穿进了座椅之间的三条过道。捣乱分子们逐渐消停下来，但观众们均流露出不满与讶异之色，哪怕是最"单纯"的观众；有些女士简直被吓坏了。终于各自落座；音乐也停了。有人开始擤鼻子，左顾右盼。众人期待的神情过于肃穆，而这本身就是个坏兆头。"连布克两口子"仍未到场。绸缎、丝绒、钻石在四面八方闪耀、燃烧；空气中弥漫着香水气息。男士们佩戴着全部的勋章，上了年纪的还穿着军装。终于，首席贵族夫人带着莉莎现身了。我从未见过莉莎像那天上午那般炫目迷人、珠围翠绕。她的头发烫成了卷，眼波流动，笑逐颜开。她显然引起了注目，人们打量着她，窃窃私议。有人说她的目光在寻找斯塔夫罗金，但无论是斯塔夫罗金，还是瓦尔瓦拉·彼得罗夫娜，当天都未到场。我当时对她的神情感到不解：这张脸何以如此幸福、如此欣喜，充满了精神与力量？想到昨天的事，我着实一头雾水。而"连布克两口子"仍未现身。这已经是失礼了。我事后才得知，尤利娅·米哈伊洛夫娜直至最后一刻都在等待彼得·斯捷潘诺维奇——最近一段时间，她离了他简直都不会走路了，尽管她自己决不肯承认这点。我要顺带指出，彼得·斯捷潘诺维奇在昨天的最后一次筹备会上拒绝了干事的蝴蝶结，这令她极度伤心，甚至落了泪。令她吃惊继而无比慌乱的是，他一整天都不见踪影，也压根没来参加文学朗诵会，直至傍晚都未出现（这是后话）。终于，观众们明显不耐烦了。台上也迟迟无人露面。后面几排鼓起掌来，像在剧院里催场一样。长者和太太们皱起了眉头：连布克夫妇这架子未免也太大了。就连最有素养的观众也不禁犯起了嘀咕，说节日搞不好真要取消了，连布克说不定真的病了，等等，等等。万幸，连布克夫妇终于挽臂而来。说实话，我自己也生怕他们来不了。但谣言总算坍塌了，真相获得了胜利。观众们似乎全松了一口气。连布克看上去完全健康，大家想必都是这么认为的——可想而知，有无数双眼睛盯住了他。需要说明的是，敝城上流社会其实原本就没几个人相信他有病；他的作为被认为是完全正常的，至于他昨天上午在广场上的处置，甚至得到了赞赏。"早该如此，"显贵们说，"刚来的时候都是慈善家，到头来还得是老法子，殊不知，搞慈善也非得用老法子不可。"至少俱乐部里都是这么议论的。人们只是怪他不该发火，"要沉得住气嘛，到底还是新手。"老手们说。所有的目光都以同样的贪婪射向了尤利娅·米哈伊洛夫娜。当然，任何人都无权要求我这个讲述者对一切事都了如指掌，特别是此事涉及女性隐私。我只知道一点：昨天晚上她来到冯·连布克的书房，跟他一直待到后半夜。连布克得到了原谅和安慰。夫妻二人完全达成了和解，既往不咎，聊到最后，连布克惶恐地想起了前天夜里那个要命的收场，扑通一声跪倒在地，这时，先是夫人的玉手，再是夫人的芳唇堵住了如骑士般彬彬有礼的丈夫的炽热倾诉，将他感动得一塌糊涂。所有人都看见了省长夫人脸上的幸福。她满面春光，珠光宝气。她似乎已然站上了欲望之巅：盛会——她施政的目标与花环——终于变成了现实。连布克夫妇一路走，一路颔首致意，鞠躬还礼，走到正对舞台的首排座位时，立刻被团团围住，连首席贵族夫人都起身相迎……就在此时，出了一个别有用心的插曲：乐队突然奏起了迎宾曲——并非进行曲，而是寻常宴会上的迎宾曲，就像敝城俱乐部的宴会上为某人的健康祝酒时演奏的那种。我如今知道，这是利亚姆申以干事的身份特意安排的，说是为了向入场的"省长夫妇"致敬。当然，他满可以辩称是自己一时糊涂，或是忙昏了头……唉，我那时还不知道，他们已经不必再费尽心思地寻找借口，因为今天一切便要了结了。更有甚者，公众脸上的困惑和讪笑还未消失，大厅尽头和上敞廊里突然高呼"乌拉"，显然也是为了欢迎连布克的。喊的人并不多，但叫喊声却持续了好一阵儿。尤利娅·米哈伊洛夫娜勃然变色,目露凶光。连布克驻足座位前,循声望去,威风凛凛地环视大厅……众人忙请他落座。可怕的是,我注意到他脸上又浮现出那种危险的笑容,就是昨天上午在尤利娅·米哈伊洛夫娜的客厅,当他向斯捷潘·特罗菲莫维奇逼近时的那种。我感觉,眼下他脸上带着某种不祥的神情,更糟糕的是,那表情还颇为滑稽,似乎在说,为了达成夫人的最高目标,他宁肯牺牲自我……尤利娅·米哈伊洛夫娜忙招手叫我过去,低声吩咐我赶紧去找卡尔马济诺夫,求他立刻登台。可我刚一转身,就又出了一档子卑鄙事,比头一桩还要龌龊得多。舞台上,空荡荡的舞台上——众人一直满怀期待地注视着舞台,却只瞧见一桌一椅,桌上的银质托盘里放着一杯水——突然冒出了列比亚德金大尉的庞大身躯,还穿着燕尾服,系着白领结。我彻底惊呆了,简直不敢相信自己的眼睛。大尉本人似乎也有些窘,在舞台后方呆住了。观众里突然有人喊:"列比亚德金!是你?"听到喊声,大尉咧开大嘴,愚蠢的红脸(他醉得厉害)上露出傻笑。他抬手抹了一把额头,晃了晃头发蓬乱的大脑袋,摆出一副豁出去了的架势,朝前跨了两步,突然扑哧一声笑开了,笑声不大,却富于变化,持久,幸福,直笑得一身肥肉乱颤,两只小眼睛都被挤没了。见此情形,小一半的观众都被逗乐了,有二十来人鼓起掌来。正经的观众们则阴沉着脸,面面相觑。不过,这一切顶多持续了半分钟。身披干事蝴蝶结的利普京突然带人跳上了舞台,两个仆人小心地架住了大尉的胳膊,利普京对他耳语了几句。大尉皱起眉头,嘟囔了一句:"咳,那好吧!"大手一挥,将宽阔的后背转向观众,跟着两个仆人下去了。一眨眼的工夫,利普京又跳上台来,嘴角挂着他这辈子最甜的笑容(他的笑向来给人一种糖泡醋的感觉),手里捏着一页信纸,迈着小碎步走到舞台最前沿。

"诸位,"他对观众们说,"由于疏忽,闹了个笑话,现在已经处理了。但我带着希望接受了一项委托,一个最最恳切的请求,来自本地的一位诗人……他怀着人道的、崇高的目的……虽然他其貌不扬……

正是同一个目的将我们所有人聚在了一起……为了擦干我省受过教育的可怜女性的泪水……这位先生,我指的是我们这位诗人……不愿透露姓名……他很希望看到自己的诗被朗诵,在舞会……不,是朗诵会开始之前。尽管这首诗并不在节目单当中……因为它半小时之前才送到……但我们觉得("我们"是谁?——不知道,我只是原封不动地照搬了这段语无伦次的开场白),凭借出众的纯真情感,以及同样出众的欢乐,这首诗值得被朗诵,当然,不是作为严肃作品,而是作为适合盛会的……总之,适合主旨的……何况只有短短的几行……我恳请现场最包容的观众们准许。"

"读吧!"大厅尽头有人扯着嗓子喊。

"那我就读了?"

"读吧,读吧!"很多人一齐喊。

"既然观众允许,那我就读了。"利普京撇撇嘴,又露出一个加了糖的笑容。但他似乎仍有些犹豫,甚至有些紧张。这帮人虽然放肆,但偶尔还是有所忌惮的。倘若换作神学院的学生,那就真正无所顾忌了,而利普京终归是老一辈人。

"我事先声明,我是说,请允许我事先声明,这毕竟不是从前的节庆上写的那种颂诗,而是,怎么说呢,近似于滑稽诗,但里面却包含着毋庸置疑的情感,并且带着戏谑的欢乐,而且可以说,是最贴近客观真实的。"

"读吧,快读吧!"

他展开那页信纸。不消说,没有人顾得上阻拦他。何况他还戴着干事的蝴蝶结。他响亮地朗诵道:

献给本省家庭女教师同胞
——诗人为节日而作

你好啊,家庭女教师,你好!

　　　　欢呼雀跃吧,我的同胞!
　　　　无论反动分子,还是乔治·桑[1],
　　　　今天都要喜气洋洋!

"这是列比亚德金写的! 肯定是列比亚德金!"好几个人叫嚷道。响起了哄笑声,甚至稀稀拉拉的掌声。

　　　　你捧着法文课本,
　　　　教流鼻涕的小孩儿认字,
　　　　又跟教堂司事眉来眼去,
　　　　好让他娶你为妻。

"乌拉! 乌拉!"

　　　　但在如今这大改革的年代,
　　　　连教堂司事也不会娶你。
　　　　除非你有大把大把的票子,
　　　　否则就只能当个家庭教师。

"没错,没错,这才叫现实主义,没有票子寸步难行!"

　　　　可眼下我们吃着喝着,
　　　　为你筹集资金,
　　　　在豪华的大厅里跳着舞,
　　　　为你献上嫁妆。

---

[1] 乔治·桑(1804—1876),法国著名女小说家,女权主义者。

无论反动分子,还是乔治·桑,
今天都要喜气洋洋!
如今你有了嫁妆,
识字课本去他娘!

老实说,我完全不敢相信自己的耳朵。这是明目张胆的无耻,连愚蠢都无法替利普京开脱。何况利普京并不愚蠢。意图很明显(至少在我看来),似乎有人急于引起混乱。这首愚蠢诗作中的某些诗行,比如最后一行,即便再愚蠢的人也是不会当众朗读的。利普京似乎自知捅了大篓子:在完成了这一壮举之后,他自己也被自己的大胆吓呆了,甚至没有跑下台去,而是站在原地,似乎想要找补几句。他所预期的大概是另外的效果。但就连刚才起哄鼓掌的那帮人也都闭了嘴,似乎也被惊呆了。最愚蠢的是,他们中的很多人起初对这首诗反响热烈,并没有意识到其中的诽谤,而的确将其当成了一首带有政治倾向的、反映家庭女教师客观现状的讽刺诗。但过分放肆的诗句最终令他们也感到惊骇。至于大厅内的其他观众,非但觉得难堪,甚至明显感觉受到了羞辱。我的印象是准确的。尤利娅·米哈伊洛夫娜后来说,倘若再过一秒,她恐怕就要昏厥了。一位最德高望重的老者搀起自己的老伴儿,在众人慌乱的目光中走出了大厅。谁知道呢,这一举动很可能会引起效仿,幸亏就在这当口儿,卡尔马济诺夫本人走上了舞台,身穿燕尾服,系着白领结,手持笔记本。尤利娅·米哈伊洛夫娜立刻向她的拯救者投去感佩的目光……但此时我已经到了后台,我得去找利普京。

"您这是故意的!"我气愤地抓住了他的胳膊。

"我是真没想到。"他缩着脖子,装出一副倒霉相,撒起谎来,"那首诗刚刚才送到,我本想拿它当个好玩的笑话……"

"您根本不是这么想的。难道您会把这种庸俗的垃圾当成好玩的笑话?"

"没错,先生。"

"您就是撒谎,那根本不是刚刚送到的。是您跟列比亚德金一块儿写的,没准儿昨天就写好了,就为了胡闹。最后一句肯定是您写的,教堂司事也是您想出来的。他怎么会穿着燕尾服登台?若不是他喝醉了酒,您是不是还打算让他朗诵来着?"

利普京冰冷而恶毒地剜了我一眼,突然异常平静地问:"这关您什么事?"

"这叫什么话?要知道,您也戴着蝴蝶结……彼得·斯捷潘诺维奇呢?"

"不知道,就在这儿吧。怎么了?"

"怎么了?我现在全看透了。这就是针对尤利娅·米哈伊洛夫娜的阴谋,为了让节日出丑……"

利普京又斜睨了我一眼,冷笑道:"关您什么事?"然后耸耸肩,走开了。

我不由得一阵发冷。我的一切怀疑都得到了证实。而我原本还指望着,是我想错了呢!我能怎么做呢?我本想跟斯捷潘·特罗菲莫维奇商量商量,可他此刻正站在镜子前,忙着"试戴"各种微笑,修改文稿,还在上面做满了标记。卡尔马济诺夫之后就轮到他登场了,他已经顾不上跟我说话了。跑去找尤利娅·米哈伊洛夫娜?可她必须接受更狠的教训,方能彻底破灭"众星捧月""忠心耿耿"的执念,眼下还为时尚早,她肯定不会相信的,而会以为是我大白天撞了鬼。再说她又能怎样呢?"唉,"我想,"要说起来,这还真不关我什么事,等一闹起来,蝴蝶结一解,回家去!"我当时就是这么想的——"等一闹起来",我还记得。

但卡尔马济诺夫的朗诵还是要去听听的。我最后环顾了后台一周,见很多闲杂人等正在四处乱窜,里面甚至还有女性,进进出出的。

"后台"的空间相当逼仄，前面有道帷幔，将其与公众完全隔开，后面有廊道通往其他房间。所有朗诵者都在此候场。但尤其令我惊诧的是排在斯捷潘·特罗菲莫维奇之后的一位朗诵者。那人似乎也是一位教授（我到现在都没搞清楚他是什么人），某次学潮之后主动从某高校离职，数日前才不知何故来到敝城。他也被人举荐给了尤利娅·米哈伊洛夫娜，后者对他同样礼敬有加。如今我才知道，在朗诵会之前，他只到省长府上参加过一次晚会，整晚未发一言，只对尤利娅·米哈伊洛夫娜身边那群人的笑话和腔调报以暧昧的微笑，显得既傲慢又促狭，令所有人都感到不快。是尤利娅·米哈伊洛夫娜本人请他朗诵的。眼下他正贴着后台墙根走来走去，嘴里也跟斯捷潘·特罗菲莫维奇一样念念有词，只不过他是盯着地面，而非镜子。他并没有"试戴"笑容，却时常猥亵地笑着。显然，跟他也是没法说的。这是个小个子，四十来岁模样，秃顶，花白胡子，衣着得体。最有趣的是，每次转身时他都会举起右拳，在头顶挥舞几下，然后猛然砸落，像是要将某个对头砸个粉碎。这套动作他每隔一分钟就重复一遍，直看得我心里发毛，赶紧跑去听卡尔马济诺夫的朗诵了。

三

大厅里又有些情况不妙。预先声明：我崇敬伟大的天才；可我国的这些个天才先生们，在其光辉一生的暮年，为何总像个小孩子呢？就算他是卡尔马济诺夫，就算他出场时的气派足以压倒五名高级宫廷侍从，可那又如何呢？难道他就妄想用一篇文章让敝省这群观众干坐一个钟头？要我说，甭管多大的天才，在面向大众的轻松的文学诵读会上，都不能占用观众超过二十分钟而不受到谴责。诚然，伟大天才的登台亮相的确备受瞩目。就连最严苛的老者也表现出赞许和兴趣，而女士们甚至有些兴奋。可惜掌声有点儿短，还不大协调，有些凌乱。好在后排无人捣乱——直至卡尔马济诺夫先生开口讲话。但那也算不得什么卑劣行径，而更像是无心之举。我之前已经提到过，卡尔马济诺夫的声音过于尖细，甚至近似女声，而且带着正统贵族所特有的腔调。他刚说了没几句话，突然有个人放声大笑——想必是个既无经验，又没见过世面，还天生爱笑的傻瓜蛋。但这并未引发观众们的哄笑；相反，众人纷纷示意傻瓜蛋噤声，笑声便戛然而止。但卡尔马济诺夫先生却装腔作势地声明，说他"起初无论如何不愿朗诵"（多么必要的声明呵！）；说什么"有些文字完全是从心底唱出来的，难以用言语形容的，因此，这样的圣物是无法展示给公众的"（那还展示个什么？）；"但经不住再三恳求，他只得答应展示，加之他决定就此封笔，发誓决不再写任何东西，那便权且如此，写下了这篇最后的东西；又因他发誓今后不再公开朗诵任何作品，那便权且如此，向公众朗诵这最后的作品"，等等，等等，诸如此类。

这本来也没什么，谁还没有读过作者自序呢？但鉴于敝省公众素养有限，且后排观众暴躁易怒，这就很可能会出问题了。朗读一个短中篇或者小短篇岂非更好？就像他之前总爱写的那种，虽然过分润色、矫揉造作，却不乏俏皮。这样或许还能挽救一切。可他偏不！喋喋不休的训诫！上帝呀，简直无所不涉！我敢肯定，漫说敝省，就是帝都的公众也得听愣了。您想想看，近两个印张，全是装腔作势、百无一用的废话；关键是这位先生还摆出一副高高在上、不情不愿、近乎施舍的姿态，这对观众简直是种侮辱。至于主题……又有谁能听得懂呢？似乎是对某种印象、某些回忆的总结。什么印象？什么回忆？在整个朗诵的前半部分，无论敝省观众再怎么紧皱眉头都不知所云，因此，后半部分已经完全是出于礼貌在硬着头皮往下听了。诚然，关于爱情谈了很多，关于天才对某位女士的爱情，但老实说，这未免有些尴尬。依我之见，以天才作家的短胖身材而论，大谈特谈自己的初吻似乎不大相宜……而且，同样气人的是，就连那些亲吻也跟全人类的都不一样:周围必然长着荆豆(必须得是荆豆,或者其他什么需要查阅专业文献的植物)。此时的天空必然带着点儿紫罗兰色调,而这当然是凡夫俗子所从未见过的,或者说,所有人都见过,却从未有人留意过:"你瞧,我就看见了,让我来给你们这群笨蛋描述描述,这可是再寻常不过的。"迷人的一对儿坐在一棵必然是橙黄色的树下。地点必然是德国某处。突然,他们看见了大战前夕的庞培[1]或者卡西乌斯[2],顿时被兴奋的寒气所击中。一条人鱼在灌木丛中尖叫。格鲁克[3]在芦苇丛中拉起小提琴。他演奏的曲目标注了全称,却没有一个人听说过,必须得去查音乐学词典。与此同时,团团雾气升腾而起,一团团,一团团,较之于雾气更像是一百万只绒枕。接着,一切都突然消失了,伟大的天才开始在解冻期横穿伏尔加河。这一穿就是两页半,结果还是掉进冰窟窿里去了。天才在往下沉,——您以为他会淹死么?我可不这么认为;这仅仅是为了,当他即将沉到河底,马上就要窒息时,眼前突然闪过一个小冰块,只有豌豆粒大小,但晶莹剔透,"像一颗结冰的泪珠",而在这冰粒上倒映出德国,不,是德国的天空,这倒影霓虹闪烁,让他想起了那颗泪珠,"还记得吗,它从你的眼眸滑落,当我们坐在绿宝石的树下,你欣喜地感叹:'没有罪行!''是的,'我噙着眼泪说,'既如此,那也就没有无罪者了。'我们号啕大哭,永世诀别。"她去了海边,而他去了洞穴;于是,他在莫斯科的苏哈列夫塔[4]下开始坠落,坠落,坠落了三年,突然,在地底深处的洞穴,他发现了一盏小油灯,灯前坐着一位苦修士。苦修士在祈祷。天才趴到小小的栅栏窗前,突然听到一

---

1 即格涅乌斯·庞培(前106—前48),又译庞贝,古罗马共和国末期著名军事家和政治家。在罗马内战中败于恺撒,逃亡埃及后遇刺身亡。
2 即盖乌斯·卡西乌斯·朗吉努斯(前85—前42),古罗马军事将领,参与刺杀恺撒。后战败自杀。
3 克里斯托弗·威利巴尔德·格鲁克(1714—1787),德国歌剧作曲家,致力于歌剧改革,主张音乐为戏剧服务。代表作有《奥菲欧与尤丽狄茜》等。
4 苏哈列夫塔,1695年由彼得大帝下令建成,以射击军团长拉夫连季·苏哈列夫的名字命名,以表彰后者在1689年政变中对彼得大帝的忠诚。塔高60米,原为莫斯科地标性建筑之一。1934年苏联重建莫斯科时将其拆毁。

声叹息。您以为是苦修士在叹息么？他才不稀罕您的苦修士呢！不是的，只不过是因为，这声叹息"让他想起了三十七年前，她的第一声叹息"："还记得吗，那是在德国，我们坐在玛瑙树下，你对我说：'何必去爱？你瞧，周围赭色渐浓，我爱；当赭色不再变浓，我就不爱了。'这时，又升腾起团团雾气，霍夫曼[1]出现了，人鱼开始用口哨吹奏肖邦，突然，雾气中出现了安库斯·马尔西乌斯[2]，头戴桂冠，站在罗马的屋顶。兴奋的寒战滚过我们的脊背，于是我们永世诀别。"等等，等等。我也许不擅长转述，转述得也没那么好，但总之，这通废话的大意正是如此。再者说，我国的伟大天才们对于谐音双关语的热衷何等鄙俗！伟大的欧洲哲学家，伟大的科学家、发明家，伟大的献身者、蒙难者——所有这些"劳苦担重担的人"[3]，在我们这位伟大的俄国天才眼里，根本就是他的厨子。他是老爷，而他们则手捧厨师帽站在他的面前，听候他的吩咐。没错，他傲慢地嘲笑俄国，最令他开心的，莫过于在欧洲的伟大头脑面前宣布俄国的全方面破产，至于他自己嘛，则早已凌驾于所有这些欧洲的伟大头脑之上，他们都只不过是他炮制谐音双关语的材料而已。他拿来别人的思想，再贴上它的反命题，谐音双关语就成了。有罪行，没有罪行；没有真理，没有真理拥护者；无神论，达尔文主义，莫斯科的钟声……（但可惜，他已经不再信仰莫斯科的钟声了）；罗马，桂冠……（但他甚至不再信仰桂冠）：这是拜伦式忧愁的例行发作、是海涅扮的鬼脸、是某种毕巧林习气，——开动了，开动了，汽车在呼啸……"赞美我吧，尽情地赞美我吧，我喜欢得要死；要知道，我要封笔不过是嘴上说说；等着吧，我还要唠叨你们三百次，让你们读都读不过来……"

不用说，效果并不理想；关键是，那全是他自找的。观众们早就

---

[1] 霍夫曼（1776—1822），德国作家、作曲家，浪漫主义运动的代表人物。
[2] 安库斯·马尔西乌斯（公元前675—前616），古罗马王政时代第四代国王。
[3]《马太福音11：28》："凡劳苦担重担的人，可以到我这里来，我就使你们得安息。"

开始蹭地板,擤鼻涕,清嗓子,做各种小动作,这是文学朗诵会上任何一位文学家——无论他是谁——占用观众超过二十分钟时所必然发生的。而伟大作家却浑然不觉。他继续拿腔拿调,咕咕哝哝,对观众们的反应不理不睬,终于令所有人都感到迷惑。突然,后排传来一个孤独而响亮的声音:"上帝呀,真是无聊!"

这话是情不自禁脱口而出的,而且我确信,完全没有拆台的意思。这人只不过是听厌了。可卡尔马济诺夫先生却当即收住了话头,嘲弄地扫视了一眼观众,突然像个受了冒犯的高级宫廷侍从似的,阴阳怪气地道:"诸位,我似乎令大家厌烦透顶了?"

他错就错在主动挑起了话头。这样一来,无异于给了那群败类起哄的机会,而且还是合法的;倘若他能够稍微克制一下,观众们顶多擤上一阵儿鼻涕,也就过去了……或许他期待着人们会以掌声作为回应,但掌声并未响起,相反,人们似乎都害怕地缩紧了身子,全场鸦雀无声。

"您根本就没见过安库斯·马尔西乌斯,那全是瞎编的。"突然有人愤怒地喊道,似乎已经憋了很久了。

"就是,"另一个人立刻声援,"如今早就不兴鬼魂了,要讲自然科学。您快去补补课吧!"

"诸位,我完全没有料到会有这种反对意见。"卡尔马济诺夫大惊失色。伟大的天才在卡尔斯鲁厄完全跟祖国疏远了。

"在当今时代,仍说世界驮在三条鱼背上是可耻的。"一个姑娘突然连珠炮似的说,"您,卡尔马济诺夫,也不可能下到洞穴里去找隐士。再说,如今谁还会去谈论隐士呢?"

"诸位,你们竟如此较真,实在太令我吃惊了。不过……不过,你们完全正确。没有人比我更尊重客观真理……"

他虽然嘲讽地微笑着,内心却饱受打击。他的脸上分明写着:"我其实并非你们想的那样,我这可都是为了你们好,你们就赞美我吧,多多地赞美我吧,越多越好,我喜欢得要死……"

他终于彻底受伤了,喊道:"诸位,看得出,我这首拙劣的长诗并没有打中地方。就连我本人,似乎都没有站对地方。"

"瞄的是乌鸦,打中了母牛。"一个傻瓜扯着嗓子喊,八成是喝醉了;对于这种人自然是无须理会的。但大厅内却响起了不礼貌的哄笑。

"您说我打中了母牛?"卡尔马济诺夫立刻接茬道,声音越发尖锐。"关于乌鸦和母牛,请允许我持保留意见。我对任何观众都过分尊重,从不敢擅用比喻,哪怕是最无伤大雅的,但我想……"

后排有人喊:"亲爱的先生,您未免也太——"

"但我想,在永远封笔,告别读者之际,人们会愿意听我讲……"

"对对,我们愿意听,愿意听。"终于,头排有几个人壮着胆子表态了。

"读吧,读吧!"几位女士激动地附和道。终于响起了掌声,尽管声音不大,还稀稀拉拉。卡尔马济诺夫撇嘴一笑,站起身来。

"请相信,卡尔马济诺夫,大家甚至感到荣幸……"连首席贵族夫人都忍不住道。

"卡尔马济诺夫先生!"大厅深处突然响起一个清亮的青年声音。那是某县级中学的一位青年教师,一个很出色的年轻人,文质彬彬,才来敝城不久。他站起身道:"卡尔马济诺夫先生,假如我能有幸像您对我们描述的那样爱上一场,那我是决不会把我的爱情写进一篇用于公开朗诵的文章里的……"他甚至涨红了脸。

"诸位,"卡尔马济诺夫喊道,"我就要结束了。我跳过结尾,这就走人。但请允许我把最后的六行读完。"

"是的,读者朋友,别了!"他当即照着稿子读了起来,甚至没再落座,"别了,读者;我甚至不强求我们能以朋友的身份告别;说真的,何必劳烦呢?你甚至可以责骂我,尽情地责骂,只要这能带给你些许快乐。但最好我们能够永远忘记彼此。假如你们,全体读者们,突然变得如此善良,以至跪下来,含着眼泪哀求我:'写吧,继续为我们写吧,卡尔马济诺夫,为了祖国、为了后代、为了桂冠,写吧!'那我也会恭恭敬敬地表示感谢,然后对你们说:'不,我们已经彼此纠缠了太久,亲爱的同胞们,merci!是时候分道扬镳了! Merci, merci, merci.'"卡尔马济诺夫礼貌地鞠了一躬,朝后台走去,脸红得像煮过的一样。

"才不会有人给他下跪呢,想什么呢!"

"真是臭美!"

"这只是幽默而已。"有人解释道。

"别,省省您的幽默吧。"

"这简直太无礼了,诸位。"

"可算结束了。"

"简直无聊透顶!"

但这些来自后排(其实不止后排)的大不敬的叫嚷,被另一部分观众的掌声吞没了。卡尔马济诺夫被重新请到了台上。几位女士在尤利娅·米哈伊洛夫娜和首席贵族夫人的率领下拥到台前。尤利娅·米哈伊洛夫娜双手捧着一只白色的丝绒靠枕,靠枕上放着一只鲜艳的玫瑰花环,花环里又放着一顶奢华的桂冠。

"啊,桂冠!"卡尔马济诺夫微妙而不失刻薄地讥笑道。"我当然很是感动,也真心地接受这个提前预备的、尚未枯萎的花环,但请相信,女士们,我突然变成了彻底的现实主义者,我觉得在我们这个时代,桂冠更应该授予一名技艺高超的厨子,而不是我……"

"因为厨子更有用!"之前在维尔金斯基家"开会"的那个神学院毕业生喊道。现场秩序有些乱了。很多排里都有人跳起来,想见证桂冠授予仪式。

"为了厨子我宁肯再掏三卢布!"另一个声音高声附和,甚至高得过了头,有些不依不饶的意味。

"我也是!"

"还有我!"

"这儿难道真的没有餐饮部?"

"诸位,这简直是欺诈……"

不过,需要承认,这些放肆无礼的先生对高官们还是有所忌惮的,何况凶神恶煞的警察所长也在现场呢。就这样,十分钟后,所有人又都重新落座,但先前的秩序已无从恢复。而就在这方滋未艾的混乱局面中,可怜的斯捷潘·特罗菲莫维奇一头撞了进来……

四

事实上,我又跑到后台去找过他一次,心急火燎地警告说,依我看要出大乱子,让他最好别登台,立马回家去,哪怕借口轻霍乱发作,而我也好扔掉蝴蝶结,跟他一起走。正向台上走去的他突然站住脚,高傲地从头到脚打量了我一番,郑重其事地宣布:"亲爱的先生,您何以竟会认为,我会做出此等卑劣行径?"

我妥协了。我像二二得四一样确信,他这一去势必灾难临头。正当我站在原地沮丧不已时,眼前又闪过了那位外地来的教授的身影,就是排在斯捷潘·特罗菲莫维奇后面出场的、刚才一直不停地举起拳头又狠狠砸下的那位。他仍旧在那里走来走去,沉浸在自己的世界里,小声地咕哝着什么,嘴角挂着一抹阴险而得意的冷笑。我几乎是无意识地(真是鬼使神差)走到了他的面前。

"知道么,"我说,"很多事例表明,一旦朗诵者用时超过二十分钟,观众们就再也听不下去了。再大的人物也撑不过半小时……"

他突然停住,羞恼得浑身颤抖,脸上显露出无限的傲慢。

"不劳费心。"他鄙夷地嘟囔了一句便走开了。就在这时,大厅里响起了斯捷潘·特罗菲莫维奇的声音。

"咳,你们哪!"我心里想着,忙朝大厅跑去。

斯捷潘·特罗菲莫维奇已经坐到了椅子上,而混乱的余波尚未平息。前几排看他的眼神明显不善。近来他在俱乐部已经不吃香了,人们对他的尊敬已远不如从前,没给他喝倒彩就算好的了。从昨天起,我就一直有种古怪的预感:总觉得他一露面,便会招致一片嘘声。可事实上,由于混乱的余波,人们甚至没有立刻注意到他。可他又能指望什么呢,既然连卡尔马济诺夫都遭遇了那样的对待?他面色苍白,毕竟,他阔别舞台已有十年之久。从他的激动神色以及凭我对他的全部了解,我很清楚,他将这次登台当成了决定命运的时刻。而我怕的正是这个。他对我而言很珍贵。可当他一开口,第一句话钻进我耳朵里时,我整个人都蒙了!

"诸位!"他突然开口道,似乎打算孤注一掷,却几乎破了音,"诸位!就在今早,我面前还摆着一页纸,就是不久前在本地散播的非法传单,而我第一百次地问自己:'它的秘密何在?'"

整个大厅里顿时鸦雀无声,所有视线全部集中到了他身上,有些还带着惊恐。没说的,他的确擅长一语惊人。甚至连帷幕后面都探出头来。利普京和利亚姆申则贪婪地竖起了耳朵。尤利娅·米哈伊洛夫娜忙又招手叫我过去,害怕地低声道:"阻止他,无论如何都要阻止他!"我无奈地耸了耸肩——孤注一掷的人阻止得了吗?唉,我太了解斯捷潘·特罗菲莫维奇了。

"哎呀,他在说传单!"观众们窃窃私语,全场骚动了。

"诸位,我识破了这个秘密。他们达到效果的全部秘密就是愚蠢!"他两眼放光,"没错,诸位,倘若这愚蠢是有意为之、刻意伪装的,那简直堪称天才!但必须给予他们绝对的公允:他们丝毫没有伪装。这是最赤裸、最天真、最短浅的愚蠢,——这种愚蠢像化学元素一样纯粹。哪怕传单再说得聪明一点点,任何人便能一眼看穿,这短浅的愚蠢是何等贫乏。而如今,所有人都被迷惑住了,谁也不敢相信这就是愚蠢。'不可能,这里头肯定有猫腻。'所有人都这么想,都去寻找秘密,破解密码,钻进字里行间,于是,效果就达到了!哦,愚蠢还从未获得过如此丰厚的回报,尽管它曾屡获奖赏……因为,顺带一提,愚蠢对于人类命运的助益丝毫不亚于最高的天才……"

"四十年代的俏皮话!"这话虽然声音不大,却令全场失去了控制,人们七嘴八舌地嚷嚷起来。

"诸位,乌拉!我提议为愚蠢干杯!"斯捷潘·特罗菲莫维奇怒不可遏地向全场叫板。

我跑到他跟前,假装给他倒水:"斯捷潘·特罗菲莫维奇,别说了,尤利娅·米哈伊洛夫娜求您……"

"不,不用您管,无所事事的年轻人!"他冲我吼道。我跑开了。他继续道:"诸位!何必激动,何必叫嚷?我是带着橄榄枝来的。我带来了最后一个词,因为在这件事上我拥有最后的字眼,——然后我们就能和解。"

"滚吧!"一些人喊。

"安静,听他说,让他说完。"另一些人喊。最激动的是那位青年教师,他似乎一旦鼓起勇气开了口,便再也停不下来了。

"诸位,这最后的一个词便是——'宽恕一切'。我是个行将就木的老头子,我郑重宣布:生命的精神依旧昂扬,生命的力量在年青一代中并未枯竭。当代青年的热情和我们那个时代一样光明、一样纯粹。只有一点:目标变了,一种美取代了另一种美!全部的困惑仅仅在于,什么更美——莎士比亚还是靴子,拉斐尔还是石油?"

"他是不是想告密?"有人不满道。

"陷阱问题!"

"挑拨离间的奸细!"

"我要宣布!"斯捷潘·特罗菲莫维奇以极限的狂热尖叫道,"我要宣布:莎士比亚和拉斐尔高于农奴解放,高于民族性,高于社会主义,高于青年一代,高于化学,甚至高于整个人类,因为他们是成果,全人类的真正成果，说不定还是一切成果中最崇高的成果！美的形式已经获得，若非如此，我断不肯活到今日……哦，上帝！"他举起双手一拍，"十年前，我在彼得堡的舞台上喊出了同一番话，一字不差，他们也同样一点不懂，也像你们这样嘻嘻哈哈，嘘声一片。短浅的人！你们怎么就不懂呢？你们知不知道、知不知道，没有英国人，人类能活；没有德国人，人类也能活；没有俄国人，人类能活得好好的；没有科学、没有面包，人类都能活；唯独没有了美，人类就活不了，因为人类将无事可做！一切奥秘、一切历史尽在于美！没有美，科学连一分钟也撑不下去。——这你们知道吗，嘻嘻哈哈的人！科学将变成野蛮，连一根钉子也造不出来！……绝不退让！"末了，他没头没脑地喊了一嗓子，用尽全力在桌上砸了一拳。

就在他没头没脑尖叫的同时，大厅里的秩序也乱了。很多人从座位上跳起来，有些还拥到了舞台近前。说时迟，那时快，快到来不及采取措施——或许也并没有人打算采取措施。

"你们倒是不赖，什么都捡现成的，宠儿们！"那个神学院毕业生挤在舞台边上嚷嚷道，肆意地朝斯捷潘·特罗菲莫维奇龇牙咧嘴。后者听罢，跳到舞台前沿大叫："我刚才，我刚才有没有说过，青年一代的热情和从前一样纯粹而光明？他们的毁灭仅仅在于误解了美的形式！你们难道还不满足？要知道，说这话的可是一位被杀死、被侮辱的父亲，难道说，哦，短浅的人们，难道还有比这更公允、更冷静的观点吗？……你们不知道感恩……你们不公平……为什么、为什么你们就不愿意和解呢！……"

他突然歇斯底里地号啕大哭起来。他用手指揩去流淌的泪水。他的肩膀和胸口剧烈地起伏……他忘记了世间的一切。

突如其来的惊恐攫住了全场观众，几乎所有人都站了起来。尤利娅·米哈伊洛夫娜也急忙跳了起来，同时拽起了身旁的丈夫……场面一时极度混乱。

"斯捷潘·特罗菲莫维奇！"神学院毕业生开心地叫嚷道,"眼下,城里和郊外游荡着一个苦役犯费季卡,从苦役地逃出来的。他四处抢劫,前不久还又杀了一个人。请允许我问一句:要不是您十五年前为了偿还赌债把他送去当兵,换句话说,要不是您欠下了赌债,请问,他还会变成苦役犯吗?他还会像现在这样,为了生存而杀人吗?这您要怎么解释,美学家先生?"

接下来的情形我就不细说了。总之,爆发出一阵狂热的掌声。鼓掌的并非所有人,顶多五分之一,但掌声却异常狂热。其余人一窝蜂拥向出口,但由于鼓掌的那些人都堵在舞台前,导致全场乱作一团。女士们尖叫连连,有些小姐们还哭着闹着要回家。连布克站在自己的座位前,神情古怪,频频四顾。尤利娅·米哈伊洛夫娜完全慌了神,这还是她在敝省当政以来头一次。至于斯捷潘·特罗菲莫维奇,一时间似乎被毕业生的话击溃了,但他突然举起双手,仿佛要把它们举过众人头顶,大声呼号:"我要跺掉脚上的尘土[1],发出诅咒……完了……完了……"

他转过身,威胁地挥舞着双臂,朝后台跑去。

"他侮辱社会!……韦尔霍文斯基!"狂热分子们大叫,有人甚至想追上去。想制止他们是不可能的,至少在当时的情况下。突然,终极灾难的炸弹在会场中央轰然引爆:第三位朗诵者,那个一直在后台挥舞拳头的躁狂者,突然跑上了台。

他看上去彻底疯狂了。他的嘴巴咧到了耳根,得意忘形、无限自负地笑着,环顾全场,似乎很享受眼前的骚乱。对于自己不得不在如此混乱的情形下朗诵,他非但毫不介意,反而十分开心。这一反应如此扎眼,立刻引起了注意。

---

[1] 《马太福音 10:14—15》:"凡不接待你们、不听你们话的人,你们离开那家或是那城的时候,就把脚上的尘土跺下去。我实在告诉你们:当审判的日子,所多玛和蛾摩拉所受的,比那城还容易受呢!"

"这又是谁？"人们纷纷质问，"他又是谁？呸！他想说什么？"

"诸位！"躁狂者站到舞台最前沿，扯着嗓子喊。他的声音几乎跟卡尔马济诺夫一样尖细而女气，只不过没有后者那种贵族腔调。"诸位！二十年前，在与半个欧洲开战之前，俄国一直是全体达官显贵心目中的理想国度。文学为书刊检查效命，大学开展队列训练，军队变成了芭蕾舞团，百姓按时缴纳赋税，默默地忍受农奴制的皮鞭。爱国主义变成了对生者和死者的盘剥。不收贿赂被视同叛逆，因为破坏了和谐。白桦林被砍光，做成桦条鞭，以维持秩序。欧洲战战兢兢……但俄国稀里糊涂过了一千年，还从未落得过如此可耻的境地……"

他将拳头举过头顶，狂热而威吓地挥舞着，突然暴怒地砸了下来，仿佛要将敌人砸个稀巴烂。台下响起疯狂的欢呼，爆发出震耳欲聋的掌声。这次鼓掌的有近半观众，人们的兴奋无可非议：有人在大庭广众之下公开诋毁俄国，这怎能不让人兴奋得大叫呢？

"这才像话！就该这样！乌拉！这说的可不是审美！"

躁狂者兴奋地继续喊道："从那以后过了二十年。新的大学纷纷开设。队列训练变成了传说。军官离定额还差着数千人。铁路吃掉了全部资金，蛛网般笼罩了俄国，只消再等上十五年，没准儿就能开通了。桥梁只是偶尔失火，城市却是定期焚毁，一到火灾季节就排好了队，轮番起火。法庭给出的全是所罗门王式的判决，陪审员们只在即将饿死、不得不斗争求生存时才会受贿。农奴们获得自由，夺过从前地主的树条鞭，互相抽打。民众喝下汪洋大海的伏特加，以支援财政。而在诺夫哥罗德，在老迈无用的索菲娅大教堂对面，堂而皇之地竖起了一只巨大的铜球，以纪念过去一千年的混乱无序。欧洲皱紧了眉头，又开始感到不安……十五年的改革！可事实上，即使是最滑稽可笑的历史时期，俄国也从未堕落到……"

最后半句几乎被人群的叫喊声淹没了。躁狂者再次高举手臂，势不可挡地劈下来。狂热超过了一切限度，人们大叫、鼓掌，甚至有些女

477

士也在喊:"太好了! 说得不能再好了!"人们如醉如狂。讲演者缓缓扫视全场,几乎融化在了自我陶醉中。我匆匆瞥见,连布克正在不可言喻的慌乱中对谁下着什么指示。尤利娅·米哈伊洛夫娜面色惨白,正对跑向她的公爵焦急地说着什么……就在这时,一大群人,约莫有五六个,多多少少都像当差的,从后台一拥而上,抓住讲演者,朝后台拖去。我想不通他是如何挣脱的,但他的确挣脱了,重新跳到了舞台最前端,挥舞着拳头,用尽全身力气高喊:

"但俄国从未堕落到——"

但他又被拖走了。我看到足有十五六个人冲去后台营救他,但他们没从台上走,而是绕到台侧,猛踹简易护栏,将其踩翻在地……更令我难以置信的是,那个女大学生(维尔金斯基的妹妹)突然不知道从哪儿冲到了台上,腋下仍夹着那个纸卷,仍是那身装束,仍是那么红扑扑、胖墩墩的,被两三位女士和两三位男士簇拥着,身旁还站着她的死对头、那个中学生。我甚至听见她喊了一句:"诸位,我来是为了宣传不幸的大学生们的苦难,激励各地大学生一致抗议……"

但我跑开了。我把那个蝴蝶结藏进口袋里,从我知道的后门跑到了街上。我第一个要找的人,自然是斯捷潘·特罗菲莫维奇。

第二章 盛会告终

一

他不肯见我。他反锁了门,正在写什么。直到我第二遍敲门呼唤,他才隔着门板应道:"我的朋友,我已经终结了一切,谁还能对我有更多要求?"

"您什么都没有终结,您只是加速了一切的终结而已。看在上帝的分上,别再说这些了,斯捷潘·特罗菲莫维奇,快开门。必须采取措施,可能还会有人找上门来羞辱您……"

我认为自己有必要表现得特别严肃,甚至严厉。我唯恐他再做出更疯狂的举动。但令我惊讶的是,他表现出了罕见的坚决:"请莫要第一个羞辱我。感谢您之前所做的一切,但我再说一遍,我已经跟所有人都了结了,无论好人,还是恶人。我正在给达里娅·帕夫洛夫娜写信,我不可饶恕地忘却了她,直至刚才。若您愿意,明天请您转交给她,现在——'merci'。"

"斯捷潘·特罗菲莫维奇,相信我,事情远比您想象得要严重得多。您以为您在那儿击垮了谁吗?您谁也没有击垮,反倒是您自己摔碎了,像个空瓶子一样。"——哦,我这话说得多么粗鲁无礼,如今想想都后悔!"给达里娅·帕夫洛夫娜写信也完全没必要……再说,眼下没有我,您又能上哪儿去?您对现实了解多少?您该不会又在打什么主意吧?要真是这样,您只会再摔一跤……"

他站起身,走到门后:"您才跟他们待了这么一会儿,就被他们的语言和腔调传染了,愿上帝宽恕您,我的朋友,愿上帝保佑您。但我知道,您身上向来有着正派的胚芽,说不定您会幡然悔悟的,当然,这需要时间,就跟我们全体俄国人一样。至于您说我不切实际,我想对您重申我很久以前的一个观点:在我们俄国有那么一大帮子人,他们跟夏天的苍蝇一样讨厌,只知道咄咄逼人、纠缠不休地攻击别人不切实际,为此指责所有人、每一个人,除了他们自己。亲爱的,别忘了,眼下我很激动,请不要折磨我。再一次为过去的一切对您说一声merci,然后就好聚好散吧,像卡尔马济诺夫与公众那样,尽可能宽大地忘记彼此。——卡尔马济诺夫如此恳求曾经的读者忘记他,其实是在耍滑头;至于我,我可没那么自恋,我更多地寄希望于您那颗涉世未深的年轻心灵:您怎么可能长久地记住一个没用的糟老头子呢?'活久一点',我的朋友,就像每逢命名日,我的纳斯塔西娅总会祝愿我的那样——这些可怜人经常能说出一些充满哲学意味的漂亮话来——我不祝您幸福多多,那会令您乏味;我也不祝您遭遇不幸;我只是附和民间哲理,祝您'活久一点',并且尽可能别太无聊——后面这个徒劳的祝愿是我自己添加的。好啦,再见吧,真的再见吧。请勿站在我的门口,我是不会开门的。"

他从门后走开了,之后我便再无任何收获。他虽然情绪激动,但这番话却说得平缓、从容、有分量,明显试图对我产生影响。当然,他对我有些怨气,在间接地报复我,说不定仍是为了昨天的"带篷马车"和"地板开裂"。至于今早的当众洒泪,虽然不乏胜利意味,但毕竟将他置于了滑稽的境地,对此他心知肚明,而没有哪个人比他更在乎美,更在乎朋友关系的严格形式。不,我并不怪他!相反,我恰恰感到放心,因为他虽然遭受了那么大的打击,却仍没忘了求全责备和辛辣讽刺,说明他的心态并未发生太大改变,自然也不至于干出什么悲剧性的出格举动。我当时就是这么想的,哦,上帝,我真是大错特错!我漏掉的东西太多了……

后话先说,我将斯捷潘·特罗菲莫维奇写给达里娅·帕夫洛夫娜的信(第二天她果然收到了)的开头部分抄录如下:

我的孩子,我的手在颤抖,但我终结了一切。我与人们的最后一次搏斗,您没在现场。您没来参加那个"朗诵会",这很好。但人们会向您讲述,在我们这个得了软骨症的俄国,终于有个硬骨头站了出来,不顾从四面八方涌来的致命威胁,对那群傻瓜道出了真相,那就是——他们是一群傻瓜。哦,他们就是一群可怜的小瘪三,别的啥也不是,一群可怜的糊涂虫——就是这样!骰子已掷。我将永远离开此地,不知道会去哪儿。我爱过的人已全部离我而去。可是您,您,纯洁而天真的造物,您,温顺的人儿,您的命运险些与我合二为一——因着一颗任性而专横的心灵的意志;您或许曾经鄙夷地看到我流下不争气的泪水,在我们那场未能举办的婚礼前夕;您,无论您是谁,都不可能不将我看成一个小丑,哦,您,您是我心灵最后的呐喊,您是我最后的责任,只有您!我绝不能让您永远将我当成一个忘恩负义的混蛋,一个没有教养的自私鬼,而这,大概是某颗不懂感恩的残酷心灵每日向您灌输的,只可惜,唉,我忘不了她……

等等,等等,诸如此类,整整写了四大张纸。

回到当时。听见他说"不会开门",我又在门上擂了三拳,冲着屋里喊,说他过不了今天就得三番五次地派纳斯塔西娅来请我,而我是决不会来的。然后我便丢下他,朝尤利娅·米哈伊洛夫娜府上跑去。

二

在那里,我撞上了令人愤慨的一幕:可怜的女人被人当面欺骗,而我却爱莫能助。真的,我能对她说些什么呢?我那时已经有点儿回过味来了,意识到自己只是有种感觉而已,一些可疑的预感,根本无凭无据。我到的时候她正在哭,几乎歇斯底里,额头上敷着浸了花露水的湿毛巾,手里捧着一杯水。在她面前站着彼得·斯捷潘诺维奇和公爵,前者正喋喋不休,后者则一言不发,仿佛被人封住了嘴。她流着泪,尖声指责彼得·斯捷潘诺维奇"临阵脱逃"。我当下惊呆了:她居然将整个失败,连同下午的全部耻辱,总之,一切的一切,完全归结于彼得·斯捷潘诺维奇的缺席。

而在彼得·斯捷潘诺维奇身上,我注意到一个重要变化:他似乎在为什么事忧心忡忡,神情近乎严肃。平日里他从来没有一本正经过,总是嬉皮笑脸的,连生气时也不例外,而他经常生气。哦,眼下他也很生气,讲话粗鲁、随便,带着懊恼与烦躁。他坚称他一早偶然跑去加加诺夫家,在那儿害起了头痛和呕吐。唉,这个可怜的女人真是上当没够!他们正在讨论的核心问题是:节日还要不要继续,舞会还要不要搞?在"下午的羞辱"之后,尤利娅·米哈伊洛夫娜无论如何都不同意"主动"出席舞会,换言之,她满心希望自己"被迫"出席,而强迫她的人必须是他——彼得·斯捷潘诺维奇。她将他视为了神谕者,倘若他现在走了,那她一定会卧床不起。但他并不想走,他本人也竭力想要促成今晚的舞会,而且务必要让尤利娅·米哈伊洛夫娜出席……

"咳,哭什么!您非得闹一场吗?非得找人撒气不可?那您就冲我来吧,只是要快,因为时间不等人,必须尽早决断。朗诵会搞砸了,舞会再补救回来嘛。公爵也是这个意见。说实在的,今天要不是有公爵在,还不知道会如何收场呢!"

公爵原本是反对舞会的(确切地说是反对尤利娅·米哈伊洛夫娜出席,而舞会是无论如何都要举办的),可当自己的意见被这么援引了两三次之后,他便也哼儿哈儿地表示赞同了。

令我惊讶的还有彼得·斯捷潘诺维奇那异乎寻常的无礼语气。哦,我愤怒地驳斥后来散播的下流诽谤,说什么尤利娅·米哈伊洛夫娜和彼得·斯捷潘诺维奇有不正当关系。这种事儿完全没有,也不可能有。他之所以能够左右她,只是因为他从一开始就对她影响社会、影响内阁的幻想竭力逢迎,从而进入了她的计划,主动为她制订计划,对她一味地阿谀奉承,将她哄得神魂颠倒,变成了她须臾不可离的空气。

尤利娅·米哈伊洛夫娜看见我,两眼放光,大叫道:"您问问他,他跟公爵一样,也一直在我身边来着。您说说,这是不是明摆着的阴谋,卑鄙、狡猾的阴谋,就是冲着我跟安德烈·安东诺维奇来的,想把坏事做绝!哼,他们都是串通好了的!他们早有预谋。这是一个团伙,一整个团伙!"

"您又扯远了,您总这样,满脑子长诗。不过,我很高兴看见……这位先生(他假装忘记了我的姓名),让他来说说他的意见。"

"要我说,"我忙道,"我完全赞同尤利娅·米哈伊洛夫娜的观点。阴谋是显而易见的。我把绦带还给您,尤利娅·米哈伊洛夫娜。办不办舞会自然不关我的事,反正我说了也不算,但干事的角色我演完了。您别怪我说话冲,但我不能违背自己的理智和信念。"

"听见了,听见了?"尤利娅·米哈伊洛夫娜两手一拍,叫道。

"听见了。我要对您说的是,"彼得·斯捷潘诺维奇转向我道,"我感觉你们全都吃了什么不该吃的,都说起胡话来了。照我说,什么事儿也没有,那种事儿这里以前从没出过,将来也永远出不了。哪儿有什么阴谋?是,的确很难看、很愚蠢、很丢脸,可哪来的阴谋呢?难道他们会反对尤利娅·米哈伊洛夫娜——他们的女恩主、庇护者,一个无条件宽恕其一切胡闹行径的人?尤利娅·米哈伊洛夫娜呀!这一整个月来我一再叮嘱您什么来着?我警告您什么来着?您说,您干吗非要笼络全体百姓?非要去理睬那些小人!您图个啥?团结社会?可他们团结得了吗?拉倒吧!"

"您什么时候警告过我了?相反,您赞成,甚至要求……说真的,我实在太惊讶了……光您自己就给我带来了那么多怪人。"

"我可没赞成,我还跟您争论过;至于带人,带是带了,可那时候他们早就在成群结队往您这儿钻了,而且我带人来也只是最近,为了排练那个'文学卡德里尔舞'——没有那些个下流坯能成吗?可我敢打赌,今天少说有几十个下流坯被人免票带进来了!"

"没错。"我证实道。

"您瞧,连他都这么说了。您想想看,全城上下近来是种什么风气?简直无赖至极、厚颜无耻,没完没了地叫嚣胡闹。是谁纵容的?谁庇护的?民众是被谁误导的?小人又是因为谁变本加厉的?所有的家庭秘密都在您的画册里。不正是您对那些个写诗画画儿的摸头爱抚的吗?不正是您允许利亚姆申亲吻您的手吗?不正是当着您的面,一个中学生对一名五等文官破口大骂,还用沾满焦油的鞋底踩脏了他女儿们的裙子吗?如今,就算公众反对您,您又有什么好惊讶的呢?"

"可这都是您,是您叫我这么做的呀!哦,上帝!"

"不,我警告过您,我跟您争辩过,听见了吗,我们争辩过!"

"您这是睁着眼睛说瞎话。"

"那当然啦,您咋说咋有理。眼下您需要牺牲品,您想找人撒气,那您就冲我来吧,我都说了。我还是跟您讲吧,……先生(他还是没能想起我的名字)。咱们扳着手指头算算:我敢说,除了利普京之外,根本没有任何阴谋,没有!我会一一证明的,但咱们先从利普京说起。他朗诵了列比亚德金那个傻瓜的诗——您觉得这是阴谋?您信不信,利普京很可能只是觉得它好笑！真的，真的，他真会这么觉得。他的目的只是为了寻个开心，为了把大家逗笑，首先就是他的庇护者——尤利娅·米哈伊洛夫娜，仅此而已。您不信？难道这跟最近一个月以来的风气不正相吻合吗？干脆点说吧：您还别不信，若是换作别的场合，这事儿没准儿就一笑了之了！玩笑是粗野了点儿，甚至下流，但确实很好笑，不是吗？"

"什么！您说利普京的行为好笑？"尤利娅·米哈伊洛夫娜大为不满地叫道，"他那是愚蠢、不知深浅，是卑鄙、下流、处心积虑！哦，您这是故意的！这么说来，您跟他也是共谋！"

"没错，我就是幕后黑手，操纵机器的人！可您怎么也不想想，若是我真的参与了阴谋，那可就不止一个利普京了！照您这么说，我跟我老爹也是串通好了，让他故意来闹事的喽？您说，让老头子朗诵是谁的错？昨天是谁拦着您来着，昨天，就在昨天？"

"哦，昨天他是如此风趣，我是这么盘算的，再说他也有派头，我原以为，他跟卡尔马济诺夫联手……可结果！"

"说的就是——'可结果！'尽管他如此风趣，可还是搞砸了，要是我预先知道他会搞砸，而我又参与了针对您节日的阴谋，那我昨天还会拦着您放羊入园吗？但我阻拦了，因为我早有预感。全预感到自然是不可能的，连他自己恐怕都不知道他会说出什么话来，直至最后一分钟。这些个神经质的老头子们是正常人吗？不过，还可以补救：为了安抚民心，您明天就派两名医生去检查他的健康状况，公事公办，大张旗鼓，甚至今天也行，然后直接送到医院去，给他做冰敷。至少人们能被逗乐，知道没啥好气的。这事儿我在今晚的舞会上就公之于众，谁让他是我老子呢。卡尔马济诺夫就不一样了，这头绿驴子[1]，一篇文

---

[1] 典出俄国寓言诗人伊·伊·赫姆尼采尔（1745—1784）的寓言诗《绿驴子》，讲某人牵着一头被刷上绿漆的驴子招摇过市。比喻因标新立异引发一时轰动，但很快就被人看破实质而不再理睬的人或事物。

章拖了一个钟头,——这家伙才真正是我的同谋呢!他跟我说:让我也来使使坏,整一整尤利娅·米哈伊洛夫娜!"

"哦,卡尔马济诺夫,真是羞愧!我真为这儿的公众脸上发烧!"

"不,我可不会脸上发烧,我反而会把他给烧熟喽。公众有什么错?让卡尔马济诺夫上台又是谁的错?是我把他强塞给您的吗?我有跟风追捧过他吗?算了,不说他了,就说第三个政治疯子吧,这可另当别论了。在这件事上大家都犯了错,可不是我一个人的阴谋。"

"咳,别说啦,这太糟糕,太糟糕了!这全是我的错,我一个人的错!"

"当然是您的错,可我也得为您说句公道话。咳,谁又能看得住他们呢,这些个口无遮拦的家伙!连彼得堡都对他们防不胜防。不是有人把他推荐给您的吗,而且是盛情推荐!所以说,如今您甚至不得不在舞会上露面了。此事非同小可,毕竟是您亲自邀请他登台的。您必须趁机公开宣布,说您并不赞同他的观点,说他已经被警方控制起来了,说您完全被蒙在了鼓里。您应该愤恨地声明:您是这个疯子的受害者。这人就是个疯子,仅此而已。向上面汇报时也要这么说。我最受不了这些乱咬人的疯子。要让我说,我能说得比他更解恨,但总不能在台上说嘛。眼下他们又在嚷嚷枢密官的事儿了。"

"什么枢密官?谁在嚷嚷?"

"其实我也不大清楚;尤利娅·米哈伊洛夫娜,枢密官的事儿,难道您就一点儿没听说?"

"枢密官?"

"是这样的,他们说往这儿任命了一位枢密官,说彼得堡要撤了你们。我听好多人都这么说。"

"我也听说了。"我证实道。

"是谁这么说的?"尤利娅·米哈伊洛夫娜勃然大怒。

"您是问谁'第一个'这么说的吧?我哪儿知道。反正到处都在传,说的人多了去了。昨天传得最凶。还煞有介事的,也不知道是真是假。当然,但凡聪明稳重一点儿的人都不会传,但听还是会听的。"

"多么下作!多么……愚蠢!"

"所以说,眼下您非露面不可,好让那些笨蛋们看看。"

"老实说,我自己也觉得必须去,可是……万一再丢人呢?万一没人来呢?没有人会去的,没有人、没有人!"

"真是一点火就着!您说没人来?那定做的礼服、舞裙怎么办?您这么说我简直没法再把您当成女性了。您这也太不懂人心了嘛!"

"首席贵族夫人是不会来的,不会的!"

"今天到底出了什么事呀!她为啥不肯来呢?"他终于急不可耐地叫道。

"丢人,颜面扫地——就是这个。我也不知道是怎么一回事,反正我现在是没脸再去了。"

"为什么?说到底,您有什么错?您何苦把错往自己身上揽呢?有错的不该是观众们、那些老头子们和家长们吗?他们本该制止那些恶棍无赖的——不就是一帮小混混嘛,有啥大不了的?任何社会、任何地方,光靠警察都是不够的。这里可倒好,每个人一进门就要求派专人保护自己。人们不明白,社会安定要靠自己。这里的男士们、官员们、女士小姐们在这种情况下是怎么做的?不作声,生闷气。连制止捣乱者的社会觉悟都没有。"

"哎呀,真是黄金真理!不作声,生闷气……左顾右盼。"

"既然是真理,那您就要把它讲出来,大声地、骄傲地、严厉地讲出来。就要让他们看看,您没有被击垮。特别是那些老头子们和做母亲的。哦,您可以的,您是有才华的,只要您头脑清醒。您把他们叫到一块儿,大声地讲出来。再给《呼声报》和《交易所公报》发个通讯稿。且慢,这事儿我亲自来办,包在我身上了。当然,要多加警惕,把餐饮部看紧了;拜托公爵和……这位先生……先生,眼下一切要重新开始,您总不能丢下我们吧。尤利娅·米哈伊洛夫娜,您要和安德烈·安东诺维奇手挽着手入场。他身体怎么样?"

"哦,他是个天使!您之前对他太不公允、太不正确、太令人委屈了!"尤利娅·米哈伊洛夫娜突然难以自持地喊道,一面举帕擦拭几乎湿润的眼眶。

彼得·斯捷潘诺维奇一时间几乎结巴了:"什么呀,我……我怎么了……我一向……"

"从来没有!您对他从来没有公允过!"

"真是永远搞不懂女人!"彼得·斯捷潘诺维奇撇嘴冷笑着嘟囔道。

"他是最诚实、最和蔼、最天使般的人!最善良的人!"

"得了吧,我说过他不善良了吗……关于善良我一向是……"

"从来没有!不过,不提这个了。我只是替他鸣冤叫屈。今天,就连那个伪善的首席贵族夫人也含沙射影地提到了昨天的事儿。"

"哼,她现在可没心思扯昨天的事儿了,她摊上今天的事儿了。再说,您何必如此在乎她来与不来呢?她自然是不会来的,毕竟出了那么大的丑事儿。这事儿也许并不怪她,可毕竟有损声誉呀:手脏了。"

"您这话是什么意思,我不懂:什么叫'手脏了'?"尤利娅·米哈伊洛夫娜疑惑地看着他。

"其实我也不敢确定,但城里人都在嚷嚷,说就是她牵的线。"

"您在说什么呀?牵什么线?"

"哎呀,难道您还没听说?"他惊讶地(装得跟真的似的)喊道,"就是斯塔夫罗金和莉莎维塔·尼古拉耶夫娜呀!"

"他们怎么了?"我们一齐叫出声来。

"你们难道都没听说?哎呀!那绝对是可歌可泣的罗曼史!莉莎维塔·尼古拉耶夫娜在光天化日之下,从首席贵族夫人的马车上直接跳上了斯塔夫罗金的马车,跟着他跑到了斯克沃列什尼基。就在一个钟头以前,还不到一个钟头呢。"

我们全体惊呆了,自然免不了一通追问。奇怪的是,虽然他本人

"偶然"目击了此事,却语焉不详。事情似乎是这样的:朗诵会中断之后,首席贵族夫人送莉莎和马夫里基·尼古拉耶维奇回莉莎家(她母亲的腿仍没好),离家门口不远,也就二十五步左右,道旁停着一辆马车。莉莎跳下马车,立刻朝那辆马车跑去,车门啪的打开,又砰的关上,莉莎冲马夫里基·尼古拉耶维奇喊了一句:"原谅我!"马车就一溜烟朝斯克沃列什尼基跑去。我们忙问,是不是事先约好的?车上坐的人是谁?彼得·斯捷潘诺维奇说他也不知道,又说肯定是事先约好的,但他并没有瞧见斯塔夫罗金本人,车上坐着的也可能是他的老仆人阿列克谢·叶戈罗维奇。我们又问,您怎么会在那儿?您怎么知道马车一定去了斯克沃列什尼基?他说他是碰巧路过,说他瞧见莉莎之后还特意跑到了马车跟前(结果却仍没看清楚车里头是谁——以他那么强的好奇心!),说马夫里基·尼古拉耶维奇非但没有上前追赶,甚至没有试图阻止,还一手拦住了扯着嗓子喊"她去找斯塔夫罗金啦!"的首席贵族夫人。

听到这儿,我再也按捺不住,激动地冲彼得·斯捷潘诺维奇大喊:"你这个恶棍,都是你搞的鬼!你下午就是干这个去了。是你帮了斯塔夫罗金的忙,车上的人就是你,是你让莉莎上车的……是你、是你、是你!尤利娅·米哈伊洛夫娜,他是您的敌人,他会把您也给毁了的!您要当心!"

说罢,我飞快地跑出了门。

我直到现在仍不明白,自己当时为何会冲他吼。但全被我猜中了:事后得知,整个经过几乎正如我的推断。关键是他透露消息时太虚头巴脑了。他并没有一进门就宣布这个重磅新闻,而是假装以为我们都知道了,——而这怎么可能呢,毕竟才过去那么一会儿。要是我们知道的话,肯定不会一直绝口不提,而专等着他开口。况且这么短的时间内,他也不可能听到城里"都在嚷嚷"这事儿。除此之外,他在讲的时候,还下流而轻浮地笑了两次,想必是把我们全当成了上当的傻瓜。但我当时已经顾不上理他了；我确认了基本事实，无法自已地跑出了门。灾难击中了我的心脏，疼得我几乎落泪。没错，我说不定真的落了泪。我完全不知道该怎么办才好。我跑去找斯捷潘·特罗菲莫维奇，可这个可气的人仍不肯开门。纳斯塔西娅神色恭谨地低声说"老爷睡下了"，但我不信。在莉莎家，我向仆人们仔细询问，他们都证实了小姐出逃，但并不知道详情。家中一片慌乱，生病的老太太一次次地昏厥，马夫里基·尼古拉耶维奇正守在她身边，想必是叫不出来的。我又问起彼得·斯捷潘诺维奇，仆人们说他最近几天老往这儿跑，有时甚至一天两趟。仆人们都很难过，提到莉莎时语气尤为恭敬——大家都很喜欢她。她算完了，彻底完了，——对此我毫不怀疑，但这件事的心理层面我实在想不通，特别是在见证了她与斯塔夫罗金之间昨天的那一幕之后。不用说，这事儿在城里那些幸灾乐祸的熟人们中间肯定早就传开了，但跑去跟他们打听让我觉得腻应，再说对莉莎也是一种侮辱。奇怪的是，我居然跑去找达里娅·帕夫洛夫娜，只不过没能进门（斯塔夫罗金府从昨天起就闭门谢客）。我不知道自己为何会去找她，见了她又能说什么呢？从她那儿我又跑去找她哥哥。沙托夫阴沉着脸，默默地听我说完。我发现，这次他比以往任何时候都更加沉郁。他心事重重，似乎在强撑着听我讲话。他什么也没说，只贴着墙根在自己那间斗室里走来走去，靴子比平时踏得更重。直到我下楼时他才冲我背后喊，叫我去找利普京："去了您就全知道了。"但我没去找利普京，而是在走出去很远之后又折回来，半推开门，也没进屋，直截了当地建议他今晚去看看玛丽亚·季莫菲耶夫娜。沙托夫骂了一句，我就走了。顺带一提，以免忘了：当天晚上，沙托夫专程跑到郊区，看了看许久未见的玛丽亚·季莫菲耶夫娜。她的身体和心情都还不错，列比亚德金则醉得像个死人，睡在前屋沙发上。当时是九点整。这是第二天我们在街上偶遇时，沙托夫亲口告诉我的。而我当晚九点多钟决定去一趟舞会现场，不是作为"年轻的干事"（我连绦带都

490

还给尤利娅·米哈伊洛夫娜了),而是出于难以抑制的好奇心,想听听城里都是怎么议论这一切的。我还想看看尤利娅·米哈伊洛夫娜,哪怕只是远远地看上一眼。白天那样子从她家里跑出来,我很是自责。

三

那个夜晚,连同其种种荒唐事,以及次日清晨的可怕"收场",至今仍恍如一场不成体统的噩梦,构成了我这部纪事最为沉重的部分——至少对我而言。我虽然迟到了,但好歹赶在了舞会结束之前——这场舞会注定是要草草收场的。我赶到首席贵族夫人府上时已经十点多了;尽管时间有限,但下午举办朗诵会的那间白色大厅已然布置一新,用来充当舞会的主厅,以便招待全城来宾。虽然我从下午起就对舞会没抱希望,但仍未料到竟如此萧索:上流社会连一户人家也没来,但凡上点品级的官员悉数缺席——这可真是太扎眼了。至于女士小姐们,彼得·斯捷潘诺维奇的估计居然大错特错(现在看来,他显然用心险恶):来的人少得可怜,四位男士都未必摊得上一位女士,再说那都是些什么样的女士呀!无非是些团级尉官的妻眷,邮政和机关的女职员,三名女医生及其女儿们,两三位寒酸的女地主,上文提到的末等文官的七女一侄,还有些商人的女眷,——这难道是尤利娅·米哈伊洛夫娜所期待的吗?漫说达官贵贵,就连商人们也只来了半数不到。男士们总数还算不少,但却给人一种含混可疑的印象。当然,其中也有几对相当安静、体面的军官夫妇,也有几位最为恭顺的家长,比如那位末等文官、七个女儿的父亲。这群微不足道的小人物的到场完全是"情非得已"——这是其中某位先生的原话。可另一方面,混进来起哄架秧子的人似乎比白天更多了。这些人眼下全坐在餐饮部,而且一进门就直奔那儿去了,像是提前串通好了的。至少我这么觉得。餐饮部设在连列厅尽头处的一间宽敞的大厅,由普罗霍雷奇亲自坐镇，供应贵族俱乐部的一应美味，各种下酒菜和酒水琳琅满目。我看见好些人穿着几乎破了洞的常礼服，全然不是舞会装束，而且显然是好不容易才从宿醉中被人弄醒的，完全不像本地人，恐怕只有上帝知道他们是打哪儿冒出来的。我自然知道，尤利娅·米哈伊洛夫娜的设想是要举办一场最民主的舞会，"甚至不拒绝小市民，只要他们肯认捐购票"。这番话她满可以在委员会上堂而皇之地讲出来，因为她完全确信，敝城的小市民全部一贫如洗，决不会萌生购票的念头。但无论委员会再怎么民主，我也不相信他们会把这群灰头土脸、破衣烂衫的人放进来。那么，是谁放他们进来的？目的何在？利普京和利亚姆申已经被剥夺了干事的蝴蝶结（但他们仍在舞会现场，准备参演"文学卡德里尔舞"），但令我吃惊的是，顶替利普京的居然是那个神学院毕业生（白天就数他闹得最凶，跟斯捷潘·特罗菲莫维奇针锋相对），而顶替利亚姆申的竟然是彼得·斯捷潘诺维奇本人！既然如此，还能指望什么呢？我竖起耳朵听人们谈话。某些说法荒诞到令人吃惊。比如，有一小撮人说什么斯塔夫罗金和莉莎的事儿全是尤利娅·米哈伊洛夫娜一手安排的，说她收了斯塔夫罗金的钱，甚至说出了具体金额。还说什么连节庆都是为了掩人耳目才办的，所以半个城的人在得知了真相之后才没有来，而连布克被震惊得直接"失去了理智"，眼下她只好"牵着"自己的疯丈夫。这撮人边说边笑，笑声干哑、野蛮而狡狯。人们还猛烈抨击舞会，毫不客气地谩骂尤利娅·米哈伊洛夫娜。总之，谈话是混乱的、断续的、醉酒的、吵闹的，很难听出个所以然来。餐饮部里还有些纯粹找乐子的人，其中甚至有几位女士，大部分是随丈夫同来的军官妻眷，她们都极殷勤、极快活，出再大的乱子也不会受到惊吓。这些人霸占了好几张桌位，正兴高采烈地喝茶。餐饮部成了温暖的港湾，容纳了近半来客。但要不了多久，所有这些人就会一窝蜂地拥向大厅，真是想想都可怕。

而此刻的白色大厅内，已经在公爵的参与下组成了三对舞伴，稀稀拉拉地跳起了卡德里尔舞。小姐们翩翩起舞，父母们含笑注视。但就在此刻，在这群本分的家长中间，已经有很多人在暗自盘算，如何在女儿们尽兴之余及早脱身，以免等到"闹起来"。所有人都深信不疑，一定会"闹起来"。我难以描述尤利娅·米哈伊洛夫娜此刻的心绪。我没有主动跟她说话，虽然有好几次走到了她身边。进门时我向她鞠躬，她没有回应，没注意到我（真的没注意到）。她面带病容，眼神鄙夷、高傲，却又游离、慌乱。她显然在痛苦地自我克制——为什么？为了谁？她本该立刻离开，特别是得把丈夫带走，可她却留下来了！从她的神情中就能看出，她的双眼"完全睁开了"，再没有任何痴心妄想了。她甚至一次也不曾召唤彼得·斯捷潘诺维奇（而他似乎也在躲着她；我在餐饮部见过他，他开心极了）。可她却仍留在了舞会现场，须臾不放丈夫离开自己。哦，她想必直至最后一刻都会义愤填膺地驳斥任何关于丈夫健康状况的暗示，哪怕是今天白天。而眼下，她在此事上也不得不睁开眼睛了。就我而言，我从第一眼就觉得，安德烈·安东诺维奇看上去比白天更差了。他似乎有些精神恍惚，不大清楚自己在哪儿。他时而会突然神色严峻地四下环顾，有两次还看向了我。还有一次，他似乎打算讲话，高声大嗓地开了口，却又戛然而止，几乎把身旁那位恭顺的老官员吓了一跳。留在白色大厅内的一半公众还算恭顺，可就连他们也在阴郁而胆怯地躲避着尤利娅·米哈伊洛夫娜，同时向连布克投去古怪至极的、专注而露骨的、与其畏怯极不相配的目光。

"正是这个细节刺痛了我，让我突然猜到了安德烈·安东诺维奇的健康状况。"尤利娅·米哈伊洛夫娜后来对我坦承。

是的，她又犯了错！想来，今天在我跑开之后，她跟彼得·斯捷潘诺维奇决定举办并出席舞会，她又来到书房，找到被"朗诵会"彻底"震惊"的安德烈·安东诺维奇，再次施展自己的全部魅力，将他带到了舞会上。可想而知，眼下她是何等煎熬！可她却仍不肯走！是骄傲作怪，还是她慌了神，我不知道。她放下身段，屈辱地微笑着，主动跟其他女士搭话，而对方却心存戒备地潦草敷衍："是，夫人""不，夫人"，显然是在刻意回避她。

在敝城毫无争议的显贵们中间，莅临舞会的只有一位，就是之前提到过的那位神气活现的退伍将军，也就是斯塔夫罗金和加加诺夫决斗之后，在首席贵族夫人府上"为社会舆论打开闸门"的那位。他端着架子在各个大厅之间来回踱步，视察、倾听，好让人们觉得，他来舞会主要是为了维持风化，而非自我享乐。最后，他坚定地站到了尤利娅·米哈伊洛夫娜身边，寸步不离，明显是想让她振作、安心。毫无疑问，这是个大好人，官气十足，又已经一大把年纪，因此，即便是他的怜悯也并非不能领受。但尤利娅·米哈伊洛夫娜还是不大情愿面对这一事实：就连这个饶舌的老家伙也竟敢怜悯，甚至是庇护起她来了，企图以自己的陪伴为她脸上增光。

而将军仍未走开，兀自喋喋不休："老话说，一个城市不能没有七位正人君子……好像是七位，确、切、的数字不记得了。不知道敝城的那七位……货真价实的正人君子……有几位有幸参加了您的舞会，可就算他们今天全来了，我也已经开始担心我的人身安全了。您得原谅我，最迷人的，不是吗？我是打、个、比、方，但我刚才去了一趟餐饮部，很庆幸自己安全地出来了……我们的金牌主厨普罗霍雷奇正忐忑不安，他那个柜台怕是撑不到天亮就得被人拆了。开玩笑的啦。我只是在等着见识见识'文学卡德里尔舞'，然后就回家睡觉。请原谅我这个患痛风的老头子，我睡得早，而且我也建议您回家'睡觉觉'，就像大人们对小孩子们说的。我其实是冲着漂亮姑娘们来的……不用说，除了这儿，哪儿也见不到这么多啦……全是从对岸来的，而我很少到对岸去。有一名军官……好像是个狙击骑兵，他老婆……长得真不赖，而且……那个小狐狸自己也知道。我跟她搭了话，她相当放得开，很……姑娘们也很新鲜，但仅此而已，除了新鲜，没别的优点。总之，我很开心。也有些漂亮的花骨朵,就是嘴唇厚了点儿。总的来说,俄国女人的脸蛋少了些精致,有点儿像……发面煎饼……您得原谅我,难道不是吗?不过,眼睛倒是挺好看……眼睛会笑。这些个花骨朵,年、轻、时能迷人个两年,甚至三年……然后就永远枯萎了……导致她们的丈夫们产生可悲的冷、淡、主、义,从而极大地推动女性问题的发展——要是我对这个问题理解得不错的话……唔。大厅很棒。房间收拾得不赖。本可能更差的。音乐本可能比这差得多……我不是说'应该'差。效果不好,女士们太少了。服装就更、甭、提、了。可恶,那个穿灰裤子的竟然跳起了下流的康、康、舞!我可以原谅他,因为他是一时兴起,何况还是个药剂师……可这毕竟才十点多,就算是药剂师也未免太早了点吧……餐饮部刚才有两个人打起来了,也没有被拖出去。这才十点多钟,打架就该被拖出去,无论公众是什么档次……等到凌晨两点就另当别论了,那时候就得顺着大家的心意了——要是这场舞会能撑到那时候的话。瓦尔瓦拉·彼得罗夫娜没能信守承诺,没有送来鲜花。唔,她哪儿还顾得上鲜花呢,可怜的母亲!啊,可怜的莉莎,您听说了吗?据说是段风流秘史,而且……又是那个斯塔夫罗金……嗯。我还是睡觉去算了……要打瞌睡了。那个'文学卡德里尔舞'咋还不开始?……"

"文学卡德里尔舞"终于开场了。最近一段时间,城里只要一提到这场舞会,话头一定会立刻转到"文学卡德里尔舞"上头去,但谁也想象不出究竟会是什么样子,于是更激发了无比强烈的好奇心。而对于成功而言,再没有比这更危险的了,结果——多么令人失望!

白色大厅此前一直插着的两扇侧门突然开启,走进来几个戴面具的人。观众贪婪地将其团团围住。整个餐饮部的人一窝蜂拥进了大厅。面具们各自站定,开始跳舞。我好不容易挤到了前排,正好站在尤利娅·米哈伊洛夫娜、冯·连布克和老将军身后。这时,一直没露面的彼得·斯捷潘诺维奇连跑带颠地来到尤利娅·米哈伊洛夫娜跟前。

"我一直在餐饮部监视来着。"他像个犯了错的小学生似的低语道,其实是故意装出来气人的。

尤利娅·米哈伊洛夫娜果然勃然大怒:"都这时候了,您还想骗我,无耻之徒!"她的喊声很大,人们全听见了。彼得·斯捷潘诺维奇得意扬扬地跑开了。

很难再想出比这个"文学卡德里尔舞"更可怜、更鄙俗、更平庸、更乏味的艺术呈现了。再也想不出比这更不适合敝省公众的表演了。可据说,这还是卡尔马济诺夫想出来的呢!虽说具体编排由利普京负责,跛子教师(维尔金斯基家晚间聚会上那个)充当顾问,但创意毕竟是卡尔马济诺夫提供的,而且据说他原本还打算亲自登场,扮演某个特殊的独立角色呢。文学卡德里尔舞由六对假面舞者组成,其化装服如此简陋,几乎跟在场众人穿的没啥两样。比如,有位身量不高的老者,穿着燕尾服(跟所有人穿的一样),蓄着令人生敬的花白胡子,胡子被扎了起来,这就是全部的化装。他跳得一本正经,双脚频繁而细碎地踢踏着,几乎不动地方,嘴里不时发出某些温和而嘶哑的呼声,想必寓意着某份著名的报纸[1]。老者对面是两个巨大的字母——X 和 Z,都是用别针卡在燕尾服上的,但各自代表什么始终不得而知。"正直的俄国思想"则被塑造成了一位戴眼镜的中年先生,身着燕尾服,戴着手套及镣铐(真正的镣铐)。思想的腋下夹着公文包,从中露出一本卷宗[2]。思想的衣袋里还露出一角已经拆开的信件。这封信来自国外,信中向一切质疑者证实了"正直的俄国思想"的正直。这一信息是由干事口头补充的,因为只露出一角的信自然是没法读的。思想的右手端着一

---

[1] 指的是 1863—1883 年于圣彼得堡出版的《呼声报》,该报属于温和的自由主义派,但时常附和反动报刊。

[2] "卷宗"原文为 дело,该词还表示"事业",暗指 1866—1888 年于圣彼得堡出版的带有革命民主倾向的月刊《事业》(Дело)。"戴着镣铐",据俄国学者推测,有两层暗示:既指沙皇政府对该杂志主要撰稿人的残酷迫害,又指该杂志在 1865 年相对宽松的《出版法》颁布之后,仍未被免除严苛的书刊审查。

只高脚杯,似乎打算祝酒。在他左右两侧,与之平齐,各有一个剪了短发的女虚无主义者在跺脚,在他对面则是另一位老先生,也穿着燕尾服,手里却握着一根粗重的大棒,似乎在扮演某份非彼得堡的,但同样令人生畏的刊物:"一棒子叫你头破血流。"[1] 饶是如此,他也承受不住"正直的俄国思想"那足以穿透镜片的逼视,不住地四下张望,当跳起双人舞时,他便不停地弯腰、转圈子、无地自容——显然是良心受到了折磨……不过,我已经记不清所有那些愚蠢的构思了,反正全是一个套路,看到后来我实在为他们感到害臊。正是这种近乎羞耻的观感影响到了全体观众,甚至包括从餐饮部来的那些最阴郁的面孔。人们有好一会儿没吭声,困惑而恼怒地看着。而羞耻往往令人愤慨,不顾一切。大厅内慢慢地炸开了锅。

"这叫什么玩意儿?"一个来自餐饮部的人在一小撮人中间嘟囔道。

"就是瞎胡闹。"

"好像是文学。在抨击《呼声报》。"

"关我屁事。"

另一小撮人:

"一群蠢驴!"

"不,他们不是蠢驴,我们才是。"

"为啥你是蠢驴?"

"我可不是蠢驴。"

"你都不是蠢驴,那我就更不是了。"

第三小撮人:

"该把这帮人挨个揍一顿,让他们见鬼去!"

---

[1] 影射米·卡特科夫(1818—1887)主导下的《莫斯科新闻》,该报经常刊登针对进步刊物(尤其是《事业》)的告密性文章。

"唤醒所有人！"

第四小撮人：

"连布克两口子不觉得丢人吗？"

"他们丢什么人？你会觉得丢人吗？"

"我都觉得丢人，何况他是省长。"

"而你是猪。"

……

"我这辈子从没见过这么差劲的舞会。"紧挨着尤利娅·米哈伊洛夫娜的一位女士刻薄地说，明显是说给前者听的。这位女士四十岁左右，体态丰满，抹着红脸蛋，穿着鲜艳的丝裙。城里人几乎都认得她，但谁也不待见她。她是一位五等文官的遗孀，从亡夫那儿只继承了一栋木屋和一笔微薄的生活费，但小日子过得不赖，还养着好几匹马。两个月前她曾主动拜访尤利娅·米哈伊洛夫娜，却吃了闭门羹。

"我早料到会是这个样子。"她又说了一句，并且放肆地盯着尤利娅·米哈伊洛夫娜的眼睛。

"既然您都料到了，那还来干什么？"尤利娅·米哈伊洛夫娜忍不住道。

"太天真了呗。"泼辣的女士当下还嘴，她激动得满脸通红，巴不得跟省长夫人吵上一架。但将军站到了两人中间。

"亲爱的，"他向尤利娅·米哈伊洛夫娜行礼道，"真的该走了。我们在这儿只会让人们感到拘束，我们走了他们才能玩个痛快。该做的您都做了，舞会也给他们办了，接下来就由他们自便吧……再说安德烈·安东诺维奇似乎也不、大、舒、服……万一出点啥事呢？"

但为时已晚。

在整个表演期间，安德烈·安东诺维奇一直愤怒而困惑地望着众舞者，而当观众们开始议论时，他便不安地四下张望起来。他这才第一次看到几个从餐饮部来的人,目光中现出惊诧之色。突然响起一阵哄笑,原来是卡德里尔舞中的一个设计:手持大棒跳舞的"令人生畏的非彼得堡刊物"终于再也招架不住"正直的俄国思想"的逼视,又无处藏身,便突然使出了最后一招,拿了个大顶,大头朝下地迎着眼镜走了过去。这大概是想影射"令人生畏的非彼得堡刊物"一贯的颠倒黑白。会倒立行走的只有利亚姆申一个,所以,手拿大棒的人一定是他。尤利娅·米哈伊洛夫娜事先被蒙在了鼓里。"拿大顶的事儿他们没跟我说,没有。"事后她绝望而愤怒地对我说。全场哄堂大笑,但自然不是出于对讽喻的共鸣(没有人会在乎那个),而实在是穿着长襟燕尾服倒立行走太过滑稽。连布克气得浑身发抖。

"混蛋!"他指着利亚姆申喊道,"抓住那个坏蛋,把他倒过来……正过来……让他头朝上……头!"

利亚姆申急忙恢复了直立。哄笑声更响了。

"把所有发笑的坏蛋全轰出去!"连布克突然下令。人群又炸开了锅。

"这可不行,省长大人。"

"他怎么能辱骂公众呢?"

"你自己才是笨蛋呢!"角落里有人喊。

"海盗!"大厅另一端有人叫道。

连布克迅速循声望去,脸色瞬间煞白。迟钝的笑容浮现在他的嘴角,他似乎突然明白了什么,想起了什么。

"诸位,"尤利娅·米哈伊洛夫娜将丈夫拽到自己身后,冲着逐渐逼近的人群欷然道,"诸位,请原谅安德烈·安东诺维奇,他不大舒服……抱歉……请原谅他,诸位!"

我真真切切地听到她说"请原谅"。事态进展得太快。但我清楚地记得,尤利娅·米哈伊洛夫娜话音刚落,部分观众就朝着大厅出口跑去,像是受了惊吓。我甚至记得一个女人带着哭腔,歇斯底里地叫嚷:"妈呀,又要学白天啦!"

眼看就要发生踩踏事件,突然又炸响了一颗雷,当真"又学了白天":"着火啦!河对岸全烧起来啦!"

我不记得惊叫声最早是从哪儿响起的,是从大厅呢,还是有人沿着楼梯从前厅跑了进来;但随之而来的巨大恐慌简直难以形容。舞会上的人有一多半来自河对岸,是河对岸那些木头房子的主人或者租户。人们拥向窗边,一把拽开窗幔,扯下窗帘,只见河对岸火光冲天。火势虽然刚起,但起火点却有相隔很远的三处,而这恰恰是最可怕的。

"有人纵火!什皮古林!"有人大喊。

我记得最具代表性的几声叫喊:

"我早有预感,他们肯定会放火的,这些天来我一直有这种预感!"

"什皮古林,肯定是什皮古林,错不了!"

"有人故意把我们骗到这儿来,好在那边放火!"

最后这声语出惊人的喊叫是个女声,来自柯罗博奇卡[1],她看见自己的房子被烧,便不管不顾地喊了出来。众人转而拥向门口处的存衣间。认领皮草、头巾、斗篷时的争抢,女士们的惊叫,小姐们的哭喊,所有这些都不必提了。未见得有人偷窃,但场面如此混乱,有人最终也没能找到自己的防寒外套,就这么跑了。此事后来在敝城添油加醋地传了很久。连布克和尤利娅·米哈伊洛夫娜在门口几乎被人群挤扁了。

连布克伸手指向拥挤的人群,威吓地吼叫:"拦住所有人!一个也别放走!挨个搜身,立刻!"

周围顿时响起一片叫骂。

"安德烈·安东诺维奇!安德烈·安东诺维奇!"尤利娅·米哈伊洛夫娜彻底绝望地呼喊。

---

[1] 原文 Коробочка,原指果戈理《死魂灵》中一位吝啬至极的女地主,字面意思为"钱匣子"。(见114页注)

"先逮捕她！"连布克将他那根威吓的食指指向了尤利娅·米哈伊洛夫娜，叫道，"先搜查她！举办舞会就是为了纵火……"

她尖叫一声，晕厥过去——这次是真的晕厥了。我、公爵和将军立刻冲上前去救人；情况紧急，另有几人伸出了援手，甚至包括几位女士。我们将不幸的女人救离地狱，抬到了马车上。直到家门口她才悠悠醒转，急切地呼唤安德烈·安东诺维奇。当一切幻想破灭之后，可怜的女人就只剩下了她的丈夫。医生派人去请了。我在她府上等了整整一个钟头，公爵也是；将军善心爆发（虽然他自己也被吓得够呛），决定整宿守在"不幸的女人床边"，但没过十分钟，医生还没来，他就坐在大厅的沙发椅上睡着了，我们便将他留在那儿了。

在我们之后，警察局长也将安德烈·安东诺维奇抢了出来。局长本人需即刻赶赴火灾现场，安德烈·安东诺维奇也非要同去不可。局长竭力劝说省长大人"保持冷静"，想把他弄到尤利娅·米哈伊洛夫娜的马车上去。但我想不通，警察局长最终为何没有坚持这样做，而是用自己的马车将安德烈·安东诺维奇带到了火灾现场。虽说是安德烈·安东诺维奇本人执意如此，可这也不能算作理由啊！警察局长事后说，安德烈·安东诺维奇一路上不停地比画，"喊叫一些荒唐透顶、根本无法执行的指令"。事后给上面的汇报里正是这么说的，说省长大人当时就已经因"突然受惊"陷入了震颤性谵妄。

至于舞会的收场，没什么好说的。数十个浪荡子留在了舞厅，其中甚至还有几位女士。现场连一名警察也没有。浪荡子们不肯放乐队走，想走的乐师都挨了打。普罗霍雷奇的摊子果然没能撑到天亮。他们没命地喝酒，狂跳喀马林舞，把舞厅弄得一片狼藉。一直闹到拂晓，一部分人这才醉醺醺地赶往失火地，继续搞破坏……其余人则醉得不省人事，横七竖八地倒在了丝绒沙发上、地板上，天一亮就被仆人们拖了出去，扔到了大街上。为敝省贫困女家庭教师筹款的盛会就此告终。

四

　　大火引起了河对岸民众的恐慌，因为明显有人蓄意纵火。值得注意的是，在第一声"着火啦!"的惊呼之后，立刻有人喊叫说是什皮古林的人放的。现已查明，的确有三名什皮古林工人参与了纵火，但也仅此而已，其余全体工人都由舆论和官方洗清了嫌疑。除了那三个恶棍（其中一人已被捕认罪，另外两人至今在逃）之外，苦役犯费季卡无疑也是案犯之一。关于火灾起因，虽有种种猜测，但目前确已查明的就只有这些。三名歹徒动机何在？是否受人指使？这些问题至今仍很难回答。

　　由于风大，河对岸又几乎全是木制房屋，加之三面同时起火，是以火势迅速蔓延开来，熊熊大火烧遍了整个地区：这是帝都报刊上的报道。其实，准确讲是两面起火，第三处火源几乎刚一冒头就被扑灭了，这点下面还要讲到。受灾程度也被夸大了：大致说来，被烧毁的顶多（甚至不足）整个河对岸的四分之一。敝城消防队，虽就城市面积与人口而言力量薄弱，却相当尽职尽责，奋不顾身。但尽管如此，若非大风刮到凌晨突然转了向，黎明前又突然停了，纵然居民全力配合，消防队恐怕也无力回天。逃离舞会后仅一个小时，我就赶到了河对岸。那时火势正猛，沿河的一整条街都在燃烧。火光如昼。大火的情形也不必我多费笔墨——有哪个俄国人没见过火灾呢？邻近火灾的街巷里乱作一团，拥挤不堪。火肯定是会烧过来的，人们已经抢出了家中的财物，却仍旧不肯离开自己的房屋，而是不死心地守在各家窗下，坐在搬出来的箱子、褥子上。一些男居民甩开膀子，狠心地砍倒木栅栏，甚至将靠近火源和位于下风口的木板房整个拆除。惊醒的婴孩在啼哭，已经抢出了全部家什的妇女们边哭边骂，还没有抢完的则只顾着闷头搬东西。火星、砾石四处飞溅，能扑灭的都扑灭了。火源附近，从全城各地赶来的看客挤成了一团。除了个别人在帮忙救火外,其余人都在看热闹。夜间的烈焰总能令人感到兴奋和快活,烟花就是这个道理。但烟花的火焰轨迹优美而规则,且绝对安全,给人的感觉是轻松愉快的,宛如一杯香槟酒下肚。而真正的火灾则不同:它会带来恐惧,构成一定程度的人身威胁,加之夜火的观赏性,会令观者——当然,受灾民众除外——的大脑产生震荡,仿佛在向其自身的破坏本能发出呼唤,而这种本能——呜呼!——蛰伏于每个人的内心深处,就连最恭顺、最顾家的九等文官也不例外……这种阴暗感受几乎总能令人狂喜。"老实说,我不知道,有没有人会看到火灾而不感到愉悦?"——这是斯捷潘·特罗菲莫维奇的原话,某天夜里他偶遇大火,回来后与我分享了他的第一印象。当然,夜火的爱好者们也会冲进火场,营救被困的孩子或者老妇,但这已经是另一回事了。

我挤在看热闹的人群后面,不消打听便来到了最核心、同时也是最危险的地方,并终于看见了连布克,而我正是受尤利娅·米哈伊洛夫娜亲自委托过来找他的。他的处境既惊险又危急。他站在一片被砍倒的栅栏上,在他左侧三十步开外竖立着一副黢黑的骨架,是一栋快要烧光了的二层木制小楼,窗户全被烧成了黑窟窿,楼顶也塌了,烧焦的梁木上尚有些余焰兀自蜿蜒。庭院深处,距离木楼二十步远,一间同样两层的耳房火势刚起,消防队正全力扑救。右侧,消防队员和民众正在捍卫一栋庞大的木制建筑,眼下它虽然还没有烧起来,但已经数次起火,注定在劫难逃。连布克面向耳房,不住地喊叫,比画,下达命令,却根本无人执行。我不由得怀疑,他是被人扔在那儿了,完全被人忽略了。他周围的人群密集而杂乱,除各色人等之外,还有几位老爷先生,甚至还有一位大司祭,但所有人都只是好奇而诧异地听着他叫喊,却无一人跟他搭话,或者将其拽到一旁。连布克面色苍白,两眼映着火光,喊出的话令人惊骇莫名,他头上甚至连帽子都没戴,早就弄丢了。

"这是纵火!是虚无主义!纵火的就是虚无主义!"

我听到这话简直被吓坏了。虽然已经没什么好惊讶的了,但直观的现实总有着惊心动魄的力量。

"大人,"一名警察站到他身边说,"小的恳请您回府歇息……不然大人您站在这儿,太危险啦!"

我后来才知道,这名警察是局长特意留在安德烈·安东诺维奇身边的,他奉命看管好大人,想方设法将省长大人送回府上,危急关头甚至可以动用蛮力——但这一指示显然超出了执行者的极限。

"灾民的眼泪可以擦干,但城市,毁了就是毁了!都是那四个恶棍,四个半。逮捕那个恶棍!都是他一个人干的,那四个半都是受他指使。他骗取了无数家庭的尊敬。为了纵火,假借女家庭教师的名义。真是下流,下流!咦,他在干什么!"他突然发现失火的耳房屋顶上有位消防员,整个屋顶都烧起来了,消防员四周全是火焰,"快把他拽下来,拽下来,他会掉下来的,会烧着的,给他灭火……他在那儿干什么?"

"他在灭火,大人。"

"不可思议。火灾在人们脑袋里,不在屋顶上!把他拽下来,不管了!算了,不管了!让它自己灭好了!咦,谁在哭喊?是个老太婆!有个老太婆在哭喊,怎么把老太婆给忘了?"

果然,在失火的耳房一楼,有一个被困的老太婆在哭喊,她是失火的房主(一位商人)的女亲戚,已经八十岁了。但她并非被人忘了,而是她自己又鬼迷心窍跑回去的,想从尚未起火的角落斗室里抢出自己的褥子。这会儿斗室也烧起来了,又呛又热,可她却仍一面上气不接下气地嘶喊,一面用老迈的臂膀抱着自己的褥子,拼命想把它从已经敲掉的窗玻璃里塞出来。连布克立即扑过去帮忙。人们眼瞅着他跑到窗边,抓住褥子的一角,使劲儿朝外拽。真是造孽,偏偏就在此时,从屋顶上掉下来一块木板,砸中了不幸的人。木板并没有要了他的命,而只是一头刮伤了他的脖子,但他的从政生涯却就此告终了,至少是在敝省;他应声倒地,不省人事。

终于等来了愁云惨淡的黎明。火势渐弱;风停之后突然一片阒寂,接着下起了小而慢的雨,像是用筛箩筛下来的。此刻我已经远离了连布克受伤之处,来到了河对岸的另一片区域,忽然在人群中听到了十分奇怪的谈论。人们发现了一档子怪事:在街区最边上,菜地后面的一片空地上,距离其他房屋至少五十步远,有一座刚建成的小木屋,火势初起时,这座孤零零的小木屋几乎是最先烧起来的。照理说,相隔这么远,即使它全烧光了,也未必能够殃及其他任何一栋房屋;反过来说,就算整个河对岸全烧光了,这座木屋应该也能够幸免于难,哪怕风刮得再大。如此说来,它是单独烧起来的,而且其中必有蹊跷。更重要的是,它并没有被烧毁,而且天快亮时,在屋内又有了惊人发现。这座新木屋的主人、一位住在附近的小市民,一瞧见自己的新房子着了火,立马跑了过来,在邻居们的帮助下,将摞在侧墙根的起了火的劈柴散开,保住了房子。但屋内的住户——闻名全城的列比亚德金大尉和他的妹妹,以及一位上了年纪的女用人——全部于当晚被人杀了,而且明显遭了抢劫。(连布克抢救褥子时警察局长没在现场,正是赶到这儿来了。)消息一大早就传开了,一大群各色人等,甚至包括失了火的灾民,全跑到新屋前的空地上来了。人挤人,根本挤不过去。我立刻听说,大尉是和衣躺在长椅上被人割断了喉咙,血流得"像头牛",想必当时已经醉成了死人,所以才毫无察觉。他的妹妹玛丽亚·季莫菲耶夫娜浑身上下"被人扎满了窟窿",倒在门口的地板上,应该是惊醒后与凶手撕打过。女用人肯定也是醒着遇害的,脑袋"被人开了瓢"。据房主说,大尉昨天早上还醉醺醺地去过他家,拿出一大把钱显摆了一通,差不多有两百卢布。大尉的破旧的绿钱包扔在地板上,已经空空如也;但玛丽亚·季莫菲耶夫娜的箱子没被人翻动过,圣像上的银质法衣也还在;大尉的衣服也都还在。显然,凶手很匆忙,而且对大尉很了解,就是冲着他的钱来的,知道钱放在哪儿。若非房主及时赶到,起火的柴堆一定会烧毁整座木屋,而"尸体一旦烧焦,就很难再还原真相了"。

事情据说就是这样的。还有一个情况:大尉兄妹住的房子是斯塔夫罗金娜将军夫人的公子、尼古拉·弗谢沃洛多维奇·斯塔夫罗金先生出钱租赁的,而且是他本人亲自来租的;他好不容易才租下来,因为房主原本打算用这栋房子开酒馆儿的,但尼古拉·弗谢沃洛多维奇舍得出钱,又预先支付了半年房租。

"这把火烧得不简单哪。"人群中有人说。

但大部分人都没吭声。人人面色阴沉,但并无强烈而明显的愤慨。而周围却有人在继续谈论尼古拉·弗谢沃洛多维奇,说被杀的女人是他妻子,说他昨天从本地首屈一指的富户、德罗兹多娃将军夫人府上拐走了她的千金,"手段下作",说将军夫人要去彼得堡告他,又说妻子被杀显然是为了跟德罗兹多娃小姐结婚。斯克沃列什尼基距离此地不过二点五公里,我记得当时我还在寻思:要不要跑去报个信?不过,我并未发现有谁在故意煽动舆论,也不想冤枉了好人,但我眼前确实闪过了两三张来自"餐饮部"的嘴脸,他们是天亮之前赶到火灾现场的,我一眼就认出了他们。令我印象最深刻的是一个小市民模样的年轻人,瘦高,鬈发,脸黑得像抹了烟子,事后得知,他是一名钳工。他并没有喝醉,但与面色阴沉的人群相反,他显得异常激动。他一直在向众人讲话,具体说了些什么我记不清了。他说过的最连贯的话也无非是:"兄弟们,这算什么?难道就这么算了?"同时还挥舞着双臂。

第三章　了断的情史

一

从斯克沃列什尼基庄园的大厅(就是瓦尔瓦拉·彼得罗夫娜与斯捷潘·特罗菲莫维奇最后一次见面的地方)望去,大火如在掌上。拂晓时分,凌晨五点多钟,莉莎站在最右侧的一扇窗前,凝望着渐渐熄灭的火光。大厅里只有她一人。她身上仍是昨天出席朗诵会时穿的那身节日盛装——亮绿色,极尽奢华,缀满花边,但已经揉皱了,穿得匆忙而潦草。她无意中瞥见胸前没有扣紧,脸一红,急忙整理好衣服,从沙发椅上抓起昨天一进门就被她扔在那儿的红头巾,围在脖子上。头巾下露出一绺绺蓬松的鬈发,披散在右肩。她的面容疲惫而忧虑,但紧蹙的眉头下目光灼灼。她又走到窗前,将滚烫的额头抵在冰凉的玻璃上。门开了,尼古拉·弗谢沃洛多维奇走了进来。

"我派人骑马去打探了,"他说,"十分钟后就有准信了。据说是河对岸的一片被烧光了,临近沿河街,桥右侧。夜里十一点多就烧起来了,眼下已经快灭了。"

他没有走近窗边,而是在她身后三步开外停了下来;但她并未朝他转过身来。

"按照历书,一小时前天就该亮了,可眼下却仍跟黑夜一样。"她懊丧地说。

"历书都是骗人的[1],"他亲昵地戏谑道,随即一窘,忙补充道,"按照历书生活太乏味了,莉莎。"说罢他便彻底沉默了,为自己又说了一句蠢话而懊丧。

莉莎苦笑了一下,道:"您的心情如此糟糕,都不知道该怎么跟我说话了。没事儿,您说得没错:我历来是按照历书活着的,我的每一步都是按照历书安排的。您对此很吃惊吗?"

她快步离开窗边,坐到了沙发椅上。

"您也坐下来吧。我们的时间不多了,我要把我想说的话全说出来……您何不也把您想说的话都说出来呢?"

尼古拉·弗谢沃洛多维奇坐到她身边,轻轻地,近乎胆怯地握住了她的手。

"这话是什么意思,莉莎?为何突然这么说?什么叫'我们的时间不多了'?这已经是你醒来后的半小时内说过的第二句令人费解的话了。"

莉莎笑道:"您在数我说过的令人费解的话么?还记得吗,昨天我一进门就说,我已经死了?这话您怎么忘了呢?是忘了,还是没在意?"

"我不记得了,莉莎。为什么'死了'呢?应当活着……"

"又不说话了?您的口才呢?我度过了我生命中的那一个钟头,足够了。您还记得赫里斯托福尔·伊万诺维奇吗?"

"不记得了。"尼古拉·弗谢沃洛多维奇皱眉道。

---

[1] "历书都是骗人的"原是一句著名台词,出自俄国戏剧家格里鲍耶陀夫(1795—1829)经典喜剧《聪明误》(*Горе от ума*,又译《智慧的痛苦》)第三幕第二十一场。

"就是洛桑那个人呀。您烦透他了。他每次推门进来都会说：'我只待一小会儿'，然后一坐就是一整天。我可不想学他，一坐一整天。"

病态的神色浮现在尼古拉·弗谢沃洛多维奇脸上。

"莉莎，您这样自我贬损让我很伤心。这样无病呻吟您自己也很痛苦。何必呢？为什么要这么做？"

他的眼睛燃烧起来。

"莉莎，"他喊道，"我发誓，眼下我比昨天你走进我房间时更爱你！"

"多么奇怪的表白！为什么拿今天跟昨天比？"

"你不能丢下我，"尼古拉·弗谢沃洛多维奇近乎绝望地继续道，"我们一起走，今天就走，好吗？好不好？"

"哎呀，您把我的手捏疼了！我们能上哪儿去？随便找个地方，再次'起死回生'？不，我已经尝试够了……再说，那对我来说太慢了，况且我也做不到，对我来说太高了。要走，那就去莫斯科，我们去别人家做客，也在自己家里待客——这才是我的理想，这您是知道的，我从来没有向您隐瞒过我自己，打从瑞士起。既然我们没法一起去莫斯科，去拜访，去交际——因为您有妻子——那就什么都不必说了。"

"莉莎！那昨天算什么？"

"算什么都行。"

"这不可能！这太残忍了！"

"残忍就残忍吧，若是残忍，那您就忍着点吧。"

"昨天您[1]一时糊涂，现在您在报复我……"他冷笑一声，恨恨地嘟囔道。

莉莎变色道："多么卑劣的想法！"

1　在俄语中，ты (你) 和 вы (您) 的用法有严格限定：后者除表示尊敬之外，还常常意味着关系疏远，而前者既可表示轻蔑，亦可表示关系亲密，因此，恋人分手后，通常便不再以"你"相称 (对此，普希金在《你和您》一诗中有过传神描述)。在这段对话中，莉莎自始至终对斯塔夫罗金以"您"相称，表示去意已决；而斯塔夫罗金则在"你"和"您"之间反复切换，体现了其情感的波动起伏。

"那您为什么要给我……'那么多的幸福'？这我总该有权利知道吧？"

"不，您也尝尝没有权利的滋味吧。别让您的猜测在卑劣之外再加上愚蠢。今天您是办不到的。再说，您就不怕上流社会的舆论，就不怕为'那么多的幸福'遭受谴责么？哦，既然怕，那您就别再自己吓唬自己了。这事儿跟您一点关系也没有，您也不必对任何人负责。昨天我推开您的房门时，您甚至不知道进来的人是谁。全是我自己一时糊涂，就像您刚才说的那样，仅此而已。您大可心安理得地正视任何人的眼睛。"

"你的这些话，还有你的笑，已经一个钟头了，让我怕得浑身发冷。那种'幸福'，在你的口中如此不屑，对我而言却是……一切。难道如今我能够失去你吗？我发誓，昨天我并没有现在这么爱你。为何今天你就要拿走我的一切？你知不知道，这新的希望对我有多么昂贵？我为它付出了生命。"

"自己的还是别人的？"

他霍地站起身来，定定地注视着她："这话什么意思？"

"我是说，您为此付出了自己的生命，还是我的生命？莫非您现在完全听不懂话了？"莉莎面色通红，"您干吗突然跳起来？干吗这么瞪着我？您吓到我了。您到底在害怕什么？我早就发现您在害怕，特别是现在，眼下……上帝啊，您的脸色多么苍白！"

"如果你知道什么的话，莉莎，我发誓，我并不知情……我刚才说付出了生命，完全不是那个意思……"

"我一点也听不懂。"莉莎胆怯地嗫嚅道。

半晌，一丝迟缓、凝重的苦笑爬上尼古拉·弗谢沃洛多维奇的嘴角。他平静地坐下，两肘撑在膝头，双手捂住脸。

"噩梦和呓语……我们说的完全是两码事。"

"我根本不知道您在说什么……难道您昨天不知道我今天会离开

您吗？知不知道？请您说实话，知不知道？"

"知道……"他低声道。

"那不就完了：您知道，却照样为自己留下了'那个瞬间'。那您还有什么好说的呢？"

"你跟我说实话，"他满怀悲痛地叫道，"昨天你推开我的房门时，你自己知不知道，你就只推开它一个钟头？"

她憎恨地瞪了他一眼："果然，最正经的人能问出最奇怪的问题。您何必如此不安？难不成是出于自尊心——因为第一次不是您甩女人，而是被女人甩了？知道吗，尼古拉·弗谢沃洛多维奇，在您这儿我才发现，您对我简直太宽厚了，而我恰恰受不了您这样对我。"

他站起身，在大厅内踱了几步："好吧，就算事情应该这样了断吧……可这一切究竟是如何发生的呢？"

"真是瞎操心！关键是，您对此其实心知肚明，比世界上任何人都懂。别忘了，我可是一位大小姐，我的心是在歌剧里泡大的，这就是一切的由头，整个谜底。"

"不是的。"

"这件事完全不会损害到您的自尊心，一切都是实情。事情开始于那个美妙的、令我失去抵抗的瞬间。前天，在我当众'羞辱'了您，而您如此'骑士地'回应了我之后，我回到家，立刻猜到，您之所以一直躲着我，正是因为您结了婚，而绝非您瞧不上我——这才是我这位贵族大小姐最担心的。我明白了，您躲着我，其实正是在爱护我这个疯丫头。您瞧，我多么看重您的宽厚。就在这时，彼得·斯捷潘诺维奇跑来了，立刻向我解释了一切。他告诉我，令您犹疑的是一种伟大的思想，与之相比，我和他都微不足道，不过，我仍然是您前进途中的绊脚石。他把自己也扯进来了，非说什么要三人同行，还说了些天方夜谭的话，提到了一首俄国民歌里的大帆船、槭木桨。我夸奖他是位诗人，他就把这话当成了他的幸运币。我其实早就知道，我只有一刹那的勇气,便当即下定了决心。就是这样,够了,请别再让我解释了。说不定我们会吵起来的。您谁也不用怕,我会全揽到自己头上。是我自己愚蠢、任性,被歌剧里的大帆船迷昏了头,谁让我是位大小姐呢……可您知道么,我直到昨天仍以为,您是疯狂地爱着我的。不要鄙视我这个傻瓜,不要嘲笑我此刻掉下的眼泪。我太喜欢'自怨自怜'地哭鼻子了。好啦,够了,够了。我一无是处,您也一无是处,彼此彼此,我们就聊以自慰吧。至少自尊心不会受到伤害。"

"梦呓!"尼古拉·弗谢沃洛多维奇叫道,绝望地在大厅内来回踱步,"莉莎,可怜的人儿,你对自己做了什么呀?"

"无非是被蜡烛烫了一下而已。您不会也哭了吧?体面些,冷酷些吧……"

"为什么,为什么你要来找我?"

"您难道还不明白,问这种问题会让您在上流社会的舆论面前处于何种可笑的境地?"

"你为何要如此丑陋、如此愚蠢地毁了自己?现在你可怎么办?"

"哦,这还是斯塔夫罗金吗?您知道本地有位爱慕您的女士管您叫什么吗?——'吸血鬼斯塔夫罗金'!听着,我不是都跟您说了吗:我拿一生换了一个钟头,值了。您也可以这么想……不过,您大可不必:在您的一生中还会有许许多多的'钟头'和'瞬间'。"

"我的和你的一样多,我向你起誓,绝不会比你多一刻!"

他继续走动着,未能察觉到她那迅捷而敏锐的、仿佛被希望点亮了的目光。但光芒转瞬熄灭了。

"要是你知道,我为自己眼下这份不可思议的真诚付出了怎样的代价,莉莎,要是我能够向你坦白……"

"坦白?您要对我坦白?上帝保佑,别让我知道您的秘密!"她近乎惊恐地打断了他。

他停住脚步,不安地等她说下去。

"我要向您承认,还在瑞士时我就断定,您心里一定藏着什么秘密,可怕的、肮脏的、血腥的,同时又……又让您可笑得要死的秘密。若真是这样,请千万别对我坦白:我会笑话您的。我会笑话您一辈子……啊,您的脸色又苍白了?不行,不行,我现在就走。"她嫌恶而鄙夷地从椅子上跳了起来。

"折磨我吧,惩罚我吧,拿我泄恨吧,"他绝望地叫道,"你完全有这个权利!我明知道我不爱你,可我还是毁了你。没错,'我为自己留下了那个瞬间',我原本指望着……已经很久了……最后的指望……我无法抵挡那一束光——昨天,当你自己,一个人,主动走进我的房间时,我的心被照亮了。我突然相信了……或许,直到现在我仍然相信。"

"您对我如此坦诚,那我也要对您坦诚:我不愿意做您的护理员。哪怕我真的会去当护理员——要是我没办法今天就死的话——那我也不会护理您,虽说您当然抵得过任何一个缺胳膊断腿的人。因为我总有一种预感:您会带我去一个地方,那里住着一只可怕的大蜘蛛,足有一人多高,而我们一辈子都要战战兢兢地看着它。这就是我们的爱情的下场。您去找达申卡吧,她会陪您去任何地方的。"

"就连眼下您也不能不提她吗?"

"可怜的小巴狗!代我向她问好。她知不知道,您还在瑞士时就选中了她来照顾您的晚年?您想得多周到,看得多长远啊!哎,谁在那儿?"

大厅深处启开一道门缝,一颗脑袋探了进来,忙又缩了回去。

"是你吗,阿列克谢·叶戈罗维奇?"斯塔夫罗金问。

"不,只是区区在下,"半个身子探了进来——是彼得·斯捷潘诺维奇。"您好,莉莎维塔·尼古拉耶夫娜;无论如何,祝您早安。我就知道,您二位都在这儿。我只占用您一分钟,尼古拉·弗谢沃洛多维奇,有两句最要紧的话……无论如何都得跟您说……总共就两句!"

斯塔夫罗金朝他走过去,刚走两步又转身对莉莎说:"要是待会儿你听到了什么,莉莎,记住:我有罪。"

莉莎浑身一哆嗦,惊恐地望着他;但他匆忙地走了出去。

二

彼得·斯捷潘诺维奇从那里向大厅张望的房间,是一间巨大的椭圆形前厅。原本在此守候的老仆人阿列克谢·叶戈罗维奇被前者打发走了。尼古拉·弗谢沃洛多维奇将通往大厅的门随手一关,站定了等着。彼得·斯捷潘诺维奇以探询的目光迅速打量着他。

"说吧?"

"要是您都知道了,"彼得·斯捷潘诺维奇急忙说,两只眼珠子恨不得跳到对方心里去,"那么,毫无疑问,咱俩谁都没有任何过错,特别是您,因为事情纯属巧合……偶然的巧合……总之,法律上绝不会牵扯到您,我是特地跑过来给您报信的。"

"烧了?杀了?"

"杀了,但没烧,坏就坏在这儿,但我向您保证,这也不是我的错,无论您怎么怀疑我,——您想必在怀疑我吧,啊?您想听实话吗?老实说,我还真动过那种念头——还是您本人提示我的呢,当然,您并非认真的,而是为了拿话激我,毕竟您总不至于真么提示我——可我没能下定决心,不管为了什么,哪怕给我一百卢布——何况这并没有任何好处,我是说对我而言,对我……"他急坏了,说话像爆豆子一样,"偏偏事有凑巧,我自己掏钱——听见了吗,是我自己掏钱,没用您花一个卢布,这点您心知肚明——给了那个笨蛋酒鬼列比亚德金两百三十卢布,这是前天晚上的事儿了——听见了吗,是前天,而不是昨天'朗诵会'之后,听清楚,这点很关键,要知道,那时候我根本无从确定,莉莎维塔·尼古拉耶夫娜会不会来找您,我之所以自己掏钱,只是因为前天您大出风头,居然当众公布了您的秘密。好吧,这是您的事……我不干涉……您很骑士……但老实说,我很吃惊,好比迎头挨了一闷棍。这些悲剧令我甚是烦扰——注意,我是认真的,虽然我用了个文词——毕竟这一切都会破坏我的计划,所以我才暗下决心,无论如何都得把列比亚德金兄妹打发到彼得堡去,也不必征求您的同意。何况他自己也闹着要去。唯一的失误:钱是以您的名义给的——这算不算失误?说不定也不算吧,嗯?现在,您听好,听好,事情出了什么岔子……"他一时激动,凑到斯塔夫罗金近前,伸手去抓他的领口(哦!他说不定是故意的)。

斯塔夫罗金狠狠一拳砸在他的胳膊上。

"啊,您干吗呀……好家伙……胳膊都被你打折了……关键是出了什么岔子,"他又开始爆豆子,对于挨打似乎毫不惊讶,"我前天晚上就出了钱,好让他们兄妹昨天一早就出发,我把这钱给了利普京那个混蛋,让他亲自把他们送上车。可那混蛋非要胡闹一场不可——您想必已经听说了吧,'朗诵会'上那档子事?您听我说,听我说:他们俩一起喝了酒,编出了那首诗,其中有一半是利普京写的;他还给大尉穿上了燕尾服,把他藏到了后仓房,准备到时候让他登台,另一面却跟我说,一早就把他送走了。没承想,大尉眨眼的工夫就醉倒了。这才有了那档子丑事。利普京把烂醉如泥的大尉送回了家,然后把那两百卢布偷走了,只给大尉留了些零头。糟糕的是,还在昨天早上,大尉就把钱拿出来乱显摆过了。要知道,费季卡可就等着这个呢,加上他在基里洛夫那儿又听到了您那些话——还记得您的暗示吗?于是他便决定趁机动手。这就是全部的真相。至少有一点令我高兴:费季卡没能拿着钱,这混蛋原本还指望着一千卢布呢!他自己先乱了阵脚,看来,那把火把他也给吓傻了……相信我,这场大火对我来说好比迎头挨了一棒。鬼知道这算怎么一回事!完全是自作主张……您瞧,我对您抱有很大指望,在您面前毫无隐瞒:不错,放火的念头我早就有了,毕竟火灾如此受群众欢迎,但我原本打算把它用在最紧要关头的,在全体暴动的重要时刻……可这帮人却脑袋一热就烧起来了!须知眼下正是躲到暗处,对着拳眼呼气的时候!真是擅自胡来!……总之,具体的我还不知道,据说是两个什皮古林工厂的人……可要是这里头也有我们的人,哪怕有一个人插了手——那他就要倒霉!您瞧见了吧,这就是稍加纵容的后果!不,这个闹民主的混蛋和他那个五人小组是靠不住的,必须得有一个卓绝的、专断的、受人膜拜的意志,依赖于某种必然的、超世的力量……只有这样,五人小组才会夹起尾巴,老老实实效命。但无论如何,虽然眼下已经传得沸沸扬扬,说是斯塔夫罗金要把他老婆烧死,这才让城市遭了灾,但您……"

"都已经传得沸沸扬扬了?"

"那倒也不至于,老实说,我还没有听见任何风声,可对民众们能有什么法子呢,尤其是遭了灾的人:人民的呼声就是上帝的呼声。[1]风言风语传起来还不快?……但您根本没什么好怕的。在法律上您是完全清白的,在良心上也是,——您不是不愿意那么干吗?不是吗?任何罪证都没有,纯属巧合……除非费季卡将来供出您在基里洛夫家说的那些不该说的话——您当时说那个干吗?可即便如此,那也什么都证明不了啊,再说我们可以把费季卡除掉嘛。我今天就把他除掉……"

"尸体一点儿没烧?"

"是;这鬼东西,什么事儿也干不好。但我至少很高兴,您如此镇定……因为您在这件事情上一点罪过也没有,哪怕是在念头上,可毕竟嘛,您不得不承认,这一切恰巧帮了您的大忙:您一下子恢复了自由身,可以立刻迎娶一位超有钱的大美女,何况她已经被您攥在手心里了。您瞧,误打误撞的一桩巧合却派上了大用场,是不是?"

---

[1] 原文为拉丁文。

"您在威胁我吗,蠢货?"

"好嘛,我现在都成蠢货了,您这叫什么语气?本该高兴才对嘛,您可倒好……我特意跑过来给您通风报信的……再说我能威胁您什么呢?我才不希望靠威胁拉拢您呢!我需要的是您的自主自愿,而非出于胁迫。您是光,您是太阳……是我怕您怕得要死,而不是您怕我!我又不是马夫里基·尼古拉耶维奇……您猜怎么着,我坐着马车朝这儿飞驰的时候,瞧见马夫里基·尼古拉耶维奇正坐在您家花园后角的栅栏旁哪……穿着军大衣,浑身都湿透了,想必是坐了一宿!真是奇迹!一个人能疯到什么程度啊!"

"马夫里基·尼古拉耶维奇?真的?"

"真的真的。就坐在花园栅栏旁。离这儿嘛……也就三百来步。我原想悄没声儿地溜过去,可还是被他看见了。您还不知道?很高兴,我没忘了告诉您。他要是再有把枪,那可就太危险了,您想想,黑夜、泥泞、可想而知的愤怒,——毕竟他现在是那种处境,哈哈!您觉得他坐在那儿是为了啥?"

"当然是在等莉莎维塔·尼古拉耶夫娜。"

"正是!可她怎么可能出去见他呢?何况下这么大的雨……真是个蠢货!"

"她马上就会出去找他了。"

"什么?!这么说……等等,眼下可是完全不同了呀,她还去找马夫里基干吗?您不是已经恢复自由身了吗,哪怕明天娶她都行啊?——啊,她还不知道呢!交给我吧,保证给您办得妥妥的。她人呢?该让她也高兴高兴。"

"高兴?"

"那当然,走吧。"

"您以为死人的事她自己猜不到吗?"斯塔夫罗金意味深长地眯起眼睛。

"当然猜不到,"彼得·斯捷潘诺维奇傻头傻脑地顺嘴答道,"因为在法律上您……咳,您哪! 就算她猜到了又能怎么样? 这种事儿女人们忘得可快啦,您还是太不懂女人了! 再说,眼下嫁给您对她只有好处,毕竟她玷污了自己的清白,何况我还给她讲了'大帆船',我看得出来,她就吃'大帆船'那一套,由此可见,她是个什么样的姑娘。您放心,她会满不在乎地跨过那些尸首的! 何况您还是完全无辜的,不是吗? 她顶多会拿这事儿当作把柄,好在结婚一两年后敲打您。任何一个女人,婚前都会搜罗些诸如此类的黑历史,以便将来挟制丈夫……可一年之后还不知道会怎么样哪! 哈哈哈!"

"既然您有车,那就立刻带她去见马夫里基·尼古拉耶维奇吧。她刚才说了,她受不了我,要离开我,那我的车她自然是不肯坐的。"

"什么——? ! 她真的要走? 怎么会这样?"彼得·斯捷潘诺维奇呆愣愣地望着斯塔夫罗金。

"大概是她昨晚看出来了,我并不爱她……其实,她早就知道这一点。"

"难道您并不爱她?"彼得·斯捷潘诺维奇以无限惊讶的表情叫道,"既然如此,那昨晚您干吗还要把她留下,而没有直截了当地告诉她,您不爱她? 您这也太下作了! 这么一来,我在她眼里成啥人了?"

斯塔夫罗金突然一阵大笑。

"我在笑我的猴子。"他解释道。

"哈! 我的装疯卖傻被您看穿了,"彼得·斯捷潘诺维奇也快活不已地大笑起来,"我就是为了逗您开心! 您猜怎么着,您一进门,我就从您脸上看出来了,您遭遇了'不幸',甚至可能是彻底的失败,是不是? 嘿,我敢打赌!"他高叫道,兴奋得几乎喘不过气来了,"您二位肯定一整宿都并排坐在大厅椅子上,在关于无上崇高的争论中辜负了大好春宵……好好好,对不起,不关我的事: 其实我昨天就知道,肯定会是个愚蠢的结局。我把她带过来,只是为了让您找个乐子,同时向您证明,跟我在一块儿您绝不会无聊,这种事儿我还能为您效劳三百次。我这人就喜欢助人为乐。既然您现在不需要她了——这正是我所预想的,我来也正是为了这个——那就……"

"难道您带她来只是为了让我开心?"

"不然还能为啥?"

"难道不是为了逼我杀妻?"

"咳,人是您杀的吗?真是个悲剧式人物!"

"都一样,是您杀的。"

"我杀的?我都跟您说了,这事儿跟我一点儿关系都没有。不过,您开始让我不安了……"

"继续说下去,您刚才说:'既然您现在不需要她了,那就……'"

"当然是'那就把她交给我'喽!我会把她好好地交给马夫里基·尼古拉耶维奇,顺便说一句:可不是我让他在花园边上守着的,您可别再有这种想法。我现在躲他还来不及呢。虽说我坐的是快车,可毕竟是打他身边经过呀……说真的,万一他带着枪呢?……好在我也带着呢。您瞧,"说着,他从口袋里掏出一把转轮手枪,晃了晃,又赶紧揣好,"为了出远门才带的……不过,这事儿交给我了。她那颗心哪,眼下正在为马夫里基疼着呢……至少应该会疼的……您知道吗——对天发誓,我甚至有点儿可怜她了!——一旦我把她送回到马夫里基身边,她就立刻又会想念您了,她会在马夫里基面前夸您,指着他的鼻子骂他:这就是女人心!您又在笑啦?看您这么开心,我真是高兴死了。好啦,走吧。我一见面就跟她提马夫里基,至于有人被杀了……我想,还是先不说了吧?反正她早晚会知道的。"

"知道什么?谁被杀了?您说马夫里基·尼古拉耶维奇怎么了?"莉莎突然打开门道。

"啊!您偷听了?"

"您刚才说马夫里基·尼古拉耶维奇怎么了?他被杀了?"

"哦！看来您没有偷听。放心吧，马夫里基·尼古拉耶维奇活得好好的，这点您马上就能眼见为实，因为他就在附近，花园栅栏旁……好像是在那儿坐了一宿，穿着军大衣，浑身都湿透了……我来的时候他看见我了。"

"不对，您刚才说'被杀了'……谁被杀了？"她痛苦而狐疑地追问。

"被杀的人是我的妻子、她的哥哥列比亚德金，还有他们的女用人。"斯塔夫罗金决然道。

莉莎浑身一颤，面如土灰。

"这是一桩残暴、怪异的案件，莉莎维塔·尼古拉耶夫娜，一桩愚蠢至极的抢劫案，"彼得·斯捷潘诺维奇急忙抢过话头，"一桩纵火抢劫案，是苦役犯费季卡干的，也怪列比亚德金那个傻瓜，到处显摆自己的臭钱……我正是为这事儿来的……我仿佛迎面挨了一砖头。斯塔夫罗金刚听说时，险些没有摔倒。我们正合计呢，要不要跟您说？"

"尼古拉·弗谢沃洛多维奇，他说的是真的吗？"莉莎勉强问道。

"不，不是真的。"

"怎么不是真的！"彼得·斯捷潘诺维奇身子一震，"您又要搞什么鬼！"

"天呀，我要疯了！"莉莎叫道。

"您要知道，眼下他已经疯了！"彼得·斯捷潘诺维奇声嘶力竭地喊，"毕竟他妻子刚刚被人杀了。您瞧，他的脸色多么苍白……他不是整晚都跟您在一起吗，一分钟都没离开过，您怎么能怀疑他呢？"

"尼古拉·弗谢沃洛多维奇，请您像面对上帝那样告诉我，您是否有罪，而我发誓，我会像相信上帝一样相信您说的，然后追随您到天边，天边！像只小巴狗一样……"

"您干吗要折磨她呀，一脑袋幻想的家伙！"彼得·斯捷潘诺维奇气得发疯，冲尼古拉·弗谢沃洛多维奇喊道，"莉莎维塔·尼古拉耶夫娜，真的，您把我捣碎了都成，可他真是无辜的，连他自己都死了，在说胡话了，您都瞧见了。他是无辜的，完全无辜的，连思想上都是无辜的！……都是强盗们干的，凶手不出一个礼拜就能被揪出来，用鞭子抽……这里头有苦役犯费季卡和什皮古林工厂的人，全城都在这么说，所以我才知道的。"

"是这样吗？是这样吗？"莉莎仍在战战兢兢地等待自己最后的判决。

"我没有杀人，也反对杀人，但我知道他们会被人杀死，却没有阻止凶手。离开我吧，莉莎。"斯塔夫罗金艰难地说罢，走进了大厅。

莉莎以手掩面，朝门外走去。彼得·斯捷潘诺维奇刚追出去一步，又转身跑进了大厅。

"您就这么说？您就这么说，啊？您就什么都不怕吗？"他彻底疯狂了，满嘴唾沫星子地冲着斯塔夫罗金发作，但语无伦次，几乎不知道该说些什么。

斯塔夫罗金站在大厅中央，一语不发。他左手轻轻抓住一绺头发，怅惘若失地微笑着。

彼得·斯捷潘诺维奇一把扯住了他的衣袖："您完蛋了，是吗？所以您要来上这么一手？告发所有人，然后自己去修道院，或者去见鬼……可您要知道，我是一定会把您干掉的，虽然您并不怕我！"

"啊，原来是您在说话？"斯塔夫罗金像是才看到他似的，突然如梦初醒，"快去，快去追她，吩咐备车，别丢下她……快去，快去呀！把她送回家，别让任何人看见，也别让她去那儿……去看尸体……尸体……拖也要把她拖上马车。阿列克谢·叶戈罗维奇！阿列克谢·叶戈罗维奇！"

"行了，别喊了！她现在已经在马夫里基怀里了……而马夫里基是不会坐您的车的……别喊了！这可比马车重要得多！"说着，他又掏出了那把转轮手枪。

斯塔夫罗金认真地看着他，以近乎和解的语气轻声道："来吧，杀了我吧。"

"咩,见鬼,人真是什么鬼话都说得出来!"彼得·斯捷潘诺维奇气得浑身发抖,"真想一枪崩了您!难怪她会唾弃您!……您算什么'大帆船',整个儿一条破破烂烂的平底船,只配拆了当劈柴烧!……您赶紧醒醒吧!哪怕是出于愤恨呢!咳!反正您不是无所谓吗,既然您连死都不怕?"

斯塔夫罗金怪异地笑了笑:"假如您不是这样一个小丑,我说不定现在就会答应您了……只要您再聪明一点点……"

"我是小丑,但我不希望您——我最重要的一半——也是小丑!您明不明白?"

斯塔夫罗金明白,或许,只有他明白。当他对沙托夫说彼得·斯捷潘诺维奇是个狂热分子时,沙托夫不就惊诧莫名吗?

"现在,从我这儿见鬼去吧,明天我说不定能挤出点什么来。明天再来吧。"

"真的?真的?"

"我哪儿知道!……见鬼,见鬼去吧!"斯塔夫罗金喊罢,阔步走出了大厅。

"说不定还有转机。"彼得·斯捷潘诺维奇暗自嘟囔着,重新将手枪藏好。

三

彼得·斯捷潘诺维奇跑出去追赶莉莎维塔·尼古拉耶夫娜。后者尚未走远,刚走出门口几步。老仆人阿列克谢·叶戈罗维奇想拦又不敢拦,一路跟在小姐身后一步开外,他穿着燕尾服,没戴帽子,毕恭毕敬地低着头,再三劝说小姐等等马车。可怜的老仆人吓坏了,几乎要哭出来了。

"你去吧,少爷要喝茶,没人给端。"彼得·斯捷潘诺维奇推开老仆人,径自挽住了莉莎维塔·尼古拉耶夫娜的胳膊。

她没有挣脱,看上去有些神情恍惚,尚未回过神来。

"首先,您走错路了,"彼得·斯捷潘诺维奇咕哝道,"应该走这边,不该绕过花园;其次,走路是绝对不行的,三公里呢,而您连外套都没穿。您何不等上一小会儿呢。我是坐车来的,就停在院子里,我这就把车赶过来,直接把您送到家门口,保证不会有人看见。"

"您真是个好人……"莉莎柔声道。

"哪里,眼下这种情况,任何一位有教养的人都会像我……"

莉莎瞥了他一眼,讶然道:"呀,我的天,我还以为是那位老仆人呢!"

"听我说,您能这么想我真是太高兴了,因为那全是最要命的成见。既如此,我这就去吩咐老头子备车,十分钟就好,咱们先回门廊上等着,嗯?"

"我想先去……受害者在哪儿?"

"得,又来一个幻想家!我怕的就是这个……不,这种破事儿咱还是先撂一边儿吧,再说也没啥好看的。"

"我知道他们在哪儿,我知道那所房子。"

"您知道又能怎样!您瞧瞧这雨,这雾——咳,我咋揽了这么一份好差事!……听着,莉莎维塔·尼古拉耶夫娜,二选一:要么您坐我的车,那您就原地等着,再别向前一步,因为只要您再走上二十步,一定会被马夫里基·尼古拉耶维奇看见的。"

"马夫里基·尼古拉耶维奇!他在哪儿,在哪儿?"

"好,要是您想跟他走,那我就再送送您,指给您他在哪儿,然后就恕不奉陪了——眼下我可不想离他太近。"

"他在等我,天哪!"她突然停住,满面羞红。

"好啦,他不是没有成见的嘛!知道么,莉莎维塔·尼古拉耶夫娜,此事与我无干,我完全是置身事外的,这您是知道的,但毕竟我也是为您好……假如我们的'大帆船'让您失望了,假如您发现,那只不过是艘破破烂烂的旧平底船,早该拆了当……"

"哦,太妙了!"莉莎叫道。

"妙?那您还掉眼泪?这种事儿需要勇气。不能对男人做出任何让步。当今时代,女人……呸,见鬼!"彼得·斯捷潘诺维奇差点没啐出来,"关键是没啥好后悔的,没准儿还会因祸得福呢。马夫里基·尼古拉耶维奇这人吧……总之,是个重感情的人,虽然不爱说话,当然,这也不坏,只是得有一个条件:他不能有成见……"

"妙极了,妙极了!"莉莎歇斯底里地大笑。

"啊,咳,见鬼……莉莎维塔·尼古拉耶夫娜,"彼得·斯捷潘诺维奇突然恼羞成怒,"要知道,我这可是为了您好……我能有啥好处呢……昨天您自己想那样,我就为您效了劳,而今天……瞧,从这儿就能看见马夫里基·尼古拉耶维奇了,那不是他么,他还没有瞧见咱们呢。知道么,莉莎维塔·尼古拉耶夫娜,您读过《波琳卡·萨克斯》吗?"

"什么?"

"一部中篇小说,叫《波琳卡·萨克斯》。我上大学的时候读的。里面讲一位官员,萨克斯,很有钱,将自己不忠的妻子关在了郊外的小木屋[1]……咳,见鬼,管他呢!您瞧着吧,马夫里基·尼古拉耶维奇等不及到家就会向您求婚的。眼下他还没有看见咱们呢。"

"啊呀,千万别让他看见!"莉莎突然发疯似的大叫,"快,离开这儿!去树林,去田野!"说罢,转身就跑。

"莉莎维塔·尼古拉耶夫娜,您干吗这么胆小!"彼得·斯捷潘

---

[1] 《波琳卡·萨克斯》(Полинька Сакс,1847)是俄国作家亚·瓦·德鲁日宁(1824—1864)在女权主义作家乔治·桑的影响下创作的一部呼吁妇女解放的小说。主人公萨克斯得知妻子有了比自己年轻的新欢,便宽宏大量地给予她自由,并帮助二人结合。但彼得·斯捷潘诺维奇为了恫吓莉莎维塔·尼古拉耶夫娜,故意篡改了小说内容。

诺维奇追在后面喊,"您为啥不愿意让他看见呢?相反,您应该骄傲地直视他的双眼……如果您是因为那个……贞操……那完全是成见,迂腐……您这是要去哪儿啊?咳,别跑啦!咱们还是回斯塔夫罗金家吧,坐我的车走……您别往那儿跑哇,那边是野地……得,摔了吧!……"

他站住了脚。莉莎像只小鸟一样,只顾着朝前飞,将他甩在了五十步开外。跑着跑着,莉莎被一道土坎绊倒了。就在这时,侧后方响起一声骇人的尖叫,是马夫里基·尼古拉耶维奇,他看见莉莎在奔跑中摔倒,便穿过田野向她狂奔而去。彼得·斯捷潘诺维奇慌忙溜进了斯塔夫罗金家的大门,忙不迭地上车去了。

莉莎从地上爬了起来,大惊失色的马夫里基·尼古拉耶维奇跑到她跟前,俯下身去,双手捧住她的一只手。如此不可思议的重逢场景震荡了他的理智,眼泪顺着他的脸颊不住地流淌。他看见了她——他崇拜的女神,看见她发疯似的在野地里奔跑,在这个时辰,这种天气,只穿着单薄的衣裙,仍是昨天那身奢华的礼裙,眼下却已经皱皱巴巴,沾满了污泥……他一句话也说不出来,脱下自己的军大衣,用颤抖的双手裹在她的肩头。突然,他失声惊呼——莉莎的双唇触到了他的手。

"莉莎!"他喊道,"我什么都不会,但请不要赶我走!"

"嗯嗯,我们赶紧离开这儿,不要丢下我!"莉莎主动抓住他的手,拽起他就走,"马夫里基·尼古拉耶维奇,"她突然惊恐地压低了声音,"我刚才还在夸口,眼下我却好怕死。我要死了,就要死了,可我害怕,我怕死……"她死死地攥着他的手,不住地咕哝着。

"啊,快来个人吧!"他绝望地四下张望,"哪怕有个过路的也好!您的腿会受凉的,您会……失去理智!"

"没事,没事,"她宽慰他道,"好了,有您在我就没那么怕了,请您搀着我,扶着我走……我们现在去哪儿,回家?不,我想先去看看被杀的人。听说有人杀了他的妻子,可他却说是他杀的——这不是真的,对不对?我想亲眼看看被杀的人……这都怪我……就因为他们,他昨夜不爱我了……我到那儿一看就全明白了。快,快,我知道那所房子……那里起了火……马夫里基·尼古拉耶维奇,我的朋友,请不要原谅我这个不知廉耻的女人!您为什么原谅我?您怎么哭了?您打我一记耳光吧,您把我杀死在这野地里吧,像杀死一条狗!"

"如今没有人能够审判您,"马夫里基·尼古拉耶维奇斩钉截铁地说,"上帝会原谅您,而我最没有资格审判您!"

这场对话记述起来不免有些古怪。两人一面说,一面手挽着手,快步地、匆忙地、如痴似狂地朝前走着。他们直奔失火地而去。马夫里基·尼古拉耶维奇一直盼望着能遇上一辆大车,结果却连一个人也没碰上。绵绵细雨笼罩四野,吞没了一切的反光和色调,将周遭变成了迷蒙的、混沌的、铅灰色的一团。早已经是白天了,但天似乎仍没有亮。突然,迷蒙凄冷的雨雾中渗出一个怪异而荒诞的身影,愈走愈近。现在想来,就算是我站在莉莎维塔·尼古拉耶夫娜的位置,恐怕也不敢相信自己的眼睛,而她却当即认出了来人,欢快地叫出声来。那人正是斯捷潘·特罗菲莫维奇。他是如何出走的,他的疯狂执念是如何得以实现的,我们后面再讲。眼下我只提一点,那天早晨他已经犯了寒热症,但疾病也未能阻止他:他坚定地走在湿泥路上。看得出来,这位毫无经验的文人,私下里对这次行动做了尽可能妥善的周密计划。他一身的"行路装束":身穿长袖披肩领大衣,腰系带扣漆皮宽腰带,脚蹬簇新的高筒皮靴,裤腿还扎进了靴筒。这个旅行者形象他想必已经酝酿了许久,而皮腰带和锃光瓦亮的骠骑兵式高筒皮靴——他穿着它们简直不会走路了——恐怕提前好几天就买好了。他头上是一顶宽边礼帽,脖子上密密匝匝缠着一条粗毛线围脖,右手提着一根手杖,左手拎着一个极小的、却塞得鼓鼓囊囊的小手提包。这还不算,他提着手杖的右手里还撑着一柄雨伞。这三件行头——雨伞、手杖、手提包——头一公里就显得累赘,到第二公里简直不堪重负了。

"难道真的是您?"莉莎打量着他叫道,悲怆的惊讶取代了最初的下意识的欣喜。

"Lise!"斯捷潘·特罗菲莫维奇朝她扑过来,如在梦中地叫道,"亲爱的,亲爱的,怎么会是您……这么大的雾?瞧那片火光!您遭遇了不幸,是不是?我看得出来,您不必说了,也不要问我。我们都很不幸,但必须原谅他们所有人。我们要原谅,莉莎,这样我们就能永远自由。想要跟世界两清,获得完全的自由,必须原谅,原谅,再原谅!"

"可您跪下来干吗?"

"因为,在同世界告别之际,我想借由您,同我的整个过去告别!"他哭了,将她的双手贴在他泪湿的双眼上,"我要跪拜、亲吻,感谢我生命中曾经有过的一切美好!如今,我将自己劈成了两半:留在那里的,是一个幻想飞上天的疯子,二十二年!而眼下这个,却是一个被扼杀了的、被冻僵了的老家庭教师……某位商人家里的,随便哪位商人……您浑身都湿透啦,Lise!"他喊了一声,发觉自己的膝部也被浸湿了,急忙跳起来,"这是怎么回事,您怎么会穿着这身衣服……在这样的野地里走路?……您哭了?您遭遇了不幸?噢,我听说了一些……可您这是打哪儿来?"他面有怯色,越问越快,一面满腹狐疑地瞟着马夫里基·尼古拉耶维奇,"您知道现在几点了吗?"

"斯捷潘·特罗菲莫维奇,您有没有听说那边有人被杀了……这是真的吗?是真的吗?"

"那帮人!我看见他们放的火烧了一整夜。他们不可能不这么收场……"他的眼睛重又放出光芒,"我要逃离这谵妄的呓语,逃离这癫狂的梦境,我要跑去寻找俄国,她存在吗——俄国?嘿,原来是您,亲爱的大尉!我从不怀疑,我将在这项壮举中遇见您……请带上我的伞,还有我的……何苦非要徒步呢?看在上帝的分儿上,把伞也拿上吧,反正我总归是要雇车的。我之所以步行,是怕一旦纳斯塔西娅知道我要走,一定会嚷嚷得整条街都听得到,所以才偷偷出来的,尽量隐姓埋名。我不知道,反正《呼声报》上说,眼下到处是劫匪,但我想应该不至于这么巧吧,我一上路就碰上劫匪?亲爱的莉莎,您刚才说谁把谁杀了?哦,我的上帝,您的脸色好差!"

"走吧,走吧!"莉莎歇斯底里地叫着,拽起马夫里基·尼古拉耶维奇就走。"等等,斯捷潘·特罗菲莫维奇,"她突然又转向后者,"等等,可怜人,让我为您画个十字吧。也许最好把您绑起来,但我还是为您祈福吧。也请您为'苦命的莉莎'[1]祈祷吧——意思意思就成,不必太过劳烦。马夫里基·尼古拉耶维奇,把伞还给这个老小孩吧,必须。这就对了……我们走吧!走吧!"

当二人抵达那所致命的木屋时,拥挤在门前的密集人群早就被斯塔夫罗金灌满了耳朵,包括杀妻对他如何如何有利。但我仍要重申,绝大多数人仍保持着沉默与冷静。激愤不已的只有几个粗嗓门的醉汉,外带某些"失去自控"的人,比如那个挥舞胳膊的小市民。此人平日里老实巴交,可一旦遇到外界刺激,便会突然失控,横冲直撞。莉莎和马夫里基·尼古拉耶维奇刚到的时候我没发现。当我无比震惊地发现莉莎时,她已经挤在离我很远的人群中了,而马夫里基·尼古拉耶维奇似乎并没有在她身边。想来是人多拥挤,他一时间落在了她的身后,大约两步开外。莉莎只顾着朝前挤,对周围的一切都视而不见,活像个从医院里偷跑出来的寒热病人,自然很快便引起了注意,人群嚷嚷起来,突然有人惊呼:"她就是斯塔夫罗金的情妇!"另一头有人喊:"杀了人不算,还跑过来看热闹!"我突然看到,一只手突然从莉莎身后举过她的头顶,猛然砸落;莉莎瘫软在地。马夫里基·尼古拉耶维奇发出一声骇人的尖叫,疯狂地推开挡在他前面的人,朝莉莎扑过

---

[1] 俄国作家尼·米·卡拉姆津(1766—1826)著有感伤主义小说《苦命的莉莎》(Бедная Лиза),讲述纯洁美丽的穷苦少女莉莎被一名纨绔子弟始乱终弃,绝望投湖的爱情悲剧。

去。但就在这时,那个小市民用两只胳膊从后面箍住了他。殴斗就此爆发,一时间什么也看不真切。莉莎似乎爬起来过,但立刻又被击倒了。人群突然向四外退却开来,空出了一个小圈,圈内躺着莉莎,满脸是血,发了狂的马夫里基·尼古拉耶维奇护在她的身旁,绝望地哭喊。后面的情形我记不清了,我只记得莉莎突然被人抬走了。我跟着跑过去,见她还活着,似乎还有知觉。小市民和另外三个人被警察带走了。那三个人至今仍矢口否认参与了暴行,一口咬定抓错了人。他们也许并没有撒谎。小市民的罪行倒是证据确凿,但他头脑混乱,至今仍说不清楚是怎么一回事。我作为目击者(尽管距离很远),也被叫去录了口供。我声明:整件事纯属偶然,肇事者或许带有情绪,但已经醉酒糊涂,丧失了理智——我至今仍这么认为。

第四章　最后的决定

一

那日上午，很多人都见过彼得·斯捷潘诺维奇；据他们回忆，他当时情绪极度亢奋。中午两点，他跑到了头天才从乡下回城的加加诺夫家中，那里聚集了一屋子的客人，正热火朝天地议论刚刚发生的事。彼得·斯捷潘诺维奇说得比谁都多，别人想不听都不成。敝城人一向将他当成"脑袋有洞的饶舌大学生"，但眼下他说的可是尤利娅·米哈伊洛夫娜——这场大乱子的焦点人物。作为尤利娅·米哈伊洛夫娜不久前最为亲近的心腹，彼得·斯捷潘诺维奇提供了诸多不为人知、出人意表的细节，还偶然地（当然是"无心地"）提到了她对敝城多位名流的私下评价，而这无疑是极伤自尊的。他说得不清不楚、颠三倒四，俨然一个没有心机的实诚人，不得不解释一整座山的疑惑，却又心拙口夯，不知该从何说起，又该如何结束。他同样相当"无心地"透露说，尤利娅·米哈伊洛夫娜知晓斯塔夫罗金的全部秘密，正是她策划了整个阴谋。又说他自己也被她欺骗了，因为他也爱着"苦命的莉莎"，却被尤利娅·米哈伊洛夫娜骗得"团团转"，甚至亲自用马车将莉莎送到了斯塔夫罗金身边。"是、是，诸位，你们笑得倒是开心，可惜我没有料到，事情会是这么个结局！"他最后说。至于有关斯塔夫罗金的种种不安猜测，他直截了当地声明，列比亚德金的灾难依他之见纯属意外，全怪他自己胡乱显摆钱财。这点他解释得极其清楚。有位听众指责他"惺惺作态"，说他在尤利娅·米哈伊洛夫娜府上连吃带喝，就差没住下了，现如今却头一个跳出来抹黑她，这种行径可并不像他自认为的那么光彩。彼得·斯捷潘诺维奇当即辩解道："我吃她喝她可不是我自己没钱，谁叫她自己请我去的呢。我对此该当如何感激，可用不着别人来管。"

总的来说，舆论是倾向于他的："纵然他是个混账小子，而且不学无术，但尤利娅·米哈伊洛夫娜自己干的蠢事与他何干呢？相反，他似乎还规劝她来着呢……"

两点钟前后，突然传来消息，正处在风口浪尖的斯塔夫罗金搭乘午间的火车去了彼得堡。此事引发了极大关注，许多人大皱其眉。彼得·斯捷潘诺维奇尤为震惊，据说，他甚至脸色骤变，古怪地喊了一句："是谁放他走的？"扭头跑出了加加诺夫家。不过，之后他又在另外两三户人家露过面。

傍晚时分，他终于设法见到了尤利娅·米哈伊洛夫娜，但着实费了好大力气，因为后者坚决不肯见他。这事儿我直到三个礼拜之后才得知，是尤利娅·米哈伊洛夫娜临去彼得堡之前亲口告诉我的。她没有细说，只颤声说，当时彼得·斯捷潘诺维奇"令她惊愕到了极点"。我猜，他一定是恐吓她，倘若她胆敢泄密，他就说她是共谋。恐吓的必要性与他彼时的图谋密切相关，而她自然是不知情的，直到五天后她才猜到，他为何如此忌惮她的沉默，担心她会恼羞成怒……

晚上七点多钟，天已黑透，在准尉埃尔克利的寓所——城郊福明胡同的一所歪斜的小房子里，五人小组的成员们悉数聚齐。会议是彼得·斯捷潘诺维奇本人召集的，可他自己却不可原谅地迟到了，组员们已经等了他一个钟头。准尉埃尔克利就是之前在维尔金斯基的命名日聚会上,手里一直拿着根铅笔,面前摊着个小记事本的外来低级军官。他前不久才来敝城,单独租住在这条偏僻的胡同,房东是两个老太太(姐妹俩),况且他很快就要走了,在他家聚会最不会引人注意。这位古怪的青年异常沉默寡言,他可以连续十个晚上听最吵闹的一伙人谈论最引人入胜的话题,自己却不发一言,而只是用他那双孩子气的眼睛聚精会神地看着讲话者。他的面庞极其俊美,甚至透着一股灵气。他并不在五人小组之内;组员们猜测,他是专为执行某项特殊任务而来的。现在才知道,他并无任何任务,甚至未必清楚自己的处境。他只是单纯地崇拜彼得·斯捷潘诺维奇,尽管才认识他不久。设若他遇见了一头过早堕落的怪物,而怪物假托某种浪漫的社会性由头,怂恿他纠结一伙匪类,随便找个农夫劫财害命,以作投名状,那他也一定会乖乖从命的。他在外地还有个生病的母亲,他自己的微薄薪水有一半都寄给了母亲,可想而知,这位母亲会如何亲吻这颗可怜的浅黄色头发的脑袋瓜儿,如何为之揪心,为之祈祷!我之所以说了这么多,实在是为他感到惋惜。

组员们个个紧张不安。看来,昨夜发生的种种变故着实把他们吓得不轻。他们此前卖力参与的那场普通的(尽管是成体系的)捣乱事件,结果酿成了令他们始料未及的灾祸。彻夜的大火,列比亚德金兄妹的遇害,众人对莉莎的暴行——所有这些都是他们的节目单上所没有的即兴表演。他们愤慨地谴责操纵者专断独行,故意欺瞒。总之,在等待彼得·斯捷潘诺维奇的同时,他们已经彼此通好了气,决定再次要求他彻底摊牌,倘若他再像从前那样支吾搪塞,他们就解散五人小组,组建新的秘密社团——"思想宣传社",自己当家做主,讲求平等与民主。利普京、希加列夫及人民问题专家托尔卡琴科对此极为赞同,利亚姆申没有吭声,但貌似同意。维尔金斯基则犹豫不决,想先听听彼得·斯捷潘诺维奇怎么说。众人决定先听听彼得·斯捷潘诺维奇的说辞。但他迟迟未到,如此怠慢更令众人心生怨恨。埃尔克利一声不吭,只忙着备茶;茶水是他从女房东那儿倒在杯子里,又亲自用托盘端进来的,既没有拿来茶炊,也没有放女仆进屋。

一直等到八点半,彼得·斯捷潘诺维奇才来。他快步走到沙发前的圆桌旁,站在众人面前,礼帽也不放,茶水也不喝,面色凶狠、严厉、傲慢。想必他一看众人的脸色,便猜到他们想要"造反"。

"在我开口之前,先说你们的,你们今天很正经嘛。"他扫视着众人的脸,刻薄地讥笑道。

利普京"代表大家"开口了,他以委屈得发抖的声音声明,"再这样下去,恐怕我们自己也要撞破额头的"。哦,他们并不害怕撞破额头,甚至是脑袋,但必须得是为了共同事业才行。(全场骚动,普遍赞同。)因此,对他们务必开诚布公,凡事预先通气,"不然像什么话?"(再次骚动,几声喉音。)如此行动既屈辱又危险……我们绝不是害怕,可若是只有一个人行动,其余人都只是棋子,那么一旦这个人出了差错,所有人都要跟着完蛋。(喝彩声:"对!对!"全体支持。)

"见鬼,你们想怎样?"

利普京亢奋道:"斯塔夫罗金的奸情与共同事业有何相干?就算他跟中央——要是这个神秘兮兮的中央当真存在的话——真有什么神秘联系,我们也懒得知道。可眼下却闹出了人命,惊动了警方。有了线头,还怕找不出线团吗?"

"您跟斯塔夫罗金一暴露,我们也就完了。"托尔卡琴科补充道。

"而且对共同事业毫无益处。"维尔金斯基沮丧地说。

"胡说什么!杀人是偶然的,是费季卡为了劫财干的。"

"可这也未免太巧了吧。"利普京扭着身子道。

"要说起来,这事儿全赖你们。"

"怎么会赖我们呢?"

"首先,利普京,您直接参与了这场乱子;其次,也是最重要的,我

533

原本给了您钱,命令您把列比亚德金送走,可您都干了些什么?您要是早早地把他送走了,不就什么事儿都没有了吗?"

"可让他上台读诗,不是您给我出的主意吗?"

"主意不等于命令。命令是把他送走。"

"命令。好奇怪的字眼……正相反,您恰恰命令我暂缓送走。"

"是您搞错了,您不但愚蠢,还自作主张。至于杀人,全是费季卡一个人干的,为了劫财。你们听到别人嚷嚷,就信了。你们害怕了。斯塔夫罗金可没那么蠢,证据——他十二点就走了,临走之前还见了副省长;要真有什么事,还会大白天放他去彼得堡吗?"

"我们也没说是斯塔夫罗金先生本人杀的呀,"利普京恶毒地、不客气地接口道,"他甚至可能并不知情,和我一样,您很清楚,我原本毫不知情,却像只公绵羊钻进了汤锅里。"

"那您怪谁呢?"彼得·斯捷潘诺维奇面色阴沉地盯着他道。

"怪那些想烧城的人。"

"最糟糕的是,您想摆脱干系。不过,您不妨读读这个,也给其他人看看,好让大家知道。"彼得·斯捷潘诺维奇说罢,从口袋里掏出列比亚德金写给连布克的那封匿名信,递给了利普京。利普京看罢,显然很是吃惊,若有所思地递给了邻座。信很快就传了一圈。

"这真是列比亚德金的笔迹?"希加列夫问。

"是他的笔迹。"利普京和托尔卡琴科证实道。

"我知道你们可怜列比亚德金娜,所以想让你们知道,"彼得·斯捷潘诺维奇将信重新揣好,又道,"如此说来,诸位,那个费季卡完全偶然地帮我们解决了一个危险人物。这就是偶然的力量!是不是很有教育意义?"

小组成员们迅速地交换了一下眼色。

"现在,诸位,轮到我来发问了,"彼得·斯捷潘诺维奇端起架子来,"请问,你们为何不经我同意就放火烧城?"

"这叫什么话！我们？我们放火烧城？这不是嫁祸于人嘛！"众人纷纷叫道。

"我知道你们是玩过了头，"彼得·斯捷潘诺维奇坚持道，"但这可不同于给尤利娅·米哈伊洛夫娜捣乱。我把诸位叫到一起，是为了让你们认识到，你们愚不可及地为自己招惹了多么大的危险，而除了你们自身之外，这还威胁到许多方面。"

"且慢，我们刚才还想对您声明呢，说您以何等的专断独行和不平等，绕过各位成员，采取了如此重大又如此古怪的行动。"一直未曾开口的维尔金斯基几乎愤怒地宣布。

"这么说，你们不承认？我敢肯定，就是你们烧的，除了你们再不会有别人。先生们，莫说谎，我有准确的情报。你们的擅自妄为甚至威胁到了共同事业。你们只不过是构成组织网的无数绳结中的一个，本该对中央唯命是从。可你们中间却有三个人，在没有任何指示的情况下，怂恿什皮古林工厂的人纵火，这才导致了火灾。"

"三个人？哪三个？"

"前天凌晨三点，您，托尔卡琴科，在'勿忘我'酒馆怂恿了福姆卡·扎维亚洛夫。"

"什么呀，"托尔卡琴科猛然欠身道，"我连一句话都没说完，还是随口一说的——那天早上他不是挨了鞭子嘛——可我见他醉得厉害，当下就没再说了。您要不提这茬，我压根都想不起来了。光凭我一句话，火可是烧不起来的。"

"看样子，若是我告诉您，一颗小火星就能把一整座火药厂炸上天去，您恐怕也会感到吃惊的。"

托尔卡琴科突然纳罕道："我当时是坐在角落里，凑到他耳朵边上说的，您怎么会知道的？"

"我当时就躲在那张桌子底下。放心，先生们，你们的一举一动我都清楚。您在阴笑，利普京先生？就说您吧，大前天，半夜，在您的卧室,临睡前,您把您的太太拧得浑身青紫。"

利普京张大了嘴巴,脸都白了。

(后来才知道,利普京的这一壮举,彼得·斯捷潘诺维奇是从他的女仆阿加菲娅口中得知的,后者早就被他收买了,成了他的耳目。)

"我能否也指明一个事实?"希加列夫突然站起身道。

"说。"

希加列夫坐下,正色道:"若我理解的没错——其实也不可能错,您本人先后两次,相当精彩地(虽说太过理论化了)描绘了俄国的蓝图,说它已经被笼罩在了一张由无数绳结编织而成的弥天大网中。而每一个行动小组,在发展新信徒、无限扩张侧面分支的同时,必须通过系统性的揭露宣传,不断削弱地方政府的权威,在农村地区散播困惑、破除规矩、滋生事端,从而彻底取缔一切信仰,激发对美好生活的渴望,最后,如有必要,将在预定时刻,以纵火作为最主要的民间手段,将国家卷入绝望。这些话我尽量一字不差地记下来了,这是您说的吧?这正是您以中央委员会全权代表的身份向我们传达的行动纲领吧?可这个中央委员会我们到现在仍是看不见摸不着,几乎是个谜!"

"意思没错,但话说得太啰唆。"

"每个人都有自己的讲话风格。您让我们以为,笼罩俄国的那张大网如今已有数百个独立的绳结,您还提出设想,假如每个绳结都能顺利地完成自己的任务,等时候一到,信号一响,整个俄国就……"

"啐,见鬼,真是越乱越添乱!"彼得·斯捷潘诺维奇在椅子上别过身去。

"好吧,我长话短说,只问一个问题:我们已经制造了事端,煽动起了民众的不满,亲自参与了本地政府的垮台,甚至亲眼见证了火灾。您还有什么不满意的?这不正是您的行动纲领吗?您怎么能怪我们呢?"

"擅作主张!"彼得·斯捷潘诺维奇狂暴地怒吼道,"只要我还在这儿,你们就不能不经我的允许,擅自行动!够了!有人写了告密信,说不定明天,甚至今天晚上就会把你们全抓起来。等着瞧吧。这是准确情报。"

众人顿时瞠目结舌。

"抓你们不光是教唆纵火,还因为五人小组。告密者知道组织的全部秘密。瞧你们惹的大祸!"

"肯定是斯塔夫罗金!"利普京叫道。

"什么……斯塔夫罗金?"彼得·斯捷潘诺维奇似乎一时语塞,但很快就反应过来,"咳,见鬼,是沙托夫!你们想必都已经知道了,沙托夫曾经也是组织的一员。我必须坦白,我在他身边安插了眼线,都是他决不会怀疑的人;我吃惊地发现,他甚至知道组织网的秘密和……总之,一切秘密。他打算告发所有人,好洗脱自己以往的罪过。之前他一直犹豫未决,我也就饶了他。如今你们这把火烧断了他的一切束缚,他彻底震惊了,不再犹豫了。明天我们就会被捕,被判为纵火犯和政治犯。"

"这是真的?沙托夫怎么会知道的?"

难以形容的慌乱。

"这一切完全属实。我无权公开我的获知途径,但眼下我能为你们做的,就是通过某个人对沙托夫施加影响,好让他在不起疑心的情况下,暂缓告密,但最多不超过一昼夜。一昼夜之外我就无能为力了。总之,后天早上之前你们是安全的。"

众人沉默不语。

"干脆让他见鬼去好了!"托尔卡琴科率先喊道。

"早就该这么干了!"利亚姆申恶狠狠地插嘴道,一拳砸在桌子上。

"可该怎么干呢?"利普京嘟囔道。

彼得·斯捷潘诺维奇立即接过话头,道出了自己的计划:明天天一黑,便以交接秘密印刷机为由,将沙托夫骗到埋藏印刷机的偏僻地点,"当场将他干掉"。他还交代了诸多必要的细节(我们就不提了),并详细阐明了沙托夫对中央组织的暧昧态度(这些读者们已经知道了)。

"行倒是行,"利普京不大肯定地说,"可这又是一起……同类性质的新变故……动静会不会太大了?"

"毫无疑问,"彼得·斯捷潘诺维奇道,"但这个我已经考虑过了。有办法彻底摆脱嫌疑。"

于是他又原原本本说明了基里洛夫的情况,说他早就有自杀之意,承诺等待指令,临死之前将按照口述写下遗书,把一切都揽到自己头上。(总之就是读者们已经知道的那些。)

彼得·斯捷潘诺维奇继续讲道:"他自杀的坚定意图——他自诩为哲学,照我说就是发疯——被上面知道了。上面可是连一根头发、一粒灰尘都不肯浪费的,一切都要服务于共同事业。在预见到个中益处,并确定其意图足够坚定之后,上面资助他回到了俄国(也不知怎么的,他非要死在俄国不可),并给他安排了一项任务(他也完成了),除此之外,就是刚才说的,让他承诺,只有在得到指示之后才能死。他都答应了。记住,他参与组织自有其特殊理由,愿意为共同事业带来益处;其他的恕不奉告。明天,干掉沙托夫之后,我会亲自向他口述遗书,说沙托夫是他杀的。这完全讲得通:他跟沙托夫曾经是朋友,后来还一起去了美国,在那儿闹翻了,这些都会在遗书里交代清楚……甚至……到时候看情况,兴许还能把别的什么事栽到他头上,比如传单,甚至是纵火。不过,这事儿我还得再想想。别担心,他这人无所谓,什么都会签字的。"

众人纷纷表示怀疑。这事儿听起来太玄乎了。但对于基里洛夫,众人多少还是有所耳闻的,尤其是利普京。

希加列夫道:"万一他变卦了,不干了呢?不管咋说,他终归是个疯子,所以这事儿不大靠谱。"

"别担心,先生们,他会同意的。"彼得·斯捷潘诺维奇断然道,"按照约定,我需要提前一天通知他,也就是今天。我现在就去找他,利普京可以跟我同去见证,然后再回来告知诸位——若有必要,就在今夜——我说的是否属实。不过,"他突然无比恼怒地停住话头,似乎突然意识到,跟这帮小角色大费唇舌未免太抬举他们了,"算了,随你们的便吧。要是你们下不了决心,那咱们就宣告解散——但这完全是由于你们的不服从和背叛。那样的话,从此刻起,咱们可就各顾各的了。但请记住,这么一来,除了沙托夫的告密带来的种种麻烦和后果之外,你们还将惹上一个小小的麻烦,这是咱们在成立同盟时就定死了的。至于我嘛,先生们,我可不怎么怕你们……别以为我跟你们绑在了一块儿……总之,我无所谓。"

"不,我们决定了。"利亚姆申道。

"没有别的法子了,"托尔卡琴科嘟囔道,"只要利普京确认基里洛夫可以,那么……"

"我反对,我以全部的精神力量抗议如此血腥的决定!"维尔金斯基站起身道。

"但是?"彼得·斯捷潘诺维奇问。

"什么但是?"

"您不是说了'但是'吗?我正等着听下文呢。"

"我,我好像没说'但是'……我只是想说,要是决定这么做,那么……"

"那么?"

维尔金斯基不作声了。

"我认为,可以不惜个人安危,"埃尔克利突然开口道,"但如果共同事业可能受到损害,那么,我认为,就不可以再不惜个人安危……"

他自己也被绕糊涂了,脸刷的一下红了。众人虽然各怀心事,但都向他投来惊异的目光:这小子居然也有开口说话的一天,实在太出

539

人意料了。

"我赞同共同事业。"维尔金斯基突然道。

所有人都站了起来,一致决定,明天中午再次互通消息、最终敲定,但不再全体集合。彼得·斯捷潘诺维奇公开了印刷机的埋藏地点,布置了角色和任务,随即带上利普京去见基里洛夫。

二

对于沙托夫想告密,所有人都相信了;但他们同样相信,自己一直被彼得·斯捷潘诺维奇当成了棋子。他们还知道,明天他们指定是要全体到场的,而沙托夫的命运已经注定了。他们突然感觉自己像几只苍蝇,掉进了一只巨大的蜘蛛布下的网里,一面生气,一面怕得发抖。

他们自然有理由指摘彼得·斯捷潘诺维奇:事情原本可以平和得多,轻松得多,只要他哪怕稍微粉饰一下现实。可他非但没有以得体的眼光看待事实,将其视为罗马公民式的壮举,反而一味地施加粗暴恐吓和人身威胁,简直岂有此理。当然,事关生死存亡,也不可能有别的原则,这点大家都理解,可即便如此……

但彼得·斯捷潘诺维奇已经顾不上罗马人了,连他自己都被撞出了轨道。斯塔夫罗金的出逃对他不啻当头一棒。他谎称斯塔夫罗金会见了副省长,事实上,斯塔夫罗金临行前并未见任何人,包括自己的母亲——说来委实奇怪,警方甚至没有登门对他加以询问(事后,当局不得不专门就此做了交代)。彼得·斯捷潘诺维奇打听了一整天,却什么也没打听出来,这令他陷入了前所未有的恐慌。试想,一下子没有了斯塔夫罗金,他哪儿能受得了呢? 所以他对组员们自然不会有好脸色。何况他们还捆住了他的手脚:他本想立刻去追斯塔夫罗金的,却被沙托夫绊住了——必须彻底粘牢五人小组,以备不虞。"总不能白扔了吧,万一能派上用场呢。"——我猜他就是这么想的。

他完全确信沙托夫会去告密。至于告密信云云则全是撒谎,他从来既没见过、也没听说过那么一封告密信,可对它却跟二二得四一样确信。他恰恰认为,沙托夫绝对无法忍受眼下的局面——莉莎死了,玛丽亚·季莫菲耶夫娜也死了,这一定会逼得他痛下决心。谁知道呢,他说不定真有什么依据。但同样确定的是,他对沙托夫怀有私恨,两人之前闹翻过,而他历来睚眦必报。我甚至坚信,这才是最主要的原因。

敝城的人行道极窄,有些是砖砌的,有些则只铺着木板。彼得·斯捷潘诺维奇阔步走在正当间,独自把整条人行道占得满满当当,丝毫不去顾及利普京。后者没法跟他并排走,只得跟在他屁股后面,若想跟他并排着边走边聊,就只好踩在道旁的泥泞里。彼得·斯捷潘诺维奇突然想起,就在前不久,他本人正是这样踩着泥泞,一路尾随斯塔夫罗金的,而后者正像他自己眼下这样,独自霸占了整条人行道。他回想起当时的情形,狂躁地喘起了粗气。

而利普京也在恼怒地喘着粗气。彼得·斯捷潘诺维奇对其他人那样倒也罢了,可对他呢?毕竟,他比所有人都更知情,与事业距离更近,关系也更紧密,而且自始至终都在参与,虽说是间接地。哦,他很清楚,要真到了份儿上,彼得·斯捷潘诺维奇当下就能要了他的命。但他早就开始痛恨彼得·斯捷潘诺维奇了——不是害怕危险,而是厌恶他的傲慢。眼下,当不得不做出这种决定时,他的愤恨比所有人加起来还要强烈。唉,他很清楚,他明天不得不"像个奴才一样"头一个到场,还得把其他人悉数带到;倘若他能在明天之前设法干掉彼得·斯捷潘诺维奇而又不至于毁了自己,那他是肯定会下手的。

利普京沉浸于自己的情绪中,默不作声,碎步跟在折磨者身后。彼得·斯捷潘诺维奇似乎把他给忘了,只是胳膊肘时不时会顶到他。走到敝城最宽阔的一条街上,彼得·斯捷潘诺维奇突然收住脚步,拐进了一家饭馆。

"这是干吗?"利普京火了,"来饭馆干吗?"

"我要吃块煎牛排。"

"算了吧,人太多了。"

"多就多呗。"

"可是……我们要迟到了。已经十点了。"

"去那儿是不会迟到的。"

"可我会迟到!他们还等着我回去呢。"

"随您的便;但您回去见他们太蠢了。为了你们的破事儿,我连中午饭都还没吃。至于基里洛夫那儿,去得越迟越好。"

彼得·斯捷潘诺维奇要了一个包间。利普京气呼呼地坐到一旁的椅子上,眼巴巴地看着他吃。半个多钟头过去了。彼得·斯捷潘诺维奇吃得慢条斯理、津津有味,他叫来侍者,加了一份芥末,又要了一杯啤酒,自始至终一言不发。他陷入了深深的沉思。他只做两件事:咀嚼和沉思。利普京对他的痛恨变得无以复加,以至于无法将视线从他身上移开。这有些类似于神经质发作。他一块一块数着被那家伙送进嘴里的牛肉,盯着他如何张开大嘴,如何咀嚼,如何有滋有味地吮吸肉汁,心里恨透了他,甚至恨起了那块牛排。盯到后来,他的视野逐渐模糊了,头有些晕,后背开始忽冷忽热。

"您闲着没事,读读这个。"彼得·斯捷潘诺维奇突然扔给他一页纸。利普京凑到烛光前。纸上的字小而密,歪歪扭扭,每一行都涂涂抹抹。当他好不容易读完时,彼得·斯捷潘诺维奇已经结完账,走出门去。利普京追到人行道上,将那页纸递还给他。

"您先收着吧。回头再说。不过,您怎么看?"

利普京打了个激灵:"依我看……这种传单不过是……荒唐可笑。"

愤恨爆发了,利普京感觉自己仿佛被什么托举起来,正抬着飞奔。他浑身微微战栗,道:"要是我们去散发这种传单,一定会因为愚蠢和对事业的无知遭人鄙视的。"

"哼,我可不这么看。"彼得·斯捷潘诺维奇坚定地迈着步子。

"反正我这么看。这该不会是您写的吧?"

"这不关您的事。"

"我还认为,《光明的人》是我见过的最烂的诗,绝不可能是赫尔岑写的。"

"胡说,那首诗很好。"

"其实,还有件事令我惊讶,"利普京小跑着,呼哧带喘地说,"他们给我们的行动建议是想要搞垮一切。只有欧洲人才真正希望搞垮一切呢,因为他们是无产阶级,而我们只不过是爱好者,依我看,完全是一时冲动。"

"我原以为您是个傅立叶分子呢。"

"傅立叶学说可不是这个,完全不是。"

"我知道,全是胡扯。"

"傅立叶才不是胡扯……请原谅,我无论如何都不相信五月份就能起事。"利普京说着,甚至敞开了衣襟——他实在太燥热了。

"好了,够了,现在听好,免得我待会儿忘了,"彼得·斯捷潘诺维奇冷冷地转换了话题,"这张传单必须由您亲自排版印刷。沙托夫的印刷机挖出来之后,立刻由您接管。您要以最短的时间排好版,印出来,越多越好,接下来一整个冬天都要散发。资金会拨给您。必须尽量多印,其他地方也会找您要的。"

"不,先生,请原谅,我可不能接受这种……我拒绝。"

"您非接受不可。我在执行中央委员会的指示,您必须服从。"

"而我认为,咱们身在国外的中央们早就忘记了俄国的现实,中断了一切联系,就知道瞎指挥……我甚至认为,全俄国的五人小组根本没有几百个,就只有我们这一个,也压根没有什么大网。"利普京几乎喘不过气来了。

543

"那您岂不是更可鄙吗？不相信事业，还要追随……眼下仍跟在我屁股后面，像条贱皮狗。"

"不，先生，我不跟了。我们完全有权利退出，成立新的组织。"

"笨蛋——！"彼得·斯捷潘诺维奇突然大发雷霆，两眼冒火。

两人对峙了半晌。彼得·斯捷潘诺维奇转过身，满不在乎地继续前行。

一个闪电般的念头照彻利普京脑际："掉头回去！现在不回头，就再也没法回头了。"他这样想着走了整整十步，当迈出第十一步时，一个全新的、孤注一掷的念头如野火般烧了起来——他没有回头。

菲利波夫公寓眼看就要到了。未等走到近前，两人就拐进了一条胡同，确切地说，是栅栏旁的一条不起眼的小径，中间还不得不穿过一段排水沟的斜坡，坡陡得站不住脚，必须抓着栅栏才行。走到一处最隐秘的角落，彼得·斯捷潘诺维奇从歪歪斜斜的栅栏里抽出一块木板，迅速从缝隙里钻了进去。利普京也惊讶地跟着钻了进去；随后又将木板插了回去。这正是费季卡偷偷进出基里洛夫家的秘密通道。

"不能让沙托夫知道我们在这儿。"彼得·斯捷潘诺维奇低声警告利普京。

三

此时，基里洛夫正跟往常一样，坐在沙发上喝茶。一见到来人，他霍地跳了起来，惊慌地望着彼得·斯捷潘诺维奇。

"您猜得不错，"彼得·斯捷潘诺维奇道，"我正是为了那事儿来的。"

"今天？"

"不不，明天……大概就这个时候。"

彼得·斯捷潘诺维奇急忙坐到桌前，略带不安地审视着神色慌乱的基里洛夫。基里洛夫很快便镇定下来，恢复了常态。

"这帮家伙总不肯信。我带利普京来,您不生气吧?"

"今天不生气,但明天我想一个人。"

"但必须等我来了才行,要当着我的面。"

"可我不想当着您的面。"

"记得吗,您答应过,要将我口授的一切写下来并签字。"

"我无所谓。您要待很久吗?"

"我得见一个人,大概要半个钟头,所以,无论您愿不愿意,半个钟头之内我是不会走的。"

基里洛夫没说话。旁边的利普京已经找位置坐下来了,正好坐在某位主教的画像下方。方才那个野火般的念头此刻越烧越旺。基里洛夫对他几乎视而不见。利普京早就知道基里洛夫的理论,之前总嘲笑他,眼下却一言不发,阴郁地四下张望。

"我倒是不介意来杯茶,"彼得·斯捷潘诺维奇朝前挪了挪,"刚吃了一块牛排,正想到您这儿蹭杯茶喝呢。"

"喝吧。"

"往常可都是您亲自斟茶的。"彼得·斯捷潘诺维奇酸溜溜地道。

"都一样。利普京也喝点吧。"

"不用了,我……不能喝。"

"是不'能'喝,还是不'想'喝?"彼得·斯捷潘诺维奇猛然回头问。

"他的茶我是不会喝的。"利普京沉着脸拒绝道。

彼得·斯捷潘诺维奇皱眉道:"神秘兮兮。鬼知道你们都是些什么人!"

谁也没搭腔。整整一分钟的沉默。

"我只知道一点,"彼得·斯捷潘诺维奇突然厉声道,"任何迷信都不能阻止我们中的任何人履行自己的职责。"

"斯塔夫罗金走了?"基里洛夫问。

"走了。"

"走得好。"

彼得·斯捷潘诺维奇两眼又要喷火,但忍住了。

"你们怎么想我不管,只要每个人都信守承诺就行。"

"我会信守承诺的。"

"其实我一直相信您会尽到自己的义务,您是个独立、进步的人。"

"而您很可笑。"

"没关系,我很高兴能惹人发笑。能让人开心我就高兴。"

"您非常希望我开枪自杀,唯恐我突然变卦?"

"话不能这么说,是您自己把您的计划跟我们的行动捆绑到一块儿的。基于您的计划,我们已经采取了某些行动,所以您是无论如何都不能拒绝的,否则就会害了我们。"

"您没这个权利。"

"明白、明白,全凭您的意愿,我们啥也不是,只要您的绝对意志能够落实就行。"

"我还得把你们的卑鄙行径全揽到自己头上?"

"听着,基里洛夫,您该不会是怂了吧?您要是想拒绝,现在就直说。"

"我没怂。"

"关键是您问得太多了。"

"您快走了吧?"

"您又来?"

基里洛夫鄙夷地打量着他。

"您瞧,是这么回事,"彼得·斯捷潘诺维奇继续道,他越来越生气,越来越不安,越来越找不到合适的语气,"您想让我走,好一个人静静,可这些全是危险的征兆,首先是对您自己而言。您会思前想后。照我说,最好啥也别想,干就干了。老实说,您很令我不安。"

"只有一点让我觉得恶心:在那一刻有您这样一个败类在我身边。"

"噢,这倒好说。那我到时候就出去,站到门廊上好了。若是您都要死了还这么不淡定,那也……太危险了。我会站到门廊上去,您大可认为,我啥也不懂,比您低下一万倍。"

"不,并非如此。您很有才干,但很多事情您都理解不了,因为您卑鄙。"

"很高兴,很高兴。我说过了,我很高兴能让您开心……在这种时候。"

"您什么都不懂。"

"什么叫……至少我在洗耳恭听。"

"您什么都做不好。即使是眼下,您还是连最轻微的愤恨都掩饰不住,虽然将它们表现出来对您不利。一旦您把我惹恼了,没准儿我突然就想再等上半年了。"

彼得·斯捷潘诺维奇看了眼怀表,道:"对您的理论我向来是一窍不通,但我知道,您这套理论不是为了我们才想出来的,所以说,没有我们您照样会做。我还知道,不是您吃掉了思想,而是思想吃掉了您,所以说,您是不会推迟的。"

"什么?思想吃掉了我?"

"没错。"

"不是我吃掉了思想?很好。您有点儿小聪明。您想刺激我,而我却感到骄傲。"

"好极了,好极了。要的就是让您感到骄傲。"

"够了。茶喝完了,您走吧。"

"见鬼,是得走,"彼得·斯捷潘诺维奇欠了欠身道,"但还早了点儿。听着,基里洛夫,那人在他相好的那儿,是不是?还是说,那个女人也在扯谎?"

"没有,他不在那儿,他就在这儿呢。"

"他怎么会在这儿？！见鬼,他在哪儿呢?"

"在厨房坐着呢,连吃带喝。"

"他好大的胆子!"彼得·斯捷潘诺维奇愤怒地涨红了脸,"他应该等着……胡闹!他一没证件,二没钱!"

"不知道。他是来跟我辞行的。他准备上路了,再不回来了。他说您是个卑鄙小人,说他不想再等您的钱了。"

"啊哈!他是怕我把他……哼,我要是想,现在也能把他……他在哪儿呢,厨房?"

基里洛夫推开一扇侧门,门后是间幽暗的斗室;斗室向下三步台阶便是厨房。厨房是个小小的隔间,里面通常摆放着厨娘的床铺。厨房角落里挂着几张圣像,圣像下方有张没铺桌布的薄板桌,桌旁坐着的正是费季卡。他面前摆着一只半升装的酒瓶,一碟面包,一只陶盆里还剩下一块凉透了的土豆煎牛肉,正独自一人索然无味地吃喝。他虽已半醉,身上却穿着皮袄,显然已经准备上路。隔板后面的茶炊烧开了,但不是为费季卡烧的,而是费季卡为基里洛夫先生烧的,最近一个多礼拜以来,每天夜里都是如此,因为"基里洛夫先生很喜欢夜里喝茶"。而费季卡吃的土豆牛肉,我强烈怀疑,是基里洛夫一早亲手为他煎的,因为他家中并无厨娘。

"你这是想干什么?"彼得·斯捷潘诺维奇滚将下来道,"为啥没在指定的地方等?"他抡起胳膊,一拳砸在桌子上。

费季卡摆出一副混不吝的架势,一字字地开口道:"慢着,彼得·斯捷潘诺维奇,慢着,首先,你要搞清楚,眼下你是在基里洛夫先生府上做客,在基里洛夫先生面前,你永远只配给他擦皮鞋,因为他是一位有学问的智者,而你只不过是——呸!"

费季卡说着,潇洒地朝旁边啐了一口。他表现出傲慢、决绝,他的说教故作平静,却相当危险,随时可能爆发。但彼得·斯捷潘诺维奇已经无暇顾及危险了,何况这也并不符合他的一贯认知。白天的变故和失利已经令他彻底晕头转向……利普京站在台阶上方,从幽暗的斗室探头探脑向下张望。

"你想不想要一本真的证件和一大笔钱,去我说的地方?想不想?"

"得了吧,彼得·斯捷潘诺维奇,你打一开始就憋着骗我,在我眼里,你就是个地道的下流货。就像一只可恶的虱子——这就是我对你的看法。你为了无辜者的血,许给我一大笔钱,还以斯塔夫罗金先生的名义起誓,事实上只是你自己无礼。到头来,我一个大子儿都没捞着,更甭说一千五了,而斯塔夫罗金先生今儿个打了你的嘴,这连我们都知道了。如今你又来吓唬我,许给我钱,为了啥却不说。我合计着,你肯定是想让我去彼得堡,不择手段地报复斯塔夫罗金先生,好帮你出这口恶气——你当我傻呀!光凭这一点,你就是头号杀人犯。你堕落得连上帝——真正的造物主都不信了,你知不知道,光凭这一条就多大罪过?你就是个异教徒,跟鞑靼人、摩尔多瓦人一路货色。基里洛夫先生是位哲人,他一再地跟你讲真正的上帝,讲造物主,讲创世,还给你讲《启示录》,讲万物生灵的未来命运和演变。可你呢,糊涂的蠢货,装聋作哑,还把准尉埃尔克利也给卷进来了,就像那个蛊惑人心的恶棍,所谓的'无神论者'……"

"我呸,你个醉鬼!你自己还扒过圣像的法衣呢,你也配宣讲上帝!"

"你瞧,彼得·斯捷潘诺维奇,你说的没错,我的确扒过,可我只不过抠掉了珍珠。你哪里知道,说不定在那一瞬间,在至高无上的主的考验面前,我还流泪了呢?——为了我受过的委屈,因为我就跟个孤儿一样,连个像样的窝都没有。你没听书上说吗,古时候有个商人,也跟我一样含着眼泪哭诉、祈祷,从圣母的光环上抠下了珍珠,后来又当众跪下,把换来的钱全部放回到了圣母脚下,而圣母当着所有人的面,用台布将他罩了起来。这事儿在当时甚至被当成了神迹,还被当局下令原原本本写进了国家的典籍里。而你却放了只老鼠进去,这简直是对上帝食指的亵渎。要不是念在你生来就是我的小少爷,我小时候就总抱着你的分儿上,我现在就做了你,就在这儿!"

彼得·斯捷潘诺维奇怒不可遏:"说!你今天是不是见了斯塔夫罗金?"

"到啥时候也轮不到你来审问我。对这件事斯塔夫罗金先生肯定会吃惊的,他根本不屑于参与,更没有给过你什么指示,或者钱。都是你自己撺掇我的。"

"钱你会拿到的,那两千卢布你也会拿到的,在彼得堡,当场一次性付清,另外还有钱拿。"

"你在撒谎,宝贝儿,我看着你都觉得可笑,你这头脑也太简单了吧。跟你相比,斯塔夫罗金先生就像站在楼梯顶上,而你站在楼梯底下,像只蠢狗一样汪汪叫,而他连从楼梯上面啐你一口都觉得抬举你了。"

"混蛋,你信不信,"彼得·斯捷潘诺维奇简直气疯了,"我不会放你离开这儿半步,而会直接把你交到警局?"

费季卡噌的一下站起身来,两眼冒火。彼得·斯捷潘诺维奇掏出了手枪。随后出现了迅疾而糟糕的一幕:彼得·斯捷潘诺维奇的手枪还未指向费季卡,后者便闪身一躲,狠狠一拳捣在他脸上。瞬间响起第二声可怕的击打声,紧接着是第三声、第四声,全部打在了脸上。彼得·斯捷潘诺维奇被打傻了,眼珠子向外凸起,咕哝了一句什么,突然扑通一声,直挺挺地栽倒在地板上。

"来呀,抬走!"费季卡摆出得胜者的架势叫了一声,然后一把抓起便帽,从长凳底下扯出包袱,溜之大吉。彼得·斯捷潘诺维奇不省人事地嘶喘着。利普京甚至怀疑闹出了人命。基里洛夫慌忙跑进厨房,喊了句"给他浇水",一把抄起长柄铁勺,从水桶里舀了一勺水,兜头浇下。彼得·斯捷潘诺维奇动弹了一下,抬起头,坐起身来,木然地望着前方。

"喂,你没事吧?"基里洛夫问。

彼得·斯捷潘诺维奇直勾勾地盯着他,似乎想不起他是谁;一转眼,瞧见从厨房里探出半个身子来的利普京,立刻露出了他那可憎的笑容,一把抓起地上的手枪,跳将起来,疯狂地扑向基里洛夫。

"你要是敢学斯塔夫罗金那个混蛋,明天跑路,"他面色惨白,讲话木讷而含混,"我就算追到地球另一头……也要绞死你……像只苍蝇……捻死……听明白了!"

话音未落,他便用枪口顶住了基里洛夫的脑门,但几乎就在同时,他终于完全回过神来,忙缩回手,将手枪插进衣袋,二话没说便跑出门去。利普京也追了出去。两人依原样钻出栅栏,又抓着栅栏穿过了排水沟斜坡。一进胡同,彼得·斯捷潘诺维奇便脚底生风,利普京几乎跟不上,但走到头一个交叉路口时,他突然刹住脚,转身盯住利普京,挑衅地问:"想什么呢?"

利普京知道他有枪,对刚才的场面仍心有余悸,但答话却突然抑制不住地跳下了舌尖:"我在想……我在想,'从斯摩棱斯克到塔什干',并非'人人对大学生翘首企盼'。"

"看见费季卡在厨房喝的什么了吗?"

"喝的什么?伏特加呀。"

"告诉您,这是他这辈子最后一次喝伏特加了。您最好记住这一点,以后再想事情的时候用得上。现在赶紧滚,明天之前我用不着您了……但您给我小心点儿:别干蠢事!"

利普京没命地朝家里跑去。

四

利普京家里早就准备好了一张化名的护照。真是不可思议:像他这样一个谨小慎微之人,一个家庭里的小暴君,好歹还是一名官员

(虽说是个傅立叶分子),关键还是个资本主义者兼高利贷者,居然早就私下里产生了如此离奇的念头——提前准备好假护照,好借助它溜到国外去,一旦……不管怎么说,他总归是默许了这个"一旦"的可能性!虽然连他自己也说不清楚,这个"一旦"究竟意味着什么……

但眼下,它突然自我定义了,而且是以最出人意料的方式。被彼得·斯捷潘诺维奇在人行道上那句"笨蛋"所点燃的,在基里洛夫家越烧越旺的那个野火般的念头,不是别的,正是明天天一亮就扔下一切,出逃国外!在我国的现实生活中,至今仍会发生此等匪夷所思之事,倘若有人不相信,不妨去了解一下俄国所有真正移民者的履历:没有一个人的出逃能比这明智多少、现实多少,全都是不可遏止的主观臆断。

一跑到家,他立马插好了门,取出旅行包,手忙脚乱地收拾起来。他最关心的是钱,该如何抢救,能抢救多少。是的,正是"抢救",因为在他看来,事态已刻不容缓,明天一早就得上路。他同样不知道该如何坐上火车;他大致决定,到离城最近的第二个或者第三个大站上车,至于如何到车站……哪怕走着去都行。就这样,他脑子里的念头卷成了旋风,他本能地、机械地收拾着旅行袋,收着收着,突然停了下来,将东西一扔,长叹一声,瘫倒在沙发床上。

他突然清楚地感觉到、意识到:跑,他多半是会跑的,至于什么时候跑——沙托夫遇害之前,还是之后——就完全由不得他了;他如今只是一堆行尸走肉,一团惯性物质,完全由某种外在的可怕力量驱动。尽管他有出国护照,完全有可能事先逃离(否则他何必如此匆忙?),可他却做不到,而只能在事发之后逃走,这事儿已经决定了,签字封印了。在不堪忍受的愁苦中,他将自己反锁在屋内,躺在沙发床上,时而胆战心惊,时而疑神疑鬼,忽而痛苦呻吟,忽而屏住呼吸,好好歹歹挨到了次日上午十一点钟,紧接着便出现了那个意料之中的推动力,逼着他突然下定了决心。十一点钟,他刚一走出房间便从家人口中得知：在逃的苦役犯费季卡——那个将全城搞得人心惶惶的凶徒，敝城警局一直在大力追捕却始终未能抓获的教堂抢劫犯、杀人犯、纵火犯——今天一早被人发现了尸体，就在城外七公里处，从大道拐向通往扎哈里诺的乡间土路的地方；而且这事儿全城都已经传遍了。他慌忙跑出门去打听，得知：首先，费季卡被人发现时脑袋被砸穿，明显是遭了抢劫；其次，警方强烈怀疑，甚至已经拥有某些过硬的证据，认定凶手就是什皮古林工厂的福姆卡，此人正是费季卡杀人纵火案确凿无疑的共犯，据说两人还在逃离案发现场时便起了冲突，起因是福姆卡怀疑费季卡私吞了从列比亚德金那儿偷来的一大笔钱……利普京还跑到了彼得·斯捷潘诺维奇家，从仆人那儿拐弯抹角地打听到，彼得·斯捷潘诺维奇昨晚到家时已是凌晨一点左右，随后便在卧室一觉睡到早晨八点。自然，毋庸置疑，凶徒费季卡之死绝无任何离奇之处，此种下场在他们这一行当中恰恰屡见不鲜，但那句致命的预言——"今晚是费季卡最后一次喝伏特加"——这么快就得到应验，即使是巧合也未免太过恐怖，立刻让利普京不再游移。推动力已经施加，仿佛一块石头砸下来，将他永远压扁了。他回到家，默默地将旅行袋踢进了床底下。傍晚，他头一个按照指定时间来到约见沙托夫的地点，只是兜里仍揣着他那本护照……

第五章　天涯倦旅

一

莉莎受害、玛丽亚·季莫菲耶夫娜被杀，这对沙托夫造成了压制性影响。之前说过，那天早上我在大街上碰见了他，他当时看上去有些神情恍惚。他说头天晚上九点钟（即火灾之前三个钟头）他还去看过玛丽亚·季莫菲耶夫娜。那天一早他去看了尸体，但据我所知，当天上午他没去任何地方录过口供。可天快黑时，他的心里却掀起了滔天巨浪，有那么一刻，我基本可以断定，他很想愤然起身，去揭发一切。所谓的"一切"指的是什么，只有他自己清楚。自然，他很可能达不到任何目的，而只会把自己搭进去。对于刚刚发生的这起暴行，他手上并无任何证据，除了一些模糊的猜测，也只有他自己认定这些猜测确凿无疑。但他情愿毁了自己，只要能够"粉碎那帮混蛋"——这是他的原话。彼得·斯捷潘诺维奇多少猜中了沙托夫的这一冲动，也明知道耽搁一天风险极大，但他一向过分托大，并且对那帮"小喽啰"嗤之以鼻，尤其是沙托夫。他历来鄙视沙托夫这个"哭丧着脸的白痴"（还在国外时他就这么评价他），满以为足以对付这个头脑简单的家伙，只需对他严密监视一整天,一有危险立即出手阻止。而事实上,暂时挽救"那帮混蛋"的,仅仅是一个完全出乎他们预料的意外情况……

那天晚上七点多钟(此时五人小组正齐聚埃尔克利家中,焦躁不安地等待彼得·斯捷潘诺维奇),头痛并轻微寒战的沙托夫黑灯瞎火地瘫在床上,忍受着疑虑的折磨。他一阵阵地发狠,却无论如何都下不了决心,同时绝望地预感到,这一切不会有任何结果。渐渐地,他失去了知觉,没入了轻浅的梦境,恍惚中做了一个噩梦。他梦见自己被人用绳子结结实实地捆在了床上,丝毫动弹不得,突然,板墙上、大门上、他自己的房门上、基里洛夫住的厢房门上、整栋公寓里都响起了可怕的敲击声,整栋楼房都在颤抖;与此同时,一个遥远的、熟悉的、令他饱受折磨的声音在哀怨地呼唤着他。他猛然惊醒,撑起身子。令他惊讶的是,大门上的拍打声仍在继续,虽不如梦里那般激烈,却急促而固执;门外也的确传来一个奇怪而又折磨人的声音,但丝毫不觉得哀怨,反而焦躁愤怒,与之交替的还有另外一个克制而寻常的声音。

沙托夫跳下床,推开通风窗,探出头去,以被惊恐冻住的声音问:"谁在那儿?"

"您若是沙托夫,"底下的人干脆而生硬地回道,"那就请您直言相告:您同不同意让我进去?"

千真万确!他认出了这个声音!

"Marie![1]……是你吗?"

"是我、是我,玛丽亚·沙托娃,听着,我已经拖不住马车夫了,再多一分钟都不成了。"

"马上……我把蜡烛点上……"沙托夫虚弱地叫喊着,一面跌跌撞撞地寻找火柴。可不出所料,火柴说什么也找不着,插着蜡烛的烛台还掉到了地上。大门外又传来那个焦躁的声音,于是沙托夫不顾一

---

[1] 法文:玛丽亚。

切地冲出房门,不要命地滚下陡峭的楼梯,扑过去开门。

"劳驾,帮我拿着包,等我跟这个蠢货结账。"玛丽亚·沙托娃女士迎上来,递给沙托夫一个轻省的手提帆布包(包身打着铜钉,一看就是德累斯顿产的便宜货),扭头气呼呼地冲马车夫喊:"我敢肯定,您要高了。至于说您拉着我在这儿的泥路上多转悠了一个钟头,那可全赖您自个儿,谁叫您不认识这条蠢路和这栋蠢楼呢!赶紧收起您的三十戈比吧,再多一个子儿都休想。"

"哎呀,你这个人,你自己说要去升天街的嘛,这儿可是显圣街呀,升天街离这儿老远啦。把我的马都累了一身汗。"

"升天街也好,显圣街也罢,对于这些个愚蠢的街名您应当比我更清楚,毕竟您是本地人,再说您说得也不公道:我一上来就跟您说我要去菲利波夫公寓,您明明说您认识的嘛。实在不行,明天您可以到调停法官[1]那儿告我去,现在,请别再烦我。"

"给,再给您添五戈比!"沙托夫迅速从兜里掏出一枚五戈比硬币,递给了马车夫。

"拜托,求您了,不许给!"沙托娃夫人正待发作,马车夫已经催动骟马,而沙托夫则拽着她进了大门。

"快进去,Marie,快……这些都是小事儿,你——你都湿透了!慢点儿,从这儿上去,——只可惜没个亮儿——楼梯陡,抓紧点,抓紧,这就是我的房间了。抱歉,没点灯……马上!"

他从地上捡起烛台,可火柴还是到处找不着。沙托娃站在房间中央等着,既不说话,也不动弹。

"感谢上帝,总算找着了!"沙托夫高兴地叫着,点亮了蜡烛。

---

[1] 俄国的调停法官制度最早出现于亚历山大二世司法改革时期(1861—1863)。调停法官通过选举产生,由品格高尚、受人尊敬、具有社会威望的市民担任,有权单独审理轻微的民事及刑事案件。调停法官审案程序简单,贴近普通民众,不但受理书面诉状,还可接受口头申诉,且不收取任何诉讼费用。最早的调停法官制度仅存在了25年,后几经恢复,目前仍是俄罗斯司法体系的最初一级。

玛丽亚·沙托娃草草地看了一圈，嫌恶地说："我早听说您过得糟糕，可没想到会这么糟。"她走到床边，一脸疲惫地坐到硬板床上："啊，好累！把包放下，您自己也在椅子上坐吧。不过，随您的便吧，您戳着很碍眼。我在您这儿只是暂住，找到工作我就走，因为我在这儿人生地不熟，身上又没钱。可要是您觉着不方便，那么拜托，我再次请求您，请您立刻声明，您也应该这么做，假如您是个诚实的人。再不济，我明天还能变卖点什么，去住旅馆，只是得劳烦您把我送过去……哎哟，好累啊！"

沙托夫浑身直哆嗦，连连作揖哀求："不用，Marie，不用去旅馆！去什么旅馆哪？何必，何必呢？"

"好吧，就算不去住旅馆，咱也得把话说明白了。您还记得吧，沙托夫，咱俩在日内瓦做过两个多礼拜的夫妻，如今已经分手三年了，当初也算是好聚好散。但您别以为，我是来重温荒唐旧梦的。我回国是来找工作的，之所以来这儿，只是因为我去哪儿都无所谓。我可不是来找您忏悔的，拜托，请不要有这种愚蠢想法。"

"哦，Marie！不必，完全不必！"沙托夫含混地喃喃道。

"既然如此，既然您这么聪明，连这点都能理解，那就容我再补充一句：我如今直接来找您，又住进了您家里，一定程度上也是因为我一直认为您绝非卑鄙小人，说不定比某些……混蛋要强得多！"

她两眼冒火。想来，她一定在某些"混蛋"那里吃过不少苦头。

"还有，请您相信，我刚才说您善良，绝不是在嘲笑您。我以前说话直，不会说好听的，现在也一样。但说这些都没用。我一直希望您足够聪明，不致招人厌烦……哎哟，不说了，好累啊！"

她望着他，目光凝滞，痛苦，疲惫。沙托夫不敢靠近，站在五步开外的房间尽头，怯怯地听着，但整个人仿佛焕然一新，脸上现出从未有过的光彩。这个刚强的、粗糙的、总是鬓毛倒竖的家伙，突然整个儿变得柔软了、透亮了。他内心有种非同寻常的、意想不到的东西在颤抖。

三年的离别、三年的婚姻解体,并未从他内心排挤出任何东西。这三年来,他说不定每天都在想她,想念这个曾经对他说"爱"的珍贵生命。以我对沙托夫的了解,我敢肯定地说,他以前大概连做梦都不曾想过,居然会有一个女人对他说"爱"。他不谙情事,自惭形秽,憎恶自己的长相和性格,觉得自己是个丑八怪,一头只配被人牵到菜市场去展览的怪物。其结果,他把正直看得比什么都重,狂热地忠诚于自我信念,变得阴郁、骄傲、易怒、寡言。而现如今,这个唯一"爱"过他的生命(他永远、永远相信这一点!虽然只有两个多礼拜),这个在他心目中永远高高在上的生命(虽然他清楚地知道她犯下的过错),这个无论什么他都能原谅的生命(这点毋庸置疑,他甚至认为,一切都是他自己的错),这个女人——玛丽亚·沙托娃突然再次出现在他家中,站在了他的面前……这让他震惊不已,难以置信!他既感到如此可怕,又觉得那么幸福,简直无法醒来,又或是不愿醒来、不敢醒来——这一定是一场梦。然而,当她向他投来那般痛苦的眼神时,他突然意识到:这个他如此挚爱的生命正在承受痛苦,说不定还遭到了欺侮。他的心脏骤然停跳。他心疼地端详着她的脸庞,这张疲惫的脸上早已褪去了青春的光泽。诚然,她依旧很好看——在他眼中她仍像从前那么美。(事实上,这是个二十五岁左右的女人,体格颇为健硕,身量中等偏上,比沙托夫高,蓬松的深褐色头发,苍白的鸭蛋脸,大大的黑眼睛里闪烁着狂热的光泽。)但他曾经无比熟悉的那种轻率、天真、朴直的能量,如今却换成了阴郁的急躁、失望,甚至是犬儒习气,对于后者,连她自己都还不大适应,同样饱受其苦。但关键是,她正在害病,这一点他看得很清楚。他顾不得自己对她的全部畏怯,突然走上前去,抓住她的双手道:"Marie……知道吗……你大概累坏了吧,看在上帝的分上,别生气……要是你同意,要不要,稍微来点儿茶,嗯?茶很能提神,嗯?只要你同意!……"

"这还用问吗,当然同意啦,您怎么还跟个小孩子似的。有茶的话就给我来点儿。您这儿可真挤！真冷！"

"啊，我现在就去弄劈柴，劈柴……劈柴我有！"沙托夫登时忙活起来，"劈柴……就是说，只是……没事儿，茶马上就来。"他大手一挥，仿佛痛下决心似的，抓起帽子就走。

"您去哪儿？家里没茶？"

"有有有，马上就什么都有了……我……"他又从搁架上抄起手枪，"我这就把这枪卖了……或者当出去……"

"说什么蠢话，那得等多久啊！给，拿上我的钱，既然您身无分文。里面有八十戈比，好像是。好了。您这儿简直是个疯人院。"

"不用、不用你的钱，我马上、一会儿就回，就算不卖枪我也能……"

他径直朝基里洛夫家奔去。当时距离彼得·斯捷潘诺维奇和利普京的造访大概还有两个钟头。沙托夫和基里洛夫虽然同住一楼，但几乎从不见面，即使碰上了，也既不点头，也不说话——他俩在美国一起"躺"得太久了。

"基里洛夫，您这儿总是有茶的；茶和茶炊，您有没有？"

正在屋里踱步的基里洛夫（他经常整宿整宿贴着墙根来回踱步）突然顿住，注视着来人，但并不怎么惊讶。

"茶有，糖有，茶炊也有。但茶炊用不着，茶是热的。坐下喝就是。"

"基里洛夫，咱俩在美国一起躺过……我妻子回来啦……我……请给我茶……茶炊也要。"

"既是妻子来了，茶炊肯定是要的，但得等上一会儿。我有两只。您先把桌上的茶壶拿去。茶是热的，热得很。都拿去。糖，全拿去。面包……面包有很多，都拿去。还有牛犊肉。再给您一个卢布。"

"好吧，朋友，我明天还！哦，基里洛夫！"

"是您在瑞士的那位妻子吗？这很好。您这样跑进来找我，也很好。"

"基里洛夫!"沙托夫用胳膊肘夹着茶壶,两只手各端着糖和面包,叫道:"基里洛夫!要是……要是您能丢掉那些可怕的幻想,丢掉无神论的胡言乱语……您会是多么好的一个人哪,基里洛夫!"

"看得出,您在瑞士之后仍爱着您的妻子。这很好,若是在瑞士之后。需要茶,随时再来。整宿都可以,我不睡觉。茶炊稍后。这一卢布拿去,给。快回吧,我会留下来,想一想您和您的妻子。"

玛丽亚·沙托娃对沙托夫的速去速回显然很是满意,近乎贪婪地喝起了茶,但茶炊没用得着再跑去拿:她只喝了小半杯茶,咬了一小口面包,牛犊肉则嫌恶而气恼地拒绝了。

沙托夫在一旁小心翼翼地伺候着,怯生生地道:"你病了,Marie,病得很不轻……"

"当然是病了,请坐下吧。您不是没茶吗,这是从哪儿拿的?"

沙托夫简明扼要地说了基里洛夫的事。玛丽亚对此人略有耳闻。

"我知道他疯了;好了,别再说了;傻瓜难道还少吗?您去过美国?我听说您写过信。"

"是,我……往巴黎写过。"

"够了,还是说点儿别的吧。您是斯拉夫派?"

"我……倒不是说……我是因为成不了俄国人,所以才成了斯拉夫派。"他勉强笑笑,自知这句俏皮话说得生硬而欠妥。

"您不是俄国人?"

"不是。"

"咳,这些全是蠢话。求您了,快坐下吧,总晃来晃去的干吗?您以为我在说胡话?说不定我真会说胡话的。您说整栋楼里就你们俩?"

"就我们俩……楼下……"

"俩聪明人。楼下怎么了?您刚才说'楼下'?"

"没,没什么。"

"什么没什么?我要听。"

"我是想说,现在就只有我们俩,之前楼下还住过列比亚德金兄妹……"

玛丽亚突然挺直了身子:"就是昨天夜里被杀的那个女人?我听说了。刚进城就听说了。你们这儿失火了?"

沙托夫突然站起身,如癫似狂地举起双手,在房间里迈着大步:"是,Marie,是,而且说不定眼下我正在干一件可怕的卑鄙事,放过这帮混蛋……"

但Marie似懂非懂。她听得心不在焉。她只顾着问,却没有注意听。

"你们这儿可真是轰轰烈烈。唉,这一切多么卑鄙!这帮人真是混蛋!您快坐下吧,算我求您了,啊,您可真叫人生气!"说着,她疲惫不堪地倒在了枕头上。

"Marie,我不了……你不然躺一会儿,Marie?"

她没有答话,无力地闭上了眼睛。她的脸色苍白得近乎死人。她几乎瞬间就睡过去了。沙托夫四下望望,拨了拨灯芯,又担忧地瞅了瞅她的脸,十指在胸前攥紧,踮起脚,走出房间,来到过道屋。他脸冲墙角站在楼梯顶部,就那么一声不吭、一动不动地站了十来分钟。他说不定还能站更久,但楼梯底部突然响起了轻微而谨慎的脚步声。有人在上楼梯。沙托夫这才想起,刚才忘了插便门。

"谁?"沙托夫低声问。

来人并不答话,兀自缓缓上楼,到顶方停。黑暗中看不清来人面目,却突然响起了他谨慎的问话:"伊万·沙托夫?"

沙托夫说是,随即伸手想要阻拦,但来人主动抓住了他的手——沙托夫猛一激灵,仿佛触到了一条可怕的蛇。

"站这儿别动,"沙托夫急切地低语道,"别进去,我现在没法招待您。我妻子回来了。等我去把蜡烛拿出来。"

等他拿来蜡烛,才看出那是个年纪轻轻的小军官。名字他不知

561

道,但在哪儿见过。

"埃尔克利,"来人自报家门,"您在维尔金斯基家见过我。"

"我记得。您一直坐在那儿写什么。听着,"沙托夫突然愤怒地逼近他,低声喝道,"刚才您抓我手的时候,给我打了个暗号,可您要知道,我可以唾弃所有这些暗号!我不承认……我不愿意……我现在就能把您从楼梯上推下去,您知不知道?"

"不,这我可真没料到,也完全不知道您为何发这么大的火,"来人温和地,近乎朴直地回答道,"有人让我给您带话,我这才来的,主要是不想浪费时间。您手上有台机器,不是您的,您负责保管它,这您是知道的。我奉命通知您,明天晚上七点钟,务必准时把它交给利普京。此外,还让我转告您,从此之后再不会对您有任何要求。"

"此话当真?"

"千真万确。您的请求获准了,您将被永久除名。这是明确命令我通知您的。"

"谁的命令?"

"就是告诉我暗号的人。"

"您是从国外来的?"

"这与您……我想,这对您无所谓吧。"

"哼,见鬼!既然有命令,为什么不早点儿来?"

"我是遵照指示行事的,我并非一个人。"

"知道,知道您不是一个人。哼……见鬼!利普京自己怎么不来?"

"总之,明晚六点我准时来找您,我们走路过去。除了我们三个之外,不会有任何人。"

"韦尔霍文斯基去吗?"

"不,他不去。他明天上午就要走了,十一点的车。"

"我就知道,"沙托夫疯狂地轻呼道,一拳砸在大腿上,"他要溜,这个混蛋!"

他焦躁不安地思索起来。埃尔克利凝视着他,默默地等待着。

"可你们要怎么运呢?那可不是抄起来就拿得走的。"

"也没那个必要。您只需要告诉我们地点,我们确认它埋在那儿就好了。毕竟我们只知道大概的地方,却不知道具体地点。那地方您没跟其他人说起过吧?"

沙托夫看了他一眼,道:"你呀你,还是个孩子呢,——一个傻孩子。您怎么也像只公绵羊似的,扎着脑袋往里头钻?咳,他们要的就是您这种!唉,走吧!哼!那个混蛋,把你们都给骗了,自己却溜了。"

埃尔克利清醒而平静地望着他,但似乎没有听懂。

沙托夫恨得咬牙切齿:"韦尔霍文斯基,韦尔霍文斯基溜了!"

"他还在这儿呢,还没走呢。他明天才走呢,"埃尔克利温和而坚定地说道,"我的一切指示都来自他,我特地邀请他到场见证,"他像个不谙世事的孩子一样坦承道,"可惜他没有同意,说是要出门。他似乎的确有什么急事。"

沙托夫再次惋惜地抬眼瞅了瞅这个傻孩子,突然大手一挥,似乎在想:"他值得可惜吗?"

"好吧,我去,"沙托夫突然开口道,"现在滚吧,快滚!"

"那么,我六点钟准时到。"埃尔克利礼貌地鞠了一躬,不紧不慢地走下楼梯。

"糊涂蛋!"沙托夫忍不住从楼梯顶上冲着他的背影喊道。

"您说什么?"埃尔克利在楼梯底问。

"没什么,走吧。"

"我还以为您说了什么呢。"

二

埃尔克利这个"糊涂蛋"只是大事糊涂,即所谓的"脑子里没有国王",而在小事儿上却相当精明,甚至狡猾。他狂热而幼稚地忠于"共同事业"——实质上是忠于彼得·斯捷潘诺维奇,对后者唯命是从。那天在会上,当小组成员商议角色、分配任务时,彼得·斯捷潘诺维奇指派他为信使,并私下与他密谈了十来分钟。遵照执行,是这个卑微的、缺乏理智的、永远渴望服从他者意志的人的天性需求——哦,当然,仅仅是为了"共同的"或者"伟大的"事业。但这同样无关紧要,因为像埃尔克利这样渺小的狂热分子,其对于"效忠思想"的理解,无外乎将思想与思想表达者(他们眼中的)融为一体。多愁善感、温和善良的埃尔克利,或许恰恰是沙托夫众多谋杀者中最冷酷无情的一个,他可以在毫无私恨的前提下见证谋杀,连眼皮都不眨一下。比方说,他得到指示,在传话时顺便察看沙托夫的情况,当沙托夫在楼梯上碰见他,情急之下,一不小心将妻子回来之事说漏了嘴时,埃尔克利在本能的狡猾的驱使下,并未流露出丝毫的好奇,尽管他立刻便意识到,这一情况对于计划的成功有着重大意义……

事实也正是如此:恰恰是这一情况使得沙托夫没去告发,从而让"那帮混蛋""摆脱"了沙托夫……首先,妻子的回归令他激动不已,将他撞出了轨道,使他丧失了惯有的洞察力和小心谨慎。眼下他的头脑完全被另外的思绪占据,个人安危已经很难再挤得进去。相反,对于彼得·韦尔霍文斯基明天要逃跑的消息他没起半点疑心,况且这也印证了他之前的怀疑。回到屋内,他重新坐到角落里,两肘撑膝,双手掩面,被痛苦的思绪折磨着……

半晌,他重新抬起头,蹑手蹑脚地走过去看她,不由得想:"上帝!她明天非打摆子不可,明天一早,说不定已经开始了!她肯定是着凉了。她受不了如此恶劣的气候,坐了一路火车,还是三等车厢,刮风下雨,而她只穿着一件薄斗篷,一点儿也不暖和……人生地不熟,无依无靠!那个旅行袋,那么小,那么轻,皱巴巴的,也就十来斤!小可怜,瞧把她累的,她受了多少罪!她要强,所以才不抱怨。可她急躁,很急躁!这是病:天使生病了也会急躁的。她的额头多干哪,肯定很烫,那么大的黑眼圈,可是……可这张脸多美啊,这蓬松的秀发多么——"

他急忙移开视线,又急忙走到一旁,似乎唯恐在她身上发现除了一个不幸的、饱受折磨的、需要帮助的生命之外的任何东西,——"眼下哪儿还顾得上谈什么希望呢!唉,人哪,多么低劣、多么卑鄙啊!"他这么想着,又回到角落里坐下,将头埋进双手,又开始了幻想,回忆……希望再次隐现。

"哎哟,好累啊!哎哟,好累啊!"——他又想起了她的叹息,想起她那虚弱、疲惫的声音。"上帝!这种时候怎么能丢下她不管呢,她身上就那么八十戈比;可她还是把自己的钱包,那个破旧的小钱包递给了我!她跑到这儿来找事情做,可她对这儿都了解什么呢,她们这些人对俄国又了解多少呢?她们不过是一群任性的孩子罢了,满脑子只有她们自己创造出来的幻想,而她,小可怜,说不定还会生气呢:俄国跟她们在外国的梦乡怎么就那么不像呢!哦,不幸的人,天真的人!……话说回来,这儿的确太冷了……"

他想起她抱怨冷,想起自己承诺过给她生炉子。"劈柴倒是可以搬进来,只怕会把她吵醒。没事儿,可以的。牛犊肉怎么办呢?等她醒了,没准儿就想吃了呢……咳,到时候再说吧;反正基里洛夫整宿都不睡。得找东西给她盖上,她睡得那么沉,但她一定很冷,唉,一定很冷!"

他又走过去看她。她的裙裾卷起了一点儿,右腿膝盖以下露在了外面。他几乎吓了一跳,急忙扭过脸去,脱下身上的厚大衣,看也不敢看地盖在她腿上。而他自己身上只剩下了一身破旧的常礼服。

生炉子,踮着脚走路,察看熟睡的妻子,坐在角落里胡思乱想,再次起身察看熟睡的妻子:他就这么过了很长时间,约莫两三个钟头。韦尔霍文斯基和利普京对基里洛夫的造访就发生在这段时间。终于,沙托夫自己也在角落里打起了盹。女病人呻吟了两声,随即醒转,叫了沙托夫一声,后者立刻像个罪人似的跳了起来。

"Marie!哎呀,我睡着了……我真是个混蛋,Marie!"

她支起身,讶异地四下张望,似乎忘了自己在哪儿,旋即骤然色变,惊怒交加道:"我占了您的床,我太累,一不小心睡着了,您怎么竟敢不叫醒我?难道您竟敢以为,我打算成为您的负担?"

"我怎么能叫醒你呢,Marie?"

"怎么不能,您应该叫醒我!您家里就这一张床,却被我占了。您不该陷我于不义。还是说您以为,我就是来利用您的善心的?您立刻到床上来睡,我在墙角拼几张椅子……"

"Marie,没有那么多椅子,再说也没铺盖呀。"

"那我就直接睡地板。不然您自己不也得睡地板吗?我就要睡地板,立刻、马上!"

她下了床,刚想迈步,突然,一阵痉挛似的剧痛瞬间夺去了她全部的力量与决心,让她痛叫一声,又栽倒在床上。沙托夫忙奔过去,Marie将头埋在枕头里,抓住他的手,拼命地攥紧,掐得他生疼。这样过了约莫一分钟。

"Marie,亲爱的,要不然,这儿有位医生,弗伦采尔,我认识他,他很……我可以去请他。"

"胡说!"

"怎么是胡说呢?告诉我,Marie,你哪里疼?不然也可以做做热敷……比如敷肚子……这我自己就会弄……或者贴点儿芥末膏。"

"刚才是怎么了?"她抬起头,惊恐地望着他,诧异地问。

"什么怎么了,Marie?"沙托夫被搞糊涂了,"你在问什么?哦,上帝呀,我整个人都蒙了,Marie,对不起,我啥也不懂。"

"唉,好了,这事儿不是您能懂的。您要是懂那才好笑呢……"她苦笑道,"给我讲点什么吧。一边走动一边讲吧。别站在我跟前,也别那么看着我,算我求您了,第五百次!"

沙托夫开始在房间里来回走动,眼睛盯着地板,竭力不去看她。

"你跟前有——你别生气,Marie,求你了——有牛犊肉,还有茶……你刚才吃得太少了……"

她嫌恶而愤恨地摇起手来,沙托夫忙绝望地收住了话头。

"听着,我打算在这儿开一家书籍装订所,遵照协作社的合理原则。既然您住在这儿,您觉得这想法可行吗?"

"咳,Marie,我们这儿根本没人读书,甚至压根没书可读。他还会去装订吗?"

"'他'是谁?"

"本地的读者,本地居民,Marie。"

"您这么说不就明白了吗,不然'他'呀他的,谁知道您说的是谁。您语法不通。"

"这就是俄语的特性,Marie。"沙托夫嘟囔道。

"哼,我才不想听什么俄语的特性呢,烦。为啥本地的居民或读者不会去装订呢?"

"因为读书和装订书——是两个完全不同的发展阶段,而且跨度极大。首先他要一点一点养成读书的习惯,这当然得花好几个世纪,但这时他仍会撕书,把书到处乱扔,不把它当回事。而装订书则意味着尊重书籍,说明他不但喜欢读书,还重视读书。整个俄国都还没有发展到这个阶段呢。而欧洲早就开始装订了。"

"这话虽有些学究气,至少说得不笨,让我想起了三年前,那时您常会说些聪明话。"

她说这话时的语气同样嫌恶,一如先前所有乖戾的话语。沙托夫却感动地唤道:"Marie,Marie,哦,Marie!你一定不知道,这三年里发生了多少事!我后来听说,你似乎对我转变了信念有些鄙视。可我离弃的都是些什么人呢?他们是真实生活的敌人,是迂腐的、惧怕自我独立的自由主义者,是思想的奴才、个性与自由的敌人、死气沉沉与腐朽的鼓吹者！他们宣扬的是什么？——长老制、黄金中道、市侩而卑劣的平庸、善妒的平等、排斥自我尊严的平等、奴才式的平等，又或是九三年的法国式平等[1]……关键是，全是坏蛋、坏蛋、坏蛋！"

"没错，坏蛋是太多了。"她断断续续、病恹恹地说。她直挺挺地躺着，丝毫不敢动弹，脑袋向后抵住枕头，微微侧歪着，眼睛望着顶棚，目光疲惫而热切。她脸色苍白，嘴唇干得都起皮了。

"你也发现了，Marie，你也发现了！"沙托夫兴奋地大叫。她刚想摇头，方才那种痉挛式的剧痛又发作了。她再次将脸埋进枕头里，再次死死地攥紧向她扑过来的沙托夫的手，攥了足足有一分钟，沙托夫整个人都吓傻了。

"Marie，Marie！这怎么行，你说不定病得很重哪，Marie！"

"住口……我不要，不要，"她重新仰过脸来，近乎狂怒地叫道，"别用那种可怜的眼神看着我！继续走动、讲话，随便讲点什么……"

沙托夫惊慌失措，刚要喏喏地开口，便被她嫌恶而不耐烦地打断了："您在这儿做什么工作？"

"我在一个商人的事务所上班。要是我很努力的话，Marie，我在这儿也能挣到很多钱。"

"那您可好了……"

"啊，你别多想，Marie，我这么说是——"

"您还干些什么？您在宣扬什么？您是没法不宣扬些什么的，性格使然！"

"我在宣扬上帝，Marie。"

"可您自己都不信上帝。这种思想我永远也理解不了。"

"不说这个了，Marie，回头再说吧。"

"那个玛丽亚·季莫菲耶夫娜是个什么样的人？"

---

[1] 指1793—1794年间法国雅各宾专政时期，该时期又称"恐怖统治时期"，暴力镇压反革命叛乱。

"这个咱们也回头再说吧,Marie。"

"用不着您来教训我!她的死真的跟……那些人的暴行有关吗?"

"绝对的。"沙托夫咬牙切齿道。

Marie突然抬起头来,病态地嘶喊道:"以后永远不要再跟我提这件事,永远不要,永远不要!"痉挛式的剧痛再次将她击倒在床上,这已经是第三次,但这次她呻吟得更厉害,变成了号叫。

"啊,讨厌的人!啊,可恶的人!"她不管不顾地翻腾着,一次次将俯身察看的沙托夫推开。

"Marie,你叫我怎样我就怎样……我可以走动,讲话……"

"您就看不出来已经开始了吗?"

"什么开始了,Marie?"

"我哪儿知道?这种事儿我怎么会懂……啊,该死!啊,这一切都该死!"

"Marie,求你告诉我,是什么开始了……不然我……你不说我怎么懂呢?"

"您这个没用的书呆子!啊,该死,世上的一切都该死!"

"Marie! Marie!"沙托夫真的怀疑她是神经错乱了。

"您就真看不出来我快要生了吗?"她支起身子瞪着他,整张脸都被可怕的、病态的愤恨扭曲了。"真该死,这个孩子!"

沙托夫这才明白过来,惊呼道:"Marie,Marie……你怎么不早说呢?"他突然有了主意,果决地抓起帽子。

"来的时候我哪儿知道?知道我还会上您这儿来吗?他们说还有十天呢!您干吗去,干吗去,不准去!"

"我去找接生婆!我把枪卖了,现在关键是钱!"

"不准去,不准请接生婆,随便找个老婆子就行,老女人,我钱包里有八十戈比……农村女人从来不用接生婆……死了更好……"

"接生婆也找,老太婆也找。只是我、我怎么能丢下你一个人呢,

Marie！"

但他想到，无论她再怎么抓狂，眼下丢下她总比待会儿束手无策强，便不顾她的呻吟与怒叱，只寄希望于自己的双腿，不要命地滚下楼去。

三

他先去找基里洛夫。已经快凌晨一点了。基里洛夫站在房间中央。
"基里洛夫，我妻子要生了！"
"什么？"
"要生了，要生孩子了！"
"您……没搞错？"
"不会不会，她疼得厉害！……得找个老婆子，上了岁数的老女人，现在就要……能找着吗？您不是认识很多老婆子……"
"很遗憾，我不会生孩子，"基里洛夫愣愣地说，"我是说，不是我不会生孩子，而是我不会帮人生孩子……或者说……咳，我自己都被绕晕了。"
"您想说您不会接生，可我不是这个意思，老太婆，我想找个老太婆、女看护、女用人！"
"老太婆找得到，但现在恐怕不行。要是您同意，我可以代替……"
"啊，那可不行。我还是去找维尔金斯卡娅吧。"
"那个坏女人！"
"没错，基里洛夫，她是个坏女人，却是最好的接生婆！哦，有她在就不会有虔敬，不会有欢乐，而只会有嫌恶、脏话、亵渎，而那是多么伟大的秘密呵——新生命的诞生！……咳，她刚才还在诅咒他呢！……"

"要是您同意,我……"

"不不不,我这就去,拽也要把她拽过来!您时不时就到我门口去听听动静,可是不能进去,您会吓到她的,您千万别进去,只听听动静就行……以防万一。唔,要是真有什么紧急情况,您再进去。"

"明白。再给您一个卢布。给。我明天本想吃只鸡,现在不想了。赶紧跑吧,拼命地跑。茶炊整宿都有。"

基里洛夫对谋害沙托夫的图谋毫不知情,此前也从不知道沙托夫面临着怎样的危险,他只知道沙托夫跟"那帮人"有笔旧账。尽管他本人也被部分地卷入了组织,不时收到来自国外的指示(都是些泛泛的指示,因为他并未密切参与任何事),但最近一段时间,他抛开了一切差事,完全隔绝了任何事务,尤其是"共同事业",全身心地沉浸于内省。彼得·韦尔霍文斯基叫利普京一同来找基里洛夫,虽然是为了让他和组员们确信,基里洛夫会担下"杀害沙托夫"的罪名,但他跟基里洛夫交涉时却只字未提沙托夫,甚至连暗示都没有——他大概是觉得那么做不明智,甚至担心基里洛夫靠不住,所以才想等到次日,等一切办妥之后再说,届时基里洛夫也就"无所谓"了。至少他是这么盘算的。利普京同样注意到,彼得·斯捷潘诺维奇罔顾承诺,对沙托夫的事绝口不提,但彼时的他早已方寸大乱,顾不上抗议了。

沙托夫一阵风似的跑向蚂蚁街,心里咒骂着远得看不到头的距离。

人们早就睡下了,敲门的话少不得要敲上老半天。于是沙托夫径直跑到了维尔金斯基家的护窗板前,使出了吃奶的劲,不管不顾地猛拍猛砸。拴在院内的狗扯着锁链,恶狠狠地狂叫起来。整条街的狗全跟着狂叫,犬吠声响成一片。

"谁在敲窗,有什么事?"窗边终于响起了维尔金斯基本人那柔和的、毫无脾气的声音。护窗板开启了一条缝,通风窗也打开了。

"谁呀?哪个混蛋?"另一个大有脾气的女声狠歹歹地尖叫

道——是维尔金斯基的妻姐,那个老处女。

"我,沙托夫,我妻子回来了,就要、正在生孩子……"

"生就生呗,滚吧!"

"我来找阿林娜·普罗霍罗夫娜,她不去,我就不走!"

老处女气呼呼地嚷道:"她可不是啥人都伺候的。何况大半夜的……去找马克舍耶娃去吧,别再吵吵了!"

听得出,维尔金斯基正在屋里劝她,但女人对他推推搡搡,寸步不让。

"我不走!"沙托夫又喊了一嗓子。

"等等,等等!"维尔金斯基好不容易劝住女人,忙冲窗外喊,"沙托夫,请您稍等五分钟,我去叫醒阿林娜·普罗霍罗夫娜,拜托了,别敲,也别再喊了……咳,真像一场噩梦!"

漫长无尽的五分钟后,阿林娜·普罗霍罗夫娜终于来了。

"您妻子回来了?"她透过通风窗问。令沙托夫惊讶的是,那声音一点儿也不恼怒,而只是寻常的命令语气——她说话历来如此。

"是,她就要生了。"

"是玛丽亚·伊格纳季耶夫娜?"

"是,玛丽亚·伊格纳季耶夫娜。当然是玛丽亚·伊格纳季耶夫娜!"

沉默。沙托夫等待着。屋里头在小声嘀咕。

"她早就回来了?"维尔金斯卡娅夫人又问。

"今天晚上,八点钟回来的。拜托了,赶紧吧!"

屋里又嘀咕起来,似乎在商议什么。

"我说,您不会搞错了吧?是她自己让您来请我的?"

"不是,她不让我来请您,她想随便找个老婆子,怕我破费,不过您放心,钱我一定付。"

"好吧,我去,不管您付不付钱。我一向看重玛丽亚·伊格纳季耶夫娜的独立情感,虽说她不一定记得我。需要的东西您那儿都有吗?"

"什么都没有,但会有的、都会有的……"

沙托夫朝利亚姆申家走去,心想:"这些人也是有善心的嘛!看来,信念和人,是很不相同的两样东西。我也许太错怪他们了!……人人都有错,人人都有错,要是……要是人人都能认清楚这点就好了!……"

利亚姆申家的窗户倒是没用敲多久。利亚姆申一骨碌爬起来,穿着睡衣,光着脚,一把推开了通风窗,全然不顾会不会着凉。这实在令人惊讶,因为此人向来是很惜命的。但这回的灵敏和匆忙自有其特殊原由:开完会之后,他一整晚都在提心吊胆,一直没睡着觉,总疑心会有不速之客闯上门来。而沙托夫告密的消息折磨得他最狠……突然,怕什么来什么,可怕而猛烈的敲窗声骤然响起!……

利亚姆申一看是沙托夫,登时吓得魂飞魄散,砰的一声关上通风窗,蹿回床上。沙托夫发疯似的又敲又喊。

"大半夜的,您敲什么敲?"利亚姆申怕得要死,色厉内荏地喝问。少说过了两分钟,他才鼓起勇气,再次打开通风窗,这才看清楚,沙托夫是一个人来的。

"这是您的枪,您拿回去,给我十五卢布。"

"啥?您喝多了吧?您这是明抢啊。我再着凉喽。等会儿,我披个毯子。"

"赶紧给我十五卢布。您要是不给,我就一直敲,一直喊,喊到天亮,把您的窗框敲掉。"

"那我就把巡警喊来,把您抓进监狱。"

"您当我是哑巴吗?我就不会喊巡警吗?咱俩谁更怕巡警,您还是我?"

"您居然也会有如此卑鄙的念头……我知道您在暗示什么……等会儿、等会儿,上帝啊,别敲啦!真是的,大半夜的谁有钱?再说您要钱干吗,既然您没喝醉?"

"我妻子回来了。我少要您十卢布,一枪没开过;枪给您,赶紧拿着。"

利亚姆申机械地将胳膊探出通风窗,接过枪去。稍顿了顿,突然又从窗内探出头来,脊背打着寒战,不由自主地低声道:"您撒谎,您妻子根本就没回来。您……您就是想跑了。"

"您是傻瓜吗,我干吗要跑?要跑的是彼得·韦尔霍文斯基,不是我。我刚去找过接生婆维尔金斯卡娅,她立刻就赶去我家了。不信您去问问。我妻子眼下正在受罪,急需用钱,赶紧给我!"

一连串的念头如电光石火般闪过利亚姆申警的头脑。形势突然变了,但恐惧仍令他难以决断。

"怎么会……您妻子不是没跟您住一起吗?"

"再这么问,我就打破您的头!"

"呀,我的上帝,抱歉,明白了,我只不过是一时震惊……我懂、我懂。可是……可是,阿林娜·普罗霍罗夫娜真的会去?您刚才说她已经去了?您知道的,这是不可能的。您瞧,您说的句句是谎话。"

"眼下她没准儿已经在我妻子身边了。别磨蹭了,您自己蠢,可怨不得我。"

"胡说,我才不蠢。对不住,我实在没法……"说着,他手忙脚乱地开始第三次关窗,沙托夫立刻扯着嗓子喊起来,吓得他赶紧又探出头来。

"您这简直是侵犯人权!您究竟想要怎样,啊,啊?有话快说!别忘了,这可是深更半夜!"

"我要十五卢布,蠢货!"

"可我没准儿还不想收回呢。您没这个权利。买了就是买了,不能退。再说大半夜的,我上哪儿弄那么多钱去?"

"你家里一直有现钱的。我已经少要了你十卢布,而你是个出了名的犹太佬。"

"您后天再来吧,听见了?后天上午,十二点整,我如数给您,成不成?"

沙托夫第三次疯狂地拍打起窗框来:"先给我十卢布,明天天亮再给五卢布。"

"不成,那五卢布得后天上午,明天说啥也没有。您最好别再来了,最好别来。"

"先拿十卢布!你这混蛋!"

"您怎么骂人呢?等会儿,我点个亮儿。玻璃都被您震碎啦……谁大半夜的这么骂人?给!"他从窗口递出一张票子。

沙托夫接过来一瞧,是张五卢布的。

"真没有了,您就是宰了我也没有了,后天可以,现在真没有了。"

"我是不会走的!"沙托夫怒吼道。

"喏,再给您添点儿,拿着,再多真没有了。您就是叫破喉咙我也没有了,再怎么着也没有了,没有就是没有!"

利亚姆申癫狂,绝望,满头大汗。他又递出来两张票子,都是一卢布的。沙托夫总共只要到了七卢布。

"见鬼去吧你,明天我再来。要是拿不到八卢布,我就揍扁你,利亚姆申!"

利亚姆申心中暗道:"明天我给你来个不在家,傻瓜!"

沙托夫扭头就跑,利亚姆申突然冲着他的背影狂喊:"等等,等等!等等,回来,告诉我,您说您妻子回来了,这是真的吗?"

"傻瓜!"沙托夫啐了一口,没命地朝家里跑去。

四

我要指出,阿林娜·普罗霍罗夫娜对昨天会上通过的阴谋毫不知情。维尔金斯基垂头丧气地回到家中,不敢将会议决定吐露给妻子,但终究还是没忍住,吐露了一半,把韦尔霍文斯基说沙托夫铁定会告密的事儿告诉了妻子,但随即声明,说他自己并不全信。阿林娜·普罗霍罗夫娜吓得要命。正因如此,当沙托夫跑来请她时,她虽然累得不行——前天晚上被一名产妇折腾了一宿——但还是当即决定前往。她一直坚信,"像沙托夫这样的败类,完全可能以公民的名义干出卑劣勾当",但玛丽亚·伊格纳季耶夫娜的到来将情况纳入了新的视角。沙托夫的慌乱以及他恳求、哀求时的绝望语调,意味着背叛者的情感发生了转变:一个为了葬送别人不惜出卖自我的人,照理说是不该有这样的神情和语调的。总之,阿林娜·普罗霍罗夫娜决定要亲眼看个究竟。维尔金斯基对妻子的决断十分满意,肩头仿佛一下子卸下了八十公斤!他甚至萌生了希望:沙托夫的神情似乎与韦尔霍文斯基的猜疑毫不相符……

沙托夫所料不错:当他回到家时,维尔金斯卡娅已经在Marie身边了。她也是刚到,轻蔑地赶走了戳在楼梯底部的基里洛夫,简短地向Marie介绍了自己——后者果然没能认出她来。她察觉到产妇的"情况糟糕透顶":怨恨、颓丧,"最怯懦的绝望",于是便在短短五分钟之内完全压制住了她的一切抗拒。

"您又来了,什么叫您不想要昂贵的助产士?"沙托夫进屋时听见她说,"完全是胡说,就因为您状态不正常才会有这种谬见。要是随便找个老太婆,或者乡下接生婆,您有一半的可能性会死,到时候,麻烦事和花销会比昂贵的助产士还要多。再说您凭什么认定我就昂贵?回头再给钱,一个子儿也不多要,担保平安,有我在您死不了,比您更糟糕的情况我也见得多了。至于孩子,明天我就能替您送到孤儿院去,然后再送到农村去抚养,这不就结了?等您慢慢恢复了,找份合适的工作,很快就能还上沙托夫的钱了(住宿费和助产费),再说根本没那么贵……"

"我不是那个意思……我没有权利拖累……"

"您的想法理性而进步，但请您相信，沙托夫几乎不会破费，只要他能从一位不切实际的先生变成一个哪怕稍有理智的人。只要他不干蠢事，不去敲锣打鼓，吐着舌头满城乱跑。要是不把他的手脚捆住，等不到天亮，他就得把全城的医生都给薅起来。我们那条街上的狗不就全被他吵醒了嘛。医生用不着，我说了，我一人全包了。老婆子倒是可以雇一个，当用人，这花不着什么钱。不过，有什么事儿他也能帮上忙，总不至于光会干蠢事嘛。有手有脚，抓个药不成问题，您也不必过意不去。有什么好过意不去的？难道不是他把您害成这个样子的吗？难道不是他，抱着跟您结婚的自私目的，让您跟家教的主顾闹翻的吗？这我们可都听说了……不过，刚才也正是他，像个傻子似的跑过来，喊叫得整条街都听得见。我对谁也不会上赶着，我来仅仅是为了您，为了咱们妇女的团结，这一点我在来之前就跟他声明了。要是您仍觉得我多余，那就再见吧；但愿不要发生本可轻易避免的悲剧。"

说罢，她当真从椅子上站起身来。

Marie那么无助，那么痛苦，而且，老实说，她对眼前的事那么害怕，实在不敢放她走。但她对这个女人又忍不住地憎恶：她说得根本不对，自己根本不是那么想的！然而，死在蹩脚的接生婆手里的恐惧终究战胜了憎恶。对于沙托夫，Marie变得比之前还要苛刻、还要无情。到后来，她非但不准沙托夫看她，连面朝她站着都不行。她愈加痛不欲生。诅咒和咒骂越来越疯狂。

"咳，还是让他出去吧，"阿林娜·普罗霍罗夫娜断然道，"他脸上一点儿血色都没了，简直像个死人，他只会吓到您。喂，您这是咋啦，您倒是说话呀，可笑的怪人？真是好笑！"

沙托夫没吭声。他抱定决心，一声不吭。

"我见过许多傻瓜父亲，到这种时候也会抓狂，可那些人至少……"

"闭嘴，要不然就丢下我，让我去死！一句话也别说了！我不听，我不听！"Marie嘶喊道。

"一句话不说是不行的,除非您丧失了理智。您的处境我能理解。至少正事得说吧:请问,你们预备的东西呢?沙托夫,您来回答,她顾不上。"

"都需要些啥?"

"那就是啥也没有喽。"

她列举了一应必需之物——公允地讲,她的确仅仅局限于最必需之物,因陋就简。有些东西沙托夫家里就有;Marie又掏出钥匙递给他,让他去自己的旅行袋里找找。沙托夫的手抖得厉害,对锁头又不熟悉,钥匙半天也捅不进锁眼里去。Marie急了;阿林娜·普罗霍罗夫娜扑过去要抢钥匙,可Marie说什么也不让她碰自己的旅行袋,又哭又喊,坚持只有沙托夫能开她的包。

还有些东西只好去找基里洛夫借。沙托夫刚一出门,Marie就疯了似的喊他回来,沙托夫急忙从楼梯上跑回来,再三跟她解释,说自己只出去一分钟,去找些最最必要的东西,找到立马回来,她这才放下心来。

"嘿,您可真难伺候,太太,"阿林娜·普罗霍罗夫娜大笑道,"一会儿面冲墙,不准看您,一会儿又走开一分钟都不成,还哭哭啼啼。您这样,他搞不好会有想法的。好了好了,别闹了,别抹眼泪了,我这不是开玩笑嘛。"

"他什么想法都不敢有。"

"是是是,他要不是像头公绵羊那样爱着您,也就不会吐着舌头满大街跑,把全城的狗都吵醒啦。我们家的窗框都被他敲掉了。"

五

沙托夫进去时,基里洛夫仍在贴着墙根踱步;他如此出神,以至于完全忘了沙托夫妻子的事儿,对沙托夫的话听而不懂。

"啊,对,"他好不容易才短暂地挣脱了某个令他神往的思想,"对……老婆子……妻子还是婆子?且慢,妻子和婆子,是不是?我记着呢。我去过了。婆子会来的,但不是现在。枕头拿去。还要什么?对……等等,您,沙托夫,有没有体验过永恒的和谐?"

"听我说,基里洛夫,您可不能再整宿整宿不睡觉了。"

基里洛夫如梦初醒,讲出一番话来。奇怪的是,这番话要比平日流利得多,看得出,他早就打好了腹稿,说不定还写了下来。

"有些瞬间,每次只有五六秒钟,您会突然感到完全获得了某种永恒的和谐。那不是尘世的,——我倒不是说那是天堂的,而是说,尘世的人无法承受,而必须经历生理蜕变,或者死去。那种感觉明晰而不容置辩。仿佛您突然感受到整个自然界,突然说:是的,这是真的。神创世时,每过一日都会说:'是的,这是真的,这很好。'[1]那并非……有感而发,而是由衷的欢喜。您不会原谅,因为已经无须原谅。那不仅仅是爱——哦,那高于爱!最可怕的是,它是那么明晰,那么欢喜。倘若超过五秒钟,灵魂将因无法承受而消散。在那五秒钟里,我度过了一生,情愿为之献出我的整个生命,因为值得。若想承受十秒钟,就必须完成生理蜕变。我想,人类应当停止生育。何必生孩子,何必求发展,既然目标已经实现?福音书里说,复活之后,人类将不再生育,而像天使一样。[2]这是暗示。您的妻子要生了?"

"基里洛夫,这种感觉您经常出现吗?"

"三天一次,一周一次。"

"您没有癫痫吧?"

"没有。"

"会有的。您要小心,基里洛夫,我听说,癫痫就是这么开始的。

---

[1] 《创世纪》第1章中反复出现:"神看着是好的。"
[2] 《马太福音 22:30》:"当复活的时候,人也不娶,也不嫁,乃像天上的使者一样。"(另见《马可福音 12:25》)

有位癫痫病人向我详细描述过发病之前的感觉,跟您说的一模一样,他也说是五秒钟,再久就受不了了。还记得穆罕默德的陶罐吗?他骑马游遍了天堂,陶罐里的水却仍未洒出来。[1]这个陶罐正是那五秒钟,跟您说的永恒和谐太像了,而穆罕默德有癫痫。小心哪,基里洛夫,癫痫!"

"来不及的。"基里洛夫淡然一笑。

六

长夜漫漫。沙托夫被呼来喝去,还总挨骂。Marie对死亡的恐惧达到了极点。她不住地叫喊,说她"一定、一定"要活下去,说她怕死,不住地重复"不要、不要!"多亏了阿林娜·普罗霍罗夫娜,否则就糟了。她一点一点地,完全控制住了产妇。Marie变得像个孩子一样,听从她的每一句话、每一声呵斥。阿林娜·普罗霍罗夫娜的态度严厉而非温柔,但技术高超。天光渐明。阿林娜·普罗霍罗夫娜突然猜到,沙托夫刚才是跑到楼梯口祈祷上帝去了,哑然失笑。Marie也跟着怨毒地笑了,仿佛这笑能让她轻松些。沙托夫终于被彻底赶了出去。潮湿而阴冷的清晨。他站在楼梯转角,脸贴着墙壁,跟昨晚埃尔克利来时一模一样。他颤抖得像一片树叶,不敢胡思乱想,可脑子却自动钩住一切浮现的思绪,跟做梦似的。幻想不住地引诱他,又不断地崩裂,像一根根腐朽的线头。屋内的呻吟最终变成了可怕的、纯粹野兽般的嚎叫,惨不忍闻。他想堵住耳朵,但他做不到,扑通一声跪倒在地,口中无意识地念叨着"Marie, Marie!"终于,传来一声崭新的啼哭,沙托夫浑身一震,一跃而起。那是婴儿的啼哭,微弱的,发颤的。他画

---

[1] 据伊斯兰教传说,穆罕默德某夜被大天使唤醒,随之造访耶路撒冷,又赴天堂与主、天使、先知交谈,又见火狱,等他返回时,临行前被大天使之翼碰倒的陶罐中的水仍未洒出。

了一个十字,奔进屋内。一个小小的、红红的、皱巴巴的生命,在阿林娜·普罗霍罗夫娜怀里啼哭着,蠕动着小胳膊小腿儿,显得那么无助,无助得吓人,仿佛任风摆布的一粒尘埃,但它却哭喊着,宣告着自己的存在,似乎它同样拥有充分的生存的权利……Marie仿佛失去了知觉,但一分钟后,她睁开了眼睛,怪怪地、怪怪地望了沙托夫一眼:那是种全新的眼神,究竟是什么,沙托夫一时还搞不懂,但他之前从未见过、也从不记得Marie这样看过他。

"儿子?是儿子吗?"Marie以孱弱的声音问阿林娜·普罗霍罗夫娜。

"小小子儿!"阿林娜·普罗霍罗夫娜喊道,将婴儿裹了起来。

裹好之后,她本想将婴儿横放在床上的两只枕头中间,却又把孩子递给了沙托夫。Marie像是唯恐她看见似的,偷偷朝沙托夫点了点头。沙托夫立刻会意,将孩子抱到了Marie面前。

"多么……可爱……"她虚弱地微笑着说。

"嘀,瞧他那眼神!"阿林娜·普罗霍罗夫娜得意地瞥了沙托夫一眼,快活地大笑道,"瞧他这张脸哟!"

沙托夫正因Marie对儿子的四字评语欢喜得红光满面,像个幸福的傻子似的嘟囔道:"高兴吧,阿林娜·普罗霍罗夫娜!……这是伟大的欢乐呀……"

"还伟大的欢乐呢,您懂个啥呀?"阿林娜·普罗霍罗夫娜一面手忙脚乱地收拾东西,一面揶揄道。

"新生命诞生的秘密,伟大而不可解释的秘密,阿林娜·普罗霍罗夫娜,真可惜,您不懂!"

沙托夫含混、迷糊、兴奋地嘟囔着。似乎有什么东西在他脑子里晃荡,自主地、不受约束地溢出他的心灵。

"本来是两个人,突然出现了第三个,新的灵魂,完整的、完善的,完全不是人手所能创造的,新的思想,新的爱,简直可怕……世上再没有比这更崇高的啦！"

"真会胡扯！不过是有机体的延续罢了，根本没有什么秘密可言，"阿林娜·普罗霍罗夫娜坦率而快活地哈哈大笑，"否则连只苍蝇都成了秘密啦。还有一条：多余的人就不该被生下来。首先得保证他们不是多余的，然后再生下他们。不然就只能像这个似的，后天就得送到孤儿院去……不过，也只能如此。"

"我才不会让他去孤儿院呢！"沙托夫盯着地面，坚定地道。

"您要收养他？"

"他本来就是我儿子。"

"是是，他是小沙托夫，合法的小沙托夫，您不必装出一副全人类恩主的模样。就会说漂亮话。得得，就这么着吧，两位，"她终于收拾好了，"我得走了。我上午再来，有需要的话晚上再来一趟，现在嘛，既然一切顺利，我也得赶紧去别处了，人家早就等急了。沙托夫，女用人您想必已经请了，但用人归用人，您这当丈夫的可也别乱跑，得在跟前守着，万一用得着您呢。玛丽亚·伊格纳季耶夫娜看样子是不会再赶您走了……得得，开个玩笑嘛……"

走到大门口，她对送她的沙托夫道："您这回可够我笑一辈子的啦。钱，就不收您的了。我怕是连做梦都得笑醒。我再没见过比您昨天夜里更好笑的啦！"

她心满意足地走了。沙托夫的神态和话语明白如昼地表明，"这个窝囊废准备当爹了"。她没有就近前往看视另一位产妇，而是专程绕道回了趟家，把这消息告诉了维尔金斯基。

"Marie，她让你等会儿再睡，可我看得出来，你困得要命……"沙托夫怯生生地开口道，"我在窗边坐一会儿，看着你，啊？"

说罢，他在窗边坐了下来，在沙发背后，好让她绝对看不到自己。但没过一分钟，她便唤他过去，没好气地让他给自己整整枕头。他便开始整。她气呼呼地脸冲着墙。

"不是,哎呀,不是那样……手真笨!"

沙托夫又重新整了整。

"靠近点儿。"她突然怪怪地说了一句,尽量不去看他。

他浑身一震,但还是弯下了腰。

"再低点……不是那样……再近点儿。"突然,她的左臂飞快地勾住了他的脖颈,他的额头感受到了她重重的湿润的一吻。

"Marie!"

Marie的双唇在颤抖,她尽力克制着,突然撑起身子,两眼冒火,恨道:"尼古拉·斯塔夫罗金这个混蛋!"

说罢,她像被人击中了似的,无力地瘫倒在床上,脸埋进枕头里,歇斯底里地号啕大哭,紧紧地攥住沙托夫的手。

从这一刻起,她便再也不肯放他离开自己,一定要他坐在自己床头。她不能说太多话,便一直瞅着他,傻傻地笑。她像是突然变成了一个傻丫头。一切都如获新生。沙托夫一会儿哭得像个孩子,一会儿又说些只有上帝才懂的话,稀奇古怪,忘乎所以,一会儿又亲吻她的手。她陶醉地听着,虽然未必听得懂;孱弱的手指温柔地拨弄着他的头发,摩挲着,欣赏着。他对她讲了基里洛夫,讲到他们将如何开始新的生活,"重新开始,直到永远",讲上帝的存在,讲人人都是好人……讲到兴奋处,两人又把孩子抱起来看。

"Marie,"沙托夫抱着孩子,激动地说,"都过去了!梦呓,耻辱,死气沉沉!让我们一起劳作,一家三口走上新的道路,对,对!……啊,对了,咱们给他起个啥名,Marie?"

"给他起个啥名?"她惊异地反问,脸上突然现出可怕的痛楚,举起双手一拍,责备地瞪了沙托夫一眼,一头埋进枕头里。

"Marie,你怎么了?"沙托夫惶恐不安地问。

"连您也,您也……哦,没良心的!"

"Marie,对不起,Marie……我只是想问问给他起个啥名,我不知道……"

"叫他伊万,伊万,"她抬起那张烧透了的、挂满泪水的脸,"难道您竟以为,我会管他叫那个可怕的名字吗?[1]"

"Marie,别激动,哦,你的情绪太糟啦!"

"又胡说,这能怪情绪吗?我敢打赌,就算我管他叫……那个可怕的名字,您肯定也会立马同意,兴许都注意不到!哼,没良心的、卑鄙的,都是,都是!"

自然,不出一分钟,两人便又和好了。沙托夫再三劝她睡一会儿。她睡着了,却仍抓着他的手不放,时不时就睁眼看看他,仿佛唯恐他会走掉,然后才再次睡去。

基里洛夫派了个老婆子前来道喜,并为玛丽亚·伊格纳季耶夫娜送来了热茶、刚出锅的煎肉饼、肉汤和白面包。产妇贪婪地喝完了肉汤,老婆子用襁褓将婴儿重新裹好。玛丽亚逼着沙托夫也吃了一块煎肉饼。

时间流逝。疲乏已极的沙托夫也坐在椅子上睡了过去,头压在Marie的枕头上。说话算话的阿林娜·普罗霍罗夫娜来了,快活地把二人叫醒,对Marie交代了注意事项,检查了孩子,再次叮嘱沙托夫不准走开。完事儿又带着些许傲慢和鄙夷,对"小两口"讥诮一番,便和早晨一样志得意满地走了。

沙托夫再次醒来时,天已经黑透了。他赶忙点起蜡烛,跑去叫老婆子。刚踏上楼梯便怔住了:有人踏着轻巧、从容的步子迎面走上了楼梯。是埃尔克利。

"别进去!"沙托夫低喝道,一把扯住来人的胳膊,一路将他拽到了大门口。"在这儿等着,我马上就来,我把您彻底忘干净啦!咳,您来

---

[1] 俄俗,让新生儿与最亲近的人同名,以示对后者的敬爱。沙托夫此问令玛丽亚疑心他在试探自己对孩子生父尼古拉·斯塔夫罗金的感情,而玛丽亚让儿子与沙托夫同名,则意味着她对沙托夫的完全接受。

得可真是时候!"

着急忙慌之下,他连基里洛夫家的门都没进,只把老婆子唤了出来。Marie听说后又绝望又愤怒,怪他"竟敢丢下她一个人"。

"不过,"沙托夫兴奋地喊道,"这回真的是最后一步了!前面就是崭新的道路,过去的噩梦永远、永远不必再想了!"

他好说歹说才把她劝住,答应九点整一定回家,重重地吻了她一下,又亲了亲儿子,这才飞快地跑去找埃尔克利。

二人一同前往斯克沃列什尼基庄园的后园,一年半以前,在园子尽头处,紧挨着松树林的一个偏僻角落,沙托夫将秘密印刷机埋在了那儿。此地蛮野荒凉,距离庄园别墅相当远,完全不会有人注意。从菲利波夫公寓出发要走三点五到四公里。

"难道一路走过去?我叫辆马车吧。"

"恳请您不要叫车,"埃尔克利阻止道,"他们特地交代过的。马车夫也是目击者。"

"嘿……见鬼!不管了,只要能够尽快了结,了结!"

两人走得很急。

"埃尔克利,您还是个小孩子哩!"沙托夫感叹道,"您幸福过吗?"

"看样子,眼下您幸福得很哪!"埃尔克利颇感好奇地道。

第六章　多事之夜

一

维尔金斯基足足折腾了两个钟头,跑遍了所有组员家里,想告诉他们,沙托夫肯定不会去告密了,因为他老婆回来了,还给他生了个儿子,"考虑到人之常情",完全无法想象,眼下的沙托夫会去告密。令他心焦的是,除了埃尔克利和利亚姆申,谁都不在家。埃尔克利了然地看着他的眼睛,默默地听他说完。维尔金斯基问:"沙托夫六点会不会去?"埃尔克利明媚地一笑,道:"他当然会去。"

利亚姆申正躺在床上,脑袋裹进被子里,显是病得不轻。维尔金斯基一进门把他吓了一跳。维尔金斯基刚一开口,利亚姆申就把两只手伸出被子紧摇,恳求对方别来烦他。但沙托夫的事儿他还是听进去了,至于谁都没在家的消息,则不知为何令他十分震恐。随后,他又将费季卡的死讯(利普京告诉他的)慌里慌张、颠三倒四地讲给了维尔金斯基,反过来又吓了后者一跳。等维尔金斯基问他"要不要去",他突然又开始摇着双手哀告,说他只是个"局外人,啥也不知道,恳请放过他"。

维尔金斯基垂头丧气、惶惶不安地回到了家中。还有一点令他难受,那就是他不得不瞒着家里人,而他却习惯于对夫人无所隐瞒。若非他发热的头脑里突然烧起了一个新念头,一个有助于调停的新计划,恐怕他也会学着利亚姆申的样,蒙头躺下。但新的念头给了他力量,不仅如此,他甚至开始迫不及待地等待约定的时间,甚至提前出发赶往了集合地点。

那是一个十分阴暗的所在,在斯塔夫罗金家偌大的园子的尽头处(后来我还特地去那儿看过)。而在那个肃杀的秋夜,那里该有多么阴森!旁边便是古老的禁伐林,巨大的百年古松在夜色中模糊成无数暗斑。夜黑如墨,两步之外不辨人面,但彼得·斯捷潘诺维奇、利普京和埃尔克利先后各带了一盏灯来。不知为何与何时,总之是很久以前,这里用未经砍凿的野石搭建了一个贻笑大方的假山洞。洞内原有一张木桌、几条长凳,如今早已烂成了碎片。出山洞右行两百步,便是园内第三片池塘的尽头。这三片池塘依次相连,从别墅开始,一直绵延至园子尽头。很难想象,任何的动静或者叫喊,甚至是枪声会传到人去屋空的别墅那里。自尼古拉·弗谢沃洛多维奇昨日离城之后,阿列克谢·叶戈罗维奇也走了,整栋别墅总共只剩下五六个人,还都是些老弱病残。总之,几乎可以完全肯定地说,即便留守的人听见了惨叫或呼救,那也只会引起恐慌,绝无一人胆敢离开壁炉和被窝,前来援救。

六点二十分,除奉命去找沙托夫的埃尔克利之外,其余人几乎全到齐了。彼得·斯捷潘诺维奇这次没有迟到,他是跟托尔卡琴科一起来的。托尔卡琴科眉头紧锁,忧心忡忡,完全没有了平日里那股子惺惺作态、大言不惭的气概。他几乎寸步不离地跟在彼得·斯捷潘诺维奇身边,突然变得对他无限忠诚,总是神色慌张地凑到他耳边低语,但后者几乎从不搭话,要么就懊恼地嘟囔一句,以摆脱纠缠。

希加列夫和维尔金斯基到得甚至比彼得·斯捷潘诺维奇还早,一见他来，两人当即往边上靠了靠，明显刻意地缄默不语。彼得·斯捷潘诺维奇提起煤油灯，无礼而羞辱地审视了他们一遭，脑中闪过一个念头："这两人有话要说。"

"利亚姆申没来？"彼得·斯捷潘诺维奇问维尔金斯基，"谁说他病了来着？"

"来了。"利亚姆申突然应道，从一棵树后面钻了出来。他穿着厚大衣，又用毛毯裹得严严实实，就着灯亮儿都看不清他的脸。

"这么说，就差利普京了？"

利普京也闷声从山洞里走了出来。彼得·斯捷潘诺维奇再次举起煤油灯。

"您躲在那里头干吗，为啥不出来？"

"我认为，我们所有人都有权利……行动自由。"利普京嘟囔道，大概并不清楚自己想要表达什么。

"先生们，"彼得·斯捷潘诺维奇率先打破了低语，由此产生了效果，"我想诸位都很清楚，眼下切不可拖泥带水。该说的昨天都已经反复说过了，直截了当、明明白白。但我看诸位的脸色，有人似乎有话要说。那样的话就请快点。见鬼，时间很紧，埃尔克利随时可能把人带到……"

"他一定会把人带到的。"托尔卡琴科不知为何插嘴道。

"要是我没弄错，先要交接印刷机吧？"利普京问道，但似乎并不清楚自己为何发问。

"那是自然，设备是不能丢的，"彼得·斯捷潘诺维奇提灯照着他的脸道，"可昨天不是都说好了吗，不必当真交接。只让他告诉你们埋藏位置就行，回头再自己挖出来。我记得是从山洞的哪个角量十步……真是见鬼，利普京，您怎么忘了？不是说好了嘛，您先一个人应付他，然后我们再出来……您问得好怪，又或是随口一说的？"

利普京阴沉着脸不说话。所有人都陷入了沉默。松林在夜风中摇头晃脑。

"但我希望,先生们,每个人都能尽到自己的义务。"彼得·斯捷潘诺维奇不耐烦地打破了沉默。

"听我说,沙托夫的老婆回来了,还给他生了个儿子,"维尔金斯基突然开口道,他激动地几乎说不出话来,焦急地比画着,"考虑到人之常情……可以相信,如今他不会再去告密了……因为他现在很幸福……白天我去了所有人家里,却一个人也没碰上……所以说现在也许完全没必要采取任何——"他一口气喘不上来,噎住了。

"换作是您,维尔金斯基先生,"彼得·斯捷潘诺维奇朝他逼近一步道,"您会推迟……不说告密,就说某种冒险的公民壮举吧——您将其视为自己的责任与义务,然后您突然变得幸福了,那您会因为害怕失去幸福而推迟它吗?"

"不,决不会!无论如何都不会!"一种荒唐已极的狂热令维尔金斯基浑身颤抖。

"您会宁肯重新变得不幸福,也不愿做个混蛋?"

"对,对……我甚至恰恰相反……宁肯彻底变成混蛋……不对不对,不是混蛋,而是相反,宁肯彻底不幸福,也决不做混蛋。"

"那您就要知道,沙托夫恰恰将这次告密视为公民壮举,视为最崇高的信念,证据就是——他这样做自己也有危险,当然,当局会因为告密对他多有宽宥。这种人是无论如何都不会回头的。任何的幸福都无济于事;过不了一天他就会回过神来,自我责备,然后跑去告密。何况我并不认为这有什么幸福可言:自己的老婆跑了三年,回来给他生了个斯塔夫罗金的崽子。"

"可要知道,并没有人见过告密信。"希加列夫突然坚决地说道。

"我见过!"彼得·斯捷潘诺维奇叫道,"确实有。先生们,你们真是愚蠢至极!"

"我抗议!"维尔金斯基突然火冒三丈,"我竭力抗议……我要求……我要求这么办:我想,等他来了以后,咱们全都出来,一块儿审问他,要是真的,就让他悔过,他要是能保证,就放他走。总之,必须经过审问,先审后判。而不是全都躲起来,然后再一拥而上。"

"单凭几句话就拿共同事业冒险?真是愚蠢透顶!见鬼,都这时候了还说这种蠢话,先生们!危急关头,你们这是要扮演什么角色?"

维尔金斯基继续嚷嚷着:"我抗议,我抗议……"

"您别嚷行吗,会听不见信号的!先生们,沙托夫……见鬼,愚蠢透顶!我已经跟你们说了,沙托夫是斯拉夫派,也就是最愚蠢的那号人……但这些都无关紧要,见鬼!我都被你们气糊涂了!……先生们,沙托夫为人狠毒,可他毕竟是组织的一员(无论他愿意与否),所以,我直到最后一刻都希望他能够为组织所用——作为狠毒之人。虽然上面多次明确指示,但我却一直维护他,宽恕他。我对他的宽恕比他应得的多一百倍!可到头来,他还是要去告密……哼,让他见鬼去吧!……可你们,我看今天谁敢走!你们谁也无权背弃事业!你们谁要是乐意,想跟沙托夫亲嘴都成,可要想光凭几句保证就出卖共同事业,没门儿!只有蠢猪和当局的狗腿子才会这么干!"

"这里谁是当局的狗腿子?"利普京又追问道。

"说不定就是您。您最好闭嘴吧,利普京,您就有这种随口搭腔的毛病。狗腿子,先生们,就是那些在危急关头犯怂的人。在恐惧之下,总会出现一些傻瓜,在最后关头跑去叫唤:'哎呀,饶了我吧,我可以出卖所有人!'可诸位要知道,如今你们再怎么告密都得不到宽恕。就算降刑两等,至少也是流放西伯利亚,而且,除此之外,你们还逃不掉另外一柄利剑。而这柄利剑要比当局的剑锋利得多。"

彼得·斯捷潘诺维奇在狂怒之下说了不该说的。希加列夫坚定地向他跨了三步。

"从昨天晚上我就在琢磨这事儿,"希加列夫跟往常一样,慢条斯理地开了腔(依我看,哪怕他脚下的地皮塌陷,他也丝毫不会提高调门,或者对自己的陈述策略做出任何调整),"深思熟虑之后,我认定,预谋的凶杀不仅会浪费宝贵的时间——这些时间原本可以得到更关键、更直接的利用——还会严重背离正常道路,而这历来是对事业的最大危害,已经将事业的成功推迟了数十年,就因为屈从于某些轻率之徒的影响,这些人多半是政治分子,而非纯粹的社会党人。我今天来,只是为了对预谋的行动表示抗议,把这些话说给大家听,然后我就要与'此刻'脱离关系——我不知道您为何将其称为'危急关头'。我要走,但并非害怕危险,也不是同情沙托夫,更不是想跟他亲嘴,而仅仅是因为:这整件事,从头到尾,完全违背我的纲领。至于告密或者被当局收买,诸位大可放心:我决不会告密。"

说罢,他扭头便走。

"见鬼,他会撞上他们,警告沙托夫!"彼得·斯捷潘诺维奇大叫,一把掏出手枪,咔嗒一声扳下击锤。

"您放心,"希加列夫回过头道,"如果半路碰上沙托夫,我说不定会向他行礼致意,但决不会警告他。"

"您知不知道,您会为此付出代价,傅立叶先生?"

"请您注意,我不是傅立叶。将我跟这个甜腻腻的、不切实际的、优柔寡断的家伙混为一谈,只能证明:您虽然翻看过我的手稿,却对它一窍不通。至于报复,告诉您,您扳下击锤也是白搭,在眼下这节骨眼上对您完全不利。假如您明天或者后天报复我,那么除了徒增麻烦之外,您同样得不到任何好处:即便您杀了我,但总有一天,您还是得回到我的体系上来。再见。"

恰在此时,一声口哨自池塘那侧传来,约莫两百步开外。利普京当即按照昨晚的约定,以哨声做出了回应(他那张嘴缺牙漏风,吹不出口哨,特地一大早跑到市场,花一戈比买了个玩具泥哨)。埃尔克利已经预先告知沙托夫会有哨声,故后者并未起疑。

希加列夫压低声音,正色道:"别担心,我从他们旁边绕过去,绝不会被他们发现。"说罢,不紧不慢地穿过黢黑的园子,径自回家去了。

这桩可怕事件的整个经过,如今已一清二楚。先是利普京在山洞口迎接了埃尔克利和沙托夫;沙托夫一没点头二没握手,一上来便急急忙忙地大声道:"喂,你们的铁锹呢,灯还有吗?别担心,这儿一个人都没有,就算在这儿开炮,别墅那边都听不见。就埋在那儿了,就在这个地方……"

他用脚在地上跺了跺,那里距离靠近松林的山洞后角刚好十步。就在这时,躲在树后的托尔卡琴科从背后朝他猛扑过来,埃尔克利从身后反扭住他的双肘,利普京则从前面扑过来。三人将沙托夫掀翻在地,死死摁住。彼得·斯捷潘诺维奇拿着手枪跳了出来。据说,沙托夫还朝他扭过头来,并且认出了他。三盏油灯照亮了现场。沙托夫突然发出一声短促而绝望的嘶吼,但旋即戛然而止:彼得·斯捷潘诺维奇狠辣地将枪口顶在他的脑门上,死死地抵住,扣动了扳机。枪声似乎并不大,至少别墅那头没有一个人听到。希加列夫自然是听到了的,他走出去恐怕还没有三百步。据他事后亲口供认,喊声和枪声他都听到了,但并未回头,甚至没有停步。死亡几乎瞬间发生。在场众人当中,唯独彼得·斯捷潘诺维奇一人尚有充分的办事能力(但我想,即使是他也未必镇定自若)。他蹲下来,匆忙却毫不手抖地翻遍了死者的衣兜。钱没有找到(钱夹子留在玛丽亚·伊格纳季耶夫娜枕头底下了),只找到了两片没用的废纸:一张便签纸,上面写着某个书名;还有一张国外旅店的账单,上帝知道如何在他衣兜里揣了两年。彼得·斯捷潘诺维奇将纸片揣进自己兜里,这才突然发现,其余所有人都挤在一起,呆愣愣地望着尸体,便恶狠狠地破口大骂,催促起来。托尔卡琴科和埃尔克利醒过神来,忙跑到一旁,从山洞里搬来两块二十来斤的石头,都是当天一早就准备好的,用绳子捆得结结实实。按计划,尸体要沉到离洞口最近的第三片池塘里去,两块石头要分别绑在尸体的双腿和脖颈处。埃尔克利和托尔卡琴科依次将石头抱给彼得·斯捷潘诺维奇,由他来绑。埃尔克利先递过来头一块,当彼得·斯捷潘诺维奇骂骂咧咧地先用绳子捆住尸体的双腿,再将石头绑上去时,托尔卡琴科自始至终躬身垂手抱着自己那块石头,整个身子卖力而恭谨地向前探着,好一听招呼便毫不迟延地递过去,一次也没有动过先将石头放在地上的念头。当两块石头终于绑好,彼得·斯捷潘诺维奇从地上站起身,逐一审视在场众人的神色时,突然发生了一桩完全意外的、几乎令所有人惊诧的怪事。刚才说过,除了托尔卡琴科和埃尔克利之外,事发当时,几乎所有人都呆立着没动。维尔金斯基虽然也跟着一起扑了上去,但既没有去抓沙托夫,也没有帮忙控制他。利亚姆申则是枪响之后才现身。在摆弄尸体的整个过程中,约莫有十分钟,这群人似乎全都失去了部分意识。他们挤作一团,暂时尚无任何的不安与惊恐,似乎只感到惊讶。利普京站在最前面,紧挨着尸体。维尔金斯基站在利普京身后,越过他的肩膀偷看,流露出一种特别的好奇,倒像是看热闹的,甚至还踮起了脚,好看得更清楚些。利亚姆申则躲在维尔金斯基身后,只是偶尔才胆怯地探头偷望一眼,旋即又缩回头去。当石头绑好,彼得·斯捷潘诺维奇站起身来时,维尔金斯基突然筛糠般地浑身颤抖起来,双手猛地一拍,扯着嗓子哀号道:

"错啦,错啦!错啦,完全错啦!"

他似乎还想对这迟来的哀叹补充些什么,但利亚姆申没容他再说下去,突然从后面死死地抱住他,将他箍紧,并发出了不可思议的尖叫。有这样一些极度惊恐的时刻,比如说,某人会突然用异于平常的、匪夷所思的嗓音发出尖叫,而这有时甚至会是异常恐怖的。利亚姆申喊出的不像人声,倒像是某种野兽。他浑身哆嗦着,双臂将维尔金斯基箍得越来越紧,不住声地、不喘气地尖叫着,努眼望着众人,嘴张到不能再大,两脚在地上跺着碎步,仿佛在敲打鼓点。维尔金斯基惊恐万状,也疯了似的喊叫起来,拼命向后探出双臂,以众人意想不到的狂暴和凶狠对利亚姆申又抓又打,试图挣脱他的束缚。在埃尔克利的帮助下,维尔金斯基终于挣脱开来,一气逃窜到十步开外。这时,利亚姆申突然发现了彼得·斯捷潘诺维奇,又尖叫着朝他扑过去,结果被地上的尸体一绊,整个人越过尸体,压倒在彼得·斯捷潘诺维奇身上,随即死死将他抱住,脑袋抵住他的胸口。彼得·斯捷潘诺维奇、托尔卡琴科、利普京,一时间全都无计可施。彼得·斯捷潘诺维奇又喊又骂,双拳猛砸利亚姆申的脑袋,好不容易才勉强挣脱开来,一把掏出手枪,直接将枪管捅进了发疯者大张着的嘴巴里。与此同时,托尔卡琴科、埃尔克利和利普京牢牢地锁住了他的胳膊。但利亚姆申兀自号叫不止,对手枪浑然不惧。末了,还是埃尔克利将自己的绸手帕团成一团,灵巧地塞进了他的嘴巴,号叫声这才停止。托尔卡琴科又用剩余的一截绳头反捆住他的双手。

"真是奇怪。"彼得·斯捷潘诺维奇喃喃道,惶惑不安地打量着发疯的人,显然惊诧不已。"跟我对他的设想完全不一样。"他若有所思地补充道。

埃尔克利奉命留下来看着发疯的利亚姆申。尸体要抓紧处理:刚才闹出的动静太大了,很可能会被人听见。托尔卡琴科和彼得·斯捷潘诺维奇提着煤油灯,托住尸体的上半身,利普京和维尔金斯基各抱住一条腿。捆上两块石头的尸体沉重无比,距离又超过两百余步。托尔卡琴科力气最大,他提议协调步伐,但无人理会,只好各自乱走。彼得·斯捷潘诺维奇走在右侧,弓着腰,肩膀上扛着死人头,左手从下面托住石头。托尔卡琴科整个前半程都没想到帮忙托着点石头,彼得·斯捷潘诺维奇终于忍不住大骂了他一句。骂声突然而起,又戛然而止,众人继续默默前行,一直抬到池塘边,一路上被重荷压弯了腰的维尔金斯基这才又以刚才那种哭腔突然嘶喊道:

"错啦,错啦!错啦,完全错啦!"

第三片池塘面积很大,死者被抬到的地方正是池塘尽头处,是整个园子里最荒凉、最人迹罕至的角落,尤其是眼下的暮秋时节。岸边杂草丛生。众人放下煤油灯，抬起尸体悠荡两下，扔进了水里。传来一阵持久的闷响。彼得·斯捷潘诺维奇举起灯，其余人都从他身后探出头来，想看看尸体是如何没入水中的。但已经什么也看不到了：坠了石头的尸体立刻沉了底。水面泛起的巨大波纹迅速归于平静。事情了结了。

"先生们，"彼得·斯捷潘诺维奇对众人道，"现在咱们就各自散去了。毫无疑问，你们应当感受到履行自由义务所带来的自由的骄傲。假如很遗憾，眼下你们由于过分惊恐，还体会不到这种感受，那么，毫无疑问，你们明天就能感受得到，否则就该为之羞耻。至于利亚姆申那令人不齿的过激反应，我同意将其视为谵妄，何况据说他的确今早就生病了。至于您，维尔金斯基，只需瞬间的自由思索便可明白，为共同事业的利益起见，不能听信任何保证，而必须像我们这样做。结果会向您证明，的确有告密信。对于您的喊叫，我同意不予追究。至于危险，什么危险都不会有。谁也不会怀疑到我们头上，特别是假如你们能够管好自己，所以，关键还是取决于你们自己，取决于你们的信念，而我希望，明天你们就能树立起足够的信念。你们正是为此才加入到这个由志同道合者组成的自由团体中来的，以便在共同事业中，在当下这种时刻，互相鼓劲，并且，如果必要的话，互相监督，互相警告。你们每个人都有义务向组织汇报。你们的使命是复兴腐朽的、因停滞而发臭的事业，永远记住这一点，以便振奋精神。你们目前的所有行动，正是为了摧毁一切——整个国家及其风气。只有我们会留下来，而且注定要接管政权：是聪明人就收编，是蠢人就当马骑。不必为此感到难为情。需要改造一整代人，好让他们配得上自由。今后还会有成千上万个沙托夫。我们组织起来，就是为了掌控方向；钱包敞着口躺在路上，不捡起来岂非可耻？我现在就去找基里洛夫，天亮之前就能拿到那份遗书，他会向当局坦白，把事情全揽到自己头上。再没有比这更可信的了。首先，他跟沙托夫有仇，他俩在美国一起住过，有的是工夫结仇。众所周知,沙托夫转变了信念,因此,基里洛夫恨沙托夫是因为信念和担心告密,而这是最不可宽恕的。所有这些都会写下来。最后还会提到,费季卡曾经躲在菲利波夫公寓,基里洛夫家中。这样一来,你们便可彻底摆脱一切嫌疑,而那帮蠢材会被彻底搞蒙。明天,先生们,咱们就不碰面了,我得去县城一趟,很快就回。后天你们就能接到我的通知。我建议诸位明天最好老老实实待在家里。现在,我们两人一组分头离开。托尔卡琴科,利亚姆申就交给您了,请将他送回家。您不妨对他施加影响,关键是要向他解释清楚,他的怯懦首先会对他自己造成何种危害。至于您的亲戚希加列夫,维尔金斯基先生,我对他跟对您一样,并不想怀疑,他是不会告密的。对于他的行为我只能感到遗憾;但他毕竟还没说要退出组织,所以干掉他还为时尚早。好了,抓紧吧,先生们;那帮人虽说是蠢货,但小心点总没坏处……"

维尔金斯基同埃尔克利一道走了。在将发疯的利亚姆申交给托尔卡琴科之前,埃尔克利先将他带到了彼得·斯捷潘诺维奇跟前,说他已经清醒了,此刻正后悔不已,请求原谅,说他甚至不记得自己是怎么了。彼得·斯捷潘诺维奇独自离去;他绕到三片池塘的另一侧,沿着园子外墙走。这是最远的一条路。令他吃惊的是,他走出去都快一半了,利普京却从后面追了上来。

"彼得·斯捷潘诺维奇,利亚姆申肯定会去告密的!"

"不会,等他清醒过来就会意识到,一旦告密,头一个去西伯利亚的就是他。如今谁也不会去告密了。您也不会。"

"那您呢?"

"不用说,但凡你们有点风吹草动,想要叛变,我就把你们通通沉下去,这你们是知道的。但你们是不会叛变的。——您跑了两公里路,就为了说这个?"

"彼得·斯捷潘诺维奇,彼得·斯捷潘诺维奇,我们是不是再也见不到面了?"

"您怎么会这么想?"

"我只求您告诉我一件事。"

"哼,什么事?其实,我更想让您走开。"

"我只要您一句话,但必须是实话:五人小组就只有我们这一个,还是说真有几百个?我是在最高意义上向您发问的,彼得·斯捷潘诺维奇。"

"从您这股子疯劲儿能看得出来。您知不知道,利普京,您比利亚姆申还危险?"

"知道、知道,但请您回答我!"

"您真是个蠢人!按说,都到这会儿了,您应该无所谓了吧?——管它是一个还是一千个呢!"

"这么说就只有这一个!我就知道!"利普京惊呼道,"我早就知道就这一个,早就知道……"说着,他也不等答话,转身便消失在了黑暗中。

彼得·斯捷潘诺维奇默想了片刻,有把握地道:"不,谁也不会去告密的。不过,这帮家伙必须乖乖听话,否则我就把他们……呸,这群废物!"

二

彼得·斯捷潘诺维奇先回了趟家,不慌不忙地收拾好行李箱。清晨六点有趟早班特快列车。这趟车前不久才刚刚开通,目前还只是试运行阶段,一个礼拜才发一趟。彼得·斯捷潘诺维奇口口声声说他要去县城,但事后证明,他其实另有预谋。收拾好行李,他跟事先打过招呼的女房东清了账,坐着出租马车去了火车站附近的埃尔克利家。直到凌晨一点许,他才动身去找基里洛夫。这回他仍是从费季卡那个秘密通道钻进去的。

他的心情糟透了。除了其他一些非同小可的烦心事（对斯塔夫罗金的情况他仍旧一无所知），白天他好像（我不能肯定）还从哪儿（很可能是从彼得堡）收到了一条秘密预警，说他近期将面临危险。当然，关于此事，敝城如今流传着诸多传说，可要说真有什么确切消息，那也仅限于有知情权的人。而我只是私下推测，彼得·斯捷潘诺维奇很可能在敝城之外的什么地方也有活动，因此他的确有可能收到预警。我甚至确信，不同于利普京的无耻而大胆的猜疑，彼得·斯捷潘诺维奇手下的五人小组很可能还有两三个，比如在两大帝都。即使不是五人小组，至少也有联络，说不定还很密切。他走后还不到三天，城里便接到了来自帝都的命令，要求立即逮捕他，至于所为何事，是我们这儿的事还是别的什么事，就不得而知了。彼时，大学生沙托夫秘密被杀的惊天大案刚刚爆出；这起凶杀案令敝城的荒唐事件再度升级，围绕案件的种种情形更是迷雾重重，以致敝城当局和一直没回事的上流社会顿时陷入了近乎神秘的恐怖氛围，而逮捕令的到来更是令敝城人心惶惶。但命令还是来迟了一步：彼得·斯捷潘诺维奇已经跑到了彼得堡，改换了身份，在嗅到危险之后立刻溜到了国外……不过，话头扯得太远了。

彼得·斯捷潘诺维奇走进基里洛夫的家门，一脸狠戾挑衅之色，似乎除了正事之外，他个人还想对基里洛夫敲诈勒索些什么，冲他发泄一番。基里洛夫见他来了，似乎很开心，看得出，他早就等得不耐烦了。他的脸色比往日更加苍白，黑色眸子沉重而呆滞。他坐在沙发角落里，并未起身相迎，只沉重地道："我还以为，您不来了呢。"

彼得·斯捷潘诺维奇在他面前站定，也不说话，先凝神察看他的神色。

"看来，一切正常，没有临阵退缩，好样的！"他以庇护者的姿态轻侮地一笑，又以可憎的戏谑口吻补充道，"好吧，就算我迟到了，您也没啥好抱怨的,我又多送了您三个钟头。"

"我不稀罕您多送我的几个钟头,再说也轮不到您送我……蠢货!"

"什么?"彼得·斯捷潘诺维奇本欲发作,但瞬间控制住了,仍以方才那种轻侮的傲慢一字字道:"真小气!喂,怎么,生气啦?这种时候最好心平气和。您不妨把自己当成哥伦布,把我当成一只老鼠,别跟我一般见识。我昨天就向您建议过。"

"我不想把您当成老鼠。"

"您这是在恭维我吗?咦,茶是凉的,看来一切都乱了套。不对,情况有些不妙。啊,那个盘子里是什么?"他走到窗前,"嚯,炖鸡米饭!……咋还一口都没动过呢?这么说,咱们情绪低落得连炖鸡都——"

"我吃过了,不关您的事,闭嘴!"

"哦,当然啦,不关我的事。不过,倒也并非完全不关我的事:知道么,我差不多连午饭都还没吃哪,所以,反正这只鸡您是吃不着了嘛……啊?"

"您吃得下就吃。"

"谢啦,完事儿再来点儿茶。"

他一屁股在沙发另一头坐下,狼吞虎咽地吃了起来,并时刻不忘盯紧自己的猎物。基里洛夫深恶痛绝地盯着他,视线像被定住了似的。

"我说,"据案大嚼的彼得·斯捷潘诺维奇突然气势汹汹地道,"事情怎么样?没变卦吧,啊?您写不写?"

"晚上我已经想好了,我无所谓。要写传单的事?"

"对,包括传单。我会口述的。您不是无所谓嘛。都这时候了,您还会介意内容吗?"

"不关你的事。"

"当然,不关我的事。其实,总共就几行字:就说传单是您跟沙托夫一起发的,而且是在费季卡的帮助下,他就藏在您家里。最后这点很重要,甚至是最重要的。——您瞧,我对您毫无隐瞒。"

"沙托夫?干吗要扯上他?绝不能扯上沙托夫。"

"您又来了,您管这个干吗?反正他已经无所谓了。"

"他妻子回来了。她醒来之后,还派人来打听我呢。"

"您是说,她派人来跟您打听沙托夫吧?唔,这可不妙。她说不定还会派人来;不能让人知道我来过……"彼得·斯捷潘诺维奇不安起来。

"她不会知道的,她又睡了。有个接生婆在她那儿,阿林娜·维尔金斯卡娅。"

"怕的就是……她应该听不见吧?我说,最好把外屋门插上。"

"听不见的。沙托夫要是来了,我就把您藏到那个房间去。"

"沙托夫来不了了。您还得写上,说您跟他起了争执,因为背叛和告密……就在今晚……这便是他的死因。"

"沙托夫死了?!"基里洛夫从沙发上弹起来,失声叫道。

"今晚七点多钟,不,应该是昨晚七点多钟——已经过十二点了。"

"是你杀了他!……我昨天就猜到了!"

"这还能猜不到吗!喏,就用这把枪,"他掏出手枪给对方看,但没再揣回去,而是继续端在右手,似乎随时准备扣动扳机,"您真是个怪人,基里洛夫,您自己很清楚,那个蠢货早晚会是这么个结果。这还用得着猜吗?我跟您明说都不止一次了。沙托夫打算告密,我监视过他,完全无法阻止。何况您也奉命监视过他,三个礼拜之前您亲口对我说过——"

"闭嘴!你杀他,是因为他在日内瓦羞辱过你!"

"也不光为那个。还有许多别的事。不过,您别生气。您跳起来干吗?摆出这个架势干吗?喂!您别想乱来!……"

他举枪护在身前,腾地站起。原来,基里洛夫突然从窗台上抓起了自己那把早就上了膛的枪。彼得·斯捷潘诺维奇开步站定,枪口对准基里洛夫。

基里洛夫狞笑道:"承认吧,混蛋,你拿枪,是怕我一枪打死你……但我是不会开枪的……不过……不过……"

说着,他又将枪口对准了彼得·斯捷潘诺维奇,作势瞄准,似乎无法抗拒一枪干掉他的愉悦设想。彼得·斯捷潘诺维奇严阵以待,直至最后一瞬都没有扣动扳机,而他这么做,无异于冒着额头率先中弹的危险,毕竟"疯子"是什么事儿都干得出来的。但"疯子"最终垂下了手臂,喘着粗气,浑身战栗,说不出话来。

"闹够了吧,"彼得·斯捷潘诺维奇也垂下了枪管,"我就知道您是闹着玩的。可您要知道,您这是在冒险——我真会开枪的。"说着,他镇定自若地坐回到沙发上,给自己倒了一杯茶,但手却在微微发抖。基里洛夫把枪搁在桌上,开始来回踱步。

"我不会写是我杀了沙托夫,我……我什么都不写了。不写了!"

"不写了?"

"不写了。"

"真是卑鄙!愚蠢!"彼得·斯捷潘诺维奇气得脸色铁青,"其实,我早就有预感。告诉您,您休想让我措手不及。不过,随您的便吧。要是能跟您来硬的,我早来了。您,您真是卑鄙,"彼得·斯捷潘诺维奇越说越激动,"当年您跟我们要钱的时候,许诺了一大筐……但我是不会就这么走的,至少也要亲眼看着您打漏自己的脑门。"

"我让你现在就走。"基里洛夫坚定地站在他面前道。

"不,这可绝对不行,"彼得·斯捷潘诺维奇又抓起手枪,"您想必是怂了,起了歹意,妄想推迟计划,明天跑去告密,好再赚上一笔,因为告密是给钱的。见鬼去吧,像您这种小人,什么事都干得出来!您放心,我早有防备:要是您自己犯了怂,想要推迟自杀,那我就一枪打烂您的脑袋,像对付沙托夫那个混蛋一样,见鬼!"

"你一定要看我流血?"

601

"我并非出于私恨,这点您要知道。我无所谓。我完全是为了共同事业着想。人是靠不住的,您自己也看到了。我完全搞不懂,您为啥想要把自己弄死,这可不是我给您想出来的,而是您自己,您最早告诉的人也不是我,而是国外的同志们。注意,他们谁也没有逼您,他们甚至没有人认识您,是您自己跑过来慷慨陈词的。现在怎么办,要知道,我们在这儿的行动计划就是以这事儿为基础的,而且是经您同意了的,还是您自己提议的呢——注意,是您自己的提议!如今,事情已经无可挽回了。您让自己陷入了这样一种境地——您知道的太多了。要是您犯了怂,明天跑去告密,自然会对我们很不利,您想想是不是?不,先生,您有义务,您起过誓,您拿了钱,这点您无可否认……"

彼得·斯捷潘诺维奇激愤不已,但基里洛夫早就没在听他讲了,又兀自在沉思中踱起步来。

"我可怜沙托夫。"他又在彼得·斯捷潘诺维奇身前站定,道。

"其实我也可怜他呀,可难道说——"

"闭嘴,混蛋!"基里洛夫咆哮着,做出一个可怕的、明白无误的手势,"我杀了你!"

"好好好,我承认我在撒谎,我一点儿也不可怜他,但够了、够了!"彼得·斯捷潘诺维奇探出手臂,警惕地站起身来。

基里洛夫突然安静下来,又开始踱步。

"我不会推迟的。我恰恰是现在想死:所有人都是混蛋!"

"这就对了嘛。所有人当然都是混蛋,既然您这个正派人在世上感到厌恶,那么……"

"蠢货,我也是混蛋,跟你、跟所有人一样,而并非什么正派人。正派人一个也没有。"

"您总算明白过来了,基里洛夫。以您的聪明,难道您到现在还不明白,所有人都一样,无所谓好人与坏人,而只有聪明与愚笨,既然所有人都是混蛋(这其实是句废话),那不就等于说,不该有不混蛋的人吗?"

"啊!你当真没有说笑?"基里洛夫不无惊讶地瞅了他一眼,"你很狂热,简直……难不成像你这种人也会有信念?"

"基里洛夫,我一直搞不懂,您为啥想要自杀。我只知道,您是出于信念……坚定的信念。如果您想,怎么说,找人倾诉,那在下洗耳恭听……只是得注意时间……"

"几点了?"

"喔,都两点整了。"彼得·斯捷潘诺维奇瞥一眼怀表,点起一支烟,暗忖道:"看来还有的聊。"

"我对你没啥好说的。"基里洛夫嘟囔道。

"我记得好像跟神有关……您跟我说过一次,甚至两次。要是您自杀了,您就会变成神,是不是?"

"不错,我会变成神。"

彼得·斯捷潘诺维奇忍住没笑,等着听下文。

基里洛夫微妙地看了他一眼,道:"您是个政治骗子、阴谋家,您想将我引入哲学与狂热,想跟我和解,好平息我的愤怒,等我气消了,再央求我写遗言,承认是我杀了沙托夫。"

彼得·斯捷潘诺维奇近乎朴直地回答道:"好吧,就算我真有这么卑鄙,可都到最后几分钟了,您难道还会在乎么,基里洛夫?请您告诉我,咱俩何苦吵架呢:您是这样的人,而我是那样的人,那又如何?何况咱俩都是……"

"都是混蛋。"

"好,就算都是混蛋吧。但您也知道,这不过是说说而已。"

"我一辈子都不希望这只是说说而已。我之所以活着,就是因为一直不希望这样。直到现在,我也每天都希望这不只是说说而已。"

"好吧,人往高处走,鱼往……我是说,每个人都在寻找自己的舒适区,仅此而已。老掉牙了。"

"你说'舒适'?"

"咳,别这么咬文嚼字的。"

"不,你说得很好,舒适就舒适吧。神是必需的,所以应该有。"

"嗯,这很好。"

"但我知道,神没有,也不可能有。"

"这样更对。"

"难道您就不明白,同时有这样两种想法的人就不该活着?"

"那就应该自杀?"

"难道您就想不通,单凭这一点人就能自杀?您想不通怎么会有这种人,亿万分之一的人,他无法忍受,不愿苟活。"

"我只知道,您似乎在犹豫不决……而这很糟糕。"

基里洛夫充耳不闻,继续面色阴沉地踱着步,道:"斯塔夫罗金也被思想吃了。"

"什么?"彼得·斯捷潘诺维奇立刻竖起了耳朵,"什么思想?他亲口对您说过什么吗?"

"不,是我自己猜到的:假如斯塔夫罗金信神,那他就不信自己信神;假如他不信神,那他就不信自己不信神。"

"哼,他还有比这更聪明的想法呢……"彼得·斯捷潘诺维奇有意抬杠似的嘟囔道,一面不安地警惕着话题的转向和基里洛夫的苍白脸色,心想:"见鬼,他不会自杀了,我早料到了,之前无非是脑袋被挤扁了而已:这帮废物!"

"你是我见到的最后一个人,我不想和你不欢而散。"基里洛夫突然开口道。

彼得·斯捷潘诺维奇沉吟不语,暗忖:"见鬼,他又要搞什么鬼?"

"相信我,基里洛夫,对您个人我并无任何仇怨,我一直——"

"你是个自作聪明的混蛋。我也跟你一样,但我会自杀,而你会活下去。"

"您是想说,我这人太卑贱,苟活于世。"他无法断定,此刻继续这种谈话是否有利,于是决定相机行事。但基里洛夫那种高人一等的腔调以及一贯不加掩饰的轻蔑态度,向来令他难以忍受,眼下更是令他抓狂。或许在他看来,基里洛夫再过一个钟头就是死人了,眼下已经是个半死人了,哪里还容得他傲慢呢!

"您似乎在拿自杀向我炫耀?"

基里洛夫充耳不闻,继续道:"我一直感到惊讶,为何人们都还活着。"

"嗯,就算您是对的,可是……"

"猴子! 你附和我,无非是想讨我开心。闭嘴吧,你什么都不懂。假如没有神,那我就是神。"

"您这个想法我一直搞不懂:为什么您就是神呢?"

"假如有神,那么一切全凭祂的意志,我也无法脱离祂的意志;假如没有神,那么一切全凭我的意志,而我有义务宣示自我意志。"

"自我意志? 您为什么有义务?"

"因为一切全凭我的意志。难道说,在终结了神、确信了自我意志之后,全世界就没有一个人敢于宣示自我意志吗? 以其最充分的体现形式? 这就好比一个穷人得到了一大笔遗产,却不敢走近钱袋,生怕自己拎不动一样。而我想要宣示自我意志。就算只有我一个,我也要这么做。"

"那您就做!"

"我必须自杀,因为自我意志的最充分体现,就是杀死自己。"

"要知道,杀死自己的可远不止您一个,自杀的人多了。"

"那都是有原因的。没有任何原因,只为了自我意志的只有我一个。"

"他不会自杀了。"彼得·斯捷潘诺维奇心中又一闪念,恨恨地道,"知道么,我要是您,为了展示自我意志,我就会杀死别的什么人,而不是我自己。这样您还能带来益处呢。要是您够胆,我告诉您杀谁。那样的话,今天您就不用自杀了。可以商量。"

"杀死别人是自我意志最卑劣的体现,就像你。我不是你,我渴望最崇高的体现,所以我要杀死自己。"

"这可是你自己想到的。"彼得·斯捷潘诺维奇恶毒地暗忖道。

"我有义务宣示不信神,"基里洛夫踱着步说,"对我而言,没有比'没有神'更高的思想。人类的历史就是证明。人类所做的一切都是在臆造神,好活下去而不必自杀,这就是迄今为止的整个世界史。整个世界史上只有我一个人第一次不愿意臆造神。我要让人们永远知道这一点。"

彼得·斯捷潘诺维奇担心"他又不肯自杀"了,便怂恿道:"让谁知道呢?这儿就咱俩,难道是利普京吗?"

"让所有人知道。所有人都会知道的。'隐藏的事没有不显出来的',这是祂说的。[1]"他欣喜若狂地指向长明油灯后面的救世主像。

彼得·斯捷潘诺维奇勃然大怒:"这么说您还是信祂的,您连油灯都点上了,该不会是'以防万一'吧?"

基里洛夫沉默不语。

"知道么,照我说,您说不定比神甫还信呢。"

"信谁?信祂么!听着,"基里洛夫停住脚步,狂热的目光定定地注视着前方,"来听听这个伟大的思想吧:世上有过这么一天,大地中央竖起了三座十字架。一座十字架上的人如此虔诚,对另一个人说:今日你要同我在天堂里了。[2]一天结束了,两个人都死了,他们的魂灵既没有找到天堂,也没能复活。那人的话没能应验。听着,这个人是全世界最崇高的人,是全世界存在的意义。没有这个人,整个地球,连

---

1 语出《路加福音 8∶16》。
2 参见《路加福音 23》。

同地球上的一切都是发疯。无论在祂之前,还是在祂之后,都不会有像祂这样的人,永远也不会有,哪怕奇迹出现。而奇迹恰恰就在于,过去或将来都不会有像祂这样的人。既如此,既然自然法则连祂、连自己的奇迹都不爱惜,而迫使祂活在谎言之中,又为谎言死去,那么,由此可见,整个地球正是谎言,立足于谎言和愚蠢的玩笑。也就是说,地球法则本身就是谎言和恶魔的滑稽剧。那还活着干什么?说啊,你不是人么?"

"这是问题的另一面。我觉得您把两个不同的原因混到一起了,这可大大不妙。但请问,嗯,假如您是神呢?假如谎言被终结了呢?假如您看穿了,整个谎言都源自从前那个神的存在?"

"你终于想明白了!"基里洛夫兴奋地叫道,"这么说,人们是可以明白的,既然连你这样的都想明白了!你现在明白了吧,对世人的救赎全部在于向他们揭示这一思想。谁来揭示?——我!我搞不懂,为何无神论者明知道没有神,却直到今天都没有自尽?意识到没有神,却没有当即意识到自己变成了神,这是糊涂虫,否则一定会自我了断的。假如你意识到了,那你就是王,你就不会自杀,而会生活在至高荣耀中。但最先意识到的那个人,必须杀死自己,否则谁来开头,谁来证明?这个人就是我,我必须自杀,率先证明。我还只是身不由己的神,我是不幸的,因为我必须宣示自我意志。人人都是不幸的,因为人人都害怕宣示自我意志。人类之所以到现在还如此不幸,如此可怜,就是因为不敢宣示最主要的自我意志,而只会像小孩子那样任性胡闹。我不幸得要命,因为我怕得要命。恐惧是人类的诅咒……但我会宣示自我意志的,我必须坚信,我是不信神的。我将开始并终结,我将开启大门。我将救赎。只有这样才能救赎所有人,并且让下一辈人脱胎换骨,因为在我看来,以当下的生理结构,人类是绝对离不了从前的神的。我找了三年,终于找到了我神的本质,那就是自我意志!只有凭借它,我才能在最重要的方面展示我的反抗精神和新的可怕自由。

这种自由非常可怕。我要杀死自己,来展示我的反抗精神和新的可怕自由。"

他的脸色异常苍白,目光沉重得难以忍受。他仿佛得了热病。彼得·斯捷潘诺维奇甚至担心他会一头栽倒。

"拿笔来!"基里洛夫突然出乎意料地、坚决而兴奋地喊,"说吧,我什么都肯写。包括是我杀了沙托夫。说吧,趁我还觉得好笑。我才不怕傲慢的奴才们会怎么想!你将亲眼看到,一切秘密都会显现!而你会被捻死。我相信!我相信!"

彼得·斯捷潘诺维奇急忙起身,迅速递过墨水瓶和一页纸,当即开始口述,唯恐错过时机:"我,阿列克谢·基里洛夫,声明……"

"等等!不行!对谁声明?"

基里洛夫像害了疟疾一样哆嗦着。"声明"二字及其引发的某种突如其来的独特想法,似乎突然间将他完全吞噬,犹如某个出口,诱使他那疲惫不堪的精神狂奔而去。

"对谁声明?我想知道,对谁?"

"不对谁,对所有人,对第一个看到遗言的人。何必指明呢?对全世界!"

"全世界?太棒了!但不能有忏悔。我不愿忏悔,也不愿给当局看!"

"咳,不用,让当局见鬼去吧!咳,赶紧写吧,您是认真的吗!……"彼得·斯捷潘诺维奇歇斯底里地呵斥。

"等等!我想在顶上画个鬼脸,吐着舌头。"

"咳,乱弹琴!"彼得·斯捷潘诺维奇怒道,"不用画画,光用措辞就能表达。"

"'光用措辞'?这倒不赖。对,就用措辞,措辞!说吧。"

"我,阿列克谢·基里洛夫,"彼得·斯捷潘诺维奇以不容违拗的语气口述道,他俯在基里洛夫肩头之上,盯着后者用激动得直抖的手写出的每一个字母,"我,基里洛夫,声明:今天,十月×日,晚上七点多,我在公园里杀死了大学生沙托夫,因为他的背叛,他想告密,揭发传单和费季卡,后者在我二人家中(菲利波夫公寓)藏了十天。我之所以开枪自杀,不是出于悔过,也并非怕你们,而是因为早在国外我就想自我了断了。完了。"

"这就完了?!"基里洛夫又惊又怒地喊道。

"足够了!"彼得·斯捷潘诺维奇一摆手,上来就要抢。

"等等!"基里洛夫死死地按住遗言,"这怎么行!我要说是跟谁杀的。干吗提费季卡?还有放火呢?我要全说出来,我还要痛骂一通,我要措辞、措辞!"

"足够了,基里洛夫,相信我,足够了!"彼得·斯捷潘诺维奇的语气近乎哀求,唯恐他把遗言撕了,"想要让人相信,必须尽量隐晦些,就得这样,只用暗示。真相只要揭开一角就好,这样才能吊足胃口。反正他们自己会去圆谎的,而较之于我们,他们当然更相信他们自己,这样再好不过,再好不过了!给我吧,这样已经足够好了。给我呀,给我!"

彼得·斯捷潘诺维奇继续伸手去抢。基里洛夫瞪大了眼睛听着,似乎在竭力思索,但看样子已经失去了思考能力。

"啐,见鬼!"彼得·斯捷潘诺维奇突然大怒,"还没签字呢!您瞪着俩大眼干吗,签字!"

"我想痛骂一通,"基里洛夫喃喃道,一面却提笔签了字,"我想骂个痛快……"

"再写上:共和国万岁,就行了。"

"好!"基里洛夫兴奋得几乎号叫起来,"民主的社会的全世界的共和国万岁!或者死亡!不不不,不对,自由、平等、团结!或者死亡!这样才对,这样才对。"他心满意足地把这句话写在了自己的名字底下。

"够了、够了。"彼得·斯捷潘诺维奇不住地催促。

"等等,还差一点儿……知道么,我还要再签一个法语名:基里洛夫,俄国贵族兼世界公民,哈哈哈!"他纵声大笑,"不、不,等等,我再想想,有了!俄国神学生贵族兼文明世界公民!这才是最好的……"他从沙发上跳起来,一把抄起窗台上的手枪,奔入了另一个房间,将门关死。

彼得·斯捷潘诺维奇盯着门板看了约莫一分钟,思忖道:"最好是不假思索,立马开枪,一旦开始考虑,就全泡汤了。"

他抓起声明,坐下,重读了一遍。声明内容令他感到满意,他想:"当务之急是什么?——把他们搞得晕头转向,分散他们的注意力。公园?城里根本没有公园,不会一下子猜到是斯克沃列什尼基的园子。找到地方需要时间,寻找尸体又需要时间,一旦尸体找着了,那声明自然是真的,也就是说,一切都是真的,关于费季卡也是真的。费季卡是什么人?——纵火犯、杀害列比亚德金兄妹的凶手,也就是说,一切罪行都是从菲利波夫公寓搞出来的,而他们却后知后觉,全给漏过去了——这指定能把他们搞蒙喽!打死他们也怀疑不到我们头上来。沙托夫、基里洛夫,外带费季卡、列比亚德金;可他们为啥自相残杀?这又是一个谜。咦,见鬼,怎么还没开枪!……"

他虽然在看声明,在欣赏措辞,却无时无刻不在焦躁地留意着动静。他不安地瞅了一眼怀表,已经很晚了,那家伙进去都十分钟了……他愤怒地抓起蜡烛,朝基里洛夫所在的房间走去。走到门口,他忽然想到,蜡烛剩的不多了,再有二十分钟就彻底烧完了,还没的替换。他握住门把手,竖起耳朵听,却连一丝声音也听不到。他猛地推开门,举起蜡烛,只听一声咆哮,一个黑影猛扑过来。他急忙砰的一声将门关上,死死拽住。但屋内响动骤止,又是一片死寂。

他手持蜡烛,犹豫不决地站了许久。刚才推开门的那一刹那,他所见十分有限,但隐约瞥见了基里洛夫的脸,从房间尽头处的窗户旁,犹如一头发狂的野兽，朝他猛扑过来。想到这儿，他吓得猛一哆嗦，忙将蜡烛放到桌上，掏出手枪，踮着脚跳到了对面墙角——万一基里洛夫持枪冲出来，他也好抢先开枪。

眼下他已经完全不相信基里洛夫会自杀了！他头脑中卷起一股旋风："他正站在房间中央考虑，黢黑、可怕的房间……他咆哮着猛扑过来有两种可能：要么是他在扣动扳机的节骨眼上被我搅和了，要么……要么就是他正在盘算怎么干掉我。对，就是这样，他在盘算……他知道万一他怂了，我一定会杀了他，所以他必须先下手……坏了，里面又没动静了！真是可怕：万一他冲进来呢……这头蠢猪，比神甫还信上帝……他是决不会开枪的！……这群'开悟'的人简直要泛滥成灾了。败类！啐，见鬼，蜡烛、蜡烛！再过一刻钟肯定会灭的……该了结了，无论如何都要了结了……没事儿，现在可以动手了……有声明在，绝不会怀疑到我头上。可以把他摆在地板上，把开过的枪塞在他手里，这样肯定会以为他是自杀……唉，见鬼，要怎么弄呢？我一开门，他又扑过来，倒先把我打死了。哼，见鬼，他肯定打不中的！"

行动的紧迫与内心的犹豫令他备受煎熬。终于，他再次拿起蜡烛，靠近门板，右手持枪待发，举着蜡烛的左手去压门把手。一不小心，门把手咔嗒响了一下。彼得·斯捷潘诺维奇心下大骇："他要开枪了！"他猛地一脚将门踹开，举起蜡烛，手枪前伸；但既无枪声，也无嘶喊……屋内空无一人。

他浑身一震。这个房间并非过道屋，也没有后门，逃不出去。他将蜡烛再举高些，仔细察看：还是没人。他轻轻唤了声基里洛夫，接着又大声喊了一遍——无人回应。

"难道是跳窗户跑了？"

果然，一扇窗户的气窗被打开了。

"不可能，气窗怎么可能钻得出去。"他快步走到房间尽头处的窗户前,心想:"绝不可能。"突然,他猛地转过身来,被眼前诡异的一幕惊呆了。

正对窗户,房门右手边,靠墙有个立柜。立柜右侧,墙壁与柜子形成了一个角落,基里洛夫就躲在那个角落里。他站立的姿势古怪已极———一动不动,身子笔挺,双臂垂在裤缝处,头微向后仰,后脑勺紧贴墙壁,整个人紧缩在墙角,似乎想完全隐匿起来。很明显他在躲藏,却又叫人难以置信。彼得·斯捷潘诺维奇站的位置略偏了些,只能看到基里洛夫露在外面的部分身体。他迟迟鼓不起勇气向左挪动一步,好看到对方全身,破解疑问。他的心脏开始狂跳……突然,彻底的疯狂将他攫住,他发一声喊,踏着大步,狂怒地朝可怖的所在扑去。

还没等他扑到近前,一股新的、更大的恐惧便再次将他定住。最令他惊骇的是,他如此疯狂地嘶吼着扑过来,基里洛夫竟毫无反应,连一根手指头都没有动一下,仿佛石人蜡像。他的脸色异常惨白,黑色眸子定定地盯着虚空中的某个点。彼得·斯捷潘诺维奇拿着蜡烛,从上到下,从下到上,变换着角度审视那张脸,突然发觉,基里洛夫的视线虽是射向前方的,眼角的余光却在斜睨着他,甚至在偷偷观察他。他突生恶念,恨不得用蜡烛的火舌去燎他的脸,看"这混蛋"究竟会做何反应。他突然感觉基里洛夫的下巴颏似乎抽动了一下,嘴角隐约滑过一丝讥笑,仿佛猜到了他的心思。他气得浑身发抖,不管不顾地掐住了基里洛夫的肩膀。

接下来的一幕如此荒唐而又迅疾,以致彼得·斯捷潘诺维奇事后无论如何也无法还原当时的情形。他的手刚一碰到基里洛夫的身子,后者就猛一低头,朝他左手顶去,烛台当啷落地,烛火应声熄灭。与此同时,彼得·斯捷潘诺维奇忽觉左手小拇指钻心地疼。他只记得,基里洛夫只顾埋头咬他的手指,而他则一面大叫,一面死命地用枪柄狠砸对方脑袋,一连砸了三次,这才把自己的小拇指扯出来,也顾不得黑灯瞎火,没命地朝屋外逃窜。身后的房间内传来可怕的号叫:

"现在,现在,现在,现在……"

一连叫了十来声。彼得·斯捷潘诺维奇兀自逃命,眼看就到过道屋了,突然爆出一声枪响。他登时僵在当场,足足缓了五分钟的神,这才返回房间。先得找到蜡烛。他在立柜右侧的地板上摸到了被基里洛夫用头顶落的烛台。可用什么点呢?他脑海中突然闪过一个模糊的记忆:昨天他跑进厨房,扑向费季卡时,似乎瞥见角落搁架上有盒火柴,一个大红盒。他摸着黑向左拐,找到通往厨房的门,穿过外屋,走下台阶。在搁架上,就在他记忆中的那个位置,他摸到满满一盒尚未开封的火柴。他也没顾上点亮儿,匆忙返回了房间。直到站在立柜旁,就在他用枪柄狠砸基里洛夫脑袋的地方,他才突然想起被基里洛夫咬伤的手指,蓦地感到一阵钻心的剧痛。他咬紧牙关,点着蜡烛头,将其插回烛台,四下观瞧,只见开着气窗的那扇窗户旁,躺着基里洛夫的尸体,两脚朝向房间右角。枪是对准右侧太阳穴开的,子弹洞穿颅骨,从左上方射出。鲜血、脑浆四溅。枪仍握在自杀者委顿于地的手上。死亡应该是瞬间发生的。察看完毕,彼得·斯捷潘诺维奇直起身,踮着脚走出房间,掩上房门,将蜡烛头放在外屋桌上,想了想,应该不致引起火灾,便没有吹灭。他又瞥了一眼桌上的声明,僵硬地冷笑一声,这才走出屋子,不知为何仍踮着脚。他照例从费季卡的暗道钻出,照例将暗道仔细堵好。

三

差十分钟六点,火车站内,彼得·斯捷潘诺维奇和埃尔克利正沿着长长的一排车厢漫步。前者要走,后者前来送行。行李办了托运,手提包放到了二等车厢的座位上。发车铃已经响过头遍,正在等第二遍。彼得·斯捷潘诺维奇堂而皇之地四下张望,留意着上车的旅客,但并未瞧见几个熟人。他总共只点头致意了两次,一次是冲某个半熟脸的商人,第二次是冲一位年轻的乡村神甫,后者要去两站地之外的教区。看得出,埃尔克利很想趁这最后几分钟说些更要紧的话——尽管连他自己或许都不知道该说些什么——却迟迟不敢开口。他总感觉彼得·斯捷潘诺维奇似乎很烦他,恨不得立刻发车。

"您这么高调地看着大家……"埃尔克利怯怯地道,似乎想出言警示。

"为什么不呢?眼下我还不能躲起来呢。还早。别担心。我只怕利普京那个鬼东西会来。他闻着味儿就来了。"

"彼得·斯捷潘诺维奇,那些人是靠不住的。"埃尔克利鼓足勇气道。

"您说利普京?"

"所有人,彼得·斯捷潘诺维奇。"

"胡说,如今所有人都被昨晚的事儿拴牢了。谁也不会叛变的。除非丧失理智,否则谁会去白白送死?"

"彼得·斯捷潘诺维奇,可他们已经丧失理智了呀。"

彼得·斯捷潘诺维奇本人显然也曾冒出过这个念头,也正因如此,埃尔克利的话才更令他光火:"您是不是也怂了,埃尔克利?我对您的指望可比对他们所有人都高。我现在看清楚了每个人的斤两。您今天就口头通知他们,就说我把他们全交给您了。一早您就挨家挨户通知。明天,或者后天,等他们听得懂人话了,您再把他们召集起来,宣读我的书面指示……不过您放心,明天他们就会听话了,因为他们会怕得要命,会跟蜡人一样乖乖听话……关键是您自己不能泄气。"

"唉,彼得·斯捷潘诺维奇,您要是不走就好了!"

"反正我就走几天,一转眼就回来了。"

"彼得·斯捷潘诺维奇,"埃尔克利小心但坚决地道,"您就是去彼得堡也成。难道我还不知道,您所做的一切都是为了共同事业吗?"

"我果然没有看错您,埃尔克利。既然您猜到了我要去彼得堡,那您就应该理解,昨晚那种情形,我是没法跟他们说我要去这么远的,以免吓到他们。您自己也看到他们那副怂样儿了。但您是知道的,我是为了事业,为了最根本、最重要的事业,为了共同的事业,而不是像那个利普京想象的那样,想要开溜。"

"彼得·斯捷潘诺维奇,您就是去国外都成,我能理解。我明白,您必须保护好自己,因为您是一切,而我们啥也不是。我全明白,彼得·斯捷潘诺维奇。"可怜的青年几乎声音发颤了。

"谢谢您,埃尔克利……哎哟,您碰到我伤口了……"彼得·斯捷潘诺维奇被咬伤的手指头上漂亮地包扎着黑色塔夫绸,埃尔克利握手时太毛躁了,"但我再对您说一遍,我去彼得堡只是打探消息,没准儿一天一宿就回。回来之后,为了掩人耳目,我会暂住在乡下加加诺夫家。一旦有什么危险,我一定会头一个站出来承担。万一我在彼得堡耽搁了,一定会立刻通知您……以特定的方式,您再转告他们。"

第二遍发车铃响起。

"这么说,再有五分钟就发车了。知道么,我不希望这里的五人小组散伙。我不是怕,您不必担心我,这样的小组我有的是,我也没什么好在意的。但多一个小组终究没坏处。不过,我对您毫不担心,虽然您几乎要独自面对这群败类:您大可放心,他们是不会告密的,他们也不敢……啊,您今天也要坐车?"他突然完全换上了一副欢快的腔调,冲一个兴冲冲朝他走过来的年轻公子哥喊道,"没想到您也坐这趟车。您这是要去哪儿呀,回家找老娘去?"

这位公子哥的"老娘"是邻省最富有的女地主,还是尤利娅·米哈伊洛夫娜的远亲,年轻人客居敝城快俩礼拜了。

"不,我出趟远门,去P城。得在车厢里闷八个小时呢。去彼得堡?"公子哥笑问。

"您咋知道我要去彼得堡呢?"彼得·斯捷潘诺维奇笑得更夸张了。

公子哥威吓地伸出了一根戴手套的手指。

"好吧,您猜对了,"彼得·斯捷潘诺维奇神秘兮兮地冲公子哥耳语道,"我带着尤利娅·米哈伊洛夫娜的密信,要去拜访那里的三四位大人物,您知道的,老实说,让他们见鬼去吧。真是鬼差事!"

"您说,她犯得着这么害怕吗?"公子哥也耳语道,"她昨天连我都没让进门,照我说,她完全没必要为她丈夫担心,相反,他在火灾现场晕厥得太漂亮了,简直是舍生忘死嘛。"

"得了吧,"彼得·斯捷潘诺维奇大笑道,"其实呀,她就是担心这里已经有人写了告密信……我是说某些先生们……总之,这里头最关键的是斯塔夫罗金,也就是他背后的K公爵……咳,这个说来话长了,路上我倒是能向您透露一点儿——但仅限于骑士精神所允许的范围……这位是我亲戚,埃尔克利准尉,县城来的。"

公子哥斜了埃尔克利一眼,伸手碰了碰帽檐,埃尔克利忙鞠躬还礼。

"知道么,韦尔霍文斯基,在车厢里憋八个小时可真够受的。跟我们一块儿坐头等车厢的有位别列斯托夫,一位超级好笑的上校,我们两家的庄园挨着,他娶了位加林娜(娘家姓加林娜),而且,知道么,他是个正人君子,甚至还有思想。他在这儿就待了两天。他超爱玩牌,咱们一块儿玩几把,咋样?第四个人我已经物色好了,普里普赫洛夫,我们T省的一位商人,蓄着大胡子,百万富翁,货真价实的百万富翁,真的……我帮您引见,他是位顶有趣的财主,咱们一起乐呵乐呵。"

"打牌我太乐意啦,尤其是在火车上,可我是二等车厢。"

"咳,那不叫事!就跟我们坐。我现在就叫人把您调到一等车厢去。列车长听我的。您带了手提包?毛毯?"

"好极了,走吧!"

彼得·斯捷潘诺维奇拎起自己的手提包、毛毯和一本书,乐滋滋地搬到头等车厢去了。埃尔克利也帮着他搬。第三遍铃响了。

"得啦,埃尔克利,"大忙人彼得·斯捷潘诺维奇草草地从车窗内最后一次伸出手来,"我得去跟他们玩牌了。"

"何必跟我解释呢,彼得·斯捷潘诺维奇,我能理解,我全能理解,彼得·斯捷潘诺维奇!"

"好,那就回见吧。"彼得·斯捷潘诺维奇不等说完便转过身,朝招呼他认识牌友的公子哥走去。打那以后,埃尔克利便再没有见过他的彼得·斯捷潘诺维奇了!

埃尔克利沮丧不已地回了家。他倒不是担心彼得·斯捷潘诺维奇会就此扔下他们,可是……那位公子哥一叫他,他当下就转过身去,不再理睬他了……再说,他本可以对他说点儿别的嘛,而不是"那就回见吧",哪怕……哪怕握手时能再用力些呢!

最后一点恰恰是最关键的。有什么东西开始抓挠埃尔克利那可怜的小心脏,连他自己也说不清楚,但似乎与昨夜有关。

第七章　斯捷潘·特罗菲莫维奇最后的漂泊

一

我坚信,当斯捷潘·特罗菲莫维奇感到自己的疯狂计划正日益迫近时,他的内心是十分恐慌的。我坚信,这种恐慌令他十分痛苦,尤其是临动身前夜,在那个可怕的夜晚。据纳斯塔西娅事后回忆,他那夜有睡,虽然就寝很晚。但这并不能说明什么:据说死刑犯也都睡得很实,哪怕是临刑前夜。尽管他出门时天已经亮了,而白昼总能令神经过敏的人有所振奋(维尔金斯基的那位少校亲戚,一到白天甚至连上帝都不怎么信了),但我坚信,斯捷潘·特罗菲莫维奇此前大概从未想过自己将孤身一人长途跋涉,何况是这样一种状态。刚一离开纳斯塔西娅和自己那焐热了二十年的老窝,他便骤然陷入一种可怕的孤独之中。当然,他思绪中的决绝或许暂时缓解了突如其来的孤独与恐惧。但都一样:即使他能够清醒地意识到等待他的全部恐怖,他也照样会踏上征途,一往无前!这里面有种不顾一切的、令他神往的骄傲。哦,他满可以接受瓦尔瓦拉·彼得罗夫娜的优渥条件,在她的恩赐下"做一名普通的食客"!但他并没有接受恩赐,也没有留下。相反,他主动选择了离开，举起了"伟大思想的旗帜"，甘愿为此死在征途中！他的感受无疑正是这样的，对于自己的行动他一定是如此设想的。

让我反复思量的还有一个问题：他为何非要走——我指的是字面意义上的"走"，徒步，而不搭乘马车？起初我将其解释为五十岁的不切实际，以及激烈情绪下的异想天开。我感觉，办理驿马使用证、雇用马车（哪怕是马脖子上挂着小铃铛的那种）在他看来都未免太过庸俗平常了；相反，徒步游历（哪怕是带着雨伞）则漂亮得多，也更富于报复的情调。但如今，当一切都已结束时，我想，事实也许简单得多：首先，他不敢雇用马车，因为瓦尔瓦拉·彼得罗夫娜说不定会听到风声，强行将他拦下——她一定会这么做，而他也一定会屈从的，那样他就只能跟伟大思想说再见了。其次，想要办理驿马使用证，至少得知道自己要去哪儿。而这恰恰是他当时最大的烦恼，他无论如何都想不出一个目的地。因为一旦他决定去某个城市，他的举动立刻会在他本人眼中变得荒唐和不可能，对此他有强烈预感。到了那个城市他又能做什么呢？又为何偏偏是那个城市，而非其他城市呢？去寻找那个商人吗？具体是哪个商人呢？于是第二个问题又跳了出来，这也正是最可怕的问题。事实上，对他而言，再没有比那个商人更可怕的了，他突然不顾一切地跑出来寻他，却又最害怕真的找到他。不，还是徒步上路的好，只需走上大路，一路向前，其余的什么都不必想，直到不得不想为止。长路漫漫，看不到尽头，恰似人生，恰似梦境。大路蕴含着思想，驿马使用证里能有什么呢？驿马使用证是思想的终结……*大路万岁，听天由命吧！*

偶遇莉莎之后，他越发神情恍惚地上路了。大路从距离斯克沃列什尼基半公里的地方穿过，但奇怪的是，他起初甚至没有察觉自己是如何走上这条大路的。对于当时的他而言，缜密的思考甚或清晰的意识都是他无力承受的。小雨下下停停，他同样没有察觉。他也没有察觉到自己何时已将手提包甩到了肩上，并因此走得省力了些。这样走

619

了一到一点五公里,他突然停住脚步,四下张望。一条古老、黢黑、布满车辙的大路,在他面前延伸成一道没有尽头的线,大路两旁栽满了白柳。路右手边是早已收割的光秃秃的庄稼地,左手边是成片的灌木丛,后面有片小树林。极目远眺,一道隐约可见的铁路线斜斜伸向远方,其上还有一缕列车的轻烟,但声音却杳不可闻。斯捷潘·特罗菲莫维奇心生怯意,但转瞬即逝。他莫名地叹了口气,将手提包放在白柳树旁,坐下来休息。往下坐时,他感到一阵寒战,便裹上了毛毯。他这才注意到雨,忙将伞撑在头顶。他这样坐了许久,偶尔翕动嘴唇,紧紧握住伞柄。一连串的疯狂画面如走马灯般从他眼前急速闪过。"Lise, Lise,"他心想,"跟她在一起的是那个马夫里基……好奇怪的两个人……那场奇怪的大火又是怎么一回事,他们在说什么,谁被杀了?……我感觉,纳斯塔西娅还毫无察觉,仍在等着我喝咖啡……输牌?难道我赌牌输过大活人?唔……那是很久以前了,在所谓的农奴制时代……啊,我的上帝,费季卡!"

他猛一哆嗦,惊惶四顾:"哎呀,要是那个费季卡就躲在附近的灌木丛后面可怎么办?不是说他纠结了一伙强盗在大路上吗?哦,上帝,那样的话……那我就告诉他全部的真相,向他认罪……就说我十年来一直在为他受罪,比他自己在军营里还要受罪,我……我还会把我的钱包给他。唔,我总共就只有四十卢布,他拿了这些钱,照样会杀了我。"

他越想越怕,没来由地收起了雨伞,放在身边。远处,离城的大路上出现了一辆大车,他提心吊胆地仔细观望,心想:"谢天谢地,是辆拉货的,走得又那么慢,应该没有危险。这些本地的驽马……我向来主张品种问题……不对,是彼得·伊里奇总在俱乐部里谈论品种,我当时还让他下不来台,后来,咦,那后头是什么……哦,好像是个婆娘在车上。农夫和农妇——这我就放心了。农妇在后,农夫在前——这很叫人安心。大车后头还拴着一头母牛,这再叫人安心不过了。"

大车行到近前,是辆相当结实、像样的农家大车。农妇坐在一只鼓鼓囊囊的麻袋上,农夫偏腿坐在驾驶位,脸冲着斯捷潘·特罗菲莫维奇。车后果然蹒跚着一头棕色母牛,犄角拴在车屁股上。农夫和农妇努眼瞅着斯捷潘·特罗菲莫维奇,斯捷潘·特罗菲莫维奇也努眼瞅着他们,直到把大车放过去二十来步,这才急忙站起身来,追上前去。走在大车旁边他心里自然会踏实些,可追上之后,他立刻又忘记了一切,重新沉浸到自己那断断续续的思绪和遐想中去了。他兀自走着,自然绝不会想到,在农夫和农妇眼中,此刻的他正是大路上所能遇见的最神秘、最奇特的事物。

"您是干啥的呀,要是您不介意的话?"当斯捷潘·特罗菲莫维奇突然漫不经心地望向农妇时,农妇再也按捺不住,开口问道。她二十七岁左右,体格结实,黑眉毛,红脸蛋,笑盈盈的红嘴唇后面露出一口整齐的白牙。

"您……您在跟我说话?"斯捷潘·特罗菲莫维奇凄怆而诧异地喃喃道。

"一看就是个商人。"农夫自负地道。这是个人高马大的四十岁汉子,宽脸膛,模样并不蠢,蓄着一部大红胡子。

"不,我并非商人,我……我……我完全不是。"斯捷潘·特罗菲莫维奇无力地反驳着,为保险起见,他稍稍放缓了脚步,开始跟母牛并排。

"那准是老爷。"农夫听到外国话,猛扯一把缰绳,断言道。

"所以俺们才那么瞅着您哪,您这是出来散步啦?"农妇又好奇道。

"您……您是在问我?"

"外国人有时候会坐火车到这儿来,看您的靴子不像本地人……"农妇道。

"那是军靴。"农夫神气活现地插嘴道。

"不,我并非军人,我……"

斯捷潘·特罗菲莫维奇暗自生气,心想:"真是个难缠的婆娘,瞧他们看我的眼神……可关键是……总之,真是奇怪,倒像是我在他们面前犯了错似的,可我什么错事也没干哪?"

农妇跟农夫嘀咕了一阵儿。

"要是您不介意,俺们倒是可以捎您一段儿,只要您乐意。"

斯捷潘·特罗菲莫维奇如梦初醒:"好啊好啊,我的朋友们,乐意之至,我太累了,可我怎么上去呢?"

"真是奇怪,"他心想,"我跟在母牛旁边走了那么久,怎么就没想到让他们捎我一段呢……这个'现实生活',果真有些名堂……"

但农夫并未停下马车,而是略带不信任地问:"您这是上哪儿去?"

斯捷潘·特罗菲莫维奇一时没反应过来。

"准是要去哈托沃吧?"

"哈托沃?不,不是去哈托沃……那地方我不熟;但听说过。"

"哈托沃镇,离这儿九公里。"

"哈托沃镇?好极了,怪不得耳熟呢……"

斯捷潘·特罗菲莫维奇仍在走,农夫仍没有请他上车的意思。一个天才的念头闪过他的脑际,他对农夫道:"您大概以为我是……我有证件,我是一名教授,呃,就是说,教师……很大的教师。我是最大的教师。没错,恰恰可以这么翻译。我现在很想坐车,我可以给您买……我给您买一瓶酒。"

"您得付半卢布,先生,路不好走。"

"不然俺们就亏大发啦。"农妇帮腔道。

"半卢布?好吧,就半卢布。这样更好,我总共只有四十卢布,不过……"

农夫停下马车,夫妇二人合力将斯捷潘·特罗菲莫维奇弄上了马车,让他跟农妇并排坐在麻袋上。他头脑中的旋风仍未停息。有时他自己都能吃惊地意识到自己的神情何等恍惚,总在胡思乱想。自我头脑的病态与疲弱每每令他心情沉重,甚至懊丧。

"那个……母牛为何跟在后面?"他突然主动问农妇。

"您这是咋啦,先生,就跟从来没见过似的。"农妇大笑道。

"刚从城里买的,"农夫接口道,"俺们原来的牲口,唉,一开春就死啦,瘟疫。俺们那片儿全死光了,连一半儿都不剩了,哭也没辙。"说着,他又朝陷进车辙里的驽马抽了一鞭子。

"是啊,这在咱们俄国是常有的事儿……总的来说,我们俄国人……呃,是,常有的事儿。"斯捷潘·特罗菲莫维奇将后半句话又咽了回去。

"您不是教师吗,去哈托沃干啥?是还要从那儿去哪儿吗?"

"我……那个,也不是说还要去哪儿……就是说,我要去找一位商人。"

"那就是去斯帕索夫喽?"

"对对,就是去斯帕索夫。其实,无所谓。"

"走路去斯帕索夫?就冲您这双靴子,恐怕得走一个礼拜喽。"农妇呵呵笑道。

"是,是,但无所谓,我的朋友们,无所谓。"斯捷潘·特罗菲莫维奇不耐烦地打断道,心想:"真是爱刨根问底的民众。不过,女的比男的会说话,而且我注意到,自二一九法令[1]颁布之后,他们的口语发生了一些变化,可……可我去不去斯帕索夫关他们什么事呢?何况我会付钱的,他们干吗要缠问我呢?"

"去斯帕索夫得坐轮船。"农夫继续道。

"一点儿没错,"农妇兴冲冲地接口道,"要是坐马车沿着湖岸走,得多走六十里路哩。"

"得八十里。"

---

[1] 指1861年3月3日(俄历2月19日)由沙皇亚历山大二世签署的废除农奴制、解放农奴的法令。

"明天下午两点乌斯季耶沃[1]刚好有船。"农妇又道,但斯捷潘·特罗菲莫维奇坚决不搭腔。问话者便也不再纠缠。农夫不时拽拽缰绳,农妇偶尔跟丈夫简短交谈几句。斯捷潘·特罗菲莫维奇打起盹来。当农妇笑呵呵地将他摇醒时,他惊诧地发现自己已经到了一个相当大的村子,面前是一栋三扇窗的木屋。

"瞌睡啦,先生?"

"这是怎么回事?我这是在哪儿?哎呀,这!这……咳,无所谓了。"斯捷潘·特罗菲莫维奇叹了口气,爬下大车。

他忧郁地四下环顾,农村的景致令他感到怪异,且陌生得可怕。

"啊,半卢布,我都忘了!"他忙对农夫说,一面夸张地打着手势,显然,他已经害怕和他们分开了。

"走吧,先进屋再说。"农夫邀请道。

"这儿挺好的。"农妇也鼓舞道。

斯捷潘·特罗菲莫维奇踏上了颤悠悠的门前台阶。

"怎么会有这种事,"他一面迷惘而胆怯地嘀咕着,一面朝屋内走去,"如她所愿。"他的心被扎了一下,突然再次忘记了一切,甚至忘记自己走进了农舍。

这是一栋敞亮且洁净的木屋,共有三扇窗户,两个房间。这并非正经的大车店,而只是一间对外的农舍,供过路的熟人进来歇歇脚。斯捷潘·特罗菲莫维奇毫不客气地走到招待贵客的房间内角,也没寒暄,坐下便陷入了沉思。在经历了三个钟头的湿冷旅途之后,一股舒坦至极的暖意突然散布周身。就连短促而断续地滚过脊背的那阵寒战(那是神经异常过敏的人突然由冷到热时常有的),也令他感到奇特的惬意。他抬起头,热气腾腾的发面煎饼的香甜气息骚动着他的鼻翼。他露出孩子气的笑容,走到正在炉边忙活的女店家身旁,嘟囔道:

---

[1] 原文 Устьево,意为"河口上的村落"。

"这是什么呀?发面煎饼?嚄……太香啦。"

"要不要尝尝,先生?"女店家忙客气地招呼。

"要,必须要,再……请您再给我来点儿茶。"斯捷潘·特罗菲莫维奇顿时来了精神。

"要给您烧上茶炊吗?俺们很乐意。"

厚厚一摞发面煎饼,用一只大蓝花纹的大盘子端了上来——有名的农家煎饼,薄薄的,一半的小麦粉,再浇上鲜美的热黄油,美味至极。斯捷潘·特罗菲莫维奇美美地品尝起来。

"多么肥美!多么美味!要是能再来上一点点伏特加就太好了。"

"您该不会是想喝伏特加吧,先生?"

"正是、正是,一点点,最少的一点点。"

"那就来五戈比的?"

"来五戈比的,来五戈比的,五戈比,五戈比,最少的一点点。"斯捷潘·特罗菲莫维奇无上幸福地微笑着,连连称是。

哦,要是您请俄国的百姓为您做些什么,而他又恰巧能做,并且乐意做,那他就会卖力地、热心地为您效劳;可要是您请他去为您买伏特加,那么,寻常的热心便会突然变成急切的、喜悦的殷勤,甚或是亲人般的关爱。即使去打酒的人早就知道酒只是打给您的,并没有他的份儿,却似乎仍能从您的享受中获得愉悦……没过三四分钟(小酒馆就在两步开外),斯捷潘·特罗菲莫维奇面前的桌子上就摆上了大半瓶酒和一只浅绿色的酒杯。

"这全是给我的?!"他大吃一惊,"我喝了一辈子伏特加,却从不知道五戈比能买这么多!"

他斟满一杯,站起身,略带庄重地走到房间对角,来到与他同坐一只麻袋的旅伴、一路上对他纠缠不休的浓眉妇人身旁。农妇很不好意思,连忙推辞,但说完了该说的客气话,还是站起身来,以女人惯用的谦恭方式,分三口将整杯酒喝下,然后做出一副无福消受的表情,交还酒杯,并向斯捷潘·特罗菲莫维奇行了个礼。后者郑重其事地还礼,不无骄傲地回到了座位上。

这个举动完全是心血来潮,恐怕就在前一秒钟,他都还不知道自己会走过去向农妇敬酒。

"我太会、太会跟民众打交道了,我早就跟他们说过。"他得意地想着,将剩余的酒全部倒进杯里。虽然还不到一满杯,但烈酒却暖热了他的身心,甚至还有些上头了。

"我病得厉害,但生病其实也没什么不好。"

"您要买吗?"一个低低的女声在他身旁响起。

他抬起眼来,惊奇地发现面前有位夫人——她看上去恰恰像一位夫人,三十出头,相貌质朴,城里装扮,深色连衣裙搭配灰色大披肩。她脸上有种格外亲切的神情,立刻博得了斯捷潘·特罗菲莫维奇的好感。她刚从外面回到屋内,这里存着她的东西,就放在斯捷潘·特罗菲莫维奇座位旁的长凳上。那是一只皮包(他记得自己刚进屋时还好奇地瞅了两眼),以及一只不很大的漆布袋。女人从漆布袋里掏出两册装订精美、封面上烫着十字架的小书,捧到斯捷潘·特罗菲莫维奇面前。

"啊……这好像是福音书,乐意之至……啊,我知道了……您就是人们所说的书籍推销员,我不止一次读到过……半卢布一本?"

"三十五戈比一本。"女书贩答道。

"乐意之至。我对福音书毫无成见,而且……我早就想重读一遍了……"

这时他猛然想到,自己少说也有三十年没读过福音书了,只在七年前,因为勒南的《耶稣的一生》[1],才回想起一星半点儿。他身上没有

---

[1] 法国著名哲学家、历史学家、宗教学家欧内斯特·勒南(1823—1892)于1863年出版的著作,讲述了人化的而非神化的耶稣。该书在读者群中引发热议,却受到了天主教会的强烈抗议。

零钱,便掏出了那四张十卢布的钞票——他所有的钱。女店家拿去换零钱,这时他才发觉,木屋里早已聚集了一大群人,已经盯着他看了很久,似乎还在议论他。他们还提到了城里那场大火,赶大车的农夫谈得最欢,因为他刚从城里来。人们聊到纵火,又聊到什皮古林工厂。

"他刚才捎我的时候,对火灾的事儿可一句没提,而只顾东拉西扯。"斯捷潘·特罗菲莫维奇不由得想。

"天哪,斯捷潘·特罗菲莫维奇,真的是您吗,先生?这可真是没想到!……您不认得我啦?"一个小老头儿突然兴奋地喊道。他看上去像个老用人,胡子刚剃过,穿着一件长翻领大衣。

斯捷潘·特罗菲莫维奇听到有人叫自己,害起怕来,嗫嚅道:"对不住,我不太记得您了……"

"您忘啦!我是阿尼西姆啊,阿尼西姆·伊万诺夫。加加诺夫老爷生前我给他当过差,阿夫多季娅·谢尔盖耶夫娜还在世时,我可没少见过您跟瓦尔瓦拉·彼得罗夫娜。我还奉夫人之命给您送过书,还送过两回彼得堡糖果……"

"啊,没错,想起来了,阿尼西姆,"斯捷潘·特罗菲莫维奇笑道,"你在这里住?"

"挨着斯帕索夫,先生,在B修道院,跟着马尔法·谢尔盖耶夫娜——阿夫多季娅·谢尔盖耶夫娜的妹妹,您没准儿还记得她,有一回她去参加舞会,从马车上往下跳,摔坏了一条腿。如今她就住在修道院附近,我服侍她。眼下我要去趟省城,先生,去探探亲……"

"好啊,好啊。"

"碰上您我可真高兴,您待我一向很好,先生,"阿尼西姆激动地笑道,"您这是要去哪儿啊,先生,好像就您一个人……您大概从没有一个人出过远门吧?"

斯捷潘·特罗菲莫维奇胆怯地看了他一眼,没有答话。

"您该不会是要来我们斯帕索夫吧?"

"对,我就是去斯帕索夫。我感觉所有人都要去斯帕索夫……"

"您该不会是去看费奥多尔·马特维耶维奇的吧?他见到您一定会很开心的。要知道,以前他有多么敬重您哪,现在还总提起您呢……"

"对对,就是去看费奥多尔·马特维耶维奇。"

"原来如此,先生,原来如此。难怪这儿的庄稼汉们大惊小怪,先生,说有人看见您在大路上走。他们都是些笨蛋,先生。"

"我……那个……知道么,阿尼西姆,我跟人打了一个英国赌,说我一定能走着到这儿,所以就……"斯捷潘·特罗菲莫维奇的额头鬓角都冒了汗。

"原来如此,先生,原来如此……"阿尼西姆以残忍的猎奇心倾听着。但斯捷潘·特罗菲莫维奇已经受不了了。他窘迫不堪,恨不得立马起身走出木屋。好在茶炊端上来了,刚才出去的女书贩也恰巧回来了。他像遇见救星一般招呼她一起喝茶。阿尼西姆知趣地退到了一旁。

庄稼汉们的确有些疑惑不解:"这是个什么人?有人瞧见他一个人在野路上走,他自己说是教书的,看打扮像个外国人,头脑倒像个小孩子,说话驴唇不对马嘴,倒像是从哪个大户人家偷跑出来的,身上还有钱!"有人甚至打算向上级报告,毕竟"城里最近不太平"。但阿尼西姆当下就消除了误会。他走到外屋,对所有感兴趣的人宣布:斯捷潘·特罗菲莫维奇岂止是"教书的",根本就是"一位大学者,搞大学问的,以前是本地地主,如今已经在斯塔夫罗金娜将军夫人府上住了二十二年,在那里说一不二,在全城都享有崇高威望。他在贵族俱乐部一晚上就能花掉五十、一百卢布,还是位高级文官哪,相当于军队里的中校,只比上校低一级。至于钱嘛,斯塔夫罗金娜将军夫人给他的钱简直没数",等等,等等。

"这完全是位相当体面的夫人嘛。"摆脱掉阿尼西姆的纠缠,斯捷潘·特罗菲莫维奇饶有兴致地打量起邻座的女书贩来。此刻她正以平民的方式,就着糖块从浅碟里啜茶。"一块糖而已,不算什么……她身上有种气质,高尚、独立而又平和。这是最高程度的体面,只是有些不大一样。"

他很快便从她口中得知,她叫索菲娅·马特维耶夫娜·乌利京娜,家住K地,家中有位寡居的姐姐,属于小市民阶层;她本人也是一位寡妇,亡夫是名军人,好不容易熬到了少尉,在塞瓦斯托波尔阵亡了。

"可您还这么年轻,您连三十岁都不到。"

"三十四啦,先生。"索菲娅·马特维耶夫娜笑道。

"怎么,您还懂法语?"

"一点点,先生。我之前在一户贵族人家待过四年,跟少爷小姐们学的。"

她说丈夫死时她才十八岁,在塞瓦斯托波尔做过一段时间看护,后来就四处漂泊,如今边走边卖福音书。

"上帝呀,上回我们城里出的那档子无耻之尤的丑事,该不会就是您吧?"

她脸红了;原来正是她。

"那帮坏蛋,无耻之徒!……"斯捷潘·特罗菲莫维奇的声音因愤怒而颤抖。病态而仇恨的回忆在他内心痛苦地回响。他一时间出了神。

等他回过神来,发现她又不在身边了。"啊,她又走了。她总到外头去,在忙活什么,我甚至感到她有些不安……啊,我成了一个自私鬼……"

他抬起眼,又瞧见了阿尼西姆,登时吓了一跳:整栋木屋里挤满了男人,显然都是阿尼西姆招来的。其中有男店家、牵母牛的农夫、另外两个男人(都是马车夫),还有个半醉的小个子男人,农夫打扮,胡子却刮得精光,像个喝光了家底的小市民,话说得最多。他们全在议论他——斯捷潘·特罗菲莫维奇。牵母牛的农夫坚持己见,说走旱路得多走八十里路,必须坐轮船。半醉的小市民和男店家则激烈反对:"为啥呢,老兄,这位大人要是坐轮船过湖,当然会更近些,这倒是没错,可问题是眼下轮船过不来呀。"

"过得来,过得来,还能通航一个礼拜呢!"阿尼西姆比谁都激动。

"过得来倒是过得来,就是没个准儿,毕竟深秋了,有时候在乌斯季耶沃一等就是三天。"

"明天就有船。下午两点准到。天黑之前您准能赶到斯帕索夫,先生。"阿尼西姆激动得过了头。

"这人想干吗呀。"斯捷潘·特罗菲莫维奇惴惴不安地想,忐忑地等待着命运的安排。

两个马车夫也抢上来讲价钱,到乌斯季耶沃要了三卢布。其余人都说不贵,价格公道,说从这儿到乌斯季耶沃一夏天来都是这个价。

"可是……这儿也很好啊……再说我也不想……"斯捷潘·特罗菲莫维奇嘟囔道。

"对,先生,您这话说得对,我们斯帕索夫现在可好啦,再说费奥多尔·马特维耶维奇见到您肯定要高兴坏了。"

"上帝呀,我的朋友们,这对我来说太意外啦。"

这当口儿,索菲娅·马特维耶夫娜总算回来了。但她无比沮丧而忧伤地坐到了长凳上,对女店家说:"斯帕索夫我去不成了!"

"怎么,您也要去斯帕索夫?"斯捷潘·特罗菲莫维奇猛地一震。

原来,有位名叫娜杰日达·叶戈罗夫娜·斯韦特利齐娜的女地主,昨天说好要捎她去斯帕索夫,让她在哈托沃等着,结果却没来。

"眼下我可怎么办?"索菲娅·马特维耶夫娜又问。

"没事儿,我亲爱的新朋友,我也可以捎您去呀,咱们先去那个乌什么村,我雇了车,明天,对,明天咱们一起去斯帕索夫。"

"原来您也要去斯帕索夫?"

"说的就是啊,我真是太开心了!我非常乐意捎您去。他们俩都想去,我已经雇了……我雇了谁来着?"斯捷潘·特罗菲莫维奇突然那么想去斯帕索夫了……

一刻钟后,两人已经坐上了一辆带篷的四轮轻便马车:斯捷潘·特罗菲莫维奇变得异常活跃,心满意足;索菲娅·马特维耶夫娜抱着自己的漆布袋,面带感激的微笑坐在他的身旁。

阿尼西姆服侍二人上车,围着马车卖力地忙活:"一路顺风,先生,见到您我们实在是太开心啦!"

"再见,再见,我的朋友,再见。"

"您会见到费奥多尔·马特维耶维奇的,先生……"

"对,我的朋友,对……费奥多尔·马特维耶维奇……好了,再见吧。"

二

"知道吗,我的朋友——您会允许我这样称呼您的,不是吗?"马车刚一启动,斯捷潘·特罗菲莫维奇便急切地道,"知道吗,我……我热爱人民,这是必须的,但我感觉自己从来没有近距离地见过他们。纳斯塔西娅嘛……没说的,她也来自人民……但真正的人民,我是说真正的、大路上的人民,我感觉他们只关心我要去哪儿……不过,不说这些丧气话了。我说得似乎有点乱,大概是我太心急了。"

"您似乎不大舒服,先生。"索菲娅·马特维耶夫娜敏锐而恭谨地端详着他。

"没事没事,裹暖和点就好,这风有点冷,简直太冷了,但不必理会它。我关键不是要说这个。亲爱的、无可比拟的朋友,我感觉自己几乎是幸福的,而原因就是——您。幸福于我是划不来的,因为我会立刻想要宽恕我的所有敌人……"

"是吗,可这样很好啊,先生。"

"并不尽然,亲爱的傻姑娘。福音书……知道吗,今后我要和您一起去传播福音,我将会很乐意卖您那些精美的小册子。是的,我感觉到了,这应该是个好主意,一种全新的想法。民众是信教的,这点已经查明,但他们还不了解福音书。我会向他们宣讲……通过口头宣讲能够纠正这本好书里面的错误,当然,我愿意以极大的尊重对待这本书。我在大路上也能带来益处。我一向是个有益的人,我一向对他们和那个亲爱的、不知感恩的女人这么说……哦,宽恕吧,宽恕,首先要永远宽恕所有人……希望我们自己也能得到宽恕。是的,因为每个人在彼此面前都有错。所有人都有错!……"

"哇,您说得真是太好了,先生。"

"对,对……我自己也感觉我说得很好。我会对他们说得非常好,不过,我刚才主要想说什么来着?我自己都被搞糊涂了,不记得了……您可以不让我离开您吗?我感觉,您的眼神,以及……您的言谈举止甚至令我吃惊:您心地纯朴,说话一口一个'先生',您把茶倒进碟子里喝,居然还就着糖块……但您身上有种迷人的东西,我从您的脸上还看到……哦,您不必脸红,不必因为我是男人就怕我。亲爱的、无可比拟的人儿,对我而言,女性就是一切。我没法不在某位女性身边生活,但仅仅是在她'身边'……我被搞糊涂了,彻底糊涂了……我怎么也想不起来我要说什么来着。哦,有些男人真是幸运,上帝总会派一位女性陪伴他,而我……我甚至觉得自己有些兴奋。大路上也有至高意义!对,这就是我想要说的——关于意义,总算想起来了,不然总说不到点子上。他们干吗要让我们去别处?那里不也很好嘛,而这里——太冷了。对了,我总共只有四十卢布,都在这儿,您拿着,拿着,我不会管钱,我会弄丢的,会被人拿了去,我……我感觉我想睡觉,我脑子里总有什么东西在转。转啊,转啊,转。哦,您可真好,您给我盖上了什么？"

"您一定是寒热病犯了，先生，我给您盖上了我的被子，只是这钱我可不……"

"哦，看在上帝的分儿上，这事儿不必再说了，否则我会伤心的，哦，您可真好！"

他很快就不再说话了，极快地陷入了寒热交加、冷战不止的睡眠。他们沿着凹凸不平的乡间土路走了十七公里，马车颠簸得厉害。斯捷潘·特罗菲莫维奇时不时便会醒来，猛地从小枕头上（那是索菲娅·马特维耶夫娜塞到他脑袋底下的）抬起头来，抓住她的手问："您还在吗？"似乎唯恐她会离开自己。他还对她说，他梦见了一个张开的颌骨，长着牙齿，令他十分厌恶。索菲娅·马特维耶夫娜很为他担忧。

马车一路将二人载到了一幢四扇窗的大木屋，院内还加盖着住人的耳房。醒来的斯捷潘·特罗菲莫维奇急忙走下车，径直进了里屋——整栋房子最宽敞、最好的房间。他惺忪的睡脸上显露出焦虑的神色，忙不迭地向女店家——一位四十来岁、高大结实、毛发黑密、隐约长着小胡子的妇人声明，整个房间他都要了，吩咐"把门关好，别让任何人进来，因为我们有话要说"。

"是的，我有很多话要对您说，亲爱的朋友。钱我照付，照付！"他冲女店家摆手道。

他虽然着急，舌头却不大利索。女店家冷淡地听着，没吱声，算是默认了，但在这默认里似乎蕴含着某种危险。斯捷潘·特罗菲莫维奇对此浑然不觉，只是急哄哄地（他急得要命）要她出去，并且尽快拿些吃的来，"毫不拖延"。

小胡子妇人终于发作了："俺们这儿可不是大车店，先生，饭俺们是不管的。煮点虾、烧壶茶啥的还行，别的就啥也没有了。鲜鱼得明天才有呢。"

但斯捷潘·特罗菲莫维奇却非要吃鱼汤和烤鸡不可,他两只手一个劲地摇摆,气呼呼地重复:"钱照付,只是要快,快。"女店家说全村都找不出一只鸡来,但答应出去找找;瞧她那神气,倒像是送了个天大的人情似的。

她刚一出门,斯捷潘·特罗菲莫维奇便坐到了沙发上,又招呼索菲娅·马特维耶夫娜坐到自己身边。房间里有一张沙发,几把扶手椅,但都丑得要命。总的来说,整个房间虽然相当宽敞(带有一个小隔间,里面是床),但墙纸陈旧发黄、破破烂烂,墙上挂着可怖的神话题材的石版画,墙角神龛处摆着一长溜圣像画和铜质折叠圣像,家具七拼八凑、奇奇怪怪,整个儿是城市风情与乡土气息的大杂烩。但斯捷潘·特罗菲莫维奇对此毫不在意,他甚至连窗外都没有望上一眼,尽管二十米开外便是一片大湖。

"我们终于能够独处了,我们谁也不让进!我要把一切的一切将给您听,从头讲起。"

索菲娅·马特维耶夫娜极度不安地打断了他:"您知道么,斯捷潘·特罗菲莫维奇……"

"怎么,您已经知道了我的名字?"他开心地笑道。

"之前您跟阿尼西姆·伊万诺维奇说话时我听来的。有些话我要斗胆对您讲……"

她一面瞟着紧闭的门板,谨防有人偷听,一面压低声音,急切地说:"这个村子里有危险,先生。"

据她说,这儿的男人们表面上是渔民,背地里净干些见不得人的勾当,每年夏天朝租户漫天要价。这个村子地处偏僻,交通不便,人们之所以到这儿来,只是因为轮船在此停靠;只要天气稍微坏一点儿,轮船就说啥也过不来了,旅客就得滞留好几天,村子里的农舍就全住满了,店家们就等着这个呢,每样东西都收三倍价钱。她还说,这家店主傲慢至极,因为他靠这个地方发了大财,光是他的一张渔网就值一千卢布。

斯捷潘·特罗菲莫维奇几乎面带责备地看着神色焦急的索菲娅·马特维耶夫娜，几次打手势想要打断她。可她却坚持要说下去。据她说，今年夏天她跟一位城里来的"非常高贵的夫人"已经来过这儿一次，为了等轮船，在这儿整整待了两天，遭了那么多罪，现在想想都后怕。"而您，斯捷潘·特罗菲莫维奇，却把整个房间都租下来了……我只是想给您提个醒，先生……那个房间里已经有人了，一个老的，一个年轻的，还有位夫人带着几个孩子，明天下午两点之前，整栋屋子里都得挤满了人，因为轮船已经两天没来了，明天肯定会来。为了这个单间，为了您要他们给您准备饭菜，也为了其他租客的不满，他们指不定会跟您要多少钱呢，恐怕连彼得堡和莫斯科都没这个价，先生……"

但他只顾着痛苦，发自肺腑地痛苦："够了，我的孩子，求您了，我们有钱，再者说，上帝会帮我们的。我甚至感到惊讶，以您的超凡脱俗……够了，够了，您在折磨我，"他歇斯底里地说，"整个未来都摆在我们面前，而您却……却拿未来吓唬我……"

他随即讲起了自己的故事，他讲得如此急切，起初甚至不知所云。故事讲了很久很久。鱼汤上来了，烤鸡上来了，最后连茶炊都上来了，而他却仍在讲……他讲得有些古怪和病态，毕竟他本就害着病。那是种突如其来的精神力量的爆发，而这必然导致其病体的极度衰颓——这点索菲娅·马特维耶夫娜在他讲述时就已经悲哀地预见到了。他几乎是从孩提时代开始讲起，讲他如何"天真无邪地在田野里奔跑"，一个钟头以后才讲到自己的两度婚姻和旅居柏林。当然，我对此丝毫没有取笑之意。这对他而言委实具有崇高意义，用最新潮的话讲，几乎是"斗争求生存"。他已经将面前这个女人选定为自己未来道路的伴侣，所以才急不可待地要向她敞开心扉。他的天才对她而言不应该再是秘密……对于索菲娅·马特维耶夫娜，他未免过分美化了，但他已经选定了她。他离不开女人。从她的表情他也看得出来,她几乎完全听不懂自己在讲什么,哪怕是最基本的。

"没关系,我可以等,眼下她可以凭直觉。"他心想。

"我的朋友,我唯一需要的只是您的心!"他中断了讲述,对她表白道,"以及您向我投来的这种可爱的、迷人的眼神。哦,您不必脸红!我都跟您说了……"

可怜的索菲娅·马特维耶夫娜陷入了窘境。最令她一头雾水的是,故事讲到后来几乎变成了一整篇学术论文,关于从无任何人理解斯捷潘·特罗菲莫维奇,以及"我们俄国的天才如何陨落"。那些话"都太有学问啦"——事后她沮丧地说。她听得显然极其痛苦,眼睛瞪得大大的。而当斯捷潘·特罗菲莫维奇转入幽默,开始用最俏皮的话讽刺挖苦我国的"进步人士和主导阶层"时,她甚至痛苦地附和着干笑了两次,结果却比哭还难看,最后连斯捷潘·特罗菲莫维奇自己都觉得尴尬,转而狂热且愤恨地抨击起虚无主义者和"新派人物"来。这下她简直被吓到了,直到浪漫史开讲,才得到了些许极其虚幻的喘息。女人终归是女人,哪怕是修女。她不时地微笑、摇头,随即满脸通红地垂下眼皮,这令斯捷潘·特罗菲莫维奇愈加兴奋不已,甚至添油加醋起来。瓦尔瓦拉·彼得罗夫娜被他说成了无比迷人的黑发女郎,"迷倒了彼得堡及欧洲诸城",她的丈夫自觉配不上她,便将她拱手让给了自己的情敌,也就是斯捷潘·特罗菲莫维奇,自己则"战死在了塞瓦斯托波尔"……"不必多心,端淑的姑娘,我的女基督徒!"他对索菲娅·马特维耶夫娜叫道,自己对这番话完全信以为真,"那份情感如此崇高,如此微妙,我俩一生从未彼此倾诉过"。在接下来的讲述中,造成这一局面的原因又变成了另一位金发女郎(此人若非达里娅·帕夫洛夫娜,那我简直不知道是谁了)。这位金发女郎全凭黑发女郎供养,作为远房亲戚在她家中长大成人。黑发女郎最终察觉到了金发女郎对斯捷潘·特罗菲莫维奇的情意,便将自己的爱深埋心底。而金发女郎也察觉到了黑发女郎对斯捷潘·特罗菲莫维奇的情意,便也将自己的爱深埋心底。于是三人就这样彼此顾及,守口如瓶二十年,各自将爱深埋心底。"哦,那是怎样的赤诚,怎样的赤诚啊!"他情不自禁地哽咽道。"我见证了她(黑发女郎)盛放的容颜,每天'心痛如疮'地注视着她从我身旁经过,似乎羞惭于自己的美。"(有一回他说的是:"似乎羞惭于自己的肥。")终于,他逃离了,抛开了这场一梦二十年的热梦。"二十年!"所以他才踏上了旅途……接着,他像大脑发炎了似的,开始对索菲娅·马特维耶夫娜解释,他俩今天这场"如此意外又如此命定的永世邂逅"意味着什么。索菲娅·马特维耶夫娜终于羞窘不堪地从沙发上站起身来;斯捷潘·特罗菲莫维奇甚至想要跪倒在她面前,急得她直哭。暮色渐稠;两人已经关在房间里好几个钟头了……

"不,您还是让我去那间屋子吧,先生,"她低声道,"不然人们会怎么想呢,先生。"

她终于挣脱了。他放她走了,并答应她立刻躺下睡觉。临别时,他抱怨自己头痛得厉害。索菲娅·马特维耶夫娜刚进屋时就把自己的手提包和行李放在了外屋,打算跟店家夫妇同住;但当晚她没能休息成。

夜里,斯捷潘·特罗菲莫维奇的轻霍乱又发作了。他这个病我和他的朋友们都很清楚,每次他神经过度紧张,或者精神受到震荡时都会如此。可怜的索菲娅·马特维耶夫娜一宿没睡。为了照顾病人,她不得不在两间屋子里进进出出,搞得旅客们和女店家怨声连连,终于破口大骂——天快亮时,她居然想要烧茶炊了。整个发病期间,斯捷潘·特罗菲莫维奇一直昏昏沉沉;有时他恍惚觉得,有人在烧茶炊,有人在喂他喝什么(悬钩子汤),有人在给他焐肚子、焐胸口。但他几乎每一分钟都感觉得到,她就在自己身边,一直是她在进进出出,扶他坐起来,又扶他躺下去。凌晨三点,他感觉好些了;他坐起身,下了床,不假思索地扑倒在她面前。这已经不再是先前的跪拜了,他整个人匍匐在她脚下,亲吻她的裙裾……

"别这样,先生!我完全受不起呀,先生。"她低声道,使劲想把他扶到床上去。

"我的女恩人,"他恭敬地冲她作揖道,"您像侯爵夫人那么高贵!而我是一个混蛋!哦,我卑鄙了一辈子……"

"您别激动。"索菲娅·马特维耶夫娜央求道。

"我刚才说的话全是瞎编的,为了虚荣,为了往自己脸上贴金,是没事闲的,——全是瞎编的,每一句话都是,哦,混蛋,混蛋!"

就这样,轻霍乱又转变成了另一种发作——歇斯底里的自我谴责。我已经提到过他这个毛病,在讲到他给瓦尔瓦拉·彼得罗夫娜写的信时。他突然想起了Lise,想起了昨天早晨的相遇:"那情景多么可怕,那里头肯定有什么不幸,而我却没有问个清楚!我只想着我自己!哦,她出了什么事,您知不知道她怎么了?"他对索菲娅·马特维耶夫娜哀求道。

随后他发誓"决不背叛",说他会回到她(瓦尔瓦拉·彼得罗夫娜)的身边。"我们(他和索菲娅·马特维耶夫娜)每天早上走近她的门廊,当她坐上马车外出散心时,我们就静静地望着她……哦,我宁愿她再打我一记耳光,我心甘情愿!我会向她凑上我的另半边脸,就像您书里说的!我直到现在才明白,为何要把另半边脸凑过去。我之前一直不懂!"

索菲娅·马特维耶夫娜迎来了她生命中最可怕的两天。她至今想起仍不寒而栗。斯捷潘·特罗菲莫维奇病得那么厉害,完全坐不了船——这次轮船是下午两点准时到的;而她又不忍心丢下他一个人,便也没去斯帕索夫。据她说,轮船走后,他甚至非常开心。

"那太好了,好极了,"他躺在床上咕哝道,"省得我老是担心我们要走。这里多好,比哪儿都好……您不会丢下我吧?哦,您没有丢下我!"

638

然而,"这里"根本没那么好。他丝毫不愿理会她的难处,他的脑袋里只装满了幻想。至于自己的病,他认为那只是暂时的,不值一提,完全没有在意,一心只想着他们如何上路,如何去卖"那些书"。他请她给自己读一段福音书。

"我已经很久没读过了……我是说原书。万一有人问起来,而我却搞错了呢!总得做做功课嘛。"

她坐到他身边,翻开书。

"您读得好极了,"他头一行就打断她道,"果然,我果然没有看错人!"他含混而兴奋地补充道。总的来说,他一直处于持续的亢奋状态。她为他读了山顶布道[1]。

"够了,够了,我的孩子,够了……难道您认为这些还不够吗?"

他无力地闭上了眼睛。他十分虚弱,但尚未失去意识。索菲娅·马特维耶夫娜以为他想睡上一会儿,刚要起身,却被他拦住了:"我的朋友,我一辈子都在撒谎,甚至在我讲真话的时候。我从来没有为真相说过话,而只是为我自己,这点我以前就知道,但直到眼下才看清楚……哦,这辈子被我用友谊玷污的朋友们都在哪儿啊?还有所有人,所有人!知道么,说不定我眼下也在撒谎——眼下我肯定也在撒谎!关键是,当我撒谎时,我自己也会相信。人这一生,最难的莫过于活着而不撒谎……并且……不相信自己的谎言,对,对,就是这样!但且慢,先不说这个……我们在一起,在一起!"他热烈地补充道。

"斯捷潘·特罗菲莫维奇,"索菲娅·马特维耶夫娜怯怯地问,"要不要去'省里'请位医生?"

斯捷潘·特罗菲莫维奇大为震恐。

"为什么?难道我病得这么厉害?其实没那么严重吧。干吗让外人掺和进来?万一被人知道了怎么办?不不不,一个外人也不要,只

---

[1] 又称"登山训众",出自《马太福音 5—7》,集中阐述了耶稣教义及基督教的根本精神。

要我们在一起,在一起!"

"我说,"他沉默片刻又道,"再给我读一段吧,随便读一段,看见哪段算哪段。"

索菲娅·马特维耶夫娜翻开书,读了起来。

"随便翻,翻到哪页算哪页。"他再次叮嘱。

"你要写信给老底嘉教会的使者……"

"这是什么?嗯?哪部分的?"

"《启示录》。"

"噢,我想起来了,对,《启示录》,读吧,读吧,我在用书占卜我们的将来,我想知道会怎样,读吧,就从使者读起……"

你要写信给老底嘉教会的使者,说,那为阿们的,为诚信真实见证的,在神创造万物之上为元首的,说,我知道你的行为,你也不冷也不热。我巴不得你或冷或热。你既如温水,也不冷也不热,所以我必从我口中把你吐出去。你说,我是富足,已经发了财,一样都不缺。却不知道你是那困苦,可怜,贫穷,瞎眼,赤身的。[1]

"这……这也是您书里头的?!"他从床头撑起身子,两眼放光地惊叹道,"我从不知道竟有如此伟大的段落!您听到了:宁肯做冷水、冷水,也不要做温水,绝不能做温水。哦,我可以证明。只要您别丢下我,别丢下我一个人!我们可以证明,我们可以证明!"

"我不会丢下您的,斯捷潘·特罗菲莫维奇,永远不会丢下您!"她抓住他的双手,用力握紧,贴到自己胸口,噙着眼泪望着他。("当时我觉得他太可怜了。"她后来说。)他的双唇止不住地颤抖。

---

[1] 参见《启示录3:14—17》。

"不过,斯捷潘·特罗菲莫维奇,我们究竟该怎么办呢?要不要通知您的哪位熟人,或者家人?"

这话可真把他给吓坏了,直让她后悔不该再提。他战战兢兢地哀求她不要通知任何人,不要做出任何举动,让她发誓,再三叮嘱她:"谁也别叫,谁也别叫!我们俩,就我们俩,我们俩一起上路。"

同样令索菲娅·马特维耶夫娜饱受折磨的是,连店家也开始担心,嘟嘟囔囔地缠磨她。她付了钱,又故意把钱露给他们看,这才让他们暂时消停。但男店家非要看斯捷潘·特罗菲莫维奇的身份证件不可。病人傲然一笑,指了指自己的小手提包。索菲娅·马特维耶夫娜从里面翻出一张类似退休令的证明,那是他一辈子的凭证。男店家不依不饶,说"必须找地方把他送走,俺们这儿可不是医院,万一死在这儿,俺们可就倒大霉了"。索菲娅·马特维耶夫娜跟店家提起请医生的事,这才得知,去"省里"请医生原来要花那么多钱,只好打消这个念头。她哀伤地回到了自己的病人身边。斯捷潘·特罗菲莫维奇越来越虚弱。

"再给我读一段吧……关于猪的那段。"斯捷潘·特罗菲莫维奇突然道。

"您说什么?"索菲娅·马特维耶夫娜吓得不轻。

"关于猪的……就在书里……那些猪……我记得,一群魔鬼进到猪里去,全淹死了。一定得给我读读这段;我待会儿再说为什么。我想听听原文。必须是原文。"

索菲娅·马特维耶夫娜熟知福音书,当下就从《路加福音》里找到了那段文字。我在本纪事的开篇曾引用过这段文字,再次抄录于此:

那里有一大群猪在山上吃食。鬼央求耶稣,准他们进入猪里去。耶稣准了他们。鬼就从那人出来,进入猪里去。于是那群猪

641

闯下山崖，投在湖里淹死了。放猪的看见这事就逃跑了，去告诉城里和乡下的人。众人出来要看是什么事。到了耶稣那里，看见鬼所离开的那人坐在耶稣脚前，穿着衣服，心里明白过来，他们就害怕。看见这事的，便将被鬼附着的人怎么得救告诉他们。

"我的朋友，"斯捷潘·特罗菲莫维奇激动不已地道，"知道吗，这段精妙的……非同寻常的文字是我一辈子的绊脚石……在这本书里……我从小就记住了这段。可现在，我有了一个想法，一个譬喻。眼下我冒出来那么多的想法：知道么，这里说的恰恰是我们俄国。那群从病人身上进到猪里面的魔鬼，正是千百年来、千百年来附着在我们俄国这个伟大的、亲爱的病人身上的一切溃疡、一切瘴气、一切污垢、一切大大小小的魔鬼！是的，那正是我一向热爱的俄国。但伟大的思想和意志在天上庇佑着她，就像庇佑着那个被群魔附体的疯子，所有那些魔鬼、那些污垢、那些溃烂的脓疮……早晚会主动央求进到猪里去。说不定已经进去了！那些猪就是我们，我们那些人，还有彼得鲁沙及其同伙，而我，兴许就是打头的那个，我们会疯狂地闯下山崖，掉进海里淹死，这就是我们的出路，因为我们也就只能干点这个。但病人会得救的，'坐在耶稣脚前'……到时候，所有人都会目瞪口呆……亲爱的，您以后会懂的，而眼下这令我非常激动……您以后会懂的……我们一起走。"

他开始说胡话，终于昏迷过去。接下来一整天都是如此。索菲娅·马特维耶夫娜守在他身边，不住地哭，接连三夜没有合眼，还得千方百计躲着店家，因为她预感到，店家已经准备采取行动了。直到第三天，她才得以解脱。那日一早，斯捷潘·特罗菲莫维奇清醒过来，认出了她，向她伸出了手。她满怀希望地画了个十字。他很想看一眼窗外。"居然有个湖，"他喃喃道，"啊，我的上帝，我居然一直没发现……"就在这时，门外驶来一驾马车，屋内随即一阵慌乱。

三

原来竟是瓦尔瓦拉·彼得罗夫娜大驾亲临了。她乘着一辆四座马车,一行四人——两个仆人外带达里娅·帕夫洛夫娜。奇迹说来也简单:被好奇心折磨得要死的阿尼西姆,第二天一进城便跑到瓦尔瓦拉·彼得罗夫娜府上跟仆人们嚼舌头,说他在乡下碰见了斯捷潘·特罗菲莫维奇,说乡下人瞧见他独自走在野路上,又说他跟索菲娅·马特维耶夫娜结伴去了斯帕索夫,乌斯季耶沃。而此时的瓦尔瓦拉·彼得罗夫娜早已急得要命,正在竭力寻找自己这位出走的友人,因此立刻便有人向她通报。听完阿尼西姆的话,尤其是听说斯捷潘·特罗菲莫维奇跟一个什么索菲娅·马特维耶夫娜同乘一辆轻便马车去了乌斯季耶沃,她当即吩咐备车,一路疾驰,亲自追到了乌斯季耶沃。关于他的病,她还毫不知情。

她的语气严厉而不容违拗,连店家都害了怕。她停车只是为了打听询问;她本以为斯捷潘·特罗菲莫维奇早就到了斯帕索夫,却意外得知他就在这儿,并且生了病,便快步走进了木屋。

"喂,他人呢?啊,原来是你!"瓦尔瓦拉·彼得罗夫娜冲着出现在里屋门口的索菲娅·马特维耶夫娜骂道,"我一瞧见这张没羞没臊的脸就猜到是你。滚开,坏女人!让她的气味立刻从屋子里消失!把她轰出去!再不走,我就把你关进牢里一辈子。先将她带到别处,关起来。她在城里已经蹲过一次牢了,看来是还没有蹲够。告诉你,店家,有我在这儿,其余人一律不许进。我是斯塔夫罗金娜将军夫人,整栋屋子我全包了。至于你,母鸽子,要一五一十地给我讲清楚。"

斯捷潘·特罗菲莫维奇被这熟悉的声音吓得直发抖。但瓦尔瓦拉·彼得罗夫娜已经迈步进了隔间。她两眼冒火,用脚蹬开椅子,仰靠着椅背坐下,冲达莎喝道:"你先出去,去店家那儿待会儿。有什么好看的?把门给我关严实了。"

她沉默了许久,以猛禽般的目光逼视着他那张惶恐的脸。

"过得咋样啊,斯捷潘·特罗菲莫维奇?玩儿开心了?"她突然愤怒地挖苦道。

"亲爱的,"斯捷潘·特罗菲莫维奇失魂落魄地讷讷道,"我了解了俄国的真正现实……我要去传播福音书……"

"啐,不知羞耻、忘恩负义的东西!"她突然两手一拍,叫嚷起来,"您给我丢脸还不算,还勾搭上了……呸,不要脸的老色鬼!"

"亲爱的……"他语塞了,一句话也说不出来,只是恐惧地瞪大了双眼看着她。

"她是什么人?"

"她是天使……对我来说她不止是天使,她整夜整夜地……哦,别喊,别吓到她,亲爱的,亲爱的……"

瓦尔瓦拉·彼得罗夫娜突然手忙脚乱地从椅子上跳起来,惊慌地叫嚷道:"水,水!"

直至他苏醒过来,她仍心有余悸,面色苍白地望着他那张扭曲的面孔。她这才意识到他病得有多么严重。

"达里娅,"她突然对达里娅·帕夫洛夫娜低声道,"赶紧让叶戈雷维奇去请萨尔茨菲什医生,叫他从这儿雇一辆车,回来时再换一辆快车,天黑之前务必赶到。"

达莎急忙去了。斯捷潘·特罗菲莫维奇依旧瞪着眼睛,目光惊恐,煞白的嘴唇不住地颤抖。

"等等,啊,斯捷潘·特罗菲莫维奇,等等,亲爱的!"她像哄孩子似的劝慰着病人,"你等等呀,等等,达里娅说话就回,然后……啊,上帝呀,女店家、女店家,你倒是快来呀,女店家!"

她心急如焚,亲自跑去找女店家了。

"立刻、马上把那个女人叫回来。让她回来、回来!"

所幸索菲娅·马特维耶夫娜尚未走远,刚带着自己的东西走出大门。被叫回来之后,她害怕得手脚直发抖。瓦尔瓦拉·彼得罗夫娜像老鹰抓鸡雏那样,一把抓住她的胳膊,快步拽到斯捷潘·特罗菲莫维奇跟前。

"这不,给您找来了。我又没吃了她。您以为我把她给吃了吧。"

斯捷潘·特罗菲莫维奇抓住瓦尔瓦拉·彼得罗夫娜的手,贴到自己眼前,老泪纵横,痛哭失声,病态地抽噎着。

"行啦,别这样,别这样,哎哟,我的好人儿,老哥!咳,上帝呀,您就消停点儿吧——!"她不由地喊道,"哦,你就折磨我吧,你都折磨了我一辈子啦——!"

"亲爱的,"斯捷潘·特罗菲莫维奇终于止住悲声,对索菲娅·马特维耶夫娜道,"您先出去一会儿,亲爱的,我有些话要说……"

索菲娅·马特维耶夫娜忙不迭地出去了。

"亲爱的,亲爱的……"他喘息着道。

"先别急着说话,斯捷潘·特罗菲莫维奇,等一会儿,先休息一下。喝口水。咳,您就等、一、会儿嘛!"

她重新坐下来。斯捷潘·特罗菲莫维奇紧紧地握住她的手。她许久不准他说话。他将她的手凑到唇边,亲吻起来。她咬着牙,眼望着角落。

"我爱过您!"他终于脱口而出道。她从未听他说过这种话,而且是以这种语气。

她只"嗯"了一声,算作回应。

"我爱了您一辈子……二十年!"

她许久没吭声,足有两三分钟。

"可你当初是怎么准备迎娶达莎的,啊?还喷了香水……"她突然可怕地低声道。斯捷潘·特罗菲莫维奇登时呆住了。

"还戴了新领结……"

又是两分钟的沉默。

"还记得那支雪茄吗?"

"我的朋友……"他惊慌地讷讷道。

"那天晚上,你在窗边抽的那支雪茄……月亮很亮……从小亭子分手之后……在斯克沃列什尼基,还记得吗?嗯?"她从椅子上跳起来,抓住他枕头的两个角,扯着枕头摇晃他的脑袋,竭力压低声音,咬牙切齿地恨声道,"还记得吗,你这个空洞的、空虚的、丢脸的、怯懦的,永远、永远空心的人!"她终于丢开他,跌坐在椅子上,双手掩面。"够了!"她挺直腰板,斩钉截铁地说,"二十年过去了,回不来了;我也是傻。"

"我是爱您的。"他又作揖道。

"你干吗总是爱呀、爱呀的呀!够了!"她又跳了起来。"赶紧给我睡觉,否则我就……您需要休息,睡觉,马上睡觉,闭上眼。哎呀,天哪,他搞不好想要吃饭哪!您想吃啥?他要吃啥?哎哟,天哪,那个女人呢?她在哪儿?"

眼看就要乱作一团。但斯捷潘·特罗菲莫维奇以虚弱的声音喃喃道,他的确想睡上个把钟头,然后再来点儿肉汤、茶……总之,他如此幸福。他躺好,似乎真的睡着了(估计是装的)。瓦尔瓦拉·彼得罗夫娜等了片刻,踮着脚走出了隔间。

她在店家的房间落座,赶走店家夫妇,吩咐达莎把那个女人带过来,开始了严厉的审问。

"说吧,女人,一切细节。坐到这儿来,对了。说吧?"

"我碰见斯捷潘·特罗菲莫维奇是在……"

"等等,闭嘴。我警告你,要是你胆敢撒谎或者隐瞒,掘地三尺我也会把你挖出来。说吧。"

"我跟斯捷潘·特罗菲莫维奇……我刚一到哈托沃,太太……"索菲娅·马特维耶夫娜几乎喘不上气来了……

"停,闭嘴,等等。你在胡说些什么?你先说说,你自己是个什么鸟?"

女人三言两语讲了自己的身世,从塞瓦斯托波尔讲起。瓦尔瓦拉·彼得罗夫娜挺直了腰板,默不作声地听着,凌厉的目光直直地逼视着她的眼睛。

"你干吗这么害怕?为什么瞅着地面?我就喜欢别人直视我的眼睛,跟我争辩。继续。"

女人讲到自己如何碰见斯捷潘·特罗菲莫维奇,如何向他售卖福音书,还讲到他如何请农妇喝伏特加……

"对、对,一丁点儿细节也别漏掉。"瓦尔瓦拉·彼得罗夫娜鼓励道。最后终于讲到两人一起上路,说斯捷潘·特罗菲莫维奇整整讲了一路,"那时他已经病得很重了,太太。"到这儿之后,他又从头到尾讲述了他的一生,有时一讲就是几个钟头。

"讲讲他这一生。"

索菲娅·马特维耶夫娜突然结巴了,完全不知所措了。

"这我可啥也不会讲啊,太太,"她几乎带着哭腔道,"我差不多一句也没听懂。"

"撒谎,不可能一句都没听懂。"

"有位黑头发的贵夫人,他讲了很久,太太。"索菲娅·马特维耶夫娜脸涨得通红,但她注意到,瓦尔瓦拉·彼得罗夫娜是淡黄色头发,跟"黑发女郎"一点也不像。

"黑头发?具体怎么讲的?快说呀!"

"他说这位贵夫人非常爱他,太太,爱了一辈子,整整二十年,却一直不敢对他表白,在他面前自惭形秽,因为她很胖,太太……"

"蠢货!"瓦尔瓦拉·彼得罗夫娜心念一动,厉声喝道。

索菲娅·马特维耶夫娜这下真哭出来了:"这我真不会讲啊,我当时很为他担心,什么也没听懂,因为他是那样聪明的人……"

647

"他聪不聪明不需要你这只乌鸦来评判。他向你求婚了?"

女人浑身战栗起来。

"他看上你了?说!他向你求婚了?"瓦尔瓦拉·彼得罗夫娜叱问道。

"差不多是这么回事,太太。"索菲娅·马特维耶夫娜止住哭声,抬起眼,坚定地补充道,"可我压根没当真,太太,因为他正生着病。"

"你叫什么,全名?"

"索菲娅·马特维耶夫娜,太太。"

"那我就告诉你,索菲娅·马特维耶夫娜,他是个最卑劣、最空洞的小人……天哪,天哪!你该不会认为我是个女恶霸吧?"

索菲娅·马特维耶夫娜瞪大了眼睛。

"你认为我是女恶霸,女暴君?是我毁了他的一生?"

"这怎么可能呢,太太,您自己不也哭了吗?"

瓦尔瓦拉·彼得罗夫娜的眼眶里的确噙着泪。

"坐下吧,坐下,别害怕。再看一次我的眼睛,别闪躲;你脸红什么?达莎,你过来,看看她,你怎么想:她的心干净吗?……"

说着,她突然轻轻拍了拍索菲娅·马特维耶夫娜的脸蛋儿,简直把她吓坏了。

"只可惜是个傻瓜。傻得跟不上岁数。好了,亲爱的,今后由我来管你。我看明白了,这全是胡闹。你先在附近住下,我叫人给你租间屋子,食宿等等一概由我负责……我还会找你的。"

索菲娅·马特维耶夫娜害怕极了,支吾着说她还急着赶路。

"没什么好急的。你的书我全包圆了,你就待在这儿。闭嘴,不准推托。我要是不来,你大概也不会丢下他不管吧?"

"我是决不会丢下他不管的,太太。"索菲娅·马特维耶夫娜擦去眼泪,平静而坚定地低声道。

等萨尔茨菲什医生赶到时已是深夜。这是一位相当可敬的老者,经验丰富,前不久因心高气傲,与上司争吵,结果丢了工作。自此之后,瓦尔瓦拉·彼得罗夫娜便对其极力庇护。医生仔细地检查并询问了病人的情况,谨慎地告知瓦尔瓦拉·彼得罗夫娜,由于出现了并发症,病人的情况非常不妙,需要准备接受"甚至是最坏的情况"。二十年下来,瓦尔瓦拉·彼得罗夫娜已经完全不相信斯捷潘·特罗菲莫维奇真能搞出什么大动静来,此刻不禁大为震恐,脸色煞白:"难不成一点儿希望都没了?"

"也不是说一点儿希望都没有,只不过……"

瓦尔瓦拉·彼得罗夫娜一夜未眠,勉强熬到天明。病人刚一醒转(眼下他还未丧失意识,但眼看着越发虚弱),她便一脸凝重地来到他跟前:"斯捷潘·特罗菲莫维奇,必须早做准备。我已经派人去请神父了。您必须履行义务……"

她知道他的信念,唯恐他会拒绝。他惊异地望着她。

"糊涂,糊涂!"她叫嚷道,将他的神情当成了拒绝,"眼下可没工夫胡闹。您还没有闹够吗?"

"可是……难道我……已经病入膏肓了?"

斯捷潘·特罗菲莫维奇若有所思地答应了。后来我十分惊讶地从瓦尔瓦拉·彼得罗夫娜口中得知,对于死,他竟似毫不畏惧。或许他只是不大相信,仍认为自己的病无甚大碍。

他兴致颇高地作了忏悔,领了圣餐。所有人,包括索菲娅·马特维耶夫娜,甚至仆人,都来祝贺他领受了圣餐。每个人都克制地哭泣着,望着他那消瘦而疲惫的脸颊和苍白而颤抖的嘴唇。

"哦,我的朋友们,我只是感到惊讶,你们为何如此……兴师动众。说不定我明天就能下床了呢,那我们就……出发……这一整套仪式……我当然是很尊重的……可是……"

"神父,请您务必留下来,"瓦尔瓦拉·彼得罗夫娜急忙拦住已脱下法衣的神甫,"待会儿奉完茶,请您立刻为他宣讲教义,坚定他的信仰。"

神甫开讲；众人或坐或站，围在病榻前。

"在我们这个罪孽深重的时代，"神甫双手捧茶，平缓开口道，"信仰至高无上的神是人类唯一的避难所，无论是承受生活中的一切苦难与考验时，还是期冀被许诺的永恒福祉时……"

斯捷潘·特罗菲莫维奇似乎完全活过来了，一丝不易察觉的冷笑浮现在他的嘴角。

"神父，我谢谢您，您很善良，但是……"

"不许说但是，没有但是！"瓦尔瓦拉·彼得罗夫娜欠身离座，冲病人喝道，又转向神甫道，"神父，他，他就是这样的，他就是这种人……过一个钟头您还得听他忏悔一遍！他这个人哟！"

斯捷潘·特罗菲莫维奇拘谨地笑了笑，道："我的朋友们，上帝于我是必需的，哪怕仅仅是因为，唯有上帝你可以永远去爱……"

也不知他是真的信了，还是神圣的圣餐仪式震撼了他，唤醒了他那敏感的艺术气质，总之，他坚定地，而且据说是饱含深情地，道出了与他平生很多信念背道而驰的一席话："我的永生是必然的，哪怕仅仅是因为，上帝不愿制造不公，不愿彻底扑灭在我心中突然为祂燃起的爱的火焰。有什么能够高于爱呢？爱高于存在，爱是存在的桂冠，存在又怎么可能不臣服于爱呢？假如我爱祂，并且为我的爱而欢喜，那祂又怎么可能熄灭我和我的欢喜，将我们变成零呢？假如上帝存在，那我也将是永生的！这就是我的信条。"

"上帝存在，斯捷潘·特罗菲莫维奇，我肯定地告诉您，上帝存在，"瓦尔瓦拉·彼得罗夫娜恳求道，"别再犯傻了，丢掉您的一切糊涂想法吧，哪怕一辈子就这么一回！"——她似乎并未理解他的信条。

"我的朋友，"他越说越激昂，尽管时断时续，"我的朋友，当我明白了……要把另半边脸凑过去……让人……打我，我当下又明白了一个道理……我这一辈子都在撒谎，一辈子……一辈子！我真想……明天,我们……我们一起动身。"

瓦尔瓦拉·彼得罗夫娜哭了。斯捷潘·特罗菲莫维奇的目光在寻找谁。

"她,她在这儿!"瓦尔瓦拉·彼得罗夫娜抓住索菲娅·马特维耶夫娜的胳膊,将她拽到了他的面前。他深情地笑了笑。

"哦,我真想再活一次!"他突然精力充沛地感慨道,"生命中的每一分钟、每一个瞬间都应当被视作福祉……应当,必须!人有责任如此安排自己的生活。这是人的法则——隐性的,却是必然存在的法则……哦,我真想见见彼得鲁沙……他们所有人……还有沙托夫!"

需要指出的是,对于沙托夫之死,无论达莎,还是瓦尔瓦拉·彼得罗夫娜,甚或是最后一个从城里赶来的萨尔茨菲什,当时都还一无所知。

斯捷潘·特罗菲莫维奇越说越激动,这种激动是病态的,令他无力承受的。

"单单一个永恒的思想,即有那样一种比我公正、比我幸福无数倍的存在,就足以令我整个人充满无限的感动与荣耀,哦,无论我是谁,无论我做过什么!较之于个人幸福,人们最要紧的是要知道、并且无时无刻不相信,有那样一种完美而平静的幸福,普照芸芸众生、世间万物……人类存在的全部法则就在于:人要永远膜拜无限伟大。假使无限伟大被剥夺,人类就会活不下去,就会在绝望中死去。无限与无穷同样是人类所必需的,一如我们所赖以栖居的那颗小小的星球……够了,我的朋友们,够了:伟大思想万岁!永恒的、无限的思想万岁!任何人,无论他是谁,都要向构成伟大思想的本质顶礼膜拜。哪怕是最愚蠢的人也离不开伟大之物,哪怕是一点点。彼得鲁沙……哦,我真想再看他们所有人一眼!他们不知道,他们不知道,在他们身上同样蕴含着那个永恒的伟大思想!"

萨尔茨菲什医生没有参加圣餐仪式,此刻进来一看,顿时大惊失色,急忙驱散众人,说切不可令病人过于激动。

斯捷潘·特罗菲莫维奇于三天后去世,死前很久便已人事不知。他安详地熄灭了,如同一支燃尽的蜡烛。瓦尔瓦拉·彼得罗夫娜就地为自己可怜的友人举行了安魂弥撒,将他的遗体运回了斯克沃列什尼基,安葬于教堂墓地。大理石墓碑已经立好。墓志铭和围栏则留待开春。

瓦尔瓦拉·彼得罗夫娜此次离城前后共计八天。与她一同乘车回城的还有索菲娅·马特维耶夫娜,后者好像在她家永远住下了。需要指出的是,斯捷潘·特罗菲莫维奇刚一失去意识(就在那天上午),瓦尔瓦拉·彼得罗夫娜便将索菲娅·马特维耶夫娜轰出了木屋,独自一人照料病人,直至最后一刻。等他一咽气,她立刻又把后者叫了回来,建议(确切说是命令)她永久定居斯克沃列什尼基。可怜的女人被吓得半死,但瓦尔瓦拉·彼得罗夫娜根本不想听她的任何异议。

"全是胡扯!我会亲自陪你去卖福音书。如今在这个世上我已经一个亲人都没有了!"

"可您还有儿子呀。"萨尔茨菲什医生提醒道。

"我没有儿子!"瓦尔瓦拉·彼得罗夫娜断然道。

不料却一语成谶。

第八章　大结局

　　一切暴行和罪过以迅雷不及掩耳之势败露了，比彼得·斯捷潘诺维奇预想的要快得多。事情还要从头说起：沙托夫遇害当夜，不幸的玛丽亚·伊格纳季耶夫娜于凌晨醒来，发现丈夫仍未回家，顿时急得不行。雇来陪夜的女佣无论如何都安抚不住，只得天刚蒙蒙亮便跑去找阿林娜·普罗霍罗夫娜，临走前跟产妇打包票，说后者一定知道她丈夫在哪儿、啥时候回。而此时的阿林娜·普罗霍罗夫娜也正自忧心忡忡：她已经从丈夫口中得知了当晚在斯克沃列什尼基的"壮举"。维尔金斯基回到家时已是夜里十点多，整个人失魂落魄；他绝望地比画着手势，一头扑倒在床上，号啕大哭，身子剧烈地抖动，嘴里不住地念叨着："错啦，错啦，完全错啦！"阿林娜·普罗霍罗夫娜自然少不了上前追问，而维尔金斯基自然向她坦白了一切——不过，全家人里他只告诉了她一个。阿林娜·普罗霍罗夫娜任由他趴在床上，但严厉警告说："想哭就趴在枕头上哭，以免被人听见，而且明天还不能表现出来，否则你就是个笨蛋。"她略一合计，立刻着手准备，以防不测：多余的材料、书籍（说不定还有传单），通通藏好，或者干脆烧掉。可话又说回来，她感觉她本人、她的姐姐和姨妈、女大学生，甚至包括她那个长耳朵的哥哥,都没有什么好担心的。当女佣一大早跑过来找她时,她想都没想就去了玛丽亚·伊格纳季耶夫娜家。她其实是想尽快打探清楚,丈夫昨晚以惊恐而癫狂的、浑似谵妄的低语告诉她的那些,即彼得·斯捷潘诺维奇以共同利益为名对基里洛夫的图谋究竟是否属实。

但她还是来迟了一步。女佣走后,玛丽亚·伊格纳季耶夫娜坐卧不宁,从床上爬起来,随便抓起一件衣服(十分单薄,不合季节),胡乱披上,亲自跑到厢房去找基里洛夫,心想他应该最清楚自己丈夫的下落。可想而知,屋内的情形对产妇造成了何种震荡。她如此惊恐,以至未能发现基里洛夫临死前写下的声明,虽然它就醒目地摊在桌子上。她奔回自己屋里,一把抱起儿子,跑到街上。湿漉漉的清晨,化不开的浓雾。僻静的街道上不见一个行人。她踩着冰冷陷脚的泥泞,上气不接下气地跑啊、跑啊,终于支持不住了,这才跑去敲路边的门。第一户没人开门,第二户也迟迟不开,她便又焦急地跑去敲第三户。那是商人季托夫的家。门一开,她便没头没脑地哭号说"她丈夫被人杀了"。季托夫一家对沙托夫的情况略有耳闻;这会儿听说她昨天刚生完孩子,又见她穿得这么单薄,这么冷的天在街上乱跑,怀里还抱着个几乎没有包裹的婴儿,全都吓坏了。起初他们以为她在说胡话,而且怎么都问不清楚,究竟是谁死了:是基里洛夫,还是她丈夫?她看出来他们不相信自己,扭头就要朝前跑,却硬被拦下来了;据说,她没命地叫嚷、挣扎。季托夫等人去了菲利波夫公寓,两小时后,基里洛夫的自杀及其遗言就传遍了全城。警察来找产妇(她当时还有意识),这才知道,基里洛夫的遗言她并未见到,那她何以断定自己的丈夫也遇害了?这一点却始终问不明白。她只是嘶喊说:"既然他被人杀了,那我丈夫也一定被人杀了,他们在一起来着!"临近晌午,她昏死过去,此后再未苏醒,三天后便去世了。受了风寒的婴儿更是死在了她的前头。

阿林娜·普罗霍罗夫娜到时,一见产妇和婴儿不在,知道情况不妙，便想往家跑，刚跑到大门口又停住了，叫女佣"去厢房问问基里洛夫先生，玛丽亚·伊格纳季耶夫娜是不是在他那儿，他知不知道她上哪儿去了？"女佣疯也似的尖叫着跑了出来，整条街都听得到。阿林娜·普罗霍罗夫娜赶紧叫她别喊，也不能对任何人说，否则"会被判刑"，然后匆忙溜了。

不消说，作为产妇的接生婆，当天上午她就被警方找上了门。但警方收获不大：她冷静如实地讲述了她在沙托夫家听到看到的一切，对于命案则坚称毫不知情。

可想而知，城里掀起了怎样的慌乱。新的丑闻，新的命案！但不同的是：如今已经很明显，城里的确有一个由杀手、纵火犯、造反派、暴动者构成的秘密组织。骇人听闻的莉莎之死、斯塔夫罗金妻子遇害、斯塔夫罗金本人、纵火案、筹款舞会、省长夫人小圈子的胡作非为……就连斯捷潘·特罗菲莫维奇的失踪也被想成了一个谜。对于斯塔夫罗金，人们更是窃议不止。这天傍晚，彼得·斯捷潘诺维奇离城的消息也传开了，可奇怪的是，人们对他议论得最少。那天议论得最多的，还是"枢密官"一事。菲利波夫公寓周围几乎一整个上午都挤满了人。基里洛夫的遗言的确迷惑了当局。他们相信，正是基里洛夫杀害了沙托夫，继而自杀。不过，当局虽说有些迷糊，但总算没有彻底昏了头。比方说，遗言里语焉不详的"公园"二字，并没有像彼得·斯捷潘诺维奇所预想的那样，令当局一头雾水。警方当即扑向了斯克沃列什尼基，不仅因为那里有个全城任何地方都没有的园子，更多的是出于某种直觉，因为近来的一切祸端，或多或少都与斯克沃列什尼基脱不开关系。至少我是这样猜测的。（交代一句：当天一早，毫不知情的瓦尔瓦拉·彼得罗夫娜就出城追捕斯捷潘·特罗菲莫维奇去了。）警方根据线索，当晚便打捞到了沉在池塘里的尸体；案发现场还发现了沙托夫的便帽，是过于粗心大意的凶手遗落的。根据尸体外观及尸检结果，警方初步断定，基里洛夫不可能没有帮凶。由此确定了沙托夫—

基里洛夫秘密团伙的存在,并且与传单有关。可同伙都有谁呢?五人小组中的任何一个当时都未遭到任何怀疑。警方只知道,基里洛夫深居简出,几乎与世隔绝,以致被四处通缉的费季卡竟真能如他遗言中所说,在他家藏匿那么多天……最令人头疼的是,整团乱麻完全理不出任何头绪,找不到任何的共性与关联。很难想象,人心惶惶的敝城民众最终会得出何种结论、陷入何种混乱——所幸,第二天就真相大白了。

是利亚姆申。他果然崩溃了。对此,彼得·斯捷潘诺维奇后来其实已经有所警觉,所以才先后将其托付给了托尔卡琴科和埃尔克利。第二天,利亚姆申在床上躺了一整天,貌似很平静,脸冲着墙,一言不发,跟他说话也基本不理。因此,一天下来,他对于事态进展一无所知。而托尔卡琴科则知道得一清二楚;临近傍晚,他竟然罔顾彼得·斯捷潘诺维奇的指令,扔下利亚姆申,从城里跑到了县里,说白了就是开溜了:还真应了埃尔克利对这帮人的预判——全部丧失了理智。顺带一提,利普京当天也跑了,还不到晌午就溜出了城。但不知怎的,直到翌日傍晚,当局登门审问时才得知利普京潜逃了,他的家里人则吓得半死,噤若寒蝉。我还是接着说利亚姆申。当屋内只剩下他自己时(埃尔克利交代完托尔卡琴科之后就先回家去了),他立马跑出了家门,自然很快就得知了调查进展。他连家也没回,便开始没头苍蝇似的逃窜。但黑夜如此深沉,逃跑又如此可怕而艰难,刚跑过两三条街,他就又跑回家里,反锁上门,熬了一宿。临近天明,他似乎还尝试过自杀,但未遂。他又反锁上门,一直坐到近晌午,然后——跑到了当局。据说,他跪在地上爬,号啕,尖叫,亲吻地板,哭着喊着说他甚至不配亲吻长官们的皮靴。当局对他温言抚慰。问讯据说长达三个钟头。他全招了,交代了全部底细和他所知道的一切细节,甚至还为了表忠心,主动招了很多并没有问起他的。事实证明,他知道的还真不少,案情一下子就明了了:沙托夫和基里洛夫的悲剧、火灾、列比亚德金兄妹之死等等全部退居次位；彼得·斯捷潘诺维奇、秘密团伙、组织、网络则成了焦点。当被问到，为何要搞出这么多的凶杀、丑闻和卑鄙行径时，他热烈而急切地回答："为了系统性地动摇根基、瓦解社会及一切基础，为了使人心涣散，彻底乱成一锅粥，由此让社会变得风雨飘摇、病态萎靡、道德沦丧、失去信仰，同时又极度渴望某种主导思想以求自保，到时候再举旗造反，借助遍布全国的五人小组，动用一切手段，抓住一切可以利用的弱点，一举控制整个社会。"最后他说，敝城之事只是彼得·斯捷潘诺维奇对于系统性混乱的初步预演，是为了制定未来行动的纲领，甚至要推广到一切五人小组——并说这些都是他自己推想出来的，"希望政府千万别忘了他，要把他的表现全看在眼里，看到他对案情的交代多么坦白而透彻，也就是说，他今后说不定仍能为政府效劳"。当被问到"五人小组有很多吗？"时，他回答说"多，多得数不过来"，说"整个俄国都被一张大网罩住了"。虽然他并未提供证据，但我想，他大概真是这么认为的。他只提供了一份在国外印刷的社团纲领，和一份手写的关于未来系统性行动的规划草案，虽然字迹潦草，却是出自彼得·斯捷潘诺维奇本人之手。闹了半天，关于"动摇根基"云云，利亚姆申只是一字不差地照搬了这份草案，连一个标点都没遗漏，可他却硬说那是他自己推想出来的。关于尤利娅·米哈伊洛夫娜，他表现得异常可笑，不等人问便抢先说"她是无辜的，她只是受人愚弄了"。耐人寻味的是，他矢口否认尼古拉·斯塔夫罗金与秘密团伙有任何瓜葛，或与彼得·斯捷潘诺维奇有任何协议。（对于彼得·斯捷潘诺维奇对斯塔夫罗金的那些可笑幻想他也毫不知情。）据利亚姆申说，列比亚德金兄妹之死全是彼得·斯捷潘诺维奇一手操办的，完全瞒着尼古拉·弗谢沃洛多维奇，目的是将后者拖下水，从而受制于他；他想当然地以为能够博得对方的感激，谁知却激起了"高尚的"尼古拉·弗谢沃洛多维奇的满腔愤怒乃至绝望。关于斯塔夫罗金，利亚姆申同样是主动交代的，显然是有所企图，他的结论是：斯塔夫罗金肯定大有来头,而且一定有什么秘密;说他在本地,怎么说呢,是秘密潜伏;说他受了委派,很可能会再度从彼得堡重返敝城(利亚姆申确信他眼下在彼得堡),但届时将完全是另外一番光景,作为某些即将声震敝城的大人物的随从;还说这全是他从彼得·斯捷潘诺维奇——"尼古拉·弗谢沃洛多维奇的秘密敌人"——那儿听来的。

提请注意:两个月后,利亚姆申承认,自己当时是有意为斯塔夫罗金开脱,指望以此得到后者的庇护,好让他在帝都帮自己罪减两等,流放时还能为他提供钱和介绍信。由此可见,他对尼古拉·斯塔夫罗金的确是过分高估了。

就在当天,维尔金斯基也毫无悬念地被捕了,并且殃及了全家。(如今,阿林娜·普罗霍罗夫娜和她的姐姐、姨妈,乃至女大学生都早被释放了;甚至有人说,似乎连希加列夫也很快就能出来了,因为他跟哪一类罪名都不沾边,但这目前还只是传闻而已)。维尔金斯基立刻招认了一切:被捕时他正躺在床上发烧。据说他甚至很高兴,好像还说了句"一块石头落了地"。还听说,他在录口供时相当坦率,甚至不失尊严,毫不退缩地坚持自己的一切"光明的理想",同时又对秘密团体的政治道路大加咒骂(与社会道路相反),说他是无心而轻率地被"巧合的旋涡"裹挟进来的。他在凶杀过程中的举动得到了有利于他的解释,因此他大概率也能指望被宽大处理。至少敝城人是这么认为的。

但埃尔克利就未必如此幸运了。他在被捕之后一直拒不开口,要么便竭力歪曲事实,自始至终无半句悔过之语。然而,就连最严厉的法官也不由得对他心生恻隐:因他年纪尚浅,毫不设防,显是受了政治蛊惑,成了狂热的牺牲品;尤其得知他事母至孝,将自己微薄薪水的一半都寄给了母亲。他母亲现下就在敝城;这是个赢弱多病、未老先衰的妇人,终日以泪洗面,跪在地上为自己的儿子求情。结局尚未可知,但敝城很多人都可怜埃尔克利。

利普京在彼得堡足足过了两个礼拜才落网。其行为令人迷惑，甚至无法解释。据说他既有化名的护照，又完全有机会逃往国外，身上还带着一大笔钱，却偏偏留在了彼得堡，哪儿也没去。他找了一段时间的斯塔夫罗金和彼得·斯捷潘诺维奇，然后突然开始毫无节制地花天酒地，似乎完全丧失了理智，忘记了自我处境。他是在一家妓院落网的，被捕时已喝得烂醉。有人传言说，事到如今他仍不气馁，受审时谎话连篇，对于即将到来的庭审还抱有几分郑重和期冀（？）。他甚至打算在法庭上陈词。托尔卡琴科是潜逃十天后在县里被捕的，他的表现要好得多，既不撒谎，也不滑头，知无不言，也不喊冤，老老实实认罪，只是也爱说漂亮话。他兴致勃勃地说了很多，尤其是谈到民众及民众中的革命者（？）时，甚至慷慨激昂起来。据说，他也打算当庭陈词。总之，他跟利普京都不咋害怕，也真是奇怪。

重申一遍：此案目前仍未了结。如今，三个月过去，敝城社交界歇足了，养好了，玩够了，对这桩案子又有了新的独到见解，有人甚至将彼得·斯捷潘诺维奇说成了天才，至少也是"才干卓绝"。"一整个组织哪！"有人在俱乐部挑着大拇指说。当然，这些话也无可厚非，何况说的人也并不多。其余人则不然，他们虽不否认他才干突出，却认为他对现实完全无知，想法太过脱离实际，过分畸形、单向发展，因而极端轻浮。至于其道德品质，大家倒是达成了共识，没什么好争辩的。

还有谁没被交代呢？千万别落下谁才好。马夫里基·尼古拉耶维奇走了，不知道去了哪儿。莉莎的母亲得了老年痴呆……最后，还有一件十分沉痛的事要讲。我就只陈述事实吧。

瓦尔瓦拉·彼得罗夫娜一回来就住到了城内的府第。积压的消息如洪水般向她涌来，令她惊骇不已。她将自己反锁在屋内。已是黄昏，众人都乏了，早早便都睡下了。

清早，女仆一脸神秘地交给达里娅·帕夫洛夫娜一封信。据女仆说，信是昨天到的，但当时已经很晚了，所有人都睡下了，就没敢叫醒她。信不是邮寄的,而是由一个陌生人送到斯克沃列什尼基,交给阿列克谢·叶戈雷维奇。叶戈雷维奇当即亲自送进了城,到时已是晚上,把信交给女仆就又立马回去了。

达里娅·帕夫洛夫娜的心怦怦直跳,盯着信看了半晌,不敢拆开。她知道信是谁写的——尼古拉·斯塔夫罗金。她认出了信封上的字迹:"阿列克谢·叶戈雷维奇转交达里娅·帕夫洛夫娜亲启"。

以下便是信件原文,我对文字上的错误完全未予纠正:尽管这位俄国少爷接受了正统的欧式教育,但其俄语水平实在令人不敢恭维。[1]

亲爱的达里娅·帕夫洛夫娜:

您之前说愿意给我"当看护",还让我答应,需要时通知您。我两天后走,不再回来了。您愿意跟我走吗?

在去年,跟赫尔岑一样,我成了瑞士乌里州的公民[2],这事谁也不知道。我已经在那儿买了一个小房子。我还有一万二千卢布,我们可以永远住在那儿。我永远不想再从那儿出来。

那地方很枯燥,是个峡谷。群山拥挤了视线和思绪。非常忧郁。有小房子卖,我就买了。要是您不喜欢,我就卖了,再到别处去买。

我不健康,但希望借助那里的空气摆脱幻觉。这是生理上的;至于道德方面,您是知道的,但是全部吗?

我跟您说过我的很多事。但并非全部。即使是对您我也没有说出全部!我要承认,对于妻子的死,我在良心上有罪。在那以后我跟您没见过面,所以我要向您承认。我对莉莎维塔·尼古

---

[1] 斯塔夫罗金的书信中的确有不少错误,既有语法上的,比如将"в прошлом году"(在去年)误作"прошлого года"(去年的);也有拼写上的,比如将"галлюцинация"(幻觉)误作"галюсинация"。译文有选择性地保留了个别文法不通之处,并对个别生僻字进行了别字处理。

[2] 1851年,赫尔岑在被俄国政府剥夺公民权后加入瑞士国籍,但并非乌里州,而是弗里堡州。

拉耶夫娜也有罪，但这事您是知道的。这您几乎全预见到了。

您最好别来。我叫您来找我实在太卑劣了。您何苦为了我埋葬您的一生呢？我喜欢您，当我苦闷时，在您身边我就好受：只有在您面前，我可以大声地谈论自己。但这什么都不能代表。您自己说要去"当看护"——这是您的原话，但何必如此牺牲呢？您定能想到，我并不怜惜您，既然叫您来；也并不尊重您，既然等您来。可我偏偏既叫您来，又等您来。无论如何，我需要您的答复，因为我很快就得走。那样的话我就自己走了。

我对乌里州不抱任何希望，我只是去。我并非有意挑选忧郁的地方。我在俄国无牵无挂——这里的一切都令我陌生，跟其他地方一样。诚然，比起其他地方，我最不乐意在这里生活；但即使在这里，我也无法产生憎恨！

我到处试验我的力量。这是您建议我的，"以便了解自我"。无论试验给自己看，还是给别人看，我的力量似乎都是无穷的，有生以来一直如此。我当着您的面挨了您兄长一巴掌；我当众承认了婚姻。但该如何使用这一力量——我一直没有答案，包括现在，尽管您曾经在瑞士鼓励我，而我也信了。我还跟一直以来一样，会渴望做善事，从中得到享受；但与此同时，我又渴望作恶，从中同样能够得到快感。但这两种感受一直都是十分渺小的，从来没有巨大过。我的渴望太过无力，无法主导。抱着原木可以渡河，抱着木屑却不行。所以您千万别以为，我去乌里州是抱着什么指望。

我和从前一样，不怪罪任何人。我试过荒淫无度，为此耗尽了力量。但我既不喜欢，也不愿意荒淫。您最近在观察我。您知道吗，我们的否定者们甚至会令我愤恨，嫉妒他们的希望？但您的担心是多余的：我不会成为他们的同志，因为我什么都不认同。我也不会为了招笑、为了愤恨那么做，但不是因为我害怕被人笑，我是不可能怕人笑的，而是因为我终究有些正派人的习惯，因为我感到厌恶。但假如我对他们的愤恨和嫉妒能再多些,也许我就跟他们去了。您瞧,我轻浮到了何种地步,又飘荡得多么厉害!

亲爱的朋友,温柔而宽容的人,我猜透了您!或许,您梦想着给我那么多的爱,从您的美好心灵向我流露出那么多的美好,并希望以此最终为我竖立目标?不,您最好谨慎些:我的爱将和我本人一样渺小,而您将是不幸的。您的兄长对我说,谁失去了与自我土地的联系,谁就失去了自己的众神,也就是自己的一切目标。关于一切都可以无尽地争论,但我流露出的只有否定,毫无宽容与力量。甚至连否定都无法流出。我的一切永远渺小而萎迷[1]。宽容的基里洛夫无法忍受思想——开枪自杀了,但我知道,他之所以宽容,只是因为他理智不健全。而我永远不会丧失理智,永远不会像他那样相信思想。我甚至无法像他那样被思想占据。我永远、永远无法开枪自杀!

我知道,我本该杀死自己,将自己像个可鄙的臭虫一样从地球上抹去;但我害怕自杀,因为我害怕表现出宽容。我知道,这将又是一个欺骗,一大长串欺骗中的最后一个。欺骗自己有什么好处呢,就为了假扮宽容吗?我永远不会感到愤慨和羞愧,想必也不会绝望。

原谅我写了这么多。我冷静了。这是无心的。也许一百页仍嫌少,其实十行就足够。单是叫你来"当看护"的那十行就足够了。

自离城之后,我一直住在第六个站点的站长这里。我跟他是五年前在彼得堡喝酒认识的。没有人知道我在这儿。信寄给他。附上地址。

尼古拉·斯塔夫罗金

---

[1] 别字,当为"靡"。

达里娅·帕夫洛夫娜立刻把信拿给了瓦尔瓦拉·彼得罗夫娜。后者看完一遍,请达莎出去,好自己再看一遍;没过一会儿又叫她进去。

"你去吗?"瓦尔瓦拉·彼得罗夫娜近乎胆怯地问。

"去。"达莎回答。

"收拾东西!咱们一起去!"

达莎疑问地望着她。

"事到如今,我还留下来做什么?不都一样吗?我也加入乌里州,住在峡谷里好了……别担心,我不会妨碍你们的。"

两人紧着收拾,想赶午间的列车。但没过半个钟头,阿列克谢·叶戈雷维奇就从斯克沃列什尼基赶来了。他禀报说,尼古拉·弗谢沃洛多维奇清早"突然"乘早班车回来了,眼下就在斯克沃列什尼基,但"神色不对,问他什么也不言语,挨个屋子看了一遍,就反锁在了自己那半栋楼里……"

"我是违背少爷的命令前来禀报的。"阿列克谢·叶戈雷维奇神情严峻地补充道。

瓦尔瓦拉·彼得罗夫娜敏锐地看了他一眼,一句话也没多问,立刻吩咐备车,带着达莎上了路。据说,一路上她一直在画十字。

在"自己那半栋楼"里,原本反锁的房门全部打开了,但哪儿也找不到尼古拉·弗谢沃洛多维奇。

"怕不是在顶楼吧,太太?"福穆什卡小心地道。

值得一提的是,只有几个仆人跟着瓦尔瓦拉·彼得罗夫娜走进了"自己那半栋楼",其余仆人都没有跟进来。换作从前,他们是绝不敢这么没规矩的。但瓦尔瓦拉·彼得罗夫娜见了,并未吭声。

众人爬上了顶楼。那里有三个房间,但一个人也没有。

"少爷该不会是在那上面吧,太太?"有人指着阁楼的门说。的确,平日里一向紧闭的阁楼窄门如今四敞大开。阁楼门几乎顶到了楼顶,隔着很长的一段木质楼梯,极其狭窄,还陡得吓人。门后有个小间。

"我不上去!他上那上面去干吗?"瓦尔瓦拉·彼得罗夫娜脸色煞白,环顾众仆人道。众仆人望着她,不说话。达莎浑身颤抖。

瓦尔瓦拉·彼得罗夫娜抢上楼梯;达莎紧随其后;前者刚一迈进阁楼,便大叫一声,昏倒在地。

那位乌里州的公民就吊在一进窄门处。小桌上有一小片纸,上面用铅笔写着:"不怪任何人,是我自己。"小桌上还放着一柄锤子、一块肥皂和一根长钉,显然是事先准备好的。尼古拉·弗谢沃洛多维奇用来上吊的细绸绳结实而光滑,显然也是提前选好的,上面还打了厚厚一层肥皂。一切都表明:自杀者直至最后一刻都意图明确,意识清醒。

敝城的医生们经尸体解剖,断然否认自杀者精神错乱。

补　遗[1]

---

[1] 本章原为第二部第九章,放在《伊万王子》和《斯捷潘·特罗菲莫维奇遭搜查》中间,但小说于1871—1872年在《俄国导报》首次连载时,被该刊主编米·尼·卡特科夫(1818—1887)以包含诱奸幼女等情节为由删去。直至1922年,本章内容才首次以"补遗"形式与读者见面,并一直延续至今。

第九章 在吉洪处

一

当天夜里，尼古拉·弗谢沃洛多维奇没有就寝，在沙发上坐了一整夜，时常目光呆滞地盯着角落里五斗橱旁的某个点。他房间里的灯亮了一夜。早上七点来钟，他坐着睡着了；九点半，当阿列克谢·叶戈雷维奇按照雷打不动的规矩，准时为他端来早晨的咖啡时，他倏然睁眼，显得惊讶且懊恼，因为自己竟然睡了这么久，都已经这么晚了。他大口喝下咖啡，匆匆穿好衣服，快步走出家门，对于阿列克谢·叶戈雷维奇"是否有何指示"的小心询问未加理会。走在街上，他一直心事重重地盯着路面，只是偶尔才突然抬起头，流露出难以言喻的强烈不安。走到离家不远的一处十字路口，他被一队过路的汉子截住了去路，他们约莫有五十人，或者更多，走得秩序井然，几乎鸦雀无声。他不得不在一家店铺旁等了一分钟，听到有人说那是"什皮古林工厂的人"。他几乎没有在意。直到十点半左右，他才来到位于城郊河畔的叶菲米耶夫—博戈罗茨基修道院门前。这时，他似乎突然想起了什么，慌忙停下脚步，将手伸进侧兜摸了摸，这才淡然一笑。走进院墙，他向遇见的头一名仆役打听,怎样去见在此静修的吉洪主教。仆役当下行礼,头前带路。两人沿着修道院长长的二层主楼走到尽头,在门廊处遇见了一位头发花白的胖修士,后者不容分说打发走仆役,亲自引着斯塔夫罗金走上了一条狭长的走廊。胖修士也是鞠躬连连(但他太胖,没法深鞠躬,只是一个劲儿猛点头),还不住地说"请、请",尽管斯塔夫罗金就跟在他身后。胖修士一路上问了好多话,还提到了修道院院长兼大司祭神父,但一句话也没问出来,于是越发恭谨。斯塔夫罗金感觉这儿的人似乎都认识他,可他明明记得自己只在儿时来过。来到走廊尽头处的一扇门前,胖修士不管不顾,伸手就去推门,接着向迎上来的男仆熟络地问了声"可以进么",也不待答话,便一把将门敞开,垂首侧立,让进"贵客"。斯塔夫罗金道了声谢,胖修士转身便跑掉了。尼古拉·弗谢沃洛多维奇走进一间不大的房间,几乎与此同时,隔壁房间门口出现一个高大瘦削的身影。此人五十五岁上下,身着居家长袍,似乎略带病容,脸上隐约带笑,奇怪的目光里竟似有些腼腆。这便是吉洪神父,尼古拉·弗谢沃洛多维奇最初是从沙托夫那儿听说他的,后来又主动搜集了一些关于他的资料。

资料很杂,且相互矛盾,但也有些一致的,即无论喜欢他的人,还是不喜欢他的人(这样的人也是有的),似乎都对他避而不谈。不喜欢他的人大概是出于轻蔑;而他的信徒,甚至是狂热的信徒,则大概是出于克制,似乎想隐瞒他的某种缺陷——或许是疯癫吧。尼古拉·弗谢沃洛多维奇得知,吉洪在这所修道院已经住了六年,来找他的人里面既有平民百姓,也有达官显贵;就连遥远的彼得堡也有他的狂热崇拜者,且以女性居多。但他又听敝城一位神气的、爱祈祷的、常年混迹于俱乐部的老头子说,"这个吉洪几乎是个疯子,反正肯定是个平庸之辈,而且绝对嗜酒"。这里我要插一句,说他嗜酒纯属胡说,他只是患有顽固的风湿腿疾以及偶尔发作的神经痉挛。尼古拉·弗谢沃洛多维奇还得知,闲居的吉洪主教在修道院未能赢得特别的尊敬,不知是由于性格缺陷，还是因为"不可原谅的、与其教职不相称的散漫习气"。据说，为人严厉、一丝不苟，且以博学著称的修道院院长兼大司祭神父，对吉洪似乎颇有敌意，谴责他（不是当面地，而是间接地）作风散漫，近乎异端。众修士们对这位病主教似乎也……虽不至于轻慢吧，至少也是很随便的。构成吉洪居室的两个房间里的陈设也颇为奇特。在一套旧得连皮革都磨破了的笨重家具旁摆放着三四样精美物件：一张超豪华的安乐椅，一张精工细作的大书桌，一个雅致的雕花书柜，另有几张小桌、几只搁架，都是信徒的馈赠。地上铺着一张昂贵的布哈拉地毯，地毯旁边又铺着几块草席。墙上挂着的版画既有世俗内容，也有神话题材。屋角有个很大的神龛，供奉着一排金银闪耀的圣像，其中有一件年代久远，还嵌着圣骨。书柜里的藏书据说同样五花八门、枘凿冰炭：在伟大的基督教圣徒及苦修者的著述旁边居然摆放着世俗戏剧，"说不定还有更糟的"。

　　简单的寒暄过后——不知怎的，两人明显都有些尴尬，话说得匆促甚至含糊——吉洪将客人让进会客室，请他坐到桌子后面的沙发上，自己则坐在了旁边的藤椅上。尼古拉·弗谢沃洛多维奇依旧心神不宁，内心煎熬。看样子，他似乎在下决心做一件非同小可的、不容商量的，却又令他难以承受的事。他四下打量着会客室，足足有一分钟，但显然漫不经心；他若有所思，但自己也不知道在想些什么。他被寂静惊醒了：他突然感觉到，吉洪似乎正腼腆地目光低垂，甚至带着一抹多余而荒唐的微笑。这瞬间激起了他的厌恶；他很想起身走掉，何况在他看来，吉洪显然是喝醉了。吉洪却突然抬起眼，向他投来如此坚定且意味深长的目光，并流露出如此意外且高深莫测的神情，险些令他心头一震。他莫名地感觉到，吉洪已经知道他为何而来，似乎被预先告知了（尽管全世界都不可能有任何人知道），而吉洪之所以不率先开口，只是为了顾全他的颜面。

　　"您认识我？"尼古拉·弗谢沃洛多维奇突然讷讷地开口道，"刚进门时,我向您做过自我介绍了吗? 我太出神了……"

"您并未做过自我介绍,但我有幸见过您一面,那还是四年前,就在这所修道院……无意间地。"吉洪说话时语速平缓,声调柔和,吐字清晰。

"我四年前并没有来过这家修道院,"尼古拉·弗谢沃洛多维奇近乎粗鲁地反驳道,"我只在小时候来过一次,那时您还没到这儿来呢。"

"也许,您忘了?"吉洪以商量的语气道。

"不,忘不了;我若忘了才叫可笑呢,"斯塔夫罗金咄咄逼人地坚持道,"想必是您听说过我,对我有了印象,所以才误以为见过我。"

吉洪不说话了。尼古拉·弗谢沃洛多维奇这时察觉,吉洪的面部不时掠过一阵阵的神经性抽搐,那是常年神经衰弱的表现。

"看得出,您今天不大健康,我看我还是走的好。"尼古拉·弗谢沃洛多维奇说罢,站起身来。

"是的,从昨天起我的两条腿就疼得厉害,夜里没睡好……"吉洪没再说下去;来客突然又陷入了方才那种恍惚的沉思中。沉默持续了约莫两分钟之久。

"您在观察我?"尼古拉·弗谢沃洛多维奇突然惊疑地问。

"我看见您,就想起了令堂的脸庞。长相虽然不像,但内心上、精神上很像。"

"根本不像,尤其是精神上。甚至一、点、也不像!"尼古拉·弗谢沃洛多维奇再次无缘无故地慌乱起来,并且莫名其妙地执拗道,"您这么说是……是在同情我的处境,是在瞎说。"他顿了顿,又突然道:"啊! 我母亲到您这儿来过?"

"来过。"

"我都不知道。从没听她说起过。她经常来?"

"差不多每个月都来,甚至更多。"

"从来、从来没听她说过。没有。"他突然又补充道,"而您自然听她说过,我神经错乱了。"

"不,这倒没有。其实,也听说过,只不过是从别人那儿。"

"看来您记性不错嘛,既然连这种小事儿都记得住。耳光的事儿听说了么?"

"略有耳闻。"

"那就是听说过喽。您的闲工夫倒是多得很。决斗也听说了?"

"决斗也听说了。"

"您的消息倒挺灵通。都用不着报纸了。是沙托夫告诉您我会来的吧,嗯?"

"不是。沙托夫先生我倒是认识,但已经很久没见过他了。"

"唔……您那边挂的是个什么图?嚄,最近一次战争的形势图!您挂这个干什么?"

"我在对照地图读一本书。引人入胜的描写。"

"给我看看;嗯,写得不错。但您看这个,未免有些奇怪。"尼古拉·弗谢沃洛多维奇将书挪到自己面前,草草看了两眼。书中对最近一次战争的描述详尽而精彩,但与其说是军事叙述,莫如说是文学描写。他翻了两页,突然不耐烦地丢在一边。

"我实在想不明白,我干吗要到这儿来?"他嫌恶地说道,直直地盯着吉洪,似乎在等待对方做出回答。

"您似乎也不大健康?"吉洪问。

"是的,我有病。"

突然间,他以最简略、最不连贯,因而不免令人费解的话语开始了讲述,说他经常产生某种幻觉,尤其是在夜里,说他经常看见或者感觉身边有个恶灵,既促狭又"理性","长相不同,性格不同,但都是同一个,而我永远在发怒……"

这番坦白既荒唐又混乱,的确很像神经错乱。但与此同时,尼古拉·弗谢沃洛多维奇讲话时带着一种从未有过的奇怪的坦率,以及与他本人格格不入的朴实,就好像从前他身体里的那个人突然彻底消失了。他在描述自己的幻觉时,丝毫不耻于流露出恐惧。但这一切都只是瞬间的,其消失与出现一样突然。

"这全是鬼扯,"他回过神来,窘迫而懊恼地找补道,"我会去看医生的。"

"一定要去。"吉洪坚决道。

"您说得这么肯定……您之前见过像我这样的?有幻觉的?"

"见过,但很少。我这辈子只记得一个,一名军官,他失去了自己的妻子——他无可替代的人生伴侣。另一个我只是听说。两人都在国外治愈了……您这样已经很久了吗?"

"快一年了,但这全是鬼扯。我会去看医生的。但这全是鬼扯,无稽之谈。那只不过是形形色色的我,仅此而已……我现在加了这么一句,您大概会觉得我仍在怀疑,不确定那就是我,而非魔鬼?"

吉洪疑问地看着他,再次确认道:"您……您真的看见过?您真的看见过某种形象?"

"您这么问真是奇怪,我不是都跟您说了嘛,我见过,"斯塔夫罗金又开始越说越气,"我当然看见过,就跟看见您一样真切……有时候我看见了,却不相信我看见了,虽然我的确看见了……有时候我又不确定我看见的是什么,不知道哪个是真的:我,还是它……但这全是鬼扯。可难道您就无论如何都不肯假定,那就是魔鬼?"他冷不丁地换成了嘲笑的口吻,"这岂非更符合您的职业吗?"

"病的可能性更大,不过……"

"不过什么?"

"魔鬼是无疑存在的,但对魔鬼的理解却可能千差万别。"

"所以您就又垂下了眼皮,"斯塔夫罗金恼怒而嘲讽地接茬道,"您为我感到羞愧,因为我明明相信魔鬼,却又假装不信,反过来套您的话:到底有没有魔鬼?"

吉洪不置可否地笑了笑。

"知道么，垂眼皮这个表情跟您完全不搭：不自然、可笑、矫揉造作；您不是认为我粗鲁么？那我就严肃而无耻地告诉您：我信魔鬼，信奉魔鬼的教义，信奉实在的而非寓言的魔鬼，我完全不必向任何人求证，就是这样。这下您该高兴坏了吧……"

斯塔夫罗金神经质地、不自然地笑了起来。吉洪好奇地看着他，温和的目光竟似有些畏怯。

"您信上帝么？"斯塔夫罗金突然不客气地问。

"信。"

"不是说吗，信上帝的人，叫山挪开，山就会挪开……[1]其实，全是胡扯。不过，我还是想问一句：您能叫山挪开吗？"

"上帝吩咐，我就能挪。"吉洪平静而克制地回答，目光又垂下去了。

"哦，那不还是上帝挪的嘛。不，我问的是您自己，能不能挪？——作为信上帝的奖赏？"

"也许，挪不了。"

"'也许'？真不赖。您为何不确定？"

"我信得不彻底。"

"什么？您，信得不彻底？不完全信？"

"是……也许不够彻底。"

"噢！至少您还是相信，在上帝的帮助下您是可以挪山的，这也够可以啦。总比另一位大主教的一点点要多些，当然，那人是在马刀下这么说的。[2]您，当然也是基督徒喽？"

---

1 《马可福音 11：22—23》："耶稣回答说，你们当信服神。我实在告诉你们，无论何人对这座山说，你挪开此地投在海里。他若心里不疑惑，只信他所说的必成，就必给他成了。"
2 这是发生于法国大革命初期的一件事，陀思妥耶夫斯基在1873年如是描述道："巴黎大主教身着法衣，手持十字架，带领众神甫走上广场，对民众高声宣布，说他本人及其追随者一直在信奉致命的偏见，如今，当 la Raison（法文：理性）降临之后，他们自认有义务当众交卸自己的权力及其一切象征。说罢，他当真脱掉了法衣，交出了十字架、圣杯、福音书等等一切。'你信不信神？'一名工人手提马刀冲大主教喊道。'Très peu.'（法文："一点点。"）大主教低声道，希望以此缓和群众激愤。'这么说你是个败类，自始至终在欺骗我们！'工人骂完，一刀砍下了大主教的头颅。"

"主啊，我并不把你的十字架当作可耻的。"[1]吉洪以近乎狂热的低语喃喃道，头垂得更低了，嘴角突然神经质地抽动起来。

"连上帝都不全信，还能信魔鬼？"斯塔夫罗金大笑。

"哦，当然可以，司空见惯。"吉洪抬起头，也微微一笑。

"我相信，您肯定认为，这样信上帝总比完全不信强……嘿，牧师！"斯塔夫罗金嘿嘿笑道。

吉洪又冲他笑笑，愉快而朴直地答道："相反，彻底的无神论强过世俗的淡漠。"

"嚯，您竟然这么想？"

"彻底的无神论者，距离彻底的宗教信仰只差最后一级台阶——就看能否跨越，而淡漠者没有任何信仰，只有恶劣的恐惧。"

"可是您……您读过《启示录》么？"

"读过。"

"您还记得那段吗：'你要写信给老底嘉教会的使者……'"

"记得。迷人的文字。"

"'迷人的'？这个字眼对一位主教来说太奇怪了吧，您真是个怪人……您的经书在哪儿？"斯塔夫罗金莫名其妙地慌乱起来，视线开始在桌上搜索，"我想给您读读那段……俄文版有吗？"

"我知道那一段，记得很清楚。"吉洪道。

"您会背？背来听听！……"斯塔夫罗金迅速垂下目光，双掌压在膝头，迫不及待地等着倾听。

吉洪一字不差地背诵道：

你要写信给老底嘉教会的使者，说，那为阿们的，为诚信真实见证的，在神创造万物之上为元首的，说，我知道你的行为，你也不

---

[1] 《马可福音 8：38》："凡在这淫乱罪恶的世代，把我和我的道当作可耻的，人子在他父的荣耀里，同圣天使降临的时候，也要把那人当作可耻的。"

冷也不热。我巴不得你或冷或热。你既如温水,也不冷也不热,所以我必从我口中把你吐出去。你说,我是富足,已经发了财,一样都不缺。却不知道你是那困苦,可怜,贫穷,瞎眼,赤身的……

"够了,"斯塔夫罗金打断他道,"这里说的是那些中间派和淡漠者,是吗?知道吗,我很爱您。"

"我也爱您。"吉洪轻声答道。

斯塔夫罗金沉默了,突然又陷入了之前那种沉思中。这简直像疾病发作一样,已经是第三次了。就连他对吉洪说"爱",也像是发病所致,至少是他自己并未料到的。就这样过了一分多钟。

"别生气。"吉洪用一根手指轻轻碰了碰斯塔夫罗金的臂肘,似乎畏怯地低声道。

斯塔夫罗金浑身一震,皱眉怒道:"您怎么知道我生气了?"

吉洪刚要开口,斯塔夫罗金突然又以不可言喻的惊慌抢先道:"您怎么就能断定,我一定会发火呢?不错,我是生气了,您说得对,而这正是因为我对您说了'爱'。您说对了,但您是个粗鲁的犬儒主义者,您对人性的看法有辱尊严。换作别人,说不定也不会生气,可我不行……其实,与其说是人性,倒不如说是我自己。不管怎样,您都是个怪人、疯修士……"

他越说越激愤,后来简直口不择言了:"听着,我讨厌刺探人心的人,至少是想往我心里面钻的人。我并没有叫任何人进入我的内心,我谁也不需要,我自己可以搞定。您以为我会怕您吗?"他提高嗓门,挑衅地扬起下巴,"您认准了,我来是为了向您坦白一个'可怕的'秘密,而您正以您最擅长的神父式的猎奇心理期待着?好,那您听好了,我不会向您坦白任何事,任何秘密,因为我压根就不需要您。"

吉洪坚定地望着他,道:"您受到了震撼,因为神的羔羊[1]宁肯要冷

---

[1] 指耶稣。

的,也不要温的。您不想只做温的。我感觉得到,您正被一种强烈的,甚或可怕的意愿折磨着。若真是这样,那我恳求您,别再折磨自己,说出您到这儿来想要说出的一切吧。"

"您怎么知道我到这儿来是有话要说?"

"我猜的……从您的表情。"吉洪垂下目光,低声道。

尼古拉·弗谢沃洛多维奇的面色有些苍白,双手微微颤抖。他定定地、默默地看了吉洪好几秒钟,似乎在做最终的抉择。终于,他从常礼服侧兜掏出几页打字纸,放在桌上。

"这几页纸,注定,是要被人传阅的,"他断断续续道,"只要有一个人看了,那就意味着,我不会再隐瞒了,所有人都将看到。这已成定局。我完全不需要您,因为我已经决定了一切。但您还是读一读吧……读的时候您什么话也别说,等您读完了,再说个痛快……"

"真的要我读吗?"吉洪犹豫不决道。

"读吧。我早就平静了。"

"不行,我得戴上眼镜,字太小了,国外打的。"

"给。"斯塔夫罗金将桌上的眼镜递给吉洪,自己则仰靠在了沙发上。吉洪沉浸在了阅读中。

二

那是三页装订在一起的普通小张信纸,的确是国外机打的。应该是在国外的某家俄国印刷所秘密打印的,乍一看去很像传单。标题是《斯塔夫罗金的自白》。

我将这份材料原封不动地引入这部纪事。如今,读过它的人想必已有很多。我只纠正了其中的错别字——其数量之多甚至令我有些吃惊,毕竟斯塔夫罗金是个受过良好教育的,甚至博览群书(当然,是相对而言)的人。措辞方面则未做任何改动,尽管有些地方文理不通,甚至含糊不明。总之,作者显然不善文笔。

斯塔夫罗金的自白

我,尼古拉·斯塔夫罗金,退伍军官,186×年住在彼得堡,荒淫无度,但并不感到快乐。当时,有段时间我有三个住处。我自己住在一所提供伙食和仆役的公寓,玛丽亚·列比亚德金娜,我如今的合法妻子,当时也住在那儿。其余两处是按月租的,用于私会:一处跟一位爱我的夫人,另一处跟她的女仆;有段时间我还有过这样的计划,想让夫人和女仆在我家里碰头,并且是当着一大帮朋友和那家老爷的面。我了解她俩的性格,指望着这场愚蠢的玩笑能给我带来大乐子。

为了慢慢筹备这次碰面,我不得不经常光顾我在戈罗霍夫街某栋楼里的住处,女仆会到那里去。我在那儿只有一个房间,在四楼,从一户俄国小市民那儿租的。他们一家就住在隔壁房间,更挤,以致隔开两家的门总是半开着,而这正合我意。男人在一家办事处做事,每天早出晚归。女人四十岁上下,用旧衣服裁剪、缝制新衣服,也经常出门送缝好的衣服。只剩下我跟他们的女儿,大概也就十四岁,看着还完全是个孩子。她叫马特廖莎。她妈妈爱她,但经常打她,还总按照她家的习惯,像个泼妇似的冲她叫喊。小女孩伺候我,帮我收拾围屏后的床铺。我声明,我忘记了楼房的门牌号。如今我打听到,旧楼拆了,变卖了,在原先两栋或者三栋楼房的位置盖起了一栋新楼,非常大。房东一家的名字[1]我忘了(或许我当时也不知道)。我记得女人叫斯捷潘妮达,父称好像是米哈伊洛夫娜。男人不记得了。他们是谁,从哪儿

---

1 据下文来看,此处应为"姓氏",系斯塔夫罗金笔误。

来,如今又去了哪儿——我完全不知道。我想,如果我很努力地寻找,再去彼得堡警局询问,是能够找到他们的足迹的。房子在户外[1],靠角落。一切发生在六月。楼房是淡蓝色的。

有一天,我桌上的一把折叠刀不见了;那把小刀我根本用不着,一直胡乱扔着。我跟女房东说了,万万没想到她把女儿抽了一顿。她当时刚骂过女儿(我平日过得随意,他们也不跟我客气),因为她少了一块破布,怀疑是女儿偷了,还揪她的头发。而当那块破布在桌布下面找到时,小姑娘一句埋怨的话也不说,只是默默地看着。我注意到了这一点,同时第一次看清楚了那孩子的长相,之前从没细看过。她淡黄色头发,长着雀斑。长相普通,但有很多的孩子气和安静,极其安静。她妈妈不喜欢女儿白挨打不还嘴,便朝她扬起拳头,但没有落下去;这时刚巧赶上了我的折叠刀。的确,家里就我们三个,而我的围屏后面只有小女孩进来过。婆娘气得发疯,因为第一次打得不公平,她扑向扫帚,扯下几根枝条,当着我的面,把孩子抽得遍体鳞伤。马特廖莎挨鞭子时没叫,但每抽一下,就奇怪地抽泣一下。打完抽泣得更厉害了,整整一个钟头。

但在此之前发生了这样的事:就在女房东扑向扫帚,往下扯枝条的时候,我在自己床上找到了折叠刀,不知怎么从桌上掉上去的。我当即冒出一个念头:别声张,让她挨顿抽。我是瞬间起念的,每到这种时候,我总会呼吸暂停。但我打算以更坚定的话语说出一切,好让任何事都不再隐瞒下去。

我这辈子时常陷入各种极其可耻的、过分屈辱的、卑鄙的,关键还很可笑的境地,它们总能在令我无比愤怒的同时,给予我难

---

1 原文 Квартира была на дворе,此句表意不清。结合下文判断,斯塔夫罗金大概是想说,房间窗户对着院子。

以置信的快感。犯罪或者生命危险的时刻正是如此。假如我偷了东西，那我会在完成偷窃的同时，由于意识到自己的卑鄙而狂喜。我喜欢的不是卑鄙（在这一点上，我的理智是绝对完整的），我喜欢的是由对卑鄙的痛苦意识带来的狂喜。每当我站在决斗场上，等待对手射击时，我也会感受到同样无耻而疯狂的感受，有一次还无比强烈。我承认，我经常主动寻找这种感受，因为它于我而言强过一切感受。当我挨耳光时（我一生中挨过两次），也会有这种感受，虽然也有可怕的愤怒。但如果这时我能够克制住愤怒，那么快感将超越一切想象。这些我从来没对任何人讲过，连暗示都没有过，而是作为羞愧和耻辱加以隐瞒。但有一次，在彼得堡的小酒馆，当我被人痛打、抓头发时，我没有体会到这一感受，而只是极度的愤怒，我并没有喝醉，跟人打了起来。但假如这是在国外，抓我头发的是位法国子爵，他打了我的脸，而我一枪打掉了他的下巴，那我也许就会感到狂喜，也许就不会感到愤怒了。当时我正是这么认为的。

　　这是为了让所有人都知道，这种感受从来没有彻底征服我，我一直保持着意识，最充分的意识（而一切恰恰基于意识！）。即使会支配我做出不理智的举动，但从来不至于丧心病狂。就算我心里烧起了大火，我仍然能够完全控制它，甚至可以在最顶点中止它。只不过我自己从来不想中止。我坚信我可以当一辈子修士，尽管我的兽欲与生俱来，并且总是召唤它。在十六岁之前，我一直放纵无度地沉醉于令让·雅克·卢梭为之忏悔的那种恶习，但在十七岁那年，我说戒就戒了。我永远是自己的主人，只要我想。总之，我想让人们知道，我并不想用环境或者疾病为自己的罪行开脱。

　　肉刑结束之后，我将折叠刀揣进马甲，走出家门，扔到了离家很远的街上，这样就永远不会有人知道了。之后我等了两天。小女孩哭过之后话更少了，但对我，我坚信，她并无怨恨。但她也许会觉得有些丢脸，毕竟当着我的面挨了鞭子；她挨打时没有喊，只是抽泣，当然也是因为我就站在旁边，全看见了。但作为一个孩子，这事她要怪，也一定只会怪她自己。直到那时为止，她对我应该只是怕，但不是怕我，而是怕租客，怕生人；她似乎很胆小。

就在那两天，我问过自己一次：我能否放弃、抛下我的预谋，而我当即感觉到，我可以，随时可以，当下就可以。在那前后，我想过自杀，恰恰是因为淡漠这种疾病；其实，我也说不好因为什么。也就在那两三天（必须得等小女孩忘了一切），也许是为了摆脱持续不断的幻想，也许只是为了找乐子，我在公寓里偷了东西。那是我这辈子唯一一次偷窃。

公寓里住着很多人。其中有一名小官吏，和家人住在两个带家具的房间。他四十来岁，不太笨，看着也算体面，就是穷。我跟他没有来往，他也害怕整天围着我的那帮人。他刚领完薪水，三十五卢布。最主要的动机是，我当时的确需要用钱（尽管四天后我就收到了汇款），所以，我似乎是因为没钱才偷的，而不是为了玩笑。事情干得既无耻又明显：我趁着他和老婆孩子在隔壁房间吃午饭，照直走了进去。紧靠门口的椅子上放着一身叠好的文官制服。还在走廊里我就突然冒出了这个念头。我把手伸进制服口袋，抽出了钱包。那人听见了动静，还从隔壁探头望了望。他似乎还瞧见了什么，但因为没看全，所以当然不肯相信自己的眼睛。我就说我从门口路过，进来瞅一眼他家的挂钟。他回答说："不走了，先生。"我就出来了。

当时我喝了很多酒，我房间里有一大帮人，其中就有列比亚德金。我把钱包和里面的零钱扔了，只留下整钱。有三十二卢布，三张红票，两张黄票。我当下拿出一张红票，派人去买香槟；后来又打发了第二张，第三张。四个钟头之后，天快黑了，那人在门口等我。

"尼古拉·弗谢沃洛多维奇,您下午进我家的时候,有没有不小心碰掉椅子上的制服?它掉在门口了……"

"没,不记得了。您说有身制服?"

"对,制服,先生。"

"在地板上?"

"本来放在椅子上,后来掉到地板上了。"

"那么,您捡起来了吗?"

"捡起来了。"

"那您还想怎样呢?"

"既然这样,那就没事儿了,先生……"

他没敢把话说完,也没敢跟公寓里的任何人说——这些人就是这么胆小。事实上,公寓里所有人都很怕我,都敬着我。事后我总爱与他对视,有两次在楼道里。很快我就厌倦了。

三天一过,我就回到了戈罗霍夫街。女房东带着包袱出了门,男人自然是没在家。只剩下我跟马特廖莎。窗户都开着。楼里住的都是手艺人,整栋楼一天到晚都是锤头声或者唱歌声。我们待了将近一个钟头。马特廖莎坐在自家屋里的小板凳上,背对着我,用针在缝东西。突然她轻轻地唱起歌来,很轻很轻,她有时候就会这样。我掏出怀表看了看,两点。我的心怦怦直跳。这时,我突然再次问自己:我能停下吗?我立刻回答自己,我能。我站起身,悄悄向她靠近。她家窗台上摆着很多盆天竺葵,阳光亮得晃眼。我轻轻地坐在了旁边的地板上。她身子一震,起初怕得要命,跳了起来。我抓住她的手,轻轻吻了一下,又拉她坐回板凳上,看着她的眼睛。我刚吻她手的时候,她突然像个孩子似的咯咯笑了,但仅仅持续了一秒钟,便再次猛地跳了起来,而且那么害怕,脸上一阵抽搐。她用可怕的呆滞目光望着我,嘴唇抖动着要哭，但总算没有叫喊。我又开始吻她的手，拉她坐到我的腿上，吻她的脸和腿。当我吻她的腿时，她整个人往回一缩，像是害羞地笑了笑，但笑得很扭曲。整张脸羞得通红。我不住地对她轻声细语。后来，突然发生了令我十分吃惊、终生难忘的怪事：小女孩突然两手抱住我的脖子，开始没命地主动亲我。她的脸上表现出彻底的狂喜。我差点没有起身走掉，出于怜悯——这么小的孩子这样令我很不舒服。但我克制住了突如其来的恐惧，留了下来。

事情结束之后，她很窘。我没有试着劝她，也不再爱抚她。她望着我，怯生生地笑。她的脸突然让我觉得很蠢。窘迫迅速将她攫住，一分钟比一分钟更多。最后，她终于用手捂住脸，面冲墙，一动不动地站在墙角。我怕她又像刚才那样害起怕来，便默默地走出了楼门。

我想，发生的一切一定会被她认定为极度的丑行，带着致命的恐惧。尽管她想必从襁褓时就经常听到那些俄国脏话和种种奇奇怪怪的谈论，但我绝对相信，她还什么都不懂。归根结底，她大概会以为，是她自己犯下了不可思议的罪行，有了要命的罪过——她"杀了上帝"。

当天夜里我在酒馆打了一架，我上面已经提到过。但第二天早上醒来时，我已经在公寓里了，是列比亚德金送我回来的。醒来后我的第一个念头就是：她说了没有？那是真正恐惧的一分钟，尽管还没有非常强烈。那天早上我十分快活，对所有人都好得要命，一大帮子人都对我非常满意。但我还是丢下他们，去了戈罗霍夫街。刚进一楼门厅，我就碰见了她。她刚从小卖铺买菊苣回来。她一看见我，立刻吓得要命，噔噔噔跑上楼去了。当我走进去时，她妈妈已经因为她"不要命地跑"打了她两个耳光，由此掩盖了她害怕的真正原因。总之，暂时还算没事。她不知道躲到哪里去了，一直没露面。我待了一个钟头，就走了。

682

傍晚，我又感到了恐惧，这次已经无比强烈了。我当然可以抵赖，但也可能会被揭发。我仿佛看见了苦役。我从来没有害怕过，除了这件事，我这辈子再没有怕过任何东西，无论之前还是之后。哪怕是西伯利亚我也没有怕过，虽然我完全可能被流放不止一次。但这次我是真的害怕了，真正地感受到了恐惧，我也不知道为什么，生平头一次——那感觉非常痛苦。不仅如此，到了傍晚，我在公寓里开始那么仇恨她，甚至决定杀了她。最大的仇恨是想起她的微笑。我心里产生了极度厌恶的鄙夷，一想起她在事情结束之后扑到墙角，双手捂脸的情形，我就涌起难以表达的狂怒，紧接着是一阵寒战。而等到凌晨开始发烧时，我又被恐惧攫住，但已经如此强烈，我从来没有经历过更强烈的折磨。但我已经不再仇恨小女孩，至少不再像昨天那样突然爆发了。我意识到，强烈的恐惧会彻底驱赶仇恨和报复。

我临近中午醒来，健康，甚至对昨天的某些感受感到惊讶。但我情绪很糟，而且无论我多么厌恶，还是不得不去戈罗霍夫街。记得我当时极度渴望跟谁吵架，大吵一架。到了戈罗霍夫街的住处，我突然见到了尼娜·萨韦利耶夫娜，那个女仆，她已经等了我快一个钟头了。这个姑娘我根本不喜欢，因此她主动前来原本是有些害怕的，怕我会因她不请自来而发怒。但我突然很高兴见到她。她长得并不难看，但很朴素，还有些小市民喜欢的习气，我的女房东一直在我面前夸她。我到时她俩正在喝咖啡，女房东正聊得兴高采烈。我看见马特廖莎在自家房间的角落里。她站在那儿，一动不动地看着母亲和女客人。当我走进去时，她并没有像上次那样躲起来，也没有跑开。我只觉得她瘦了很多，而且在发烧。我跟尼娜亲热了一番，还久违地插上了隔断门，然后尼娜就高高兴兴地走了。我亲自将她送走，之后两天没回戈罗霍夫街。我已经厌倦了。

我决定结束一切,退掉房子,离开彼得堡。当我去退房时,却见女房东既焦急又痛苦:马特廖莎已经病了三天了,每天夜里都发烧,还说胡话。我自然问她都说了些什么(我们是在我房间里小声说话)。她压低声音说那些话"很可怕",什么"我杀了上帝"。我提议由我出钱请位医生,她不愿意,说:"顺其自然吧,不看也能好,她并不总躺着,白天也出门,刚去小卖铺了。"我决定单独跟马特廖莎见上一面;我听女房东无意中提起,五点钟她要去趟彼得堡街,便决定傍晚再来。

我在小酒馆吃了午饭。五点过一刻准时返回。我进门一向自带钥匙。除了马特廖莎,谁也不在。她躺在围屏后面她妈妈的床上,我看见她探头望了一眼,但我假装没看见。所有窗户都开着。空气闷热,甚至发烫。我在房间里走动了一会儿,坐到了沙发上。我记得当时的每一分钟。不主动向马特廖莎开口,无疑带给我享受。我坐着等了足足一个钟头,她突然主动从围屏后面跳了出来。我听见她跳下床,双脚敲在地板上,接着是相当急促的步子,然后她就站在我房间的门口了。她默默地瞅着我。在这四五天里,我从那之后再没有近距离见过她,她的确瘦了很多。她的脸像是干枯了,脑袋想必热得发烫。眼睛显得更大了,定定地望着我,似乎有种愚钝的好奇,这是我的第一感觉。我坐在沙发角落,看着她,没有动。这时,我突然又感到仇恨。但我很快发现,她一点也不怕我,应该是烧糊涂了。但她并没有烧糊涂。她突然开始频频地向我点头,就像人们强烈谴责时那样;又突然冲我举起了她的小拳头,从原地威胁我。第一瞬间我感到滑稽,随即就无法承受了:我站起身,朝她靠近。她脸上是那样的绝望,那是不可能在孩子的脸上见到的。她仍在冲我威胁地挥舞着小拳头,仍在冲我谴责地点头。我走到她跟前,小心地开了口,但我发现她听不懂我说话。然后她突然猛地用两只手捂住了脸,就像当时那样,走到窗前,背对我站着。我没管她,回到自己房间,也在窗前坐下。我怎么也搞不懂,我当时为什么没走,而是留了下来,似乎在等什么。很快我就又听到了她急促的脚步声,她走到门外的木头走廊,那里有楼梯通往楼下。我当即跑到我的房门前,拉开一道缝,刚巧看见马特廖莎走进了小得跟鸡笼一样的储物间。一个奇怪的念头在我头脑中一闪。我掩上门,回到窗前。自然,闪过的那个念头暂时还无法确定,"可是……"(我全记得)。

一分钟后,我看了看表,记下了时间。夜晚逼近了。一只苍蝇在我头顶嗡嗡,还总往我脸上落。我抓住它,在掌心攥了一会儿,放到窗外去了。楼下,一辆拉货的马车很大声地驶进了院子。院子一角的窗户里有个裁缝匠在很大声地唱歌,已经唱了很久。他正坐着干活,我看得见他。我突然想到,既然我进大门和上楼时没人看见,现在和待会儿下楼时当然最好也别被人看见,就把椅子从窗前挪开了。我拿起一本书,又扔掉了,开始盯着天竺葵叶子上的一只小红蜘蛛,看得出了神。我每一个瞬间都记得。

我突然掏出怀表。她出去已经二十分钟了。猜测逐渐变成了可能。但我决定再等一刻钟。我也想过,她会不会已经回来了,只是我没听见;但这是不可能的:周围死一样静,静得能听到苍蝇叫。我突然心跳加速。我掏出怀表:还差三分钟;我又熬了三分钟,心跳得直痛。我这才站起身,遮上帽子,扣紧大衣,四下察看屋内的一切是否还在原位,有没有留下我来过的痕迹?我将椅子挪回原先靠窗的位置。最后我悄悄地推开门,用我的钥匙锁上,朝储物间走去。储物间的门虚掩着,但没插;我知道门没插,但我不想打开它,而是踮起脚,从门顶的缝隙往里看。就在我踮起脚的那一瞬,我回想起,当我坐在窗前盯着红蜘蛛出神时,我曾经想象过,自己如何踮起脚,将一只眼睛凑近这道缝隙。我在此处提及这一细节,是想充分展示,当时我对自己的思维能力仍有何种程度的把控。我朝门缝里看了许久,里面很暗,但并不完全。我终于看清楚了想看的东西……总归眼见为实。

我终于决定可以走了,便走下楼梯。我一个人也没碰上。三个钟头之后,我们所有人都穿着便服,在公寓里喝茶,玩一副旧纸牌,列比亚德金还朗诵了诗歌。人们讲了很多,说来也怪,这次所有人都讲得很棒,很好笑,而不像以往那么蠢。基里洛夫也在。谁也没喝酒,虽然有一瓶朗姆酒,只有列比亚德金喝了一点。普罗霍尔·马洛夫说:"只要尼古拉·弗谢沃洛多维奇开心,我们所有人就都快活了,就都能说会道了。"这话我一下子就记住了。

眼看十一点了,女房东派看门人家的小女孩从戈罗霍夫街跑过来通知我说,马特廖莎上吊了。我跟着小女孩去了,发现女房东自己也不知道为何派人找我。她哭天抢地,现场乱糟糟,围了一群人和警察。我在门厅站了一会儿,就走了。

警方几乎没有打扰我,只问了该问的。但除了小女孩最近几天生病说胡话,我提议由我出钱请医生之外,我就再没有什么可说的了。还问了我折叠刀的事,我说女房东抽了她,但那并没有什么。至于我傍晚来过,没有人知道。至于尸检结果,我什么也没听说。

我有一个礼拜没再去那儿。埋葬了很久我才去,为的是退房。女房东还在哭,但已经像从前那样忙活起布头针线来了。"我是为您的刀才打她的呀!"她对我说,但并无严重责备。我借口如今没法再住在这个房间,在这儿接待尼娜·萨韦利耶夫娜,跟她清了账。她最后又夸了尼娜·萨韦利耶夫娜一通。临走,我在应付的房租之外多给了她五卢布。

那时我对生活已经十分厌倦,到了麻木的地步。戈罗霍夫街的事,在危险过去之后,我原本会彻底忘记,跟当时所有的事一样,只是我时常会恼怒地想起我的胆怯。我将自己的怨恨发泄在一切人身上。就在那段时间,但完全不为什么,我突然渴望千方百计摧残生活,而且越恶心越好。我大约一年前就想过开枪自杀;如今想到了更好的。有一次,我看着跛脚的玛丽亚·季莫菲耶夫娜·列比亚德金娜——她部分在公寓帮佣,当时还没有疯,只是个容易兴奋的白痴,暗地里对我爱得发狂(这是我们的人调查出来的)——突然决定娶她为妻。堂堂的斯塔夫罗金会娶这样一个女人,这个想法撩拨着我的神经。再也想不出比这更荒唐的了。我不敢保证,在马特廖莎之后控制我的恼怒,对于自我卑鄙怯懦的恼怒,是否影响了我的决定,哪怕是无意识的(当然是无意识的!)。我倒是觉得没有。但无论如何,我结婚绝不仅仅因为"醉酒之后赌一瓶红酒"。婚礼的见证人是基里洛夫和彼得·韦尔霍文斯基(他碰巧在彼得堡),以及列比亚德金本人和普罗霍尔·马洛夫(他如今死了)。除此之外再没有人知道,而这些人都曾经承诺保密。我一直觉得这个保密有些肮脏,但时至今日它仍未被打破,尽管我曾经想过公布;现在就一块公布了吧。

婚礼之后,我去了省城我母亲那儿。我去那儿是为了散心,因为难以忍受。我给那里的人留下了疯子的印象,甚至至今仍未根除,而这对我无疑是有害的,我下面再解释。后来我就出国了,待了四年。

我到过东方,在希腊圣山做过长达八小时的彻夜祈祷,到过埃及,在瑞士住过,甚至去过冰岛,还在哥廷根修过一整年的大学课程。最后一年,我跟巴黎的一户俄国贵族及瑞士的两位俄国女郎走得很近。大约两年前,在法兰克福,我路过一家纸品店,在出售的相片中间,发现了一张小相片,上面的小女孩穿着精美的儿童服装,但像极了马特廖莎。我当即买下了它,回到旅馆,放在了壁炉上。她就原封不动地在那儿躺了一个礼拜,我一眼也没有看过她,离开法兰克福时把她忘在了那儿。

我把它写进来是为了证明,我对于自我回忆的控制与无感到了何种地步。我一次性地批量否决它们,每次只要我想,它们都会顺从地消失。我一向讨厌回想过去,而且从来不能解释过去,像几乎所有人都会做的那样。至于马特廖莎,我甚至连她的相片都忘在壁炉上了。

大约一年前的春天,我途经德国,一不留神坐过了站,本该换路的,结果到了另一条支线上。我在下一站下了车。当时是下午三点,晴天。那是个很小的德国小镇。有人给我指了旅馆。必须得等:下一趟车夜里十一点才来。我甚至对这一插曲感到满意,反正我并不急着赶路。旅馆又小又破,但整个被包围在绿荫和花坛中。我分到了一个窄小的房间。我美美地吃了一顿,因为坐了一夜火车,下午四点吃完饭,我很快就睡着了。

我做了一个完全出乎意料的梦,我从来没有见过那样的梦。德累斯顿美术馆有一幅克洛德·洛兰的画,目录名好像是《阿喀斯和伽拉忒亚》,但我总管它叫"黄金时代",我自己也不知道为什么。[1]这幅画我之前就见过,三天前,我顺路又去看了一回。我梦见的正是这幅画,但那不像是一幅画,倒像是一件往事。

那是希腊群岛的一角;蔚蓝的温柔的海浪,岛屿和礁岩,盛开的海岸,神话般的远景,召唤着的落日,一切妙不可言。这里是欧洲人记忆中的摇篮,这里是最初的神话场景,欧洲的人间天堂……这里曾经生活着美好的人类! 他们醒来和入睡都是幸福

---

[1] 克洛德·洛兰(1600—1682),法国画家、古典主义风景画大师。《阿喀斯和伽拉忒亚》取材自古希腊神话:海仙伽拉忒亚与英俊少年阿喀斯相爱,妒火中烧的独眼巨人波吕斐摩斯用巨石将阿喀斯砸死。在画作中,洛兰以其精妙的光色技法,描绘了这对爱人在落日余晖下的海滩上的最后一次约会,场景绝美而又哀伤,恰似黄金时代的最后辉煌。陀思妥耶夫斯基曾多次参观德累斯顿美术馆,对《阿喀斯和伽拉忒亚》激赏不已。在《群魔》之后的长篇小说《少年》(*Подросток*, 1875)中,主人公阿尔卡季的生父韦尔西洛夫几乎以相同的语言讲述了这个关于"黄金时代"的梦(参见《少年》第三部第七章第二节)。

而无罪的；丛林中充满了他们欢快的歌声，他们有着无穷无尽的力量用于爱和淳朴的欢乐。太阳把光芒洒满岛屿和海面，为自己美好的孩子们而高兴。神奇的梦，崇高的误解！过往一切梦想中最不可思议的梦想，全人类为之付出了毕生精力，牺牲了一切；先知们为它殚精竭虑，死在十字架上；没有它，人民就不能活，甚至没法死。所有这些感受我似乎都在这场梦里体验到了；我不知道我究竟梦到了什么，但礁岩，大海，落日的斜晖——所有这一切当我醒来时似乎仍在眼前，而我的双眼生平头一次被泪水打湿。一种从未有过的幸福感穿透甚至刺痛了我的心房。黄昏正盛；一大束明亮的阳光透过窗台上的花叶，斜斜地射入我的小窗，在我身上洒满光芒。我赶紧重新闭上眼睛，想要重续梦境，但突然，明晃晃的阳光里似乎出现了一个小小的点。它渐渐有了某种形状，接着突然变成了一只小小的红蜘蛛。我一下子想起了趴在天竺葵叶子上的那只，当时，落日的余晖也是这样铺洒着的。我仿佛被什么东西刺了一下，欠身坐了起来……（事情就是这么发生的！）

我看见（可惜不是真的！要是真的该有多好！），我看见马特廖莎正站在我的面前，骨瘦如柴，一双忽冷忽热的眼睛，跟她当年站在我房间门口，冲我举起她的小拳头、脑袋猛点时一模一样。从来没有什么令我如此折磨！一个无助的、理智尚未成熟的十来岁孩子的可怜的绝望！她在威胁我（可她又能把我怎么样呢？），但她所怪罪的当然只有她自己！我还从来没有这样过。我在床上一直坐到深夜，一动不动，忘记了时间。这就是良心的谴责或者忏悔吗？我至今都不知道，也说不好。对于这件事本身的回忆或许并不令我感到厌恶，哪怕直到今天。或许，这一回忆里至今仍包含着某种能够满足我欲望的东西。令我难以承受的，只是她站在门口，举着自己的小拳头威胁我的那个画面，只是她当时的表情,只是当时那一分钟,只是她的不住点头。这才是我无法承受的,因为从那时起,它便几乎每天出现在我面前。不是它自己出现的,而是我把它召唤出来的,而我没办法不召唤它,尽管我无法带着它生活。哦,若能真真切切见她一面就好了,哪怕只是幻觉也好!

我还有其他的旧回忆,也许比这更厉害。我对另一个女人的行为更坏,把她害死了。我在决斗场上让两个无辜的人倒在了我的面前。有一回我遭到了致命的侮辱,但没有报复对手。我投过一次毒——蓄意的,还得了手,并且没有人知道。(如有必要,我全部可以交代。)

但为何这些回忆没有一件能令我产生类似的感受呢?它们只令我感到仇恨,这还是如今的处境引起的,而在以前我只是冷血地将它们忘记、推开。

在那以后,我几乎一整年都在奔走,尽量不让自己闲下来。我知道,只要我想,我现在照样能把小女孩抹掉。我依旧完全把控着自我意志。但问题恰恰在于我不想,过去不想,现在不想,将来也不想;这点我是知道的。一直如此,直至我彻底疯掉。

两个月后,在瑞士,我又爱上了一位女郎,或者不如说,我感受到了难以抑制的冲动情欲的喷发,那仅仅是最初的曾经才有过的。我感受到一种新罪行的可怕诱惑,即重婚罪(因为我已经结婚);但我跑了,在另一位姑娘的建议下,我几乎向她坦白了一切。何况这桩新的罪行绝不会帮我摆脱马特廖莎。

因此,我决定打印这份自白,往俄国运三百份。等时候一到,我就把它们寄给警署和当局;同时寄往所有报社,请求公开;以及我在彼得堡和全国的众多熟人。在国外则以译本形式出现。我知道,在法律上我也许根本不会受到追究,至少不会被深究;我是自我揭发,并无原告;除此之外,并无任何证据,或者非常少。最后还有人们对我神经错乱的牢固看法,以及我的家人们的努力,他们一定会利用这一看法,掐灭任何对我有害的法律制裁。我说这些其实是为了证明,我是完全清醒的,明白自己的处境。但对我而言,仍会有一些人,在得知一切之后瞧着我,而我会瞧着他们。这样的人越多越好。这是否能够缓解我——我不知道。这是我最后的办法。

再说一遍:如果在彼得堡警局认真查找,应该能找到一些线索。那对夫妇说不定仍在彼得堡。他们当然记得那栋楼。它是淡蓝色的。我哪儿也不会去,一段时间内(大约一两年)会一直待在斯克沃列什尼基我母亲的庄园里。如有必要,我一定到场。

尼古拉·斯塔夫罗金

三

阅读持续了将近一个钟头。吉洪读得很慢,有些地方或许还读了两遍。在此期间,斯塔夫罗金一直默默地、静静地坐着。说来奇怪,整个上午笼罩在他脸上的那种焦躁、恍惚、近乎谵妄的神色消失殆尽了,取而代之的是平静甚或真诚,这让他显得近乎庄重。吉洪摘下眼镜,小心翼翼地先开了口。

"能否对这份文件稍加修正?"

"为什么?我写得很真诚。"斯塔夫罗金答道。

"有些措辞可以商榷。"

"我忘了提醒您,无论您说什么都是白费,我是不会改变主意的,您不必费心劝我了。"

"这点在我读之前您已经提醒过我了。"

"无所谓,我再说一遍:无论您的反驳多么有力,我都不会放弃自己的计划。请注意,我说这句笨话——或者说聪明话,随您怎么想——绝不是强求您赶紧来反驳我、央求我。"他似乎受不了了,突然恢复了之前的语气,但随即对自己的话苦笑了一下。

"我是不会反驳您的,更不会央求您放弃自己的计划。这种想法是伟大的,基督教的思想再不能比这表达得更充分了。就连忏悔都无法超越您所设想的此种惊人壮举。只不过……"

"只不过什么?"

"只不过这得是真正的忏悔和真正的基督教思想。"

"在我看来,这些都是细枝末节。反正不都一样吗?我写的是真诚的。"

"较之于您的内心所想,您似乎故意想把自己表现得更粗鲁些……"吉洪越来越放得开了。显然,这份自白给他留下了深刻印象。

"表现?——我再重复一遍:我不是在'表现',更不是'表演'。"

吉洪迅速垂下目光,语气坚定且异常激动地说道:"这份自白是直接出自心灵的需求,一颗受到致命伤害的心灵,——我理解得没错吧?不错,这是心灵的悔过和真实需求,它战胜了您,让您走上了前所未闻的伟大道路。但您似乎已经预先恨起了那些将要读到这份自白的人,并且向他们宣战。既然您并不耻于承认罪行,却又为何耻于悔过呢?您说,让他们'瞧着我'吧;可您自己又将如何'瞧着他们'呢?您的叙述中有些措辞太过尖锐了;您似乎在欣赏自己的心理,抓住每一个细节,只为了以冷漠无情震惊读者,尽管您并非如此。这难道不正是罪犯对审判者的傲慢挑衅吗?"

"哪有什么挑衅?我删掉了我本人的一切看法。"

吉洪沉默了。他的苍白脸颊上甚至覆上了红晕。

"不说这个了,"斯塔夫罗金不客气道,"现在,请允许我问您一个问题:自您读完这个以后,"他冲自白书努了努嘴,"我们已经聊了五分钟,可我并未发现您有任何恶心或者羞耻的表情……您似乎并不嫌恶！……"他没有说完，冷笑了一声。

"这么说，您希望我尽早表达对您的鄙夷，"吉洪坚定地道，"我对您毫不隐瞒：您那种无所事事、故意作恶的巨大力量令我害怕。至于罪行本身，有很多人犯了同样的罪行，却活得心安理得，甚至将其视为年轻人的必然过失。还有些犯了同样罪行的年长者，甚至对此津津乐道。这种可怕景象充斥了整个世界。而您却觉得罪孽深重，这非常难得。"

斯塔夫罗金撇嘴冷笑道："您读完这个，反而开始尊敬我了？"

"对此我不愿正面回答。但再没有、也不可能有任何罪行，比您对幼女的行径更严重、更可怕的了。"

"先别比来比去的了吧。您说这种罪行司空见惯，很多人都会犯，这倒令我有些吃惊。说不定，我并不像我这里写的那么痛苦，说不定，我对自己的确过于诋毁了。"斯塔夫罗金出人意料地补充道。

吉洪再次沉默。斯塔夫罗金并没有要走的意思，相反，他又开始不时地陷入深深的沉思。

"那位姑娘，"吉洪怯怯地开了口，"就是您在瑞士与之断绝关系的那位，恕我冒昧，她……眼下在哪儿？"

"在这儿。"

再次沉默。

"我说不定对自己过于诋毁了，"斯塔夫罗金执拗地重复道，"不过，既然您察觉到了挑衅，那么，就算我以粗鲁的自白向他们挑衅又如何呢？我只会令他们更痛恨我，仅此而已。但这至少能让我轻松些。"

"就是说，他们的仇恨会唤起您的仇恨，而仇恨比接受他人的怜悯更令您轻松？"

"您说对了；知道么，"斯塔夫罗金突然笑了起来，"他们说不定会管我叫奸诈小人，或者虔诚的伪君子吧，哈哈哈！是不是？"

"当然，也会有这种议论。您就要执行自己的计划了吗？"

693

"今天,明天,后天,我哪儿知道呢?但很快了。您说得对:我想一定是这样的,我一定会挑选一个报复性的、仇恨的时刻突然宣布,当我对他们的仇恨达到顶点时。"

"请您回答我一个问题,但请您讲真话,只对我一个人:假如有人为此(吉洪指了指自白书)而宽恕您,——不是您尊敬或者畏惧的人,而是陌生人,一个您永远不会知道的人,私底下读了您的可怕自白——这会让您感到轻松些吗,还是说您无所谓?"

"会。"斯塔夫罗金垂下目光,轻声答道。"如果您能宽恕我,我会觉得轻松许多。"他压低声音,出乎意料地补了一句。

"希望您也能宽恕我。"吉洪满怀深情道。

"宽恕您?您对我做了什么吗?噢,知道了,这是修士的套话?"

"宽恕我有心或无意的罪过。每个人的罪过都是针对所有人的,每个人都对他者的罪过负有一定责任。没有孤立的罪过。我也有大罪过,说不定比您的还大。"

"我把真话全告诉您:我希望您能够宽恕我,还有第二个人、第三个人,至于所有人嘛,最好还是让他们恨我。但我这样希望,是为了恭顺地承受……"

"所有人的同情,难道您就不能同样恭顺地承受?"

"也许不能。您的理解力太敏锐了。但……您为什么这么做?"

"我感受到了您的无比真诚,当然,我有很大的过错,不善与人接近。我一直将其视为我的一大缺点,"吉洪直视着斯塔夫罗金的眼睛,坦率而诚恳道,"我只是为您感到害怕,"他又补充道,"在您面前几乎是不可逾越的深渊。"

"您指的是他们的仇恨?"

"不止仇恨。"

"还有什么?"

"还有嘲笑。"吉洪压低声音,极勉强地说。

斯塔夫罗金有些慌乱,脸上显出不安:"我早有预感。看来,我的'自白'让您觉得我是个十足的滑稽角色,——尽管这是一场悲剧?没事儿,您不必难为情……我早有预感。"

"惊骇将是普遍的,但自然是假多于真。人们只会对其自身利益的直接威胁感到恐慌。我指的不是那些心地纯洁之人,他们的惊骇将是真心的,并且会自我怪罪,但他们是不起眼的。而嘲笑将是普遍的。"

"还可附上一位思想家的见解:别人的不幸里总有些令我们开心的东西。"

"公允的见解。"

"可是您……您自己……我很惊讶,您竟把人心想得这么坏,这么可恶。"斯塔夫罗金不无愤慨道。

"请相信,我说的其实不是别人,而正是我自己!"吉洪叹道。

"真的吗?难道说您也会觉得,我的不幸里有能让您开心的东西?"

"谁知道呢,也许会有。哦,也许会有!"

"够了。请指出来,我的自白究竟哪里可笑?我自己知道,但我想让您,用您的手指指出来。说吧,说得越无耻越好,以您全部的、最大限度的坦诚。我要再说一遍,您是个大怪人。"

"单是这篇伟大忏悔的形式里已经包含着可笑的成分。哦,不要相信您无法战胜!"吉洪突然激动起来,指着自白书道,"单是这一形式便足以战胜,只要您真诚地接受羞辱和唾骂。结局总是如此:最耻辱的十字架终将变成伟大的荣耀与力量,只要背负十字架的恭顺足够真诚。甚至说不定,在有生之年您就能够得到慰藉!……"

"这么说,您只觉得形式和措辞是可笑的?"斯塔夫罗金追问道。

"还有实质。丑陋令人失望。"吉洪垂下目光,低声道。

"您说什么?丑陋?什么丑陋?"

"罪行。有些罪行是真正丑陋的。无论何种罪行,流的血越多,越是可怕,就越令人印象深刻,或者说,越有看头;而有些罪行则是可耻的、卑鄙的,非但毫不可怕,甚至可以说,太不雅观了……"吉洪没有说完。

"也就是说,"斯塔夫罗金激动地接口道,"您觉得我亲吻肮脏的小女孩的腿的形象相当可笑……还有关于我情感冲动的那些话,以及……总之,一切的一切……我理解。我非常理解。而您正是对此感到失望,因为这很丑陋、很恶心,不,不是恶心,是可耻、可笑,而您认为,这正是我最无法承受的?"

吉洪沉默不语。

"不错,您对人很了解,我是说,您了解我,知道我无法承受……我明白。可您为何问起瑞士的那位小姐,问她是否在这儿?"

"缺少准备,未经磨炼。"吉洪目光低垂,怯怯地道。

"听着,吉洪神父:我想求得自我宽恕,这才是我最主要的目的,我的全部目的!"斯塔夫罗金突然道,眼睛里带着阴沉的兴奋,"我知道,只有这样幻觉才会消失。正因如此,我才会自寻痛苦,极端的痛苦。您不必吓我。"

"假如您相信,您可以自我宽恕,能够在人世求得这一宽恕,那您就能相信一切!"吉洪兴奋地叫道,"您是怎么说的来着,您不信神?"

斯塔夫罗金没有回答。

"神会宽恕您的不信,因为您敬爱圣灵,虽然您并不知道祂。"

"基督是不会宽恕我的吧?"斯塔夫罗金问道,疑问中听得出一丝嘲讽,"书上不是说:'谁要是诱惑一个小孩子'——记得吗?福音书上说,再没有、也不可能有比这更大的罪行。就在这本书里!"他指了指福音书。[1]

---

[1] 《马太福音 18:6》:"凡使这信我的一个小子跌倒的,倒不如把大磨石拴在这人的颈项上,沉在深海里。"

"我要向您传播一个福音,"吉洪深情地说,"基督会宽恕您的,只要您能够自我宽恕……哦,不、不,别信这句,我说了一句坏的话:即使您无法与自我和解,无法宽恕自我,祂照样会宽恕您,为了您的计划和您伟大的痛苦……因为人类的语言中没有足够的词汇或思想能够表达神的羔羊的全部道路和理由,'直至祂的路真正向我们敞开'。谁能拥抱广阔无垠的祂,谁就能够理解无穷无尽的一切!"

吉洪的嘴角又像之前那样抽动起来,面部再次掠过不易察觉的痉挛。他试图控制,却控制不住,忙垂下眼皮。

斯塔夫罗金从沙发上抓起礼帽,疲惫不堪道:"我还会再来的,我和您……我十分珍视与您交谈的愉悦与荣幸……以及您的情意。相信我,我能理解为何有人会那么爱您。请您为我,向您如此挚爱的祂祈祷……"

"您要走了?"吉洪连忙起身道,似乎完全没有料到这么快就要告别,"可我……"他似乎有些慌乱,"我本想向您提出一个请求,可我……不知道该怎么……而现在我又不敢了。"

"啊,但讲无妨。"斯塔夫罗金立刻坐下了,礼帽仍抓在手中。吉洪看看礼帽,又看看对方的坐姿——眼前这个人突然拿出了上流社会的派头,情绪激动,近乎癫狂,只给他五分钟时间来结束谈话——于是更加窘迫了。

"我的全部请求仅仅在于,请您……须知,您已然意识到了,尼古拉·弗谢沃洛多维奇——您的名字和父称是这样的吧?一旦您将这份材料公之于众,势必会毁了您的命运……我是说,比如事业,比如……一切的一切。"

"事业?"尼古拉·弗谢沃洛多维奇不悦地皱起了眉头。

"您何苦要自毁前程呢?这么固执又是何必呢?"吉洪的语气几近哀求,他显然也意识到了自己的尴尬。

尼古拉·弗谢沃洛多维奇脸上浮现出病态的神色:"我已经请求

过您,我再次请求您:您的话全是多余……我们的交涉开始变得无法忍受了。"说罢,他在椅子上重重地别过身去。

"您没有听明白我的意思,请听我说,别发火。我的意见您是知道的:您的功业,倘若出于恭顺,将会是最伟大的基督教的功业,假如您经受得住。就算您经受不住,主同样会清点您最初的牺牲。一切都会被清点:任何一句话,任何一个心思,任何一个念头都不会白白消失。但我建议您,将其代之以另一项功业,比这个更伟大,毋庸置疑地伟大……"

尼古拉·弗谢沃洛多维奇沉默不语。

"受难和自我牺牲的愿望折磨着您;请您战胜您的这一愿望,将自白书和您的计划放在一旁——这样您就能够战胜一切,降服傲慢与魔鬼!您将是最后的胜利者,您将获得自由……"吉洪的眼睛燃烧起来,祈求般地十指合拢。

"说白了,您无非是怕我闹出丑闻,于是给我下了个套,好心的吉洪神父,"斯塔夫罗金无礼而懊恼地咕哝道,几次想站起身来,"一句话,您希望我稳重些,成个家什么的,做一辈子的本地俱乐部成员,每个节日都来光顾您的修道院。总之,就是宗教惩罚嘛!事实上,作为一位心理专家,您说不定已经预感到了,结果一定会是这样的,眼下您需要做的,无非是好好地求求我,给我一个台阶下,因为我自己正求之不得呢,是不是?"说罢,他失态地大笑。

"不,不是宗教惩罚,我有另外的考虑!"吉洪丝毫没有在意斯塔夫罗金的大笑和指责,热烈地继续道,"我认识一位长老,不在此地,但距此不远,他是一位苦行的隐修士,拥有你我所无法理解的基督教的深奥智慧。他会答应我的请求的。我会把您的情况全部告诉他。您去跟着他修行,五年、七年,您觉得需要几年就几年。您要发愿,以这种伟大的牺牲赎到您所渴求的,甚至无法预期的一切,因为眼下的您完全想象不到您将会得到什么!"

斯塔夫罗金认真地,甚至严肃地听完了吉洪最后的建议。

"说白了,您就是建议我去那所修道院出家?无论我再怎么敬重您,这点我还是能想到的。好吧,我甚至可以向您坦承,我在怯懦时也曾想过:公布自白书之后,立刻躲到修道院去,哪怕只是暂时地。但我当即为这个卑鄙的念头感到脸红。至于剃发出家嘛,即使是我最怯懦恐惧时也从未想过。"

"您不必出家,也不必剃发,只需做秘密的见习修士即可,不必公开,甚至完全可以过世俗生活……"

"不必说了,吉洪神父。"斯塔夫罗金嫌恶地打断他道,从椅子上站起身来。吉洪也随之站起。

"您怎么了?"斯塔夫罗金惊恐地望着吉洪,突然叫道。吉洪站在他面前,两手掌心朝前,并在胸口,一阵病态的抽搐瞬间掠过他的面部,仿佛源自巨大的恐惧。

"您怎么了?您怎么了?"斯塔夫罗金连声叫着,扑过去想扶住吉洪。他感觉后者眼看就要摔倒了。

"我看到了……我真切地看到了,"吉洪脸上显露出极度的痛苦,以穿透灵魂的声音悲叹道,"可怜的、毁灭的年轻人,我看到您从未像此刻这样,如此接近最可怕的罪行!"

"放心,放心好了!"斯塔夫罗金连声道,满心为吉洪担忧,"我说不定会先放一放的……您说得对,我说不定会承受不住,继而出于怨恨犯下新的罪行……事情正是如此……您说得对,我先放一放。"

"不,不是公布之后,而是公布之前,在迈出这伟大一步的前一天,甚至前一个钟头,您就会犯下新的罪行,只为逃避公布!"

斯塔夫罗金既愤怒,又近乎惊恐,甚至哆嗦起来。

"该死的心理专家!"他突然狂暴地吼道,头也不回地走出了修道室。

译 后 记

加缪曾经断言，没有陀思妥耶夫斯基，就没有20世纪的法国文学。而在陀思妥耶夫斯基的全部作品中，加缪尤对《群魔》推崇备至，将其与《奥德赛》《战争与和平》《堂吉诃德》以及莎士比亚戏剧并列为世界文学的思想巅峰。在20岁遇见《群魔》之后，加缪从中得到了持续毕生的"震撼"与"哺养"。46岁那年，在耗费数年心力，终将《群魔》搬上法国戏剧舞台之际，加缪写道："之所以说《群魔》是一部预言书，不仅仅因为它宣告了我们的虚无主义，还因为它表达了万分痛苦或者死亡的灵魂。这些灵魂不能够爱，又为不能够爱而痛苦，虽有愿望却又无法产生信仰，这也正是充斥于当今社会和思想界的灵魂。"

一、主题概述

作为陀思妥耶夫斯基最具政治倾向性的长篇小说，《群魔》曾长期被定性为"政治谤书"。不可否认，在构思之初，作家的确曾想以"涅恰耶夫谋杀案"为皮鞭，对俄国西欧派和虚无主义者给予"最后的鞭笞"，为此甚至不惜牺牲艺术性。但随着创作的进展，艺术逻辑开始发挥作用，思想性和艺术性非但没有被政治倾向性抹杀，反而冲淡、平衡了政治倾向性，促使作家在政治批判之外，又加入了爱的悲剧、道德救赎两大主线，从而铸就了一部犀利而深邃、现世性与普世性并重的不朽杰作。

小说政治批判的矛头主要指向两代人：俄国19世纪40年代的自由主义西欧派和60年代的虚无主义者。前者以斯捷潘·韦尔霍文斯基、卡尔马济诺夫、冯·连布克等人为代表，后者以彼得·韦尔霍文斯基、尼古拉·斯塔夫罗金、五人小组成员等为代表。二者在思想上父子相承：正是前者在全盘西化道路上对俄国民族土壤和传统东正教信仰的脱离与背弃，导致了否定一切进而毁灭一切的后者的诞生。但与此同时，前者拒不承认其对后者罪行负有道义责任，后者则矢口否认前者对自己的历史影响，双方都竭力与对方划清界限。这种畸形的父子纠葛与代际冲突，在斯捷潘·韦尔霍文斯基与亲生儿子彼得·韦尔霍文斯基以及曾经的爱徒尼古拉·斯塔夫罗金的矛盾关系中得到了清晰展示。站在二者对立面的沙托夫是新斯拉夫主义者和根基主义者的代表，其核心思想便是以俄罗斯为唯一的"载神民族"，以新神之名革新世界、拯救世界。沙托夫与韦尔霍文斯基父子的争论是土壤派与西欧派及虚无主义者思想论战的真实反映，而彼得·韦尔霍文斯基团伙对沙托夫的蓄意谋杀则是作家对虚无主义者戕害祖国与人民的严厉控诉。

陀思妥耶夫斯基曾说："所谓地狱，就是无法再爱的痛苦。"《群魔》正是对这句话的最好注解：斯捷潘·韦尔霍文斯基与瓦尔瓦拉·彼得罗夫娜长达20年的柏拉图式精神暧昧无疾而终；沙托夫与妻子在破镜重圆，即将奔向新生活之际双双殒命；尼古拉·斯塔夫罗金则更是以一己之力，为众多美好女性构建了种种地狱。瓦尔瓦拉·彼得罗夫娜对他的爱是慈母对逆子的卑微之爱，爱与惧都渗进血液里。跛脚女人列比亚德金娜对他的爱是虚妄之爱，是一个被踩在污泥里的疯女人对钻石的幻想、对雄鹰的仰望。家仆之女达莎与他心灵投契，却无力逾越主仆尊卑的鸿沟，这是不堪一击的纯粹之爱。达莎很像《罪与罚》中的索尼娅，只是她未曾经历足够多的苦难，因而也就没有足够多的坚忍，无法像索尼娅拯救拉斯科尔尼科夫那样拯救斯塔夫罗金。千金小姐莉莎与他门当户对却精神隔膜,她就像只骄傲的飞蛾,不顾一切地扑向一团烈火,却在翅膀被燎焦之后转身飞走:这是不能自已却又无法忘我的痛苦之爱。四位女性的身份地位、气质性格、人生际遇千差万别,代表着在爱的地狱中苦苦挣扎的广大魂灵。而其地狱的共同制造者无疑正是斯塔夫罗金,尽管他本人同时也是地狱的承受者。

岂止女性,书中的男性人物同样对斯塔夫罗金爱恨交加:始终在精神上跪伏于他的沙托夫当众打了他一记耳光,妄图自杀成神的狂人基里洛夫称其在自己生命中意义重大,就连野心勃勃的阴谋家彼得·韦尔霍文斯基也甘愿奉他为精神偶像。基里洛夫和沙托夫,这两个截然相反的思想极端皆是拜他所赐,二者恰似斯塔夫罗金精神的一体两面:如果说沙托夫是信神而寻神的斯塔夫罗金,那么基里洛夫则是寻神而不得,继而否定神的存在,并妄图取而代之的斯塔夫罗金;二者与其说是前后相承的思想历程,莫如说是此消彼长的精神冲突。而彼得·韦尔霍文斯基则被斯塔夫罗金毁灭一切的兽性本能所吸引。换言之,沙托夫、基里洛夫和彼得·韦尔霍文斯基"三位一体",分别象征着斯塔夫罗金的神性、魔性与兽性。而赤裸裸的《斯塔夫罗金的自白》无疑又闪耀着不可逼视的人性光芒。斯塔夫罗金无疑是陀思妥耶夫斯基笔下最深刻、最复杂的人物形象之一,在他身上,神性、魔性、兽性、人性均扩张至极限,以最大的力度纠缠冲突,共同构成了深奥费解、神秘极端的斯塔夫罗金性格。而破解斯塔夫罗金之谜,揭示其精神冒险与死亡,就构成了小说的道德救赎主线。

政治阴谋、爱的悲剧、道德救赎这三条叙事线索彼此交织,其交点正是斯塔夫罗金。作为思想探索者、秩序反抗者和超人主义者,他因丧失了与俄国民族土壤的血脉联系而无从获得坚定彻底的信仰,于是索性抛弃了一切道德准绳,在善与恶、真与伪、崇高与卑鄙、信仰与虚无的极端反复跳跃。他了解自己的悲剧所在,却无力自我救赎。作家为这个他"从心底抠出的""兼具俄国性与典型性"的"真正主人公"

安排了两位拯救者。一个是土壤派的代表者沙托夫,和《罪与罚》中的索尼娅一样,他建议斯塔夫罗金去亲吻大地。作家借跛脚疯女人之口说:"圣母就是伟大的大地母亲,人的大欢喜就在于此。大地上的任何痛苦和眼泪都是我们的欢喜,只要你能用自己的眼泪把脚下的大地浇灌到一尺深,你就能立刻获得大欢喜。那时你将不再有任何、任何的苦处,这就是神启。"另一个是东正教信仰的化身吉洪神父,他竭力劝解斯塔夫罗金放弃自毁,借由皈依东正教信仰获得救赎。扎根民族土壤,皈依正教信仰,这便是陀思妥耶夫斯基为俄国虚无主义者开出的药方,奈何附魔之猪注定闯下悬崖,溺死深海,从而换取"伟大的、亲爱的病人"——俄国——"坐在耶稣脚前"。作家通过揭示群魔毁灭的必然,寄托了对于复兴俄国、救赎世界的希望。

毋庸讳言,在作家讽刺性描写的主人公身上,的确有着同时代众多知名人物,如格拉诺夫斯基、别林斯基、屠格涅夫、涅恰耶夫等人的身影,但并不能因此将人物与其原型划等号,进而将小说视为一部应时短命的政治谤书;恰恰相反,这些人物均具有高度的典型意义,任何国家、任何时代的人们都有可能在他们身上看到自己。诚如加缪所言,《群魔》中的人物既不怪诞,也不荒唐,而是有着与我们每个人相似的心灵。他们可憎可爱,可怜可恨,可鄙可敬,可笑可骂,可歌可唾,但无不沿着"痛苦与温情的线路","行进在这个巨大而可笑的、躁动的、充满喧嚣与暴力的世界上"。

二、世界影响[1]

作为一部为世界小说史开创新篇章的垂范之作,《群魔》对20世

---

1 本小节主要依据《陀思妥耶夫斯基文集》(15卷本,列宁格勒科学出版社,1990年版)书末题解第13—14小节(尼·列·苏哈乔夫撰)编译而成。

纪的世界文坛产生了广泛而深远的影响。

1929年诺奖得主、德国作家托马斯·曼在《评价陀思妥耶夫斯基——应恰如其分》一文中指出:"陀思妥耶夫斯基对于他者心灵的冷静如临床诊断般的深入剖析仅仅只是表象,其创作其实更像是一部心理抒情诗……是忏悔,是令人血液冻结的自白,是对自我良知的罪恶深处的无情揭露。"在他看来,冷酷而高傲的"超人"斯塔夫罗金无疑是世界文学画廊中最具致命吸引力的人物形象之一。

1947年诺奖得主、法国作家纪德将陀思妥耶夫斯基尊为比列夫·托尔斯泰更伟岸的高峰,将《群魔》奉为"伟大小说家最有力、最杰出的作品"。在其长篇小说《伪币制造者》(1926)中不难发现《群魔》的烙印。

1957年诺奖得主,法国作家、哲学家加缪更是从《群魔》中汲取了无比丰富的思想与艺术给养。在《西西弗的神话》(1942)一文中,加缪以荒诞者斯塔夫罗金和基里洛夫的自杀哲学为基点,论证了存在主义式的斯多葛主义,以对抗生命的荒诞。剧作《卡利古拉》(1939)阐释了"崇高自杀"主题,剧作《正义者》(1949)和哲学随笔《反抗者》(1951)则探讨了俄国虚无主义和希加列夫习气。长篇小说《鼠疫》(1947)中的"纪事体"和《堕落》(1956)中的"自白体"叙事模式,亦皆从《群魔》借鉴而来。

1994年诺奖得主、日本作家大江健三郎同样深受陀思妥耶夫斯基作品,特别是《群魔》的影响。其长篇小说代表作《万延元年的足球队》(1967)中主人公鹰四在向哥哥坦白罪孽后自杀的情节,《别了,我的书》(2005)中的五人小组谋杀事件,《水死》(2009)中的"人神"思想等无不源自《群魔》。

作为一部思想与艺术交相辉映的鸿篇巨制,《群魔》因其复杂深刻的戏剧冲突、饱满充沛的戏剧张力而备受戏剧界青睐,一百多年来被各国戏剧家不断演绎,成为世界舞台上久演不衰、常演常新的经典之作。

1907年，圣彼得堡上演了首部话剧版《群魔》。该剧带有鲜明的反虚无主义性质，竭力凸显对地下革命者及自由思想者的漫画式讽刺。自1912年8月起，俄国戏剧界泰斗聂米罗维奇-丹钦科开始在莫斯科艺术剧院紧锣密鼓筹排新版《群魔》。翌年9月，高尔基接连发表《论卡拉马佐夫习气》和《再论卡拉马佐夫习气》两文，以社会教益及民众精神健康为名，强烈抵制《群魔》上演。高尔基将陀思妥耶夫斯基的文学创作定义为"恶毒之天才对俄国民族性格负面特征之天才概括"，称其作为书籍阅读尚可，但用于舞台呈现则是于社会有害且不合时宜的。高尔基的言论引发了轩然大波，库普林、梅列日科夫斯基、索洛古勃、列米佐夫、安德烈耶夫等一众文化界知名人士纷纷予以谴责。尽管丹钦科版《群魔》于1913年10月23日在圣彼得堡如期上演，但在国外巡演时却遭遇了不小阻力：该剧在维也纳自由剧院仅公演一场，便因"抨击俄国自由运动"而被迫停演，在柏林更是未能登台。1947年，苏联著名陀学研究家多利宁在致友人的书信中忆及这场论战时曾说："我相信，安德烈耶夫当年对高尔基的指责——'你自己不也是从陀思妥耶夫斯基那儿才学会了暴动吗？'——总有一天会凸显其正确性。……高尔基的这些言论无疑是踩在了他自己的喉咙上。……他造成的危害是旷日持久且无可挽回的。"

1930年，捷克国家大剧院上演的新版《群魔》再度引发激烈论战。以捷克作家尤·伏契克为首的反对阵营照搬了高尔基当年的社会政治学观点，捷克女作家玛·马耶罗娃则撰文驳斥："我从不认为《群魔》是悲观主义者的诽谤或者撒旦式的捏造，而只是作家对他所看到、所感受到的包围在自己身边的邪恶力量的严厉回应。"

1939年，由戏剧导演米哈伊尔·契诃夫（安东·契诃夫之侄）执导的话剧在美国百老汇上演。该剧在《群魔》之外，融合了陀思妥耶夫斯基的其他长篇和通信，上演后引起巨大反响，赞誉声与批评声同等激烈。

1959年1月30日,由加缪改编的戏剧《附魔者》在法国巴黎首演。该剧遵循了原著"由讽刺喜剧走向正剧,再走向悲剧"的内部运动逻辑,以《斯塔夫罗金的自白》为结构中心,旨在凸显"陀思妥耶夫斯基的宗教共产主义,即所有人的道德责任"。加缪此语明显呼应了吉洪神父的话:"每个人的罪过都是针对所有人的,每个人都对他者的罪过负有一定责任。"《附魔者》在国际上享有盛誉,被译成多种语言,在多国上演。

由波兰著名导演、编剧,奥斯卡终身成就奖得主安杰伊·瓦伊达执导的话剧版《群魔》主要展现了贵族自由派如何演变为危险分子。该剧于1971年6月在克拉科夫市老剧院首演,1973年在伦敦荣获国际大奖。其充满隐喻意味的舞台设计令人印象深刻:黑云和黑马疾驰在咕嘟冒泡的沼泽之上,一群搬动道具的黑衣人在偷听众演员的自白之后,踏着邪恶的舞步将其踩翻在地。据瓦伊达解释,这群黑衣人并非"群魔",而只是事件的见证者,但他们却逐渐形成一股强大的威压,迫使演员将悲剧进行到底。"演员眼中的恐惧——这便是我的作品。"后来瓦伊达还曾将《群魔》翻拍为电影。

在苏联,《群魔》直至1988年才得以重返戏剧舞台。在诸多新版本中,剧作家马·罗佐夫斯基创造性地将《罪与罚》与《群魔》串连起来,让作家笔下的三位"双重人格"——拉斯科尔尼科夫、斯维德里盖洛夫和斯塔夫罗金同台演绎,并且后两者由同一位演员扮演,甚至连妆容都未改变。罗佐夫斯基意在表明,正是拉斯科尔尼科夫的"超人"思想催生了"群魔",进而产生了撒旦式的"革命诈骗犯"彼得·韦尔霍文斯基。

百余年的文学阐释与戏剧演绎雄辩地证明,《群魔》是一部永不过时的预言之书。正如别尔嘉耶夫所言:"《群魔》是为未来而写,其所描述的与其说是从前,莫如说是当下。"

三、译本介绍

受苏联对《群魔》批判态度的影响，国内对《群魔》的译介远远迟于陀思妥耶夫斯基的其他长篇。直至1979年，台湾远景出版社才推出首个繁体中文版，由孟祥森转译自英文，书名《附魔者》。四年之后，首个简体中文版才在大陆问世（人民文学出版社，南江译）。此后又相继问世三个简体中译本，分别为娄自良译（上海译文出版社，2001年初版），臧仲伦译（译林出版社，2002年初版），冯昭玙译（河北教育出版社，2009年初版）。其中，除娄自良先生将书名译为《鬼》之外，其余三位先生均译为《群魔》。

娄先生将书名"Бесы"译为《鬼》，原因有二。首先，福音书中的"бес"通译为"鬼"，而非"魔"；其次，"'群魔'脱胎于四字词组'群魔乱舞'，泛指一群坏人猖狂活动。如此，比喻的深远含义便荡然无存"。以上考量自有其道理，但依笔者之见，译成《鬼》未必就妥。首先，"鬼"在汉语言文化语境中联想意义丰富，但最根深蒂固者莫过于"鬼魂"，而圣经文本中的"鬼"则更多指"魔鬼"；其次，原书名"Бесы"为复数，而"鬼"通常会被视为单数。

关于"Бесы"的典故分别见诸《马可福音》和《路加福音》，两福音在文字表述上略有不同。作家所引用的经文出自《路加福音》，但《马可福音》对该典故的记述更为完整（以下着重号为引者所加）：

5：8　是因耶稣曾吩咐他说，污鬼阿，从这人身上出来吧。

5：9　耶稣问他说，你名叫什么。回答说，我名叫群，因为我们多的缘故。

……

5：15　他们来到耶稣那里，看见那被鬼附着的人，就是从前被群鬼所附的，坐着，穿上衣服，心里明白过来。他们就害怕。

由此可见，小说书名或可译为《群鬼》，以便在强调复数意义的同时，尽量将其限定于圣经语境[1]，避免与汉语言文化语境中的"鬼魂"或"群魔乱舞"发生联想。但《群魔》一名毕竟流传多年，贸然更名难度不小。笔者为此曾求教于著名翻译家刘文飞教授和陀学研究家王志耕教授，并与本书责编张晨女士详加商榷，最终决定仍然沿用《群魔》。

值得一提的是，由于《补遗：在吉洪处》一章的坎坷命运，四个汉译本在内容上有所出入。该章是小说中心人物（尼古拉·斯塔夫罗金）与灵魂人物（吉洪神父）的直接对话，深入探讨了信与不信、罪与救赎等核心主题，其之于《群魔》恰如《宗教大法官》之于《卡拉马佐夫兄弟》。按照作家最初的构想，该章本应作为小说的思想中心和结构中心，放在第二部第九章，即《伊万王子》与《斯捷潘·特罗菲莫维奇遭搜查》中间，不料却在付印之际被《俄国导报》主编米·尼·卡特科夫以"包含诱奸少女等淫秽情节"为由删去。尽管作家百般协调，反复删改，但在其生前始终未能发表。直至1922年，该章才首次以补遗形式与俄国读者见面。这当然是臭名昭著的俄国书刊审查制度的累累罪行之一。但依笔者之见，将该章置于书末而非中间，并未减损，反而增添了小说的艺术魅力。因为该章堪称揭秘之章，其中的《斯塔夫罗金的自白》更是以人物内视角直击了上帝与魔鬼在其内心深处的激烈搏斗，全面而深刻地剖析了其病态灵魂。倘若将其置于小说中间，则围绕在斯塔夫罗金身上的诸多悬念被提前打破，艺术张力势必大打折扣。因此，我们或许可以说，至少在这件事上，书刊审查鬼使神

---

[1] 当然，中文版圣经毕竟也是翻译的产物，除本文引用的流传最广的"和合本"圣经之外，其他译本对"бесы"的译法也不尽相同，如"军团"（吕振中译本）、"军旅"（思高本圣经）、"鬼群"（现代中文译本）、"众魔"（《新遗诏圣经》）等等。除却译者的翻译理念和技巧之外，想必还有底本差异的因素。

差地干了件好事。

四译本中,南江译本问世最早,后经多次再版,但始终未能补译《在吉洪处》一章,实为遗珠之憾。其余三译本虽均有此章,但因所用底本差异[1],在位置和内容上有所不同。臧译和冯译均参照俄文版,将该章置于书末;娄译则将该章回归原位,以期复现作家的最初构思。就内容而言,娄译版在《斯塔夫罗金的自白》一节略有缺失,比如少了关于偷钱包的情节,以及对于偷窃、决斗、挨耳光等行为的心理剖析,即这些"无耻而疯狂"的举动何以会带给他同等强烈的罪感、耻感与快感。但最大的出入乃在于诱奸事件。在臧译和冯译中,斯塔夫罗金对于诱奸罪行供认不讳,并以直白的文字复现了这一场景;而在娄译中,自白书恰巧在猥亵开始时出现缺页,斯塔夫罗金对吉洪神父辩称,该页正在接受书刊审查,并矢口否认诱奸罪行。另有一个耐人寻味的细节差异:在娄译中,斯塔夫罗金找到误以为被偷的折叠刀,是在无辜蒙冤的小女孩惨遭母亲毒打之后;而在臧译和冯译中,斯塔夫罗金还在女房东扑向扫帚之时,便已寻见了折叠刀,但他却在突如其来的邪恶图谋之下,默许甚至怂恿了体罚的发生。两相对照,无疑臧冯二译本中的斯塔夫罗金更为深刻复杂,更符合作家对于人物的设定。故而本书亦选取了这一底本。

四、翻译体会

在陀思妥耶夫斯基时代,思想论战往往以报刊为阵地展开。因此,作家常以报刊为道具反映人物的政治立场,或借助刊名的双关意展开讽刺。比如在本书第三部第二章第三节,在省长夫人张罗的筹

---

[1] 娄先生依据的是保存于普希金之家和莫斯科中央档案馆的杂志校样,臧先生和冯先生所依据的则是《陀思妥耶夫斯基文集》(15卷本,列宁格勒科学出版社,1990年)中收录的俄文通用版本。

款盛会上，著名作家卡尔马济诺夫编排了一场"文学卡德利尔舞"，由化妆舞者扮演不同政治立场的报刊：一位蓄着令人生敬的花白胡子的老者，嘴里不时发出某些温和而嘶哑的"呼声"，以此讽喻原属温和自由主义派、却时常附和反动报刊的《呼声报》(Голос)；"正直的俄国思想"则被塑造为一位戴眼镜的中年先生，身着燕尾服，戴着手套及镣铐，腋下夹着公文包，从中露出一本"卷宗"。"卷宗"对应的原文为"дело"，该词另有"事业"之意，暗指因具有革命民主倾向而备受迫害的进步月刊《事业》(Дело)。无独有偶，在第一部第二章第三节，当尼古拉·斯塔夫罗金在贵族俱乐部公然拽了年高德劭的加加诺夫先生的鼻子之后，老好人省长迫于俱乐部集体施压，不得不召见肇事者"哈尔王子"，予以劝诫。但出于对后者的畏怯，省长提前埋伏了两名帮手，其中有位体格壮硕的上校，佯装在隔壁房间读报，读的正是《呼声报》(Голос)。作家之所以选择这份报纸，除了表明上校乃至省长本人的温和自由主义政治立场之外，其实另有巧妙用意。在后文中，面对省长的逼问，斯塔夫罗金说了句"那就让我来告诉您是怎么回事吧"，然后凑到省长耳边。写到上校此刻的反应时，作家说他"кашлянул за «Голосом»"。此处同样运用了"голос"一词的多义性[1]，既可以理解为"他在《呼声报》后面咳了一声"，也可以理解为"他听到这话之后咳了一声"。

　　受限于语言差异，在处理此类语言游戏时，译者通常不得不取消双关意，而只在必要时添加注释。但在后文中，我找到了一个翻译补偿的绝佳机会：当斯塔夫罗金一口咬住省长的耳朵尖时，省长大惊失色却不敢声张，两名帮手因视线被遮挡而不明就里，"只当两人是在说悄悄话"（"казалось, что те шепчутся"）。后来我灵机一动，将这句话翻译成了"只当两人是在'咬耳朵'"，从而借助"咬耳朵"一词在汉

---

[1] "голос"一词有说话声、呼声、主张、表决权等诸多意义。

语中的多义性,在翻译补偿的同时,复刻了该场景的戏谑效果。

陀思妥耶夫斯基不仅善于在大的篇章布局中设置悬念,也常在小的语段中暗藏机锋。比如,在本书第二部第五章第二节,在介绍彼得·韦尔霍文斯基一行人的出游目的时,有这样一个长句(着重号为引者所加):

> Действительно, предприятие было эксцентрическое: все отправлялись за реку, в дом купца Севостьянова, у которого во флигеле, вот уж лет с десять, проживал на покое, в довольстве и в холе, известный не только у нас, но и по окрестным губерниям и даже в столицах Семен Яковлевич, наш блаженный и пророчествующий.

对于这种层层嵌套的倒装式复合长句,译者通常会采取"长句拆短句,倒装改正装"的处理思路。比如臧译如下(着重号为引者所加):

> 他们要干的事的确有点离谱:他们大家是到河对岸商人谢沃斯季亚诺夫家去,因为在他家的厢房里住着我们的一位神痴和先知谢苗·雅科夫列维奇。已经差不多十年了,他隐退在家,生活优裕,备受照顾,他不仅在我们这儿很出名,而且在附近各省,甚至在两大京城也极有名气。

其余三译本的处理与此基本一致。这种处理的确能让译文流畅好读,但在语气、意蕴上却与原文相去甚远。由于倒装句的缘故,原文读者在读到此句时,对于厢房住客的身份是留有悬念的,而作家又故意使用一长串的定语,将悬念时间一再拖长,吊足了读者胃口,最后才蓦地丢出一个意料之外、饱含讽刺的谜底。因为在东正教文化语境中,所谓"блаженный"(与"юродивый"基本同义,通译"圣愚")一定是居无定所、衣不蔽体、禁欲苦行、形销骨立的苦修士形象,而读者在前文中看到的却是——定居十年、生活安逸、盛名在外,这样的人居然被奉为圣愚,岂非莫大的讽刺吗?针对俄国民间圣愚崇拜泛滥的乱象,18世纪的圣徒谢拉菲姆·萨罗夫斯基曾说:"一千个'圣愚'里面,只有一个能称之为圣。"小说中的谢苗·雅科夫列维奇正是这样一个伪圣愚形象。据作家夫人安娜·陀思妥夫斯卡娅介绍,书中造访圣愚的情形源自作家本人对伊万·雅科夫列维奇(1783—1861)的拜访。后者虽被众多同时代人奉为圣愚和预言者,但始终未被俄国东正教会认可,一生中有47年时间在精神病院度过。小说中的"圣愚"谢苗·雅科夫列维奇身躯胖大、性情乖戾、言行疯癫,与谦仁博爱、充满神性智慧的吉洪神父形成鲜明对比,高下褒贬不言而喻。有基于此,我亦步亦趋地复制了原文句序,以传递其讽刺意味:

> 此次出行的确非比寻常:大家要到河对岸去,去商人谢沃斯季亚诺夫家,而在他家厢房,已有十年之久,一直安安生生地、舒舒服服地住着一位名震本省及邻近数省乃至两大帝都的大人物——谢苗·雅科夫列维奇,我们的圣愚和预言者。

文学是细节的艺术,文学翻译要求细节忠实,一词一句皆需推敲琢磨。比如,在第一部第四章第七节有一段关于教堂布道的场景描写,在写到布道结束,请出十字架时,四译本的表述分别如下:"把十字架拿了出来""人们抬出了十字架""神父拿出十字架""扛出了十字架"。不难发现,四译本对于十字架的搬运人及具体搬运方式均给出了不同理解,相应地,十字架的大小轻重也必然大不相同。何以如此呢?原来,该句对应的原文是"и вынесли крест"。这个短句看似稀松平常,其实很值得玩味。首先,从语法角度来讲,该句属于"不定人称句"，即单纯强调行为本身，而忽略行为主体，其谓语动词虽为复数形式（вынесли），但行为发出者既可以是多个人，也可以是单个人。其次，"вынести"一词只强调移"出"，却并未限定具体搬运方式，拿出、抬出、扛出、搬出皆有可能。想要精确复现原文场景，必须了解东正教教堂布道的真实情形。经查阅视频及图片资料可知，用于此种场合的十字架多为半人高，木质，通常由一位神父双手捧住底部，并以额头抵住上部；有时另有两名神父护卫左右，双手托住中间神父的臂肘。因此，我将该句处理为"十字架被捧了出来"："捧"字贴合动作，且饱含恭敬意味；以汉语被动句式翻译俄语不定人称句，则可回避行为主体的不确定性。概言之，适度翻译补偿，尽量遵从原文，追求细节忠实，这便是我在重译《群魔》过程中的三点粗浅体会。译事难，重译经典尤难。本书翻译历时两年，字字计较，三审五校，不可谓不用心，但疏漏不足在所难免，恳请读者批评指正。

纪德说："阅读陀思妥耶夫斯基是件终生大事。"博尔赫斯说："发现陀思妥耶夫斯基，如同发现爱情、发现大海，是我们生命中值得纪念的日子。"陀思妥耶夫斯基本人则说："读严肃的书；其余的交给生活。"在这部足够严肃的《群魔》付梓之际，惟愿读者诸君能够从中发现博尔赫斯曾经发现的爱情与大海，收获加缪曾经收获的震撼与哺养！

李春雨
甲辰中秋
于不足道斋

"我的朋友，"斯摊维·将军非常诚恳地说，"已经晚了，现在天也挺晚的……非常可笑的事情一样一件地发生了……在这末乎
这个糟糕的……我几乎忘记了我自己。可现在，我有了一个错觉，一个警告呢。
那下半身赤裸着的女孩哭喊着，如饥之甚的样子，这电视机所有者看着我们很困。那
们俄国没得什么大的，亲爱的朋友，那么一切都丢。——切都完了，一切都
所，一切天天的小小的灾难呀！看吧，那正起着一种恐慌的情绪。但伟大
的酷暑和其它天上上所施你看砸。就像的在一个看这非得摸起这件体的被砸毁了。
所有那些陶罐，那条污水沟，那些炸烂了的树……尽，尽管人主动不如来到
碎骨头，说水都如果被淹了！那条狗被逼着我们，我们把那条打死了，尽管有
的事情没及其同伴，也就。天作就是我们那些，因为我们都只能早已死少。
有那人要得更很，这就是我们的出路，因为人人都能只只可只已。
但被人各领着了，……来袭的，虽么已忘各属的，也睡下下没有把非常渐渐着……这么大
罢你……我们一起走。"

他开始说明说，综子已是漂亮子。接下来一番天根是如此，并非
疑……写得那个关肉得你何为，不像视频，接着三天极有公体，这个子
经，他日，而日，斯摊维——将每开非常用手攫取来。有极点
三天，她才不得以睡眠。那日一古，斯摊维—将每非常得有潜意识来。
我的人啊，向我伸出了手。拖漆住伸电痛画了十字。他迅速看—
眼晕外。"居然有个少像。"他喊叫道。"哪，我们土带，我居然一起要愿
此……饿在那时，门以将来——看了去，居内晚就—起慌乱。

阿下儿真，我在那里等死了，你像的看看这件事都被放了，各会地
弥留着仿佛了，从过末看谢这什么事。我上眼漆非常平，看有
设所开的办那人，欢志而要讲你，亲身并未死知，只可明白地说来，他们绕
事情，那几这事的，信得讲起附诊人们人走得清楚着欢他们。

"尤其,"斯蒂潘·特鲁霍维奇说,"我们没有烈酒之类的?要不要通知您的邻居荷兰人,或者英人?"

"这真可真的算他活到此为止了,其北邻居再也不见其踪。他根本没有办法通知任何人,尤其像在任何意识,正确答案,其三可嘴脸:"谁也不要叫!谁我都知道!我们啊,跟我们啊,我们嘴一起上路。"

回转身斯蒂潘·特鲁霍维奇签好医嘱后,在民家也开始担心,嘴唇哆嗦地颤抖起,哭什么了,又抱着热情要给他们上书,他们抓其身。但男医家耸着非鲁霍维奇,特鲁霍维奇你的身份证什么,换人嘴一笑,摸了摸自己的小手指头。斯蒂潘·特鲁霍维奇他呷里翻出一张未来你们注定的姓名,那看他一辈子的名誉。男医来低下腰,说,"必须把地方抱着他去,他们反正不是医院了,一万一在没儿,他们已经闹闹天翻了。"斯蒂潘·特鲁霍维奇颤跟医所家接着护送的,灾不得加,美,"你是,"推医生值来摆花瓶之类得,只好打帆及其多,"终其你抱她回到了自己的房间人家为,"斯蒂潘,特鲁霍维奇莫鲁霍维奇把来摇弄起。

"其有我还一起吧……关于床的那段后……"斯蒂潘,"特鲁霍维奇唯姐望起来。

坚然说。

"怎说什么了?"斯蒂潘·特鲁霍维奇她天啼不得。"关于床的……跪在书里……那来睡……我记得,一排真的她到那阵子,完难死了。一定得去医院瓦院,我坚会儿其说什么了。是她听的原文,必须其真文。"

莫非鲁霍维奇,"另特鲁霍维奇他蕊剥起是书,写下就从《圣加瑞》里。我在未来的重拿的开出自其底民父大学,其实我弄起找到了那跟大字。"

于是:

那里奇一大摞讲在儿上吃着,后来米难堪,没他们进人谨里可多,那睡准了他们,要去以难人出来,说人谨重了,于是谁接谨